九宸 著

QIAN
SUI

千岁

上 胡笳汉歌

重庆出版集团 重庆出版社

图书在版编目（CIP）数据

千岁/九宸著.-- 重庆：重庆出版社,2012.7

ISBN 978-7-229-04994-2

Ⅰ.①千… Ⅱ.①九… Ⅲ.①言情小说–中国–当代 Ⅳ.①I247.5

中国版本图书馆CIP数据核字(2012)第031500号

千岁

QIAN SUI

九　宸　著

出　版　人：罗小卫

策　划　人：李　子

责任编辑：李　子　李　梅

责任校对：杨　婧　胡　琳

特约编辑：肖　瑶

装帧设计：八　牛

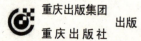 重庆出版集团
重庆出版社 出版

重庆长江二路 205 号　邮政编码：400016　http://www.cqph.com

重庆市伟业印刷有限公司

重庆出版集团图书发行有限公司发行

E-MAIL:fxchu@cqph.com　邮购电话：023-68809452

全国新华书店经销

开本：710mm×1 000mm 1/16　印张：37　字数：568千

2012 年 7 月第 1 版　2012 年 7 月第 1 版第 1 次印刷

ISBN 978-7-229-04994-2

定价：49.80元

如有印装质量问题，请向本集团图书发行有限公司调换：023-68706683

目录 Contents

目录 Contents

楔子

他，要走了。

冯善伊用碎乱的刘海遮住了细淡的眉，不想让他看到她略红的眼圈。

他此刻仍在写字，一手负于身后，另一手挥笔起墨。比起他洒脱的字体，她更喜欢看他持笔飞墨的姿态。

她转过身去，寻找了一只杯，一壶水，静静地为他沏茶。

这人世太短，又有数不尽的悲欢离合，她不喜欢。

水是冷的，没有升起淡淡的茶香，她索性放弃，她只不过想为他递最后一盏茶……

他终于抬起头，冲她微微一笑，缓缓放了笔，将那白纸一扬，上面有许多字。她也是第一次知道，传位遗诏，原来可以写得如此潦草。

他走回软榻，脱下龙袍，只穿着月白色的袍子，腰间玉佩轻轻地摇摆着。

他还年轻，再过十日也不过才二十七岁。

他继位仅仅八个月零十一天。

她走上去，跪在了他的身前，替他抚平腰间的褶皱。

"你将来可会想我？"他突然垂下目光，用手轻轻地点了点她的额头。

她一仰首，摇头。

门，由外推开，寒风吹来。昏灯的最后一次挣扎，终是灭。

【楔子】

001

"走吧。"月白色的袍子不知何时拂到了她的身后，声音极低。

那一声后，她侧了身想看他，余光却只能扫到那月白的长袍随风一起一落，她抬了一只手扯紧他宽大的袖摆，有些颤抖。

他应该是笑着，应该笑得明媚。

"冯善伊。"他最后喊了她的名字，再无声息。

"拓跋余，你好走，别因为太想我忘了投胎。"她如是说着。

出殿的一路之上，她在思考自己是不是应当殉情，据说这在魏宫很流行。

长长的廊道很黑很静，星光忽然全都黯了下去，冯善伊有一瞬间的失神。她静静地转过身去，果然听到成山成海的哀号声，一声盖过一声。不知是谁敲响了中宫的丧钟，散在空中飘向四方。

胃下三寸的地方针刺般的痛，她疼得一哆嗦，只能靠着墙根喘气。

魏宫所有的殿门一时间大开，所有的人都在奔跑，长鞘靴上系着的金扣带，跳跃在琉璃色的长廊中，他们朝向四面八方惊恐万状地嘶喊——"皇上驾崩了！"

明明早有准备，听到这一声，她还是一屁股跌了下去，痛出了泪。身前宫人惊慌来扶，见她面色苍白红唇泛紫，宫人哭哭啼啼地念着："您这不是殉主吧？"

善伊哆嗦着，似点头，也似摇头。

成天念叨着自杀的人，往往最怕死。

口口声声道"你活我活，你死我死"，最后的结局一般都是天上人间。

太武帝驾崩后，姑姑连哭带闹誓要殉主。而事实上，太武帝的嫔妃中，她冯昭仪是唯一活至今日的。

冯善伊，恰也是同样的人。

她有些后悔中午不该贪吃那一口冷豆羹。

冷风吹过，她又是一抖。抬眼看向渐渐模糊的夜空，是飘雪了吗？漫天的白色在晃，近了又远的是他飘摆的长袖，散着清雅的竹墨香。

她握了一束风，然后轻轻地问——"看在我那么喜欢你的分上，最后的最后，你是不是也可以喜欢我一点点？"

承平元年八月，先帝拓跋余驾崩，其侄太武帝皇世孙拓跋濬举兵而起，逼宫于城下，禁宦臣宗爱，焚传位遗诏，临朝登基，史称北魏文成帝。

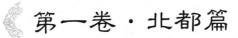

第一卷 · 北都篇

『殉情失败，与其说是理智战胜情感，不如说是怯弱打败矫情。』

【北都篇 · 第一章】

冯善伊最终也没能看到心上人的梓宫。

她转醒的时候，他的梓宫已由人运去很远的地方，往后她若要看他，真不知要去向何方。

据说先帝的尸身被置放在一座奢华的紫桐木棺中，内棺上雕刻了无数龙腾螭纹，陪伴他的还有许多贵重金银玉器。鲜卑人喜好金，便以金物最多。

她曾笑金俗，他便问她汉人喜好什么，她想了想说玉吧。而后走到他身前，将手中把玩的玉佩放在他掌心，说你看这玉多好，冷暖都是它。

"人，如何不能像玉呢？"他一笑说道，"难怪汉人个个都是七窍玲珑心，八面都能逢源。"她于是再次被他噎得够呛，不过他转过头去偏夺了她的玉不肯还。

她坐起身，看见床前坐着的赫连莘将头垂得很低，苍白的唇隐隐在颤。赫连莘虽然坐在自己的身侧，目光却不知落向何处。

冯善伊挑起笑眉，无声地打量着失神的赫连。

同非鲜卑，同为当朝女官，同是太武帝宫妃之侄，她二人倒有几分相似之处。

同命而异族，她们之间的不同，也仅仅在身份血脉。

她是燕汉之冯族，而赫连是夏国之裔。

她的姑姑是太武帝的昭仪，赫连的姑姑为太武帝东宫之主。

太武帝唾弃旧燕汉族，蔑视冯善伊的父祖，却尊崇赫连家，甚至封了赫连的姑姑为后。拓跋余登基后，赫连皇后位极太后，如今，拓跋余驾崩，怕是又要一升再升，到了太皇太后。

名字里那么多"太"不累吗？冯善伊想到这里，不免笑出声来，一并将赫连

【第一卷】北都篇

莘的目光引回自己身上。

赫连莘渐渐回神，顺手将茶转递给宫人，偏过视线严肃地盯紧善伊："你姑姑四处宣扬说你有情有义有风骨，殉大行皇帝未遂。我姑姑听了，说要给你立碑封赏。"

善伊拍拍额头，深叹了口气："我还没死呢。"

"要不你再躺回去死会儿，立了碑我再来叫你。"赫连也认认真真道。

冯善伊揉了揉眼睛，坐起身来，腰间的玉佩松了缨绳。她笨拙地打着环扣，却越系越乱。赫连拉过她的长缨，玉指绕过，三下即绾了一个利落优雅的佩扣。赫连将玉佩轻握在了手中，认出那是拓跋余时常把玩的玉，静静仰起头，认真地看紧善伊："三人同行的情路，必定会有一个说谎。你希望那是谁？"

善伊全无情绪地摊开赫连手心，取回属于自己的玉，笑道："我只希望不是他。"

"你我，仍打算争下去吗？"赫连亦随着她笑，目中有隐隐的骄傲。

冯善伊扳过赫连双肩，认真地看过她每一寸目光。

就是这样的女人，从小到大，每次都会抢走自己喜欢的东西。

也正是因为她，她冯善伊一次也没有赢过。

就拿自己三番五次不顾脸皮向拓跋余主动求婚回回被拒来说，换了赫连莘则不一样。听说日前拓跋余尚在朝堂上信誓旦旦说要娶赫连氏为后，随即引发满朝哗然。

"我不同你争。你总是赢。"冯善伊一皱眉，满满的自嘲，"你更漂亮，更温柔，更聪明，更有母仪天下的范儿，连你祖先都比我先人有气节。可是，我就是我，别把我拉到和你一样的高度，鄙人恐高。"

"我以为你会说，"赫连顿了一顿，"人都没了，还争什么……"

"人不是没了。而是成为口口相传的先帝。如果你想争，我们还有很多机会。"

因为这魏宫，从不缺人。

同样的道理，每每宿命般送走了一位大行皇帝，都会迎来新帝。

宫，是充斥着无数鲜活生命的寂寞存在。

冯善伊披着长衣立在窗前，风有些暖，随之飘来白色柳絮，一团一团开在靛青色的袖纹间，像云层一样温柔。

"新皇帝，好看吗？"

善伊喜欢面如冠玉，气如青松的男子。

很不幸，她第一次与拓跋余相遇时，对着他一脸毫无生气死沉的苍白，只得出两个字——"面瘫"。这于是成为一段极不美好的回忆。

"新皇帝，很年轻。"赫连所答非所问着。

善伊顿了一顿，回望满树青翠："是，拓跋濬很年轻。"

善伊视线随之一乱，忆起拓跋余初登基接受皇室宗亲朝拜的那个下午。

仲夏的闷热，拓跋余裹着里三层外六层繁缛的朝服，明黄的龙袍衬得他格外苍白，连笑容都更显得格外单薄。他在午后最热的时候接受了拓跋濬的朝贺，那个少年确实年轻，面容也确实在印象中模糊了，只记得他有一双灰褐色的沉眸。也许正是因为眸色太深，她总看不出他在看向哪一处，是拓跋余或者是那皇座，她甚至还自作多情地认为他或许是在看自己。

那日拓跋余在黄昏离开宣政殿，拖着满身疲惫。他一路不出声，在长明廊的尽头忽而转过头来盯住她。他面上有细细密密的汗丝，闭上眼，长睫上凝结了一颗汗珠，顺着鼻翼散落。她听见他说，善伊，我的对手很强大。

位登九五的叔叔竟会因一个笑容清爽干净的侄儿生出满心惊惧！

八个月之后，便也是这个侄子将自己的叔叔逼死于魏宫大殿，焚毁最后的传位诏书，趁乱篡位登基。

"拓跋余的传位遗诏，明明是将皇位传给——"

赫连忙扬起食指堵住冯善伊口中欲出的字眼。

宗长义这三个字于是生生地吞入腹中，冯善伊抬起目光，一丝一丝看紧赫连，开了口道："拓跋濬他凭什么？！"

东室那一扇朱门缓缓推开。刺眼的阳光贯穿暖室，视线忽然十分清朗。那个身影，便定定立在日月照临，风雨沾被之处，满目明黄，可以想象连神明见了都忍不住要揉眼挤眉。

他的脚步很静，袍脚滑过地砖"簌簌"的声音盖过步声。

他的眸色依然很沉，匿着永远看不至深处的静潭。

他的笑容还是那么干净，以至于她始终分不清真假善伪。

他的名字——拓跋濬。

在此之前，善伊在心底设想过无数次遇到这个新皇帝的场景，甚至编排过许多种不同的惨烈景状。她瞬间想到了最靠谱的一种可能——她不会跪他，不会向这个皇帝行礼问好，她会直呼他的名字骂他虚伪，会说即便是拓跋余死了，国印大宝也是宗长义的，眼前的他没有资格，他只是个强盗，乘虚而入的小人。而后

在他皱眉撇嘴时英勇地纵身一跃，随便撞了哪根柱子，而后血色四溅，沿着她月白色的衣衫蔓延，染出好看的梅花。

身后赫连因紧张而颤抖，善伊一个眼神递过去告诫她出息些。

赫连吞了口水，僵直了身子动也不动。

冯善伊吸足一口气，下定决心后，半个肩膀将赫连挡在身前，朝向那不近不远的人影猛地跪了下去，憋足气力朗朗念道："皇上万岁万万岁。"

只不过半刻，赫连竟忘记了紧张，唯剩惊讶，她把眼睛睁得很大，凝向善伊一眨不眨。冯善伊保持着微笑，抬手拉拉赫连一角衣摆，示意她也跪地。

她的衣衫上从不缺梅花。其实，她也不过是谄媚小人。

每一个表情都刻着卑微，每一根神经都透着虚伪。

拓跋濬垂首只看了一眼跪于身前的冯善伊，便知道自己讨厌这般嘴脸的女子。她们就像蝇虫的尸体，散发着腐烂的恶臭，充斥在魏宫每一处角落自生自灭。她们可以温顺如羊，亦可以猛如虎狼。可是，初登大宝的他，尚不能得罪这些臭虫。

"你是在唤我吗？"回应有丝丝清冷，是刻意的凉，"是啊，我凭什么？"

头顶的声音似石上清泉的回音，善伊面上笑得似石上红梅般粉嫩，唇两侧的肌肉有些微颤。她由下至上目光如清云流风般扫过他，金底刺绣的龙靴，黄金的绸缎格外闪烁，他身后落下的长影泛着金边，正午的阳光落在他左鬓，他目中有一半的明媚。这是一位过分礼貌谦逊的帝王，还是一个刻意不以"朕"自称的胜利者。

如果是后者，这样的拓跋濬，正有些像拓跋余口中那个"强大的对手"。

拓跋濬平静地转身，袍角越过冯善伊，他看向赫连，淡淡微笑："你，就是那个殉先帝未遂的女人？"

赫连无言，愕然迎向拓跋濬的目光。

"常太后说这样的女子有大气节，我想册封你为昭仪。"他唇角含笑，貌似坦诚，说话间将头垂了下去，耳根升起隐隐约约的羞红，"我的后宫，女人不多。"

长睫湿了，赫连眼中竟似有泪。

善伊跪得两膝发麻，她琢磨着这么一个含情脉脉的情景是否当退避。事实上接下来的状况完全顾不上她思考。

猝不及防间，赫连那一条素白的长袖滑过身前，不等她出手握住，那凉滑的丝绸便越风而去——"咚"的一声，很沉，很静。

善伊窒了一息，眨眼。

赫连轻如燕的身子，扑在冷殿长柱前，额头血流如注。素白的窄袖开满了一朵朵猩红的梅，血色蔓延钩绣的山河云纹。赫连的祖先会把自己家乡的秀美山河一丝一线钩入纹印，她的血脉中也延续着一个北方游牧民族的刚烈。

善伊静静蹲在赫连身侧，以双手捂紧她的额头，鲜血顺着指缝汩汩流出，一并湿了她的袖口。

姑姑说得对，殉主的人，从不会将"生同衾死共穴"挂在嘴边，他们大多时候是一言不发，却往往蓄势待发。

苦涩的药汁冒着水汽，善伊吹散浮沫，一勺一勺送入赫连口中。

赫连在梦中连连喊痛，却极少哭。

太医说她额上的疤怕是三五年也褪不尽，善伊想，若她是赫连，听了这话，绝对会哭死。

赫连太皇太后在黄昏时来过，哭哭啼啼，临走时扯着善伊袖子抹眼泪，最后道了句——"善伊你就不教好。"

善伊听了委屈，她不过是贪吃了口凉羹，如何教，又如何不好？

"你再不睁眼，我就拿嘴喂你。"善伊此时趴在赫连身前，像饿狼般盯着身下人那毫无血色的唇。

赫连幽幽抬眼，她张了张嘴，勉强发出诡异的音调："你敢！"

"装什么装，皇上探伤来，自会预先告知你。"善伊说着，手脚麻利地替她换药。

赫连猛地握紧了她袖子，定定出声："那新皇帝喜欢殉主的奴才，我便殉给他看。你哪里有我脑子转得快。"

"我也没你胆子大。"善伊冷冷一笑，"不过，我信你。"

"信什么？"

"至少那一刻，你真心想殉拓跋余。"

赫连淡笑，她从前最看不惯的就是她一脸没心没肺的谄媚，只是今天忽然觉得这丫头多少有些良心。

"你不要太感动，我说的是那一刻。"冯善伊随即强调。

"你这人，一定要引人厌恶才甘心满意？"赫连一针见血，把话说得很绝。

冯善伊一笑，蹲在她身旁，望着赫连碎乱的发："我想要的，偏是要通过这些手法才能得到。就如同你从前想得到拓跋余，现在想得到新皇帝身侧的一席之

【第一卷】北都篇

地，我冯善伊也有想要的。我们不过是用不同的手腕为自己争求。"

"你想要什么？"赫连喃喃。

"我想要的，"冯善伊恰似愣住，蓦然望着她，"我想要——"

"你以为能得到吗？"赫连截住她，淡漠而笑。

冯善伊扬了扬眉毛，立起身来，将外袍披了，长风瑟瑟划过袍角。她没有道别，只是眉眼间尽是离别的气息。

她行至门口，打开了房门，满满的阳光收入两袖之中。

自九岁始入宫，她伺候过两位皇帝，也送走了这两位。

宫这个地方，藏匿了太多的龌龊。作为帝王的近侍，她也知道太多不当明白的道理。在很多人心目中，这些道理的背后是不能为人道的魏宫隐秘，只是在她眼中，这不过是一个个很平常的故事。她只是一个听故事的，却也有太多的人担心她有朝一日学会讲故事。

所以，她所想要的自由，只不过是生存之下的最后挣扎。

临走前，她逆着耀目的阳光，回身看了一眼赫连，她看见她的唇一张一合，渐渐说出自己不敢说的话——

"我想殉他，却不甘死。"

冯善伊走入御花园的巷道，姑姑的宫殿迁到了西宫最西的偏僻处，今后或许会有很多机会细细观赏御花园的各色花景。

只可惜，北都的冬景，往往没有太多鲜艳的色彩。

萧索之余，这园中仅剩正对廊前那一点猩红的梅，舞得妖娆。

善伊止步于廊下静观了片刻，扶紧身侧的冲天云柱。高耸入云的冲天柱釉彩漆金是书着鲜卑文字的丰碑，载满先人灭燕、夏、凉最后一统江北的英勇。

这正对梅林的云柱，正是第七座。

七，是拓跋余的排行。

她习惯性地蹲下身子，距离柱底恰恰七寸的地方刻着那么一行字。她摩挲着，然后痴痴地笑。

"冯善伊喜欢拓跋余。"

摩挲的次数多了，竟有些褪色。那时他才刚刚登基，她拉他躲在这柱下，当刻到最后"拓跋余"三字时，他瞪圆眼珠喝她大胆，然后背过身去闷笑。她笑他当了皇帝如何还改不掉闷骚的毛病，他于是强调正是因为做了皇帝才更要闷骚。

后来的后来，拓跋余在这座云柱前亲手植了一株梅树。他说，日后只要循着梅就能找到柱子，就可不必一座座数过来。

零星的雪在落，天地渐合在一线之间，尽是苍白茫茫。

"将这园中的梅树连根去了。"

柔细的女声浮在空气中，极其温柔的声线，传入善伊耳中分外刺耳。

从对面廊中缓缓走来的女人，披着银白的裘袍，周身散发着逼人的贵气，高高绾起的发，显得她的身姿格外修长曼妙。

她的步履很慢，一面走一面微笑，笑容与北魏的女子截然不同。她眼中是明亮的色彩，竟让冯善伊觉得刺目的阳光弱了下来。那对面而来的女人看到了冯善伊，只将唇角稍稍扬高，毫不经意地从她身前而过。

"那梅，"冯善伊抿唇一顿，"不能去。"

那女人停了步子，皱起眉道："皇上最厌恶梅花。"

"听说，这梅树下有先帝爷的冤魂和无数梅精。"冯善伊转过身来，迎着她跪下去，"恐会扰了李娘娘万安。"

这就是传说中拓跋濬最宠幸的那位夫人。

这位李夫人与拓跋濬的关系，一说是青梅竹马，一说是少年夫妻，无论哪般，她确有骄傲的资本。更曾听说，在拓跋濬的府邸，纵有拓跋余亲自赏赐给拓跋濬的皇妃文氏，只这李申却独占宠位数年。

只恐怕，这也是最后的一人独宠了！

想起拓跋濬与赫连的那一幕，冯善伊暗自一笑，摇摇头，未有言。

"我……"李申将眸垂下，"也很想见见梅精的妖颜。"

一个无所畏惧的女人，是魏宫前所未有的先例。

冯善伊终于垂首，并非屈服于她的威严，仅仅是因那一份独特的自信而惊讶。

李申转过身去，依旧保持着美妙的姿态走远，沉重的发髻压得额头发紧发痛，她所能做的仅仅是保持微笑。

"娘娘，刚刚宣政殿传出的消息，说皇上要收纳先帝的后宫。"

李申顿了步子，动也不动。

"我不要去宣政殿了。"她提了一口气，下定决心般转过裙摆。

"娘娘。"身后宫人忙低了半身。

"回去。"李申哼了一声，才发现自己已被宫人困步，于是怒喝，"我说回去。"

冯善伊闻声转过身，幽幽望着那高挑的人影。

这就是拓跋濬喜欢的女人吗？果真是火爆的个性，难怪拓跋余在世时也会调侃他说这个侄媳是亘古未有过的妒妇。

"收纳先帝的后宫？"

端坐太和殿的女人手中端着一杯冷茶，她轻步下殿，将杯递到了他的手中。

拓跋濬应了一声，接过杯盏，只见墨绿沉底，水是冷的，再好的茶也泡不开。

"就这么做吧。"她转过身来，静静颔首，丝毫辨不出情绪。

拓跋濬略惊，忙又道："太后。"

"承蒙皇上恩宠，我这才享尽万世尊崇。纵是太后之位，也不会忘了自己的出身。皇上放心，新帝之后宫再不会妄谈政事，更不能存一分逆上之意。"常太后句句说得坦然而温和，说的是她与他再亲她也不敢肆意。他对她再孝再敬，世人也只会说她不过是靠着东宫乳娘出位的女人。

拓跋濬的父王在世时，从未给她半点名分。她这一生，只不过尽心尽力养育了拓跋濬，与他同患难共福禄。先祖庇佑，而今他平步青云，她亦由低贱的乳母晋升为太后，她当满足才是。

"太后，儿臣绝非此意。"拓跋濬平视着她的目光，"儿臣自记事起，所敬所爱的母亲，便只有姆娘一人。血浓于水，而恩情更甚。如今儿臣孝您敬您，皆是真心。"

"皇上的心意，我从来不怀疑。"太后淡淡微笑着，牵来拓跋濬的手握紧，目光平静，"所以后宫的事，全凭皇上主意。"

拓跋濬三分释然道："多谢太后。"

太后苦笑了笑，又言："皇上的担心我明白。申儿那里，我会去好好说道。"

拓跋濬仓促一笑，定定点头："劳您费心了。"

常太后最后看他一眼，目光略显担忧，半盏茶握在手中渐也发凉，"纵是将魏宫翻尽，也定要将苏姬找出。否则哀家将永无安心宁日。"

以母胁子，借着手中苏姬的安危挟持宗长义不敢造次，不失为良策。

一言挑明心事，拓跋濬只静默不言。同宗长义的孽缘结于母胎，同为旧东宫之子，他与宗长义却从来不同。自己于父亲眼中只是代替皇世子的存在，而宗长义与父亲才是情深父子。宗长义之母苏姬，受父亲的护佑藏居于魏宫，便如暗器深埋，让人难以安心。

"听说皇上准了宗长义回京？"常太后似有似无的口气，稍作试探。事前她多有提醒不能轻易让那孩子回京，免得养虎为患，倘若不想伤己便要远远放逐。可拓跋濬终是准了宗长义回宫的请旨，将这一匹饿虎牵到了眼前，莫不是太过自负。

拓跋濬攥过手侧冷盏，徒盯着杯中物，久久不动，淡淡道："总要来替他义父宗爱收尸。"他言罢立身，将冷杯掷了出去，已是不想再言其他，转身即步出。

"你母亲郁久闾夫人因苏夫人曾也伤心不少。"

最后一声飘于身后，拓跋濬从太和殿而出，脚下步履竟比来时重下不少，他越走越快，引得身后中散大夫李敷险追不及。常太后黯然说起的旧事，是在有意无意挑起拓跋濬心中藏压极深的怨怼。如今拓跋余又将皇位传于宗长义，终于将自己逼入夺宫篡位的绝路。

是，他们从来都要逼自己。

行至尽处，拓跋濬猛地转过身来，他一手握拳落在柱前，沉默不言。李敷退了半步躬身只等吩咐。

"景文，"拓跋濬顿了半晌，似决心已定，"三日之内，后宫大小事宜皆毕。"

"臣领旨。"李敷应着，稍做忖度，又道，"所有的女官美人尽于其列？"

拓跋濬一点头："是，所有。"

李敷称是，却见拓跋濬目中难有的闪烁不定，又言："皇上还有其他的吩咐吗？"

"那日在惠文殿，赫连莘身侧的女官，朕不欢喜。只她除外。"

李敷一挑眉，接道："可是那个女中侍？"

"便是她。"拓跋濬渐转过身去，望不断雾霭沉沉，只觉这魏宫的阴霾一日甚过一日，他缓缓道，"这样的女人若留着，必败了朕后宫的风气。"

"皇上嫌碍眼，臣自可指名要她殉葬。"

"死倒不必。"拓跋濬微摇首，斟酌道，"逐到宫外去。"言罢迅速转过身去，提了袍角转入中宫首门。

李敷立在空廊之上，垂首相送，等那步子渐渐轻去，才稍做释然，将袖口束了束，回身向西宫行了去。

随侍东宫多年，出入诏命，算得上左右不离，只是这位主子的性子，他至今还是看不懂。宫中人皆知新皇帝是个淡性子，论禅向佛，不擅言辞，若说温清如玉，也有静潭之深，甚难揣测。

拓跋濬素来偏爱禅说不爱女人，这一出收纳后宫，让人实难摸懂帝王心事。

李敷持着皇帝旨意，在当日午后亲临冯太妃的西侧殿，他面无表情地宣读了

【第一卷】北都篇

逐冯女善伊出宫的文书后，静等领旨谢恩。

冯善伊跪在庭中，似在消化着旨意。

半刻之后，她开始号啕大哭，哭得骂爹骂娘，跪着扑上去紧紧拽着李敷的袍角，蹭上去大片鼻涕眼泪。李敷退了几步，直至退无可退，只得抱着柱子咳嗽。宫中不乏这样的场景，只是他亲身经历的这一次，未免过分震撼了点。

"公公，小善伊没犯过错啊。"冯善伊瘫坐在他脚前，整齐的髻发甩成了乱蓬蓬的鸡窝，直到她甩得头晕，才一脑袋撞向他膝盖骨。

李敷猛地吃了一痛，紧紧咬牙，憋出一声："我不是公公。"

冯善伊一哆嗦，于是转念，"嬷嬷，您在皇上跟前替小善伊说个好。"

"冯善伊。"李敷再咬牙。

"李大人，你还不如叫我去给先帝爷殉葬。"冯善伊继续抽搐，小脸哭得粉透。

"就是你想，皇上也没这个旨意，只说死倒不必。"

李敷言罢，暗念苦肉计这招对自己无用，却见脚下冯善伊愣了愣，大颗大颗的泪珠迅速抹去，面色转换得极快。

方才还是怆然泪下，此时已是风雨骤停，再下一刻春光明媚。她松了手，不忘用自己的袖子蹭干净了李敷的官袍，而后跪稳跪好，坦坦然然接旨，"多谢公公，善伊领旨谢恩。"

言罢，她仰起头来，朝他一笑。

他忽然觉得这笑容明媚得刺目，待他半刻之后反应过来，手中早已空空，才知那小丫头早已取走了文书一路快跑回殿。

"砰"的一声，殿门紧闭。

李敷愣在庭间，空眨着眼睛，仍不解其意，终是自讽一笑，转过身去，迎向二门而出。他步步迎风，却觉自己身侧不仅仅有风声，于是渐渐缓步，四探一旁僻静的角落。待走至暗处，他低了一声："既是追踪而来，何不现身？"

风，吹动了新发嫩枝的树梢。

树下慢步而出的人影，穿着宫中最普通的宦官衣饰。他见了李敷，只由袖中掏出一封封好的信交递过去。

"这是什么？"李敷眉一抬，轻声追问。

"旨意。"那人咬字清晰。

"皇上的？"李敷又问。

"大人一看便知。"那人面无表情地行了一礼，随即离开。

微热的指肚触及封印后渐渐发凉，待冷风扫过，湿汗僵冷贴紧后衫，李敷吞了吞口水，缓缓展开信笺。触目刹那，呼吸窒住，双目越睁越大，这一纸密令，是为杀一人。他揉信握于拳中，一只袖子微抖。猛回身，目光紧紧逼视方走出的西侧殿。那信中的名字，于口中仓皇念出，声息隐颤——

"冯、善、伊。"

【北都篇·第二章】

"小墩子，你前年上元节欠我十六钱半银子。

"秋妮，你大大前年说要替我改件棉衫，拿了我袄子去始终没改给我。我算了算，我那袄子十五钱半。限你三日改好了还我，要么还我十五钱半，外加三年来伤风疗养费二两七钱。

"周大脑袋，你三年来蹭我七顿饭，三十八碗茶，算你个人情价三十两，咱就两清了。"

打一清早，落熙宫格外热闹，冯善伊拖着厚厚一摞账本，挨宫乱窜，挨门挨户讨账。平日里借着拓跋余睁一只眼闭一只眼放纵她作威作福，在奴才们中放出不少高利贷，如今她要出宫了，算计着连本带利都收回来。刚刚跑了三所宫院，收了大半，这半会她进了落熙宫耍起了太岁。

"大家赶紧的，我这还有好几处要跑呢，耽搁不起。"

冯善伊正襟危坐于庭中，怀中抱着一只秃毛犬，这狗在后宫下人中的名声同它主子一般响，一提大名小眼睛，谁都知道它和冯善伊狼狈为奸，祸害后宫。躲在御膳房里出恭，往皇上紫砂壶里撒尿，这等丧尽天良的坏事，它和它主子没少干，无奈拓跋余爱屋及乌，偏偏宠着这屡屡犯上作恶的主仆，他们这等下人只得咽下无奈苦水，恨屋及乌。

周大脑袋叼着根稻草蹲在廊角里，"呸"一声吼着："我他奶奶吃了你几个臭饽饽，喝了你几碗凉水就三十两啦。冯善伊，做人要厚道。"

小眼睛一听有人骂娘吐脏字，顿时火了，翻着鼻孔呼大气，一心一意要从冯善伊怀里扑出去处治恶人。

"小眼睛，做人要淡定。"冯善伊低头安慰抚摸道，"他骂他奶奶呢，不关你的事。"

秋妮耷着脑袋递来碗水，冯善伊就着水清了清喉咙又道："你个大脑袋，那是臭馎馎吗？盛馎馎的碟子那可是以玛瑙金玉入釉官窑烧出来的御器之品，你喝那茶，是九莲碎荷的壶里倒出来的水，样样都是天子规格。再说，我是什么人，我给皇上端筷子递杯子的，好歹也是御用。收你三十两那还是人情价，你个死没良心的。"

"善伊姐，你给我宽几日。"一旁咬袖子的小墩子刚一瘸一拐地赶来，靠着墙边喘气，"这钱我一定还。"

小墩子人老实，伺候拓跋余有五年了，拓跋余驾崩后，听说他跪在奉天殿守着灵枢十天十夜没动过地方，移梓宫时他由人拉起来才发现这一双腿再也直不起来了。冯善伊扫了一眼他双腿，眨眨眼睛，很讲原则道："善伊姐姐这儿没人情说，三天就是三天。姐姐我被新皇帝赶了出去，也得攒够嫁妆钱出宫好寻人家不是？小墩子，姐姐待你不薄，你别拖累了我找婆家的好年华。"

冯善伊说罢将小眼睛放了下去任它舒活筋骨，顺带围着周大脑袋吼吓一番。她将账本挪到眼前，手指按顺序滑着，落在了李银娣这三个字上，再幽幽道："李银娣呢，在不在？是躲债去了？"

"那小贱人如今出息着呢，一会儿回来该是主子了。"秋妮话说得酸溜溜，暧昧不明。那李银娣从前就是个替冯善伊传消息的小宫女，一直在冯善伊身边历练着，她和冯善伊亲近倒也是亲近，只是总像是隔着层膜。

冯善伊一抬眼眉，示意秋妮说下去。

"要不是跟着善伊姐，她能混上恭使宫人的阶位？新帝下旨说收了先帝的后宫，外加正五品以上的女官一并纳做御女，承恩君王。她这回真是赶上好命，女官没当出什么模样，却得了新主恩宠。昨夜里即被内侍府唤去侍寝了。莫不是她给了李大人什么好处，都说皇上彤册是由李大人和内侍府内定……"秋妮越说越悬乎，眼珠子一转，忙摇善伊的胳膊，"善伊姐，你行行好，再予我几两银子出力，待我得了宠，定重重回报。"

冯善伊冷笑，弹开她的手指："得了，就您那姿色，我怕把皇上吓得不举。"

"你！"秋妮瞪圆了眼睛，"那李银娣就有姿色？面黄肌瘦，见风就倒，活似黄菜花。我看她好日子也不多了，近些日子动辄就昏过去人事不知的。"

"可叫了太医看？"冯善伊随意而问。

"每回请了太医来都不愿见，害我打发了太医不少银子。她那模样就跟一心求死似的。从前也不见她对先帝爷多忠心尽职来着。"

"不是她忠心。"冯善伊凉了笑意，"是咱这新皇帝喜欢看我们忠心求死来着。"

"这鬼丫头，死精呢。"秋妮听罢似乎想明白了，随即啐了一口唾沫在地上。

冯善伊无意坐等下去，浪费在落熙宫的时间已经太多，她站起身来，唤了小眼睛回到自己脚边，一主一仆顺着廊子往外走，经由周大脑袋身边，还不忘提醒："大脑袋，明日你把欠下的三十两如数奉还，就交给小墩子，甭转我了。"

"凭嘛！"周大脑袋急了，一摸脑袋耳根子都红了，只剩嚷嚷，"冯善伊，你奶奶的做人要公平。凭嘛他几钱银子三日还你，我三十两银子一日就得还他。"

冯善伊止了步，一手挡着烈日转过头来，看着他认真道："你他奶奶的也给我把腿跪折了，我倒给你三十两你看成不？"

风，陡入。

周大脑袋光亮的额头止不住地随风颤，冷汗淋漓。

冯善伊一叹气，换了语气道："大脑袋，你该洗头了。"

落熙宫门由外推开，落叶纷扬而起，朱色的宫门映出风中格外清瘦的身影，是李银娣回来了。如今她已穿着宫妃的常服，宽绰而温暖的狐皮白袍将她的肤色映得更加苍白，一双眼睛全无焦点地落向廊中。她身后尚跪着侍卫，那些人在一夜之前还将她视作同等的奴才，只是一次宠幸而已，他们便要齐齐俯身跪地向她称臣。

她的身后跟着李敷，他是奉皇上的旨意将她送归宫所。

李银娣貌似疲惫极了，她行得极慢，脚底发软，一时似踩着棉花飘过来。冯善伊果断地为她让路。

李银娣经过她身前时，声音轻而无力："您来了。"

"这时候应以敬称唤'您'的不该是我吗？"冯善伊笑堆了满面，不动声色道，"这宫里还是不要乱了分寸的好。"

李银娣颤了颤唇，终是什么也没说，她累极了，只想回屋里闭了眼睛睡下去。

"去年三月我替您填了内侍府的人情债，费了二十两银子，入冬时我帮您置备了新衣，共四十三两银子。听说您病了看病养病自要花费，我再多吃点亏，抹了零头，四十两银子您——"

李银娣将目光投向她，只是淡淡截了她的话："随我入屋吧。"

冯善伊二话不说随李银娣入了室，她这人有一个原则，讨债的事情绝不含糊。

李银娣坐在镜前披散开自己的长发，似乎无意歇息，李敫还在庭中等她。半刻之后，她还要随皇上去给常太后请安问福，皇上是个孝子，一个把自己的乳母当做亲生母亲来敬爱的孝子，那么从今往后，她也会是孝顺的儿媳。

镜前苍白的容颜写满颓败，她要用厚重的脂粉压盖所有的疲惫。

身后的冯善伊走到了她身侧，低下头，手穿过她的发。

李银娣不等她吱声，先道："我着实没有银子还你。"

"笑话，你没银子，你还……"冯善伊说着一停，舒了口气，未说尽。

李银娣了悟一笑，只是道："给了李大人好处？"原来，她也是这般想自己的。

冯善伊没有答话，将目光扫向他处，其实她不信，只是想说出来争个口舌之快。

"那你也可以给他个好处试试，说不准也不必离了宫去。"李银娣转而冷笑，她一手拉开妆匣，里面摆了各式的金饰钗花，"我没有钱，只这些东西，你觉得哪些值钱便拿去，就用这些去抵。"

"你的妆饰，又有哪样不是我转赏的？"冯善伊回应着她的笑。她从前对她有多好，拓跋余赏下的东西，无论多少，她每每一分两半，吝啬如冯善伊，也定会与李银娣共享。而李银娣对她，也曾是好的，她会在夜里替她添被子，她会在她由噩梦惊醒时将她收拢入怀，像母亲一般抚慰。她们一起侍奉拓跋余，一起还击赫连莘的高傲，这些都不是假的。

"所以，都拿回去。"李银娣将头一垂，长乱的碎发掩住半张脸，"月俸下了，我会还钱。"

冯善伊靠在妆台前，胡乱拨拉着匣中物件，她挑选得肆意，看也不看，只捡了就收在袖子里，直到她翻出那一面白蓝底的釉彩玄纹镜，青如天、面如玉，蝉翼纹。她捏着它目光沉了沉，最后面无表情地置入袖中，抿唇，看向李银娣缓缓道："你欠我的，就此两清了。"

"我希望你能幸福。"李银娣唇角含笑，言得诚恳。

冯善伊扬眉一笑，蹲下身来，仔仔细细盯着她："你就是这样楚楚可怜地讨了他的欢心？"

烛火一闪，映红了李银娣的半张脸，她的声音很淡："我觉得你可悲。"

"我还觉得你可笑。"冯善伊摇摇头，"不过被他睡了几晚，你便有资格冲我耀武扬威，有资格做出一脸悲天悯人的模样关怀众生。你还不就是翻过身去，再由另一个男人睡，这才是你生存的资本，李银娣，你看清楚自己才是最可悲的那个。"

李银娣依然笑着，优雅的姿态很像宫中高高在上的那些女人。她没有怒，没有骂，只是若无其事字字清晰地说："至少我和他有过肌肤之亲，赫连与他有过百年好合的婚嫁诺言，可你什么都没有。"

一时静寂无音。

半晌，她终于说出冯善伊压在心底的那句话——

"你连一个殉他的借口都寻不到。"

冯善伊转过身来，眯了眯眼睛，不甘示弱，便以退为进："这么说，是我碍着你们俩眉目传情秋波暗送。那你便光明正大与他好，何必要偷偷摸摸，半夜才敢爬上拓跋余的床！"

"冯善伊！"李银娣再无忍耐，歇斯底里道，"他都成了先帝，你可不可以不要再一口一个拓跋余。"

"我至少能当着他的面唤他拓跋余。"冯善伊咧嘴笑，嘴角却在颤，"不是什么都没有。"

她猛然推开室门，狂风骤卷，大步而出。

顷刻之间，烈阳散去，乌云遮了半边天，一层层卷着黑雾压逼而来。才迈出几步，小眼睛由廊中滚来，跃上她裙间讨好地欢叫。冯善伊便将小眼睛高高举了起来，小眼睛有一双无比混浊的眼睛，她却从来以为它可以看穿她所有的心思。她将它挂在肩头，下巴抵着小眼睛额头，声音很轻很低："小眼睛，他真的成了先帝吗？"

小眼睛呜呜着，而后"汪"了一声。

冯善伊吻了吻它，一脸明媚的笑："为什么我觉得他这时候仍在宣政殿训政呢？"

她再次扬起头来，任风拂痛眼底的酸软，只是一瞬，她将目光投往身侧，穿过枯败的花坛，与对面之人隔庭相望。那李敷仍立在廊中，远远看着裙袍飞扬的冯善伊面无表情。他们之间无一人率先垂下头去，善伊觉得他的目光隐约熟悉，平静温和中透着疏离，却又不知道因何而熟悉。

直至西风落叶，乌云碎尘，渐迷了视线。

冯善伊缓缓一笑道："李大人，偷听女人自言自语十足下流。"

时至午后，乌云散去，阳光又入。

冯善伊随着姑姑冯太妃在庭院中晒着太阳，新柳微颤，竟有些开枝，素梅一束一束落了满地，点点艳红夹着嫩绿。

一时恍惚，只觉得春日更近了。冯太妃裹着毯子窝在藤椅中，闲来无事，便

碎碎念叨，也不知如何，便将话头落到了新帝上。

"你怎么就不争点气？听说拓跋余身边的女人，他好坏全收了，贼大方。"冯太妃吃了口茶，嚼着花茶中的龙眼叹了一声，"我是没赶上好时候，年纪轻轻地守了寡。"

"您也想着由人收呢。"冯善伊白了她一眼，低头继续剥橘子，一并细细剔了丝络和核。

"翩翩一美少年，谁不爱啊？"冯太妃说着故意瞥了她一眼，"你就没个意思？论说模样，比拓跋余更清更俊。"

冯善伊将鲜嫩的汁肉塞到她的口中，一时心平气和，"您要有那个意思，我劳赫连给您搭个桥牵个线？"

冯太妃嚼着果肉，故意捡话道："你说你押错宝了吧。不仅押错了还不会看人脸色。天天黏着拓跋余你啥也没得到啊，赫连莘好歹混了个名位，李银娣也有几次一夜情。你啊，眼巴巴看着什么都是一场空吧。听姑姑的，我看新皇帝跟你这回准有戏。我差算命的合了八字，说你们——"

"我好歹混了个自由身。"冯善伊顿言，转而又道，"姑姑也是，那些旧事就别总拿来恶心人了。"

"你还怕被恶心啊？"冯太妃吐了吐舌头，笑着闭眼。宫人都说，冯太妃庇护侄女，冯家灭势后，都是由她抚育善伊，宫人眼中，这是个"雅有母仪"的贤惠妇人，只善伊知道她背过人去是个如何德行。那才叫没心没肺的高深境界。

善伊见姑姑睡去，拉了拉她的毯子，却见她翻了个身子缓缓出声："赫连怎么样了？"

"说是无碍。"

紧接着似乎一声轻叹，冯太妃幽幽的声音由细细碎碎的脚步声盖住——

"你和李银娣跟她斗了那么多年，最后才发现，有种的还是她赫连莘。"

细碎的脚步声是随侍太妃身侧的春姑姑，她曾经辗转于冯家与宫中屡屡传达消息。当年太武帝欲治罪冯家的第一手消息，便由时为昭仪的姑姑托她转告。善伊记得父亲时常唤她为"冯春"，只有她们这些小辈才一口一个春姑姑。

冯春，逢春，这真是个好名字。

春姑姑此时由东宫而来，是代太妃去给常太后送礼而归。

冯善伊转过头来，示意她太妃睡着了。春姑姑便拉着善伊退到一侧，低声言道："听说宗中侍被禁在冷殿。先帝朝的几个老臣，估计都要一一定罪。新皇帝这是要痛下杀手了。"

"莫不是又一个暴君？同他祖父太武帝一般的暴君？"善伊笑着抖了抖袖子。

"不是说性情极淡，嗜好佛学？佛门可是以慈悲为怀。"

"没听说过皇帝都是情绪分裂吗？"一角突然传来了声息，只见太妃缓缓坐起来，眯着眼睛盯向二人，"他杀他的，我们过我们的。"

冯善伊总觉得姑姑乃是这魏宫第一淡定的人，任何惊涛骇浪都似乎了然于心。多年而来，她从未见她面露过一次惊慌，便如现在。

"宗伯难逃一死。"冯善伊低了声息。

"噢。"冯太妃应了一声，随即拉了拉毯子，似乎她与宗爱的几十年交情是比水都淡。

春姑姑此时走上去，换下茶壶，又想起一事，波澜不惊地看了眼冯善伊道："不知为何？太后娘娘有提到你，要我请你过去叙一叙。"

"我跟那女人又没交情，何来叙……"冯善伊一笑，忽而顿住，怔怔道，"你说她要见我？"

立在太和殿前，数了殿门上高高矗立的凤凰，再数凤凰的爪子。冯善伊叹了口气，觉得比起姑姑的宫设，太和殿庄重雍容得让人发指。

殿首的公公前来报信，引着善伊入内，过了几处中门，他们将她送入一座装饰朴素的殿室，她方入，便听身后宫门沉沉合闭。抬眼向上殿望去，空无一人。殿下只立了一个身影于素绨屏风前，她觉得熟悉，细看下，竟是李敷。

这几日来，她似乎与这个男人格外有缘。

李敷突然冲着上殿的罗帐跪下，数层帘幕依次扬起，由后殿而出的女子，素服素鬈，极是节俭朴素。

终于，过度奢华之后，太和殿迎来了一位崇尚节俭的帝王母亲。她腕上尚绕着佛珠，周身散逸檀香，貌似由佛堂而来。

冯善伊跪地，行礼问安，再扬起头时，常太后已然落座殿首。冯善伊看着她的眼眉，突然觉得温暖，或许是因为这妇人的一脸亲和，让自己想起了分别多年没见的母亲。

"你就是替先帝统领内宫事宜的女中侍，冯善伊？"连她的声音都是前所未有的柔和，全不似一个太后的气度。

冯善伊应道："回太后娘娘，正是奴婢。"

常太后于是笑道："听说你也兼任着女尚书一职，执理外宫奏折文书，辅佐过先帝。"

【第一卷】北都篇

冯善伊一时将头垂下，"奴婢不才，不过是替先帝行整理归纳之事，外宫政事愚昧浅知。"

常太后点点头，又道："你还年轻，既有统领后宫的能力，何不留在皇上左右尽心效力？"

冯善伊料到太后会如此问，她业已做好了准备应答，未及开口，另一侧李敷忙转向上位掷地有声道："太后娘娘，着冯女官出宫是皇上的意思。"

前有李敷替自己说明，冯善伊忙作势跪地，狠狠磕头道："太后娘娘，奴婢无能，不能辅佐先帝爷施行仁政，甚累先帝由奸人迷惑心智，乱政妄为。我等罪臣，皇上不治罪只遣归家已是大恩，奴婢岂敢再连累圣上。"

"此一时彼一时，时政不同了。"常太后笑笑，又道，"不过既是皇上的意思，本宫自然不好左右。只是你家门凋敝，京中已无亲人，出宫之后可有什么打算？"

"奴婢，"冯善伊仰起头来，额头刺痛，咽了咽口水，终于道，"奴婢愿意落发为尼，余生守着先帝陵寝尽忠职。"不会再涉及深宫恩怨，不会再插手政事，从此以后，她不仅会做个聋子，更要做个哑巴。什么都不知道，什么也不会说出去。这样，总可以了吧。

常太后无声地凝视着她许久，散了一抹笑，"你是个好孩子，出宫去也能重新开始一段人生。"

冯善伊也分不清她此时是真心还是假意，面上听话地应了，却还觉得奇怪，常太后一心一意唤她来，仅仅是为了此事？

"冯善伊。"常太后突然叫她。

冯善伊心一沉，知道这才是正事要来了。

"听说先帝爷生前最后半月极其宠爱宫中的一个女子，却又没能记入彤册，无可查询。你操管后宫，事无巨细都清楚明白。哀家想向你要这个人，如何？"她说着立起身来，缓步行下殿来。

她的脚步很轻，以至于走到冯善伊身边时，冯善伊都始终垂着头毫无反应。

太后弯下身来，声音直落她的耳底，"我知道你是个聪明人，正是因为自己知道得太多了才想要明哲保身退避而去。不过你也应当知道这地方来得容易，去得难。哀家不舍得你离开的说辞有很多。"

明明是极柔的声音，明明是极弱的女子，明明是极慈的胸怀。冯善伊还是笑了，原来，这宫中人人都是持着面具如行尸走肉般生存，生存的方式有很多，外柔内刚，不失为最适宜。

"你当体谅哀家之心，这一切都是为了皇上。皇上收了先帝的宫妃，这其中有多少危险的女子不可捉摸。这个暗受皇宠却毫无来历的女子，是皇上身侧的隐患，哀家一想到她便寝食难安。"

常太后满身的香气，有些暖，又有些涩。善伊咬了唇，堂堂太后如何要为难一个素来无依靠的小宫人？

"你放心，哀家不过是逐她出宫，不会伤她性命。"

"不，你会。"这一声，终不过只落在善伊的心底，她没有胆子说，因为那个最想活着走出宫的人是她自己。平静了呼吸，善伊做出一脸感激状："只要太后娘娘不伤她，奴婢愿意一解太后多时的忧虑。"

"那女人，"额顶传来的声音越来越冷，越来越不容抗拒，"听说是你手下的丫头？"

善伊一时止住了呼吸，微垂双睫，昏暗中似被无数双眼眸紧紧盯着。他们笑她，冷冷的笑，她看见李银娣坐在镜前绾起满头长发，她看见拓跋余走至她身后，葱白长指穿过她的乌黑长发，他说那极美，然后她看见镜中他们二人吻作一团，她看见他们在罗纱帐中翻来覆去鱼水欢好。她看到了太多她不愿看见的画面，那么逼真，那么痛心。最后她还看见那一面白蓝玄纹镜，那是自己的，她亲手送给拓跋余的信物，青如天，面如玉，那是她心中的拓跋余，那信物便就此由他随手转送了他人。她想把它捏砸碎，碎渣却划裂了心底。

我觉得你可悲。

我觉得你可悲。

我觉得你可悲。

一声又一声，尽是李银娣诡秘的笑声，听得她胸口发胀。

不，可悲的不是我。

冯善伊猛然张开眼，凌乱的画面碎裂，她盯着模糊不清的上殿，视线一丝一丝回复真实。她张了张口，声音有些涩："那个女人——"

常太后紧紧盯着她一张一合的唇。

"那女人在落熙宫。"冯善伊面无表情地与她对视，转眸，有些艰难，"落熙宫的……秋妮。"满腔酸涩涌来，善伊忽地落下泪来，这一次并非装腔作势，是全然失控。浑身每一处都在发颤，左手紧握右手，才能不抖。

常太后面无表情地盯了她半晌，徐徐勾出一丝满意的微笑。转身吩咐李敷处置此事。她一步步走回殿上，清雅的身影渐渐落在帘幕之后。冯善伊凝望着她的背影离去，尚未回过神来，她挣扎了几下爬不起来，索性瘫坐在殿中，汗渐渐凉

了。

李敷无声地退身，缓缓经由她的身侧，她看见他的袍角落在余光之侧，便转过身来，紧紧握了他一角袍子，幽幽抬起目光，"可不可以，不要杀她？"

半晌，李敷道："能杀她的人，只有你。"

他说了一句大实话，是能听得她将心肝肺全吐出来的大实话。

夜凉若水，冯善伊拖着步子在宫灯下落了长而萧索的影子。大雁当空飞过的声音是她所能听见的唯一声响，落熙宫入了夜便格外静谧，从很久以前，她和李银娣就蹲在宫门的树前说着女儿心事，无不是拓跋余如何如何。那时候的冯善伊就是个花痴女子，即便现在依然是。

廊道上风吹得灯笼打转，她扶着墙壁行走，停在东首的那间屋再不能进。窗里映着灯下女子的身影，秋妮有一张普通的脸庞，依她的姿色，想在宫中混到人上人恐怕是没有机会，但是如她毫无戒心老实听话的性子，在宫里做个好奴才平安一生倒也不难。

善伊推开殿门，暖暖的烛光裹了她周身。

秋妮持着针线，膝上平铺着大红色的袄子，善伊一看便知那是她在替自己改棉袄。

"善伊姐您别急，还差一只袖子，半个时辰就好。"秋妮将一支针插了鬓间，引她坐下，转身去寻茶杯。

善伊目光紧紧盯着她不离，突然呼吸一滞："我给你一百两，你拿去孝敬内侍府也好，买通李敷也罢，总之要得到皇上的宠幸，要成为人上人。"

"善伊姐您这是怎么了？"秋妮笑了笑，满脸自嘲，"我白日不过是说说，像您说的，我这个姿色上不了台面，我啊，还有些自知之明来着。"

善伊摇了摇头："我的意思不是——"

秋妮连连将话截过，喋喋不休："我就是不服气银娣，不吭声不说话，关键时候跳上了主子的床。我也替您不服气，宫里谁不知道您对先帝的心思，最清楚的也是她，她倒好，明明由您一手带出来，却把您踩在了脚底下。如今更是，您在新帝跟前失了宠，她却耀武扬威起来，她什么东西！"

善伊一把拉过她："我想让你在这宫里好好活着，我想你能蒙受恩宠。听懂我的话，这样才能……"

才能……活下去。这是她想说，却只能死死吞进喉咙的话。

秋妮目光呆滞，好半晌才反应过来，嗤嗤笑着："善伊姐，我知道您人好，都要走了还惦记我呢。能在您手底下历练是我的福气，您处处给我们好处，想方设法替我们捞油水，我们都知道您是好人。"

"我是好人？"善伊呛了一口气，忙咳了起来。

秋妮给她递过水，笑得满面红润："您不知道，宫里我最喜欢的人就是您了。"

冯善伊抱着盏杯灌了自己满口水，不忍再看她。

门外宦官在传秋妮去中宫，秋妮应了一声，将袄子放下，连连说着："善伊姐您放心，回来我就把这袖子补了，等我啊，一会儿好试给我看哪处还不齐。"

"秋妮。"冯善伊哽了哽，紧着她一只袖子不松手。

秋妮朝她一笑："我去去就回。"

善伊一点头，将手松了，平静道："好。我等着。"

秋妮的背影消失的瞬间，狂风入了窗扉，落叶凄离。她站起身来去关窗，却见枯枝如鬼魅，盯得自己的胸口一片凉。亮晶晶的冰碴落在眉间，她迎窗抬了腕子，竟握住了细细碎碎的雪。

真是落雪了？

转过身来，她奔出秋妮方才迈出的门槛，夹着雪花的凉风扑来，她放开步子跑着，钟声一圈圈回荡在中宫的上空，雪落无声，只有呼吸声越来越急促，漆黑的廊道，橘黄的灯笼，夜色下映出满壁的朱红，这些——从她的余光中撤去，越来越远。

终于，高高矗立的金碧大殿渐渐显现在视线之中，宣政殿在一片静谧中显出平静的红光。数百盏灯火围绕着它，金色的瓦檐沉睡在了安逸之中。

她立在九十九级玉阶下，裙摆一路染湿了，那些落在肩头的轻盈雪花化了雪水印在袍衣的纹络间。每一层玉阶都落了薄薄的雪，红光之下反射出温暖的颜色。

从现在开始，她会开始接受这个事实——坐在此殿中的男子，已是另一个人。

宣政殿，她曾经以为自己绝没有勇气再踏入这个地方。或许，只是她过分谦虚，或者可以说过分估高了自己不值半钱的忠贞深情。

偌大的宣政殿，冷清萧索。

金玉雕凿的宝座，积攒着举世孤独。

从九岁伊始，善伊便有一个心愿，亲手去摸那座柄上怒瞪圆目的螭龙，是不是真的如拓跋余所言，那么凉。

八个月前，他站在这里，朝向自己伸出一只手。他那时说，善伊，你站到这里来，很高。她最后也没有动一步，只不过抬起手来，触了触他的指尖，确实很凉。从小父亲就教过她，不属于自己的东西，永远不要碰。因为如果守不住，便

【第一卷】北都篇

只想毁掉。她至今仍小心翼翼地恪守着父亲所有的教诲。所以野心这种东西，从来与冯善伊无缘。

如今，她站在大殿中央，仰望高阶上矗立的龙椅，却看不见拓跋余无限宠溺的一笑。心一时滑落，跌至沉底深处，毫无声息。这个时候，她应当满目盈润，还是歇斯底里地哭泣……

她连他躺在梓宫中安宁微笑的最后一眼都没有机会亲眼看到。

"大胆，宣政殿也是你能随意出入的？"不知打哪儿走进来一个小太监。

善伊看着他面生，至少，这小太监不认识她。

她将目光移开，全无反应。

"崇之，你先退下。"这一声，既熟悉又陌生。

她偏过身来，看着他身后的李敷，看着他眼中一如既往的深不可测。

"皇上可在后殿？"她只是轻问。

"你以为如此便可救了那个人？"他反问她。

她绕开他，直步走向那通往后殿的甬道，袖衫染了清冷的碎香，这一路似有香梅，圆月漏窗，滑落暗影，素白的风帐飘摆，和满地斑驳月光相映。

"你连自己的命都顾不齐，又何来保全他人？"

落在帘幕上的手腕忽而僵住，这几个字撞在心口，她转过身来，虚了眸光。

月色幽然，凝看雪落的是李敷修长而落寞的背影。

【北都篇·第三章】

冯善伊一连睡了三天。

浑浑噩噩，睡梦中几次看到拓跋余，也擦了几次泪，翻来覆去，有时候明明醒了，又继续睡过去，只为了再多看他一眼。她是个没出息的，梦醒了，也能死死再憋回去继续梦。她最后看见拓跋余立在有山有水的一处，满地春莺从山脚爬至山顶，他的身后，云月缭绕，山烟遮蔽苍池。

他问她，善伊，你知，我如何死去？

她于是惊醒，瞪圆双目，盯紧床幔悬挂的平安符怔怔道："你脱下龙袍穿着月白长袍死去，不能继续做皇帝，就守着这龙位结束生命。你有你的执著。"

说完这句话，她看见身侧的姑姑以不屑的目光盯紧自己。

姑姑难得盛装打扮，两腮抹了胭脂，又红又闪，本来不大的眼睛被她画成了一对青桃，冯善伊打了一个哆嗦，这怎么看怎么像是从棺材里蹦出来的人？

她一出声，声音嘶哑着："您老穿着寿衣出来吓人做什么。"

"今儿来贵客。"冯太妃说着掀了她的被子，"你给我洗洗涮涮去，像了模样再见人。"

"什么贵客，收魂的？能否商量着把我的魂一并收了去，近来三魂六魄扰得我难以清静。"她好不容易从姑姑手里抢了被子往头上一蒙。

"你再多睡几天，直接能去魂。"

"我睡了多久？"她猛地拉下被子，喝了声。

"三天。"

冯善伊眼珠一亮，迅速翻下床，趿拉着鞋，只披了长衫就跑出去。

一拉大门，鹅毛大雪滚滚涌来，她顾不得其他，顶着雪便往外冲。

三天，怎么会是三天？

从宣政殿回来心情不爽，她便倒头睡了，想着只睡三个时辰就去给秋妮收尸，未料竟是三天。那丫头岂不也成了孤魂野鬼？连个安身立命之所都没有……

冯太妃来不及拦她，忙追着吆喝道："祖奶奶，你牙不刷脸不洗赶着去哪儿投胎？你回来，为了请这贵客，我可是花了大价钱，出大血了……"

青石道两侧积了厚厚的雪，宫人洒了盐水，偏这雪势不减，旧雪未退，又落了新的，于是都凝了冰。冯善伊跳过廊栏，一跃庭中，鞋子落了一只，跑出去几步，又觉脚冷，单脚蹦回去捡鞋，厚雪结冰盖满石路，脚下瞬间起滑，重心全失，身子前后摇晃着，"嗵"的一声整个人向前扑入了雪堆中……

头顶飞旋的雪花落了一片又一片，从积雪里拔出头，她立时骂了句娘，顺带吐了满嘴的冰碴，涣散苍白的视线中只见得长长的影子落下，在微风中晃动着，厚重的皮靴落到了她的身前，玄紫色的长袍及地，被风吹散了落摆。

摔也就算了，最丢人的是还得被人看着！

冯善伊皱皱眉，一时气急败坏。

她费力地抬起右臂，隐隐作痛，朝向那立着的身影甩了甩。

半晌，毫无反应。

脖颈刺痛，于是她的气更不顺："没长眼睛啊？见老娘闷头摔出去，也不知道来扶把手？"

身前之人，犹豫地伸出一只手。

微凉的指尖触了她的手指，竟不知如何拉拽而起。

"没吃饱饭啊？"冯善伊仰头甩了他一眼，逆光，全然看不清模样，只觉得这人很高。另一手拉着他的腿，她滚着坐起身来，缓了半刻蹒跚而起。拍过肩前落雪，右手尚在那人掌中，她顺着那修长白净的手往上打探，直至那幽深的双眸撞入她的目光，她顿时生出一种想死的心绪。

反将落在他掌中的手翻过，转而滑向他的衣袖，迅速转换语气："皇上，这廊前路滑，小的搀您去殿里。"

拓跋濬微微皱起眉，这女人是要以这种手腕引起自己注意吗？为了留在宫中？她便如此放不下魏宫触手可及的权位？比起众嫔妃的百花之貌，她没有那倾国倾城的极盛之颜，没有赫连莘不可小觑的背景，甚至……连一个宫中女子理所应当具备的贤淑温仪都没有，所以便要以如此哗众取宠的闹剧做最后一次挣扎。

小聪明入了极致的女人，他只会厌恶。

一个帝王沉默的时候，恰恰最危险。

冯善伊深谙此道，于是咽了咽口水，想找个借口溜走。只是场面似乎比自己想的更容易应对。

拓跋濬一个字也未说，只是甩下她的手，弹了弹袖子，转身沿着来路而去。

冯善伊立在雪中看着这比拓跋余更闷的男人沉默地来又沉默地去，落梅飞下，他似乎极其嫌恶地躲开，偶有梅瓣沾了肩头，便要用袖拂去。

冯善伊想，你嫌弃我可以，但决不能嫌弃我院子里的梅花，那是拓跋余播的种，浇的水，你嫌弃不起。

回至殿中，冯太妃正端正坐在桌侧，保持着优雅的笑容，一见走进来的是踩着鞋的冯善伊，笑脸顿时垮了，她从椅子上跳起来朝门外探了探头，狐疑地问冯善伊："就只有你？没别人。"

"庭子里见了您的某位贵客。"

"人呢？"冯太妃忙抽出镜子端详，推了发鬓，又压了压妆容。

冯善伊揉着肩膀挨着桌边坐下，呢喃着道："貌似被我吓走了。"

冯太妃扭过头来，扳过她肩膀，上上下下地打量，满脸哀怨状："你眼屎不擦，口水印子不洗，头跟鸡窝似的，别说是人，鬼都被你吓走了。我花银子好容易买通圣驾一面，给你俩拉线搭桥，你就这么给我把人吓走了！冯家你不行，不还有我嘛？小的不行，老的上，你好歹把人给我捆到殿里让姑姑跟他对对眼也行，你说你，姑姑一大把年纪了，好容易有个第二春机会就这么被你活活掐灭了。"

"说半天，不是替我操心，而是自谋姻缘啊。"冯善伊无奈一笑，狠狠舒了口气，"姑姑，那我就放心太多了。您再多卖回血，下次人来了，我绝对回避。"

冯善伊在冯太妃一片呼天抢地中走出大殿，清冷的寒气吸入肺腑，目光随着远处的落梅一抖。

兴安元年就此要来了。

也许多年以后，没有人会记得那个仅有八个月短暂的承平年。他连谥号都没有，甚至也不会有庙号，人们只会在当朝以先帝唤他。数百年后，多少皇位更迭，先帝这名字总不能陪伴他一辈子。

他会在历史中逐渐失了踪迹，最终只剩下那个仅当了八个月皇帝的天子——拓跋余。

眼下史官们正夜以继日撰写先帝的生平旧迹，他们挥汗如雨，落笔洋洋洒洒，却全是狗屁不通。这天下还会有其他人比自己更了解拓跋余的衣食起居？

拓跋余活着时，她便多次取笑他干脆娶了自己算了，她也不要什么位阶，随便拿个皇后当当就好。他穿的经她选，吃的经她挑，便连夜宿的宫殿也是她收了嫔妃好处擅自决定的。她经常挂在嘴边的一句话恰也是："拓跋余你要善待我，否则我可以让你连自己怎么死的都不知道。"

因为她的存在，他完全可以在睡梦中驾崩，在食膳间晕倒，甚至清晨方睁开一只眼的瞬间便面临着死亡。可是，他终究没能如说笑中那般死在她的手中。

他最终死于一场宫变，将会在史书中留下了另一种荒唐的死法——承平年十一月丙午日夜间，帝于平城东庙祭祀，宦官宗爱弑主，葬处不明。

冯善伊常想，若是自己出了宫定要找个模样好看的男人嫁了，她要生七八个孩子，一半男一半女。丫头就去勾搭世家公子，儿子就去娶商绅士族的女子，这样京城的官商全都由她勾结了，她的日子过得不一定比皇帝差。

她曾经把这想法认认真真地说给拓跋余听，甚至撺掇他把玉玺扔到后殿的井里，跟她出宫生孩子去，这累死人不偿命的皇帝谁爱当谁当。

她说这话时，拓跋余正捧了满手奏折拉着脸看着她，好半晌他才抖了抖袖子，叹气道："七八个准是不够。"

魏宫入秋后便极冷，一到寒夜，她便顾不得奉茶倒水，只是披着厚厚的毯子守紧火炉，趁拓跋余批折子的闲暇，她多半会抓紧时机调戏他，诸如厚着脸皮在他桌前一滚，身子压着他笔下的红面折印，色迷迷地盯着他一双清明的眉眼："天儿这么冷，咱俩生孩子去，顺便取暖。"拓跋余每每叹口气，拎起她往火炉子

旁一丢，半似嘲弄道："同火炉子生去。"

那之后不久一次，她吃得胃胀气，肚子难过便坐在他怀里撒娇同他一起看奏折，他一手搭了她腰间一手持朱笔，毫不经意地说她胖了。她作势便呕，再满面无辜地拉了他的手放在鼓鼓的肚皮上，"你看，这里面有小拓跋余了。"那一夜，他笑得前仰后合，脸红了又青，于是再也看不下去一份奏折。

这一整日，她都尽想着孩子的事，说给春姑姑听，姑姑笑她莫不是思春。她于是反唇相讥，我没思你，我是思娃子了。

雪连着下了几日，她没心思同姑姑打雪仗，倚着窗边看那俩老小孩在雪地里滚来打去。她鄙视一番后，戴好斗篷，穿上雪袍，冲出去同她们厮扭成一团，直到泄尽了浑身气力，呈大字状倒在雪地里张嘴呼吸，硕大的雪花落了满嘴，雪水顺着嘴角滑了满下巴，片片冰盈坠在睫上，她轻轻一抖，碎了目。

她想，她一定是非常喜欢那个人，她真的希望能给他生个孩子。

冯善伊立在落熙宫东首的房前举步不前，屋前落的积雪堆了数日，未有人前来收拾。她将斗篷收紧，抬手推开房门，屋中一片死寂，只有两面挡风的厚帐在风起时晃了晃。烛架里的烛油烧尽，她走至窗前，拉下几面雪帐，打开了窗，满室的尘埃被风散去，她借着些微的光，透过浮扬的尘埃，看清这室中每一处景物。

差了半只袖子的红袄依然静静地躺在桌子上，她拾了起来，指尖划过绵密细致的针脚，凉薄的唇微抿。

"秋妮。"身后脚步低沉，人声仓促。

黑暗中冯善伊转过身来，时光似水停歇，她看见李银娣仓皇地立在眼前。

烛台被风雪打落，着地的声音清脆。一如梦中惊醒，李银娣猛地扑过来，浓重的妆颜渗出恐惧和所有的绝望，她捏紧善伊的双肩，指尖发白地颤抖："秋妮呢？秋妮呢？她最后离开时，都说你在！她去了太和殿就再未回来。"

她声声质问，气息全乱，没有人会相信一个人可以在这诡秘的魏宫消失十日之久，除非是死了。

冯善伊一根一根掰开她的手指，良久，她低哑地笑出了声："你明明知道，还来问我。"

李银娣僵冷了呼吸，似被惊雷击中，动也不动，面上血色全无。

"常太后问我身边可有一位女官，与先帝颇近。"冯善伊说到这里停了停，目中如水波涣散，"你猜我回的哪一位？"

"秋妮才十三岁！"李银娣吃痛地唤了一声。

"这和年纪无关，常太后要我从身边选一个丫头，不是你就是她。"冯善伊又一笑，"你想让我说是你吗？"

有泪从李银娣目中晃出来，周身都在颤。善伊突然觉得这模样的她太假，秋妮是为了她去死的，她如今在人前装哪门子假慈悲？她若是真慈悲，秋妮失踪的第一天，她为何不站出来，为何不冲去太和殿找那笑得满脸温和的太后要人？为何仅仅是当着自己的面吆五喝六装腔作势？！

"把眼泪憋回去，我看着恶心。"冯善伊由她身侧而过，说得绝情。

"为什么帮我？"李银娣眼神呆滞地转向她，目光寸寸裂开，闪着猩红，"天底下最恨我，最厌我，最巴不得我死的人，不是你冯善伊吗？我想不出你的好心，想不出这之中的缘由！"

"是。我巴不得你死。"冯善伊咬了牙，停了半晌，一字一字地说道，"谁叫我犯贱呢？"

李银娣愣着，不能再言，冷汗滑入寒鬓，偏不生冰。

冯善伊走向她，静颜微笑："你说，我是为何偏偏要犯贱呢？"

李银娣一面摇首一面后退，模糊的泪眼中展露出惊恐，她已濒临崩溃。

冯善伊顿了顿，看着她的眼睛："你肚子里的，是拓跋余的骨肉吗？"

李银娣脚下一软，徐徐跪了下去，她拖住她的袍角，哭得颤抖，唇齿含糊着求情，说了什么皆听不清。冯善伊把头低下，却不能低太久，怕眼泪会止不住往下掉。

"别把我当傻子。我只不过时常糊涂而已。"声音很轻，滚出喉咙的字眼无力。

李银娣仰起头来，满面冷泪湿了妆容，确实狼狈。

"你也可悲。"冯善伊摇头笑了笑，"连他暖床的工具都算不上，他只不过是要你的肚子而已。"

李银娣不明白她怎么可以将话说得如此残忍，她更不会明白那是冯善伊所有的嫉妒与恨，是她百求而不得的，她得到的却如此容易。

"好好活着，我也想看这孩子他日如你们所愿，走上那位置的模样。"

雪中夹了香气，她仰起头来，看见漫天飞舞的碎梅遮住昏暗的光亮，那些幽魂落了又起，咿呀低吟，她听见风中一并送来他的声音，隐隐约约——

"我用下辈子还你。"

淡淡地笑，平静的眉眼匿着涩苦。

其实，我只是想知道，那个孩子，是否会更像你。

【第一卷】北都篇

今日是雪赏，常太后与赫连太皇太后齐齐聚在会央阁品雪煎茶。在冯善伊眼中，这只是第一次走到正轨的对决方式，以后宫正统赫连为主的一些人皆出自拓跋余的后宫，常太后的势力则依靠从前的东宫旧势。

这种权力对决，不会止息于一个执政期的结束，相反，它会一代一代地传递，直至王朝颠覆。

到了拓跋濬的后宫，常氏的外甥女李申，与赫连氏的侄女赫连莘恰恰是最能势均力敌的一对敌手，或许，她们会敬慕彼此，只是家族的牵系，会将她们推至不同的方向。

冯善伊曾经问过已是太妃的姑姑，如果两家互掐，她们冯家会偏向其中哪一方？姑姑那时只是漫不经心地嘱咐她"煎好你的茶"。

于理上，冯家应当互不偏袒渔翁得利，于情上，姑姑必与赫连更近。毕竟她们两人也是前前朝时斗了半辈子的老伙伴了，两代相争，终是习惯了彼此为伴。冯善伊似乎有那么一点理解姑姑了，就像她和赫连莘一般，自幼时斗到大，争得难解难分，爱恨皆有。

姑姑常说，赫连与自己都是千岁。

这话善伊觉得偏颇，娘把她生出来时，她的旧国燕已经亡了七八年，她打小没享受过一次公主待遇。再说她爹爹虽是燕国皇子但却也是叛国逆子，这事要端回燕国，百姓心底不愿认可这一支丢人的冯氏子孙。

而赫连不同，她一出生时就是大凉国宝级的人物，犒赏册封，丝毫不含糊。赫连的父皇也是个血性汉子，不将魏帝的封赏看在眼里，终在逃归故国途中被抓获格杀。旧凉的百姓敬佩他铮铮铁骨，为他立碑建庙，他总算也落了个一代枭雄名垂青史。

所以说，赫连的父皇是英雄，善伊的爹爹是狗熊。

会央阁里过分亲昵友好的气息，在冯善伊眼中不过都是假象，不过她乐于享受暴风雨前的宁静，总算可以在离开前给自己留下那么一丝有关"宫"的美好回忆。

就在今夜，内侍太监会来送她出宫，这以后，她才会拥有名叫"人生"的那个东西。

"你今日格外高兴。"赫连莘余光瞥了眼冯善伊，淡淡道。她和善伊坐在阁中最僻静的角落，这样她们可以细细看清这些外面光鲜亮丽的女人们有着如何辛酸卑微的背影。

"千娇百媚之中，似乎少了个人。"冯善伊放眼望去，只淡淡道。

赫连莘扬起一脸骄傲，"噢。我们的悦夫人文氏身子不便。"

赫连所说之人便是那个由拓跋余亲手所赐拓跋濬的女人，传言中曾与拓跋濬大婚。算是新皇帝一生中最初的女子文氏，却是个缄默寡言低调神秘的存在，便如同这一座倾世巍峨壮丽的大魏宫城，总有一处谣言闹鬼的幽冷静殿。

冯善伊对那文氏的印象实在模糊，文氏出嫁时，太武帝已卧病许多年，诸事都交由宦臣宗爱处置，这其中也包括皇世孙拓跋濬的大婚之事。

当时仍是南安王的拓跋余便向宗爱举荐仪曹尚书嫡女文氏，由此便有了少年拓跋濬的第一桩婚事。只可惜……少年夫妻苦恼不断，这二人似乎极不对眼，并未有琴瑟和鸣的佳事传出。拓跋濬大婚的转年即又另立乳母常氏的外甥女李申为侧妃，反与李氏举案齐眉恩爱不移。文氏的地位由此一落千丈，如今只剩身份特殊。

"听说皇上同文氏并非是感情不和。"赫连莘扬起眉眼冷笑。

冯善伊知她话中有深机，不急不缓给她添了杯茶。

"两人大婚之期是春天，只是入秋还未至，便有传言说文氏生下一女。你说奇不奇怪？"

"宫中讹传不足信。"冯善伊将茶推过去，也不想多说其他。

她从未听说过拓跋濬周侧有宫妃产子生女，即便真如赫连所言，那孩子也不能活到今日。

"反正我信了。"赫连莘信誓旦旦地点头，幽幽道，"你说那孩子会不会是先帝的？"

冯善伊渐愣住，清醒了几分，又猛地摇头，强令自己信服一般道："不会。"

赏花于园中的冯太妃一时以身子不适为借口辞退，她朝善伊递了个眼色。善伊放下手中的茶壶，挪步要走，又见赫连清淡的目光追着自己。第一次，她看着她，不想争嘴，也不想戏弄。

她微微一笑道："赫连，如果这宫里没了我，你是不是会过得舒服？"

赫连浅皱了眉，讥讽而笑，"何止舒服。梦里尽想着如何除了你。"

"那便好。"冯善伊再一笑，将茶壶推递，循着姑母的身影退了出来，姑姑的身影落在苍枝之下，她向前走了几步，将袍子替姑姑披上。冯太妃偏过目光，随意道："这茶不能喝太多。"

"为什么？"冯善伊伴着她走过花圃，可惜这满园春色还不至时节。

"吃多了，便要闹肚。你没见太皇太后就抿了那么一小口。赫连莘也坐得远。"

"是太皇太后？"冯善伊笑了笑，只觉太皇太后越老性子越似小孩子顽劣了。

"她啊，"冯太妃行了几步，摇摇头，"倚老卖老，仗着自己是地主婆，第一次照面就使绊子。"

"姑姑以后倒是要站在哪一边？"冯善伊伸出一手穿过檐下的雪花，轻问。

"我没有任何把柄可拿，她们谁也使唤不了我。"冯太妃一时笑得无所谓，突然转过身道，"明日晚膳，给我准备煎梅碎柳肉。"

"姑姑差使小厨房吧，过了今夜，我也是自由身了，姑姑再也使唤不了我了。"

冯太妃将眉一扬："你真的以为自己能逃出生天？"

"离宫就在今夜。"冯善伊煞有介事道。

"你明日给我准备。"

"我在说奉旨离宫之事。"冯善伊于是强调。

"我在说明日的食膳。"冯太妃一并点头。

冯善伊眨眼，百思不得其解。

冯太妃拍了拍她肩上落雪，一脸少有的正经严肃："你的路还很长，你所预料不到的长。"

"有多长呢？"善伊把头转向她，"我可不想成了丑老太婆子。"

冯太妃随着善伊笑，抬袖握了一把雪，六棱的雪落在掌中尽化作晶莹剔透的水滴，一丝丝顺着五指渗下。

"有千岁。"湿濡的手握向善伊，冯太妃摊开她温热的掌心静静道，"你也许会成为连自己都想象不到的那个人。"

姑姑如此认真的时候不多，善伊愣住，一瞬间的恍惚。

所想象不到的那个人，又是谁？仍会是冯善伊吗？

实际上，她每一天都会担心，因那些如影随形的噩梦困住，她不能进一步，也无可退。虽不是傻瓜，却也知道殉葬是最好的一步棋。与其借力他人，不如自己走得痛快。但内心为何总是升起无数的留恋？

想要活着，想要用尽每一次呼吸努力地生存，活着看看魏宫之外的世界该有多么美好，活着才可以遇见那个终要许自己一世永安的男人。

谄媚也好，引来憎恶也罢，只要可以活着，活着走出宫，她可以不在乎自己的卑贱。

"我从未有过担心。"看穿了她的担忧，冯太妃安慰一笑，"即便是当年你与兄长同处刑台之上，我也没怀疑过你的人生会终止于那一刻。你明白吗？"

冷风刮痛柔软的脸颊，善伊的笑容僵了，痛得麻木的记忆如潮水般涌来，酸涩冲了胸口。不是忘却，是刻意不想回忆。

她，是从斩首刑台上走下来的冯氏遗孤，她的身后曾经蔓延着猩红的梅花，染浸鞋袜。她的脚边也曾滚落父亲被斩下的头颅，血的腥气便浮于鼻尖。再没有人比自己知道死亡是个什么东西，再没有人比自己更渴望生存。

扬起的雪像风一般扑了满面，长睫沾了点点湿凉，善伊笑："祸害，遗千年吗？"

冯太妃以笑饰面，终是转身离去，靛青色的长裙曳地摇如枝摆，扫过满地落雪，翠白相间，层层铺卷。一入魏宫二十载，无论是冯昭仪，还是冯太妃，无论多少朝世更迭，新主替换，她仍是坚持着汉人华衣。

善伊想，这也许是姑姑左右逢源，勉力生存的背后所坚守的唯一。

冯善伊决定在离开之前，最后去看一看老太监宗爱。

门，由外推开，她买通了监守闭室的侍卫，才得以见他最后一面。

宗爱跪在蒲团上，年迈的身躯如松刚毅却枯瘦，他的两鬓全白了。苍老的双手间捧起那一把龙纹匕首，格外刺目。那是拓跋濬留给他的最后的"赏赐"，一个相对较体面的死法。

"宗伯。"善伊立在阳光射入的一角静静地微笑。

这里没有太武帝最宠幸的中侍宦官，也没有拓跋余朝中呼风唤雨无所不能的元辅太师。如今她面前，仅仅是一位即将走到人生终末的老人。

那些朝臣将先帝拓跋余的死亡归咎于宗爱穷途末路之行刺。不过是用来蒙蔽天下人的谎言。拓跋濬竟也用到了自古以来最干净利落的这一招——嫁祸。

当一个皇帝失去了至高无上的权力后，他所拥有的一切必将匆匆逝去，包括生命。

能逼死拓跋余的，只有权力。

没有人比拓跋濬更清楚地知道自己的叔父是如此骄傲，也没有人会比他更明白手握大权的叔父是如此脆弱。

宗爱缓缓地转向她，目光温润，多少年来，他一直很喜欢这位汉家的公主。连日来迟迟没能了结本该结束的一切，或许也是在等公主娘娘。他知道，她一定会来。

"您来了。"他淡淡笑着，将那扫兴的匕首收回了袖中，"您，好吗？"

"这么多年了，您老还是这般客气。"善伊走过去，与他同坐在蒲团之上，笑得明媚，"我很好，姑姑也好，小眼睛也好。宗伯好吗？"

【第一卷】北都篇

"好，好。"宗爱连说了两个好字，眼中涩涩的。

"长义哥哥得了消息，已出江州，正在赶回的途中。"

"何苦通知那孩子啊。"宗伯摇了摇头，一丝落寞稍纵即逝。

在宗长义的信中，只说想见义父最后一眼，一眼也来不及了吗？

她有些心酸地垂下头，自己那时也是这么想的，无论如何要伴随拓跋余最后一程，可最后，拓跋余仍是将自己推了出去，她于是才没能亲眼见证他的死亡。甚至连再见都忘了嘱咐，只说要他好好走，好好走……

"到了那边，"压下所有情绪，善伊含笑仰首，"会代我向他问好吗？帮我言些好话，就说我眼下玩心太大，不想早早去见他。"

宗爱点点头，满是粗茧的手掌抚向善伊额顶，一圈一圈地似要落下印痕，平静地说道："老臣这便要去见先帝了，您的路还长呢。"

冯善伊呼了口气，握住宗爱的手贴在自己额头上："我以后，不会再怕了。"

十几年来所在意的一切尽离自己而去后，也再没有什么值得畏惧。她放下他的手，拉了拉裙摆站直了身子，一步步走向门前，碎乱的阳光染在发间，额头很烫。

"公主娘娘千岁千岁千千岁。"

她听得这一声，沉默间顿步，回过身去，长乱的头发在风中扬起。

宗爱佝偻的背高高弓起，像一座老钟，额顶在颤抖间勉强触及冰冷的地砖，他跪得如此艰难而又虔诚。

这或许是他人生中最后一次行礼，一辈子卑躬屈膝，一辈子山呼万岁，一辈子谄媚逢迎，她不知他此刻的心情又是如何。她也不知道，他如今跪的是自己，还是姑姑。二十年前，或许他也曾经予姑姑如此一拜。只是那时他真的懂她吗？生命尽头的一瞬间，他是读懂了姑姑所有的决绝吗？

"如果有来世，你还愿意在相同的地点，以相同的身份，遇到那个相同的人吗？"

宗爱仰起头，迎着刺目的阳光半眯双眼。

他没有回答，她却读懂了他所有的选择，即便是在无声之间。

"咚"一声沉闷入心，朱色殿门在二人之间缓缓闭合。

长衣散开，雪花肆意扑入，夹杂着二月冷梅的腥气。

她眨了眨眼睛，睫上一颗雪晶顿时化为温热的水滴，猝然滑落。

"可是，我不愿意。"

如果可以选择，她会远离这座宫，远离深爱却又抛弃自己的那些人，远离所有的哀伤与欢乐。这里的幸福太贵了。她会向上苍许愿，只做一个普通人，在美好的年华出嫁，在丈夫的陪伴与子孙绕膝的幸福中走完平静的一生。

只是，冯善伊的命运中似乎从没有"平静"二字。

她是在冯家遭变，父兄惨死的那一年投入宫中，依靠姑母勉力生存。她本当和父兄齐齐死在刑台之上，偏偏那个时候，宗爱携着太武帝的旨意将她亲手领下了刑台，那时候他两鬓尚是灰白。

她问他："与其这般活着，为什么不死呢？"

他答她："与其这般死，为什么不活？"

她当时认为这是多么有禅机的一句话，许多年后转述给拓跋余听，那家伙只挑了挑眉毛说宗老头子糊弄你呢。后来她才知道，拓跋余的意思是魏宫这地方活着不如死，这是句大实话，但是不受用，更不受听。

宗爱说："宫这地方，能活不死，能站就不跪着。"

拓跋余说："废话，我都站直了，还怎么跪？"

她喜欢拓跋余，也是从他和宗爱的争吵中开始。那个时候，他仅仅是个不受待见的文弱皇子，没人能想到这么一个贫嘴的臭小子会在某一日登上九五至尊的宝座。当然，除了宗爱。只是宗爱也没能想到，这家伙福薄，仅仅八个月的天子，感觉比梦还仓促。

冯善伊的记忆从来很单薄，刻意删减某些之后，便只能容下了三个字——"拓跋余"。

她是一个不会掩饰的人，姑姑却常说身为旧燕公主总当有汉家的含蓄。

国都亡了二十多年，她算哪门子的公主？

要说起她家门的旧史，她能背出一车一车的传记，而后再添上自己的演绎。拓跋余很喜欢听她讲故事，于是她总能把那段历史描述得绘声绘色。

她是汉人，也有人喜欢称她旧燕公主，诸如她那个动不动神往故国怅然无限的姑姑。她父亲，虽是名正言顺的燕国皇子，但却是个叛徒。

他怕死，怕疼，怕鬼，怕脏。她家门最盛时正逢五胡乱华，十六国并立，战乱不息，冯家祖上有军功，到了曾祖这一代坐上了燕国皇位。到她祖父继位不久，魏太武帝兴师伐燕，祖父一路逃一路乞饶，甚至将自己的女儿送给魏，可最终还是死在逃亡路上。燕灭后，她爹怕死，于是叛逃西辽，向魏称臣。

这是她家门的历史，载满背叛与耻辱。

她的祖父背叛了儿女，儿女又背叛了父辈。一个叛国投敌的废人，只有受尽鲜卑人的奴役和鄙夷。她的父亲在最后都没有得到太武帝的信任，终于死在多年前莫须有的罪名下。一个权力胜过自己的人要开杀戒，往往是不需要理由的，因

035

为他从来都看不起你。谁会在意一个血脉中写满背叛的民族？

善伊认可太武帝是难得的英雄，即便他灭了冯族，这之中包括她的父亲兄弟和叔伯祖父。只是善伊不希望拓跋余会成为像他父皇那般的圣主，或许因为站得太高便愈不能胜寒。

拓跋余果然没有站得那么高，但最终的结果是，他死在比他站得更高的人手中。

是夜，善伊不耐等待，自己背着行囊立在了西侧殿的门外。

身后依然能传来姑姑诵经的声音，听得她脑仁发麻。她刚刚前去与姑姑作别，姑姑却睁了半只眼，神经兮兮地道了句："明儿见。"于是她憋着气回屋取了行囊，怀里抱了半睡半醒的小眼睛，在门口吹着风等内侍府的公公前来领她。

等入了子时，姑姑披着袍子溜出来，倚着门道："洗洗睡了得了，明儿还得给我熬粥呢。"

善伊瞪了她一眼。懂圣旨是个什么玩意吗？岂能朝令夕改。

姑姑最后打了瞌睡，扭身回殿，把手里拎着的灯笼挂在了门边。

善伊将小眼睛往怀里一紧，继续等，大有将夜等穿的架势。直到看清对廊中有个身影映着月色晃了晃，她立起身来，凭着直觉分辨出来人是李敷。

藏青的长衣荡在风中，他似乎立了许久，却始终没有迈近。身子立得如青松般挺直，冷袖挽在身后。善伊犹豫着是不是要自己走过去。

两人在黑暗中对峙了许久，终究是善伊妥协，谁叫自己总是对美男子全无抵抗力。

"李大人亲自来送我吗？"她走过去，盯紧他。上次只顾着哭闹，未细看他的五官，如今离得近，她能细细品他的眉眼，观他的口鼻，还有性感的下巴。气如青松，颜若温玉，无不是这个模样吧。

"圣旨传下，自要亲力亲为。"李敷应着，似乎也被她盯得发毛，步子向后退了退，一让，"这边请。"

李敷引着她，没有持灯盏，月光隐幽，细长的影子无意间洒落。善伊便踩着他的影子，不时仰头看变幻莫测的月色。美男于侧，如果这不是一个离别之夜，或许还能衍生出无限美好的情事。

一路只顾及美颜，稍回神时，已是三绕四拐，善伊也不知道自己走在何处。她终于止步，停步不前。

她虽不明方向，但也知道，眼下走的并不是一条出宫的路。

身前李敷回过身来，隔着一段距离，眉隐隐皱起："冯女官？"

冯善伊吸了一口气，缓缓微笑："脚痛，走慢些吧。"

李敷果然慢下步子，两袖却始终背在身后。她在他身后，看出了他的紧张。她也不知道他会把自己带入哪一处偏地，一个最适合自己静无声息、秘密死亡的僻处。

庭前植满了香雪梅林，善伊忽然有些明白，自己正是经过了赫连的宫所，她一时留恋，真想最后见她一面。过了梅林再穿入一座假山，过石桥，恰有一处鲜有人烟来往的陋殿，听说从前关过太武帝的几个罪妃，人死后，便一直闲置。原来是那个地方，善伊顿时了悟。赫连莘曾经说她在夜里偶尔会听见梅林深处有夹杂着水声的哭泣，十分骇人。或许，今夜之后，她在某一天也会听到自己的哭声。

"冯善伊？"

这一声反把善伊吓得一哆嗦，她和李敷同时转过身来，看着林前石桌上坐着的人影。是赫连莘。莫非真是心有灵犀？她此时正披了裘袍，以润了雪的夜梅熏香，她看见善伊不免一惊，隔着远处唤出声来。

李敷看了冯善伊一眼，只是提醒："时间不多了，莫要磨蹭。"

善伊撇了撇嘴，莫非阎王也赶时间？！

"这么晚了，你来我园子做什么？"赫连莘说着走上来，目光往李敷身上一飘，冷笑，"哟，这么快就会上新男人了。"

"我。"善伊刚一开口，便觉李敷阴沉的目光逼近自己，她于是笑笑，"皇上的吩咐，我和李大人有事要做，只是路过。"

赫连莘扬了扬眉毛，毫不在意地转过身去，抖了抖袖子："会就会嘛，尽找些个理由。先帝爷也不在了，没人会治你不忠的罪。"

李敷几步迎上，挡在冯善伊身前，朝着赫连躬身一礼，"时间紧迫，微臣尚要领冯女官去要地。请娘娘恕罪。"

"皇上的意思，我又哪儿敢拦。"赫连懒懒一笑，百无聊赖地坐回石桌前，挥了挥袖子，"去吧去吧。"

李敷回身看了一眼冯善伊，示意跟上，见她有些愣神，才又出声催促。

善伊垂下眼眸，抱紧小眼睛，跟着他的步子穿过石路。身后淡淡的梅香沁鼻，她终究忍不住回首，望着赫连繁复曳地的月白百莲裙摆，静了一息："赫连。"

赫连莘不解地抬首，循着善伊的身影，隐隐皱眉不悦，"做什么？"

"如果。"善伊微微笑着，"如果没有我，你会不会真的舒服自在？"

仍然是白天的那番话，赫连莘将眉皱得更紧，不屑道："还用说吗？"

"我希望是这样。"善伊笑着点头，再偏过头来迎向李敷投递的目光，"走吧。"

"冯善伊。"赫连猛立起身子喝向她，眼睁睁看着她身影随着那李敷消失于梅林深处，长袖染了一角雪迹，赫连忙连连甩袖子，再看桌前冷香都已灭了。

林子越走越深，静得连一丝鸟叫都听不见。冯善伊有些冷，于是怀中的小眼睛与她一并颤，她看了一眼李敷的后脑勺，突然出声道："一路只走不说，会很尴尬。"

李敷并无反应，手却紧了一紧。

枝头枯叶零落，踩在脚下"吱吱"的声音盖不住她的碎碎念，他还是听到了她的话，每个字都如此清晰。

"我，是真心希望她会舒心自在……"自言自语的呢喃，她撑起宁静的笑。

巨幅的白幡高高扬起，长缨竟似要划裂寂静的暗夜。因为死亡而闷闭的窒息之中，只有她的声音，一如清风的明爽。

"刚刚那位，别看她对我那副德行，却也是我在宫中唯一的朋友了。李大人在这世上也有放不下的人吗？"

毫无缘由，他渐也慢下步子，一步连着一步，比之前更沉。他不出声，全无情绪地任那些无谓的言语过耳不过心。

"李大人的模样恰是我迷恋的那种。如果，我是说如果，人生重走一遍，我肯定选你。我们这时候也许就在计划一场无比刺激的私奔。"她越说越离谱，不时以食指弄醒小眼睛，脸上笑色更随意。

"果然是……见人说人话，见鬼说鬼话。"李敷冷笑着，回应得一针见血，只是应后他却不知自己为何要接了她的话。

冯善伊将头仰起，目中尽是斑驳的月色，看着他的背影："我说不了几句人话了，一会儿想说也只能是鬼话。"

李敷静静止步，终以凉漠的余光淡淡扫过身后。他从来不会小看任何人，包括这个手无缚鸡之力的小宫女。冯善伊走近他，她要半踮起脚尖，才能与他的鼻梁齐高，冷凉的呼吸如剑，割裂目中仅存的温热。

他将身后冷门一击，浓重的霉气迎面扑来。

他只说了一句："到了。"

038

长殿白幔飘飞，梁上尽是浮动的白绫，青石地砖凝固着年岁久远的血液，已风干成浓烈的黑红，恰与李敷袖口的颜色一致。

"皇上？常太后？赫连太皇太后？"善伊抬手握了一束白绫拖在身后缓缓走入冷殿深处，脚下踏过团团殷红，她立于其中转过身来，"是其中之一，或是他们全部？难道，我不需要在最后一刻被告知是死于谁之手吗？"

李敷没有理她，另取了一束绫绕了她腰间。她知道，不需半刻，他便可将她反手缚紧，悬挂于这一方大殿中，腰骨会先行断掉，这样她才不会在最后做无谓的挣扎。片刻之后，她会自行窒息，心脏一并失去跳动的能力。于是她不躲，也不逃避，没有眼泪，连那该死的苦苦哀求都没有。

"看来这之中一个都不是啊。"残漏月光无遮无拦地映了她半身，如石雕静冷，声音低沉得不似自己，"是那个人对不对？她一定要杀了我吗？"太武帝去时曾密旨予自己定要杀了那妖孽，她却将那人禁押在七峰山的云释庵，任她活着！而今前尘旧事，自己忘不掉，她也忘不掉；自己不杀她，却反被她杀，这是什么道理？是说做人不能太傻太糊涂吗？

夜风扬飞衣盏，翩如蝶叶花枝。

"能放过小眼睛吗？"她猛然一笑，绕指抚弄怀中的小家伙，"我十岁那年昏死在走火的广汇殿，是这小东西咬着我领口拖我出火海。我欠它一条命。"

他认真地看了她一眼，无声点头。

冯善伊于是心满意足地举起双臂，将手中的秃毛狗交出："你能用手遮住它的眼睛吗？我不想让它看见。"

李敷笨拙地张开两手，僵硬地抱过这么个小玩意儿，瘦小的四肢，柔软的骨架，还穿着她缝制的棉衣，是张扬的大红色。他觉得这东西与婴儿也差不太多。

"乖。"冯善伊笑着，握着小眼睛的右爪，探去李敷的下巴蹭着，"给你找了个爹。"

李敷怔怔抬首，觉得她的笑容恍惚而明媚，直到那眸中的颜色忽而一陡，她随之而出的话，终于不能再随风而去，反是重重地砸了他的心底——

"我，不想死。"

【第一卷】北都篇

香，烬了。

又一遍经卷念过。

蒲团之上的女子淡淡转过身来，问侧旁的冯春："春，是什么时辰了？"

"五更天了。"冯春擒着铁柄翻了翻火盆子里的炭，叹了口气，这又是念了一夜的经。她伺候冯太妃三十年，知道冯太妃不信佛，从来都是临时抱佛脚。

冯太妃披着长袍站起身来，靠紧了窗，推了半扇，就那么倚着，无声无息。

"娘娘若是担心，何不去问问？"冯春摇头连连叹气。

"我相信，她的命数。"太妃一笑，细细的皱纹隐现。

"算卦先生的胡言自是不能全信。"

"我信的，不是先生。"一低头，眸光沉了沉。

"事在人为，天命亦从。"冯春将烛光笼了笼，笑容淡淡的。

冯太妃渐不出声，那烛火越盛，她越能看清楚那之间琐碎的朦胧影子。那时候，九岁的善伊既瘦又弱，父亡族灭，仅她一人艰难生存，没入贱婢局做着累死人的苦役，那个孩子，便是这样生存的。贱婢局每日都会有人死去，她就躺在死人堆里学会了生存。身为姑母，她整日坐拥富贵权禄，屡次危难都没有护她一次周全，是因为她深信那孩子会活下来，她要活着。

那么，这一次，她是不是依然不必出手助她化险为夷？

冯太后站直了身子，长袖及地，曲纱移步，万千情绪起伏难定。没有错，从她见到那孩子的第一眼便认出她以后的命运，这十几年来皆是在自己意料之中，未有过丝毫偏离。只是眼下，她的心从来没有如此慌乱过。

"春，"她握了一束冷风，才又转过身来，"我想是要见见那个女人了。"

魏宫的夜沉得让人发瑟，愁淡的月色渐洒了冯太妃素白的朝衣，这是她为太武皇帝着的最后一件朝服，是在他的丧期。这一身素色凤凰月白莲的一品太妃服，也是地位的象征。北魏二十年，她终是学会了炫耀权力的方式。

太和殿两侧的宫侍在清晨的繁忙中慌乱退向两边，圆月渐渐隐去，残留的夜色挂在高高的树枝头一丝一丝淡弱。

立在殿前的女子同样着了一身贵不可言的朝衣，依颜色与式样，远比一品太妃高出一级。不过，论辈分，却要低了一辈。常氏是儿子的女人，而目前迎步而至的冯太妃，是父亲的女人。论及孝道，她尚要唤冯太妃一声"母妃"。

冯太妃立于常太后身前，缓缓露出笑意："你穿这一身很气派。"

"多谢。"常太后同样以笑回应。

她们渐望去同一个方向，很多年前，她们也是常常像这样，站在同一处，看着同一方，说着同样的话，像姐妹，像影子，是扯不断的宿缘。

"你知道，那孩子快要死了吗？"半晌，冯太妃率先打破沉默。

常太后淡淡扫了眼远处，"噢"了一声，无言。

冯太妃苦苦笑了："是你吗？"

常太后一动不动，习惯性的沉寂后，渐扬起温柔的微笑："是我吗？素君你说呢？"

"我答应你。"很冷，她的睫毛都要冻住了，"答应你，将那个秘密带入坟墓。"

温和的笑渐渐支持不住，常氏嘴角微微抽搐："秘密？"

"将你的希希永远藏匿。"冯太妃颤抖地笑，掺着决绝。

"冯素君，你到底要什么？"常氏看着她，目中抖出尽是不能理解的疑惑，"希希没了。"

"可是她存在过。太后娘娘，这个位置您还想坐多久？！"

"笑话！"常氏猛扬起宽摆，满袖残香，她站得笔直，身后的墙上映出单薄的孤影，"冯素君，你以为我还是十三年前的常阿奴，任你差遣使唤！"

"如若善伊伤了半根汗毛，我会与你同入地狱！"冯太妃近了一步，紧紧逼着常氏，"尽管试一试。"说罢退了半步，定然离去。

偏过半寸目光，常氏立于风中冷冷地笑："你们当年可对我的希希同等关怀过？！"

冯太妃停了步，一时未转身，只吸了吸气："你生下希希，却又弃她不顾，你当真爱过自己的骨肉？！当真有资格质问吗？"她将声音扔在身后，行得坦然。

东风渐入，宣政殿的灯火方下半炷香的工夫，是晨曦之前最后的一片宁静。长殿渐渐涌来奔跑的脚步声，琐碎的坠饰擦过长衣，嘶嘶的声音刺破宁静的夜。那声音越来越快，呼吸越来越急，直入中殿。

闻声而出的公公卷起一幕帘子，将声音压得极低，训斥起殿中随侍的小宫人："这是什么人，扰得清宁。皇上这半刻刚睡下。快将那家伙拿下，去了杂音。"

"宁公公，来的是赫连娘娘，言有要事，求见圣上。"

"哪个娘娘都不见，皇上说了，今儿不翻牌子。"

中殿长帐猛地举起一幕，由帐后漫出的身影夹着湿寒，几乎是冲了过来，全不

【第一卷】北都篇

顾后宫娘娘的尊姿仪态。宁公公也是甚少见赫连莘如此慌乱，忙不迭倾身去扶她。

"公公！"赫连猛地握住他一只手臂，"事关人命，我今夜一定要见到皇上。"

"这——"宁公公稍一为难，犹豫着。

"崇之，你让她进来。"这一声自内殿飘出，清冷疏凉。

宁公公忙垂首躬身向着内殿跪下去，见里间又亮了灯火，哀声道："奴才该死，扰了皇上。"

"让她进来。"又是一声冷言。

宁公公忙将帘子打了进来，让着赫连走入。赫连倒也全不顾其他，直入了内殿暖阁，她见床帐中昏昏的烛火映出拓跋濬的侧影，他已经披了长褂半坐帐里。

"皇上。"赫连跪了下去，声是颤的。

"你抬起头来说话，赫连。"拓跋濬看着两肩颤抖的赫连，声音较之前柔了半分。

"求皇上救一个人。"

黎明之前的夜，沉如石墨，压抑着绝望和死亡的气息。

李敷踉跄几步转出长殿，身后的殿门在风中"吱呀"地摇摆，他手中尚握着长长的白绫，自他手端连着另一侧冰冷晦暗的大殿，素色白绫染着腥气，开着大朵大朵的红梅，诱人的激，魅人的滟。他环着殿前石柱停住脚步，艰难地转过身，指间鲜血淋漓留下，轻抖一指，终于松了白绫，任它铺坠满地，覆盖来时的一路红艳。

长风扫去他眉间的血沫，待到新鲜的空气逼走腥气，他闭了一双眼，脑中尽是那女人的声音。她问他："李大人在这世上也有放不下的人吗？"

这是个什么地方？何止没有放不下的人，原本连自己的存在都是虚无。如此想着，才能生存，像鬼魅一般活在世间，麻木了所有情绪。他笑了笑，狭长的双眉却拧作纠结，一手撑壁，朝着梅林步步挪去。

用了比来时更久的光景行至中宫，进入大殿才发现宣政殿灯火耀人。他转向后殿换了一身护卫侍衣，宽绰的甲衣，长盔遮住半张脸，目光全隐。他在室中等了半刻，直到听人传唤皇上的谕旨才起身由正殿进入。

李敷入殿时，拓跋濬落座于殿上正座，他浅闭双目似在歇息，又似冥想，身前摊开数本密奏任风吹乱。

数盏灯接连暗下，晨曦渐渐入了窗，李敷吹去了最后一盏灯，再回首时，拓跋濬已经睁开了双目，一动不动地凝望着他。

李敷将头稍低下，说得平稳："皇上起得早了，还有一个时辰上朝。"

"朕一夜未睡。"手指敲击着桌案，拓跋濬稍显不经心。

"皇上有心事？"李敷于是道。

拓跋濬看着他良久，缓缓道："景文，朕在想一个人。"一手撑案而起，青袍直落，黑缎钩绣的朝靴踏得极轻，他一步步走过来，停在李敷的身前，垂下头去，嗅到李敷盔甲前坠着的清晨露水尚泛着血腥气，叹了一口气："朕想要一人，想得到一人。"

李敷稍怔，渐抬了眼，满目青红发肿，唇抿得苍白："皇上想要何人？"

窗漏初阳，映着拓跋濬半张脸，唇一张一合，他念出那三个字——

"冯，善，伊。"

李敷轻闭了双目，任长风空转，心无一物。

"如何好？朕忽而改了主意，觉得她有几分意思。"拓跋濬转过身去，一身遮住橘色的暖阳，两袖由风甩拂，"朕已经升了她贵人品阶。召她回来。"

"皇上。"李敷终难持稳，猛张开双目，一瞬僵直。

大殿朱门"吱"的一声摇开，肃杀、寒凉稀薄的空气环绕。跪入的小公公面无表情地排成一列，齐齐磕头念安。他们身后三步之余的朱门外停着一架蒙着白布的尸首，白布间隐隐露出如墨青丝。

李敷无所动，一如等待宣判般将背挺得格外坚硬。香帐摆了数下渐平稳，侧殿甬道的垂帘层层抬起，赫连苍白着一张脸步步而来，她方才躲在帘后迟迟未现身，如今走来只像是丢了魂魄。她停在五步之外，单薄的声音飘向跪地的公公："可是找到了？"

为首的公公嘶哑了声音："南边长殿寻到了一具缢死的女尸，奴才们去时身子已是凉透。"

赫连跌坐在殿中，闭了闭眼睛，努力支撑着情绪，心中的那个声音渐渐清晰——"如果没有我，你会不会真的舒服自在？"当然会自在，再也没有那个能同自己处处为敌，处处争锋的人，她会活得比任何时候都舒服。可是……似乎习惯了那种生活，如果没有你，会了无兴致吧。酸涩的眸转了转，狠狠骂了一声"死丫头"，随即落下泪来，毫无声息。

拓跋濬静得发不出音，他立于宽阔的大殿中，垂首拂袖，准这些奔波了大半个时辰的公公们退下。

待人群渐散，这殿中死寂。

殿前冷风会聚，半晴半阴，东面尚有阳光明媚，西面风雨袭至。落雨淅淅沥

【第一卷】北都篇

沥坠了窗阁，这一年的冬日终要散去，初雨在半明半暗的晨曦间缓缓来临。

赫连哭抖了双肩，却始终不肯出声，她触到那素白的裹布，绕过染血的青丝，握在手中。

"请问——"恨恨的声音由殿外飘传，声音清如流溪，"是给我封了个贵人吗？"

颤抖戛然而止，赫连惊得扬起头来，转向门外明暗晴雨的交界处，就像是看到了从阴间蹦出来的阳人，着了水蓝的长裙，轻盈灵动，夹着风中湿冷的气息浅步而入，一侧阳光落了半鬓金光，闪耀琉璃玄色。赫连的呼吸似止住了，这样的冯善伊她从未见过，就那么眨了眨眼，瞬间落下满目苍泪。

"这老女人死得如此恶心。"冯善伊蹲在赫连的身前，将她怀中的白布一揭露出惨白的尸颜，"你抱着她也不怕脏了？"

赫连哽住，松手。

冯善伊一笑，小指勾了她面上冷泪，混着胭脂的味道一并含入口中。她拍拍她，站起身来，身后的雨渐渐飘远，明光映照了宣政殿，她背对着明媚与刺眼，认认真真看清了殿前的拓跋潜。原来，他也是一个好看的男子，年轻的魄力是他赢拓跋余最大的资本。就是这个看上去如此美好的男人，让她在最美好的年华失去了最爱的人。但是，她与拓跋余不同，她不会白白死去。

"我本是要出宫的，一想起未向皇上谢恩才又转回来。方才不巧，躲在殿外听得有人说想要我。"

她仰头看着他幻化出极为明亮的笑意，然后她说，"是您吗，皇上？"

这话未免过分直白，尴尬得引人窒息。

拓跋潜定定地望着她，目中凝聚出模糊的笑："你这一次的手腕，确实引人注目。"他由她身侧擦过，冷袖不沾一丝温度。

她微笑着随着他的目光一并扫去，不知死活道："皇上金口玉言，不会反悔吧？今夜要臣妾侍寝吗？臣妾期待这一天许久了。"

拓跋潜顿步，回身一动不动地盯住她，盯得她赶紧把之后更放肆的话字字吞回。

"拓跋余。"他张了口，竟是这样如此喊出了那个名字。

冯善伊收敛了笑容，她不允许任何人这样随意地在自己面前将那三个字脱口而出。

"拓跋余。"他又道了一次，清冷而笑，"果真是将你宠得无法无天。"

冯善伊偏去目光，转向另一角的赫连，只见她将头垂得极低。心头顿时了然。她点点头，无声而笑："所以说，他只能是个昏君。"

这一声，穿刺沉寂，痛得似由针扎过一般。

拓跋濬眼眸一虚，正要探前一步，只见靴底印出了血痕，一深一浅，点点鲜红。他由着那血迹望去，只见李敷厚重的盔甲间隙漏出血色。此时李敷仍将头垂得极低，头顶重盔，已是支撑不住，后脊却绷直如山，冷汗混着凝血濡湿了前襟。拓跋濬无暇关顾冯善伊，忙立在了李敷身前。

今日又非大朝，他从半刻之前便好奇李敷何必如此全副武装，粗略打量后，声已冷："颈上的伤从何而来？"

李敷抬手捂住稍作包扎的伤口，仍有汩汩的血水外渗，细细密密的汗爬满了额顶，他答道："宫中行野猫，夜里由房上落下，正好划伤了领口。"

"野猫？！"拓跋濬饶有兴致地一挑眉，似笑非笑。

冯善伊笑道："这年头，发春的野猫恰也会伤人。"

李敷猛抬起头，笑得比哭还难看，唇再一抖："是，一只发春的野猫。"

那时……

她的笑容恍惚又明媚。

她眸中的颜色深浅不一。

她口中的话于是就这样砸落心底——

"我，不想死。"

他看着她一愣，一只手尚遮着怀中小眼睛的双目。

她的笑色一点一点弱下去，他看出她在做口型，即便那发出的声音很低很浅，以人的听力或许分辨不出，但是一只畜生，一只忠心耿耿的畜生，会在第一时间警觉地辨出自己的主子身处险境。她口中的话只有五字——"咬他，小眼睛。"

他从没有小瞧过这个女人，只是，这一刻，仍是掉以轻心。他已是来不及悔恨，来不及收手，她已将反置自己于死地的祸物送入自己的手中，自己也是毫无防备地亲手接过。这家伙离自己如此近，便抱在胸前，只是纵身一跃，它两只爪子腾空，朝向他领口的要害处狠狠扑来。这一咬，静无声息；这一痛，撕心裂肺。

他连连退身，猛甩开长袖，任那畜生由臂中弹出。血色淋漓的朦胧模糊，他看见她抱过小眼睛缓缓走来，她立在他身前，静静微笑："忘了告诉你，它之所以叫小眼睛，是因为它已经瞎了。当年为了救我，它被熏瞎了一双眼。"

真如流言所传，这是个难对付的女人。

【第一卷】北都篇

李敷面无表情地立在池前，水中的莲蓬败了有半年，还要有很长时间才能重生。颈间的伤口已结了疤，偶尔有时候，便边痛边痒，烧心的难受。他抬手触及包扎伤处的白纱，较指温要热一些。他突然有些想笑，他这一生，鏖战杀场，刀枪剑影，什么招式没有挡过，什么伤没有受过，又有什么人没有杀过。却偏偏败在了手无缚鸡之力的女子面前，偏偏被一只畜生所伤，他连抵抗都未有。

"李大人，冯贵人来了。"小公公低传了一声，便轻步退下。

他转过身来，果然见那女人由石桥前慢悠悠而来，如今她穿了贵人的常服，模样未变，气质未变，唯独步子比之前更慢了。冯贵人一个传旨，竟是让他这个御前大忙人等了一个时辰，却连半丝怨气都不能有。

落日西斜，静静洒了池间一圈昏亮的色泽。

冯善伊立在他的身前，她需仰目才能看到他所有的情绪。

"为什么？"他问她，"我以为你会伺机逃出。"

逃，又谈何容易？

冯善伊巧笑，抬袖拍拍他的肩："因为我不舍得你死啊。"

"你没那么好心。"李敷扬了眉，负手立在一侧，他凝望着池塘，端详着泛起的亮色一抹抹退散。

"你是在这世上没有牵挂的人。"冯善伊低头做沉思状，半晌皱着眉叹气，"这样的你，死了太便宜。我想等到那么一日，你在这世上有了牵挂，便也知道人命何等珍贵。那个时候，在你最不想死的时候，我再送你走，好解气。"

牵挂吗？细细咀嚼这二字，李敷只想笑出声来。

"这个理由很牵强。"李敷凝视她，"你或许可以说出更好的借口。"

"我同你说真心话好不好？"冯善伊恰也认认真真看着他，"因为，我喜欢你。"

李敷面无所动，他知道从她口中说出的每个字都不能用心听。

冯善伊踮起脚来，一手搭了他胸前维持平衡，唇蹭过他寒凉的脸颊，落了下，声息轻滑过耳畔："我要留在最安全的地方才能活着，这便是理由。"

最危险的地方最安全，这话有些老套，却总是可用。

宫外似乎没有安全之地，如果李敷要杀她，天涯海角，只要落脚一处，她都会无声无息地消失于宫外。然而眼下不同了，赫连将事情闹得极大，拓跋濬自会逐渐怀疑这条"忠心耿耿"的家犬，她留在宫中，但凡有个三长两短，天下人都会知道，杀冯善伊之人，必是他李敷。众矢之的，他对她的一言一行，都只能是慎而又慎。

静钦宫的烛火暖了，似笼罩着一个极为祥和的夜。檐上有雨水滴落，靠窗凝视的女人合了窗又转过身来，看着袅袅檀烟后临案摹写佛经的男子。她笑了笑，持了一盏灯走了过去，映出那拓跋濬格外清晰的眉目。

拓跋濬稍有不适地眨眼，瞬息化为一笑："别闹。申申。"

李申努努嘴，她未闹，他既说别闹，如今她倒要闹个给他看看。她索性吹灭了数盏灯，昏暗得辨不清经卷。她作势栽倒在他的怀里，把他圈在一张椅子中。拓跋濬叹了一口气，置笔于旁侧，抚弄起她的额头，他笑得极轻："你就是不喜佛。"

"我就是佛。"李申喃了一声，偏过头去吻上了他的耳鬓。

"胡说。"拓跋濬低喝了一声。

"不信，你问我。"李申跪在他的膝上，胡乱地扯了他的衫扣，便要直入主题，"我能替你卜一卦。"

"我不关心那么远的事，你只说明日我会吃什么穿什么？"拓跋濬一手握住她的腕子，虽是笑着，语气却淡了，"申申，我今日很累。"

"你前日也是这样说的。自从入了魏宫，你哪一日不累？！"李申突然静了下来，满目闪烁道，"拓跋余的女人，挨个宠幸倒也不见你累成什么模样。"

拓跋濬摇首："我对她们，是因为——"正说着他却又愣住，淡无声息地收音。

李申俯下身来，几乎贴着他的鼻梁，她盯着他的眼睛："听说你又封了一位贵人？"

"她从前在拓跋余身边做事。"

"为什么他的女人对你有用？拓跋濬，你再不要拿你的叔叔做借口。"李申眨了眨眼睛，咬唇，"我也实话告诉你。那女人我见过，我不喜欢。"

拓跋濬直接道："我也不喜欢。"

"那么轰出宫去，不然就杀了。"她下了最后的通牒。

拓跋濬定定地看了她半晌，落在她肩头的一只手腕缓缓地滑落，挣扎下，他站起身来，不出一言地走至门外。手扶着门，黑暗中他回头最后看了一眼李申，唯见她面上亮闪闪的湿漉。无力地抿着唇，他只能视而不见，推门而出。

庭间风寒雨盛，他行得极缓，他知道李申的脾气，那是一个烈女子，说一不二。他也曾惊为天人，更因这样爽快的性格对她有许多关注。总觉得她与身边的女子不一样，她身上有不属于魏宫世俗的独特气息。她聪明，只看着他的眼神，便知道他的心里在想什么，从不需要他点透一二。她身上所特有的东西，也正是

【第一卷】北都篇

047

他所缺失的，所以他接近她，习惯她，他们是夫妻，亦是朋友。他想她多少可以秉持属于自己的特殊，但也是第一次，他觉得很累。

"冯善伊，没有人比她更值得好好活着。"

这一声，尤是刺耳，他驻足细细回想了那一夜的场景。赫连跪在自己的身前，说得决绝，她说那是一枚不容小觑的棋子，他不可以丢弃。她求他，不要杀冯善伊。可他又该同谁解释自己从来无心去要那女人的命。

"那冯善伊是先帝生前最重要的女人。或许是因为太珍惜了，先帝始终没有列她入宫嫔之位。于臣妾眼中，她是这世上活得最认真的那一人……"

雨越下越大，织起了一座水屏风。拓跋濬恰是站在这座水屏风之后，隔着团团雾气，看不到所有之外的景象。

他抬起一只手，雨打冷袖。

"因为太过珍惜。"他陡然一笑，怅怅道，"拓跋余你这个伪君子也会有珍视吗？"

【北都篇·第五章】

度九山，陂九泽，任布履潮湿冰冷，她穿梭在孤魂野鬼的冤鸣声中，裙摆曳过遍地野花。

在最美好的年华，她的爱人死了，化作白骨。自那以后，她需在人群中高高地扬起头颅，眺望七峰山顶，才能看到星云斗转间，瞬息幻化出他寂静的微笑。

她终于走到那个地方，看着她的心上人静立于隔山的九川之畔，依旧穿着那一身月白的长袍。她距离他并不远，仅一山之隔，一泉之间。

那一山，名邙山；那一泉，叫黄泉。

他转首，肩前落满枯零春鸢，流离目光穿透她，微微一笑，清远的声音飘来——

"你可知，我是如何死去？"

凝在睫上的冷珠似霜如雾，是五月的雪，郁郁苍穆。她已被逼至崩溃的绝境，在生死一线间垂死挣扎。用生命来结束一切的肮脏与罪恶，结束浮华之后的腐烂，她会安安静静地死去，成为真正的哑巴。没人会知道，没人会再想知道所有真相。她立在崖顶，远望着心爱人的身影，踮起脚。前夜落雪，满目皆是花白，寒气吹薄眸底那最后一丝酸涩。缓缓垂下头，万丈之深，千沟万壑，涧冷雪寒。终于可以结束了，将噩梦带入死亡的坟墓，偿还他一世的清明。身子甫一前倾，正欲坠下，一只袖子被人拉住，猝然回首凝望身后的男人，目中仿若嵌着碎玉，裂开寸寸冷波——是拓跋濬！

"不是我！"猛地坐起身来，冯善伊惊得浑身是汗，心留余悸，方才的梦如此真实，拓跋濬毫无温度的深眸似乎仍围绕着自己。她将被子拉至肩上，连喘了几口气。素色的罗帐抖了抖，风铃轻响。

"贵人可是起了？"这一声由床帐外传来。

"谁是贵人？"冯善伊皱了眉，极不待见这新称呼。

一抹阳光射入，新上任的宫人笑着将帐子打起，探了头道："贵人忘啦，前些日子皇上封了您贵人的，昨夜是第一次入住这昱文殿。贵人睡得可好？"

"难怪做噩梦。"冯善伊踩了一双鞋，随口道，"这殿里从前死过人吧。"

小宫女只顾着傻笑，话也不答，只递了帕子过来。

"昨儿你说你叫什么来着？"冯善伊看看她，接帕子擦脸不带含糊。

"青竹。"

冯善伊点了点头，招招手，将她唤至身前："往后再延两个时辰喊起。记着你主子起床的时间与别人不同。"说着她狠狠地打下帐子，滚着被子翻入里面去。

"可是你同其他人给太后娘娘请安的时辰是相同的。"

青竹一愣，这声音熟悉，待转过头来恰见赫连气势汹汹地立在了门口。

冯善伊躲在帐中听出是赫连，哼哼着爬了起来，披着背子伸出头："赫连莘，我现在才觉得你是不怀好意。"

赫连笑了下，走上来一把掀起她的被子："想逃出宫去？想一死了之？这两样你都死了心吧。虽说你不在了，我舒服着，可你要乐得舒服自在了，我更不快活，拜托你安安稳稳活着，同我在宫里一起受罪！"

"敢情那天早上哭得花容惨淡的不是你？"冯善伊掩着嘴呵呵笑着。

"我那天……"赫连莘提气又呼气，"当着皇上面演戏呗，你当我真为你心疼。"

"啧啧啧。"冯善伊抽着嘴角，"你心不疼呐，我看都快疼没了。都说说，你和我们那英明伟大的新皇帝都说了我什么好话，要他一个劲儿保我。"

赫连莘抖了抖笑色，扶了扶鬓发，颇悠哉道："自然是说了，你是拓跋余重

要的女人。"

这话冯善伊爱听，只是从她赫连口中说出委实有点假，谁不知道当初她们两人为了拓跋余争得你死我活。冯善伊眨眨眼睛，拉着赫连袖子道："你说这新皇帝会不会是我们的新任情敌？"

赫连扬眉示意她讲下去。

"他真正在意的人是我们共同服侍过的拓跋余。那架势明明就是说，拓跋余，你宁愿爱这天下所有的女人，也不爱我。那么好，我要夺过你的皇位，玩过你所有的女人。"冯善伊说着拍拍她肩，"很不巧，赫连，我们羊入虎穴了。"

"哼。"赫连撤了身子，决定自此以后要离她远些，"你还是这么不靠谱。难怪拓跋余到死也不肯娶你。"

"他娶不娶我，跟靠不靠谱有什么关系？"冯善伊说着一抬手接过青竹递上来的茶盏。

"因为，他希望看着你这般臭德行地活下去。"赫连突然转过身去，声音不冷不热，说到最后越来越模糊。

冯善伊愣了愣，漱口茶吞下了肚："你说的是什么啊？"

"你这样活着，也挺好。"赫连站起身来，拉了拉裙裾，一脸端庄的模样走出去几步，"我在太和殿等着你，太后娘娘不喜欢人迟到。"

冯善伊咬着一口饼冲出昱文宫时，小眼睛仍趴在院子里的老槐树下睡得春梦连连。她横跨庭院时很不巧地踩了小眼睛的后腿，那家伙警觉地跳起，咬着她的后裙不放，时间紧迫，她只得将口里的饼扔了大半出去，才得以逃脱。结果便导致众嫔妃环绕着太后娘娘前去慧能殿礼佛时，她饿得肚子频频作响，以声掩声，便尽心尽力地敲木鱼弄出动静，敲至晌午胳膊都抬不起来。偏她敲得太认真，以至于太后娘娘中途离殿时，颇为欣赏地看着她笑道："冯贵人莫非也是同我佛有缘？"冯善伊只得憨笑，随便找了借口说什么七岁起给姑姑念经，太后于是又说："往后用了晨膳再来念安，每月初一大早起礼佛，你是撑不住的。"

众人皆笑，待太后离席后，个个都散了去。人群里冯善伊使劲给赫连甩眼色，赫连却故作不识，依然与其他嫔妃言笑尽欢。冯善伊极为不爽，躲在殿前柱子后面等着赫连经过时一把将她拉过来，"认识我就这么丢你的脸？"

赫连持仪而笑："我忽然觉得拓跋濬封你为贵人真可怜。"

"肚子有叫得那么响吗？"冯善伊甩着小臂顿时火大。

"没啊。"赫连掩笑咳了咳。

"那笑面虎老太婆倒是如何听出来的？"

"是你一直在念——"赫连清了清嗓子，学着她诵经的模样摇着头，"肚子饿啊肚子饿，肚子饿啊肚子饿……"

四月初七这一天，冯善伊中了邪。

用过晚膳，她本是抱着小眼睛遛食，遛至赫连的宫所时小眼睛顿时周身颤抖，因为赫连的西施犬正趴在亭子里搔首弄姿连连发出美妙的呻吟，于是小眼睛不淡定了，在主人怀里穷折腾。冯善伊气不过，堂堂男子汉总要围着那小媚娘转，前不久她还在园子里看到小媚娘和春池宫的老黄狗交媾，她把这事儿说给小眼睛听，小眼睛哼哼唧唧表示不能相信。这一回，她决不能放任自家儿子再由水性杨花的小媚娘勾引了去。

她抓着它不松手，狼心狗肺的小眼睛便作势要咬她，于是她爽快放手。

"你今儿要跟她私奔，就甭回来找我。老娘我给你吃给你穿，吃饱喝足了还负责带你遛弯儿，你见了小母狗就不淡定，圣人之道怎么学的，《君子传》怎么背的？"冯善伊发了一通牢骚，再抬眼时，院子里空空荡荡，全不见两只狗影。她绕庭寻了三圈，仍不见踪迹。一路向东，过了三处亭子，入了春池宫。宫里静得无人音，她便只得轻着步子四下摸寻，路过中庭，听得身后的窗中隐约有人呻吟。

善伊连退三步，迅速蹲身，半刻之后，她摸着窗根探出视线。由窗前望入，只见屏风后有水烟溢浮，水声淙淙，若隐若现浮出两人身影，是纠结在一处的身体。

架上散乱着裙衣里裳，明显有一角明黄的绸衣。

是……拓跋潏！

冯善伊一屁股坐了下去，混乱的神经顿时抻直了，春池宫是个什么地方！便是皇上与宫妃泡汤享福，顺便行一番男女之乐的好去处。经不住好奇，她呼了口气，又爬起来，细细往里打探，池子里必定是拓跋潏无疑。只那女人，那女人……李申？赫连？白日里见的女人一个个从脑子里闪过，却又都不像。

屏风后的动静似平稳了，帐子抖了抖，随即有人声传出。

"臣妾给您倒杯水。"

屏风后现出女子着衣的身影，冯善伊转过身贴着墙一屁股坐了下去。这声音熟悉得瘆人，是李银娣。难怪那一日见她，她辛苦憔悴得不成模样，原来近日里最受宠的也是她。可她还怀着拓跋余的孩子呢。有风扑来，冯善伊抖了抖，周身发冷，扶着墙壁欲站起身来。

051

"看够了？"身侧低低的一声比风更冷。

冯善伊转首，见得身侧同样与自己贴了窗根的男子一脸坏笑着盯着她。

他笑得好看，她索性也坦然了。事后她有些后怕，若是当时这男人笑得恶心，她如何是好。所以说，偷窥偷听这等事，还是远离为好。

"看也看不清楚，有什么好看的。"她压低声音回他。

"你这是死罪！"男人一指她的鼻梁，义正词严。

"五十步笑百步。"冯善伊冷冷一笑。

二人面面相觑，竟同时笑开颜，再忙以指抵唇，连连做出"嘘声"的手势。这世间有许多奇妙的遇见方式，大多是尴尬的场面或凄美的景状，还有平淡的过场戏，然而这尚是头一次，刺激又有趣，在偷匿男女欢好时得缘相见。只是此时，冯善伊尚不能知道，自己的人生，或许会因这个奇特男子的出现而另有色彩。也正是他的出现，让冯善伊留印史册的名字有了更多的遐想与演绎。

"我叫李弈。"男人走出春池宫，转到善伊身前抱了一拳，笑眯眯的，傍晚余晖映得他白衣渐红，渲染出的颜色浓淡正宜。

他的模样在男人当中算是有媚态，男风不是很足，美是美，却也美得太柔。以玉而论，他是芙蓉玉，过于玲珑剔透。冯善伊想这是要看得多少女人家心神俱碎。她一手摸了胸口，好在那东西还在跳，只是跳得急促。

"我叫……"她想了想，终是说，"冯兮兮。"

"宫女吗？"李弈慢了一拍步子，随口问。

他的衣服间有香气，淡淡的，很是好闻，又不刺鼻。这种味道，竟有些熟悉。

"噢。"善伊点头，同样问，"你是太监吗？"长成这样做了太监，她还平衡些。

"噢。"李弈亦点头。

"可惜了。"冯善伊口不对心，摇头叹气，"这么好的模样。"

李弈挠挠头有些不好意思，笑得更害羞。他抿唇的模样，善伊觉得有些罪恶，因为那红如樱桃的香唇，能勾起人要扑过去咬上一口的欲望。她转过头来，大口大口地呼气，想起年幼时爹让算命的给她卜过一卦，那白胡子老头捏着长须说的第一句话就是："好色之命。"可怜那老头一把年岁了连口茶都没喝即被爹爹拎了出去，她娘便在一旁冷冷笑着，似乎生出个流氓女儿自己一点责任也没有。

"如何入了宫呢？"善伊寻了话机便问下去。

李弈老老实实答："娘见我就烦，哥哥便领我入了宫。"

善伊觉得他也是一个可怜孩子，颇为同情地拍拍他的肩膀道："兄台与我同病相怜，我娘也不喜欢我，逃命都不带着我。"她说着停住脚步，远远地看着小眼睛抱着三步外的一棵树黯然神伤。本就不剩多少撮的白毛在风里孑然飘摆，冯善伊摇头，叹了一口气，娃又失恋了。

冯善伊情绪万千，朝向小眼睛连连哀叹："说了多少次了，单相思有什么好？你偏偏学我，一片丹心又沉池子底寂静去了吧？这年头，美若天仙的女人个个水性杨花，你要找也得找像我这种居家过日子的。到我的怀里来，我们寂静一下。"身为家长，她没能从小告诫它一个道理，这世界上，一切与雌性有关的动物，无论是女人还是母狗，都是需要远离的。

李弈皱着额眉，沉重地凝着善伊，目中有水汽向上涌："兮兮你有读心术吗？"

月圆正好，是一个适合思念故人的良夜。

寒风也好，有一种配合感伤忧愁的气氛。

冯善伊左手搂着因失恋痛得发抖的小眼睛，另一手不忘时不时拍拍同样因失恋哽咽不断的李弈。

李弈讲得十分动情，她多少也听明白了，无非是青梅竹马的老套故事，女的贪图富贵入了宫来，将他狠狠地抛弃。说及陈年旧事，她听的大多是他什么时候爬了她的墙根看她写字，又什么时候帮她捡了挂在树上的风筝。

她越听越觉诡异，适时打断道："这么说吧，你告诉过她吗？"

李弈摇头。

冯善伊又道："你们说过话吗？"

李弈继续摇头。

"她，认识你吗？"

"是我远房的表妹。"

她猛拍着他的肩，"表兄表妹什么的最不靠谱。你这失恋来得比我们小眼睛还没出息。"

李弈揉了揉哭红的眼睛又道："天色晚了。"

冯善伊幽幽然站起来，缓缓说道："今天的事，你知我知，小眼睛知就好了。"

李弈勉强而笑："知道。"随着立身，添了几分关切道，"夜里路黑，你在哪处宫所做事，我送你回去。"

"昱文殿。"冯善伊特别强调，"我在贵人身前做事。"

李弈本是走在前面，突然回身："你是说冯家的贵人？"

"知道她吗？"冯善伊小心翼翼地探问。

"哦。"李弈一点头，"是位公主。"

冯善伊愣了愣，咬唇不解地盯着他。

李弈沉了一口气："我母亲是旧燕人，从前伺候过燕太子。冯贵人是太子的遗女。在母亲眼中，冯家足以倾覆生命去守护。"

"据我所知，"冯善伊眨了眨眼，"冯门个个是谄媚小人。"

冯善伊的意识中，这个半斤八两的公主早该被世人遗忘。

故地难寻，故国难回，故梦更是难圆。

记忆里，那个叛父弃国的父亲毫无复国兴家大志，日夜纵歌颓靡。他招揽文人墨客，云罗美人姬眷，过着一个亡国太子所不当享受的荒废生活。

在魏帝面前，他形同一只狗，谄媚言笑着为主子脱靴落马，他品着太武帝喝剩的冷酒如若珍宝。他用他的卑微软弱粉碎了汉皇室的所有尊严，以哗众取宠的小丑模样换取太武帝片刻的嘲笑，这一笑，就是十年的苟存。

有多久没有想起父亲了，又有多久没有忆起那些荒唐可笑的日子了？

她这一生没有读懂的那个父亲，如今，会不会依然藏在魏宫阴冷潮湿的某个角落，以他特有的目光寂静地凝望着自己？

这个夜晚，告别李弈转而投入深沉的夜，她前所未有的清醒，是一种寻找自我的沉省。她埋在乳娘春的怀中，那缕自出生之日起便环抱于周身的柔美馨香将她团团裹住，是难以忘却的味道。

她笑得静谧，自言自语，又似说给春听——"我如何能自私地一心只想着逃出生天呢？如何能忘了自己是谁？"

春以她母性的温暖抱住善伊，她静静地笑着，然后又提醒了她："你姑姑说，你的路很长呢。"

细雨入窗，北都在阴冷中瑟瑟发抖，春起身去关窗，却见宫门口依稀的烛火伴着零碎的脚步声徐徐漫入，冷风中明黄的一抹划裂了黑暗，晃动着越发地清晰。春将窗户关紧，转过身来，微微向善伊一点头："他来了。"

冯善伊坐直了身子，整齐衣服，三步走至门前，打开房门，迎着瑟瑟的冷雨跪立当中。

拓跋濬大步而入时，未看她一眼，他周身很淡，淡得嗅不到活人的气息。

"侍寝吧。"他一行三步，一吐三字。

冯善伊面色冷僵，拼了命地琢磨着这三个字，咬得牙根发紧，双拳握得无力。她撑着双腿麻木地靠过去，呼了口气实话实说道："侍寝这东西，我不大会。"

拓跋潸一挥手打发诸人退下，自己绕进屏风后面宽衣，淡淡的声音绕了出来："白日里躲在窗根下怎不看得明明白白？"

她的心头颤了颤，脸未红，却白了，转过身去，咬牙道："那我先去洗洗。"

话未落，屏风后的人一展长袖，将她拉到身前，她的鼻尖正抵在他的胸前，那一种味道，是佛堂的檀香混着女人的胭脂香，即便混杂，却并不难闻。她皱了皱眉，扬了头，俱是疑惑的目光正触及他满目疲惫。拓跋余的后宫佳人无数，只是拓跋余尚没能雨露均沾，那么面前这个男人是如何在一个月之间做到的？他一天，倒是像如此这般念过多少句"侍寝吧"，而后再掩藏倦乏强行欢好之事。她一时半刻，竟读不懂他。

"不必了。"他淡淡说着，拉了她斜靠在榻上，身下压紧茜素红的罗帐，依然是毫无温度的沉眸，这一次却只有更深更黑，他用无比陌生的目光将她紧紧裹住。

她面无表情地解开领口的文扣，动作缓慢。他勾起清冷的嘲笑，随即抬手娴熟地滑过衫领，那些绣刺精美的文扣便一颗颗裂开，他闭了目，就那么贴近她的怀里，夹杂着寒凉的体温。肌肤接触的一瞬，她还是感应到了他丝毫不刻意的颤抖，那是出于一种厌恶。她能从他平静的呼吸和压抑的颤抖中感受到他对自己所有的厌恶。

他们一共做了三次，以同样的姿势。

第一次是疼痛，未经得喘息之后的第二次于是更疼，第三次干脆疼得全然麻木。

到了第四次，他卷土重来，作势再次深入她的身体，她以为这一次总该迎来老宫人秘言中的所谓欢愉，于是稍带了几许随之任之的淡然。

"咚"的一声，窗被风吹开，身后冷冽扑来。拓跋潸稍张开目，尽是不厌其烦，长睫间抖出的汗珠瞬间滑落了她的眉间。

冯善伊借机滚下榻，静静道："我这就去关。"

残破的衫衣滑过冷殿，她赤足行至窗前，月色妖白，曳于云端，就那么死寂地落在她的眉间。她抬手触窗，睨到昏暗中逼人的目光。是李敷。他坐在树上抱着剑，面无情绪地盯紧这扇窗，目光掠过她，有那么一丝不屑。

她回首看了一眼榻上的人，忽然明白，这也是个时刻防范着女人的皇帝。

将窗门关紧，只觉得冷风抵入后脊，汗毛都立了起来。

再入榻间，轻了脚步，只觉得帐中人静得没了呼吸。她靠在一角，挑了帐子，果真见拓跋潏闭目睡去，平淡的呼吸若有若无，眉间青色郁结，似乎难得安适一眠。

冯善伊没有表情地转入里榻，夺过由拓跋潏拉去的大半被子，裹得死紧，而后安稳地睡去。

这一夜，竟也难得没有噩梦。

拓跋潏确实是一夜安眠，只是这贪眠的后果便是入了春凉。

冯善伊晨起便是被拓跋潏的咳嗽声惊醒的，就那么一声又一声似乎极力压抑的闷咳，连着床板一并震，她想不醒也难。睁开眼睛的第一反应，便是看到内侍府的大太监死死地盯着自己，确切地说，是盯紧了被她霸占的衾被。

拓跋潏正已坐起半身，周身披了袍衣，晨间冻醒了，才叫人近身添了暖衣。

"皇上，"太监一眼瞪着冯善伊，再转过目光颇为心疼地看着拓跋潏，"要不大朝推了？"

拓跋潏一摆手，接了茶水漱口，又咳了几声，声音嘶哑着道："去，把昨日判的折子送去宣政殿。"

待公公们齐齐退下，冯善伊紧忙拉过袍子披上，下榻取了案上刚刚递进来的明黄朝服，蟒虎赤龙皆刺目得厉害。服侍帝王更衣这档子事，她从来驾轻就熟，只等着拓跋潏伸出一只胳膊。再仰头时，她察觉到拓跋潏凝视端详着自己。

她咳了咳，没有吱声。

拓跋潏抬手揉了揉额眉道："朕很好奇，你昨夜什么也没做。"

冯善伊平静微笑，他自是万安俱备，有李敷在树上挂着窥探一切，她便是有胆行刺，也全无机会。只是此时揣了明白装糊涂，眨眨眼睛，说得顺理成章："皇上昨夜倒是什么都做了。"

拓跋潏勾了冷笑，一指正滑过她的下颚，轻抬了起，声微寒："你知道，拓跋余遗诏传位之人不是我。"

冯善伊淡然微笑："握有国玺之人是您，已遭焚毁的传位遗诏还重要吗？"

成者为王，败者为寇。是拓跋余失权在先，一纸传位空文能有多少意义。况且，宗长义远在千里，马不停蹄仍需数十日，帝王空位却连一刻都不会等他。

冯善伊明白这个道理，更懂得以卵击石的惨境，所以她不争，更不会同他吵，甚至可以将自己的所有情绪压没。

拓跋潏凝神看她半刻，再起身时，稍松开双手，闭眼任由她替自己更换朝服。冯善伊勉力踮脚才能抚平他肩头的褶皱，她这才感觉出，这个侄子不仅比叔叔瘦，而且更高了半寸。系领扣时，指尖触了异乎寻常的热度，稍抬眼望去，确觉拓跋潏面色并不好看。她最后为他压平了腰间玉带，温凉的清润腻在指间，有那么一丝隐隐的熟悉。她叹了口气，退身跪好，将声音压得极低："皇上今日还是推了大朝吧。"

拓跋潏顿了一步，回身看她，并不言语。

冯善伊平静道："我刚刚似乎感觉到，您在发热。"

他似未听到，并未出声，信步绕出，只是停在门前时，声音顿下："你当自称臣妾。"

她抬起头来，见那门前的影子渐渐淡去，曦光静静洒入，她有些发晕，就那么无声地咀嚼着那两个字——"臣妾"。

拓跋潏走后，冯善伊自是要回去眯一会儿，直到青竹唤她是时候准备去给太后问安了。这一次，她乖乖地吃了个饱，赶着与赫连同去。一路上，赫连与她离着几步故作不识，赫连与宫中的女眷大多关系不错，人前对于冯善伊这个刺头，她面上自是要能避就避。于是整个太和殿，众宫妃三三两两聚在一起，唯独疏远了冯善伊。冯善伊只得一口连着一口喝水，直到喝得憋尿，太后恰也从后殿缓缓行来。行了晨礼后难得太后没招揽众人一起念经讲佛，只差人备了茶点即兴念起了皇帝儿时的趣事。

借着前室空荡，冯善伊从后门绕出去偏殿寻方便，身后阵阵女人们特有的叽叽喳喳声，她听得只觉得头更昏了。偏殿行了方便，冯善伊心情大好地往回走，步至中门却听得暗房中有婴孩"嘤嘤"的哭声，再一听哭音即弱下。冯善伊贴着窗根往里望去，一团漆黑，隐约见得一个黑缎袍子的人影怀里抱着个东西，她的头发极长，遮住怀里那东西。冯善伊将脸贴在窗纸上，终于看清那黑缎丝绸间猩红的褓褓——是个婴孩！

那一双修长葱玉的手正掐在婴孩的颈上，冯善伊狠狠撞向上了闩的暗房，浑身带痛地栽了进去。那黑衣人转身看她，目中尽是惊恐。

"你算什么母亲，好狠的心。"冯善伊提了一口气。

那女人立起身来，几乎是将婴孩掷在地上，她前去关紧房门，再猛地由袖中抽出锃亮的匕首。

寒光晃过冯善伊的目，她抱紧落在地间的褓褓，是个恬美干净的婴孩，尚有一对酒窝可人柔暖。冯善伊将褓褓贴在胸前，缓缓抬起头来："你不用拿它吓我，我就是从死人堆里活过来的，有什么可怕。只是，你既然生下了她，就说明你不

想她死。"

"我现在，只想她死。"斗篷下那个女子的唇猩红激滟。

"她会知道，真的会知道。会睁大眼睛看着你。然后在最后一刻看清她的母亲是多么美丽而残忍的女子！"冯善伊急促言着，顾不得呼吸，只将那襁褓揉在怀中，越来越紧，似要揉入骨中。

"与你无关！"那女子近了一步，将声音压得极低，匕首已经抵在了她的胸前。

"会痛的，也会害怕。"冯善伊声音一时难得地慌乱起来，不知道为什么，目中酸痛得厉害，然后数不清的泪落下，"她会看着你，心里想问，为什么我不可以活下去，为什么这么恨我，明明满脸是泪，为什么还要狠心杀我？"

女人摇头，目中晃动的尽是泪："这是我的女儿，她长大了一定也会成为更残忍的人，还不如死去，不如死去！"

"不是的！"冯善伊拼命摇头，摇得头晕眼花，"只有你这样才会让她日后残忍。"

"你什么都不懂！"女人压抑着低吼了声，猛扑过来，夺走她怀中的婴孩，泪毁去厚重的妆容，面目狰狞，看不清是哭还是笑。她将长袖抖出，裹紧赤红的襁褓转身奔跑着离去，那沉抑的黑色映出魏宫的所有颜色，皆是沉寂。

善伊扶着门边立起身子，却没有颤抖，她冷静地擦干了那些泪，唇里涌着腥气，静静地对自己说："只有残忍的母亲才懂得教会子女残忍。不是吗？母亲……"

靛青色的长纱在风中抖出曼妙的玄姿，其实，她不喜欢青色。

青色，恰恰是母亲喜欢的颜色，所以她才日日着青色。

她喜欢拓跋余的苍白，还有魏宫一如既往的黑沉。这才是天与地的颜色，才是真实。

"我希望有一天，在你的眼中，我会消逝。"

这一声似由天边而入，冯善伊扬了头，只知那是拓跋余的声音。那是他不久于人世的一个夜晚，他突然不再责怪她，宣她入殿，那时他闭目于清影池的温泉中，淡薄的水汽浮上细黑的长睫，他忽而睁开双目，看着她时这样说。

冯善伊走回太和殿，撞见御前的那位公公匆忙的身影。她记得他叫"崇之"，好好一个名字由太监叫了去着实可惜，今早那个怒火中烧，死死盯着自己的恰也是他。

冯善伊半拦住他，笑道："公公何事这般匆忙？"

"皇上他，大朝时昏倒在了御殿上。"崇之俯身而道。

冯善伊初以为是什么惊天大事，一听事不关己，"哦"了声便打发他走，忽又觉察不对劲，忙拉回他半只袖子，讨好道："大公公，您没在太后那里多嘴把我早晨的事……"

"哪能啊？"崇之随着笑笑，"奴才自是替您压下抢被子那事了。"

"这便好。"

冯善伊顺手丢了他几两银子，谁知崇之又道："我只是将太医原话禀明了太后，说是纵欲过度来着。"

冯善伊顿觉后脊发凉，转身再入前殿时，春已候在最近的位置，替她褪下袍衣时声音又轻又低地提醒："此去前面，万般当心。"

春的面色沉郁，看得冯善伊心里明白了几分，捏了捏袖子，终是走上前去，正要回殿上自己的位子，却发觉自她入内时，周遭便全都沉寂，静得发毛。她扶着桌角不知如何是好，目光瞥到赫连，她正于对面看着自己缓缓摇首示意着。

"跪下！"

一声冷喝响彻殿宇，听得众人心皆沉下。

冯善伊转过茶桌，行至殿当中缓缓落跪，不曾抬首。

"如何治罪？"殿首太后厉声言问。

冯善伊自觉丢人，睡觉抢被子这事说出去大抵也不好听。她好歹也要个脸面，再以后传出去内外朝都知道了冯家的贵人侍寝抢被子，别说姑姑，她自己也觉得脸上挂不住。

太后转过头去，问着一侧的奴才："去传文瑶过来，她是皇上的嫡妻，未来的帝后。如今这事该由她断。"

连数日来养病不出的准皇后娘娘都要惊动，似乎这一次真是伤天害理了。冯善伊心里琢磨着，不过是抢了被子，至于兴师动众万民皆知吗？太后娘娘有容乃大，也不过就如此微小的胸怀。

殿前响起通传声，那是拓跋潇身侧最尊贵的女人来了，她拖着繁缛的裙摆，梳着高高的髻发，这是内宫权力的象征。那个传说中，由拓跋余赐婚，嫁予拓跋潇的正妻文氏，冯善伊也是第一次见到。她记得那是拓跋余继位之初，他在百里长廊吹起长箫，而后告诉自己，他送给自己侄儿一个不错的女人。

什么又是不错的女子，她端庄，她淑仪，她明哲，她风骨，抑或是，她能够成为拓跋余一个极有力度的棋子，安插在拓跋潇身侧的眼线。

冯善伊随着众人一并把身子低下去，头几乎碰及冰凉的地砖，而后抬起头，看向殿首那个明晃刺眼的女人。是美丽的女子，厚重的妆容掩饰不住惨淡之色。有李申的存在，拓跋濬对她恐怕只有给予权力与地位，其余她什么都得不到。

"来的路上，听内侍监言过了。你便是那冯贵人？"

这一声气息足硬，声线清婉，却听得冯善伊有些恍惚，她将眼睛睁大，竭力看清了殿上女子，脑海中顿时浮现了一刻之前，那暗房中高挑而绝望的女子，恰也有一张如此精致的容颜，恰也有这声声清冽。殿首之人亦认出了冯善伊，依然面无所动，只做不识般又问道："冯贵人，你不应吗？"

冯善伊身体微颤，一笑，将目光移开，清楚地回道："臣妾认罪。"

"那好。"文氏颔首，拂袖厉声道，"伤及龙体，你知是死罪。"

冯善伊未及反应，身侧已跪了另一女子——赫连。赫连跪向殿首，连连叩头请罪求情，看得冯善伊愈觉心疼。

"念及我皇登基大赦天下，无诛内宫。便免去死罪，逐去云中替我拓跋先祖守护陵寝。"

这一声落，冯善伊自也不知是谢恩，还是哭恩。免死确是好事，只是云中之地，苍茫萧败，又有柔然人屡屡兵犯。不毛之地便也算了，怕是去了，亦难有机会活着归来。

太和殿的烛火一闪一灭，善伊渐仰起头来，直视文氏，缓缓绽出笑容。

只是一笑，足矣。

宫中传来消息，说是一并遣去云中之地的尚有因跟随陇西屠各王叛变而获罪的那些家臣奴眷，冯太妃得了消息于是笑谑善伊道："倒也不孤单了。"赫连来看她，准备了满满几口箱子，善伊绕着箱子寻摸一圈，缓缓说："你这是打算把家当都送我好上路？"

赫连瞪她一眼，喝口茶道："我这是收拾齐备了，与你同行。"

冯善伊摇头又摇头："你死活是不肯给我清静了。"说罢看她一眼，才又挥袖子打发那些宫人把箱子该抬回哪抬哪去。待到总算安静下来，她挑了一盏灯，转身递给赫连，细声道，"我给你一盏灯，你拿着它好好看我。看清楚看明白了，再决定要不要同我这种人共生死齐患难。"

赫连抖了抖眸子，将灯接过，不动声色道："我虽是讨厌你，可也明白自己过不了没有你的日子。"她说着站起了身，将烛台掷在地上，又踩上数脚直至星火全灭，黑暗中她的嗓音微哑，笑了又笑，"其实我还是习惯这样看你。"

冯善伊捏着一角衣裙，竟觉得眼中有些涩。

"其实我不喜欢拓跋余，从一开始便仅仅是因为你。"赫连言中添了苦涩，"突然有一天，你便去了他的身边，悲喜欢闹皆与他一人分享。那个时候，把我遗忘甚至丢弃的你，可曾……"

"我知道。"善伊轻轻点头，"你不说我也知道。这才是你，天真又任性的赫连莘。"

赫连摇首道："拓跋余生生夺走了你。"

"不，是我选择了他。"她看着她，明明哽咽得难受，却仍是坚强微笑，"自出生便由国人高高捧起，入了敌国亦受尊待，血脉中流淌着忠义骄傲的你，永远不会懂得我生存的方式。没有从高处狠狠摔落，没有一无所有的恐惧，没有背负族人的怒火与失望，没有被当做狗一般残喘着挣扎。命运给了你自尊高傲的资本，可我不是。所以你知道自己有多么令人厌恶吗？"

赫连目中涌动泪色迷茫，像看着陌生人般恍恍惚惚，她终退后了几步，身形摇晃着越走越远，檀色长裙曳曳旋转，最终消逝在黑夜尽头。她想起了自己的姑姑，那个高处凤座之上的太皇太后，那个将天下万物看得俱是清晰的女人，曾经也告诫过自己，离冯家的孩子远一些。因为冯善伊，终会像她的家人一般，成为极其残忍的存在。这或者是他们这些汉人，血液里脉脉相传的罪恶。

【北都篇·第六章】

宣政殿的后暖阁有一张足够睡三四个女人的龙榻，从前只睡着一个单薄的年轻人，那个男人常常会在噩梦中惊醒，会挣扎着起身然后呼唤她的名字，于是冯善伊便会奔过去将他揽在怀中，同时感应出积攒于他体内所有的恐惧与迷茫。

拓跋余，或许是这世上最无助的帝王。

只是今日，熟悉的龙榻上却睡着另一张熟悉的面容。

夜风很凉，这室中却透不出一丝冷气，暖风熏人。

太医说这是要为皇上出汗，将内火郁毒逼出来，人就清爽了。借由昏光，挡着帘帐，冯善伊跪在榻前已是好几个时辰。她是来谢恩的，顺便探病，然后便如此刻这般，一跪不能起。直到榻上的人咳了咳，渐渐醒转。

榻前崇之挑起了一角帐子，递入汤药。又似乎过了许久，崇之退下，碗中汤药可见未少。

冯善伊朝前跪了跪，好让榻上的人看清楚自己。

静了半刻，拓跋潇勉力坐起身来，很淡的声音传出来："云中吗？"

"是个好地方。"冯善伊笑了笑，而后抬头看了他，"传言说您没有把他葬在皇陵，而是移去了祖地陵寝，是那里吗？"

拓跋潇闭了双目，吸了一口气："你也好离他近一些。"

冯善伊顿觉释然，站起身来由崇之手中接过汤碗，走上前去，跪在他榻前道："不吃药，总是不好的。"

拓跋潇果然睁目，就那么淡淡扫了她一眼，目光便移去他处。

她会心一笑，自己品了一口，又道："我虽跪了那么久却没碰这药碗。如今也试着喝下了。投毒这档子事，至少我不会做。"

拓跋潇沉眸低笑一番，转手接过药一口吞下，终道："我知道用毒最狠的人，在下毒时会预先服下解药，以己身试药后，再去害人。"

"是。我预先服了解药。"冯善伊竟也随着开起玩笑，转手将空碗递出去后，盯着他苍白消瘦的手指道，"那您为何还喝呢？"

"投毒这档子事，你不会做。"拓跋潇重复着她的话，"这话，我信。"

"我是有心投毒来着，因为实在冤枉。"冯善伊索性认真道，"得。对着宫内嫔妃雨露尽施，到我头上便是一盆祸水栽下来。您自个儿纵欲过度，郁火积结，再由阴风一激起了病。我成了祸害龙体的那个。您说我冤不冤枉？"

拓跋潇细细听着，未觉不然，口中只不过淡淡纠正了道："你当自称臣妾。"

"是，臣妾这二字换来好一出灾祸。"冯善伊说着叹气，转念又道，"您刚刚也没自称朕。"

好伶俐的嘴，又好伶俐的脑袋，闻此拓跋潇稍抬了抬眉，不动声色："方才朕说信你，是以一个常人之心言信，并非一个帝王之心。所以不称朕。"

这话颇有些道理，冯善伊挑不出毛病，便点头坦然道："您话中有话，想要说拓跋余是以帝王之心信我，所以才落得帝王死江山的后果？您拐着弯骂人，倒也有水平。"

"帝王死江山。"拓跋潇琢磨起这几个字，微皱额眉，"这五个字太高，他配不起。"

冯善伊抿唇，稍轻了声音："我虽不是什么忠贞不渝碧血丹心的女子……"

拓跋潇随着她的话一并垂眸，只等她把头仰起来说尽口中的字眼。

冯善伊果然抬头，字字言得清晰："可也不准您这么说他。"

拓跋余是个好皇帝，却是没能遇上好时机。

"在你心中，他是好人？"拓跋濬声音很平，似那么不经心的一句话，却敲在了她心头，重不可堪。一个靠谋杀了自己的父亲从而登基皇位的帝王，会是个好皇帝，却能算得上好人吗？

"不是在说我被冤枉的事吗？如何提了他。"冯善伊颤了颤唇角，只是镇定笑着，飞快道。如果将话就此说下去，她或许会越来越慌乱，于是此刻适时打住最好。

拓跋濬点点头，确实无意纠缠，缓缓言道："论说你也不冤枉。抢朕的被子，是事实。"

"人说不知者无罪。"她尽显无辜，言辞理直气壮，"梦里做的事谁又知道。"

"你可不是梦里。"拓跋濬拾起榻前书册，扫了几眼，淡道，"上床便将被子夺了去。"

他，果真是装睡。

冯善伊释然而笑，摇摇头，正经着道了一句："不过这也不重要了。即便我没抢被子。您也一样会晕倒。太医也一定会说纵欲过度。"

拓跋濬将头从书中仰起来，想了想，点头："嗯。"

还真是淡如死灰的人，冯善伊见他连解释都不想的模样，于是退身拜了拜他："我这就算谢恩别过了。"

拓跋濬没有看她，只对着书本道："取道信都，再北上云中吧。"

冯善伊皱紧一张脸，疑惑："那不是要绕好远的路？"

划在书上的一指顿了顿："随你。"

冯善伊再不能说什么，她见拓跋濬这架势似乎也不想再搭理自己，于是明眼色地往殿外退去，只是退到帘端却又似乎想起来什么，认认真真道："无论是身为帝王，还是常人，拓跋余都没有信过我。一次也没有。"如若他信了，或许，也不至如此。所以，盛传她是亡国祸水，这话的确有失偏颇。

室中灯火抖了抖，执书的拓跋濬未动分毫。

"朕想来，何时见过你？"他静了片刻，终于出了声。

本欲退步而出的冯善伊突然愣了一下："皇上是指在先帝身边？"

他摇头，顿了顿，缓缓道："是那一年皇祖父寿筵，你父亲携了你兄妹三人齐来贺寿，献上的是……八宝御纹莲玺。燕皇室的国器。"

冯善伊随之一笑："皇上何来记得如此清晰？"

"因为那后来的事。"拓跋濬突然扬起脸来，灯火微漾，映出他挺秀的眉峰，

是一脸平静得不能再平静的神情。他慢条斯理言着之后的记忆，"皇祖父甚喜欢那物什，一直揣在手中把玩。筵席上他大醉，看了一眼玺中汉字脱口而出二字——'汉狗'。伺机群臣献媚，多在那随应。皇祖父得意极了，瞥着你父亲道，'冯朗你说，汉人是不是狗？'"

冯善伊稍稍退后了一步，这之后的话，她有种预感自己一定不想听到。

拓跋濬止言，再又看了她："那场面你还记得吗？"

冯善伊摇头："记不清楚了，那时候还小。"

拓跋濬颔首，握紧拳继续道："你父亲冯朗闻言后，立时跪地学着狗叫，像狗一样绕殿前爬了三圈，引得我皇祖父扬声大笑，当下拟旨赏了你冯家千顷良田，还有数间豪宅。"

冯善伊猛眨了眼，齿间有些打颤。

"让我惊讶的不是你父亲的丑态，也不是太武帝的开怀，而是你和你的姊妹兄长。"拓跋濬淡下目光，平静道，"你们三人那时没有一人哭泣，神情连悲哀都没有。就那么笑着，进献贺礼所堆积出来的笑色，一丝也没有退散。"

冯善伊渐抬起眸子来："所以呢？"

"那场景，实在令人惧怕。"

"怕我？"

"不。是汉人。"拓跋濬神色清冷，"是这样活着的你们，让统治汉人的大魏惧怕。"

"这是皇上逐我的真正缘由？"冯善伊微笑，"不是厌恶，是恐惧。"

"恐惧的人是拓跋余。"拓跋濬转过头来，定定道，"提醒朕想起这件旧事的人恰也是他，这或许是他至死不立你为后的原因，他不能将大权交予如同狼狗贼子一般存在的汉臣。这一点，朕，也是同样坚决。朕明明知道，那个宫中盛传为先帝殉身未遂的女人是你，却特意误认为是赫连。"

"臣妾，可以走了吗？"冯善伊扬起头来，淡淡笑着。他的一番话来，不过是为了向自己宣告，他讨厌她。如此简单的一句话，偏偏要三绕四绕拐弯抹角而出，实在辛苦。

拓跋濬垂下头，不再看她："如若朕行汉化，汉人能否不再视魏朝为敌？"

世祖经略四方，内颇虚耗。征服战争中疯狂的民族杀戮同残酷的民族压迫，已将魏朝推向胡汉矛盾激化的巅峰。

当此之期，他接手这一座病入膏肓的帝国，国衅时艰，朝野楚楚，若不能养威布德，行改革之策，誓必亡国灭族。

冯善伊躬身一礼，转身间，轻而快的声音静静落下："汉化二字莫非皇上金口一开，便能大行其道？"

待到冯善伊掀帘而去时，灯火渐暗，随着那一层明黄的帐子落下，拓跋濬终是转过头来，只是手中的书册捏得格外紧。他想起拓跋余曾经说过，这女人笑起来的模样格外好看，他如今确也见识过了。那笑，不过是千般之一，未有什么不同，然而奇特的便是她笑时，眸中总掺着那一抹看不透的情绪。

便如方才，她如此诚恳的言说，还真是难以分辨。

崇之一路送冯善伊出宣政殿，两人的步子都很轻。崇之走在前面，忽而转身道："皇上有日子没说过这么多话了。"

"我也有日子没跪过这么久了。"冯善伊扬眉即道，淡淡地笑。

"皇上他有许多难处。"崇之叹了口气，"不过看样子和您说这会儿话倒是轻松了不少。"

"我胸怀宽广着呢，不同他一般计较。"冯善伊甩了甩手，才停下步子，对他说，"你送我到这儿便得了，我还有事。公公回去吧。"

崇之一退身，避了出去。他转身再入前殿时，只觉右方红幔子抖了抖，由内走出的人影拖着厚重的赤色裙摆，好不招摇。崇之顿觉不好，忙将身子压低，扑腾跪下去道："小的不识娘娘在，恕罪恕罪。"

李申曳过裙角，行至他身前，声音寒冽："你方才说皇上有日子没说过那么些话，又同谁言得轻松？！皇上的不少难处又是谁？本宫吗？"

"娘娘息怒，小的并非此意。"

"皇上呢？！"李申厉声喝问。

崇之忙抬臂去拦："娘娘，皇上说了，谁都不见。"

"让开！"李申推开崇之，快步行入帘间，狠狠甩开帐子，迎目便见拓跋濬半卧于榻正阅览奏折，见她闯入，方移开目光。

拓跋濬一手合上奏折，略揉了揉额头，缓言道："你难为崇之做什么？不过是个奴才。"

崇之哭着滚进来，自顾自地掌嘴，"都怪小的说错了话。"

拓跋濬便也觉着场面烦心，挥手让他下去。待到周遭安静，他才凝视着李申道："申申，我说过，这是魏宫，你当循些规矩。"

"对不起。我做不了你的解语花、知心人，连个循规蹈矩的小老婆都学不会。"李申笑了笑，言中字字带刺。

拓跋濬闷声咳了咳，勉力言着："你说看不得别人骑在自己头上，我便迟迟不立文瑶为后；你说腹中的孩子与冯氏命格相冲，我也想法子逐她去了云中。申申，你还想让我为你做什么？"

"我能要什么？"李申喃喃地走向他，"我要你爱我。"

拓跋濬的目中闪过明色，渐皱紧眉。

"申申，我不懂你。"他言得疲惫。

"你当然不懂我。"李申将脸别在烛火的阴影中，许久竟有一行泪落下，"我要的爱。没有太子，没有后位，仅仅只是因为我而去做，没有那么许多借口。"

"这会儿不要太子，不在乎后位也是你。"拓跋濬叹了口气，抿唇，"你总是很矛盾。"

"我自然矛盾。谁让我爱上的是一个帝王！"李申扬声而道，只是目中热泪已全然将自己击垮，这一刻还在厉声指责，下一刻她便扑入他怀中哭得泪如雨下。

"你知道我有多辛苦吗？"她埋在他胸前凛冽颤抖，一声一声哭尽了所有的恐惧迷茫，"我从来喜欢你，从来只喜欢你。"

拓跋濬一时来不及言声，只是对着怀中人叹了又叹，手指穿过她香软的鬓发，他微微合目，静静言着："莫不是母后说的，孕中的女人脾气大多不好？你近来蛮横不少。"

申申，你要一个帝王如何爱你？

的确，那不是爱，是宠。初见你那日，我说你的一双眸天下少有，你便以为那是爱吗？母后说定要我好好待你，不碰文瑶，不立妾室，确是因你而为，你便深深沉醉于其中不能自拔。如今你似是醒了，声声斥骂我如何能不爱你。

或许是因为，一个帝王，爱这社稷江山爱得太久太沉，便会忘记爱人的能力。

夜雨瓢泼，一入夜，便多起了水汽。沉静的魏宫入夜后如同沉睡的婴儿，带着最纯洁无瑕的天真眠得安然自在。就好像那些曾经充斥着厮杀与流血争锋的过往只是传说。如今，它是有一种要告别久远的记忆，而后凤凰涅槃重生的姿态。

斗篷落了湿雨，沿着垂摆一滴滴落下，探去幽冷死宫的一路行得极轻。冯善伊无声地走在前，后殿启门的老公公挑起夜灯尾随跟从。

夜色之中桃林顿开，满目凋败衰色，冯善伊推开西侧室门，袖口宽广垂地，翠碧璎珞附于一鬓，她缓步进入。室内幽灯暗起，老公公添了几盏灯，一手撩开内帐帘子，将避于帐中的妇人牵出。

冯善伊几步走向那妇人，双手接过她冰冷的腕子，开口迎道："苏姨冷不冷？！这天气不好过吧。"

妇人呆滞的目光扫过她，嘴边残余的糕点渣沫以舌尖舔过，她痴痴傻傻地笑着，抽出两手抚着冯善伊的脸，僵声问她："阿义呢？"

冯善伊拉下她的手，静静地笑："长义哥哥就要回来了。"

面前这人便是常太后、拓跋濬一行人几番寻找欲将其置于死地的苏夫人，从前旧东宫最宠爱的苏姬，如今只是一个被幽禁在冷宫深处年老又痴傻的老妇人。这个故事太久远。当年的恩怨纠葛恐怕没有人能说清，而唯一知道真相的宗伯也已经去了。

冯善伊尚能模模糊糊记得，宗长义的母亲苏夫人，曾是魏都东宫那个最美丽的夫人。而拓跋濬与宗长义当是同父异母的手足，魏宫立子去母的宫规尤其残忍，苏夫人生下长子长义在先，另一位夫人郁久闾氏生拓跋濬在后。当时的东宫也是这二人的父王拓跋晃有心保全苏姬，便将苏姬母子亲手交予宦官宗爱，由此将苏夫人永远藏在魏宫最静谧的角落，拓跋长义于是成为宗长义。而拓跋濬代替哥哥长义成为名正言顺的皇世孙，生母郁久闾氏替代荣宠的苏姬成为走向立子去母命途的又一悲哀女子。拓跋晃临终时，予拓跋余托孤，拓跋余登基后诏令宗长义回宫，更尊兄长遗命立其为储，于是激怒皇世孙拓跋濬，引来这一场血染权位之争。

如今宗长义尚在奔波赶回途中，只她并不知道，待他回来，面对皇权极路，他的选择会不会也是同一条绝路？

她将苏夫人最后安置妥善，予周侧从侍多番嘱咐。凝看苏夫人沉静睡去，一手滑过长幔垂落帐子，静静转身，待一直忍而未发的老公公言问。

"几日前抓到个想入来探看的宫人，主子看如何处置？"老公公将她送出门，一手正推开半扇门。

冯善伊一只手扶门，另一只手紧了紧袍领，容色无动："不留活口。"

窗漏一角光，织锦蔷薇花纹染就寂冷光芒，随一路拖曳走出幽殿。没能将苏姨安稳转交予宗长义手中不无忧虑遗憾。几日来的风声更紧了，常太后的爪牙深探魏宫上下隐蔽之处，苏夫人的安危系于一线，又偏偏是这个时机，拓跋濬将自己逐出宫外。她终不能再见宗长义，再行嘱咐一番，便连宗伯的遗言都不能亲口转述他。

如果他回来了，也一定不能让他独自去了那么远的地方。

【第一卷】北都篇

想起宗长义，想起那个一激动便会握刀杀人不顾一切的宗长义，如何能安心？宗伯死了，拓跋余死了，本属于自己的皇位由人所夺，这样的魏宫，宗长义一定不忍心面对。

廊中的雨更盛，渐而压没心中丝丝缕缕的忐忑难安，脚步恍惚又踏入赫连的宫室，隔着雨雾渐看见赫连屋前的侍女挑起一盏灯火远远迎立。冯善伊走入殿中，抖去斗篷上的雨水，交给身侧的一个侍女，那侍女说她主子哭着哭着便睡去了。冯善伊一挥手让她们先撤下，一路缓缓入室中，果真见赫连莘连帘子都未拉下，就那么抱着小西施沉沉睡着。

她靠过去拉下帐子，又替赫连盖紧被子，坐在脚踏上端详着赫连的眉眼，一只手顺着她的五官缓缓移着，却不敢触上，叹了一口气，轻轻道："傻丫头，终于肯说离不开我了吧。知道听你承认，我有多开心吗？你不过是嘴硬，却也撑不了多久。可是，我不能再毁了你的人生……"

由窗外望去，远山便似近在咫尺，却实则远在天边。冯善伊起身靠在窗边，低哑的声音回绕在狭小的内室中："那云中是个什么地方，柔然人年年兵犯，听说掳去了不少魏国女子，还有大漠的风硬冷得可怕，还不得把你这张嫩脸吹得又老又黄？！我难得做回好人，你且饶了我这回吧。到时候哭天抢地抹泪后悔，不都成了我的罪过？魏宫虽不是什么好地方，你在这里尚有亲人可以依附，尚有小小的权势可得自由。可困在云中，就好似困在魏都的冷宫，去了那里，便什么都没有了。"

小西施似乎醒了，由床沿上蹦下，滚到冯善伊脚边，她笑笑，便抱起它回到赫连床前，埋下头凝着赫连笑："我让你举着灯火好好看我，看清我这张脸，你偏是不肯。我啊，才不是什么好人。像狗一样生存，又能有多少风骨气节？！可良心还在，便是替你不值。我不值得你牺牲一切地追随。所以，你千万要好好活着，像个人一样有尊严地活下去。这才是让我眼红了许多年的赫连莘。"

风卷入室，冯善伊觉得自己脸上生疼，摸去才知是落了泪。她嘲笑自己一番，笑了笑又道："拓跋濬看上去不是什么坏人，他有帝王的气度，也有作为一个人的良心，你若看他看得过眼，便随了他，兴许还能有另外一段人生。可我，却是输了，并不是因为刚刚他说了那番话才输的，是拓跋余的死，不，或许更早，早在拓跋余宁愿背弃朝臣立你为后也不选我时。我那时就是输了的。他说我根本不爱他，我爱的只是他身侧皇后的宝座，他说他一早就知道我是这样活着的人，所以他不怪我。他说得对，却也不对，我是拼了命想做他的皇后，却并非野心权倾天下的女人，我要的，只不过是那个位置所能给予我的尊严，想着从此以后可以像人一样活着，而不是狗。"

冷泪滑过，噬心地疼痛，她只觉自己的视线一片恍惚迷离，胸口越来越痛，半刻难以呼吸。靠在床尾，泪越来越冷："是想哭的，是咬住牙强撑着笑。看见自己的父亲像小丑一样狼狈。不。连个人都算不上。就那么趴在地上绕着大殿学狗叫。可是，父亲回头看向我们的那一眼，却是在用目光呵斥'不准哭'。从那个时候我开始恨他的，恨他为什么不要尊严，为什么不能活得像个人一样。如今终于明白，那不是谄媚，是面对自己的敌人，在弃尽所有的骄傲与自尊后，所做的最后一丝抵抗。至少，他们因我们而惧怕。"

冯善伊最后挣扎着站起身来，扶着一角床帐，痴痴地笑："你说，这一次，我还会死撑着回来吗？不会了，我累了。与其回来如丧家犬活着，不如死在云中大漠，终了也算自由潇洒过。"

她迈出几步，身形有些摇晃，小西施依依不舍地咬紧她裙尾，善伊躬下身，拍拍她的额头："美人儿，你去看看我家小眼睛吧。他可专情呢。这以后，他怕是要想你想一辈子了。"

风吹乱云帐，冯善伊踉跄而出，雨洒落入窗，湿气凝绕。

榻间渐传来隐忍的哭声，压在淅淅沥沥的雨声中渐渐清晰。红帐间缓缓坐起的女人一手紧紧捂紧唇鼻，滚烫的泪由掌背蔓延入了冷袖，长发散乱揉入丝帐飘摇，清瘦的双肩无以压抑的颤抖，她在尽全力压制自己全部的情绪，却挡不住汹涌而来的泪。床角的小西施哀哀地看着自己主人哭泣，豆大的眼中似也有水雾轻缓移动。

又是一个不能成眠的夜。

回到殿中，冯善伊尚不能修整，便被一纸宣诏请去了徽安宫。她知道的不多，只是听公公说文夫人要见自己。那个今晨在大殿上为自己宣判死刑的女人，那个险些要亲手了结一个无辜婴儿的女人，对于这个文氏的印象，冯善伊自觉极其糟糕。可她不能多说什么。如今除了能活着到云中，她已别无所求。

文氏已经卸下繁复的妆容，清丽素净如同莲座上的观音，看得冯善伊一时流连。

"你让我另眼相看。"这室中别无他人，文氏的声音依然又低又轻。

"看在何处？"冯善伊笑着应她，周身清朗。

"我以为你会以那件事威胁我，从而为自己寻个更好的出路。"文氏走下殿，

素手握了她的腕，看了又道，"原来，你这么年轻。"

冯善伊将手抽出，退了一步："我不是个好人，却也不是那种人。"

不是那种会以无辜生命为筹码的丧尽天良的人。

"你竟然不问我那孩子的事？"她低声问她，眼眉中藏匿着诡异的笑。

"您若想说，也不必我问。"

文氏紧绷的面容终于显露出一丝微笑："我羡慕你。"

"羡慕我像狗一样活着？"冯善伊自觉可笑，便毫不顾忌道，"您还是这世上第一个说羡慕我的人。从来只有我羡慕别人的份儿。"

"你要知道，总有些人活着连狗都不如。"文氏说着转过身来，静静言笑，"我似乎有些喜欢你了。我从前的确是十分厌恶你。尤其是听到他屡屡言起你时，便只想将你撕碎活活吞下。"

"你说的他？"冯善伊皱起眉来，忽又摇头，"你一定是误会了。这世上没有多少人是以真心待我的。你言中的他或许只是想气你。"

"是吗？我也希望如你所言。"文氏看着她的眼睛，流露出一丝凄厉的哀愁，"人呐，最可悲就在明明有人以真心，不，是有人以全部的心对待自己，她却始终觉得自己一无所有。"

"不。最可悲在，那个人曾经以为自己被真心真意对待着，实际却都是假的。"冯善伊避开她的注视，缓缓言着，"夫人或许说的是您自己，而我说的是我自己。"

"是吗？哪一个并不重要。"文氏低下头浅浅思虑，许久，她一步一步走回上殿，突然扬起声音，"不管怎样。来日，我会送你一份大礼。"

月色恍惚，透过窗来，映出文氏的背影格外修长。

冯善伊平静的双睫一时轻抖，她还是不懂这女人的话。

"所以，"文氏立在大殿当中，一手抚着凤座上精美的雕纹，"你要好好地活下去，冯善伊。我要你记住我所有的话，用力地活下去。无论现实多么残忍，无论路程多么坎坷，不准放弃任何希望。最终到了那一日，你的所有苦痛，所有委屈甚至耻辱，都会被一洗而净。你要活着，等待那一日。"

冯善伊不会忘记那一夜文氏凛冽的目光，还有她言中的坚决。然而不能否认的是，她的话，确实也在那刻给了自己冲破一切绝望的星火。

甚至在后来很长的一段困苦中，她凭靠着那番话平添了自己最后的坚持。

清晨，善伊端坐在映着流水清泉的窗边，这样能听见流水的清晨似乎也不多了。

070

春立在善伊身后，无声地为她绾起鬓发，只有她深信这绝不会是最后一次为小主人梳头。

善伊拉过春，笑得如沐春风。听父亲说，春是接自己来到这个世界上的第一个人。睁开双眼的第一瞬，她首先看到的是春，母亲还是在后来才见到。所以，她与春的情分，是在血缘之外，却延绵入骨。可是，春已然年迈了，再不能随自己去那么远的荒地。她年轻时服侍过年幼的姑母，后来随父亲入魏又抱大了善伊的哥哥，再后来才是自己。如今她的白发比赫连太皇太后还多。

"春，如是长义哥哥回来了，一定不要告诉他我去了那么远的地方。"她想起宗长义，便实在放心不下。

义父宗伯被拓跋濬杀了，他会不会冲动，会不会报仇？

冯春点点头，吞下酸涩。

"春，"善伊抬手抚平她额角的细纹，"我想你抱抱我。"

春温软一笑，展开双臂搂了她入怀。

善伊闭上眼睛，缓缓道："春，我想你了。"

春低头，眉眼尽是慈爱，她抚弄着善伊的发："我的小公主莫非永远长不大，春那时推着小摇篮天天看着您小小的脸，便想这小东西哪一天才能跟春说话，哪一天才会走路，又要到什么时候才可以成人……这一晃，十六年了。"

善伊贴在她胸前，贪恋她的味道，那夹杂着奶香的气息，即便是在十几年后，她依然会在春的身边嗅到，那是烙刻于记忆中幼年的味道。善伊出生的那一年，春有三十六岁了，那时候春刚刚生下自己的第三个儿子。年幼时，母亲偏爱姐姐希希更多。所以父亲将善伊丢给了春，从那以后，春在善伊的眼中一如母亲。

"太妃让我转告您，"春落了一吻在她耳边，"这并不是结束，是开始。重新开始。"

善伊眨眨眼睛，捧起春的脸，嘟嘴道："这才是姑姑不准你随我去云中的理由。她要我回来，所以把你扣在宫中等着我。她知道，这世上我不会抛弃的人只有春。"

"我很高兴。"春抿起唇来，脸上竟泛起红晕，像个大姑娘一般笑着，睫毛却渐渐湿了，"听您这么说，春真的很高兴。高兴得眼泪都要落出来。就是让我现在死去，也只会欣慰。"

"胡说。"善伊抬手猛去堵她的嘴，"可不准你拿死活的事吓我。"

春点了点头，拉下她的手，认真言着："你若还惦记着春，就一定要回来。

【第一卷】北都篇

071

千万不能在大漠里玩野了，不记得春，不记得回家。"

"我会记得你，也会记得回家的路。"善伊抹去她的泪，浅浅笑着，"这里有父亲，有春，有姑姑，有赫连，还有好些人。"

"可是，"春目中闪过一丝艰难，终是道，"那里却有先帝。"

冯善伊哽了哽，忽而摇头："不。就算有他，我也不陪他。我现在不喜欢他了。他连一个信字都不给我。我再也不喜欢他了……"她说着埋入春怀中，声音寂寂的，"我喜欢的那个人，他死在了我心底。"

出宫的马车候在殿外，小墩子他们都赶来送善伊，她甚至在人群中看到了久未露面的李银娣。她仍旧是那么苍白瘦弱，不禁风吹、楚楚可怜的模样，看得连她也心疼，也难怪男人会为她丢了心魂。

这么多人中，她唯独没有看见姑姑和赫连，到头来，她最放不下的两个人，都不愿意见自己的最后一面。姑姑托人带了话来，说是自己不适合矫情的场面，便不方便出席了。善伊知道这是姑姑的坚决，她以一种常人所不能察的离奇方式告诉自己，这不过是一场远行。不论多远多久，自己都会回来。

李敷依然冷漠地立在车前，这一次，护送她入云中的侍卫恰也是他。

冯善伊钻入马车中时，小眼睛已四仰八叉地躺在里面，全然没有离别的苦恼。她从前以为小眼睛忠贞不贰，未料扭身迈入新人生时，它情绪转换得比自己快。

马车已出了内宫，依稀能看见春亦步亦趋恍恍惚惚的背影。

冯善伊将小眼睛搂在怀中，眉间生笑："我在这里活了七年，小眼睛，你还记得宫外是什么模样吗？"印象是模糊的，只记得曾经住在京中西面那处老宅子，一双父母，一对兄姐，畏缩谨慎的言行，压抑喜怒的生活。那曾经是她的全部，即便入了魏宫，依然没有从自己骨子里抹去怯畏隐忍的烙印。

身后的宫，就此远了。

马车一路入了中宫，皆行得通畅，有李敷的令牌在，出宫无阻。

只是方出了宫门，驶入护城河两岸的官道，即有减慢的势头，最终竟是停下不前。冯善伊在车中唤了几声李敷不见应答，忙打起帘子，却被眼前的景状吓到。

李敷跪在车前一言不发，那着了常衣负手立在李敷身前的男人淡然回身。身着常服的拓跋濬，恐怕有生之年也绝没有几次能亲眼所见。冯善伊忙跳下了车，想跪却被拓跋濬摆手拦住。

"这处没有皇帝。"他淡淡地看了她一眼，展开扇面摇着。

冯善伊垂头看了眼李敷，又看向拓跋濬，终是没跪，也没说话。半刻之后，两人便沿着护城河走了起来，谁也没有说话，时而走路，时而垂望河中倒影的景物。最后还是冯善伊先开了口，她看向身侧的人："您的病养好了吗？"

"噢。"拓跋濬皱了皱眉，似乎不喜欢别人说自己有病，"差不多了。"

冯善伊直接抬了手背，贴紧他额头，放下时轻道："还热着呢。皇上带病来送我，可是因为于心不忍，还是同情怜悯？！"

拓跋濬愣了愣，好半晌没有理会，再回过身来，看着她轻道："会回来吧。"

"逐我是皇上的意思，能否回来也得看您。"冯善伊将这话当成皮球踢过去。

拓跋濬摇着扇子，白衣青扇倒有那么丝风景，他扬了扬眉，"腿又没长在朕这儿。能够走得回来还是在你。"

"如果我想回来呢？"冯善伊笑了，"或者说，我本不想走。"

拓跋濬没有回应，静了许久，又道："去了云中，都打算做什么？"

"守护先祖的陵寝，诵经念佛，而后为我大魏祈福，佑我天朝万民，丰年安世，风调雨顺，年年大吉……"

拓跋濬终是抬起眸来，难得一笑："一并求朕多灾多难，英年早逝？！"

冯善伊先是一愣，笑眯了眼："是。"

拓跋濬扬了扬眉毛，仿佛一脸早便知道的神情，终是低声咳了咳："恐怕不会如你所愿。朕至少会活到你回来的时候。"

冯善伊一贯地笑："您这个样子，就好似终有一天会爱上我的感觉。"

"是吗？"拓跋濬冷笑了笑，合起扇子，由她身侧走过时轻带了一句，"再回来时，便要像个人的模样好好活着。"

手中揉捏的玉坠猛地落下，冯善伊的笑色茫然退散。她看着他越走越远，渐觉得不真实，便出口唤了他："拓跋濬。"

拓跋濬果然愣了一下，停步后缓缓回身，烈日映着他的半张脸。

冯善伊也看不出他是喜是怒，隔了很久，她终于咬出那两个字："皇上。"

拓跋濬将扇柄敲在掌中，琢磨不出这个女人的意图。直至转身时听见那细弱的声音随风飘来，越发模糊——"从前喊过那么多声，都不是真心。"

他脚下那么一顿，再也移不动，烈阳耀目，天地万物似镀上了璀璨金色。他扬起头来，没有用扇子去挡，就那么愣愣地问自己，真心恰又是个什么东西？

　　冯善伊回到车中，第一眼便见得小眼睛和小西施纠结在一处的惨烈场面，再一仰头，看见车里那穿着宽大斗篷的女子抬起眸来凝视着自己。

　　细碎的柳絮拂入车中，遮了视线。

　　冯善伊摆了摆手，握了一手的软絮，目中忽然有些发酸。

　　赫连一瘪嘴，将视线挪开，不知看着哪里喃喃道："皇上说我那十口箱子不合适，结果尽是扣下了，只留一口放了后车厢中。"

　　"噢。"冯善伊呆呆怔道。

　　"你赔我不？！"赫连莘忙瞪她一眼。

　　"赔。赔。"冯善伊低下头，眼圈红了。

　　赫连努努嘴，将小西施揽回怀中："我想了想，小眼睛离不开小西施。你也离不开我。"

　　善伊总觉这前半句合适，后半句总也别扭，只在半刻之后，赫连便似方出嫁的娇滴妇人，蹭到冯善伊身侧，笑眯眯道："奴家把后半生都交给官爷了，官爷定要好好待我。"

　　冯善伊本是有心感动落泪，只这片刻，冷汗陡生，忙躲远了她："你好好说话。"

　　赫连吐了吐舌头，挑起一角帘子望出去，幽幽道："取道信都，这要走到什么时候？"

　　"至少四个月。"冯善伊想了想，又道，"实在不行，到了云中，你挑个好男人嫁了，再生七八个孩子。"

　　"屁话！"赫连忙端正了姿态，信誓旦旦道，"我们是皇家的人，怎么可以另嫁？"

　　"啧啧。"冯善伊冷笑着，不再理她。

　　赫连又泄了气，眨着眼睛软声念道："七八个倒也算了，我就想生个女儿。要生个漂亮女儿，男人不能丑，你当替我选个模样中意的才好，这事可千万不能含糊了。"

　　"……"

第二卷·跋涉篇

『因为一路有你，不幸也是幸福。』

【跋涉篇·第一章】

马车出了都城时，李敷差人来报。冯善伊从帘子向外望时，才发现自己身后是长长的队伍，那些戴罪的臣子家眷一个个都是步行，没有车马，周身上下拖着厚重的刑具。冯善伊一时于心不忍，便命李敷前去京郊寻个茶庄让众人歇息一番。李敷倒也应下，待出了城门十几里果真寻到了一处茶庄。李敷与众随行将卫押着奴役前去另一桌用粮吃水。冯善伊牵着赫连入了里间，只喝了一碗茶的工夫，便见宫人模样的女子行向她们，自说是文夫人的宫人。

冯善伊上下瞟了她几眼："文夫人与我可还有什么嘱咐？"

"夫人说前去云中艰险，特要奴婢赶来奉上送行礼。"女子说着将一只硕大的锦盒推递而上，自己躬身一礼，便也远去。

"送行礼？！"冯善伊就话琢磨着，拉过锦盒，才一掀开盖子，却惊见盒中躺着睡梦中的婴孩。她骇得忙掩好了盒子，一时没了主意。

赫连瞟了过来，疑惑道："你脸怎么白了？"

"你去命李敷将所有人带离二十米之外。"冯善伊咬了咬唇，再看向那精美的盒盖，忽而觉得可怕。当真有如此狠心的母亲，连孩子都可以赠出。

李敷虽不知缘由，但总算有赫连娘娘的命令不得不遵，遂领了众人退避开。

冯善伊见四处没有认识自己的人，才小心翼翼地将孩子抱出来，赤色的褓褓依然那般艳丽。赫连惊得连茶也吞不下去，一手指着孩子道："这，这是打哪儿蹦出来的？"

冯善伊这半刻清醒过来，转而道："你方才不是嚷嚷着要生个女儿吗？女儿

自己送上门了。"

"是个女娃？"赫连贴过去，细细瞅了婴孩的眉眼，"确实是个美人坯子。不过，是谁的啊？"

冯善伊没有说话，只是将襁褓捧到胸口，贴着那一丝掺杂了奶香的柔软时，心也化成了水。她也不知道那是一种什么力量驱使着自己，是，她不想丢开这个孩子，相反，是有心拥有。她仰起头，对着赫连一笑："就当是同我们有缘的孩子吧。"

赫连全然糊涂，想了想，还是把孩子接回来放入锦盒中，故作无事地抱起盒子，压低声音说："我们先上车，以后的事慢慢谈。"

这一点，冯善伊没有异议，便掩护着她一并进了车中。待到马车晃晃悠悠走了片刻，赫连才将盒盖打开，抱出孩子，目中尽是不忍："这样藏着也不是个办法。孩子总归要醒，总归要惊动李敷他们。还有，我们这是受罪去的，不是享福，一路艰险你又想过多少？！孩子吃什么？如何活下去？"

冯善伊细细听着她的话，不无道理，只是心中也有自己的疙瘩。她不能同赫连说，这孩子是她在宫中从文氏手中夺下来的，也不能说将这孩子送回去也只有死路一条。

冯善伊看了赫连好一会儿，缓缓张口："你知道我的母亲其实不喜欢我吗？她和父亲都更喜欢年长懂事的姐姐希希。我四岁那年，姐姐没了，我从噩梦中醒来，看见母亲亲手掐住我的喉咙，用力地扼紧，我根本不能呼吸，只能无谓地挣扎。恍惚的视线里只有母亲越来越模糊的脸，还依稀能感觉到她猝然落下冰凉的泪，那么冷，钻入我的脖颈里流到滚烫的胸口，那么痛。"

"同，同这孩子又有什么关系？"赫连受了惊吓，咬紧双唇，终是不得要领。

"这孩子也是同样被命运掐住了喉咙。"冯善伊惨淡一笑，"而我只不过是想掰开命运的十指，给她生存的权利。就像我哥哥一样，用力掰开母亲的手，把生命还给我。"

赫连似懂非懂，看了孩子，又看冯善伊，心中虽也是一番挣扎，也只能连叹几口气道："我败给你们了。你说怎样就怎样吧。反正我和孩子都归你养活。累不死你。"

入了夜，众人在路边驻扎休息，正昏昏欲睡间，一声婴儿啼哭惊醒了所有人。大家浑然不觉，只当是夜有鬼婴，多燃了几盏灯，继续睡下。再一声啼音传来，并夹杂着女人的言声。李敷第一个反应过来，持剑便迎向马车，恰逢赫连挑了一角帘子，眉梢眼中写尽了慌乱："这队伍中有没有年岁大的妇人？唤来一两个。"

李敷握着剑有些抖，方要抽剑，便被赫连喝住："这没刺客，让你找人救命。"

李敷忙回身奔去营房，大大小小扯了一队人马而来，皆是女的，自十三岁到七十多岁不等。他对赫连的"年岁大"实在没有概念，索性差不多的便齐齐牵了过来。

赫连随手指了两个看得过去的，将帐子打开让她们上车，剩下的人继续退避回去。那两个妇人一上车，便只得从命接过哭得发蔫的婴儿。

赫连揉着胳膊满是委屈："快看看，她这是怎么了？"说着不忘了推里侧蒙着被子睡得正死的冯善伊，"孩子他爹你也醒醒，哭得要死要活，我可哄不来。"

那两个妇人用古怪的眼神扫了她们一番，却又不敢多说话，只打开襁褓摸了摸孩子肚子，细声细语道："这是饿了，要吃奶。"

"你们有奶吗？"赫连问过去。

见两妇人齐齐摇头，赫连便是急了，一抽冯善伊的被子踢醒了她："饿哭的。你快起来想想办法。"

冯善伊睡得迷糊，恍惚道："让李敷烤个馒头。"

赫连推了她一把道："她要能吃馒头，我把头割下来给你。"

"猪头肉我可不吃。"冯善伊裹着被子坐起来，她有起床气，这会儿正不爽着，"不是说了。白天我抱，晚上归你。这才一天，你就乱岗篡位。"

"白天她睡觉，晚上醒来闹。你倒是会选。"赫连一时也急，孩子不是她要留下的，这么个话里天地良心的假惺惺，夜里翻过身去睡得死猪一头，竟也知道埋怨。赫连将孩子夺回，窗帘一打，直接道，"你嫌烦也好，直接扔出去，大家都省事了。"

"身为女人，不带这么狠心的。"冯善伊清醒了几分，挡在窗前以身相护，"得得得，我来，我管还不成？"

赫连命那两妇人先退下，只对着冯善伊一人时，皱着脸开始抱怨："这才一天，我看早晚都得饿死在我们手上。"

冯善伊将袍子披在肩上，叹了口气，自窗间探出头将李敷唤了来。于是那带刀侍卫又握着剑奔来，见了冯善伊略不服气地跪地。冯善伊细碎的眸光越过他的后脑勺，琢磨了半刻，道："李大人，您有奶吗？"

李敷怔了下，茫然摇头。

冯善伊猛砸了车窗："废物！堂堂四品带刀侍卫连个奶都没有，你干什么吃

的？"

李敷一时也来不及想为何带刀侍卫要有奶，只皱紧眉头悉听差遣。

冯善伊于是又道："天亮之前寻来。"

"贵人？"李敷好半响终于发出了第一个音。

"还不快去！"冯善伊又喝了一声，即甩下帘子，回身往被子里一倒，闷头继续睡过去。

赫连稍掀开一角帘子窥着李敷匆忙离开，啧了两声面上堆了笑，扭头正要称赞冯善伊高明，见她又睡过去，好容易拎着她领子道："你这是欺负老实人，实在歹毒。"

"不欺负他欺负谁？"冯善伊翻了个身，拿枕被压了脑袋，"我打心眼里想欺负拓跋濬倒欺负不着啊。"

赫连终于释然，靠在一侧，怀里抱着哭得快断气的婴孩，心里却念叨着："这李敷恰是个好使唤的。"

天亮之前为限，只李敷是个动作快的。约摸一个时辰后，他便领着两个近村的妇人前来。初时见到只有女人，没有奶，赫连格外生气着，直到李敷讪讪地提醒说，这两个女人有奶。李敷给了两个女人一人十两银子，让她们守至转日午时。车马队伍于是便拖延了半日不行。

给孩子取名是件天大的事。

赫连整日揣着字簿上下问人，队伍中尽是待罪的奴才，没有几个识文断字，选出的名字无不是三宝四妹那些上不了堂面的粗名。于是赫连便来询问李敷，料想他多少吃过点墨水。

李敷初有些紧张，憋青了一张脸，四下看去，只道这一日正赶上一行人马入了定州，于是取名作"定"。

赫连念叨着"定"字来问善伊，善伊想了想告诉她，"定"有屁股（腚）的谐音，不好听。赫连听后大火，揪着李敷不放，言他心思不纯，惦记她闺女的屁股。

李敷脸青了又紫，只得又说，如今是在定州的首郡润城，不如选字"润"。

冯善伊洗了尿布回来，正逢听到"润"字，感觉大好。于是拍板定下，即是"冯润"。赫连亦随着急了，之前说好让孩子随着赫连姓，她才绞尽脑汁尽心费力想个好名字。

李敷见冯善伊来了，忙往后一撤，只想躲开。

冯善伊嬉笑道："冯润是个好名字。"

赫连听得孩子在哭，忙不及与她争辩，扭身回了车里。

山间风很冷，云层浮绕，淡淡的雾气越来越重。

冯善伊忽一指对面半山腰朗声道："那岂不是妖气？"

李敷本是回身欲走的，听她惊唤，不觉扭头，随即叹了口气，立在她身侧："那是炊烟。"

"是妖气！"她不爽他当着众人拆她台，强行狡辩。

"是炊烟。"李敷固执道。

"本贵人说是妖气就是妖气。"冯善伊最终急了，搬出身份说话。

李敷看她一眼，不与她计较："好吧。"

"你该去找奶了。"冯善伊悻悻添了一声，"从早上入了这屁股州，娃还没吃过奶呢。"

"时候还早。"李敷不紧不慢道。

"炊烟都升起来了，再一会儿天即要黑了。我家润儿要饿肚子。"冯善伊说完这话便觉得自己牙疼，每每牙疼必是说错话的征兆。

李敷转了转眸子，终是挑了一笑，接道："果然还是炊烟。"

冯善伊从来觉得他应该不苟言笑才对，如今见他难得露笑，一时忘了回嘴，怔怔咬唇盯紧他。

李敷被她盯得不大自在，咳了咳："我这就去。"

她盯着李敷的步子渐渐远去，那一身衣衫，似是穿了大半个月了，她实在想问他可是穿得难受？！真不知道，他千里跋涉护他们入云中，皇帝给他多少打赏。

这一去大有可能连命都丧去。然而这大半月来，李敷似乎很配合，找奶妈寻尿布，丝毫不含糊。最让人放心的是，他不多嘴，做完事，自己两眼一闭，嘴亦闭得死紧。不问孩子的来历，不问任何事端。赫连说李敷是老实人。冯善伊只想着他那一日谋杀自己的冷峻，便不该算什么老实人。

冯善伊走回车中，见得赫连正在哄孩子，便靠在火炭盆侧幽幽道："你见过李敷笑吗？"

"说什么哪。"赫连瞪她一眼，"他能笑，我当升天。"

冯善伊索性贴过去，盯紧她："你说我这张脸，有没有让人看了心魂不定、情绪失乱的功力？"

赫连忙推开她的脸："你别吓我。"

"所以说，"冯善伊摇摇头，"不该啊。"

赫连给润儿换了身褓褓，将她塞入被子里暖和着，才又转身看她："李敷尚

【第二卷】跋涉篇

不至于对你动情，但多少在纵容你。按理说，我一个昭仪，吃喝他没得说，只你个小贵人品阶不如他高，偏又吃五喝六，若不是纵容你，还能怎的？"

"那是因为我手里握着他的把柄。"冯善伊笑着往润儿身边一蹭，白日赶路，周身疲顿，如今只愿什么也不想就此睡去。

睡下不知几刻，车外有声响，赫连正伏在案前写着什么，听闻动静便弄醒了冯善伊。冯善伊无奈，只得出车，风雨一时极烈。勉力进了几步，见李敷跪在地上手里捧着个碗，身后并没有奶娘，正欲问。李敷已直接道："附近的村落寻不到合适的奶妈，只能讨了些米汤。农家的妇人说这个也能做一时替代。"

冯善伊见他周身由雨水浇淋，必也是尽了心力实在没有办法，索性也不再难为他，接汤碗时见他腕上有道道血痕，便垂了眸子："你受伤了？"

"下山雨路滑。"李敷忙以另一只手捂袖。

冯善伊未说什么，端着碗回车里给孩子喂下。

润儿约摸有一岁孩子的身量，睡眠也较从前少了许多，这会儿吃过米汤，正瞪着大眼睛看自己。冯善伊拼命想哄着她，却觉这孩子格外精神着，于是丢给了赫连。自己从药匣中翻出几样膏药，披着斗篷跳下车。她跑去李敷的营帐却没有看见他，拉来一个小侍卫询问，才知随行的家眷中有个孩子染了病，李敷正在那孩子帐中。

冯善伊随着那侍卫前去帐外，本是围在帐前的众人顿时散开，孩子母亲忽而奔上来扯着她裙角哭声道："娘娘，娘娘千岁，孩子爹妈已是没了，就他一个娃了。"

陆续跪了一地的罪仆，竟将冯善伊团团围起，他们大多是苦命人，亲人跟错了主子，如今株连受罪，只大半月下来已受跋涉颠沛之苦，瘦得不成模样。

冯善伊俯下身，便一一扶他们起身，手触了肘腕，只摸到了空荡的衣袖，竟皮包骨头，着实可怕。她无力说什么，只能绕过众人，走到帐中。

帐中甚为简陋，炉中水尚在沸腾。染病的男孩横倒在临时堆砌的稻草席中，身上盖着脏垢粗布，入目尽是不堪。

李敷以背相对，正跪了席前将碗中的水灌入孩子口中，水久久不能入口，尽是流了出来，正滑过他腕中的伤口。他吸了口气，用力捏了捏伤口，方又甩了甩手，重新抱起幼童的身子。

"你这样不行。"冯善伊走上去，由他手中取过碗，抿口水，再贴了幼童唇畔缓缓哺下。才哺下一口，肩后猛起了力道，即由人拖了下去，水碗亦由李敷夺了回去。

"你出去！"李敷喝了一声，含了口水，学着她的模样给那孩子慢慢哺下。待回过头来，见冯善伊仍是立而不动，只将眉皱得更紧，"出去！当心染病。"

冯善伊笑笑，不当心地走过去："若是连时疫与风寒都分不清，我这四五年的女中侍岂不是白混了。"

风寒主收敛，敛则急；瘟疫主蒸散，散则缓。

她打一入帐见这孩子面色紧绷苍白便知道不是什么骇人的疫症。

李敷闻言，竟如服下定心丸，狠狠地舒了一口气。

冯善伊以脸贴了贴幼童额头，只道让李敷将漏风的缺处补齐，这时候最不能入风。再顺手摸了身下的稻草潮湿，连日来阵雨不断，必是泛潮。于是抽掉草垫，回身嘱咐李敷将自己车中的被褥取来。李敷初始犹豫，言道娘娘的近身之物贱民碰不得。冯善伊索性道取不来，就抱孩子入车，李敷只得应了匆匆出帐。

再见李敷急急归来，冯善伊便笑他不禁吓，又不是什么大病，满脸谨慎地竟好似要出人命一般。

她将被褥铺平，撕碎了孩子身上的旧衣物，以湿巾替他周身擦过一遍，才好生放入被中让他踏踏实实地睡下。猛一回身撞到杵在身边的李敷，不由笑骂："你碍手碍脚的，回去睡吧。这里不要紧。"

李敷将剑一握，闷声道："我守着。"

冯善伊擦着手，又道："你不如去替我找些生姜、红糖、连根葱一类。"

"就这些？"

"够了。"冯善伊一点头，见他又犹豫，不悦地瞪紧他，"你何时才肯信我？一朝被小眼睛咬，就怕我十年？！"

李敷没有说话，眉眼一低即掀开营帐奔了出去。冯善伊在他走后，出营来言语安抚了众人，嘱咐大家去睡，才又随着孩子的姨娘回了帐中，那女人年岁不大，自入帐中只顾着哭，说着他们家小少爷的可怜。

病中的孩子是陇西人，祖上西凉，父曾封敦煌王，因陇西屠各王景文叛朝一难受罪，家中只余下他一个孤儿。冯善伊知他身世与自己相近，反倒添了不少好感，安慰了女人一番，又见孩子稍起好转，才轻步出帐。

半月当空，正映出满山的寂寥，她信步走回车，却见营帐空地前篝火未灭，李敷握刀驻守，长影单薄。夜有孤鸟啼鸣，听闻可悲可伤。冯善伊走过去，立在李敷的身后，借着他的长氅挡风。李敷只觉得身后的脚步声诡异，忙要抽剑，一听她凉凉的声音飘上来。

【第二卷】跋涉篇

"荒山野岭的，谁有心伤你？"冯善伊轻笑着，蹲坐在火堆，仰头拉了拉他的袍角，"你那么高，我看着眼晕。"

李敷握拳坐地，却拘谨得过分，双肩扳得极平，后脊僵直。

冯善伊看了一眼他，"夜里不多睡会儿，白日怎么赶路？"

李敷抿唇，并没有应。

冯善伊于是继续自言自语道："除了杀我那一次，你还没干过什么伤天害理的事。润儿的事也是，大半个月了，不见你上报朝廷，也不吭声问我孩子来历。我想，你大概不是什么坏人。怪只怪这世道太乱了，你做了好人，便做不得好奴才。"

她鬓间别了朵木兰珠花，垂首间竟不自觉脱落入在李敷裙袍间，二人竟一时都未发觉。冯善伊静了好一会儿，觉得有些冷，便拉了拉袍领，绣着云山纹绣的领口是春的手艺，她说这可以让她无论走了多远，都不会忘了京城的山水，那一座赫立天下的七峰山。

夜风阑珊，宁静得只剩美好。

"我忽然觉得轻松。"冯善伊将眼睛闭了闭，"就那么轻松地走出来，生死再不重要。"

她听见李敷指骨张合的细微声响，还有那一声剑柄离鞘的声音。她一时忘了，如李敷的活法，是宁愿做个好奴才，也不屑于当好人。

于是，她闭着眼将头转过去，足以感受到他的清冷呼吸，很轻的声音脱口而出："这是我给你的机会，动手杀我吧。"淡了呼吸，牙关紧咬，只等惊空一剑肃杀而来。

"噌"的一声，冷剑出鞘，划裂了冷风。

素白的容颜溅上一抹猩红，睫毛抖了抖，冯善伊睁开眼，用手指滑去血色。

李敷漠然站起身来，将一剑砍毙的野兔丢到火堆旁，只说了那么一句："竟敢躲在这儿来取暖。"

"真血腥。"冯善伊看了一眼那团血肉模糊。

李敷转过身去，作势要走，却突然顿了步子，冷声道："你也不是什么坏人。暂且，活着吧。"

冯善伊自觉无趣地笑了笑，再转回目光，看着他的背影字字清晰："把兔子烤了吧。许久没动荤了。"

一路跋涉或许辛苦许多，许冯善伊却在这些辛苦之外获得了某些从前在宫中不敢拥有的思绪，比如对人生的奢望和构想。她从前并不懂得什么是人生，只以为活着便是人生，但是从赫连的言语中，她也能捕捉到那么一丝希冀的东西。人生或许只是游离在希望与绝望之间的时间而已。

熬过雨期，太和二年的夏天混着江都两岸芬芳的紫薇花香迎面扑来。赫连说江都的女子极美，一如娇柔的紫薇，岁岁生媚。

一路上，赫连将紫薇花插在润儿的领口，环抱着坐在马车前，任柔风肆意拂过润儿娇嫩的皮肤。这时候的冯润已然会笑了，笑得恬静柔雅。

一行人有几个老妈妈时而会说这孩子他日将生得倾国倾城，赫连听了这话便甜在心头，不过嘴上仍是纠正道，倾城便好，国就算了。此时冯善伊转过头来，认真道，既是要倾，便一口气，倾了天下。说时痛快，却未及多想，许多年后一语成谶。

这年夏天，是赫连和冯善伊经历的所有美好时光。流连于江都的岁月，在那很多年之后，便如美好而不真实的梦时时穿梭在单薄的记忆中。

在那亦真亦幻的梦中，冯善伊仍能记得紫薇花开的潋滟，风中细碎淡香，润儿明媚的笑脸，还有赫连的回眸一瞬如花清秀……

冯善伊抱着一团碎布走入李敷的营帐时，正遇到李敷点着烛火看地形图纸。她轻步走过去，将碎布接起来的布衣自他肩头摆弄开。李敷正欲回身，却被她喝了一声："别动，就差一只袖子了。"

"是什么？" 李敷握了一只袖子问。

"你多久没换衣服了，前日里抱润儿不是把她熏哭了？我和赫连便给你缝了身衣衫，功底不好，你凑合一下。否则这日子热起来，身上的味道不好闻。"冯善伊比了比，又收回碎布衫，朝他手中的地图一望，见"信都"一地被画了个朱圈。

她突然静下，转过身，寻了口茶喝，慢慢坐下问："还有多久到信都？"

"再半日出了江都，即入信都。"李敷压着图纸一并坐下，脸上的疲惫之色倒也散去不少，"入了信都，便先寻了驿站安心修整一番。"

"如何能不入信都？"冯善伊幽幽地抬了眸子，"不能改走他处？"

李敷认认真真又看了遍地图，抬头与她道："不是不能。除却信都，他处乱党势力纵横，恐有艰险。"

冯善伊知取道信都是拓跋濬的主意，然而取道并非一时兴起，总有万千错杂缘由于中。只是，信都恰也是自己的心结，一处无论如何也迈不过去的槛。

她看着李敷："这一路护行，我想你是奉了皇帝旨意。"

李敷以沉默而应，终将目光移开。

"不入信都，是冯贵人的意思。与任何人无关。"她又道，言中尽是坚决，"倘若我因此遭不测，你回禀魏宫也是这句话。"

李敷怔了许久，声音仍是低沉："你有孩子，不能犯险。"

"他们想要的不过是我的命。"冯善伊转了碗，自水中映出一双眸，极淡，"如若有险，也是我的劫。"

最后的几个字咬得极重。

李敷缓缓地将视线转向她，平静道："那就改道，石城。"

冯善伊定定地凝着李敷的满脸平静，终是一笑，再无其他。

转日清晨，冯善伊由车中探头，惊见众人营帐已是一夜散去，全无昨夜架势。她跳下车，四处不见人影，暗想莫不是就此被队伍弃下不顾，正要去唤赫连。遥见李敷自后山走来，手里尚提着一些食物，他趁早去了乡亲家准备了干粮好赶路。

"起了？"他走来时，眼眉亦如铁生冷。

"为何不见其他人？"冯善伊匆忙问道。

李敷将干粮放在后车厢，不发一言地跳上车，伸出一只手来居高临下地望着她："昨夜让他们直入信都了。我护送两位娘娘改道石城入朔州清水河再会合。"

她愣了愣，还是伸出手，由他拽上车。李敷不多说什么，扬了三鞭，车马行动起来。

冯善伊稍稍偏过头，仍是有些迷惑，风中乱了鬓发，她看着李敷一并凌乱的侧影，声音单薄无力："你就不问我原因吗？"

李敷紧抿的唇未松，一瞬间拉紧缰绳，许久，沉声回应："既然是娘娘担待，便随娘娘的意思。"

冯善伊点头，钻回车里扔了那身布衣出来道："这个，就当是你的辛苦费了。"

李敷一手将碎布衣取下，鼻间嗅了嗅，终是忍不住问道："哪里来的碎布？"

"多着呢。"冯善伊背过身去笑了笑，"润儿的旧尿布。"

李敷顿时有些发冷，将布衣捏了捏，缓缓道："谢娘娘。"

"待入了秋再给你拼件袍子。"冯善伊笑着拂去他肩头的碎叶，"千万千万别客气。"

李敷突然转过头来，冯善伊吓得止住了呼吸，只道是这一回他定要爆发了。

她小心翼翼地扬起长睫，正一束阳光落了两人之间，空气中的浮尘看得清晰，他眉间一并染出斑驳的色彩，冯善伊便循着那抹明光看去，所见他眸中并非什么惊天之怒，而是一抹极淡极淡的笑色，轻如雾，淡如霜。

她看着那抹笑色，周身静下，这山谷间竟似什么也没有了。飞鸟，泉水，还有满目的青葱翠绿，终不过是一缕清淡的褐色——李敷目中的色彩。

冯善伊笑笑，竟觉得自己有些昏昏沉沉，柔软的阳光中，向她投来一笑的目光转了转，清透明亮，是天地的颜色，拓跋余的颜色。

她扬起手来，冰凉如玉的素指，就那么遮住他的眉眼。她有些不能适应这个从来刚毅如铁般的男人以拓跋余似梦如画的温柔笑意看向自己，这会儿看得她眼晕，以至于忘乎所以地堕身于一个自己毫无知觉的深渊。

"别闹。我还要赶车。"这一声莫非亦是从梦中传来。

头越发昏了，山谷间的鸟鸣之音散去，她听见那个声音越来越近，她听见他说，善伊别闹，我还有奏折要判……善伊别闹……

"冯善伊，到驿站了。"

细细碎碎的声音冲入耳中，冯善伊茫然地睁开双眼，入目是赫连。她抱着润儿在收拾箱子，口中说道已是到了石城驿馆。

冯善伊有些摸不清头脑，仿佛刚刚由郊外山路出发，这一会儿便是入了城。她坐起身来，挑起帘子，见得暮色缭绕，暗自想恐怕之前一幕幕都是做梦。只是她已不知是从何时开始睡着，是从李敷帐中出来，或者前去李敷的营帐亦是个梦。

"你有些发热。"赫连递了水给她，"我们从清早就转走石城了，你还能记得不？你吹了会儿风就喊晕，我摸着你的额头滚烫着，就让你睡着。为了尽早入城给你找医馆，我们一整天没歇息。润儿饿哭了好几次。"

冯善伊恍惚着放下帘子，垂眸不语。

"你这一路苦中作乐倒也尽兴。赏花看月，谈情说爱，这时候再病了，最惹人心怜。"赫连说着嘲笑起她，凑到她的眼前，"早先怎么没看出来呢，你还有这一手。"

冯善伊挪开赫连的脸，声息无力："你莫要胡说。我是谁，他又是谁，我这心里跟明镜似的。人在他手中，不过就是逢场作戏互相图个乐子。"

赫连听着她的辩解，又眨眨眼道："如今天高皇帝远。我倒是觉得李敷踏实可靠。你自己看着办吧。"她最后甩下一笑，抱着润儿下了车。

冯善伊愣了片刻，突然想起，逢场作戏这四个字，恰是拓跋余送给自己的。可她也记得那时，他说出那四字，自己能听见心碎裂的声音。原来这种所谓逢场作戏的虚情假意，会比世上任何一种背叛和移情都痛得真切。

临近夜晚，他们三人用过饭，要了两间房各自歇去，东首一间，西首一间。吃饭时谁也不吭声，气氛压抑得诡异，若不是润儿哭了两嗓子，只道周遭没人，仅有空气。李敷似乎累极了，离席后直接上了楼。赫连不紧不慢地吃菜，她好些日子没吃过正餐，索性这一次要补回来。两人回房时，也都极累，唯剩气力趴在床上互相逗着夜里精神的润儿。

赫连凝视着润儿的笑脸，叹了一口气："这些日子，我把一辈子的快活都拾起来了。"

冯善伊偏头看她一眼，淡淡道："这样的日子，你幸福吗？"

赫连笑着，拍着自己的脸："幸福到……觉得是个梦。你说，人怎么可以活得这么轻松这么干净。我什么都不求。有你，有润儿，还有这样的日子。之前的十几年全是白活。"

冯善伊拉住她的手，贴在自己的脸上，亦是笑着："我也觉得是梦，天天在梦里活着。"

"你说我们是不是奢侈了？"赫连拍着自己胸脯道，"总觉得不踏实。"

冯善伊笑了笑，闭眼打了个哈欠："宫里那日子你就踏实？"

赫连翻过身来，细细思考着，缓缓道："如果我们只是寻常人家的孩子，每一天都这样过着，兴许也就不觉得如何幸福了，也就是踏实了。"说着她又摇摇头，"现在这个样子，是最好的。"

冯善伊只是听着便已渐沉梦乡，身侧的赫连踢了踢她又唤着："我见李敷腕上的伤久未愈合，你去把匣子里的药递给他用。那是我们夏国的丹阳膏，疗效极强。"

"怎么是我？"冯善伊翻了个身子搂紧冯润，"你想出的你去。"

"我还不是给你机会。"赫连拍拍她，提醒着，"我们孤儿寡母的，缺个男人不是？"

冯善伊也未听明白她的话，迷糊地坐起来，怀里揣紧了药匣子，一路出西厢房，由东而去。风扬起黑幕纱帐，总有那么种肃杀的氛围。她停在李敷的房门前，敲了数下，不见反应，正欲离去，房门猛开。一阵风扑来，她看见只着了内衫的李敷立在门中，眉依然皱得紧紧："有事吗？"

冯善伊摇了摇匣子，推开他迈了进去："受人嘱托来着。"

她坐在桌前，方入座，就看见正中叠放着整齐的那身碎布衣。她摸了摸那布子，暗想原来那段也不是梦。她转过头，拉过李敷一角袖子，这内衫质地极好，她摸出来是南面的蚕丝绸。她将那包扎伤口的纱布移开，扬起头看他："为什么这么久也不愈合？"

李敷以另一手挡住，转过身去，风扬起袖摆："这几日左手用得多。"

"有好药。"冯善伊低头翻弄着药匣子，挨个启开盖子闻着，"赫连说什么丹膏。"

李敷骤升一丝厌烦，竟不顾身份，抬手拦过她："不用找了。"五指狠狠攥紧她的腕子又迅速松力。

只是瞬间，冯善伊凝着他的左手发愣，目光一丝一丝移到他的脸上。她甩开他的手，停了半晌，站起身来，手攀了他的胸前，向上移着，终是落在他两眉间，却没有触上。

她疑惑道："我白天，可是这样捂着你的脸？"

李敷面色不动，将脸转去另一边，声音很冷："没有。"

冯善伊握着自己的那只手腕，仔细端详着，缓缓念了一声"噢"。她正欲转身离去间，房门大开，二楼素色黑帐由风扬起，残卷纷落，满目妖娆黑色遮挡了视线，西面全看不见。这并不是一般的风。李敷率先反应过来，从桌上挑起剑，将冯善伊甩了身后，冷声一喝："不准动。"言罢，以疾风的速度抽剑，寒刃闪出的银色冽光穿透黑纱笼罩，划裂的黑帐如落叶散去，他借由轻功之力踩栏而起，那模样极似御风。挥刀由西侧入东首只是瞬间，黑幔重又盖下。冯善伊挣扎了几步，她没有那么强劲的剑气，没有御风的轻功，甚至连眼睛耳朵都不好使了。可是嗅觉还在，她闻到空气中隐隐飘来血的气息……

李敷让她别动，她果真不敢动半分，直至站得发抖。

后来她听得周遭安静下来了，没有那些诡异的风声，没有冷剑击撞的声音，才扶着那些幔子一步步往东面走。一路走过去，只能看到那些帐幔越来越碎，挂在梁上的黑帐亦有几块染了血色，地板上有尸体横纵。她踏过那些尸首，脚下一软，扶着房门用力站起来。

视线清明时，她看到了更多场景。

看到了满地呻吟的刺客，看到了混乱的房间，看到了李敷单膝跪在床榻上，他的剑，落在地上。

冯善伊闭了闭眼睛，几步走过去，推开李敷，由他怀中夺过赫连。

殷红的血在她胸口染出一朵妖艳的梅花。那柄剑自她背后没入，直穿至前膛。

赫连转了转眸子盯着她，忽而一笑："幸好，你出去了。"

冯善伊将手触到她胸前，却不敢贴近，怔怔道："怎么样可以让它不流血？"

她突然觉得一切都不真实了，若还是那场缥缈虚无的梦，该有多好。这时候赫连再厉声把自己喊醒，便什么都没有发生。

赫连颤了颤嘴角，将挡着被子的臂肘移开，轻言："带孩子走。"方才她是背过身去以胸膛压住了润儿，所以那一剑才会由后背穿入，也因此所以那些刺客没看清她的脸，把她当作了冯善伊。赫连笑了笑，仍是觉得庆幸，至少孩子没有事。

冯善伊此时也管不得什么孩子，动也不动地盯着她，喉中腥甜："你说要怎样才可以不流血？"她喊得太用力，只觉耳畔嗡鸣，最后也不知自己在喊些什么。

赫连一手拉着她袖子，痛得落下泪来："你这时候不能慌。"

"我把药匣子落在那儿了，我回去拿那药膏。"冯善伊面容惨淡，她退开身，扭头要奔回西舍，李敷一臂拦住她，狠制她于胸前喝醒了她："来不及了。"

冯善伊愣了愣，挣脱开，重新跪在赫连床前，拉着她的衣领，越扯越紧，滚烫的泪忽地落了下来，她记得父亲死时，她也没有哭得这样慌张。全乱了，脑中残存的一切意识瞬间碎落，碾成粉末，扬洒而去，迷糊了视线，遮挡住天地万物。

"你说，该怎么办，该怎么办？"冯善伊哽了声，一拳一拳猛地砸向胸口，"你说怎样就怎样……"

【跋涉篇·第二章】

石城落雨了，道路皆是湿的。

冯善伊的胸口亦是湿的，泪与血，皆混在一起。

她把脸贴在赫连额上，于是记忆中那个无比明艳美好的女子便在眼前旋转着，舞起水袖，颤了颤睫毛，那幻影随即散去，化作无比真实的一滴泪。

赫连素手抚过她的眼眉，张了张嘴。

"你现在不能多说话。"冯善伊忙用手指挡住她的唇，喑哑的声音犹如被烈日暴晒了多日的沙砾，硌得人心生疼。

赫连眨着眼睛，睫毛上蕴出一层雾气，握紧她的食指："再以后，我不准你时刻让着我了。"

"不准就不准。"冯善伊忙点头，面上已无泪可落，"我不让着你。"

"这一路，我很幸福。"赫连努力挤出一个笑容，苍白如素色梨花，却很痛，"还是叫冯润随了你，命硬，是好事。"指尖无力地滑过干冽的泪痕，她闭了闭眼睛，咳出了口血，而后再难说出一个字。

直至今日，她知道自己再也护不了她了，却满心担忧着，固执如她，仍将走上一条错路。可是这些都不重要了。

她终究会活下去，坚强亦如她，无论是一条什么样的路，她都会用力走下去。这才是她冯善伊。

冯善伊紧紧贴着她，满目苍茫间，她发现自己竟然很脆弱，稍动半寸似乎周身便会碎开裂开，而后再难拼成一个完整。

从未有过的后悔，从未有过的绝望，如果不要那么任性就好了，不要那么固执也好。不该来云中的，或者，本就不该走上这条不归路。可是怎么办，就算再痛再悔，时光如东流水，一去难回。命运不肯返回，无论她再执拗，终究无补。如果能把自己的心挖出一个洞，那么一定塞满了悔恨。

颤抖着的手指拉过善伊染血的前襟。

"你，把我丢下吧……"一抹光亮于她目中闪烁，幽咽的字眼浑然无力，"我累了。"

车中忽然静了，听不懂赫连的话，不知自己是在什么地方，不知眼下是何年何月，更不知眼前的一切是梦是真。她有些反省，以后夜里换自己来带孩子才好，赫连至少也不会这样疲惫。

她记不起第一次见到赫连是什么时候。是在静钦殿向自己伸出衣袖的时候；还是慧安寺，她立在高高的大殿上垂首问她的名字；或者更早，在夏王被处死那一日，她看见哭晕在刑场上的那个小女孩。她努力回忆的时候，胸口憋闷得厉害，她触摸到心口跳动的位置，寒凉一片。

"李敷，你带她走！"最后一丝气力迸发，赫连推开了她。

李敷扬起帐子时，不忍告诉她，后有刺客追击，马车是一定要弃。

他将冯润背在肩头，另一手去拽冯善伊，只触到僵冷的臂腕。

冯善伊浑然无觉地仰起头来，不知李敷为何以如此惊慌的目光盯着自己。许久，她愣愣地垂头，将赫连的脑袋抱在胸前，贴近胸口，只有这样她才能感觉到

第二卷 跋涉篇

自己的心仍是热的。那不是石头，是会痛会裂会碎会化的一团模糊的心。

"我不走！"她痴痴地说，目光一派空洞，再没有多余的泪水可以落下。

赫连已无力出言，只无奈地摇头，一连串染血的浊泪滚落。

李敷惨白的脸愣在当下，他松开她的手臂，而后那么一笑，喉间滚出了血，落在胸前。他毫不在意，只是笑着："好，我们都不走，就这样一起去死如何？"

冯善伊不肯看他，她将全部的视线投入在赫连身上。这个世界上，除却血脉牵连的那些人，以真心待她的，或许只有赫连。再以后，她什么也不要，只一心陪着她。赫连说离不开她。其实真正离不开的那个人是自己。

李敷闭上眼睛，血自唇间大口大口涌出，他靠在车前，周身疲惫道："带着你所有的悔恨与怨愤就此死去也好。活的时候没能像个人，却也能像个人的模样死去，当真不错。我忽然有些看得起你了。只是当年你能像个狗一样逃跑，任成千上万无辜而又无助的子民跳下城墙也不肯回头的时候，可有想到，你为什么宁愿做狗也一定要生存？"

"啪"一声，不知是什么碎落，她猛地抬头。

因惊恐而睁大的双眼盛满了悲戚的难以置信，她看着他，便似看一个陌生人。

"你胡说。"她喃了一声。

李敷握紧她双肩，用力摇晃："你记得。所以死也不入信都。你没有脸入那道城门。"

"不是这样。"冯善伊本能地挣脱开他，神情混乱。

"我亲眼看见。我本该站在城楼上与我母亲一同跳下。燕国的子民甚至以生命挽留他们的主人，他们以死守护着城池。可是它的主人却像狗一样逃跑。可是我的母亲又为什么要为了狗一般的你们牺牲自己？！"李敷笑了笑，目中尽是血红，"我看见你了。你从车辇中回过头来，只看了一眼城楼便被你的父亲遮住了双目。你甚至都没有问一句为什么，自那一日起，你便再不是个人了，便能是狗。你若想像人一般死去，当要重新像个人一样站起来再死！否则便永远只是条狗！"

她目光涣散着，似被什么狠狠击中，心底顿时溃烂了一片。本是苍白的脸，没有一丝表情，如同木偶般呆呆地愣了许久。良久，她转眸，毫无知觉地滚落一滴泪。

她哭了，却也不知道自己为何要哭，本已撕裂的心，被又一次用力揉搓扯碎，成不了模样。她疼，真的很疼。原来是从那一日起，她再不是个人。

一切的一切，都是源于信都的那一年城门之变。

她的血脉中延续着罪恶，她的父辈教会她如何像狗一样生存，却没有告诉她怎样赎罪。是不是没有机会了？就此死去，永远只能是狗，洗不清的罪孽，数不清的血债，挡在她的九泉之路上，她迈不过去，便只能爬上去。

李敷朝她伸出一只手，没有说话，他压抑着自己的所有情绪，只静等着醒悟的她握上。

冯善伊最后放平赫连，附了她耳边轻道："你答应我，会等我。"

赫连一脸欣然，脸上浮现淡淡的笑，是从容，是幸福，是释怀……

再仰起头来，冯善伊擦干所有的泪，她没有去握李敷的手，只是用尽全力由奔驰的车中跳下，沙石碾过周身的穿刺，疼痛强烈而真实，黑暗中，冰冷的袖口被另一只手紧紧攥住。她睁开眼睛看了一眼李敷，而后道："你一心想杀我不是吗？如今你赢了。你彻底杀了我。"

冯善伊笑了笑，闭上眼睛，如若能这样睡去，也好。

"善伊，不要回头。"

她记得这一句。

父亲的声音，是熟悉的沉稳，隐忍却疼痛着。

远行的车辇载不动一个亡国最后的残念。

那时候她将头垂得很低，她记得她的叔父，燕国最后的王，他立于高矗的城楼之上，玄色的龙袍灌风展开，像一面巨大的风筝，挂在迎风欲坠的高空，却没能像风筝一般越飞越远。他坠在燕水之畔，溅起一束血花。

细雨蒙蒙，天是灰白色的，尘埃掩在云端，自城池绵延而出的燕水染着凄艳的血红一去向东，浸灭燕国最后的气焰。

亡国的那一刻，她没有听见一丝哭泣和哀求，她的子民昂着头颅，迎向太阳初升的东首向他们的敌人显示汉人的骄傲与尊严。魏人永远不会将这一幕记录在北朝的史书之上，或许便因为拓跋潜言中的"恐惧"。这是一个能让人毛骨悚然的民族，这个民族的血性，自炎黄始传承了千年。

国王率领他的臣子，老妪扶着年迈的髯翁，母亲牵起儿女的手，丈夫拥紧自己的妻子。他们自城头跌落，血洒入燕水，恨融入尸首，砌成高岭的沃土，腐尸烂去风化了扬灰，印出属于他们自己的历史……

无数双眼睛，盯紧他们逃离的背影；跌碎的决绝目光，是噩梦中始终注视自己的唯一光芒。身为汉皇族的后裔，她是在那个时候失去了殉身殒国至高无上的尊严，也失去了最后一次成为一个人的机会。

冯善伊醒时，是一个极为平静的午后。

农家的茅舍，宁静的炊烟，还有飞鸟掠过的安详。她忽然觉得又是一场梦，于是石城的故事，更是模糊。农家小姑娘端了粥进来，从她口中，善伊才知这里距离石城已有三十里地。

"你叫什么名字？"冯善伊看了小丫头一眼，轻问。

"珠儿。"小丫头抿着唇，舀了粥递到她的嘴边。

"我现在是活着还是死了？"冯善伊又问她。

珠儿眨眨眼睛，听不懂她的意思。门由外推开，李敷一身素衣立在门端，他让珠儿先退下，才又缓缓走入，背对着善伊坐下，他有许多话想说，最终只是脱口说出一句话："我们暂时算是脱险了。"

他没有说得很详细，诸如那追上来的杀手一时混淆了视线，只顾着追车，没注意漆黑中滚下车的人。诸如他已然托了可信之人先将冯润送去朔州，与他们分开，或者才是安全。可他知道，此时说的话，她恐怕一个字也听不进去。她的心，俨然不在这里。

冯善伊忽然有些头痛，翻过身去，静静道："你谋杀我那次，便是因为弃旧燕之恨？"

"那一次，有人要我杀你。"

冯善伊扯了扯嘴角："这一次你发现仅仅杀我难解心头之恨，所以要彻底折磨了我，再杀才是痛快。"

"这一次，不是我。"李敷没有转身，握着茶杯的手一紧。

"我怎么知道你是不是与那些人里应外合？他们摧毁我的身体，由你负责蹂躏我的意志。"她揉着隐隐作痛的额头，缓缓呼出一口气。

"你可以这么想。"李敷沉了声音，稍仰起头，"不过，仍是要活下去。"

"是第一次。"冯善伊轻轻闭眼，"也是唯一一次。"

李敷没有应声，只等她说下去。

"父亲投叛大魏后，祖父惨死，我的叔父继承大统。那年我只有五岁，太武帝一举吞并了燕地，我的父亲请求前去议和，希望能够无血开城。"胸口似挖空了一处，"我，从未原谅过父亲，甚而读不懂他。"冯善伊将手掐了那里，不能忘记那一年的秋雨淅沥，整座城池萦绕着挥散不去的肃杀，冥冥中预言着一个国家的灭亡。

那恰也是第一次，唯一一次，她亲眼见证了天子守城门，君王死社稷。

那是她的叔父，燕国的亡主。叔父是当着父亲的面，由信都城楼上往下跳。他以死相求，望父亲能留守燕国，与祖业江山，与臣民社稷并肩作战。

那些百姓，跪在地上求父亲不要离开，他们一个接一个自城楼上往下跳，眼中写尽了绝望。

冯善伊呼出一口气，有些痛："是一只很大的手挡住我的眼睛，然而，父亲的手却是湿的。我牢记着父亲用手挡住了所有的目光，却似乎忘了他指间曾沾染的泪。我若早一些记起来，或许不会那么恨他。直至今日，我才能读懂他的万分之一。"胸口有些痛，她捶了几下，"从那时起开始看不起他，为什么我的父亲是条狗。就这样嘲笑着，把父亲当作自己生命根源之处的耻辱，这样的我又怎么能算是个人呢？"

她静了许久，终于坐起身来，重新睁开双眼环绕着四周。那个时候，他们的确像一条狗一样逃出来，身后落满了子民的尸首。如今她所明白的是，即便当日如若留下来，命运也不过将走到跳下城楼的尽头，如叔父那般无力。一腔热血洒了所谓的忠义之后，结果又会是什么？！恐怕只有太武帝血洗屠城，不留一个活口。

当她将视线移向李敷时，释然地笑了笑，那些罪孽，她不会推却，也没有逃避的借口。如果那真的做错了，便是错了。

立起身来，一步步走向窗口，推开半扇窗，任随风灌入的雨丝浇淋。

"我曾经比你更恨我的父亲。可是现在我佩服他。他所选择的生存方式，是漫长而又孤独的煎熬，比死社稷痛苦一千倍一万倍的活法。"素手握雨，她转过身来，盯着李敷，"我不想你以为我是在找借口。这世上懂他的人，我一人就够了。"

沉默如刀刻，冰冷地划断时间流水。

李敷只觉自己站在时光的这一面，而她如今却已踱去对岸。他们面面相觑而又漠然无言地争执，没有人据理力争，也没有人肯退让半分。

天空浸染瓦蓝，春江染了胭脂。山间竹林葱青，环绕一方静谧。

冯善伊好容易甩开了珠儿，自己一人穿入了竹林，绕行山路，终至崖顶。分外清爽的风，荡起云罗丝绸的朱衣，这是随行一路最珍贵的衣物，春亲手收入包袱中，曾说看见这身石榴衣便当想起回京的路。

阳光落了额鬓，额头有些发昏，她抬手挡了挡突如其来的烈日。

模糊的记忆中渐渐浮出，那尘封已久的场面愈发清晰，恰也是午时正刻，恰也是大晴，恰也是……

第二卷 跋涉篇

那一辆载着自己和父亲，还有全族一百三十一口的车驾自东首缓缓驶入，鼓声一时嘈杂震耳，远远便能望见观刑的老百姓早早围聚在西市口刑场周遭。他们自百姓齐声咒骂间走下刑车，步上刑台，共二十三级的阶台，顷刻铺满百姓丢来的秽物。父亲握紧她的手走在其中。

他们齐齐跪在万众瞩目的高台之上，远望对面高楼是魏皇族观刑的队伍，由皇帝带头，他们端着茶杯，品着点心，似入了戏台般言笑轻松。台上倒下的尸首越多，他们眼中的亮色便愈浓，那是属于杀戮与征伐的快感。

于是，死亡衍生为一出格外精彩而刺激的戏剧。终于，那皇帝吃到了颗格外香甜的蜜饯，便像是中了大喜般眉飞色舞。他看了眼身侧宠爱的昭仪，刑台上受刑的是她的兄长亲人，高台上她却能言笑自如地靠在刽子手怀中缱绻温情。他吻她吻得毫不犹豫，她由他唇中含出那枚杏核。

皇帝于是甩开长袖，笑眯着眼道："如你所说，朕果然能从百颗梅子中吃出这枚杏。果真是大幸。那孩子就留下吧。"那昭仪滑下他的膝身，柔声言谢，袖手稍掩了掩，那袖笼中是数十个杏饯。

由高台下厉声传出旨意，遥远的一声大赦飘来。

父亲将挡着冯善伊眼目的一只手移开，他的目中闪着前所未有的光芒，他一声声念着四岁时受教文儒牢牢背诵的孟子。她最后抬了眼看父亲，刽子手高举的刀刃一并入了视线中。血光乍溅的刹那，她窒了一息。他们足足砍了三刀才结束，每一刀都能听见骨头连着筋丝丝断裂的声音，父亲的声音却没有断。风中飘来血腥的味道，是熟悉的气息。自刑台将她拦腰抱起的宗爱情不自禁地以手挡着她的双眼，然而她拉下枯瘦年老的五指，安静地看着父亲的头颅滚向自己的脚边，她没有闭眼，因为父亲的眼睛仍然盯着自己，父亲的唇仍是一张一合，毫无声息地嘱托，他在说……

脚下悬崖峭壁，头顶青天白日，冯善伊睁开了双眼，一如九年前凝视着父亲。那个时候，依然是怨恨的，即便像狗一样，却残喘不过十年。父亲这一生，拒绝为国家尽忠，没能为父兄尽孝，没有为人父母的守护，甚至连自己的尊严都没有保全。

那个时候，浑然发抖的身体，有恐惧，有悲痛，更多的是憎恶，对父亲的恨。一个没能守护住家门，一个陷自己于不义，连累家族共罪的父亲，没有资格得到她悲悯的目光。最终也只是冷漠地看着他，直到最后一刻。

这一次，她扬起头来，以复杂的目光仰望天海云际。

她站得如此之高，渴望看见云端幻化出父亲的容颜，哪怕只是一瞬，她忽然有好多疑惑，她忽然很想听到他的辩解。父亲一生中没有做只言半句的解释，可是那些话，她如今比任何人都想听到。她站在离他最近的地方，心亦与他贴得如此近。

"父亲，你得到的是什么？"她忍不住扬了声，面朝空荡寂寞的山谷，问向那个早已化了灰、游荡云端的一抹阴魂。

她是凭靠父亲最后的意志才活至今日，可是到底又是什么？！

她朝着东首缓缓跪下，湿漉的泥土渗入指间，额抵着崖顶最锋锐的石头，虔诚如佛门的信徒，久久不抬，她念起断头台父亲的遗言："舜发于畎亩之中，傅说举于版筑之中，胶鬲举于鱼盐之中，管夷吾举于士，孙叔敖举于海，百里奚举于市。"冷泪倒灌，反由额头混入地面，一声大过一声，嘶哑了声音，几乎掩盖住天地所有的声音，"天将降大任于斯人也，必先苦其心志，劳其筋骨，饿其体肤，空乏其身，行拂乱其所为，所以动心忍性，曾益其所不能！可是父亲！你告诉我！何为最伟大的复仇？！"

到底什么才是最伟大的复仇……

那染血的头颅，空洞的瞳孔，一张一合的唇瓣抖出"最伟大的复仇"。父亲在他生命的最后一瞬，所寄托的希望，只是这半句话。她咀嚼了许多年的六个字，仅仅半句，是她困步不行的桎梏，亦是勇往直前的信念。

"父亲，你告诉我！完完整整告诉我，你怀揣着的伟大野心，穷极一生追寻并为之丧失所有的复仇，到底是什么！什么，才是最伟大的复仇？！"天下万般复仇，怎有一般可以伟大而高尚？若非天下，若非皇位，不是权贵，不是尊绰，那么倒是要如何做，又该是什么？父亲说没有输赢，所以她至今并不觉得自己输了，即便是在失去所有之后，在生命中珍视的人一而再再而三离去之后，仍然不肯承认自己输，这是最后的坚守。

烂漫野花开满山际，顷刻漫天，满目璀璨。纯白的蝴蝶飞旋在山崖每一处落满颜色的花丛间，一针一针织出绚丽无比属于天地的织锦，勾染出一个女子最深的无助与彷徨。

就在这个午后，冯善伊第一次鼓起勇气，怵问天地，向注视她的父亲仰起满面凌乱的泪颜，第一次不用假面粉饰的坚强将自己囚入桎梏。然而，这漫天飞舞的蝴蝶，这满地蔓延的山花，这青碧如洗的蓝天，这葱郁浓密的林木，这哀叫飞鸣的雁鸟，这潺潺的泉流，这山，这水，皆不能回答她。

竹林的尽头，水洗冷袖由风吹摆，擒剑的手缓缓落下，那立身观望许久的身

第二卷 跋涉篇

影静静地转身，步向下山的路。他一步一步远离，脑海中她跪立山顶的背影便愈加清晰，紧皱的眉头寸寸舒展，他停步深吸了一口气。山泉泷泷淙淙绕入脚端，阳光透过丛密的枝头，印染出斑驳的寂寞色彩。李敷仰起头来，眯起双眼，握起映入掌心的一抹阳光，轻轻问着："何为最伟大的复仇？"

【跋涉篇·第三章】

冯善伊的情绪恢复得很快，农舍中连睡三日后，她主动向李敷提起上路，而后他们拜别了珠儿。两人在一天后启程向北，他们乔装成商贾雇了一辆驴车，一个半月后越过朔州边境，距离会合的清水河便只有十几天的车程。夜里他们入了朔州边郊，就近寻到了一间客栈，李敷前去查明没有什么不对劲的地方，便拉着驴车，还有驴车上睡死过去的冯善伊前去。

"一间房。"李敷掏了银子，铁青着脸吩咐客栈老板。

老板啧了一声，瞅了眼他身后半耷拉眼眉的冯善伊，总觉得这是一脸被下过蒙汗药的模样，于是捏着银子犹豫起来，是不是要报官？可又见李敷眉目凶狠，似是来者不善。

"这是我新婚的妻子。"李敷咳了咳，顺势搂了冯善伊腰身掐了一把她。

冯善伊顿时被掐醒，抬了眼皮，朝老板一点头，手搭了李敷肩头："听他的都对。这是我爹。"

老板呛了一口，正要说话。李敷只把剑一横，颇无赖地冷脸应对。老板再不敢吭声，忙引路去开房。

李敷将冯善伊扔在床上，转身去吩咐老板上菜。冯善伊近来极其嗜睡，一路窝在驴车上走哪睡哪，睡得天昏地暗。她又睡了个把时辰，突然醒了，因着胃里空空，梦中闻见菜香味，于是突然惊醒，擦了擦嘴角淌出的口水，看见不远处李敷就菜喝着酒。

她五步并三跃过去，给自己斟了碗酒。李敷睨她一眼，夺过她酒杯，连着酒壶扔出窗外。

冯善伊有些急，拍桌子抗议。

李敷幽幽抬了眼角，吐出四字："喝酒误事。"

"也是。"冯善伊想了想，明白过来，"孤男寡女齐齐喝酒，怕是要干错事。"

李敷皱眉，他何来这个意思？亏她思维敏捷，想象力无比丰富。只可惜他不会争吵，遇上这状况，一般都是举剑，要么自刎，要么杀人。她兹事种种，他既不能抬剑拿她，更不值得为其自尽，索性只得咽口气放过。多日来与她共处，恰是能磨平了脾气。

半晌，李敷运过气来，把桌中央的汤推给她："把鸡汤喝了。"

这几日，顿顿鸡汤，她吃得只想吐，筷子敲着碗边幽幽道："你没发觉我身上多了什么？"

李敷一怔，目光有些呆滞。

"你没发现我肩膀长了一对翅膀。鸡翅膀！"冯善伊恨恨道。

李敷微微喘了一口气，又想了想："明日喝鱼汤。"

说着给自己倒了杯水，没有酒，只能干喝水。

冯善伊皱起眉心，又似乎想起来了什么："当日只顾着赫连，忘了问你。我见你那时大口大口往外喷血，没事吧？"

李敷放下茶杯，平淡道："无碍。"

"为什么会吐血呢？你那时有受伤？还是你血多得……"

李敷又看她一眼，幽幽道："被你气的。"

冯善伊噢了一声，将汤水分他一半，招呼道："来来来，你也多喝点，补补。我明儿好再气气你。"

晚饭冯善伊没用几口，由李敷收拾了去，挨在床头胡思乱想一番，绕着屋内踱了几圈，扛着个包袱便要推门而出。灯前看书的李敷恰抬起头来，淡声问她："不会是想逃？"

她扶门扭头看他一眼："你当我傻子。你把钱揣自己腰包了。我逃能逃哪儿去？"

李敷一点头，觉得此话有道理。于是表示理解，顺手将灯灭了，披着长袍与她一起出门。冯善伊一路往外，一路抱怨他就是个不散阴魂。走至客栈西侧的小河边，冯善伊将包袱抖开，冥纸乱飞。自那日弃车逃亡，恰巧七日。

他蹲下身来，帮忙铺好那些纸钱，缓缓道："在你心底，赫连死了吗？"

她没有直接答，只是揉揉鼻子："没有。赫连没有死，梦里她一次也没有出现过。所以我想她一定不会死，应该活着，活在这世上某个角落。无论多久，无论这天下多大，我都会找到她。"

李敷燃起火，满目红艳将纸扬起："那这些？"

"是为我自己预备。"她想自己若死了，会有人给她烧这么多纸钱吗？不论在

哪儿，她都过不了太穷的日子。

李敷抬头看她一眼，平静道："果然以你的个性，会自备。"

火光映红了她半张脸，冯善伊说："入了云中我写一封信，你带回去给拓跋濬，我会让他升你的官。你先帮我囤压些冥纸，我担心事后涨价。近年来物价飞涨，币值不稳。"

"我恐怕不会同你入云中。"李敷闷了一声。

"你要回去找珠儿？"冯善伊想了想，只有这么一个合情合理的缘由。

"为什么是珠儿？"李敷倒也好奇。

"我见你俩有奸情。"

李敷冷哼了声，不理会她的自行想象。

"那她为什么要抓着你的领子哭？"她继续盘问，"我在窗户边看到了。"

李敷站起身来，拎了她的领子移了几步松开："你该回去睡了。明日还要赶路。"

"如果你需要，我可以求皇帝给你赐婚。"冯善伊积极掰扯着这段婚事，眉间闪了几日来难得的喜色。

李敷稍一挑眉："珠儿给了你什么好处？"

冯善伊指了指满地灰烬："这些是她帮忙置备的，不过——"

"你当真乐意替我求？"李敷截住他的话，继续走着，声音沉了沉。

"假的。"冯善伊摆出一张苦脸，盯着脚尖。

李敷步子一顿，回首看了看她，重复地念着她的话："假的。"

冯善伊认真点头，再仰首："比起珠儿，我觉得我宫里的青竹更配你。"

"是吗？"李敷亦是淡淡地应了一声。

他朝前淡无声走着，她就追着他的步子跟在身后，寒风吹起长摆飒然萧索，夜凉如水，却是难得的安静，颇适合谈情说爱。冯善伊想自己这辈子，谈情的级别论不上，顶多玩暧昧，场面实又不如想象。在感情上，她是个不怎么幸运的女子，在最美好的年华遇到了怦然心动的人，却没能留住他，与之执手、死磕到底。她看了看李敷的背影，论说这男人身形容貌都不输拓跋余，为什么偏偏她在他身后，还是更多地想起拓跋余的好？

"很难。"走在前面的李敷突然吐出两字。

"什么很难？"这男人恰喜欢用倒叙句。这在冯善伊看来便是装文雅，话不好好说，非三绕四拐，弄得人七荤八素才适时方休。

"你那时说，要等我在世间有了牵挂，在最不忍离开的时候送我走。"李敷静

098

静言着，淡淡扫了她一眼，"牵挂这两个字，于我很难。"

冯善伊停下步子，抬了抬由溪水沾湿的裙角，随口道："不是不报，时候未到。"

"不过——"李敷说着步子顿住，没能说下去。

"我那时是逗你的。我没想什么人死。大家活得难得如意不是？"她笑了笑，专心致志摆弄着裙尾。

她身后的男人，素色袍衣黑如墨，寒气逼迎，长衫腰摆皆在飞。

冯善伊绕过裙摆徐徐转身，走至他身前，青色长衣荡了风中，静静抬首，面无表情地转眸，渐勾起笑意，舒缓从容："我不是什么狠心的女人。"

李敷凝望着她，手自她鬓后抬起，木兰珠花笨拙地插入她的发髻间，他低声道："相比逢场作戏虚情假意，我之无情无义更不会伤人。"

冯善伊顺着那珠花摸去，笑了笑："既是无情无义，何不丢了？"

李敷眸子闪了闪："你这几日来在故意勾引我吗？"

冯善伊借着他的话笑："如何不能勾引？我不勾搭你，你早已联合他人害我。我说了要你心上添个人是真的，你添了我，才不会存心害我，反会真心护我。我的想法就是这么简单。"

"很直接。"李敷抿了唇，幽幽道，"这就是你的生存方式。所以，先帝也算是如此吗？"

冯善伊胸口一冷，渐睁大眼，没有出声。

李敷朝前走去，只将声音落了身后："在以生存为前提的勾引中，不小心假戏真做，于是丢了一颗心，反被勾引。"

冯善伊愣在原处，摸着自己心口静了许久，声音很轻："这颗心莫不是在吗？未曾丢了去。"

转日午时，他们赶着驴车到了偏关。城中富裕，百姓多过得丰润，于是来往人行中对这风尘仆仆，穿得落魄驾着驴车的两人颇无好感。冯善伊跳下驴车时，顺路拉了拉路边的一个翩翩少年问路，那少年先是退后一步，随即拿帕子擦了擦被她摸的右肩。这一举动惊怒了冯善伊，于是不顾市容市貌，从头到脚开始数落少年看不起外地人。此一番引得当街围观注目，那小少年亦是个面薄的，扬扇遮面，连连却步。

"你退，你退什么退啊！我摸你肩怎么了，我手脏怎么了？我还摸你脸呢。"他越退，她便越近，稍带着抬手贴着他脸，"嗯，面皮还挺嫩。"

"你！"小少年立直了身，一袖子指了她，"你流氓！"

闹得离谱，终于使得李敷无奈下车出面调停。

"收回去！"李敷持剑而来，挡在二人之间。

冯善伊吓得悻悻抽回了手，李敷看了她一眼，转过身盯着那少年："我叫你把那句话收回去。"

少爷瞪大眼睛，因为那把来势汹涌的剑示了弱。李敷却不知让步，反将剑搭在他的肩头距脖子半寸的地方，引来周遭一片哗然。李敷朝四面人群狠狠瞪了一眼，大家慌忙散去，冯善伊忙蹲下身拾捡他们落下的鸡鸭鱼蛋之类。

"大爷是要财，还是要色？"那小少年看着李敷，俨然有些支撑不住。

冯善伊探了头过去："爷我财色都要。"

李敷拉下了冯善伊，只道："彭孙斋如何走？"

"东行，东行三百步，右首。"小少年哆嗦地移开剑身，扭身逃走。

李敷转过头，把手里拎着鸡鸭鱼的冯善伊一并扔到驴车上，牵着驴东行。

冯善伊凑到他的身前，难得诚恳："我真感动。这一顿，我请你喝酒。"

李敷面无所动，只言了声："喝汤。"

两人入了彭孙斋，冯善伊问李敷怎么知道城内有个如此气派的酒楼，李敷不理她，入了二楼的雅座，背出了几个菜名，便命小二去准备。冯善伊靠窗向楼下望，突然转过头来看着李敷："我丢了一身袍子。其实我不想说的，我估摸是珠儿偷去了。她惦记我的袍子好久了。"

"都过了这么久，你才说。"李敷抬了眼，倒了一杯水，声音很淡。

"不想挑拨你们美好的暧昧来着。"冯善伊咬了一口酱肘子，"可是我这人有话不说就憋得难受。"说完忽得仰起头来，唇边酱汁沾染。

李敷平静地看着她，突然抬起一只手拭着："我会记得要回来。"

冯善伊睨了眼他苍白的手指，然后道："你逾越了。"

李敷没有理她，低头给她舀了碗汤，推到她的眼前。

"我打算写信给拓跋濬说你对我动手动脚。"她说着把左脸偏过去，"这边也要。"

李敷端着茶，稍稍皱起眉来："你果真——"

"可爱？"冯善伊堆出一脸天真对他笑。

李敷虚眸："流氓。"

她扑上桌，紧盯着他的眼睛："你还想我更流氓些吗？"

李敷低头喝了口茶，再一抬头时，额上忽觉一凉，似是什么油腻贴了额头。她夹杂着酱汁的蜻蜓一吻竟是毫不费力。他把水咽了下去，并不觉得惊讶，偏了目光，声音冲着帘外，一低："还不进来！"

帘外一应，即漫出个立起身来的人影。来人朝向李敷跪下："臣在军中接到密信即赶来，候了三日。李大人总算来了。"

"他是偏关营中前将花弧。"李敷看向冯善伊，"之后由他护卫你入清水河。"

"那你呢？"冯善伊继续喝了口汤，不经意问。

李敷垂眸，声音微弱："回宫复旨。"

"噢。"冯善伊应了一声。

李敷站起身来，长袍在风中抖了抖，袖风扫过，他最后看了她一眼："把汤喝完。"

冯善伊咬着鸡腿抬起眼来，又"噢"了一声，没有再说话，也没有抬头目送他离开。最后的最后，是她将那鸡骨头啃断，叼在嘴里，转头对跪在地上的花将军道："你想不想喝？鱼汤。"

他们在用完这一顿之后驾着驴车匆忙离开了偏关城，一路往北，即是清水河。冯善伊察觉到李敷离开后，他们的脚步俨然比之前快了许多，再不走那些鸟语花香、好风好景的郊路，也不会闲适自在地在山间安营扎寨。

于是十日的行程，仅用了七日。

入清水河，和大部队会合的当夜，冯善伊下了驴车，呕得天昏地转，连花弧抱过来的润儿，她都没力气抱。小眼睛和小西施因着多月未见主人，更是不依不饶。尤其是小西施哼哼唧唧，咬着她的裙尾左右打滚。那是因为，它在抗议，它的主人如何没能出现。

然而就在他们离开偏关的当夜，城中发生了一件腥风血雨的惨事，此事于朔州立时成为百姓茶余饭后大肆讨论的话题。

而这个消息，也是在半月之后，待冯善伊一行人辗转入云中郡才有所耳闻。

那一日，众人入郡，等候云中遣军前来接应，先是落在郡城中的一家茶馆歇脚。先前花弧得了李敷的吩咐，便早早在城中替冯润选了位奶妈刘方氏，冯善伊初见便喊方妈。

喝茶时方妈恰抱着孩子坐在冯善伊的身侧，将小眼睛挤了下去。小眼睛只好颇不爽地贴近小西施，小西施近来精神不济，却隐有发福的迹象。方妈摸了摸它的肚子道是要生狗崽了。冯善伊一听，忙垂头盯了眼自己日渐丰腴的腰身："我莫不是也有了？"

花弧递了本菜谱来，请冯善伊先选几个菜。她于是心不在焉地接过菜谱，耳

【第二卷】跋涉篇

边传来邻桌上茶客漫话谈论声。

"偏关城半月前那一出血案不知结案否？"说话的是一个端着茶碗的老头，皱纹堆紧，"一说是个朝廷命官，怀里抱着个女子从偏关城楼跳了下来。我那外孙恰经过，说是那场面惨极了，血溅城门。"

冯善伊端着茶杯的手有些抖，于是放下，转过头望去那一桌闲话的老人家。

"又一说。那是京城来的大官护送宫里的娘娘来我们朔州，避入偏关时，遇到京中刺客伏击。不甘心落入敌手，就那么跳了下来……"馆子里的茶客于是都说开这话题，一个稍年轻的抱着茶壶走上去，挨个给桌上老大爷添了杯茶，"这案子没法破。只有宫里面才知道怎么回事。不是说连皇上都惊动了吗？"

"娘娘，您还没选菜呢？"花弧静了好一会儿，幽幽出声。

"噢。"冯善伊应了一声，回过身来，再去看那菜谱，字迹模糊得厉害。

添茶倒水的小二为各桌递上了茶点，像是个知内情的，神神秘秘道："我啊，还听得一说法。各位还要不要听？要的再加半壶茶，由小的细细道来。"再转过身来，冲着堂中各位一躬身，果然有人叫好，连连招手添茶。

小二清了清嗓子，道："你们猜怎么着？话是三品大官送宫中娘娘入朔州不错，可那娘娘是犯了错，被贬来我们这儿的。所谓一路护送，孤男寡女处着必然是要动了真感情，本说取道信都，结果二人中途变卦，转道偏关，那是什么，明明白白地私奔啊！"

冯善伊静静听着，身侧花弧已怒得听不进去半个字，回身便要取剑。冯善伊忙挡住他青筋暴起的手臂。

"娘娘！"花弧心有不甘地低声一唤。

冯善伊面无表情地喝了一口茶，平心静气地听那小二造谣言事、哗众取宠。

"朝廷这才追踪来了杀手，就是要把事暗中解决的。我说这案子根本不用破，官衙也不敢审，说穿了就是私奔露馅，双双殉情，有什么好破的。各位官人想想，这皇帝就是不宠你了，也不会任凭你给自己戴绿帽子。"小二说得一叹，摇摇头道，"红颜真他妈祸水啊。可惜了那位御前重臣，落得红颜一劫，挫骨扬灰，当真不值。"

花弧红肿双眼，猛一抽剑，却被冯善伊出言阻下。

"花将军。"她扬起头来，眸子闪了闪，将菜谱推回去，"我只想喝鱼汤。"

"可这……"花弧讶然，恍然明悟她所要的，绝不仅仅是单纯的喝鱼汤。他静了片刻，终于不能忍耐一时失控，抱着剑蹲身下去像个孩子一般抽泣得哭了起来。连连哽了几声，哭腔浓重地唤了声："大人。"

冯善伊垂了眼皮，双手捧起半盏茶。

"我想喝鱼汤。"一滴泪，迅速落入水中。

这一日午后，冯善伊连喝三碗水，以水代汤。

　　饭毕，花弧为冯善伊和奶妈、润儿安置了一辆马车歇息。冯善伊只觉得稍睡了半刻，起身时却发现窗外黑夜沉沉，再问方妈，才知马车前行了数十里，已是远离了云中郡，朝向与陵宫相反的方向。冯善伊忙扯下车帐，冷言喝住驾车的花弧。

　　花弧停稳车，跪地请冯善伊下车详谈。冯善伊不知他又要耍什么花样，吩咐了方妈几句，转下车中。她与花弧行至湖边，水汽寒凉，双目沉潭。花弧跪向冯善伊，轻道："花某绝无心加害娘娘。"

　　"你要送我出朔州？"冯善伊虚了眸子看他，"或者，是李敷的意思？"

　　花弧皱紧额头，只道："还请娘娘不要辜负李大人最后的心愿。跳下城楼，一是为断了追踪的刺客，声东击西护您安全出了偏关；二是……"

　　"瞒天过海。"冯善伊转过身去，"让天下人知道，包括宫里的那些人都知道冯善伊已死。所以他偷去我的华袍，罩在另一个女人的身上和她跳下城楼。死状凄惨难辨，没有人能看清楚那女子到底是谁。"

　　"娘娘石城遇险后，大人书信托付我暗中寻找合适的女子尸身。"花弧声音略低，"大人恐怕在那时早已有了这番打算。"

　　"恐怕……他是要白死这一回了。"冯善伊死咬出字眼，抖了一笑，"花将军，送我回去。你什么也没有说，我也什么都不知道。"

　　花弧连跪几步，匆忙道："李大人便知道您会如此执意。他只要我带给你一句话。"

　　"什么话？"冯善伊轻了一息。

　　花弧喉中微哽："烦请您替腹中骨肉思量三分再决意。"

　　呼吸窒住，冷风钻入袖中，冯善伊难以回神。她扶着身侧的一棵树缓缓坐下，瞪大的眼睛空空洞洞。

　　"娘娘，地上湿凉。"

　　花弧忙倾身伸手去扶她，被她猛地甩开。她喘了几口气，转过僵硬的目光，直直盯着花弧："把你的话再说一遍！谁，谁腹中的骨肉？"

　　"李大人说，娘娘腹中龙种结胎三月之多。"花弧咬紧牙关，"娘娘不是不明白，如今出得宫外，您有孕的消息传回宫中，自会招来话柄。即便皇上认下，宫中那些咄咄逼人的娘娘们自会想方设法除去您。就是不报，您入了陵宫，陵宫不

103

留男人，倘若生子，必要想方设法送出去。如有幸是位公主，那公主一生也只得困在陵宫，当个婢人。"

冯善伊静了片刻，道："你说下去。"

花弧吸了一口气："如今陵宫之中便有一个女侍名绿荷，本是太武帝获罪宫妃所出，那宫妃亦是入了云中才觉有孕。此事传回魏宫，太武帝听信谗言，只道是宫妃与随行护卫行苟且之事，珠胎暗结，随即下令双双赐死。当时统率陵宫的静慧院大人心存不忍，便拖至那宫妃临盆后才下达赐死的诏书。绿荷由此保全。千金富贵命，却只落得如今陵中贱婢的身份。"

心头隐痛扯紧，冯善伊将凝着花弧的目光敛回，长睫抖颤："你千说百说都是我入陵宫生子如何凄惨，却忘了考虑一点。"

花弧愣了愣，垂询以望。

"我如果不要这个孩子呢？"冯善伊冷漠地以袖掩住自己的小腹，"没有人会知道他的存在，陵宫也好，魏宫也罢……没有人……因为我可以让他不曾来过。"

"这点……"花弧怔愣，缓缓道，"臣尚未考虑到。"

"既然是不能存在的生命，又是会为我带来不可预计危难的恶种。"冯善伊扶着古树站起身来，痴痴地笑，"即便是天皇老儿的金贵命格，我也不屑。"

"娘娘。"

冯善伊别过脸去，只有一只眼落下泪来，怎么办？她要生存，活着还有许多事要做。终究不可以为了任何人放弃自己前行的路，包括自己的孩子。为什么这孩子来得偏偏不是时候，早一时，晚一时皆好……

她闭上双眼，冷风散去那一束凉泪。

"送我回去。"她转过头，盯着花弧，"把我看作自私的母亲吧。不，连母亲的资格都没有。因为我做不到。为了孩子放弃自己的人生，放弃坚持许多年的道路，我做不到。"终有一日，就是死也要爬回京师爬向魏宫，姑姑在等她，春在等，赫连在。所有人都在，只有她不在的魏都，是一生的羁绊。

花弧垂下头，闭上红肿的目。

果真……还是这样。

他叹了一口气，李大人预见到的最差结果，果然是这个女人最后的选择。或许，她真的是这样的女人。而李大人说，也只有这样活着的女子，才可以走上那条通往千岁、万劫不复的道路。她把每一条路都视作死道，没有退路，是这样坚决而坚持行走的人生。

"我不明白。"走在前面的冯善伊渐回过头来，"那个人，为什么要以死替我瞒天过海？"

花弧苍白苦笑："李大人本是命不久矣的人，只不过以他残存的性命替人着想而已。娘娘可还记得他腕上久不能愈合的伤口？"

冯善伊点点头，没有说话。

"那是由山间毒藤割伤未能及时清理，而后毒素入肤理血液，再至骨髓。"花弧哽咽，喘息着道，"自中毒至毒发潜伏一月，后一月受折磨而亡，平常人要两个月。李大人用了两月护送你入朔州，甚至还多活了些日子。最后十几日，他都在强力支撑。直到……将您交给我。"

"你这样说，"冯善伊停下步子，看向月圆中天，星辰繁密，光芒洒在她面庞上，她轻轻闭上眼睛，"倒是让我负疚少些，还是多些？"

"李大人是想您能离开是非之地，就此逍遥自在。"花弧隐隐握拳，"跳下城楼乃是大人的心结。十年前，他亲自看着自己母亲跳下城楼自绝，李大人说他那时本也该同母亲一样，死在您身后。十年后，他只不过选择了一种在母亲左右，也更为接近您的方式结束自己的生命。"

"是吗？"她最后呢喃了一声，举步而前，月光遍地的前路越发明晰，她走在风中，行得平静。无论那是不是他的初心，她的心意依然稳如磐石。为什么要选择跳在她身后呢？自那年被父亲转去肩膀的那刻起，她便成为了这样的人，永远不能转身的人。

马车重新掉转方向，迎着来时路奔去，身侧方妈抱着润儿沉沉睡去。小眼睛亦和小西施相拥而眠。冯善伊笑了笑，只有自己那么孤独。她挑开一角窗帘，凝着寂静的夜色环绕着城郊，繁星沉沉，映出赫连与拓跋余的容颜，那样轻松而又释然。他们如今是活得最逍遥的人了。现在那月白星辰之上，又添了一人，他或许不会笑，只会抿紧唇冷冷地注视。

掌中的木兰珠花越握越紧，抬至目前，她笑得目中闪出水光："是你摇醒了我。也是你，让我活着去赎罪。所以不能逃啊，逃了依然是狗。我还有好多罪要赎回来，才可以像人一样站起来。总有一天，我要让你们看到。"

【跋涉篇·第四章】

三日后，冯善伊终于抵达了云中祖先陵墓所在的大漠，真如流言所说，陵宫

所处之地一派荒芜，临最近的县尚有半日车程，三千云中侍卫守护着这一群鲜卑先灵。一并同来的罪仆有部分留下，另一部分遣去军中做苦役。

进入陵宫的第一日，便由守陵的女宫人送来素色白衫，言道宫陵中只能佩戴穿着两色衣物，非黑即白。于是那些随箱而来的华衣锦服，只得大方地送给逗留陵宫数日又即日要出发去军中的妇人女眷。

"奴婢叫绿荷。"拿素衫的女宫人随即自称着，"陵宫的下人不多，奴婢不仅要伺候您，还要负责监督陵宫服罪的大小宫嫔。"

原来，她就是那个绿荷。冯善伊先是望着她愣了一下，果真觉得这宫人骨子里有抹不去的傲气。英气逼人的眉眼，似有几分与太武帝相近的神色。绿荷见冯善伊盯得久了，不悦地皱了额头，冯善伊笑了笑，移开了目光。

"我宫里有个奴婢，叫青竹，你们名字倒是相称。"她说着推了一把满匣子的珠花金簪，怕是这些再用不上了，"这陵宫里，身份如我的娘娘有几个？"

"从前有四五个。"绿荷禀道，"多是太武帝的旧妃子。"

"我可是要给她们行礼问安？"

"娘娘不必。"绿荷再道，"她们都是死人了。"

珠络砸地，冯善伊抬头看了她一眼："你从前服侍过的那位娘娘？"

"也不在了。"绿荷满目平静，"是太武帝旧东宫的昭仪。"

冯善伊点了点头："你在这里多久了？"

"奴婢生在这里。"

"生来就守着这些死陵墓。"冯善伊颇有些讶异。

"是。"绿荷应了一声，稍垂了眸，"奴婢还有些事情要打理，娘娘要是没有吩咐，奴婢这先退下。"

"你去吧。"冯善伊再一做打算，又拦住了她，"你知道先帝的陵墓在哪儿？"

绿荷冷冷一笑，轻蔑道："这里的先帝多了，宗上祖先，不论出身，一概都封了先祖皇帝。娘娘是问哪一位？"

"最近的那位。"冯善伊仰起头来，看着她，"拓跋余。"

绿荷将头垂下去，静道："娘娘初入陵宫，应先向祖先行礼问安。"

"我知道。"冯善伊捻了捻素衣袖口，"但是——"

"明日辰时，奴婢会领娘娘前去那一位的陵寝。"

冯善伊一瞬间的彷徨，那一位，何时，他竟成了那一位？

入夜时分绿荷再入室中，盘中置放了半截剪子，另有一束白绫压在下面。行礼之后，绿荷久久跪于地上不起，似是屏声敛气等待着什么。冯善伊正在对镜梳鬓，青丝垂地，对着镜中显现出的两物，心头微凉，这两件都是自裁之物。

冯善伊以发丝绕着梳栉缓缓道："这，又是怎么个意思？"

"受罪配陵来，生年无期归。落做陵园妾，发落丛鬟疏。"绿荷怔了怔，仰起头来，目中果断而又坚决，"宫陵先辈留下个规矩，给娘娘一次选择的机会。您若守得三朝不识世，半生孑然苦，就拾起这剪子落去三寸青丝，送归京师，以向君王表明守节死心。"

冯善伊偏了偏头："那白绫又是什么说法？"

"这便是先辈娘娘们用心良苦。"绿荷淡了声音，"所谓死节易守生劫难。您若守不得或是不愿守，一丈白绫自可了断尘怨，早去早投胎，再化为人，不入帝王将相门前即是。小的们自会代书宫中娘娘是染疾暴毙，为您保全名节。"

"我之前只留下四五位娘娘。便是说太武帝以及先帝受罪入陵宫的近百贵人都选了白绫。只余下四五残粉饰宫。"冯善伊立起身来，抬手先去握了那一截白绫，笑了笑，复看了绿荷一眼道，"死倒也容易。我若想死，魏宫九百十一八座殿，我想死在哪就是哪儿。只是你说我千里跋涉，历尽生劫死难，入了云中来，又是为何？"

绿荷愣了愣，将目光移开："这束白绫，奴婢会留给娘娘。"

冯善伊面无所动，举起剪子，刃光陡闪，"嘶"一声裁断了长绫。惊得绿荷猛仰起头来，怔怔而望。

冯善伊握着那两截白绫，松手而放，缓缓一笑："这就是我的选择。"说完，她坐回镜前，对镜散开乌色青丝，一束一束理好。绿荷抿唇无言走上，立于她的身后，握起满手青丝，再仰头看去镜中，幢幢的烛火映出这位娘娘年轻姣好的面容。绿荷隐有不忍，于心底叹了叹，这位娘娘还如此年轻。

"奴婢这便为娘娘落饰削发了。"绿荷低了一声，剪子无声滑过发间，四寸黑发坠落瞬间，绿荷猛跪地双手捧握，扬声道，"即日起断了尘念，您已不是诸园娘娘，而是统率陵寝一百宫人三百护卫的陵宫夫人，位号钦安院。"

冯善伊立起身来，素白的裙摆绕过狭小的内室，行至门前，手搭在门板上，轻拉漆门，凉风吹入怀中，肆虐的风吹得乌发飘摇。她一仰头便瞅见了月亮，恰觉得庭间亮得刺眼。庭中跪了黑压压的一群人，个个把脑袋垂下去躬下的身子几乎要贴在地面上，俱是跪立寒风中静若无物。

冯善伊立了许久，终于开口说了第一句："受旨山陵供奉朝夕，具盥栉，治寝枕，事死如事生，乃我钦安院与诸位陵宫侍奉。"瞬间清了嗓子，抬高下巴，

冷冷勾唇，"这是我回复圣意的话。然而，我要说的是，请将今日当作尔等诸位同我一起重生之日。"

满地宫人因这一声突如其来的清冽重重俯下身去，甚至有几位老宫女这一叩下便抬不起身子。

"钦安院大人。"这一声穿荡在中庭央空，此起彼伏，惊了入巢的雁鸟，声势浩浩，扰了沉睡的素梨。整座陵宫忽而安静下来。这样的呼唤，有着其所特有的魅力，至少这一刻，冯善伊深陷于此。

身后绿荷猛地仰了头来，因着惊讶，气息全乱。冯善伊未看向她，目光平定地望着庭中众人："你们都抬起头来。"她努力让自己的声音显得极尽威严，便像姑姑那般，半虚着眼眸，似醒未醒的目光徐徐掠过庭中黑压压的人影。

绿荷微微点头，示意她可以就此说些什么。

"你们——"这种凌驾于众人的感觉如此美妙，难怪佛祖于玉台总是笑得风生水起，信手拈来，原来人一旦到了某个位置，会自觉身轻如飞，冯善伊一笑，"回去洗洗睡吧。"

满月自乌云后缓缓转出，中天月色静静落了满庭，大雁与梅复又眠去。冯善伊靠在廊中目送宫人退身而去，低首摆弄腕间的血丝玉镯，附在其上的凤凰有一双红目，十分骇人。出宫前，姑姑特命春送来，要自己日夜佩戴。

凤凰，东宫之主。

姑姑敢私藏这玉镯，当真有极大的野心。

回至室内，方妈正在收拾着匣中的竹花簪器，见得冯善伊入内，惋惜道："这么些好东西，就此赏给那些遣送军中的罪婢岂不糟践。"

冯善伊靠在一侧，信手捏来了把珠簪随意瞧着："陵宫有陵宫的规矩，自不能破。再好的玩意儿，沉了箱柜，不如糟践去。"再放回去时，目光扫过那一束方摘下不久的木兰簪，愣了许久，将簪子挑出，静静道，"这朵木兰珠花替我收起来，余的都散了吧。"

"我这就交由绿荷给他们送去。"方妈说着又道，"听那些罪婢的意思，明早临遣军前要来向夫人您跪谢辞别。"

冯善伊听着便未觉得什么不好，只周身酸疼，倒在里榻幽幽出声："我今日困得紧，方妈夜里给润儿洗洗睡吧。我这里没什么事了。"

方妈得令抱着润儿退下，烛火灭下。冯善伊稍觉有些冷，又懒得唤人入室，披着长衣行至窗前，见得窗下立着的人影模糊难辨。

她将长衣着好，压抑着声音唤道："花将军来了。"

　　花弧转过头来，立时跪下，声音隐忍："娘娘，今日是最后的机会了。待到明日锁宫上钥，宫中再不能余下杂人，三千羽林军团团护住宫陵，不能进出。您那时便是后悔也……"

　　"我是抱了死心于此。"冯善伊点点头，"如不能堂堂正正出去，便死在这里。"

　　"娘娘。"花弧黯然唤了一声，自袖中掏出一个瓷瓶，"这是你命我买来的。"

　　冯善伊接了揣入袖中，迅速转过身去，又在桌前揣了那个木兰珠花，由窗递过去："我已散尽银两首饰，只留着这个。这珠花是我父亲从燕皇室带出来的，如今又与李敷颇有些渊源，你既是李敷的心腹。就收着吧。自当我为你他日娶妻生女的贺礼。"

　　"娘娘，臣不敢。"

　　冯善伊亲自抬起他的一只手腕，将珠花塞入了掌中合紧，声音忽而低下："家兄正于军中，我甚思念。"

　　花弧自明其中之意，跪礼后匆忙离去。冯善伊望着花弧的影子隐隐散去，神情不可捉摸。她方才与众人言是一齐重生之日，那话，分明是用来支撑自己的。

　　十几天来，似乎经历了许多次重生，只有这一次，尤其无助，尤其释然，尤其……无所畏惧。莫非便是置之死地而后生。

　　辰时，陵宫送走了最后一批客人，陷入曾经的寂静之中。羽林军前来锁上宫门，一共六道宫门，层层封紧。冯善伊立在宫道中央，微笑着看着面前的最后一道门合紧。烈日环绕在她的周身，镀了一层金色耀眼的光芒，兰花纷纷飘落，碎在裙间。

　　她最后望了眼那山，那门，缓缓道："山宫无开日，未亡身不出。"一言似自嘲，又似反语。

　　身后立有人出言接上："免自望西陵，不如伴君死。"

　　冯善伊没有回头，静立原处，只等她走上来。

　　"钦安院大人以为，如今锁紧的只是宫门而已吗？"绿荷走至她的身后，没有直言回应，流离的目光移去朱色巍峨宫门，"是无望的年华，是萧索的岁月，是麻木的生命。日复一日，年又一年，所陪伴你的，只有愈发沉重的愁思和遥远至全然消失的愿景。"

【第二卷】跋涉篇

冯善伊静静回身，望着身后绿荷一笑："闻蝉听燕，日浴钟鼓，夜望西陵，比起死，更适合我。"

"果真，"绿荷凝着她，不能理解地笑笑，"如他所言，你并非一般的宫人，是靠着强大的意念生存吗？"

冯善伊淡淡舒展眉眼，素手抚平绿荷因风吹乱的额发，声音很轻："你答应过我，今日会领我去见那个人。"

植松作门，筑柏为墙。

绿芜绕墙，青苔爬满层层青石阶，梨花瓣撒了一地，踩在脚下酥软湿亮。

拓跋余沉睡之处，在陵园最偏僻不起眼的一角，清冷寂寥，没有恢弘豪华的帝王规格，也没有想象中的阴森恐怖。只不过是立在荒芜之中的小小坟冢，唯一能看出的是这里有松，有拱起的小坟山，有一座不高的石碑，是那种随处可见的青色岩石砌成，纹印雕镂几乎看不到。

绿荷前去清扫了碑前杂草，许是未有人关照，一时杂草满布，野花环绕。

冯善伊扶着一棵新生的松树立了许久，她转过身来，对着忙前忙后的绿荷说："你想象得出，一个帝王能落魄至此吗？"

绿荷愣了愣，抬头应道："我想象不出，却日日见得到。"

"所以说，何苦为帝王？"冯善伊说着一笑，将手中桑落酒摆在了石碑前。碑上无字，落了厚重的灰土，她起先以为是尘埃压住碑文，以手抹去，却摸不出一个刻金的印字。半刻觉得辛酸，连酒都忘了斟，她靠在碑前，青石瞬间笼罩了一团湿濡的热气："连字都没给你留。你就这样被他们丢弃在这里了吗？"

一盏桑落，送故人。

再盏桑落，祭思人。

三盏桑落，无奈别离愁。

立在碑侧的绿荷看得淡下声息，杯盏相连的凉浆，被冯善伊尽洒碑前，可这女人竟然由始至终载着笑颜，不是应该痛苦吗？她实在看不懂这个女人。

冯善伊倒了酒，立起身来，夜明杯由袖间坠下。一时起兴，迈上碑后高台，幽幽言道："魏武帝死前遗言，命其妾与妓人皆住铜雀台，月朝十五，登台望西陵作舞。那老头子真是个会享受的，人都死了不忘嘱咐妓妾定期对着他的坟墓歌舞。你，想不想做一回曹孟德？"她说着绕着高台行了一圈，手握着参天穗帷，素白灵帐因受风雨侵袭，残驳不成模样。她扯下一束，挽在袖间，拖曳在裙下长长漫过。

　　这里没有他的妓妾，没有华丽的铜雀台，没有台堂八尺床穗帐，没有酒脯粮糒。可冯善伊还是决意要为他舞一曲，不是祭奠，是告别。他曾经问她，来日会不会想他？她说不会，因为那时她把他放在心底。

　　是放在心底的男人，所以不必想念。

　　然而，从今往后，她只会把他埋得更深，将他至死不能面对拓跋潜所隐藏的秘密一并埋葬。她会带着这些秘密，伴随曾经住在自己心底的那个人一并老去，死去。

　　残破的灵幡由她双袖轻轻抖出，漫上天边，四丈悬空，随着舞动的不同力度，幻化出妖娆的花式，时而似牡丹，时而似荷盏，时而是烂漫山枝，时而是天仙飞花。没有琴声丝竹，她便踮着脚尖踩起鼓点，合着空中飞鸟扑翅的声响，伴着缥缈的钟音，迎着风声，她寻找着属于自己的节奏，旋转，甩袖，起舞，跳跃，一气呵成的舞姿，徐时轻缓有致，急时铿锵利落。穗摇风起，曼妙的身姿曳在漫天飞舞的素白灵幡间，似跃出水面的莲朵，努力绽放。

　　绿荷怔忡地望着高台之上盈步轻转的女子，惘然若失般失去了所有的情绪，便连目中落下的行行冷泪，更是无知。这一支舞，不知为何，看得她心碎。

　　遥处长钟声散，舞缓缓落下最后一幕。

　　高台只剩冯善伊孤零单薄的长影，手中依然握着数丈灵幡，走一步，松下一寸，她缓缓走着，细密的汗攀爬额头，滚入眼中。胸口浮动，她喘息着最后看了一眼高耸的坟山，轻不可闻的声音只有自己能感觉到："若不是今日见到你，我都要忘了自己竟还会跳舞。"

　　以后，或许也真的不会记得了。

　　烈日渐渐在视觉中散去，只觉天地重回一片混沌之中，她又走出几步，灵幡溘然坠落。单薄孤独的身姿在风中僵了一僵，倾然倒去。浮在睫毛间的汗珠碎裂，意识模糊的瞬间，她似乎看到拓跋余穿着月白色的长衫缓缓走来，他抱着玉琴，似是刚刚为她伴奏而来，那琴上断了一根弦。她听得他熟悉的声音缭绕耳边——"饭不可吃得急，舞不可跳得疾……"

　　日落黄昏，灯火渐起。庭前幽幽的风散去，迎来云中入夏之后第一个闷夜。

　　冯善伊便在这压抑的时分醒转。初醒时她只想喝口水润润干裂的唇，喉咙烧灼得疼痛，难以发出声音，满嘴血腥的味道，不知有多难受。垂幔猛地扬起，迎目是绿荷略见惊恐的目光，由黑暗中挣扎出来，即便是细弱衰微的烛光都是刺

目，冯善伊抬了素袖以挡视线。

"这是什么？"绿荷赫然扬声。

隐约见得她手中举着什么东西，冯善伊咽了咽口水，嗓子痛得发紧。随即身前便掷来冰凉的某个瓷瓶，她握在掌中摸了摸，知道这是托花弧转来的滑胎药。据说是西域货，疗效极好，不会太痛，三日后即能下地。

"你袖子里怎么会有这种药！"绿荷扑向她榻前，狠狠盯着她。为什么，这一次她所遇到的女人，如同母亲的命运。

"你连生死都由我，何必在乎我吃什么药？"暗哑的嗓音艰涩而出，冯善伊说着别过脸去。

"怎么会有这么狠心的女人！"绿荷摇头，踉跄跌下去，"生下来不可以吗？"

"我不想死。"冯善伊眨眨眼睛，笑了笑，"就把我想成这样懦弱的女人吧。我，比不了生你的那个女人。"

"母亲并不是因为生下我而死的。是因为爱，因爱而相信那个男人，至死都在期待那个男人会接我们母女回宫。然而，她忘了她所深爱的男人是天下的帝王，他的身边从不缺女人，只有更多如狼似虎的女人会伺机扑上来残食她卑微的爱情。"绿荷并不糊涂，她虽从未见过陵宫之外的世界，却早已看明白了一切。对于自己的母亲，即便她出生时便与母亲分离，可是从没有一个人像她一样了解自己的母亲。二十年来，她所做的，无不是看懂那个女人。

"我，连爱都没有。"冯善伊看着绿荷，她不懂她是否真能明白此刻自己的心情。二十年前的那个女人至少可以因为爱而奢望，可自己却连奢望的资格都没有。太武帝和那个女人，至少短暂地相爱过，哪怕只有一瞬。然而，她连刹那的爱都没有。这样不受期许、无爱而燃起的生命，只会让她感到愈发不安。

绿荷蓦然落泪："这不重要。没有爱，反而让你活得更久。"

"可……"冯善伊努力压制心底的那丝犹豫，"他要如何成长？"

"我是如何长大的呢？二十年了，我在最丰沛的爱中成长。母亲拼命为我搏来生存的爱，还有陵宫众人，她们都是我的母亲。陵宫中的人，不如魏宫的阴险狡猾。只不将此事报回京都，陵宫两百人誓死会替夫人保密，我们都会是他的母亲。"

"我不要。"冯善伊猛地推开她，挣扎着起身，将那瓷瓶紧紧攥住，"我不要因为他毁了人生，我终是要回去的，回去魏宫，我不可以在云中守这孩子一辈子。他会成为负担。"

"那么，就夺来那男人的爱吧。"绿荷定定望着她，"以他的爱，守护他的骨肉。母亲没有做到的，你可以做到吗？"

"爱，怎么能夺之即来？"冯善伊静静闭眼，疲惫地倒回枕间。

绿荷隐隐咬牙，退了几步，忍不住失望缓缓道："我熬了鱼汤。听说鸡汤补气血，鱼汤对孩子好。本想给您换着补的。不过，若是您执意用药，也请您先喝下鱼汤。"

闻言，冯善伊猛地睁眼，怔怔凝着榻顶发不出一个音。耳畔忽涌来那个遥远的声音，淡淡的声息，冷冷的口气……他的青色长衣在风中摆了摆，素袖敛起淡淡的茶香，他最后看了自己一眼，平静地说："把汤喝完。"

把汤，喝完。

她将手移至小腹，触着那丝缕温暖，痴痴道："原来，这么多人都在期待着你。"

六棱雪花的晶莹穿破夜空，魏宫所经历的恰是一夜前所未有的寒冷。李申失子，恰在半刻之前由西苑传来。拓跋瀿立于南书房，面对着陈年宗卷，静静听崇之言道。他愣了一会儿，平静地打发众人散去。夜深时，宫人将那个奔波而来的女子迎入宫，便引进了南书房。

她周身落满了雪，瘦弱的身躯缩在斗篷中作抖。她跪在拓跋瀿身前，双手捧信于额前，并垂了目光。拓跋瀿接过信，将手中暖炉递了她，转过身去，那薄薄一张笺纸，竟比任何都重。

"你叫什么名字？"虽是淡然览信，只这一封信看了太久，拓跋瀿移开目光时，轻问跪在地上的女子。

她咬着唇："民女珠儿。"

拓跋瀿捏着信，许久，点了头："可是你替他收尸？"

"正是。"珠儿张了张口，声音有些涩。

拓跋瀿闭上眼睛，缓缓道："除此一封信，他可还有其他话想说？"

珠儿渐渐仰首："敷哥说，他希望他的弟弟可以远离宫都。"

"你替朕在他坟前念一声谢了。"

珠儿摇着头，哽了哽："他是为了那女人的安危，而非皇上。这一声谢，于他而言太重了。"

拓跋瀿没有再说话，将那封信借着烛火燃起，袖笼中抖了抖，化去灰烬。

珠儿终是忍不住，静静言道："那个孩子，会出生在明年春季。"

转步迈出南书房，即使拉紧长氅，雪仍是止不住地灌进裘领。行了几步，他猛然探出手腕抵着墙壁，拳握紧，青筋暴起。袖中那绕着红丝玉坠的荷包散落入手，他抬起手腕，任荷包中数缕青丝落下，三寸青丝，连附着她的书信，信中一个字也没有。

没有说一路艰辛，没有说和李敷生死别离，甚至更不曾提及，她有了孩子。

崇之前来扶他，拓跋濬只转了淡漠的眼神看他："让尚书拟旨，着李弈前去恒州任职。"

"皇上这时候是不是该去李夫人那里？"崇之想起白日的乱子，忍不住开口提醒。

拓跋濬徐徐抬眼，目中空无物："是，朕当去看看她。"他说时诡异地笑了笑，李申刚刚失去孩子，那个足月而生的皇子，竟是个死胎，他要去安慰脆弱中的李申。随着笑，身子朝着崇之倾倒，血自唇侧滑出，滴答滴答，延着修长的手指滑落。

夜极黑，雪极大，崇之来不及扶持他，已被他一把推开。

拓跋濬回过身，强行挺了几步走入雪中，以袖拭唇，却又满满吐了一大口血。雪没脚踝，步子顿在凛冽狂风中，身子拂袖抖了抖，静静倒了下去，曳着清爽的雪气。

崇之扑腾着跪上去，自雪地里将拓跋濬怀抱而起，恸哭着惊喊。

拓跋濬张了张唇，意识清醒："闭嘴。"

崇之于是不敢哭，见拓跋濬尚有气力从自己怀中撑起。皇帝的身体，没有比贴身近侍崇之更了解的，虽是年轻气盛，却沉疴满身，长期寒病顽固，病气已入骨髓。每年四季更替便要发病，时而卧病多日并非稀奇。便连太医院都言，此病已是不能去，只得靠休息调养减少发病的次数。太医院言得避讳，只是暗中深意，再明白不过了，便是此病只能靠拖，不能治。

"皇上，您这是要去哪儿啊？"

"朕要去七峰山。"拓跋濬抖了抖眸子，雪水润化，"云释庵。"

崇之抽泣着拿袖子擦着他唇畔，含着泪点头。他见这模样的皇帝也不能走路，只得先将他背起，一步一步挪至宫舍外，再唤人置备车马，已是深夜。马车一路奔出宫城，七峰山临宫而立，云释庵立于半山腰。山路崎岖，终至马车不能入，拓跋濬执意出车，崇之在车上已先行给他口中塞了回命丹之类，他尚有勉强步行的气力。

一步连着一步爬上山腰时，已近清晨。晨曦散落，拓跋濬推开庵门，直入前庭，于那佛堂前却全然丧失了勇气，手触了堂门，久久不落。

崇之红着眼为他推开两扇门，拓跋濬撑立门前，胸前已是血迹斑斑，迎来第一束明光。

佛前虔诚跪立的尼姑以青纱掩面，土青色的僧衣更显淡然。

拓跋濬一手挥散崇之，跟跄而入，长而清寡的侧影落在壁墙上观音佑浮生的残驳漆画，旧黄的蒲团晃在眼前，风吹得门窗嘎吱嘎吱响，他再撑不住，半跪在她的身后，一只手撑地剧烈地颤抖，血一滴一滴落在漆黑的砖地。

"您……幸福吗？"他笑了一声，朝前望去。

当真幸福吗？母亲。

面前他的母亲，是该死在许多年前那一场立子去母的悲祸之中。

天怜红颜，她安然无恙活至今时，青灯苦烛掩不住她美好迷人的光彩。他自幼便知道，她的母亲郁久闾氏是北魏三代而来最妩媚的女子，她之前半生拥尽了幸运与权贵。那些沉沦于权力波涛浪海而不能自知的男人们，环绕她石榴裙之下，沉醉于她之香暖怀抱，抛却江山富贵，只为博她一笑。

于是，她活了下来，是踩着这些男人权力的金袍活了下来。

"陪伴佛祖，是不是比与人共处更幸福？"拓跋濬哀哀地看她，难道，就真的不能看自己一眼吗？即便一眼也不可以。

"皇上不在宫中，怎可以随意乱跑？如今宫中不该是多事之秋吗？"她拉紧了面纱，将自己裹得更紧，并非不愿让他看见自己。而是，不能接受那张一模一样的面孔的人，是自己。

拓跋濬扶着地砖缓缓躺了下去，脸贴着地，清晨之光散了眼眸，他沉沉合眼："我封了乳娘做太后，您高兴吗？历朝历代，只我一个皇帝，想找个坐上太后之位的女人都那么难。"

拓跋濬苦苦笑着，抬了一腕，紧紧握住她半角僧衣贴在脸侧，泪仓皇而落。他已经许多年没有落泪了，因为恰也是许多年没有再见到她。

"每天都坐在宣政殿的高位遥遥望去宫门的方向，等着有没有从七峰山来的马车。奏章密信一封封看得仔细，只等着那熟谙于心的笔迹。就那么难吗？走到我面前，或者仅仅几个字，告诉我，其实你是想我的。"

她立起身来，又燃起一炷香，安神的气息浮荡蔓延。

拓跋濬猛然欺身环住她裙尾，她别过脸去尽力挣扎，雪花扑入，染着血腥气，混在香烟中。她用力推开他，声音冷得发抖："滚开，不要再让我看见这一张令人恶心的脸！"

【第二卷】跋涉篇

115

终于……终于又是推开了自己。

当年那个将自己一把推开，生下他又抛弃他，决然转向权贵男人们怀抱的女人，又一次推开了他。

拓跋濬空落落的声音散落在佛堂中的每一处。

"四岁那年，我朝你伸开双臂想要你抱我。你那时便说了句滚开。如今依然是。您是恨我，还是恨父王，或者都恨？"

风灌了两袖，她的背影是举世孤独的清冷，没有人可以看到她的真容，没有人能洞彻她目中的苍凉的，是柔情，还是恨意。

"我这一生，最恨，就是嫁给你父王。最悔，便是生下你。"她如是说着，坦诚而无畏。

拓跋濬笑着颔首，落下一滴冷泪："也许真的是命。"

"命。"她低喃了一声。

"当年母亲抛弃了我。终有一日，我也将亲手抛弃自己的孩子。这是报应。拓跋一族的报应！"

兴安元年的初雪断断续续下了十日，皇帝在榻上半死不活了十日。眼见得年根底下屡出事端，太后也道宫中有了不祥的兆头。内宫早议会的时候冯太妃自请入云释庵为太后皇上礼佛求福安。

太武帝灭佛后，自拓跋余一朝，庵中稍有复兴，再至宣扬佛理的拓跋濬继位，云释庵成为先帝的妃嫔以及皇家女子静心安养的好去处。冯太妃求得诚恳，且有一帮太妃连连帮腔，太后于是允了她。

李申仍在养身体，太后又常年闭门念经，内宫诸事尽落在文氏手中，如今她已位升左昭仪。自赫连去后，右昭仪落了空缺。她一直是等着皇上的意思，只是拓跋濬半言未语，她于是也将此事压下。散了早议会，文氏随着太后前去看望了李申，那李申很是平静，不哭也不闹，开口问了皇帝的病情后便再未说什么。守了一刻，文氏娴静地起身，准备转去探视帝王。临走时她握着李申的手让她安心养身子，孩子总会再有。

待文氏走出去，李申面上的笑冷透，目光随即阴狠起来："假仁、假义、假慈悲。"

太后转着佛珠，挑眼看了她，幽幽道："论这脾气，你当同她学学。她那副模样才有母仪天下的气度。"

"她可没这个好命！"

太后稍愣，只替她捏了捏被角，落眼她手中紧紧攥着那个绣字的荷包，惊慌压低了声音："你，如何还留着这东西？"

荷包之上细密精致的针法，刺着一个"希"字。

李申咽了咽喉咙，咬牙向太后看去："这后位，还有这江山，今后都会属于一个冯姓的女人。"

"申儿。"太后浑身气力仿佛卸下，人前不喜不怒淡然平静的自己，却只能在她面前流出内心深处的不安。

"这名字真让我恶心。"李申冷嘲而笑，申申如也，夭夭如也，可笑她活了这么多年，都未尝到一次安心舒然的好日子。

"母亲，你为什么就不能喊我一声希希？"

是，她的名字，冯希希。

太后叹了口气，俱是无奈，扶着床沿立起身来，蹒跚走出门外，仍见得浑然失去神智的李申兀自沉思。她摇了头，手中佛珠攥了紧，飘然入窗的声音满是坚毅："为了你的后位。冯善伊，我们是绝对不能让她回来。"

文氏出了李申的院落后直接去了前殿，去崇之处听得了皇上的状况，才迈着步子安稳走出去。金履踏踩玉砖，轻纱云帐拂乱了视线，九龙团簇的八宝床巧夺天工，她看着榻上这个俨然失去气力的九五至尊，虚弱得像极了一个无助的孩子。

她目中闪过一丝幸灾乐祸的蔑视，坐在榻前的圆凳上幽幽扇着团扇，直到崇之进言说皇上跟前吹不得冷风，才收了扇子，转去玩着自己滚金的袖边。她也不知这一身锦绣华裳，内宫女人中最华美的衣服还会和自己有几日的缘分。

她每一日都在等，等这病榻上的男人发威，等他扼住自己的喉咙，送自己去往极乐圣地。

拓跋濬在长久的沉睡中缓缓转醒，睁开眼的瞬间见得这一张粉饰着狡诈轻蔑的面容，内心却反是平静，他张了张嘴："你现在是不是很开怀？"

"噢。"文氏挑笑言着，"你不是也常会想，死的时候一定要拉上我？"

拓跋濬动了动了睫毛，淡笑："这倒没有。"静了半晌，又抬起眼来看着她，"对你，活着才是惩罚。"

文氏不觉意外，橘色的柔光落在她的眉间，映出格外光鲜的面容，几年来她似乎只有今日气色最好。他忽而想起他们成婚时，那时还是乳娘的常太后曾经说过，文氏长了一张贤妻良母的容样。可惜，只有模样近。

"那个孩子安然到了云中。"拓跋濬淡了声息，毫不经意地提醒。

一抹淡色自文氏目中升起，又随即压下，文氏扬了扬眉毛，压抑着忐忑。

拓跋濬轻闭了眼，"自偏关城楼上跳下的是李敷抱着一具不相干的女尸。冯善伊和你的女儿在云中，眼下很好。"

文氏在瞬间的愣神后，一时难语，便如心死后重又燃起淡淡暖意，整个人竟也似要酥了。

"你这样对她，莫不是残忍了些？"拓跋濬略皱了眉，言出一句良心话，"她那样聪慧的人，只看着你便知道你在想些什么。又如何不能知那是谁的女儿？"

"我和拓跋余的孩子对她而言是残忍，还是幸福呢？"文氏转去目光看着他，咬了牙道，"或许她很感激呢。感激拓跋余在这世上尚有血脉遗存。"

"或许吧。"拓跋濬无谓一笑，"她偏偏是那样聪明又傻的女人。"

"我看中的也是她这一点。"文氏点头，勾起笑色，"看中她对生命的那份坚持。"

"拓跋余爱过她吗？"拓跋濬突然开口，这样问道。

文氏先是愣了下，回神间恍惚笑着，弯下身子一手扶着他额前，就那样笑着："你不觉得这样问我是一种极大的伤害吗？问我，自己深爱的男人，是否爱过另一个女人？"

拓跋濬看着她，没有说话。

"如果我说爱过，"文氏收了笑色，一丝丝认真起来，"你是会失望，还是不屑呢？"

走出大殿，文氏周身轻爽，料峭刺骨的寒意逼来，雪落得缓了，满目苍白，远远地望见那一处黑影落在阶下，深檀色的斗篷被风吹开如飞翼。文氏披着落地的雪袍走下了殿，落了那人身前，目光清冷落下，淡淡循着他："怎么不命人传旨，李弈？"

李弈仰头，看去文氏，沉抿的双唇印出青紫："臣是来叩别谢恩。"

"叩别？"文氏喃喃一声，扶着额头道，"是下放他处了吗？"

"臣明日即带旨前去恒州。"

"恒州。"文氏点了点头，再没有说什么，走过他身侧时，突而一顿，淡道，"李弈。"

"是。"李弈忙转过身子迎着她，头伏地。

文氏眨眨眼，只觉得睫毛冻紧了："我窗前的梅子似乎结了果，我怕它们冻坏了，你带人去摘下来吧。"

【跋涉篇·第五章】

小西施在云中第一场雪前生下了它的三胞胎，荣升为骄傲的妈妈，由此开始了它的傲娇生活，大事小事皆抛给小眼睛。除了给孩子喂奶之外，小眼睛兴奋地做了一整个秋天的奶爹。

小西施临盆的那天，冯善伊挺着肚子在风中立了许久，听得小西施声声闷哼颇觉心惊肉跳，爬窗偷窥多次，被三四个宫人架回自己的房中。

绿荷边给她递水，边说产室太血腥。冯善伊喝了几口水猛呛到。绿荷忙安慰道："畜生而已，瞧您心揪的。"冯善伊白了她一眼，皱眉："它之今时，就是我之将日。"她之一言，果真预言到了四个多月后自己的惨状。

据说，冯善伊生产当日，天色大变，半刻之前还朗朗晴空，忽闻杀猪叫似的一声烈吼，惊天动地，于是雷公动怒，落下了太和三年第一场春雨，即便后来有宫人手拿证据称是冰雹，也被冯善伊直接无视。

春雨产子，绝对是好兆头，可如果下的是雹子，就要另当别论。当日天上噼里啪啦时，冯善伊在地上叫得死去活来，陵宫中等着给新生儿送礼的老宫女跷起二郎腿掰扯道："这是生妖怪的天兆。"

绿荷忙前忙后，足足等了三日，在听得一声洪亮的哭声后泪如雨下，她转过身去抱住方妈的第一句话是说："终于可以不用听妖怪他娘哭天抢地的闹唤了。"

冯善伊在床上装了足足半年的太岁才肯罢休，其间执行惨无人道的封禁措施，要近身观看她怀里宝贝的宫人必先经过初试复试，容貌眼神，甚至连体味——彻查后，才可接近。此措施引来怨声载道，绿荷收集民怨后，喂着扬言以绝食同样抗议的钦安院喝汤："您这有些过了。"

"过什么过。你没看被方妈抱了三天，我儿子双眼皮都合上了。"冯善伊颇为委屈道。

绿荷哼哼着，拿捏起某人阵痛时的豪言壮语："当初是谁嚷嚷着孩子生出来就拉出去阉了？"

"哪个说的？"冯善伊立马言。

"是谁又喊了，生了就扔静盆里泡着？"

119

冯善伊把汤碗接过来，低头喝汤，不发一声。

绿荷清清嗓子，道："是谁信誓旦旦地说，孩子出来先蒸后煎，再红烧？"冯善伊果断夹了一口花白水嫩的凤凰鸡。

绿荷满意地点了头，将龙眼鸡蛋一并推过去："我又记起来谁说来着，孩子看也不看一眼，直接扔出去给宫外养。"

冯善伊喝完擦了擦嘴，将襁褓小心翼翼地保护在内侧，扭头平静道："绿荷，轮到你可以滚了。"

绿荷大获全胜而退，迎来的方妈拿着满满几页乳名前来汇报，绿荷一时好奇，便跟在身后。冯善伊把帐子拉下，挡了孩子的视线，才又安慰正受打击的方妈道："方妈，你再忍忍，过了七个月任你抱任你捏。"

方妈恋恋不舍地收回目光，将单子递出去："这是一百宫女、一百侍卫贡献的乳名，共千个。"

冯善伊摆摆手："方妈，我现在见不得密密麻麻的字，你念给我听。"方妈诡秘一笑："夫人，我不识字。"

绿荷忙夺了来，草草览过，摇头不满："不行不行，都是些没文化的。乳名起得太俗。"

方妈忽然想起来半日前收到魏宫冯太妃的来信，忙展开递了绿荷。五月前，冯善伊下定决心给姑母去了封信，言是她的外孙儿如不出意外将在四月十八天后降世，事实是果真出了意外，迟迟未落地。冯太妃起初当是戏言，压下未回，三个晚上睡不着后，拿起信细细读过，才觉半真半假，于是亦真亦幻回信说："姑妈替你算过了，你这辈子是孤独命，无出子女。"

儿子出生当日，冯善伊命绿荷代书一封，加急三千里，送入太妃手中，只言了一句："你那算命铁定是不准了，准备准备给我儿起个名。"

于是起名一事来回五个月，今晨侍卫兴冲冲将信送交方妈手中，尚未来得及启封。

绿荷依信原字不落念出："绿荷附信详谈中言是你在下雹子天生的小子。姑妈辗转反侧，终于想到绝妙之好名——包青天是也！"

冯善伊闻信皱眉，抱紧孩子苦道："儿啊，你咋这命苦，你姑姥姥给你取了个如此剽悍不文雅的名字。"

"我看这名字也土了点。"绿荷不耐道，"想来想去还是我的乳名好。"

方妈和冯善伊接连看过去，直直问道："什么？"

绿荷再次清嗓子，骄傲道："荷子。我是临着荷花生的嘛。"

方妈顿时皱紧了脸，冯善伊想了又想，拍板道："既然你们妖言惑众非说是
黾子天生的，也随你们了。乳名就叫黾子。"

绿荷眨眨眼睛，颇觉这名字有几分意义："夫人也觉得我的乳名好。"

冯善伊看了她好半天，缓缓摇头："我只不过觉得你很好养活。"

言说黾子这个名字拍板钉钉后，夜夜能听得斋中传来隐约叹声和哭音，原是
方妈半夜趁钦安院睡死过去后将婴儿偷偷抱出来搂在被窝里亲热，终有一次，被
绿荷偷听到内中动静，她趴在窗前细细记下了方妈的哀叹——"我的娃啊。你咋
这苦的命。你娘串通你姑姥姥和绿姨娘给你取了这么个剽悍诡异又四不像的土名
儿……"

至于黾子的名，也是多年之后，他那个学富五车、文史精通的亲生父亲终于
在不能忍受的状况下大笔题字憋出一个好名字——"拓跋云中"，以他出生之地
命名，举义非凡。然而，好名字往往不通用。"云中"这个高雅又宁静、意义非
凡的名字在黾子一生中恰只用了一次，便是他父亲取名之时。

兴安二年，政事纷乱。

先是司空京兆王杜元宝谋反，此后濮阳王闾若文，征西大将军、永昌王拓跋
仁举兵谋反接踵而至。

自平城至阴山，内外皆陷入拓跋濬继位而来最盛大的混乱之中。

此一次，拓跋濬诏命剿灭乱党，平叛景状前所未有的狠绝，又一次向天下证
明了这个年轻皇帝果断锐利的手腕。

然而，宁静祥和的云中陵宫却与腥风血雨的京师不同。随春而至的新生命为
死寂沉沉的先陵带来的不仅仅是一场润物细无声的春雨，更为茫然决然之中的数
百位宫人注入生机。

摇篮中恬静沉睡的婴儿，载着不谙世事纯净的笑颜。冯善伊将她抱在怀中，
行至窗前，望去菊花簌抖，密雨织帘，轻吻着女儿的额头："你还有一位母亲，
恰也是秋雨时出生的。她会是这个世上最想抱你的那个人。"

绿荷由她身后静静走来，张开双臂将孩子转抱入怀中，轻道："今年的雨真
瑟啊。"

"这家伙睡得真沉，也不知奶妈吃了什么，将她喂得这样沉。"冯善伊重回了
榻上，由软毯盖了双膝，转着手里的毛毡淡道，"我那姑姑可又在信上提到了京
中的八卦趣闻？"

"说的是去年旧事，就是不太吉利。"绿荷言声轻缓，似怕惊了怀中婴儿，

【第二卷】跋涉篇

"小雪时李夫人突起腹痛，临产诞下的龙子面色发青，死胎成结半月。为得此事闹了宫内腥风血雨，诛杀不少宫人嫔妃。亏得太妃早有预感首胎会不妙，自您抵达云中后便自求入庵礼佛，也算避过祸事。只可惜，那个叫李银娣的贵人未能躲过劫难。也牵连了太皇太后。"

闻听"李银娣"的名字，冯善伊略蹙起眉："可曾有难？"

"起先是关押了许多宫人，李贵人不在其中。后来牵涉极广，连杀了几位才人，又引出了李贵人参与谋害李夫人。念着贵人腹中有龙胎，皇上先是压下，但随即太后出面，让李贵人迁去瑶光寺，产后论罪。只不过半月，李贵人心生恐怖，自沉湖底。大人救活，孩子没了。"绿荷将信中的消息徐徐道着，虽觉得各处奇怪，却忍着未言。

冯善伊静静听着，其中七八分含而不露的讯息大抵知晓。心底情绪纠葛，缠绕一处，搅得人心既烦又乱。她再次扬起头看着绿荷："你说说，这像话吗？"

"夫人说的是。"绿荷稍皱起眉，才又缓道，"我只听说临产的孕妇落在水中也有安全无恙的。"

"她若心生恐怖，何苦等个半月？"冯善伊撇撇嘴，摇头苦笑，"谎都圆不起来。"

绿荷又道："太妃在信中又提及一事。说是查出来了。"

冯善伊亦念了一声："查出什么来了？"

"是李申。"绿荷吸了口气，继续说，"您凭着记忆画出的那些刺客，已被证实是她的人。"

没有惊讶，没有冷笑，冯善伊闭了闭眼睛，平淡无奇道："知道了。"

绿荷再低下头去，欲言又止："还有一件事。"

"你就不能一口气说完？"冯善伊睁只眼闭只眼，"若还是给取名的事，只回她雹青天这名字绝对不行。"

"这回改了，说叫雹米花。"绿荷认认真真道。

冯善伊一手戳着额头，无奈道："饶了我儿吧。"

"还，还有一件事。"绿荷咽了口水，这回面上凝重遂起。

"你还没完了。"冯善伊哼了一声，眼皮有些发沉。

"闰月，太皇太后薨了。"绿荷说着将头低下去。

冯善伊猛地扬起头来，困意半刻尽灭，狐疑地盯紧绿荷，久久未言。

"夫人，您要是难过，便说句话。"绿荷幽幽跪了她膝下，缓缓言，"太妃嘱咐我拖些日子再告诉您。都是我不好。"

"我不难过。"

只是，替一个人难过。

冯善伊转过身去，静静拍着睡去的孩子，声音故作轻松："临走时，就没留下什么话？"

"走时已神志大不清。连连唤着赫连昭仪的小名。一并嘱咐太妃书信云中，问你们什么时候回宫。"绿荷将声息压得极低，"太妃说，如今魏宫天下尽在常太后与李申掌中。"

"哦。我有些困了。"冯善伊叹了一声，转过身欲要睡去．

绿荷仍不甘心道："去年安能寺前来陵中的那场法事中，夫人重重惩治了那妖言惑乱陵寝宫人的老僧。您可还记得那老僧四处散播的谣言？"

汉主大魏，冯氏三朝！

字字是灭九族的罪，如何能不记得？

冯善伊皱紧眉，以指揉去眉心缓缓道："你倒是越活越回去了。那老僧只不过是拍我马屁没拍到点上。我对皇权主位没那兴致。他要是谣言散我魅惑众生，红颜祸水，我倒乐意听信。"

"可是……"绿荷仍是不死心。她在云中近二十年，总算迎来了命中的那位贵人。那还是她十三四岁时，陵宫仍活着，那位能掐会算的老宫女说自己总有一日会遇到贵人，出得云中，奔去锦绣前程，她虽只当是戏言，却在遇见冯善伊后平添了几分信念。

"你怎知……"冯善伊想了想，忽而严肃地看向绿荷，"不是魏宫派来的又一次试探吧？"她是如何才平安抵达云中，那是踩着尸骨而来，怎不能怀疑猜忌，怎不能小心翼翼。

绿荷闻言，只扭过身去，将门窗合紧，重新回至屋内，跪在帐中将袖中的素绸抽出，双手承上："一而再，再而三，以命试探吗？那惠裕师傅，自法事后，一日见不得夫人，便刺自己膝骨一刀。如今双膝疤痕近百余处，人已不能站立行走。"

冯善伊接过那素绸，稍一展开，数字以血而书，字字触目惊心。她望着那字，竟扼了呼吸，空眨了眨眼，吸下一口冷气，全无声息。

"寺中主持说惠裕师傅旧病缠身，恐熬不过几个冬天。如若您想见他，奴婢自会有办法让您出得陵宫。"绿荷终于扬起头来，坚定地看向她，"为什么，您不为自己拼一回呢？如若真是此番，将日，即便纵是一死，也值了。"

冯善伊垂了一只手腕，缓缓捏起绿荷的下巴，看清楚她的眸色，含笑道：

"你除了眼睛大，胆子也够大。我这一步走下去，兴许就是条死路，你可放心把自己的命交给我吗？"

绿荷笑了一笑，声音毫无起伏："奴婢是为了等这一日才活着的。绿荷，愿意与夫人同死。"

冯善伊眨眨眼睛，随意而笑："到那一天，就不要说同样的话了。"

安能寺矗立在云中西边，与宫陵依山而隔。

晨鼓暮钟之音，大多能传入宫中。然而即便是近在一山之间，多年来亦如天涯相隔。

安能寺每十年会遣众僧入陵做一场祈福的法事，最近的一次恰恰是在去年。奉陵之妾，入宫陵后，自当与世隔离，那一次法事，冯善伊仍然是在后室潜心修养。却闻得有老僧在宫陵中散尽谣言，于是命人重罚。然而，那老僧却不曾死心，只求一见，竟以自残相逼。

车落寺前，绿荷先去寺中打点妥当，半炷香过后，前来掀开车帷，引素衣蒙面的冯善伊落车。硕大的斗篷将她由头到脚遮掩，缁色黑绸拖地而过。前来接应的小和尚在她入寺后将寺门紧闭，绿荷亦谨慎守在门院之前。

越过中殿，穿柳拂枝，入得密室，皆是由黑帐遮蔽。身后的小和尚无声退去，冯善伊推开室中一展素帘，见到帘后案桌供奉着佛龛，两侧香烟袅袅。她自蒲团间跪下，合十双手默声祈念。

她并非诚心向佛之人，只入得此间，心竟也随之静寂，平添了几分出世的情怀。

佛龛后浑厚声息漫出，声声言着："汉，有贤妃班氏求避宫祸，自请奉陵长信宫，以死为期。亦有妖后赵氏获罪而废，遣配延陵守园，不忍孤苦含恨自尽。夫人，您一奉寝宫年岁换，岂是弃赵后孤恨，从班氏之贤？"

冯善伊未抬眼看去，只转了转佛珠缓道："钦安院福浅命贱，自没有赵飞燕的金玉贵命，更比不了班婕妤慧淑智睿。"言罢抬起双睫，见到身侧已落了赤色僧衣。她平静望去，凝视着身前人影，将手中佛珠一掷，总算可以不必那么装沉稳，原形毕露道："您别拿文绉绉的话考我，答得我满头汗。哥哥。"

"你能守规矩说话，恰也骇了我一大跳。"冯熙忙扯下僧衣，走至她的身前，大掌自她双肩握起，寸寸握紧，"好家伙，十年不见，竟也长出眉眼来了。"

"屁话。姑奶奶打一出胎就有眉毛有眼的。"冯善伊一时恼火。

冯熙抽出扇柄敲紧她额上："这满口跑脏字是同哪个学的？"

"谁知道？"冯善伊夺过他的扇子，自甩了开，瞧着扇面上的山水图迹，"我如今粗俗了呢。”

“你也没高雅过一回。”冯熙掐灭一束烛火，幽幽道，“我见军中遣奴个个揣着金银玉器，都是从前冯府的规格。初还纳着闷不敢信，直到见花弧手里你那木兰花，爹爹送你的生辰礼，你当真大方！”

“不大方，又怎勾得来我这个小气哥哥？”冯善伊笑了笑，自佛龛后望了望，拉回他袖子，“难不成你是那惠裕，论说是想勾搭见我，倒也高调了些。”

“屁话！”冯熙立时拧直了眉，“你哥哥我天下第一美男，怎会是那糟老头？”

冯善伊好笑地看着他，慢悠悠道：“原倒是同哥哥学的。”

“这一次出宫，再别回去了。”冯熙含着淡笑与她道，眼中扑朔迷离，“我不喜欢你留在魏宫，只需几年光景，我便能——”

帘后袭来一声闷咳，冯熙忽想起帘后有人，才吸口冷气吞言不再发，但将身子一让，挑起半扇帘，飞摇的白幡映出昏烛落影后那一人身影。

“你认识他？他行游军中便口口声声要见你。”

冯善伊摇头，抬步而入，见得漆黑案台之侧的背影骨瘦佝偻，形如烛火将烬的残败身躯颤巍。那老僧背对她而立，闻得脚步声，握紧手中木杖，蹒跚地转过身来，堂中风渐起，夹柔虚光显露出爬满皱纹的黝色面容，最惊并非鹤发颓颜，而是他目下半指左颧骨豆大的伤疤。

冯善伊将袖中的素绸掷于地上，漠然踏过，无所谓地笑着：“听说你宁死也要见我。”

惠裕笑：“只可惜，夫人最终想见的是答案，而非老僧。”

“我这人，好奇心重了些。”冯善伊甩了甩袖子，意味深长看了他一眼，“你知道那六个字的答案吗？”

“烦娘娘抬起手来。”

灯火尽灭去，冯善伊转过身来，闻言，便真的将手伸了出去……

兴安元年，拓跋濬欲立文氏为后，然铸金人失败，不得立。亦是这一年冬天，冯善伊命人自安能寺请回一尊半身佛像供奉入后殿，日夜虔拜。转年春期，拓跋濬巡南，觅得一位佳人，生得花容天姿，于是收入行宫，封为御女。

在血洗的平叛，无尽的争锋之后，处于盛世极权中的平城伴随着大魏宫景重起丝竹鸣乐，载着千秋万代的太平之梦复归沉静。而在遥远的云中偏隅，没有乐声，没有宫鸣，没有一世昌盛的姿态，没有一片宫景的繁荣，只有抛去杂念日复

【第二卷】跋涉篇

一日的沉声诵念。妙法莲华经之后，是一个女人日复一日、夜复一夜宵衣旰食卧薪尝胆。

然而宁静淡泊并非绝望丛生的悲凉心境，它是在理智与欲念博弈之下的持衡，是困步于被动斗争中一种无关乎输也无关乎赢的生存法则。

檐下雨雾蒙蒙，风盈起麻衣素服。绿荷换下一盏灯，拿笔捅了捅睡在蒲团上的女子，不见反应，仍是叹了口气，转过身去连连打开数扇窗，潮湿的冷风逼入，哗哗的雨声嘈杂入耳。梦中女子喃了喃，以袖掩耳："乖绿荷，我就睡下一炷香。"

绿荷忙俯了她身前："都三炷香了，再过半刻惠裕师傅即要来查验。"

冯善伊抬了一只眼，哼唧："我背到第几卷了？"

"首卷才背下一半。"绿荷好心好意提醒说，"您坚持一下，吃得苦中苦，方为人上人。"

"让我灭六欲，吃斋念佛，粗布麻衣也就算了。"冯善伊挣扎着坐起，接过绿荷递来的参茶，"如今还不让人睡觉了。你去跟那怪老头说说，我不当哪门子皇后了。这天下爱给谁给谁，你让他怎么来的就怎么回去。我死活不干了。"

"惠裕师傅说了，三月为期，若还见不得进益，不用您赶，他自己走。"绿荷叹了一口气，架起她，把经卷抬到她眼前，指间一扫，"夫人，到这儿了。世尊，我今无复疑悔，亲于佛前——"

"我今大疑悔，不当于佛前。"冯善伊推开那经文，晕晕乎乎道，"你跟老头子说，不等三月，我这一辈子都没得进益了。"

雨声渐近，夹杂木杖擦过地砖的声音，赤色僧衣飘于门外，惠裕缓缓行入，衣尾尚沾着雨滴，他将木杖重重击了地间，冷笑了笑。

惠裕寻了另一侧的蒲团艰难地坐下，颤抖的指节攥过佛珠，盯着冯善伊，徐徐念来："进益与否，当在老僧之念。今夜默不出三卷，明日仍然不得食，加卷——"

"师傅，我进益了。"冯善伊忙道，赶在他加卷添经前匆匆念，"当真进益了。"

惠裕稍一抬白眉，幽幽出声："尔时无数千万亿种众生，来至佛所而听法。"

冯善伊提了口气，接而念着："如来于时，观是众生诸根利钝，精进、懈怠，随其所堪、而为说法，种种无量，皆令欢喜、快得善利……"

"诸天人众，一心善听，皆应到此、觐无上尊。"

"我为世尊，无能及者，安隐众生，故现于世……"

我为世尊，无能及……

126

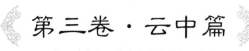

第三卷·云中篇

『一世永安，当为皇后的信仰！』

【云中篇·第一章】

阡陌迎春，东水滔滔，又是一年的春风散入荒蛮落寞的云中，这是离开魏宫第四年的春天。就在冯善伊已不记得如今是兴安几年时，绿荷轻轻告诉她，是兴光元年了。改元建制，这恐怕又将会成为史书中浓墨重彩洋洋洒洒的一记落笔。

清明的阳光懒洋洋地洒在书案前，麻衣素袖拂过卷卷经书，《金刚经》，《仁王经》，《伽耶山顶经》，《正法华经》，泛黄的经纸斑驳残破，痕迹斑斑。绿荷随手握了一卷，借由阳光摊开展放，密密麻麻的汉字，还有那些难如天书般的梵文，彼时书写落下的笔迹淡了墨色。绿荷想，没有哪一个女人在最美好的年华会同这些古董经卷厮守数年。

然而，这就是她主人——钦安院的四年。

"绿荷姑姑，那卷《仁王经》翻出来没？"阳光下扶门而立的两个小人，恰是六岁的冯润领着冯小霫子，宽绰的麻制衫衣罩了周身极不贴体。

"来了来了。"绿荷选出一卷经，应声而出。

"娘亲今儿为什么又吃不了饭？"霫子皱起淡淡的眉，颇有些难过。

"娘亲今早默经时错了一个字。"冯润认真地回道。

"只是一个字嘛……"霫子吸了吸鼻子。

冯润扭过头来，似笑非笑："文殊菩萨那一卷只说了十五个字，娘亲就错了一个。若我是惠裕师傅，也生气。"

绿荷只忍笑不出声，一手牵着一人行至佛堂侧屋窗前，隔着窗纸朝内低声道："夫人，三卷给您取来了。"

静了半刻，窗子由内稍推开，溜出一只手："快，快给我塞进来。"

鼋子踮起脚来，朝内望去，只见冯善伊口中叼着杏果，右手执笔，翻一页经书，即往自己左小臂内侧落下数行芝麻小字。鼋子仰头看了冯润一眼，不懂道："姐，娘亲往胳膊上写什么？"

"呆子！"冯润拍了他脑门，压低声音，"戌时师傅要大检，她这是打小抄呢。"

鼋子"哦"了一声，忙够着窗户伸出两只手腕："娘亲，您够不够写？鼋子这还有两只胳膊。"

冯善伊换了支笔叼着，瞥了眼他哼道："不愧是我亲儿子，肚皮贴心。"

冯润听言嘟了嘴，颇不满道："我不也是你亲闺女？"

冯善伊恰不爽着，直接回她："你亲！你给我往惠裕那儿告密说我《仁王经》背得最差，害得我期待大半年的春假又泡了汤。"

"我那是对您负责。除了我，其他人都包庇着才让您天天这么不着调。几卷经文都背不起，别说回京了，庵中都未必收您干吃闲饭！"冯润一板一眼说得句句在理。

冯善伊被她噎住，只得翻了翻白眼："我上辈子造了什么孽？！这辈子被自己的闺女治得死死的。"

"夫人，您快点。我得赶在师傅来之前把经文收了。"绿荷尤其见不得她们母女掐架，匆忙而又小心翼翼地提醒。

冯善伊吹着腕上的蝇头小字，连连道："这就好。"

冯润一时软下态度："不管是打小抄，还是怎的，这回再不能出岔子了。师傅说了，您要是再不进益，他立马就走。"

"他这话都说四年了。"冯善伊甩了甩小臂，干得差不多了即放下衣袖，将经书笔墨尽是丢给窗外的绿荷，"我求爷爷告奶奶，都没送走他。我当年那是把他周身涂了金泥抬了宫陵来的，倒真是请佛容易送佛难，老头子讹上我了。"

"啊哼。"内通大佛堂的木门忽然推开，惠裕拄着拐一步一步挪来，抬眼看了冯善伊，"我讹上谁了？"

冯善伊"砰"地关窗掩住窗外三人，好声好气行至惠裕身侧，端茶敬水道："这个讹，饿其体肤，空乏其身，曾益其所不能……"

"哼。夫人背得最熟的恰是这一段。"惠裕喝了口水，幽幽抬起眼，朝向窗外，"你们也都进来吧，老僧有话要说。"

窗根下听得这一声，绿荷忙将经书塞入袖中掩盖，余下的纸笔藏在鼋子的腰间以麻衣遮着。三人齐齐入室，贴着墙边一字排开站好。惠裕把玩着茶壶，又看了眼提气屏息的冯善伊，须眉轻抖："今儿大检免了。"

"这……"冯善伊眼眉跳了跳，掩了掩胳膊道，"您不早说，瞧我背得满头大汗。"

惠裕收回目光，暗自冷笑："也抄得手酸腕痛。"

冯善伊猛扬起头，瞪向冯润，只见她忙摇头，这一回，真不是自己。

惠裕似乎未气，若要是往日，他必气得以木杖狠狠敲地砖，硬是凿出几个地洞才罢休。只是今日，反是平声静气地喝茶运气，一如暴风雨之前的诡异宁静。

"老僧今日是与夫人辞别的。"他淡淡道。

冯善伊听闻脸煞白，立时夹了哀腔："师傅，我这回真是错了，真进益了。我再背他个三天三夜，绝对倒背如流融会贯通。你千万别拿这招激将法治我。"

"惠裕师傅，娘亲她真错了。"冯润连进几步跪地，"您别走。"

惠裕缓缓抬首，先是看了一眼冯润，又看向鼋子，淡了声音："鼋儿，你告诉师傅，师傅为何要逼你娘亲研习佛学？"

鼋子苦瓜着脸，缓缓道："因为爹爹喜好佛经，娘亲念佛是为了勾引爹爹，勾引……师傅，什么又是勾引？"

惠裕猛咳了起来，重拳落了几案上："哪个教与你这乱七八糟。"

鼋子幽幽地仰起圆嘟嘟的脸蛋，四下瞧着，清眸闪着对面之人。冯善伊不动声色地看了他一眼，缓缓摇头后又使了使眼色。鼋子会意，扭头一指身侧绿荷，看着惠裕道："绿荷姑姑。"

绿荷惊得怔愣，气得脸色铁青，只道是这一对当真是亲生母子，肚皮果然连着心！

惠裕闭目，揉了揉额头，余光瞥向冯善伊。被瞥那人自是做出一脸事不关己，转去他处饶有兴致地望远。惠裕叹了口气："柔然兵犯，一再向东而来，怕是今晚必会入抵宫陵。老僧必是要走了。"

冯善伊想了片刻，招呼绿荷道："去，收拾收拾，把我的四口箱子收拾出来。我们也连夜逃。"

"夫人不可。"惠裕忙阻止，语息太急，连连咳着，"夫人定当留守宫陵，守得云开日明。"

"你这老儿不地道。柔然来犯，自己收拾家伙就要逃，还怕我们老老少少拖你后腿不是？"冯善伊笑着揶揄惠裕，自盘算起出逃的计划。

惠裕见她一副去心已定之心，暗自叹气，终言："老僧所等数年只不过是这一日而已。夫人苦守四年所待恰在今夜。夫人若是肯信我，惠裕以死为报无从

悔。"

"我说了什么你便生啊死啊的。"冯善伊恰盯着他，"要活，大家一起活。死，我就不奉陪了。"

"从今夜之后，我等粗人便再不能辅佐夫人。您自是要青云而上，千万要忘记我等粗鄙不中用的废人。只望您记得云中苦灾，他日，他日还世间一个真正的清平盛世。"

清平盛世！

扪心自问，她从不曾见过。

惠裕召来冯润立在自己身前，见得这孩子虽生为女子，却自幼气势不凡，眉宇更是写满坚毅果断。此女若是生为男子，必定会成事大作为。

"润儿，你娘亲苦习佛经是为何？"惠裕问着。

润儿轻吸了一口气："以出世之心入世，以法门之度御人，以佛家慈悲爱人。"

惠裕渐勾了笑，抬袖一指偏向冯善伊："你与你母亲再说一遍。"

冯善伊甩了袖子，幽幽道："你说点能听明白的话。"

冯润冲着母亲扬起头来："师傅是说，佛法载母亲通向无上之境。"

"都说了我怕高。"冯善伊转过身去，却忍不住握了一只手。

"润儿，"惠裕勉力站起身来，扶起冯润，"除此之外，你可知自己的责任？"

"是。"冯润静静看向冯善伊的背影，"辅佐母亲成为一代贤后。"

冯善伊猛转了回身，愣愣盯着这个自眼皮底下渐渐成长的女孩，过分成熟的神色，坚毅而无畏的眼神，有文氏的影子，那么另一半的容色，是来源于她的父亲吗？到底是一个怎样神秘的男人，是否仍存于世中？

冯善伊以为，一个六岁的女孩，只是六岁而已，不当拥有不符合她年龄的任何情怀与思量。然而，她忽视了自己对冯润成长中的过分关注，方妈将她教得过分懂事，绿荷灌输了她太多人情世故，而惠裕，则是将太多沉重的负担送入她手中。便如此刻，她不是她的女儿，只是一个守护者，通向那条路的辅助。

冯善伊狐疑地盯紧此刻冲自己淡淡微笑的惠裕，她实在看不懂他过于意味深长的神情。

宫灯撒下三盏，杀声隐隐约约自四面八方袭来。这一夜并不黑，因着西处火光更盛。如狼似虎的柔然在几十年后又一次攻入云中，大军直破鲜卑族祖先陵地。

铺天盖地的雨，遮掩不住愈发茂密的火光，渐成烟气缭绕。

冯润牵着鼋子依偎在冯善伊的膝下，静无声息地只等天明。绿荷已嘱咐人将宫中易碎金贵的器物收置地宫中，柔然破宫，必要烧杀一番。方妈靠在软榻另一侧，一心一意缝着衣领。距离破晓只有半刻，营前将卫方才来报，柔然必先于明日入抵陵宫。

"娘亲，我们为什么不逃？"鼋子有些发困，只是姐姐嘱咐自己不能睡，他便努力睁大了眼。

"我们是大魏的后代。"冯润咬咬牙，"阵前来敌，不能失了气节。"

冯善伊伸手抚过冯润的脸蛋，又抬头看往绿荷，显得无限哀怨："眼下逃，是不是也来不及了？"

"到这时候了，您怎么还想着逃？"绿荷颇有些气结，将挡风的大衣盖在了孩子身上，叹口气，"门外跪了一地的宫人，您是不是也该说些什么？"

冯善伊点点头，想站起来，只是腿有些发软。冯润见她这副模样，忙从榻上起身，披紧大衣，冲去门前，猛地推开，见到数排侍卫与宫人两面排开，雨水沿着他们模糊的脸庞闪烁着滑落，他们皆是神色哀戚黯淡，无神的目光望去室中暖暖的灯火。

冯润走出廊子，半身任由雨水浇淋："钦安院大人有话要告诉大家。柔然陈兵宫外，我等当以命相抗，死守陵宫。"

"都逃去吧。"冷风细雨，淡声回绕，这一声全无情绪。

冯善伊提了一盏灯笼，靠在门前，平静地看过众人："趁着未破晓，向东逃去，逃不走的便入地宫，躲一时是一时。"

"母亲。"冯润急急挑起凤目，心陡痛。

冯善伊面色不动，走入雨中，灯笼掷了脚边，任雨水浇灭，她一一扶起年迈的老宫人，握过她们的腕子，平静出声："我入陵宫说的第一句话便是让你们重生，并不是要众位陪死。如今外敌侵入，若要保全我大朝天子的颜面，钦安院便给他这张脸。死守陵宫，钦安院一人足矣。这世上，没有任何人值得为了谁去死，更不要说一张脸皮！"

"夫人。"绿荷惊恸一声，忙跪在地上不能动。

冯善伊拉过裙摆，一步一步迈回阶上，她亲手扶起绿荷，声息中浮着淡漠的笑音："如若是惠裕言中的转机，我定不负众望。如若只是死期，也请你护我一双儿女周全。我已写下降书，以不变应万变。对不住了，我并非那种大忠大义的女子。"

【第三卷】云中篇

"母亲！"冯润扬起头来，满面分不清是泪还是雨，"母亲这要后世如何书您！"

"我不在乎。"雨水滑过手臂，冯善伊看着满目萧瑟，她之心，便如这雨声，凄而不绝，急而不焦。雨息逼入肺腑，清凉舒爽，冯善伊笑着轻合双目，"我就是这样的女人，不必向后世解释！"

只要活着，无所谓其他。

雨声围绕，庭院中只剩冯善伊一人。众人散逃之后，她便命方妈和绿荷牵着孩子们避去地宫。室中全无声息，她灭去所有的灯烛，团团漆黑中伸出自己的十指，只腕上的红玉血丝镯闪耀弱弱的微光。一纸降表已由砚台压了正室桌前，她忽然有些担心，若是柔然人不通汉字，又听不懂她求饶该当如何。

铁皮钢靴踏过前庭花道，声声沉闷。盔衣甲衫被风激起瑟音萧索。剑尖抵着湿凉的地砖滑来，银光乍现的冷刃残有血色。

冯善伊端坐于桌前，模糊的光线生生撕裂所有的漆黑。大敞的房门聚了狂风，衣角云摆皆在飞。当声音越发靠近时，她有心起身跪地，不待移动，腿脚尽是发软做抖。她知道自己很没用，连一个投降的姿态都撑不起来。

银色的钢甲坠着雨滴，染脏了她今春才铺好的芙蓉月夜地毯。

冷剑划裂毯中正央处一束妖娆绽放的初荷。

脚步声，不缓不急，融入不安分的沉静中，恰如山雨欲来。

身子朝前一倾，她本是要跪地，却重心不稳地跌坐于地。这一跌，痛得骨头要裂开。皱眉咬唇，唯独不敢抬头。湿漉的甲衣飞了一角于她面前，她出手握了握，替他拧了干，牙打颤道："大爷是打尖还是住店？"

来人无声，钢盔遮住整张脸，只露出一双寒凉的目，静静审视着垂首自不知念叨着什么的女人。举鞘，收剑，反用银鞘探去她的鬓侧，沿着这张娇小精致的脸蛋滑下，勾起她的下颌。

冯善伊不得不随着这力道抬起眼眸，剑鞘抵着她的下巴，依稀嗅到血的腥气夹糅着铁锈的味道。她迎向对方淡漠的目光，狠狠咬裂下唇，逼得自己滚落热泪如珠，满是委屈道："奴家有什么办法？十岁被卖入宫中，皇帝一露雨恩，反是祸害我落了实罪，正值风华便存入山宫做这薄命如叶的陵园妾。"

"你。"那持剑的手腕微一软。

冯善伊眨眨眼，继续道："大爷若看得起奴家，便将奴家收去，做牛做马，都是大爷的人了。日后，日后大爷平定天下，收拾魏狗，奴家必为大爷献计献策。你我郎才女貌，男有匹夫英勇，女有贤妻淑德，我二人双双把家去。不出三年两载，定能给大爷添个一男半女。不，是三年两子，一手抱一个才好。大爷，您是喜欢男娃，还是丫头？”

“再说一遍！”这一声，更沉，压得人喘不上气。

冯善伊皱紧额眉，那些所谓柔然人好色，喜欢掳夺汉女莫不都是谣言？！倒是自己功夫不到家，还是对方不吃这一套。她咽了咽口水，此番声息弱了：“你我郎才女貌……要不，我二人凑合凑合得了……您给我条活路，我绝对侍候您终老，守寡也不再嫁。”

她还未来得及说自己当尽“二十四孝”，即觉腰身一凉，半身已被对方揽入胸前。勾引总算见了成效，只是麻衣已被他甲衣上的雨水浸湿。她任由他抱起，虽是紧紧依偎，却仍旧感受不到温度。

“冯善伊，你好大的胆子。”低沉的气息漫入脖颈间。

她试探着仰头，随着那声音周身发抖，颤巍着十指伸向他的钢盔，她托起那溅落血迹的沉盔，黑发肆意飘出，一指绕了那发，轻轻吸了一口气，腥气之余那抹淡淡的墨香自四周逼袭而上，这一次，竟没有胭脂水粉的香气。

染血青丝划过明润英气的眸眼，从前儒雅温润的五官，在黑夜中一如由刀刻玉雕而出的清雅，玉宇无尘。挺直的唇线因深抿勾勒出醉人的弧度，看得她眼晕目眩。不过四年没见，他周身所泛溢出的是一种咄咄逼人的强势气息。

一滴雨珠自他鼻翼滑坠，落在她眼眉中。

“冯善伊，你好大的胆子。”他是这样说的，淡淡的语气随即转了嘲讽，“尚未守寡便心急再嫁，好个坚贞不渝的女人。”

淡漠的目光却没有转凉，而是溢出灼人的光芒，似乎……足以吃人。

冷剑落地，他抱着她直入素帐之后。纱幔落垂，狭小的床榻间，是紧张的呼吸。她寸寸后退，他含了冷笑寸寸逼近。她借机要逃，却被他抬臂团在身前。他笑了笑，吻着她的耳侧，淡淡出声：“不是说做牛做马都可以吗？”

“我那是……”她自觉理亏，作势求饶，“人家年纪轻，不懂事。”

他自一冷哼，扯去她的麻服素衣，揽着她倒入绣竹荷面的锦被，躬身即欲进攻。

冯善伊忙躲，口中强言：“你别急，先把这甲衣褪了不成。”

扬眉，垂眼，有一丝不耐，但仍是卸去甲胄，只剩单衣时，淡淡望了她一眼，没有出声。此时此刻，他也不知该说些什么。论说之前，闺房蜜语，总有那么多缠绵情话说也说不尽。然而，只对着这女人，无话才是最好的言语。如果没

有话，便就只剩了做。笃定之后，随即拉下团团碎花纱帐，与锦被中皱眉望天的女人拥作一团，肆意而去。

星落月隐，晨曦爬了檐房，窗外雨水浇淋，隐约的日光映出模糊的彩虹。窗门屋门皆是大开，所谓雨水合欢，此情此景，最是相宜。

她其实无意承欢，只不过听着雨声暗自等一切静下。

一场承欢无爱的房事，倒是她的悲哀，抑或是属于他独有的怜悯。

正当她想明白了，无论是为自己，还是为子女，都当在这时候做出个迎合的姿态时，他却突然停下，缓缓移上目光，以一种茫然无措的眼神盯着她，却是霸道的语气："你如何不喊我？"

心底一沉，她周身僵硬，别扭地咬出那两个字，那两个被她遗忘近四年的字眼——

"皇上。"

瞳孔骤然缩紧，他猛地进入，痛得她隐忍躬身。她所迎合的不是欢，而是恼怒的发泄。

"我可有念朕？！重新来过！"

窗外雨声似乎全然听不见了，她怔了怔，吐字模糊道："拓跋濬。"

他捧起她的脸，分明看了清楚，还是四年前那张同样的容颜，没有错。一指探去她眼角的湿濡，指尖轻抖，他愣了愣。

"别自作多情。"冯善伊动了动身子，颇有些艰难道，"是汗。"

"你这样的女人便是欠治，要你时刻记得自己的男人是谁。"他冷笑着，额上汗水滴滴坠下，他贴着她的发鬓埋下脸，似是喃喃自语，又似说给她，"亏得朕自责内疚许多年，原来你生活得这样乐哉……"

冯善伊有些心虚地想要躲开他的怀抱，却被他一臂箍紧，听得他越来越沉的声息浮在肩后："为什么不说。"这声音也越发隐忍，终于闭了眼睛，沉沉睡去："朕也知道，知道对不起你，还有……"

冯善伊屏息，缓缓睁大眼，偏过头去，凝视着身侧睡过去的年轻男人。她从没有怀疑过这个男人没有良心，不，他确有良心。他无比富有，手握世间最至高无上的权力，坐拥江山美人无所不能有，然而，他穷得也只剩下权力。

一夜风雨，竟有三两梨花爬了墙头，迎风簌簌飞舞。冯善伊披着长衫起身，经由木架，看见架头挂着昨夜被扯碎的素色常衣，吹了半夜的冷风，染了淡淡的梨香。那衣侧一并挂着胄衣盔甲，银色光辉只有在夜间才会闪耀无比，此时再见，只觉血溅得格外模糊。窗外烟气上浮，泛着春色旖旎。她转身绕出内室，满地碎梨糅着泥土脏了地毯。

拓跋瀋立在窗前文案上正在兴致昂昂端看着什么，冯善伊笑念能将奏折也看得如此有乐趣的人，不愧是帝王命。只在她近身看了他手中文册之后，却笑不动了。

"这一封降书情真意切，字字泣血。"拓跋瀋稍抬了抬额眉，静静品了口茶，"可惜了。柔然人没几个通汉文。"

冯善伊眨了眨眼睛，"噢"了一声，不再吱声。

见她难得老实，拓跋瀋自也不再纠缠，将文册扔了手边，另取来案头高高摞起的奏折，才一夜工夫，从侍即将加急奏折摆放齐整。只是这些总也没那么有趣了，好容易舒展的眉头又深深隆起，他年纪不大，但眉心的褶皱却比常人来得更深。这是无论塞多少美容养颜的灵芝燕窝都填补不平的。

冯善伊不是老实，只是春乏加之困劲儿未消。趁着拓跋瀋忙起来，她转身想溜回去，却听拓跋瀋在身后淡问了一声："惠裕，你是如何将他弄了进来？"

"惠裕……是什么？"她未回头，硬着头皮装傻充愣。

"少装糊涂。"拓跋瀋迅速落了几笔于折中，没有抬头，直接喝她，"你好大的胆子！陵宫是什么地方，破了法度不说，欺君倒也理直气壮。"

冯善伊叹了一口气，朝他稳当跪好，平静出声："我那是把他请回来当佛一样供着。他就是一个江湖骗子，四处晃荡混活。讹上我不说，还威胁我，不领他回来，就要死给我看。我天天养着他，供着他，分他口粮吃，还被他训，实在可怜着。再说，他一把年纪了，我能同他有什么。我同他是当真清清白白。"

拓跋瀋持着案折，想了想，点头道："这话，我信。"

"信我？"冯善伊颇有些感动，她从来不知拓跋瀋竟也能如此将心比心体贴关怀。

拓跋瀋只合上折子，淡道："我信惠裕。"

冯善伊仰头，如同恍然大悟般，怔怔道："难怪那老头纠缠我不放。原来是，同他有奸情的是您！"

拓跋瀋一步一步逼近她，目光沉了沉："冯善伊，昨夜是没治好你吗？"

"皇上日理万机，当以国事为要。"冯善伊赔着笑，直退到窗前，连连摆手，"我自罚，自罚。"

"无碍。"拓跋瀋咬了牙，仍不肯就此放过，"朕有的是时间。"

言罢，他扯了她回至案前，一袖甩开满案奏折，凌空提起她朝案头狠狠推

【第三卷】云中篇

135

去，她后脊撞到硬木，晕得满眼生花。拓跋濬惊了，紧忙一臂又重提起她，幽声询问："磕到哪儿了？"

"磕傻了。"冯善伊狠瞥了他一眼。

"冯善伊啊冯善伊，你怎就不能老实片刻？"拓跋濬怒中生恼，松了腕子，转过身去一本本捡起地上的奏折。从前在魏宫中，他极是厌烦她过分浮夸不安生的姿态，却想不到四年后再见，她果真没有半分进益，长着一张嘴，却说不出人话。

见门外闪出个侍卫的身影，拓跋濬于是忍下脾气，甩了袖冷冷问道："带来了？牵来。"

冯善伊再退了步，扭头望去，门外冯润牵着小罴子，尾随在绿荷和方妈之后，没精打采地迈了进来。四人应声跪地。隔了好一会儿，拓跋濬终于忍不住多看了几眼，放下手中的奏折，慢慢走上前。自左而右，一一览过，目光最后落在小罴子的头顶。

小罴子忙抬起双手，姿态诚恳道："大爷，我投降！做牛做马都可以。"这一句，冯善伊反复教过他，此时，他真有些怕这个又高又瘦且周身散发着冷气的男人，于是眼泪鼻涕横流。

拓跋濬不满地看了冯善伊一眼，的确像是她养出来的孩子，母子尽是一个模子。冯善伊咳了咳，忙前去压下小罴子双臂，躲过众人，拿袖子给他擦了把脸。

"你。"拓跋濬冷了一声，忽觉不对，才又转换语气稍柔道："你叫什么名字？"

"罴子。"又一抖索，才说了两个字就咬了舌头。

拓跋濬皱眉，缓缓道："和老虎什么关系？"

罴子又一哆嗦，食指指天："天上的罴子。"

拓跋濬抿唇，扭头看着冯善伊："你解释一下，和天狗什么关系？"

冯善伊扭过头去拿了白纸笔墨，蹲下身递给小罴子，暗中叮嘱道："儿子，给这肚子里没墨水的人把字写清楚。"

小罴子咬着笔头首先落了一个"包"字，再仰头时为难地看了眼冯润，包字上面还差个什么来着。冯润满头黑线，一巴掌挥了他后脑勺，骂道："叫你偷懒，说了多少次了，雨水结为罴，差个雨啦。"

她这一挥，冯善伊未在意，只引得拓跋濬喝了声："大胆！"

冯润愣愣地看着自己掌心，不知这人是什么来历，竟敢当着母亲面大喊大怒。悻悻收回了手，仰头时再看冯善伊，只觉她脸色也不大好看。拓跋濬见状尴尬着，略咳了咳，挥手让他们先下去。

冯善伊果断地牵着他们离开，直直走出前庭，未出一声。

紧随其后的绿荷终于忍不住走上前来轻声道："夫人，刚刚那位看着不像柔然人。他是谁？"

冯善伊揉揉脑袋，看了眼天色，淡道："他是谁？孩子的父亲。"

"咚"的一声，绿荷连着方妈齐齐跌坐下去。只冯润瞪大一双眼久久未回神，小鼋子愣了半天，忽然抱着冯善伊的腿哭起来："我不要那个人做父亲。那个叔叔嗓门那么大，还那么凶，小鼋子不要，小鼋子不是石头生出来的吗？"

她蹲下身来，搂了搂小鼋子，笑着念："小鼋子别哭，娘也不喜欢他。我们一齐把他赶走好不好？"

小鼋子哼哼唧唧地点头，举双手赞同。

冯善伊笑眯眯地站起身来，拾了窗前一朵落枝，再没有说话。方妈得了绿荷的眼色，一并拉走了两个孩子，冯润最后回头看了她和绿荷一眼，犹豫着什么，终是什么也没有说。

日光落了满庭院，绿荷不解地走上来问："如今皇上好不容易来了，正是惠裕师傅言中的机遇，您却要赶他走？"

冯善伊拉了拉裙摆，没有做过多停留，直到走入后院，闻听假山上泉水淙淙，方回过头来盯紧绿荷一字一顿道："你以为，他这一次来是为了带我回去吗？"

绿荷皱眉："云中受难，皇上自是担忧您母子安危。"

冯善伊摇了头，淡淡笑着："他继位已有四年，后宫一无所出。他是要带回这个孩子。"

"那么……"绿荷明白过来，定定地点头，"困住小鼋子，才是为您求来的机遇。"

冯善伊没有回应，望去远处，隐忍咬牙："任何人，都不要妄想从我身旁夺走这两个孩子。否则——"目光陡然一沉，"不要怪我拼尽一切。"

绿荷从未见过如此认真的冯善伊，惊得困步不前，只是暗中下定决心。

冯善伊走回拓跋濬房中，是在半个时辰之后得了侍从传唤。初进入房中，便见拓跋濬平躺在软榻上闭目歇息，手中尚捏着折子。他就这样睡去，连有人进来都未察觉，失去了一个帝王所该拥有的警觉与防备。

午后清风一扫，夹在奏折中的一页纸笺随之飘出。冯善伊抬手握住，目光淡

137

淡看去，清晰分明的四字落在纸上——"拓跋云中"，莫不是给小电子赐下的名字？

"云中这二字，举义非凡，且与我鲜卑缘分深厚。"榻上之人突然醒来，却未睁眼，只是平声静气道，"朕想了又想，还是赐名云中最适宜。"

"皇上是笃定赏赐这野孩子名分了？"冯善伊幽幽抬眼，看向他。

拓跋濬坐起身，揉着额眉，淡道："这孩子是我们的。"

"不是。"冯善伊甩甩袖子，幽幽坐了桌前，倒了杯茶。

拓跋濬稍愣，而后虚眸浅声："四年前，李敷在予朕的最后一封密奏中将诸事言得明白。他希望朕不要给他名分。"

于魏宫，诞下皇长子并非什么喜事。

皇长子，必定意味着继位之君；然而若不是东宫所出，那么立子去母，冯善伊必死。

李敷已是将万事预料于心，做了全盘筹措才撒手而去。所以，他一压四年。只可惜魏宫明争暗斗之辈皆非寻常，落胎失子之事屡屡而发，四年之间，可笑他纵是雨露均沾，却无子嗣能出。朝中已有人碎碎言，言是他皇命无根基，权不逾二代！

冯善伊抖了抖唇，轻抿口茶，反是一笑："这孩子是我的，也是你的，但不是我们的。我的意思，皇上该懂。"

没有人能同帝王成为"我们"，这个道理再清楚不过。

拓跋濬站起身来，手落了案前，似是犹豫了许久："我给你自由。"想了又想，缓缓念，"冯善伊就当病死云中。我会带这个孩子回去平城，立为储君。而你，自可以抛去旧身份再嫁，嫁得好人家，把失去的人生再活回来。"

"貌似我还是赚了。"冯善伊笑了笑，仰起头来，"我这是靠卖了儿子换人生吗？"

拓跋濬闭上眼睛："有什么不好吗？朕以为，这样最好。你要的是自由。朕，需要子嗣稳固江山。"

"那么又是谁？说希望看到我像个人一样活着回去？是哪个说腿长在我身上，能否回得去在我？"冯善伊摇摇头，轻问了一声，"你不是不记得了吧？可是，我是靠着这句话，活到今天。"

"那个时候，朕不知道你有了孩子。"拓跋濬别过脸去，手却在抖。

"我也不知道自己会这样倒霉。"冯善伊依然笑着说，"不是不知道生下魏宫的皇长子是多么大的灾难。不是不知道我的孩子一旦被魏宫接走，自己将会迎来怎样的命运。可是，我没有办法不生下他，如今更没有办法生下又抛弃他。"

"那么，是要同朕回去吗？"拓跋濬转过身，凝着她的眼睛，"如果你亲口告诉朕，朕会带你走。"

"就算是死，也要回去看一看。"冯善伊微微笑，言得诚恳。

拓跋濬恨恨地捏紧她下巴，力道很重，目光慢慢变得阴冷："原来，你也是这种女人。为了野心，可以拼尽一切，死不足惜？那么好，朕成全你的死心。明日午时，启程先回行宫。"他慢慢松开她，转身大步走出。

【云中篇·第二章】

三月十二这一日，陵宫众人皆蜂拥而出，汇集于离宫的御道两侧。步辇是天子宫妃的规格，金玉华盖，黑虎纹旗，一路铿锵鼓乐，云中陵宫从未有过的盛世浩壮。

依规矩，冯善伊只得端坐于辇中，连看都不能多看他们一眼。只是她稍破了规矩，命随行宫人将她辇中四面软帐皆打起。

她记得自己初入云中时，尚是萧索的败秋，那一时入抵云中，狼狈得不成模样，曾也想过就此落为陵中妾，至死无出。然而，绝望越深，这希冀便愈猛烈。如今出山，已是万物勃发的春期。小眼睛和小西施已在云中安了家，如今已经子孙同堂三代过着和和美美的日子，她走之前同这两位商量过，结果就是家族太庞大，尤其是他们孙媳妇是地地道道的云中品种，出了云中很难生存，又是孕中，不好动了胎气。

果真是有了媳妇忘了娘，小眼睛搂着老婆与自己握手拜别，没有一丝惆怅，反倒是冯善伊酸楚连连，特意嘱咐宫人一日三餐要供奉齐备，侍奉终老。

绿荷跪在送行宫人之首，百合色的素衣在微风中延绵一如新生的花蕊，她很美，却不该老死在这深山孤独之地。冯善伊与她对视着，交错的目光在移动中越来越远，绿荷昨夜的话仍浮荡在耳边。

"我所见的宫来的娘娘们个个是掩泪红颜，声声哭着自己命薄。我也知，那些遣派守陵的都是魏宫争斗中被猜忌迫害的牺牲品。陵宫是一个足以磨灭尽欲望和情爱的死地。然而我所见到的钦安院却与她们都不一样。您不曾期待三千集一宠的眷顾，亦没有留恋宣平殿长乐宫的奢华权贵。您的眼中，分明有一丝更真

139

实明亮的光芒。您势必要因它而归，为它而活。所以，请钦安院将云中此处当做人生中最后的低谷。从今以后，您只能抬头，只能往更高的地方走去，不能回头。"

似听见鼓声中交杂哀怨弦声，凄凉决绝。那曾经将自己与世外深深隔绝的赤色宫门缓缓拉开，朱色宫墙，灰白瓦檐逐渐变成满目青山，流水云空。未曾见过宫外世界的小甂子惊讶得睁大双眼，须臾不动地盯着窗外，伸手握来一束风，便觉这风都有新鲜的气息。

冯善伊将头低下去，绿荷的影子仍在目中晃抖，除了她，似有许多人。赫连，李敷，姑姑，还有春，无数双眼睛正盯紧她。

戏谑玩闹了许多年，终于不得不认真地对待这些曾经失去或即将重新拥有的人。

千秋功名，她不要。

帝王霸业，她不要。

盛世隆宠，她更不要。

所要的，又是什么……

"母亲，"小甂子仰起头，肉肉的小指滑过她唇畔，奶声奶气地问，"宫是什么？"

半日之后，车马入得阴山行宫。出于巡幸与巩固北疆的需要，魏帝在阴山早设有巍峨煊赫的行宫，与云中祖地陵寝山宫毗邻，一山为隔。

宫外北境长城自赤城至五原，绵延两千余里，以抵挡柔然，稳固防线，守护行宫尊址。而自兴建行宫后，魏帝多有巡幸阴山，至拓跋濬这一任便更是频繁。新政四年间，便有二次巡幸阴山。

夜入行宫，驻守众官员皆跪出迎接天子之驾。腾空而起的九色灯笼将天映得格外透亮，俨然失去了夜宫的静谧。行宫以广德宫立名，是意为恩威并施，德布广远。前有广德大殿议政之朝堂，后设焜煌堂生活起居。

落驾后，拓跋濬回过身来，向着冯善伊所在的车辇走来。群臣跪地皆埋下头去，不敢睁开眼瞧看这一回帝王又是领了哪一位美人归来。

拓跋濬向着车中的小甂子抬了一只腕子，片刻之间，冯善伊只觉自己的心跌向谷底。如若这一握隐约表露着那层含义，她的命运便是永坠深渊。满朝皇室怎会容忍汉血母子把持后宫，觊觎要政。那么她生下这孩子，到底是幸，还是孽？

生下他，并以此与帝王交换自由，是拓跋濬眼中的幸，却是她的哀。

重回宫中，得来名位与权贵的同时，才是她的大哀。

只是，她便游走于这大幸与大哀之间，哪怕仅仅一日，仅仅片刻，她也要争求。

她看向拓跋潜，一身正宝蓝色的朝服在夜中闪出刺目的明光，是天子与生俱来的光环。这荣光挡在她与他之间，阻隔了她窥探他的目光。看不清他的脸，风拂起的乱发似乎该与他这个心照不宣的表情融合为一体，所传达的是一种隐晦纠结的心情，一个帝王的挣扎。他对这个孩子没有感情，有的只是出自本能的需要。

小鼋子好奇地仰头看了眼自己的母亲，又去看那只袖腕，薰貂的袖端，五爪金正龙各一，沿片金缘所闪熠而发的耀色，正是一个四岁孩童所难以抵挡的好奇。这世上怎么会有这么漂亮的袍袖，起先都会这么想，而后便也想要这身袍子，再以后就会想要的更多。

小鼋子攥了拳，朝着那袖子伸出手去，只差一寸。

"皇上。"由广德殿快步而来的崇之跪了行礼，而后立起身来，附在拓跋潜耳后低声言着什么，听得拓跋潜目中陡然浮出惊色，猛然放了袖子。

"当真？"拓跋潜压低了声音。

"奴才不敢言假。行宫主事的嬷嬷报上来的。"崇之骇得浑然发抖。

拓跋潜面上千般表情一一掠过，竟也不知是喜是忧："怎么不早报！"

崇之将身子探得更低，不能回应。

拓跋潜自顾转身而去，步子越走越急。

鼋子对着空气愣愣地收回手来，声音很弱："那袖子真好看。"

紧绷的神经终于放下，冯善伊呼了口气，才将小鼋子一把夺回怀中，紧紧地依偎着，眉头缓缓舒展开，闭着眼贴紧小鼋子的额头，再不出声。这一刻，便如同从悬崖边上捡回了半条命。她一时竟有些忘了，这不过是开始，以后她要时刻行走在艰难困险之地。

在行宫的半月，冯善伊母子皆被安置在焜煌堂的一处后殿中，未有宫人来访，亦没有再见过拓跋潜。后来方妈塞了殿中宫人几两银子才问出消息。原是皇帝入住行宫当日，立时召见了早些年收入行宫的一位御女，见那御女面色苍白，小腹高隆。问过才知龙胎暗结已有半年之余。

"子嗣有望，这种喜事行宫不该不报魏宫，怎能压下半年？"听这番话时，冯善伊正给小鼋子喂饭，见他入得行宫水土不服，稍有些胃口不济。

"彤册确有记载，这御女是去年巡幸时于商丘选中的。说是人生得极美，被

皇上一眼瞧中,而后便收在了行宫,没能往魏宫领去,还不就是怕吃人的魏宫将这小姑娘活活吞了?想来皇上对这丫头是极其当心在意。今年重返阴山,听得怀有龙嗣,必是大欢喜。"方妈如是说着,又看了看小鼍子说,"不论怎么说,只要皇上肯给名分,我们鼍子始终都是皇长子,且夫人过去的名位也比那御女大。立长为储的规矩,皇上破不了。咱没什么可担心的。"

冯善伊也没有出声,方妈生得粗鄙,自然不懂得魏宫许多不为人知的旧规矩,诸如立子去母。拓跋濬要立鼍子为储君,首先就要除掉冯善伊。

这储君不是那么好当的,储君的亲娘更不是幸事。

午后半晌,冯善伊正欲小睡过去,闻得宫人匆忙来唤,才知殿里来了稀客。意识模糊着便由宫人推去曲水亭园。远远望见一女子着水蓝色的深衣长裙独立水畔,身后几个宫人退避着。她扶廊而坐,手中握了一把食,轻撒入塘中。宽大的衣摆遮住高隆的腹部,远望着只似一风华正茂的少女,而非孕中少妇。

方妈牵着润儿正从别处过来,见了冯善伊声音稍低了低:"那位,就是御女李氏。"

冯善伊嘱咐方妈先下去,一个人绕过石桥,朝着那人缓缓走去。

少女自池中涟漪依稀辨出那素衫轻衣的身影,唯觉这女人不似魏宫浓妆艳抹的佳丽。皇上去年巡幸阴山时一并带了后宫诸妃,那些陪王伴驾的女子,无不是骨子里刻着骄傲的贵态,妆容瑰丽浓艳,衣摆服饰已不能由精致来形容,那恰是,华美繁缛入了极致。然而这一位映落水中的女子,素雅清隽,衣着简朴,没有多余的杂色,笑色中也有着平凡女子的亲近。少女直起腰来,微笑着转身,只脚踝抽搐疼起,整个身子摇摇欲坠。

冯善伊忙抬手扶稳她,护她坐在石案前,蹲下握了她一只脚踝顺着经脉轻揉:"是抽筋了?"

少女眉头皱得极紧,痛哼了几声,才缓缓舒了口气,幽幽道:"姐姐这一双手莫不是妙手?"

冯善伊也是过来人,知道这一番疼法,这才打眼看了她,见她确实生得明丽非凡,尤其感觉这女子着实干净,未曾染上魏宫的胭脂水粉气,最难得的是,她实在年轻,实在没有戒心,又实在好接触。

"娘娘怎好随意行走,又遣了宫人那么远?"冯善伊见她醒过痛,才为她穿好了鞋面。

"我叫婳妹。李婳妹。"少女浅浅笑着,拿帕子擦了方才疼出的汗,又问,"姐姐叫什么?"

"善伊。冯善伊。"

冯善伊遣宫人将李婳妹抬入自己房中，又命人去传唤太医，再去广德殿请皇上过来。许是从未见过那么美丽的女子，冯润和小霓子便扒着窗口向里望着。太医散去后，李婳妹便让他们来到自己身前，她先是看过小霓子，再瞧冯润，笑道："姐姐这样年轻，孩子们却这么大了。"

冯善伊喝了口茶，她到现在还不知，这女人大老远来找自己所为何事。

"我来找姐姐，是听得宫人说皇上带回了客人。"李婳妹颇为认真地解释，"玄姐姐的意思是主客有别，不准我来后边看你们，可我就是想见见你们。我在行宫一年多了，除了去年皇上领了宫中许多人来，便再不见其他人，我有些闷。"

冯善伊打量着这个精美如花瓶般的女子，拓跋濬是把她打造成金丝雀困在了金丝笼中吗？如果是自己，也会同样憋闷。阴山行宫，终年锁闭，与云中陵宫差不多是一个规格。只不同的是，这里一年到头，总有与巡幸移驾帝王相见的盼头。

"姐姐的男人是死在云中了吗？所以皇上领了你们孤儿寡母来此？"李婳妹将头微垂了垂，伤感道，"姐姐这样年轻，以后如何生存？"

吞了一半的茶水猛地吐出来，冯善伊咳了咳，将茶杯推了老远，看着毫无城府满目真诚的李婳妹，心想定是拓跋濬那男人装深情，未曾告知这小女孩自己许多混乱的情事。想她与他见面后就一直独处行宫，又能知道多少？知道他在魏宫如何雨露均沾，纵欲过度，还是知道他弃妻儿于云中四年不顾，或者让她知道，即便长得像画一般美好的自己，在那个男人心中怕是卑微得可怜。

"我心爱的男人确实死了。"冯善伊淡淡笑着，再仰起头来努力平静地看着她，"只不过——"

话说了一半，窗前便冲来明黄色身影，伴随那匆匆而来的脚步，正是拓跋濬的声音："婳儿，你可无碍？"

冯善伊听罢，忙起身，拉过床前的冯润和小霓子退到一边。

拓跋濬大步迈入，一把撕裂挡风的帷幕，进入帐中，见她果真无事，才收敛了目中的慌乱："婳儿，你要吓死朕吗？"

李婳妹柔柔笑着，拿帕子为他拭汗，稍探头对着他身后的冯善伊笑："这都要谢谢冯姐姐。若不是她，臣妾恐怕会真的有事。"

拓跋濬握着她的手一松，没有回头，只是言道："不是说了，这些日子不让你来后边吗？"

【第三卷】云中篇

"这位姐姐比皇上宫里那些欺负人的姐姐可人多了。"李婳妹笑时便像个孩子，"玄姐姐出宫采纳药膳，皇上又只顾着政事。我嫌闷，才想来会会新来的客人。真是可怜姐姐了，孤儿寡母，以后的日子一定很辛苦，皇上，您要好好安置他们。"

"噢。"拓跋濬闷闷一声，只觉得场面有些许尴尬。

冯善伊一同抬手揉着眉心。

她从前觉得精明聪慧的女子很难对付，如今只觉得单纯天真更让人头大。

"皇上，姐姐今日帮了我，您要重重赏她。"李婳妹摇着拓跋濬的胳膊不依不饶。

拓跋濬只得又应了一声，皱了眉头道："容朕想想，赏她什么？"

"赏她个好男人。"李婳妹忙道，"给她的孩子们选个好父亲。皇上跟前不是那么多人选吗？总有合适的。"

冯润越听越奇怪，忙抬头看了冯善伊一眼，只见她也是满头冷汗面色不济。

"这事，再议。"拓跋濬后脊一凉，寻了个前殿的借口欲先离开。转身移步时，正瞧见同样皱眉抬头的冯善伊，二人目光相撞，真是面面相觑。

戌时，李婳妹宫中的女侍前来接御女回宫，冯善伊恰有幸见到了那位婳妹口中惦念不休的玄姐姐，那个叫玄英的宫人。

碰面的一刹那，玄宫女目中的惊诧引了冯善伊注意，虽不记得她们二人何时见过面，但冯善伊多少能猜出这宫人从前在魏宫见过自己。二人什么也没有多说，当着李婳妹自如若陌生人般初逢的客气。

晚膳时，方妈为了打破沉寂的气氛，随口说了句笑话："我见李御女那肚子便知道，这一回定是个男孩。"一句话毕，冯善伊总算有些轻松，江山后继有人，这也意味着她和小電子一时的安宁。可是，总不能长此以往，避得半刻安宁，总还有那么长的路要走。

冯润听明白了方妈的意思，自小敏感的她微微皱了眉，舀了一勺粥硬塞到小電子的口中："你个笨蛋，还不快吃。"

冯善伊转过冯润肩头，幽幽念着："丫头，让我好好来看着你。你最近是不是有些不正常了。"

冯润一袖子甩下汤勺，从凳子上跳起来，恨恨地盯着冯善伊："弟弟是蠢，娘亲更是蠢，明明是自己的，偏推给人家。"她越说越激动，眼中不时冒着水光。

冯善伊抬臂要拉她，却被她猛地推开，一时引得方妈也不知如何是好。

144

"你，你想反是不是？！"冯善伊有些恼，撑着桌子底气不足道，"别以为我说不过你，打也打不过你。方妈，把你的鞋底给我！"冯善伊两袖皆挽起，扭头便要方妈的鞋底。

方妈跳了一步躲了开，见这仗势是又要乱，忙两边哀求道："祖宗们，千万别闹。这可不是云中，要论罪受罚的啊。"求不过，只得伸臂将冯润掩在了身后，方妈从来觉得这母女两人上辈子绝对是魔障，总也不会这辈子打闹得没完没了。自冯润懂事后，更是时时刻刻与自己的母亲过不去。这二人有一刻不见对方都是想得心痒痒，若是见了，自是大小仗无以数计。

这一刻，只有小雹子最兴奋，他也不吃什么粥了，跳到桌上呼啦一把推了粥碗，敲着筷子上蹿下跳，边鼓捣边喊起从前云中老宫人教他念唱的歌谣："打呦打呦打，骂呦骂呦骂。好闺女，好娘爹，打一团啊骂一团，爱呦爱呦爱。"

"这是干什么！行言做念如同粗鄙村人，可有规章可循？！"

门猛地由外推开，一同映出拓跋濬黑青的脸。他殿前议事吃了满肚子的火，自不能去李婳妹那里，怕言语不顺伤了人心。只得绕到后院来，见得满室乱景，无处可发的火，自如冲天一怒，宣泄得酣畅淋漓。

拓跋濬这一吼，几乎能将房梁冲顶上天。

"哎呦哎。"小雹子第一个反应是从桌上滚下来，扭着母亲裙尾，"坏坏，老虎来了。"自那日云中一吼后，也不知师从了谁，小雹子张口谈起自己老爹时便念老虎。也是后来冯善伊才明白，他喊老虎，是因拓跋濬衣服的袖口常绣着的虎豹。

"我们这是培养感情，亲子同闹同乐。您想参与要排队。"冯善伊背后的手一挥，方妈即明眼色地将冯润和满脸粥汁的小雹子牵了下去。

拓跋濬没理她，揣着奏折直入书阁间，长袍滑了地上，沾着汤汁米粒，他皱紧了眉，提着袍角绕开。

冯善伊探出头去召唤几位宫人轻手轻脚过来收拾残局，剩下的光景只得守在书阁对面的软榻上自寻乐子，半天工夫的荷花绣成了白色豆腐渣，棋谱摆好却觉得无趣，终还是拿出了案上摆了几日的佛经，一笔一笔抄起来。四年来学佛经养成的习惯，无所事事便以这些打发时间，抄着抄着便睡了过去，再醒过来时，更声响了起来，惊得她忙坐起身，擦了口水向书阁望去，灯依然是亮着的，偶尔有翻页的声音依稀传出。

"冯善伊，你过来！"这一声由阁中飘来。

冯善伊压着困劲儿往里走，进了书阁，扶着案前坐了团椅中，静候问讯。

"你站在那儿。"拓跋濬转过身来看了她一眼，满手的奏折掷了满地，突兀地

145

抬了袖，"站那儿，容朕骂骂！"

冯善伊打了个哈欠，困得发晕，索性不吱声地站起身来，立在他说的位置上。

拓跋濬围着书案转了一圈，大甩了袖摆，猛拍了把椅木："穆伏，朕多次下诏免黜朔恒两州赋税徭役。这州衙郡县报上来的折子怎么会说税役重难堪负。揣着天家皇命，榨着百姓汗血，是你们在吃干饭，还是朕在吃！"

冯善伊打了个嗝，幽幽道："晚上喝的是粥。"

拓跋濬仍是陷在自己情绪中，背过身去，又恨恨落拳于桌上："闾里空虚，民多流散，绥导无方。佞邪当途，百官多贪，为法混淆，昏于政！司徒陆丽，朕封你做尚书，你竟屡次瞒报百官之不法，是与同流者共罪！"

冯善伊稍有些醒转，抬眼看了看面目绯红的拓跋濬，才知他这是把当朝上不能说的话一口气言尽，把奏折里不能骂的字眼尽数托出。皇帝做得如此怨恨窝囊，倒也着实辛苦。

拓跋濬猛地进步，一袖直指冯善伊，咬牙怒喝："乙浑，当今天子起用个汉人又如何？胡汉皆是朕之子民。朕告诉你，朕不仅要用他高允，还要赏他封他！你率千军万马揭竿而起，朕也无所畏惧！"

冯善伊睁开双眼，只觉一番痛骂中，方才那句正是骂得她心眼舒坦，隔了许久，她愣愣道："您，再骂一遍！"

拓跋濬怔住，忙收回了袖子，抿了唇声音稍低："朕，骂这个做什么？"

他要起用汉人，不仅是起用，甚至要排除万难，将大权赋予一个汉官。

他方才说了那句，胡汉皆是……子民！

冯善伊只觉满心满眼都欢腾而起，困意倦意全无，面上诡异地笑过，而后忙握紧拓跋濬袖口，讨好道："皇上您渴不渴？饿不饿？累了吧。臣妾给您捶捶肩。"不等说尽，即转到拓跋濬身后，软拳轻砸向他的后背。

拓跋濬不解地皱眉，反握住她的手，将她拉至身前，低了声音："朕将你骂傻了？还是你疯了？"

她只是垂着头，没有吱声，许久摇了摇头。

他从未见过这模样的冯善伊，于是命她抬头，她还是不动。

他只抬手一勾，毫不温柔地勾了她下巴，直对着她表情。

素白的脸比平日更白，裸色的唇隐隐发颤，能看出深深抿过的齿痕尚泛着红印，那一双眼睛似团着玉，晃一晃，便能落出水来。长睫抖了抖，她移了开视线，只不知向何处望去。

拓跋濬一惊一愣，松了手，转过身去，手搭在墨台上："是朕骂得凶了吗？"

冯善伊果断一笑："您骂得越凶，我心里许是越痛快。"

"朕，也痛快。"拓跋濬叹了一声，稍后又挥袖，"你下去吧。"

冯善伊应声欲退，只走出几步，才又觉得不对，袖子擦了鼻子，皱眉看了眼拓跋濬："皇上，貌似这是我的屋子。"

"难不成，赶朕走？"拓跋濬明显不悦，拂了袖子重新坐下，才发现方才触过墨台的右手脏了，拿纸蹭了蹭，却越发不堪，连连甩手道："这天下都是朕的，还有什么是你独有？"

冯善伊点头，这话听着倒也没什么不合理，头一回好脾气地准备退下。拓跋濬才又抬眼，犹豫后低了头，淡淡地没了表情，口中轻道："你今夜可以留下。"

冯善伊怎么听着这话该从自己嘴里说出来才对，刚想回嘴，又觉无趣，退回外间继续抄经。但也不知过了几更，这一回她真是撑不住扶着案头便睡过去。隐约中只觉灯灭了又亮，再不知多久，身后传来脚步声，似乎有人坐在了身前，耳畔有经书一页一页地翻。声音似幻如梦，一时让她感觉惠裕又回了来，正敲着她的桌头，催她醒来背经。

冯善伊苦了一张脸，虽不睁眼，口中却是咿咿呀呀："药王，当知是人、自舍清净业报，于我灭度后，愍众生故，生于恶世……生于恶世……"

她身侧持着经书的拓跋濬不禁冷笑了笑，信手翻页，淡声接问："而后呢？"

"生于恶世……"冯善伊吞了口水，头偏去另一侧，呼吸渐沉，"惠裕，你且饶了我吧。我认罚，认罚……"柳絮夺窗而入，落在鼻头，她揉了揉，再无声息，这一睡，便极沉。

夜梨芬芳扑鼻落。入得梦中，土壤是新洒过雨水的泥泞，她怕踩脏了素鞋，于是只拎起，朝着梨花深处而去，梨树一步之间幻灭，升起梅花映天绯红，树下梅花妖精披着浅白色衫衣赤足于地间嬉闹。她们扬起头来，冲着她一笑。

"立子去母，如今你儿被立为大魏储君，你有什么不能知足？大魏国君血脉中延续着一半汉人血统，你当称心如意。还不如快快受了赐死，与我们一处逍遥。"

"冯善伊，还不快快受死，与我们一处逍遥。"

"立子去母……"

"受死……"

一声连着一声，冲入耳畔脑海，成群的梅精拥簇而来，她们困住她，紧紧扼住她的脖子，用力扼住她的呼吸，她们的面容一时变成了李申，一时又是常太后，终是……成为自己！

147

"不要。"猛地睁开双眼，凉风扫入眼眸，梦醒了，原来只是胳膊压住了脖颈。

冯善伊惊魂不定地坐起身来，双肩酸痛。坐稳后，才发现拓跋濬竟也是伏在对面睡了过去，他的双膝上仍铺放着经卷，已有风吹散，延展至地砖。

她仍是对于那个梦不肯释怀，轻移脚步前去关窗，被冷风吹着，混乱的思绪徐徐沉静。随后叫了宫人将拓跋濬抬回床上，她亲自为他放下床帐，再回书阁间将掷得满天飞的奏折一份份码好。这气恼起来便乱扔折子的毛病倒与拓跋余有几分相像，也不愧是叔侄。

待到一切齐整，她披了长衣持灯而出，想着去润儿屋里睡，一并与她谈谈这些日子都是怎么了。她自认为不是个会教孩子的好母亲，自己便从未由母亲教导过。从小到大，母亲皆是围着哥哥转，自从希希死后，她与母亲更不亲近。然而对待润儿，她一门心思想把心肝肺掏出来对她好，难道这也错了吗？从前没能从自己母亲那得到的，她要通通交给润儿才甘心。于是便格外宠溺，也格外娇纵，如今这孩子心气越发高，实在难以把握。

才走到中庭，发现白天还盛放的梨花竟凋零了，不由得停住脚步。树间忽有黑影窜过，吓得她连连退步，后脊猛撞到身后的人，一把冷刃直抵她的颈前。

"你是谁？"冯善伊咬唇，不动分毫，"天子眼皮底下便敢动刀子，你好大的胆子。"

"你别出声，随我来。"身后的人压低了声音，却明显分得出是个女子。

冯善伊便不动，由着身后的人将自己拖入后庭密林，她从来不知原来自己的居所之后还有这么神不知鬼不觉的秘处。繁茂的树林遮住盛月光芒，偶有星光疏落，却也分不清来时的路。冯善伊稍动半寸，只觉得颈间火热灼痛，血色在黑暗中绽放出另类的光芒，不仅是惊了冯善伊，更是惊了身后持匕首之人。

刀，颤抖而落。

冯善伊望了一眼脚下的寒光，又抹了颈间的湿黏，轻笑了一声："杀人还这么怕血，你叫我说你什么好，玄英。"

"你！"那女子果然退了一步，揭去蒙面，惨笑道，"魏宫都说你厉害。不愧是侍奉三代皇主亦能苟存。"

"我不过是运气好罢了。"冯善伊从袖中掏了帕子随手拭去血色，抬眼看着她，"你那么年轻，干什么不好，一定要杀人。"破晓之前，夜最沉，满地碎梨映出苍茫一片素白萧索，这萧败，是她在云中日夜所见之色。她恨极了这种失败感，也爱极了。

因为有多绝望，就会有多么希望。撕碎黑暗，冲破层层萧索，只有一条路，那便是光明。

"我是保护小主！"玄英言中浮着痛意，她的肩上落了几束梨花，衬得面容格外寒冽，"你们，都是魏宫派来的。你们都要我小主子肚子里的孩子死。"

冯善伊微有一笑，目中平静无澜："你可知我也曾受罪在云中陵宫禁闭了四年，可知我的这一路失去了多少至珍至贵。可知，我也是一个母亲。"

玄英怅然退了半步，斑驳的光色入了她凄绝的身影："我从前在魏宫服侍的小主，怀着两个月的身孕被你们这些狠心恶毒的女人活活杖毙，说她是参与谋害李夫人母子的同犯。那李银娣从未与我家小主见过面，却口口声声说什么共谋！我家小主是冤死的！"她越说越激动，拾起刀了便冲了过来，冯善伊忙抬臂去挡，一只手死死地握紧她的腕子。

如泣如诉的风声，压不住玄英隐隐的啜泣："我家小主，临死之时，只想再见皇上一面……"

暗夜碧光凌动，静谧异常。冯善伊一丝丝夺去她的气力，终是道："你仔细看清楚如今的状况。你若杀了我，也只有一死。那么现如今这个不经世事、天真无比的小主，你又如何护她？！"

玄英颓败而笑，恬美的面容只剩狰狞："你一死，行宫便是周全。皇上自会守护我家小主诞下龙嗣，到那时，小的再无需担心。"

长裙似被对方踩了脚下，冯善伊寸步不能移，只能于臂力间与她周旋，她实在想笑，笑这玄英虽是由魏宫历练而出，却简单天真。

冯善伊低低道："诞下皇长子只是噩梦的开始，立子去母，她会死得更早！"

"你是说……"玄英果然愣下，立子去母，这四字并非陌生。

"生下皇长子被立为储君，生母若想不死，只有一条路。"冯善伊苦笑，摇头，"你莫非还未想明白？"

玄英怔怔松了她，踉跄退步，胸口起伏着，越来越急："怎么会这样？"

"那一条路便是登及后位。"冯善伊拉了拉几乎要垮下去的长衣，藕色荷蕊，正是她喜欢的花样，唇角泛着凉薄的笑意，她躬身盯紧她，"以你家小主的天真可爱，她斗得过恶如虎狼，奸若狐狗之辈的李申她们吗？你杀了我，不过是替李申多除去一个敌手。敌人的敌人是朋友，这一句话，在魏宫没人教过你吗？"

玄英若有所思，苦苦笑道："我家小主真可怜，你们都是太厉害的女人。"

【第三卷】云中篇

"若论手段，我不如她。"冯善伊朝她笑了一笑，手指弹开遮了视线的垂柳，"不过，我恰也有她没有的，便是良心。"

玄英随之仰头，泠泠星光碧影下，那女子身影格外修长而闪耀，立于满树枝翠云粉间仍然不会被夺去视线。她便站在眼前，却似乎隔了很远，远到手不能触，目光所不及。

"我始终相信，"冯善伊没有转身，抬首望去一轮满月，纵是月光再耀目，也不曾眨眼，"人在做，天在看。"

夜色那样静，团团包裹住她，冯善伊自黑暗中走出，扶了柳枝缓缓回过头来，看着玄英："皇上根本不爱任何人，你家小主很可怜，只是充当了他江山继位人的生育工具。如若爱一人，又怎会忍得分离之苦？爱必是要厮守终生，便是再艰险为难，都会为她一人撑起擎天大树护她周全。你家小主太年轻，又岂会懂得情爱的道理？所谓工具，即是用完了便弃。"

玄英渐有些慌乱，转念又道："你的孩子才是皇长子，皇上若要用，何不用你？！"

"是啊。为什么迟迟不用我呢？"冯善伊恰也认认真真点头，做思索状，终是对夜敛笑，回身幽幽道，"我想是因为立我的儿子所要面临的阻力远远大于立你小主的皇子。"

玄英不语，无法忖度这女人的深意。

冯善伊垂头看了她一眼，与她讲明说清楚："单不说我在后宫与李申她们颇有些怨念，便足以招来无数口实是非。到那时别说是立储，恐怕连拓跋子嗣的名位都够不上。"拓跋濬是个聪明人，她所能想到的是是非非，他皆不会疏忽，甚至想得比她更深更切。饶是利益得失，在他手中总要拿捏的最得分寸才是。

她叹了口气，于是继续道："再说这满朝文武也不会允许一个有汉燕皇室血脉的子嗣承继大统。若是你，会让自己的手下败将夺走家产吗？"一个连自己施政训政皆要看满朝大员脸色的年轻君王，尚没有为了立一个女人的儿子对抗举满朝上下的能力，更况且为了这样一个对他而言无所谓重又无所谓轻的女人。所以，这是他在两个皇子中选择其后的道理。

"可我们小主也绝无可能登即后位。那岂不是……命中难逃这一劫！"玄英目中星点的希望忽然散灭，死一样的冷。

"也不是全无生路。如若有一人登即后位，或许可保住你家小主的命。"冯善伊扶了扶鬓头，正触了发间的素钗，满指的寒凉。

"谁？"玄英猛地抬眼，那样恳切地祈求。

冯善伊回过身来，抽了发簪递入她的手心，轻合了她的手掌，只答了一个字："我。"

拓跋濬果然为了李嫱妹在广德宫平安产子将行程延误到了三月，这是居守阴山的第二月，一切都与过往无异。只是玄英时而会带了李嫱妹的旨意来，请自己前去坐坐，一来二去便也有了交情。

姑母的信及时而来，这一封已全无从前的戏谑调侃，沉沉字眼满是担忧。原来姑姑也是因"立子去母"焦虑，冯善伊依着自己对拓跋濬近日的了解与关注，道明她与霄子不会蹚这一次浑水的缘由之后，匆匆将信送出。这事过去了十几天，她恰也忘记了。

一日天气格外好，冯善伊听说行宫的御花园花开得格外好，这听说也是源自李嫱妹，前几日拓跋濬领着她前去游逛，事后李嫱妹便原原本本道了出来，说是自己男人如何如何贴心来着。冯善伊想着今年春景确实好，便欲带着小霄子与冯润同去。

前去冯润屋里，见往日精神明丽的她蒙了被子躲到了床里发抖。她起先是以为孩子病了，再一掀开被子却见冯润满脸分不清是泪还是汗。她捧起冯润的脸蛋，拿自己的额头贴了贴，并不觉得发热，于是用帕子蹭着汗问她："坏事做多，起噩梦了吧。"

冯润有些气短，水珠挂了眼睫上："做了个噩梦，见母亲被人绑在台子上要杀头。"

冯善伊不过心地听着，从柜子里选出干净的衫衣往她身上套："我干了什么，要你这般恨我，梦里都想我死。"

"没有。"冯润再成熟懂事，也终究是六七岁的孩子，听得母亲这么说，眼圈里直滚泪，"润儿不想你死。"

泪珠滚烫了满手，冯善伊这才觉不对，扬起头来端详她："我这不好端端的嘛。你那是梦。"

"杀人的是我，要死也是我，不能是娘。"冯润径直哭起来，两肩抖着如同窗外风中野花。

冯善伊笑着摇头，还真是混乱的梦，从前说不过这丫头，眼下只道是难得教育她的机会，于是给她擦干净了脸，系着云扣道："所谓子不教，父之过。你要是做了错事，自然要我担待。你若想你娘多活个三两天清闲，就给我老老实实别出岔子。"

冯润也不知道自己听明白了多少，点了头，被母亲领出屋，满园春色正是宜人，小鼋子正在池旁随方妈扑蝴蝶，笑声朗朗，不一会儿又跑回来，捧了满手的石子，说是从后井捡了几颗带红彩的吉石。

冯善伊笑笑，果真见几块闪亮的鹅卵石印着血丝红迹，自觉确也是吉祥如意的兆头，把在手里握了握，又领着冯润进了花坛子，掐了朵兰花别在冯润发中，幽幽念着："你很小的时候，你干妈还有好些人都说你是美人胚子，我起先不信。如今越发觉得她们有眼光。"冯善伊说着收起笑色，"可惜你干妈看不到了。"

冯润眨眨眼睛，牵了母亲的腕子，说得平声静气："娘，我爹爹不是鼋子的爹吧。"

冯善伊愣住，花瓣揉烂在掌心，不知该说什么。

"我爹爹是不能说的人吗？"冯润又道，从小她就没想明白这个问题，方妈和绿荷姑姑也都避着回应。从前她和鼋子一样没有爹爹，如今鼋子有了亲爹，可这个亲爹怎么看着都不像自己的父亲。所以也会迷惑，自己到底是从哪里来的。

冯善伊看着女儿明透的眼睛，早在当年文氏将她托付给自己的瞬间，她便想明白了前前后后，还有当年文氏的话。她的父亲只有一人，却也是不能言道的那个人。她从没有告诉赫连自己心甘情愿收下这孩子的心意。

因为她是，那个人的孩子。

她蹲下身来，将冯润揽在身前，声音压得很低："娘跟你说的所有话，你只需记在心底就好。"

冯润垂首，双臂张开，紧紧拥着她的头，感受到母亲体内所有的颤抖，而后重重点头。

"娘在成为帝妃之前，曾经遇到一个人。他是你的父亲，可他已经死了，成为这个帝国讳莫如深的记忆。"满园的绚烂终会消败成腐烂的枝叶，逃不过零落成泥的命运，冯善伊微微笑起，似忆起梅花如雪下那个月白色的身影屹然独立，"你要同娘一样，将他埋在心底最深的地方，不能让任何人窥见。这样我们才能够携着你父亲的意志活下去。"

冯润心内酸楚，终于从母亲的话中证实了那个人，可是却痛得厉害。她咬着唇，探下目光，声音在抖："他是不是躺在云中山陵，你常去看望的那个人？"

她嘟起嘴来，第一次展现出一个年幼的孩童所该拥有的天真的委屈："原来，一直在我们身边。"

绿草摇曳，冯善伊唇边轻轻抖出混沌的笑意，试图微笑着点头，微笑之后却不知该以何种表情面对。她曾经多么希望她便是她和那个人的女儿，如果真是那样，她会抛去所有的杂念，一心一意死守云中，日夜陪伴着他，一家人厮守。然而如今，她又是多么庆幸此时的冯润只有六岁，六岁的她，还没有那么多深刻的思考。总有一天，她会满带哭颜地跪在自己身前，痛心疾首地垂问那个人曾经是皇帝吗？她的父亲，那个曾以天子冠名的先帝，为什么不是葬在皇陵，而是丢弃了在遥远的云中山宫。她还会有许多不能理解的是是非非。

池边的小宏子摔痛了腿，正抱着方妈胳膊哭闹着不起，声音传到这边。冯润放开母亲，看向小宏子，目中发紧，她径直跑过去，狠心拉起了小宏子，压低了声音训斥："不准哭！你是要成为皇帝的人，不准这么没出息！"

这话不仅惊了方妈。方妈闻听忙将小宏子抱回怀中绕道离去。身后冯善伊愣了好一会儿才缓缓步上去。她站在冯润身后，见冯润盯着池塘中倒影而出的人影沉静。池中隐约溅起涟漪，被风散去。

"纵然父亲葬在山宫，我也不想回去了。"冯润哽咽了声音，悠悠仰头，目中全是翻滚的泪，"我不想死后也被葬在那样荒凉凄惨的地方。我要出去，去看惠裕师傅口中的大千繁华世界！"

春风为何这样凄厉，吹得人生疼。半刻恍惚后，冯善伊拉过她的一只手腕，牵着她从池边走上石桥，轻声劝道："所以，你就那么想靠小宏子活得出人头地。"

"他不是皇长子吗？母凭子贵，我们难道不能依靠他吗？"

冯润简单的思维中只能容下一个"母凭子贵"从而鸡犬升天，再容不下其他。

"一旦小宏子被立为储君，你和他都会立刻成为孤儿。"冯善伊并不觉得女儿单纯的想法有什么不对，怪只怪魏宫的残忍不是常人所见所闻的那般，她握紧了冯润的手，笑了一声看向她，"做孤独的太子，真的适合小宏子吗？没有我，你们依然可以吗？"

冯润愣住，从未将一双眼睛睁得如此透亮。

"我希望李御女能生下当朝的皇子，这样我们一家人才能度过暂时的劫难。只有活着，才会有数不清的机遇。"冯善伊从前觉得同她说这些还太早，如今才知迟迟不说，恐怕才会扭曲了这孩子的心性。

"娘。"冯润的腕子跌了下去,泪含得饱满,忽而落下,"我竟是害惨了你!"

"娘,我竟是害惨了你……"

这一声荡在风中,明日春照的天地骤然卷起阴霾,狂风压绕雕楹镂桷,卷起一地碎花落枝。裙尾滑过清冷的大理石砖,越发急促的呼吸声缭绕广德殿的四柱两厦间,堂宇藻墙书画着奇禽异兽,乍眼望去俱是狰狞。冯善伊奔跑在精雕细琢的砌金宫道上,前殿广德的雄壮宏美已没有心思收入眼中。

慌乱、惊恐与茫然不知的愁绪,肆意而发。

"姮妹!"推开殿首雕镂的朱门,鎏金彩幔充斥了满眼。她直冲里间,拂手挥去一路遮挡的及地长幔,沿路宫人连连跪地。最后一层云帐抬起,安神聚气的檀香烟气自香炉中如游丝上浮,勾勒出柔美妖冶的姿态,烟雾缓缓散去。李姮妹仍是半卧在床榻间,腹间高高隆起,与往日一般纯真自然地笑着转目看向她,只是目中稍添了几许惊讶。

"姐姐怎么来了?"她笑着忘了喝手边的药汁。

冯善伊几步走过去,端了那药碗不动声色道:"这药汁冷了,重新去换一碗。"

李姮妹闻言皱眉:"我是不喜欢喝太烫的。"

"药。"冯善伊转了一笑,替她拉了拉被子,"越凉越苦。"

旁侧玄英走过来,并未收去那药,只是口中淡淡道:"钦安院过虑。我家小主子前日喝药烫了舌头,才要我们凉下。至于您说的凉了,"说着话她猛然抬头,冷目烁烁而视,狠狠咬字,"方才确有一碗太凉,不适入口,奴婢自是要换下的,如今给我家小主喝的这碗已是刚刚好。"

斜阳落下,昏黄中糅着云霞的亮色,冯善伊沉了一口气,恍惚笑了笑。

玄英起身,伺候李姮妹用过药,提了裙摆欲退下,只退身之前略看了眼冯善伊道:"钦安院夫人,前些日子向您讨的几卷佛经正有几处看不明白,可否到后面与玄英讲讲?!"

冯善伊闻声便知她是有话要到后面去说,面色如常地与李姮妹客套一番,随即绕过帘后,循着玄英的脚步追了上去。玄英停在殿后烧水煮药的小杂室,锅台一侧正放了盏药碗,已是凉下多时,汁色格外沉。室门紧闭,密不透风,夕阳由西窗打入,正落了玄英半鬓橘红。

冯善伊走上去想倒掉那碗药,玄英猛回了身,声音极冷:"我正打算留着物证,好去皇上跟前问一问讨个主意。"

冯善伊闻言,只一笑,将碗放回原处:"那我便不毁赃灭证。"

154

"你说一套做一套，要我如何信！"玄英看着她，嘶哑了声音，"到底是魏宫出来的女人，城府手腕都在我之上。可别忘了，我好歹也是那里出来的奴才。保主护驾这等事，没得含糊。这等小伎俩太小瞧人了吧。"

"连你都说是小伎俩，在我眼底连伎俩都不算。"冯善伊默然片刻，缓道，"若我要出力，怎会用这生硬青涩的手腕？不是我小瞧了你，是你小瞧了我。"

"你那润儿——"玄英一急，便把今日从小太监口中问出的实话道来，小太监亲眼所见女童悄悄溜进又躲了出去。

"这种把戏，也就是几岁小儿的程度。"冯善伊摇头笑笑，"你自可以去向皇上告我居心叵测，估计他听来都想笑。"

"你当真不在乎？！"玄英稍有些明白过来，只是嘴上仍不肯放过，转过身去盯着那碗，"你这人真是如皇上所说放肆得也算可以了。"

"我在乎。教儿不善，毕竟是我的责任。"冯善伊靠着墙角坐了下来，寻了个茶碗喝口水，笑着道，"对你就当是一回考验。如今真看出了你精明能干，李嬬妹母子交给你，我也放心。"

"你倒是会给自己圆借口。"玄英冷冷笑着，同坐了那一侧。

"废话！手腕不高深，连口舌都不伶俐，我还怎么活？"冯善伊递了个眼色过去，"我这是点拨你呢。你也跟我学着点。别总看表面，肠子绕几个弯，做事想事多过过脑子，别要我时时处处笑你。"

"怎么听着是我不对了？"玄英远比她更脾气烈，欲强言几句，见得身侧冯善伊突然静了下来。

"这宫里什么都有，也的确不能掉以轻心。"冯善伊低了一声，"你再坚持个半月。过了这日子，我也才是能把心放在肚子里。"

玄英微微垂下头，转着茶杯轻道："我没有同小主说这事。以她的纯良心性，就是打死她也不会信是你要害她。也幸好，的确不是你。我们小主那样心好的人，便是日后领着孩子入了魏宫又要如何生存？"

冯善伊没有应答，就论她自己这样心不好的人都没法生存的地方，又如何可以容得下一个生下皇长子的李嬬妹？两人一时相顾无言，就这样静静坐着，待到冷月挂在广德殿的重重飞檐之上，宫灯燃起火红的凤凰，响彻阴山北侧钟鼓声声散去，这广德宫迎来又一个平凡得不能再平凡的深夜。

风将窗纸吹打得格外响亮，碗中的水冷作了冰凉，冯善伊拂了袖子立起身来，她想了许久，也愣了许久，终于可以回过神来。迈步走出满屋沉寂晦阴，推开木门，指间被门板木刺挑穿，挤出刺来，殷红的血珠子落下几滴。将手收回袖

155

笼中，冯善伊回了身，看着玄英，眼中似无情绪："你能替我压下这件事，我也自会给你个合适的交代。"

明烛高映出人影忡忡，幔帐挡去刺骨寒凉，室中尽是一派暖光蕴着冷意。滴漏流沙，细微的声音，更显沉静无比。青石云墨的桌案上本是摆了十盏茶，砸去七盏，余三盏。

桌侧端茶的女人叹了一口气，看了一眼地上跪着的女娃，摇着杯中的水，有些气无力："说下去，恕你无罪，我也保证不砸杯子了。"

冯润抹了把泪，继续道："那晚听方妈说李御女肚子里是个男娃。我想那孩子一定会抢了弟弟的风头。"

"啪。"果真是言而无信的母亲，声未尽，便又落下一盏。

冯善伊头疼，便拿拳头尖戳眉心，以痛止痛。另一只手于桌上又摸了一盏茶，喝了凉水压了压，声音却哑了："再说下去。"

冯润抽泣着，幽幽看了眼母亲，她哭得有些口渴，却不敢开口要水，把泪吞到肚子里，哆嗦着又道："药是从山宫带出来的。从前听绿荷姑姑说那药险些要了弟弟的命，我觉得好奇就留下来的。还有……还有……"

冯善伊手间抖了抖，又碎了一盏："你就继续说吧，看看是不是能把我气死！"

冯润仰起头来，哭颜一如经风雨之夜的枝头玉蝶苍兰，虽开时艳滟，败时更让人心疼又酸楚，却又不知当如何保全。

"我就是不愿再回山宫了。李娘娘生了孩子，皇上就一定会把我们送回山宫的。山宫四年的辛苦，娘是忘了吗？每次在山宫里听到这里飘来的乐声，我都好恨。为什么我们困在那里过得死都不如，他们却在这里快活！"

冯润的声音像一把刀子，横贯了冯善伊的心头。她不是没有恨过，也不是没有羡慕过。皇帝巡幸一次，行宫这里便升起宫乐歌舞。同在云中，一个山中陵园坐拥阴山之西，一个盛世行宫屹立阴山之北，只是一山之隔，却是天涯咫尺两个世界。一侧冷闭凋败如死灰，另一侧却是琴瑟升坐，笙管立阶。禁闭于山中陵墓之中，却日夜听得另一侧行宫笙管箜篌缭绕入耳。这对于一个自记事起便看不到山外秀景的幼童而言是多么大的诱惑。她只是个孩子，自会喜欢彩妙精美的衣衫，会迷恋与美丽有关的一切事物。山宫对她而言，便是生生阻断这一切的噩梦。

然而，比起那种被遗忘的失落之痛，这样的冯润，更让自己心痛。

最后一盏茶死死握住，冯善伊站起身，裙角扫过碎裂的杯盏，鞋尖尽湿，她一声一声言着："你如今只有六岁。到你十六岁、二十六甚至三十六岁时，我实在不知你又能做出什么来。我活着兴许也看不到你三十六岁的模样，只是你至那时仍要为了欲望吞噬自己的良心吗？"冯善伊蹲下身来，将最后一碗茶递到她的手中，言得恳切，"喝完这口茶，娘送你离开，可好？"

"娘！我错了！我只错了这一回！"冯润猛扑入她怀中，茶盏湿洒了裙摆间，她死死地抱紧母亲，"别赶润儿走。"

冯善伊抚着她的额头，五指深入她发中，唇际模糊一笑："魏宫那个地方，有太多的诱惑，你会有越来越多想要的东西，欲望膨胀之后，只会越陷越深。我实在不能带这样的你进入那个地方。"彻骨的寒冷环绕着单薄的身子，这并非外力而发的酷寒，而是从内心升起逼人的寒意。想起那个地方，就如同坠入冰窖，寒得引人牙齿打颤。

她也是第一次知道，春风可以这样冷。领着冯润走在清晨空无一物的宫道上，八面来风，吹得万物俱败。一路走来，冯润止住了哭泣，便如接受了自己的命运般静默以对。临行前，她向母亲讨了她腕中那串佛珠做唯一的念想。冯善伊将那佛珠与一整卷法华经置入她的行囊中。惠裕曾经说过，千万经法中，法华经以善为教，习法者灭欲消灾，修得正道全身。

得知消息的冯熙已连夜驾马而来，如今已候在外宫宫道上，守护行宫的侍卫因与云中陵宫将卫素来亲密，所以冯善伊才能轻易买通了关系，托哥哥前来接应，且不会惊动拓跋濬。守宫的侍卫见得钦安院，让出道来，退到十几步之外。

冯润看见舅舅的车马于身前，仍是委屈地看了一眼面无表情的冯善伊。

冯熙先将行囊塞入车中，再回身时抖出宽袍将冯润裹紧抱了肩头，冯润一手仍紧紧拉着冯善伊不放，目中忍着才能不落泪。冯熙叹了一声，低劝道："润儿，你把手松开吧。"

冯润不应，只捏着那腕子更紧。

冯善伊看了她一眼，一根一根掰开她的手指，松开小拇指时明显听冯润哭腔极重地哼了声，她心头便如撕裂的疼。她将冯润的手臂塞回袍中，故作严肃地看着她，定定出声："从今以后，你便是我哥哥的女儿。他日倘若在魏宫见了我，记得唤我一声姑姑。"

最后一字咬出，冯善伊几乎窒息。

忘了父亲，忘了母亲，忘了山宫凄苦，忘了自己所有的不平与期待，就此重新开始。

冯润圆滚滚的眼睛便紧紧瞪着她，似没有听见，更似不敢相信。

冯善伊转过身，一手扯下长袍甩到地上，迈了出去，素衣迎着风无比的单薄。身后方妈追步而上，俨然是哭着。最后听得冯润在宫门处唤了一声"母亲"，那声音便越发模糊而遥远，车马自永安门辚辚而过的声音更远了，冯善伊走着走着地苦苦地笑了，想她曾以为无事一身轻，也曾心高气傲着，更是任性而肆意妄为，如今却有如被捆缚了手脚，万事皆想着能活着便好。

这一条死路，还是随行的人越少越好。

她扬起头来，看着月，现了一笑，言比风轻："你的女儿，我若给不了她世间的一切，至少也不能把她带上这条绝路。"风轻云淡之后似乎看见了那男子，自摇起月白色长衫，一如月盘，笼映天地。

冯善伊让方妈先回去，自己一路在宫道中吹着冷风发愣。走至广德殿，天已大亮，她渐渐有些发晕，不知自己身在何处。阴风扫过，即有星点湿雨洒落，脚下光滑的地砖起了水雾，很快，弱雨骤然起势，瓢泼倾盆而下。细雨落目只作冰凉的泪，还有什么值得不值得，一切都到了这一日，她是要向他揭开一切底牌，也要问问他的筹码。

这一笔大生意，是从今日开始运转。

广德殿的灯灭下，余烟如龙须一脉脉绕出窗外，混杂檐下水雾的湿气，烟不是烟，雾不是雾。

前殿门由垂首提灯的小公公们拉开，他们躬身持着雨伞在前面开路，稍后走出的是拓跋濬，他又是一夜未睡，批阅公文至天明，这时候匆匆洗漱正欲前去侧殿宣政堂与重文武官员议事。

打头的几位见到雨中立在殿前的冯善伊，俱是惊诧，忙将头压得更低，只等拓跋濬反应。

拓跋濬平静地望向那身影，并不觉得惊讶。

冯善伊望着他，满目都是冷雨的朦胧，她笑着笑着抿直了唇。虽是无声的对望，却是说了许多许多的话。

从一开始，他便是在试探她！或者，是在利用自己！他从没有半分意思立小霅子为皇长子，一切都只是个幌子。从他带他们入行宫便是。她的头很痛，如不是冯润办了这件蠢事，她甚至也想不到又一次被自己的愚蠢蒙蔽了！

这个男人，这个一手撑起帝国所有的骄傲与繁盛，却活在举世孤独寂静中的男子，他优雅的面容只是一个盛世的颜面，他秋水柔情的目光只是隐蔽着坦然的无情，那握有天下，滑过千万奏折的修长十指既可以穿越无数女人的乌发青丝，也可以将世间最柔最真的心狠狠揉碎。这就是属于帝王的情爱。

他将一个最适合为自己孕育出皇家延嗣的年轻女人捆缚在这个金丝银玉扎起的美丽牢笼中。

又将另一个可以在自己不能万全之时成为备用的皇子囚禁在一山之隔的另一座山宫中。

他在最安全最寡欲的宁静中给予这两条生命呼吸的空间。

他的布棋周密详致，他会静等新生命的诞生，也会在行宫的这一处暗中注视着山宫子嗣的成长。一个代替另一个，一个成为另一个的备用。在进入行宫的第一刻，他便旁敲侧击地借由玄英的愚忠刺探她，从她口中听出实非觊觎太子之位，也没有动李嬷妹的心思。冯润投毒一事，玄英势必也向他请示过，也正是顺他的意思与自己殿后对峙。

甚至方妈都是他从中安插的奸细！冯润那样小的孩子，又岂会知晓伤胎害命之事，若非方妈暗中点拨，或者根本就是方妈听从拓跋濬的旨意教唆冯润。润儿她格外懂事，自小与方妈最亲近，就算委屈成那副模样，她也不会张口说方妈一个不是。就是这样的孩子，被他们联手，甚至利用了自己的手，推了出去。她险些忘了，冯润是文氏和拓跋余的孩子，那么这个世上，最不愿意面对这个孩子的人，只有一个人，便是他拓跋濬。

拓跋濬要利用她保护李嬷妹，保护他未来的太子殿下，利用她的手赶走那个不能面对的女孩。

冯善伊立在那里，微微笑着，银色的细雨中，她看不清谁是谁非，看不清一张张烟花灿烂的面容之后掩饰着怎样冷漠窥探着的眼神。

几步之遥，拓跋濬淡无声息地立在殿前，他没有出声，自可以当她此时的肆妄是因为母女分别之苦，冯润虽不是她亲生，然而近五年的养育情分，甚至比血脉更重。他只不过就是不愿见到那孩子，不愿拓跋余的影子依然笼罩在魏宫的白天黑夜。

若说他试探她，无可厚非，她死心要出山宫，他必要保证她不会伤害未来的储位继承人。若要成为他身侧的女子，尤其是觊觎着那个位置的女人，如若不失去些什么倒也的确不知得来的珍贵。

他的后位凤冠，并不是随便哪个人都可戴上的帽子，他千挑万选的女人，必大宜于时局政要，必合乎天子的心意。至于拓跋云中，他的皇子，也是她的儿子，这孩子的所去所归……

【第三卷】云中篇

"皇上。"崇之低了一声,只想催促着时间不多了。

拓跋濬敛了气息,终是什么也没有说,转过身去,再不看冯善伊,大步迈向侧殿的另一方。如果她仍是想不明白,就任这冷雨浇明白吧。

魏宫是什么地方,后宫是什么,天子是什么,皇后又是什么。

冯狗十年,魏奴七年,云中禁闭四年,如果她卑微隐忍的二十年都不能让她明白这些,那么他也实在不知她到底有没有那个资格如她所言般争夺自己身侧的位置。

拓跋濬的身影最终消逝在重重雨幕中,冯善伊闭上了眼睛,任泪水雨水止不住地倾泻,她其实不恨他,他只不过太过沉迷于他的雄图伟业,身为天子,时时刻刻以帝王心术阅人御人,甚至要如此对待他的亲人,于他而言,到底是幸还是悲?

拓跋濬迈入侧殿时,众臣俱在议政,也有人在议论这一场雨如何大。只是他出现在殿前时,周遭瞬间静了下来,官员皆知这位年轻有为的青年皇帝有一副怪脾气,甚难摸准。于是在他面前,言得少才不至于出错。对于朝臣他其实很少处罚,即便是意见相左,也能强压下怒火,甩甩袖子即下殿,只落得内侍公公崇之灰头土脸传一句"再议"将场面圆回来。然而像今日这般掌管政要的尚书齐聚议政,他却总能把持几分耐心,往往都是以尚书们议定的主意拟旨。

这一日,拓跋濬顶着暴雨而来,自是眉宇笼罩团团阴晦气息。

先是云中太守的折子报了上来,尚书穆伏跪地呈书言报:"云中营卫报,柔然已驱逐近百里,不足担忧。问皇上营中诸将,是不是要拜坛犒赏?!"

半晌却只见皇帝阴沉个脸,久久不做反应。

穆伏忙又换了折子双手呈递:"京都奏上二月前出了一起大案,匪徒洗劫三品大员全家百余口。"没有传接奏报的音言,便只得跪听垂询,这尚书大人跪得有些发毛,便自行论道,"盗贼公行,劫夺不息,此乃威禁不设,失于刑也。臣请旨圣上将此案交由吏部刑部共审,待皇上班师回朝后,亲自堂阅此案,以正视听。"

又是无声以答,众臣垂个脑袋相互探眼神,少有几个敢仰视帝貌。

"皇上,这两个折子您还没有批复呢。"崇之见状,轻步至拓跋濬身前,小心翼翼地提醒着。

拓跋濬回过神来,立起身径直向东侧窗前走去,隔窗望雨,静了好一会儿,淡淡问出了声:"这雨还要下多久?"

"皇上，这雨一时半会儿也停不了。"穆伏跪过身来，不忘再做提醒，"皇上，京师的折子您看怎么回？"

"就因为死了个三品大员，所以闹得吏部刑部不安宁。"拓跋濬自窗前移开目光，再看向朝臣，走回龙座之上坐稳了又道，"朕问你们，倘若受难的是普通乡绅百姓家，你们可会大老远端着折子给朕念？"

"臣等汗颜。"穆伏拿出帕子擦汗，只觉政事上从来听凭几位尚书拟旨的皇帝今日格外有些小情绪，不免又提了胆子问，"那这旨意如何回，还有军中营卫？"

拓跋濬揉了揉眉心，继续道："交由刑部按章法办，朕也不必亲自堂审延误时机。营中犒赏的旨意，你便这么回他们，哪一日将柔然人驱逐千里永世不敢再犯，朕，个个都封大将军！如今只是小小一胜，便急着要封赏，大魏兵将如何养得这般娇气！"

穆伏仍是擦汗，持了折子跪回去。

另有尚书前来续折，方跪下，便听拓跋濬淡声道："先将并州旱事的折子挑出来。"

尚书依言而从，就治旱一事与诸位表陈了意见，这回拓跋濬再未拂他们意，让他们与工部齐齐管下此事，特派了钦差出使灾地寻探灾情。几句之后，拓跋濬面上俱是淡淡的，而后无言下殿，只让崇之将剩下未议的折子拿到后殿，便先行退殿。

殿上空留大臣面面相觑，竟也不知是如何惹得皇上如此不耐烦，另有几个老臣已是大不悦，恼色抱怨道："大早上起来召我们议政，这才没议几句话就散了？！"

"诸位大人是一早赶来辛苦了，咱们皇上可是一夜未睡更辛苦。明日再议，明日再议。"崇之由诸位大臣手中抱过奏折，连连赔笑，齐了折子才又忙不迭地追上主子的脚步。

出了宣政堂，拓跋濬连伞也不打，直接快步转入后殿，门嘎吱推了开来，后殿暖炉中正燃着青烟，绕过烟雾团团，他挑起帘子，正见广德殿前面的一个守卫公公浑身滴着雨水跪在一角。拓跋濬猛地看向他，并没有出声。

那公公哆哆嗦嗦道："要是能劝回去，早就回去了。就那么站着，似是中了魔障。"

拓跋濬神色未动，脚下步子稍顿后，仍是坐回书案前，抬眼看去正抱着折子不知进退的崇之冷道："还不把奏本堆上来。"

　　崇之应声走过来，于案上一本本码好，看得拓跋潚有几分满意："你这是打哪儿学来的？"

　　崇之随着笑笑，轻言："后院那位娘娘。"说着只觉拓跋潚的脸色不善，于是改口道，"钦……钦安院夫人。上次您不是在那位园子里睡了一宿，奴才早上去收折子时，见是这样一本本码着摆好。看着齐整，您批着也顺手。"

　　拓跋潚默不作声地提了笔，崇之小心谨慎地闭了嘴，退下身来，听得身后传来的声音极轻——"你去看看，若劝不回，便命人打个伞去。"

　　风中的雨格外大，雨中的风格外寒。

　　单衣紧紧贴在前胸后背，冯善伊渐有些支撑不住，又困又冷又饿，她也不知道自己是哪根筋儿抽了杵在这地方来，待到意识清醒后，前殿周遭的廊中已围聚了不少看热闹的宫人，俱是指指点点暗中揣测。冯善伊琢磨自己若是这时候灰溜溜地回去，脸面保不全，只是站着又能站到何时。于是她只得暗中发力指望自己晕过去，或者挺到膝盖支撑不住时她便两眼一闭装死过去，她不信拓跋潚真能让她死在他殿前脏了他的园子。她若真死在这一处，也必是化作厉鬼哭鸣，骇得他再不敢来前殿。

　　远处得了消息的方妈正牵了小雹子跑来，小雹子披着斗篷冲来一把环抱住冯善伊的腿脚："娘你怎么了？雹子醒来就不见了姐姐，你跑到这儿来玩什么呢？"

　　冯善伊叹了口气，捧着雹子的小脸笑："娘没事，娘一会儿就晕。"

　　"我娘要晕了，你们来救救她！"雹子一听她这样说，忙扬了声来向四处求救。

　　冯善伊听罢，只能翻着白眼对天哀叹："你喊得为娘我不得不晕了。"

　　前殿廊上忽而列出一队人，众人簇拥着大腹便便的李嬛妹而来，硕大的雨伞和斗篷将她遮盖得严实，这不好的天气，她不该出来，只听得宫人传言钦安院中了魔障才无论如何要玄英领了自己来。如今见得冯善伊立在雨中，浑身浇得狼狈，空喊了声"姐姐"，便楚楚落下泪来。

　　"姐姐如何成了这个模样，竟没有人来劝过吗？"李嬛妹将冯善伊僵冷的手贴在自己脸上捂着，泪哗哗地落。她从来心软，这疼人的景状从前没见过，初见识也扛不过。

　　"劝了，不理咱家。"一个老公公摇头叹气，连连怨道。

李婳妹拿帕子擦了擦冯善伊的脸："姐姐，你说个话，是难过，还是脑子混沌着。是要叫太医啊，还是叫什么人来？"

宛子一挥热泪，扯着李婳妹裙摆，"我娘亲这是疯了，中邪了。"

冯善伊咽了咽灼痛的喉咙，额上又滚下水来，不是泪也不是雨，是冷汗。她这回是真撑不住了，勉力道："你们都躲开点。"

围在周遭的众人忙散开，尤其是小宛子连拉着李婳妹逃到了几步之外，哭腔极重道："娘亲是被鬼婆婆附体要发威了。"

"都让开。"冯善伊膝间打颤，整个人失去了重心："我要倒了。"言罢，身子随着风势便朝前倾了下去。先是膝盖弯下跪地，"嘎"一声，疼痛似同骨筋断裂，硬生生疼出几滴泪。身子自前左侧栽去，即将迎来闷头摔倒的惨痛后果，猛地一只月白色的袖笼探来撑住她下坠的重心……

雨中碎梨沾染落了月白色的袖口，山水纹绣针脚细密，本是揣在袖中的奏折撒了一地，皆被雨水染湿了字迹。冯善伊有一瞬间的失神，记忆中最后的拓跋余，恰也穿着这样一身月白色的朝服。

身后的众人连连跪地，山呼天子万岁。似乎拓跋余生前还没有享受过这么高的待遇，如此惊天撼地的山呼声。她在这些嘈杂刺耳的声音中被拓跋濬抱起，他颈间的气味，还是那一日雨夜淡淡的墨香，只是今日更浓更重。

"你有种。"她闭了眼睛，浑浑噩噩地倒在他的肩头，不等她跌个面目全非，他是一定不会伸出援手，宁肯远远观望，也不愿脏了自己的手。拓跋濬，你果真有种，不是一般二般的有种。

冯善伊在发着高烧，虽是隔着湿冷的衣物，拓跋濬仍能感受她体内逐渐上升的灼热已如炙烧的火球，于是他才不计较追究她病中胡言蔑视君威的罪责。一脚踢开广德殿的大门，待宫人匆忙掀去层层帷幕，直入他平日夜宿的暖阁。

他将她平放在宽大的龙榻上，这一举动竟是将随后而来的宫侍吓了一跳，魏宫的规定，但凡雕有九龙螭虎纹的龙榻，除了皇后，便是帝王最宠爱的妃嫔也不能靠近。然而拓跋濬却远未察觉到宫人眼中的惊骇，他将垫在冯善伊颈下的手抽开，即命人传太医。

李婳妹赶过来立在榻前，满心忧虑道："姐姐不要紧吧？"

拓跋濬淡然地落了手背于冯善伊的额上，收了袖子道："烧得不轻，看太医如何说。"说着才注意到身侧立的是李婳妹，不由得急道，"胡闹！你出来做什么？玄英呢？"

玄英闻言跪地，低头认罪。

"还不快将婳儿扶回去。"拓跋濬蹙了眉，说得忧虑。

"我不走。"李婳妹急急道，"姐姐待我那样好，她在这行宫没有亲人，我来守着她。"

"小主您就别添乱了。"玄英低了一声，即要去将她扶回来，却见她果真没有动弹的意思。

拓跋濬见李婳妹确实执意，将脸别过去，压抑着声息道："婳儿，你回去。这里，朕代你守着。"

李婳妹听罢，先是一喜，欢喜过后倒也觉得有地方不对，一时未来得及琢磨明白便被玄英伺候出去。待走出大殿，她望向身后，又看了看闷头不做声的玄英，拉了她的袖子浅问："玄姐姐，那里的床榻，便是我也从来没碰过呢。"

玄英将脸埋得极低，在风中笼了她，淡道："小主，钦安院待您那样好。您琢磨什么啊？"

李婳妹由着她的话点头，绵绵雨光下枝影斜落，寂寥横生，萧索的风掀起衣角，声音荡了在画壁雕龙之间——"是啊，冯姐姐待我那样好，那样好……"

雨打落春枝"噼啪"落地的声音惊扰了殿中清明，太医把脉开方退避后，暖阁子里只剩拓跋濬与迷糊不醒的冯善伊两人。他坐在榻外几步之遥的团椅中看了一会儿奏折，见她有些出汗，即命方妈进来伺候更衣，自己转身出了殿。

崇之在后殿摆放着奏折，边摆边哼起家乡的小调，未发觉皇帝已走到了身后，再一回身，吓得立刻跪地，他从未见过拓跋濬那样难看的脸色，一双眼因疲惫满是血丝，气色沉郁，阴得便似能挤出水来。

"皇上，您是不是去歇一会儿？"崇之忙提醒。

拓跋濬没有理他，绕至案前，见得满桌平铺的奏折条理有序，半刻没有反应。崇之隐隐勾起唇角，正在为自己小得意时，却见天子惊怒，"哗"的一声将折子甩出去老远，吓得崇之再不敢抬头。果真是伴君如伴虎，早晨里这样摆还没说什么，晚时就怒了。

拓跋濬跌坐在椅中，轻合眼眉，以手撑额，声音低哑："以后再这样码折子，朕就拿你的脑袋。"

崇之领旨，畏畏缩缩退了去，殿门重重合上，拓跋濬便静坐殿上，面对狼藉一地，半字未发。黯月由窗前爬入，鹅黄色的月光将帐帘映上了一层淡淡白幕，漏着缺了半角的残月。殿中迟迟没有宫人敢入内点灯，拓跋濬便踏着浅薄月色下殿，掷了袍角蹲在地上，将地上的奏章一本本捡起，拿袖子拂去尘埃。袅袅柔柔的月光漫上月白色的朝服，他愣着，耳中又浮起那女人模模糊糊的言语。

"我码好了折子。拓跋余，你看着舒服不……"方才一碗汤药微洒在他的手中，便是因为她扯着自己的袖子闭目言得轻柔。

甩了甩袖子，持着奏折回到了案前，重又一份份码好，轻扬眉宇，恢复了心神，拓跋濬持了朱笔，只对着满殿萧索清冷，却心神难宁。原来，他不只恨那个人，竟也嫉妒他所得到的一切。那个人虽一无所有，却有这样的一个女子以真心，全无心机地对他好，为他保全。甚至在他身后，替他闭紧一张嘴，默默庇护他的名声，遮掩他狼藉的一世。

【云中篇·第四章】

燕，低飞而过。

雕花绢纸落在脚边。跪在软榻前的少女将它捡起，重新贴在窗上，又转过身来将案台挪至榻中央，高高摞放的奏折按着尚书台的归类——码整齐，细心地附上标有小字的竹签。

珠帘轻摇，音声悦耳，伴着轻快的脚步声，那身影翩然绕过中廊，檀色的帐子一起一落，拓跋余身穿明黄的朝服归来，这一日是大朝，俨然是堂上诸事处理得极其顺手，心情格外清朗。

少女跳下软榻，指着身后的案台道："拓跋余，我给你码好了折子。你好看着舒服。"

拓跋余笑睨她一眼，任由她卸下琐碎的朝服，坐在榻上，捏起那精致的注签，幽幽道："贤惠死了。"

少女坐在他对面，拉上他的袖子："我这样贤惠，何时给我封个后位坐两天？"

"笔墨伺候。"拓跋余掳起袖腕，挑了挑眉。

"何时啊？"少女挪来砚台，以碧台堂的春井化开青墨，边磨边道，"我这样贴心又贤惠。"

他认真点了点头："小顺子也贴心贤惠来着，是不是要先封他？！"

"他是太监。"少女一急，推了砚台。

【第三卷】云中篇

"他还比你温柔呢。"

少女嘟嘴拧眉，垂着脑袋绕着一撮头发再不吱声。

拓跋余勾了淡笑，稍咳了咳："过来，让爷亲个。"

"亲小顺子去！"少女自跳下榻，趿拉着鞋跑了出去，边跑边撂下一句话，"拓跋余你等着，午膳不吃得你跑肚拉稀，我就不姓冯。"

团烟散在她的身后，清辉晕着烟气浮荡于暖暖的殿阁中，映着拓跋余浅浅的笑，一如云峰间清澈溪泉的氤氲水雾……

冯善伊又梦见了拓跋余，都是从前那些旧场景，说来奇特，山宫守着他千日，没有一晚梦见，如今才出了山宫，他便频繁入梦来。她其实已经许久没有想他了，便以为自己这是快忘掉了那个人。这场高烧不巧又把自己烧糊涂了，烧得他一并又滚回了记忆中。

方妈伺候了一夜，已由清晨赶来的玄英替换，玄英见冯善伊醒来，便问她可还记得什么。

冯善伊甩下额头上的冷帕，哼唧道："放心，我还没烧糊涂。"

玄英转过身去倒水，递了过来，缓缓道："我们小主担心得一夜没睡，早早便遣我来看您。"

"你家小主，"冯善伊接过水，盯着水中映出自己的眸子，"心很善。"

"我家小主对您这样好。"玄英叹了一口气，苦苦笑了道，"我却不知您是不是也真心对她好。"

冯善伊呷了口茶，自杯沿儿抬了眼："在魏宫，真心是个害死人的东西。"

玄英没有异议，只是意味深长地看了她一眼："我家小主无论是对皇上，还是对钦安院，都是掏了真心。她这半辈子都不知道虚情假意是个什么东西。只是你们这样对得起她吗？"

冯善伊果真被这话臊红了脸，却又不甘示弱道："问皇上去。他对得起，我便对得起。他对不起，我也对得起。"

玄英知道此人脸皮厚，最不差的就是借口，于是改口说了正事："皇上前月里便将小主的事报了京城，想是魏宫的人都得了消息。皇上说是要延后三个月归宫，常太后便遣了魏宫一位曹充华前来伺候。如今想来那位贵主该到了。"

冯善伊想了想道："若是常太后遣来的人，戒备自然是要有的。比起李申，太后总也有几分护全皇帝的心意。若是李申派人来，我便不知该说什么好了。"

"这位曹充华您可有耳闻？"玄英容色谨慎道。

冯善伊如实摇头道："我在魏宫的时候并没有听说过这位曹充华。想是四年间新上位的吧。"

玄英前来扶她起身，愁容满面。冯善伊见她有点风吹就草动，不由得道："你的职责呢，就是护好你家小主。这什么充华容华丢给我来应付吧。"

"如何应付？"玄英自扬起头询问。

冯善伊瞥了她一眼："兵来将挡水来土掩呗。"

帘外传唤了一声，冯善伊乖乖闭了嘴，给玄英使了个眼色。玄英明了，忙退至另一侧。冯善伊跳回榻上，以被蒙面背向外。

入殿的是拓跋濬，方散了议政，无处可去，回了自己殿中才想起连张歇息的床榻亦被占着。

玄英不动声色地行了礼，拓跋濬让她退去。他走至桌前，放了袖中的折子，转身倒了一杯茶，呷下半口，声音淡漠："醒了？"

冯善伊半睁开眼，卷着被子闷声道："黄鼠狼给鸡拜年，没安好心。"

拓跋濬继续喝茶，憋气又念了一声："烧退下了？"

冯善伊背手摸了摸额头，又道："狗拿耗子多管闲事。"

拓跋濬捏着杯子，闭了眼睛："把嘴闭上。"

冯善伊立时坐起，甩开被子，嗤笑："狐假虎威，仗势欺人。"

"你是气朕，还是气自己送走了那个人的女儿？"连语气都是那么平静，没有特别的恼怒，似乎在说着别人家的琐碎事一般，自然而然道，"你视朕的龙威如灰土，肆意妄为，竟也不顾全自己的孩子。千千万万个小霫子不敌一个拓跋余的女儿吗？"拓跋濬望着杯底，口齿清晰，句句在理，字字不能辩驳。

冯善伊于是无语，长甲掐入掌心。

拓跋濬转过目光，才又淡淡地道："你，为何不答？"

"堂堂天子不是让我闭嘴吗？我有几个脑袋再敢藐视君威。"冯善伊挑起笑色，故作轻松。转过目光，却是咬牙冷笑，亏他还能提到小霫子的名字，身为人父，他倒是把自己的儿子当作什么？世间有哪个父亲会把自己的儿子当备用，那样冷淡而又警醒的关注，那样能用即用，能甩即甩。

可她偏不会同他吵，她只想知道他那颗良心何时会自觉抽痛。莫非就没有条鞭子，夜深人静时，会将他抽醒。

拓跋濬抬了眼，看着她，平静之中毫无生机。没有怒，也没有恼，只是看着她，于是她偏过目光，转身而去。帐帘在身后陡落，一层连着一层刺目的猩红耀得人眼目昏乱。

【第三卷】云中篇

她看着他的背影萧瑟，不由得也觉得憋闷。

不知从什么时候开始，她便是不想和他好好说话，看一眼都觉得刺目，想他也是这样的感觉吧？他两人之间横贯了好多，不是一个两个拓跋余，而是无数个。

可是，这个人却比拓跋余做了更多事。拓跋余只会拿好言好语哄自己，却从来不肯给她一个名分，拓跋濬却随手一允便是让她成为他后宫的贵人，位入三夫人，贵比昭仪。拓跋余从不肯碰她，她做梦都想替他生个孩子，偏偏总也轮不到自己。可是这个人，如此戏剧地给了自己一个儿子。

然而，他对她又出奇的狠。跋涉一路的艰难，饱尝生死离别；四年云中的凄苦，还有到头来不留情面的利用与试探。他给自己的实在比常人多，夺走得也比常人更狠。

病中的半月，冯熙从营中来信道冯润哭了许多日，人瘦下整圈，待到第十日才稍许吃了几口饭，人比往日更沉静，只知攥着那血丝玉镯发愣。冯善伊读了信，恍恍惚惚了好几日，偏小奆子又日日吵着要姐姐，被她罚去站了多次墙根。

方妈遣了其他宫人前来送药，自己碍于脸面并不敢直接照面。冯善伊吃了药正打算睡去，听得小宫人道前殿的御女娘娘为了给自己祈福，在佛堂昏了过去，而后也一直病在床上，皇上连连守了几宿，连朝会都推了。

冯善伊得了消息，梳妆一番拖着病体忙不迭地赶去，论说李婳妹肚子里的孩子，正也是她最放不下的挂念。李婳妹不能有事，这个皇长子要安然出生，她的小奆子才不至于做备用。行至沧澜坊廊间她不由得轻了脚步，听宫人说皇帝也在，冯善伊便有些心里打鼓。硬着头皮行到窗前，听得里面有人声议论，稍停了步子，从窗口望去，内屋人影闪烁。

"你自己的身子那么重，怎么还有闲心管顾他人？那佛堂阴气重，说了多少次，你就是不听。"拓跋濬正靠在榻前为李婳妹喂药，声音极低极轻。

李婳妹言声柔柔："想是姐姐被魔障缠身，我想去求佛祖把姐姐安魂召回来。姐姐待我那样好，眼见她久病不愈，我心里急。"

冯善伊闻言只得垂下头，盯着自己的脚尖做反省。

"都说了多少次，不是魔障。是她哥哥领去了孩子，心郁而成疾。"拓跋濬叹了一声，将药递给身侧的玄英，亲自扶着李婳妹躺下。

李婳妹忙拉紧着他的袖腕道："所以说当给姐姐找个好男人。"

拓跋濬猛不做声，偏过头去。

李婳妹小心翼翼窥探着帝王颜色道："皇上看着姐姐可好？"

拓跋濬把玩着腰间玉坠，久未吱声。

李婳妹面色微红，又摇摇头："若不是我心里有疙瘩，不想跟别的女人分享自己的丈夫，早先就该求皇上收了姐姐。可我就还是小女人的小心眼，存了私心才没说。"

拓跋濬抿唇，附过手来捏了捏她的手腕："你既然心里不舒坦，就别说这些有用没用的。"

"您手下那么多人才，就替姐姐选个好男人。若有了男人做靠山，她的孩子也不会就这么过继了给别人。"李婳妹说着作势要起，被拓跋濬出手压住。

他眉间皱了皱，缓道："钦安院的身份有别寻常女子，削发入得山宫与尘世别过。随便哪个男人也不敢娶这样的女子，那是犯了忤逆陵寝祖宗的忌讳。"

李婳妹忙笑着把话说开："我这里恰好有一个。待臣妾安稳了，允他们见见如何？"

"你……"拓跋濬怔愣，一时不知该如何言语，攥着袖口压低了声音，"待你好了，再议这事。"

窗外冯善伊笑了一笑，匆匆几步绕到门前，声先入室："这事我觉得极好，幸得妹妹替我操持。"

李婳妹抬了头向帘外望去，只见帘幕散落，素衣走来的女人果真是冯善伊。李婳妹目中光彩夺人，病色立时少了三分，依依笑道："我这姐姐就是不知害臊。"

身侧的拓跋濬半晌之后才抬眸看了来人一眼，平静异常，轻声说了一句："你们姊妹聊吧。"言罢站起身来，起意要走，擦过冯善伊的肩侧，稍带责难的目光瞥了她，口中仍是淡淡的："自己身上还未利索……"言字吐了半句，蓦然而收，转身拂袖而去。

冯善伊躬身以礼相送，待拓跋濬身影消失，才转至李婳妹身前，手触了触她的鬓发："你要把我气死才好。孩子出了事你就掐死我吧。"

"姐姐时时关心我，连玄英都说您格外在意我们母子安康。如今姐姐染病，我仅想力尽所能。"李婳妹浅浅笑着，天真纯良一如平凡少女，看得冯善伊心绪五味杂陈。自己确是一心一意关顾她，仅仅是因为以她们母子做代祸的挡箭牌，然而，李婳妹却是以全无算谋的真心待她。可笑这世间总有心将明月照沟渠，知我者谋求，不知我者为我心忧。

冯善伊拉过她的腕子，贴在自己脸侧，轻轻喃着："对不起。"

李嬗妹摇摇头："姐姐莫不是被那后井密室中幽禁的女鬼沾染了脏秽？！"

冯善伊扬起头来，大是意外："女鬼？！"

李嬗妹忙点头，压低声音，见四下无人才谨慎道："去年皇上来行宫时一并带过来的。我见过一回，双腿断着，披头散发，口中塞了好些脏东西，便由姐姐住的后院连路拖去了后井密室。"她说得煞有其事般，眨眨眼睛，"皇上在还好，阳气重压得她不敢动静。待皇上一走，这夜里真能听见她哭呢。"

李嬗妹说得形象又动听，冯善伊竟也紧张出了一身冷汗，握着她手安慰道："你放心。我身上戾气重，她不敢拿我怎样。"

"若非你这次一病不起，我险些就要忘了后井的事。只要姐姐时时在意着即好。"

李嬗妹又提醒了一番，便觉着困乏。冯善伊便守着她睡下，待半晌之后玄英送自己出去，她欲问她后井之事，可玄英却将脸沉了沉，道是凭空而来的谣言，这宫中从未有不干净的东西。

若玄英就着李嬗妹的话再演绎几句，反倒能消了冯善伊的疑心，便是她如此一言咬定没有的坚决，引得冯善伊记下此事。

待回到自己的后院，问来几个宫女，才知近夜里的确听得石井下有动静，一入夜便有敲击声，时而整夜不散。散去宫人，她走至桌前，只觉心慌，想挑几卷经文念念，低眉瞅见桌前压着白纸的石锭，润白光滑却印有血丝痕迹。猛然想起那日在园中逛着，小霭子捧来满手的鹅卵石言道带彩的吉石。那一日，他说，是自后井捡来。

冯善伊先是愣住，忙从桌前端了滚烫的茶水倾洒在石上，融了半刻，待热气稍减，见血丝果然溶化，她握上那石子，殷红的血便顺着指缝滑入袖笼。

后井早就枯了许多年，春日的梨花谢了，铺满桑红枫叶，飘离满目。

"咚——咚——咚——"

这就是每夜子时便能听见奇异声响的后井密室。

想这屋室曾也是修葺精良，然而雕栏玉砌的院落如今尘埃尽染，被碎烂的枝叶挡去门前的小道，裙尾及地，踩过满地树枝发出的"吱吱"声似被屋中的女鬼听到，于是那"咚咚"的敲击声更急更响。

冯善伊随着那声音走至门前，手扶掉漆的门板，触了厚厚的一层灰土。推了推那门，竟是由里封死不能打开。她抚着那门蹲下身，听得咚声之外夹杂着女人呜咽的哭声，令人发寒发抖。门缝与墙面相接之处被凿开拳头大的一个洞，内中人竟是通过这个洞将石子丢出。

门板猛地摇晃了几下，哭音更盛。

冯善伊自那洞口伸了手进去，轻道："你每夜敲墙丢石子就是为了唤我？"

门内突然静下来，哭声弱去，探进去的那只手因自上方而落的热泪颤了颤。手心越来越湿，越来越多的泪。冯善伊向内继续探去，竟是触摸到一张脸，那人竟是以脸贴地从而让自己感觉到她，那触感分明湿漉漉的长睫，深深凹陷的眼骨，高挺的鼻梁，只是口中……以硬物塞着不能出声，所以仅能发出奇异的呜咽哭声。

"你不要动。"冯善伊低了一声，"我把你嘴里的东西取出来。"

那人果真静下来，冯善伊凭着手感掏出她口中的塞物，待尽数取出时，那女人先是倏然一声长叹，而后用力咬住冯善伊的食指。阵阵揪心的疼痛，冯善伊猛抽出手来，握紧受伤的手指低声咒骂："你有没有脑子，我这样帮你，你还咬我。"

隐隐地，听得墙中抽泣，一声连着一声，呜咽哀转，似漫长的屈辱和凄凄苦恨凝滞后潺潺而发，那女人压抑了许多年的声音终于幽幽传了出来，音调诡异，声音已是全哑——"善伊姐，你疼吗？我好疼啊。"

一声善伊姐，唤得她已顾不得疼痛，脑袋似裂开。

冯善伊跌坐在地上，望着炭黑的墙壁，怔怔言："你到底是谁？"

"善伊姐，我是银娣。"这一声几乎是哭着说出来，"那一夜，我听到林子里有你的声音。"

李银娣，那个因谋害李申受罪，甚至牵连了魏宫一干人等的罪妃。那个曾经跟自己一张榻上嬉闹，背过脸去即翻上拓跋余的床，那个四年前一言不发立在送行人群中望着自己车马离开魏宫的李银娣。

那一年飞花争艳团簇妖娆，她自春雨杏林而来，瘦小干黄的容颜于万千美景中黯然失色，便如她卑微的名字"银娣"。然而，权力争宠这些字眼如猩红血齿残噬着曾经天真静初的美好光华，将她们所拥有的一切撕咬得粉碎，尽不成模样。如今，只落得人不是人，鬼不是鬼的惨境。

"我不认识什么银娣。"冯善伊无比坚定道。

"善伊姐，你信我好不好。不是我，真的不是我做的。你信我——"啼哭格外哀戚悲凉，这时候再言信与不信，是与不是，又有什么意义？

冯善伊撑墙而起，踉跄了几步，自阶上奔下，满目阴郁黢黑，走至林中，渐回去身子，望着那一墙残败，月色诡秘而凄凉。指尖所触尽是彻骨的凉意，若不

是有墙支撑，她只觉自己便要倒地，直到园林入口，那一袭蓝青长衫荡在风中，手中持灯绽放而出的暖色静静环绕掠起的袍角。

抬手握上一角云衣，直直落入他的怀中，她仍在颤抖着挣扎。

"你就这样好奇？"拓跋濬低头凝视着她。

她抓紧他的一角衣领，青色暗银的云纹从没有这样清晰过，她不可思议地笑："你竟也能这样对待自己的女人？便因为她怀了拓跋余的孩子？！"

拓跋濬不动声息道："你错了。她之所以成了这模样，是因为怀了朕的孩子。"

手猛地松落，她忘了眨眼："不是这样的。那孩子——"

"是朕的。"

拓跋濬字字咬出，是不是还用将他两人鱼水缠绵的场面次数一一言尽，才能让她相信。

她一把推开了他，脑中混乱成一股麻绳，胸口发涩。

他手里的灯由风吹灭去，云袍随风摇摆，朱墙翠壁倒映出他的身影，斜斜的，长长的。

"若朕将她留在魏宫，她岂能活到今日？"拓跋濬抬袖触上自己的影子，手心连着手心，"如她的罪行，倒是诛杀了也实在不可怜。"

"如她的罪行？"冯善伊仰起头来笑，"所谓的罪行，不过是谋害了你那个恃宠而骄、放肆作为的李申和你们的孩子！这样狗屁不通的罪名，我都能看出笑话，别告诉我你这个英明伟大的天才皇帝能满脑子糨糊。"

拓跋濬闭上双眼，许久缓缓道："如是此般罪行，也不至让我痛罚她。"

凄冷月色静静隔开二人，分外陌生而疏凉。

"朕那样在意申申的身子，怎能不知她腹中骨肉的景况？九个月的时候，便是没了。可她就是痛死也要忍着，忍着给自己死去的孩子寻一个说法，哪怕找不到元凶，也要无数替罪羔羊偿罪。这，便是申申。"

因宠一女，祸连无数；因宠一人，让魏宫死寂沉沉，生人不敢靠近，死人又不能出。

冯善伊实在忍不住大笑出声，可笑自己一心忍辱负重、卧薪尝胆，竟是为了当此等昏君的庸后！

拓跋濬啊拓跋濬，这就是你的中兴盛世，这就是你的安平后宫。

"你既然知道银娣没有害李申死胎，却执意偏袒李申在宫中掀起腥风血雨，连累数以万计的无辜性命，甚至气得太皇太后病中猝亡。我方才道你是英明伟大实在糊涂，你分明就是昏君！"

他没有动怒，沉静之中眼眸清波在闪："朕只不过纵容申申陷害了李银娣，掀起宫乱血祸的恰也是她李银娣。她的罪行，恐怕最不能道的人就是你。你若想知道朕如何对她无情，便自己去问她，拓跋余是如何死的！"

那是承平年最后的夏，牡丹开败，明艳化了凄楚。

她曾以为承平元年的盛世牡丹是开不败的。跪在内殿百余玉阶之上，清晨湿气缭绕，氤氲了视线。她那样苦苦哀求他，他皆是不听，他甩着玄色长摆冷冷地拂去满案奏折。他的喝声自长殿传出——"从今以后，不准她再迈进朕的大殿。但凡冯善伊碰过的奏折，朕，一个字也不会看。"

她在大殿外哭得发抖，她那样用尽气力爱的人，他却口口声声说不愿再见到自己。

她那样爱惨了的人，却因为另一个人，恨惨了自己。

滚金的银色龙靴便落在她身侧，他却不肯看自己一眼。

"传令下去，将这个女人赶出宣政殿，换李银娣伺候朕。"

声音那样的冷，不是战栗的冷，而是麻木的寒彻逼人。

她仰起头来，颤抖的目光因碎裂的泪映出无数个拓跋余，她用一个少女最诚挚的言语诉说内心深处的情怀："我每天都在想，你穿什么颜色的朝服最神采奕奕，每天都会尝试为你泡出不同味道的春茶，每一日费尽心机让你所见所触之物不染尘埃，祈求上苍护佑你的江山子民，祷告你能无病无灾，无论社稷多重，无论政事多苦，都能坦然笑对。每时每刻无不在问自己，要让你成为盛世君主我还需要做什么？就不能容忍一时吗？不是为我，是为自己，为江山，为祖业，真的不能够忍耐吗？"

原来，越炽烈的爱，便越容易被撕成粉末，碎成什么也不是的惨烈。

他便在那个清晨，在大朝之上当着文武众臣提议立赫连莘为后，立一个异族皇室的后裔为后。在那样一个胡汉矛盾尖锐的政局之下，他推举了一个双方都不能认可的皇后人选，实在可悲，又实在可叹。他就是那样恨着她，恨不得撕碎她眼中对他期望的一切，包括这座煊赫江山。

记忆的碎片跌碎满地，一地狼藉，即便最终他能放下所有，再予她那轻柔一笑，问她是否还能记起自己。可她却不想再记住他了，那样痛过，很真实。风中刮来回忆的气息，冯善伊举杯临窗释然地笑，能被自己心爱的男人恨成这境地，或许也真是她的能耐。然而是她错了吗？希望他能够成为名垂青史的盛世君王，

【第三卷】云中篇

而非留恋情爱的昏庸后主，这样的心意，难道真的成为她的错吗？

清晨首束明光委地，她推开房门持着轻快的步子走去后井的园林，一夜没睡，甚至清醒四年所求一告的答案便在今晨能够揭晓。他总是游弋在她的梦中，踯躅流连着不肯离去，九山九泽，那样远的路，遍地野花随风而抖，九川之上的箫音，九泉之下的水声，他总是问自己："善伊，我如何死去？"一声一声几乎问得她心滴了血，直至枯零的春鸢苍茫了满地血泪。

手中擒着鹅卵石敲去沉闷的墙面，"咚咚"，她在墙外以同样的方式惊醒了墙内的女人。

"善伊姐？"李银娣幽幽的声息传出，"我等了你一夜，你怎么才回来？你救救我，救救我好不好？"

"要我救你也好。"冯善伊苍无血色的唇咬了咬，"我问你，拓跋余是怎么死的？"

内壁声息全无，许久，隐约传出恐惧的抽泣。

"善伊姐，你还是杀了我吧。我没有脸说给你听。"李银娣探出手来，那已经不能算是手，溃烂的伤口爬着蛆蚁，脓血青紫的黏着那些新生的蠕虫，这一只手或许就像她那颗心，被恶虫侵蚀蔓延。

可冯善伊还是握住了，不论她成为如何模样，不论她脏得是否连渭水也洗不清，她还是当年杏林雨中朝她羞涩一笑的银娣小奴。

指间相握的刹那，李银娣克制不住地哭出声来，喑哑苦涩的哭声有不能说穿的悔恨和怨愤。

"善伊姐，我不是人，我是禽兽……"李银娣低泣如抽丝的茧，越发无力，"我给先帝喝了七日醉。"

七日醉，真美妙的名字，如果直接将它唤作七日亡，那必然就不好听了。

七日醉，为何又偏偏是七日醉？

宽摆的汉袖由风鼓起一如张开双翼的巨大飞鸟，碎裂的花叶尽收入袖中，冯善伊握着李银娣渐渐发凉的手失了声息。这样娇小的一双手，平日连蚂蚱都不敢碰，如何能捧起那一盏沉得不能再沉的七日醉？

"我没有怀上先帝的孩子，他从没有碰过我。孩子是皇上的。可只要说是先帝的孩子，我以为你一定会帮我把他拥入皇位。"李银娣猛得以头砸去墙壁，狠狠地撞着，"我真傻啊。我竟有这样的贪念，竟有心这样欺瞒你。"

"你不是傻。你是真精明。"冯善伊闭上眼睛，痛苦一笑。如今想来没有悔，只有恨，她真是以为银娣有了他的孩子，所以才会换秋妮去保她。冷拳砸向墙头再狠狠滑落，硬生生地擦出血来，"你叫我如何还秋妮这条人命！"

想起秋妮，李银娣亦哭得不能自持，她已无气力撞墙，缓缓靠着墙壁，哀哀道："那些人告诉我，只要毒死先帝，就让我做新帝的后宫，封我上三嫔。"

那些人，便是常太后、李申之辈吧。

冯善伊睁眼含泪看去，满目林花恍恍惚惚，湛蓝的天空下，她似看到了魏宫巍峨高耸的屋檐，宽绰玄彩的宫殿，那高高在上的位置总有许多静谧贪婪的目光在隐隐注视。

宫装女子盘旋在最华美的宫室中，一个个轻如飞燕，载着纯真的欢笑逐步坠入黑暗的深渊。

李银娣静了下来，终于将心底掩藏最深的话说了出来："善伊姐，我本就生得不美，又无权贵可以依靠，可身在宫中，不往上走，便要被人踩在脚下。谁人不想做主子，不期待一朝飞上枝头？！我实在不想过卑微的日子，也想穿华丽的夫人常服，想梳着贵妃髻曳着长裙和世上最尊贵的那些女人站在一起，我想同她们一样，以后再不用看别人的眼色过活。我这样想不应该吗？"

冯善伊哭了，无声无息地落下泪，因为她们都是一样卑微的人。在自己很小的时候，也曾这样期待着穿上最华美的衣服，和那些贵绰的女人站在同样的地方，而非仅仅给她们端茶倒水悉心伺候。她们都是站在同一个起点上，奔着同一个目标，努力行走，碰壁了也不哭，摔倒了站起来揉着伤口继续往前跑，直到终点。然而谁也不知那最后等待自己的又是什么。

"我也狠狠报复了他们，还有皇上。我恨他，恨他装作一切不知，任由李申陷我于万劫不复之地。他只是故作慈悲，借用外力清除了我这个谋害先帝的罪人。他给了我一切，又蚕食得一文不剩，所以我也要让他尝尝失去的滋味。他有心要我生下孩子再论罪，我却偏偏故意跌入池中失子。不仅如此，我还说出了许多女人的名字，那些藐视我，不屑我，甚至恶言诅咒我的女人们，我让她们陪我一起死！"

李银娣长长地吸了一口气，似将所有的泪吞下，声音渐冷："我真的没什么好可惜的了，至少我终也走到了那个位置。位比三卿，身怀龙嗣，我也曾骄傲尊华，目空一切。只来得太快，去得也太快了。善伊姐，你要回去，一定要拥有比我更久更牢固的尊宠，改变这残忍的命运。"

如此真实而坦诚的李银娣竟让此时此刻的冯善伊添了些许温暖，似乎那个同她一起哭一起笑，一起联手对抗赫连冷嘲热讽的弱小银娣终于在漫长的分离错别后，带着最初的真心与最后的坦然，重归入她的怀抱。

【第三卷】云中篇

虽隔着一墙冷壁，她竟觉得她们紧密无分拥抱着彼此，无论此时的银娣有多肮脏多丑陋，也不过是被污秽的世间遮掩了真容。他们都看不到，没有人能看到，李银娣的心是那样柔弱易碎。

阳光洒落整座亭院时，冯善伊走出了后井荒林，四年来第一次换上了那身华丽的常服，脚步那样释然，全无来时的担忧。她找到了李银娣悲剧一生的所有根源，然而那便是自己将奋身迎战的缘由，再没有退避之处了。

宫廊一片平静，莺燕鸣啭，浓艳娇娆，夏水滔滔，暖风融融。

真的是盛世吗？平和安谧之下所掩藏的溃烂早已一发不可收拾。她是带着最伟大的复仇重新归来，然而却要与这座宫城再次融为一体，不是它湮灭她，便是由自己重新缔造。

她忘不掉李银娣的声音，那些话仍尾随在身后，或许将会伴随她一生一世——

"我只是想知道到底是什么让我成了这副鬼模样，我想找回我自己……那个最初的李银娣。"

光影如绸缎，润而无声细腻地为壮丽的行宫织起千秋万世的昌盛繁华，她便走在时光流碎的长毯之上，穿着最华美的衣裳，持着最端庄的步仪，向这个被压抑沉郁了太久的乱世乱宫展现出自己坚守的姿态。

广德大殿两侧侍卫纷纷让出道路，守宫的太监亦不能阻拦。

这身华服，是祖父珍藏数年的燕皇室皇后的朝服，经由父亲姑母，再由春以她细腻的织法添改云纹。她的祖母被册封为后时所穿的朱色大裳，如今仅仅被视为汉人女子中最尊贵的象征，如今她便要穿着它走向鲜卑人的高宇殿堂。在胡汉剑锋相对的一刻，以一个女子所擅长的柔情铁腕，宣告着冯氏的时代从今日而始。

大殿的朱门打开，跪了满地的朝臣向外望去，因为目光中陡然出现的汉装女子震惊澎湃。

拓跋濬立在高高的大殿上，持章转身，九龙影壁环绕着他，赤红色的朝服，正与她的朱红相映。他独有的静谧目光穿过满室沉默，清朗地落在了她的头顶。

她走到殿中央盈然拜倒，和煦的柔风裹着金色的阳光展起她硕大的汉袖，向两侧飞一般的舞动，艳丽的衣裙绽放如盛世的牡丹，与云袖共持华彩。

她的目光清澈无澜，微微笑着迎上殿上淡淡的注目："古战国有奇女子钟氏无艳自荐枕席，谒求为齐后。贱妾虽无钟氏之才，贸然跪问我大魏的君王。"

他刚毅却不失柔和的面容永远载着最深沉的平静，风中摇曳而起的袍衣等待她之后的言语。

"我想成为你的皇后。"她仿效着他平定无波的宁静，却是坚定的语气，"我要成为你的皇后。"

没有人说话，跪地诸臣甚至忘了掏出巾帕拭汗，静如失了呼吸。

拓跋濬仍是看着她，目光一派清宁。

她面上再添春风和睦的微笑，轻轻问道："冯善伊可以成为您的皇后吗？"

平静而温和的语气，他是这样认真地看着她："如若成为朕的帝后，你当为大魏做些什么？"

冯善伊避开朝臣灼灼的目光："我当为大魏谋求一个真正的盛世。"

改纲更制，胡汉不相争。

五族融合，无血战无纷乱。

真正的清平盛世。

拓跋濬缓缓走下殿来，容色分不清情绪，脚步落在她身前时又一声低言："如若成为朕的帝后，你又当为朕做什么？"

她看向他，目光揉进他的眸中，素若梨花一笑："还你后宫一派清平。"

夏日最烦闷的雨期逼近时，冯润来信了。

这一封，并非写给冯善伊，而是小霭子。

一喜一失落的瞬间，冯善伊有所察觉，恐怕她永远不会收到这孩子的书信了。在心底，她是那样恨惨了自己的母亲。冯善伊忽然觉得悲哀，她所做的一切无不是努力去做个好母亲，然而却始终事与愿违，辛苦得来的结局，无不是自己同母亲那般悲凉而又无奈的命运。

小霭子将信举得老高，吆喝着绕着湿漉漉的廊子转，他说姐姐在信中提到和父亲去骑马了。这一句尤是让冯善伊心惊肉跳，这么快，那孩子便适应了新角色。不是舅舅，而是父亲；不是母亲，而是姑姑。这难道不是自己想见的结果吗？聊聊欣慰之余，为何徒生种种惘然若失的惆怅。她自不会将这份愁绪与人道，也没有人会明白。

"娘亲，我也要骑马。"小霭子从窗外探进头来，苦苦哀求。

"你连马都没见过，骑个鬼。"冯善伊转去榻里为午睡培养情绪，闷头睡了一会儿，远远听不见那家伙吆喝了，有些担心着便移到窗前打探，她愣愣地坐在窗口迎风的方位，只这一处视线最开，手里把玩着紫玉雕珠香炉，一边转炉中轴，一边散出清爽的薄荷叶香。

177

庭院中那棵几十年的老槐树下难得安静地坐着一大一小两父子。拓跋濬着了普通的夏日常服，除了镶边滚金，看不出其他尊贵，随手携带的奏折已放在身侧，他擒着白鹤笔在一张白纸上耐心勾勒描画着什么，小霆子饶有兴致地蹲在他膝前，双手托着腮帮子，那姿态模样正似阳光下绽放的一朵小金花。

"这就是马。"拓跋濬扬起纸来，日光辉映交杂间能看出他脸上扬着与朝堂之上颇有几分不同的淡淡笑色，这笑明显更释然，更少了几分戒备。

"它长得有点像人，一样的小眼睛。"小霆子认真地看了道，银青云边的袖笼里奄拉出一枚环佩。虽不是什么金贵物，却是他出生时，方妈贴了自己的俸禄托人从山宫外买来的。说是玉能安魂，保佑平安成人。

拓跋濬看了眼那玉，摸着小霆子光亮的额头道："等秋天围猎的时候，带你去骑马。"

"秋天？"小霆子张开了右掌开始掰着手指算时候，沮丧道，"秋天的时候，我们还能在这里吗？不用回山宫了吗？"

风吹着树叶沙沙作响，拓跋濬突然静了下来，大掌握了握小霆子肉滚滚的腕子，兀自笑道："今天就先让你骑个够。"

小霆子大喜，摇着玉坠歪着头呵呵念着："我骑马喽。"

拓跋濬擒着小霆子行至庭道空处，临着池水吹荷香，幽幽道："马是可以骑，只是你得唤我一声父皇，且不让你母亲知道。"

小霆子骑马心切，招招手让拓跋濬躬下身来，垫着脚又到他的耳畔，奶奶地唤了一声。

冯善伊一时也看不清拓跋濬是如何笑了，而后他就整出一副四脚着地的滑稽模样，等着小霆子爬到自己的背上。这一举动着实吓到了身侧伺候的崇之，连累他也马上跪地学着狗爬的模样连连发抖。冯善伊眨了眨眼睛，将滑落的衫衣拉起，这难得的岁月真好，竟也让自己失了心魂。远远望去，小霆子骑在他背上笑得格外欢畅，那也是他第一次知道喊声父皇能得来如此多的好处。

风亭晚荷，莲叶姜绿，将拓跋濬银白色的常服映得格外光彩夺人，芙蓉嫩粉的莲蓬似日光沐浴后抖开了的云朵，浮在池上，也飘在这一对父子的身后。

父子同乐的景状的确只是分离的预兆，小霆子果然如自己单纯幼稚的预感般没能等来秋场围猎即要离开，只是这一次并非是回山宫，而是去一个没有父皇也没有母亲的遥远未知的地方。

那是在魏宫充华抵达的半月前，拓跋濬早早散了议政，回到后院。那日有小雨，他来时带着雾气，整个人便似在云雾中缥缈而不真实。

她那时正穿好一身素白的落梨素梅边长裙，只觉得身后有人盯着自己，转过身去便见素绦竹墨屏风后吃茶的拓跋濬，他恰也透过屏风看向她。她于是系好青墨色小披肩，转过屏风，不大热情地问他所来何事。

他开口第一句话问她可有收到惠裕的来信？

她自贫嘴咋舌地回他："有奸情的是你两人，何来问我？"

拓跋濬盯着茶碗，好半晌，缓缓道："惠裕来信，说是想接走小霭子。"

她先是愣了一下，回过神来，从桌上摸了碗茶端起来"哦"了一声再未说其他。她不说什么，他自会懂。一如他什么也不解释，她也全明白。

她是笃定了要去坐那个位置的，然而魏宫亘古以来都没有皇后产下皇子的先例，谨防帝驾崩后，皇后外戚挟持幼帝篡位夺了拓跋家的权。

鲜卑人虽是平凡小事大大咧咧，却在这种事关祖宗千年社稷的大事上毫不含糊。皇后不能生，就是不能生，立也是立无子嗣旁出的妃嫔。冯善伊伺候了拓跋家三代，自不会不懂这个道理。就是惠裕不提，小霭子也绝无可能随自己入得魏宫。

如今想来，李敷那厮临死前倒是替自己想得面面俱到了，如是要做个好母亲便随花弧逃去，远离山宫躲避皇权。如是决心回去，他也事先求得拓跋濬不会给小霭子名位，此来确是保全了自己的性命和日后的道路。他以死忠为代价，给花弧留下两封信，无论她怎么选择，都将是对她而言最好的路。这样的李敷，如何不引人欷歔！

拓跋濬站起来，有些不安，轻轻道："我牵了马来，想带他去后面骑马。"

冯善伊于是命人去找方妈，不出半刻，方妈领着手上尽是墨渍的小霭子来。拓跋濬倒也不嫌脏了，直接牵了小霭子走出去。冯善伊默不作声地跟了出去，离他们十几步的距离远远跟着。青葱草地延绵了一片，尚悬着清晨的雨水摇摇欲坠，拓跋濬牵着马来，拍着马鞍子向小霭子探出一只手。

这一次，小霭子毫不犹豫地将手递了过去。

苍白一如水洗的天空下，长草接天如凌凌碧水。长缰勒起，马蹬了蹬蹄子，清凉的水珠溅起，溅得她墨色披肩落色更深，纵马奔驰的身影奔向朝霞烂漫的方向。那一圈华彩流离的耀眼光芒自浅浅的映照，直至将他们两人完完整整地包裹。

风冽得马上的小霭子只怕能滑碎眼睛，于是不敢睁眼，马儿放开脚步，越奔越疾，竟似与风追跑。拓跋濬将身子伏低，全身包裹着初始不适应的小霭子，他贴在他的耳侧："睁开眼。"

小霭子抬起眼来，抓紧他握鞍头的腕子，逐渐沉入奔跑的快感中。

"喜欢吗？"拓跋濬问他。

小橐子点头，如实言道："就是有点怕。"

拓跋濬勾了一笑，拍了几下马肚子，那马儿便似听懂般，缓下步伐。

小橐子仰头望去拓跋濬，幽幽道："是不是还要喊一声父皇？"

他没有立马回应，只是淡淡看去远方，静了许久："云中，你喊我一声。"说着探下目光，隐约在抖，"父亲。"

小橐子傻傻地笑，甜甜念着："父亲。"

"小橐子，你要记住。无论你将来成为何人，去往何地，你的名字叫拓跋云中。你是拓跋鲜卑的后代，高宗的子孙，是我大魏永远的皇长子。是……拓跋濬的儿子！"

拓跋濬掉转马头，狠狠地甩下缰绳，朝着来时的方向奔过去，遥遥见得那女人清白雅静的身影几乎要被长草覆盖，若非风来草倒，便真的看不出她那被彩色云霞团团包裹僵立的身影立在枯风中，似淡淡芙蓉般迷蒙。

阴山行宫落了一场雨，极其符合送走小橐子的心境。送上车时，那孩子还以为只是随方妈去一个好地方，夜里便能回来，他一个劲儿地从窗里探出头来招手，满眼欢喜。马车穿过最后一道宫门，绕至阴山东侧后，他们从再高的城楼也难看得清。

雨落在城墙之上，灰尘尽被压落，空气中泛着青草鲜嫩的气息，她又想到了草原上骑着马肆意欢笑的小橐子，那笑脸于是成为记忆中对这个孩子最深切的怀念。

风中散来断断续续的钟声，沉落一派寂静与愁绪。余晖慵懒地洒向即将入夜晚的广德宫。拓跋濬叹了一声，依然是无限的平静："朕早先便说过，对不起你，也对不起这孩子。"

是啊，他早先便是将丑话说在了前面。

不顾一切代价走至今日的，恰是自己。

那么明白事理的人，又怎会不知道这其中的必失与必得呢？

冯善伊第一次有些后悔，如若当年，是按着李敷留下的第一条路走就好了。或者再没有这么许多离愁悲绪，没有胆战心惊的粉饰钻营，没有处心积虑的步步为营。她会成为一个好母亲，一个平凡妇人，然后，却再不能是冯善伊。

"你如今是不是在后悔当初生下了这孩子？"拓跋濬淡淡地问她。

她想了许久，终是摇了摇头，望着满是雨幕阻拦视线的遥远静静道："我不后悔。如果不是生下他，我便不能知道四年山宫的日子可以如此释怀；再若不是生下他，我或许不知道自己竟会有勇气将他父亲对他那么星点的关注当做救命的稻草紧紧抓住。"

她笑着，继续云淡风轻地言道："如果不是生下那孩子，我并不知道其实从前经历的一切都不能算是最痛；如果不是生下他，我确也等不来这一日，亲耳听见他有一声'父亲'可以唤。"

拓跋濬被这一声触动，恍恍惚惚，似是世间最浓郁的墨填抹着他所有空白的情绪，笔端一触，竟是饱含了真挚的色。

她看向他，又看向城楼下通红茂艳的凤仙花骄傲地扬起乱颤的花枝，眼前尽成模糊的身影。那恰是风华正茂的银娣自百花丛中翩然回身，白鹤一般洁白无瑕的长裙洒在翠绿融融的草地上，沾着清凉的晨露，樱桃红点缀的唇将她本是苍白的面容全然焕发出明艳的光泽，如此鲜亮夺人的银娣连梦中都未见过。她自花中仰目，长发似生根，连着凤仙花的枝叶延入褐色泥土。冯善伊摇了摇头，那光影散去，唯剩银娣最后的话飘浮于耳畔——

"善伊姐，她们骗我，又让我骗人。

"我恨极了皇上，恨极了他对那个女人的纵容。所以我也要让他恨惨了我。我让他知道，他今日所得来的一切，全都是凭借我被先帝的血染脏了一双手所换来。他因为我的手，也再难干净了。

"可我还是没有告诉他，是谁骗我那样做……善伊姐，我死后，你要帮我记下她们的名字，岁岁清明对着东风东雨提醒我。我不会让她们活得太安生……"

李银娣便是死在那个清晨，在自己将她口中塞物取出后，任由她将肺腑之言尽数言出，在自己拖着沉重的步伐离去的那一刻，她咬舌自尽，用最后的气力结束了自己一生的苦痛。

青如天，面如玉，蝉翼纹。

白蓝底的釉彩玄纹镜如今攥紧在手心。

李银娣告诉自己，拓跋余临终最后握着的也是它。李银娣之所以将它留下，只想有朝一日还了她。原来将人心想得太过龌龊的也是自己，她一直以为那是拓跋余不屑于见，才转手给了李银娣。

沁凉的泪被风吹干。冯善伊重新看向拓跋濬。那样温和优雅的容颜下，是否也有对那地方深深的恐惧，压在他对社稷江山日复一日的担忧畏惧之中，弃之不顾，并非对罪恶的妥协，而是心底残存的怜悯。

"如果不是他，我兴许也会成为你身边那些恶毒的女人。如果没有他，我更不知道，一个母亲原来可以如此坚强。"她微微一笑，勾了他领口，幽幽道，"你替

你的江山选了一位称职的皇后，也为你日后的儿女挑了个好相处的母亲。"

【云中篇·第五章】

也不知从何时开始，冯善伊收到了一种市井言中名为情书的信件。

初始落在她桌前只有几日一封，而后越来越多，且皆出自一人手笔，落款"翮玉先生"。

晌午时，冯善伊蜷在椅中挑起那信细细琢磨，字写得确实不怎么样。以玉自称，那必是极美，她怎么也想不出除了拓跋濬之外还有哪个男人对自己上心，因为另两个她勾搭过的早已不在人世。这事她原先同李嬷妹唠叨时提起过一回，那小丫头抿唇笑着说是自己托信从京城为她牵的好姻缘。而后送小电子离开，她便拿这些信转移心情，时而回几封逗闷子。

如今宫人又送来了信。这回再不抄那些酸绉绉的淫荡诗经，直抒胸臆道——"可人，玉哥哥是给你暖心的。"露骨的情色直令人发指，冯善伊连忙将那信藏起来，连带着满桌的废纸欲塞在一处，连日来拓跋濬竟似怕她想不开，时而以借书的名义过来晃。

长影落地，帘摆一撩，拓跋濬果然迈入。

冯善伊的脸仍有些发红，低头垂眼迎看他。

拓跋濬丢了几本奏折放在案上，面色平和，气息却极沉，不用想即知道朝上又被穆伏几个将了一军。冯善伊趁他做闭目养神时便轻着步子走出去，转身关门时窃喜，冲着追上来的崇之使了个眼色："我小睡会儿去，他这边开始砸东西了再叫我。"

前夜里他也是这样夹着怒气而来，拿着她当靶子使，从三公骂到六大夫，骂得她最后昏昏睡去。醒来时，他恰也骂累了，歪在肩头一并睡过去。转日严重落枕，一路上朝都捏着后脖颈。

她其实有几次想提醒他这样憋火容易英年早逝，后来想了想，她这样说定是多嘴，要说他两脚一蹬乘风归去，苦尽甘来熬出风头就该是自己了。且不说太后如何风光耀武扬威，至那时她就把从前的小簿子拿出来翻着，哪个从前得罪过她，便遣去给他守陵，守到鹤发苍苍终年无归。

她这样想着，笑呵呵地睡去，从午后直睡到傍晚前，胃中空空才爬起来，想着他今日怎如此安静。披了长衣便回了阁子里，贴着门缝瞅见他竟捏着一张信笺借着余晖瞧着。她松了一口气，果然自己顺过脾气了，转身要溜，却愣住，急急推开身后屋门，扑了过去。

拓跋濬也没看她，正念道"子不思我，岂无他士"这一句，五指轻敲着桌面，呷了口茶淡道："你就不能选个肚子里有文采的？"

冯善伊也不知道他是如何翻腾出来这些，揉着脑袋道："你家小金雀给我牵媒拉线，说是恒州出了名的才子美男，带着官职。爹娘死全，不用尽孝，兄妹绰达，没穷亲戚。"

拓跋濬倒也实在纳闷，低头叹道："朕的文官什么时候这样酸？"

"婳妹该生了吧？"冯善伊自想捏了话题往外赶他，因为他在，她都不能把最后一封信看完。李婳妹如今仍是蒙在鼓里，他两人也有默契，不待婳妹生产，绝不东窗事发。时而婳妹尽兴时，也在三人齐在的饭桌上谈起恒州翮玉先生如何如何。拓跋濬也就那么听着，冯善伊也不再多言什么。

如今拓跋濬已明白她逐客的意思，拳压着信立起身来，揽回自己的奏折，迈出几步，又折了回来，看着她道："既是死活要做朕的皇后，就老实点。"

"臣妾老实着呢。"冯善伊笑着敷衍他，一路将他送了出去。照拓跋濬这般勤政伤身的光景，必也挺不过十年，她撑死只做他十年的床榻用人兼后宫老妈子，太后太皇太后自也不惦记了，将该做的做了，圆满收功。如今趁着年轻靓丽自也不能闲着，先将小霭子的后爹选出来报备，日后摔了凤冠，也可以大奔魂牵梦绕许多年的美好人生。

翮玉先生的最后一封信拿在了手中，她沿着桌边坐下，这一回信中换了散句文路，深情款款。

冯善伊拿了笔，比他更肉麻地回道："你二十岁，我给你当妈；你三十岁，我给你当红颜；你四十岁，我给你当奴婢；你五十岁，我给你当医女；你六十岁，我给你做女儿。"

写得酣畅淋漓，她实在佩服自己的言情功底，挥挥手，召人进入，封好信，快马加急送回去。

待到晚膳后，她想去李婳妹那里串个门，将她和玉哥飞鸽传书多日的感情经历絮叨一番。走到小门，听得宫人急急来传李婳妹在痛着，许是要生了。她一时比自己生小霭子还紧张，抱着经书跑到了佛堂临时抱起佛脚，足足念了几个时辰的心经。

她本想为祈佑天降龙子念几个时辰做做样子，好传到婳妹耳里对她更亲

【第三卷】云中篇

近几分，日后能念着旧情少怨怼她，未想嫔妹这一疼，硬是疼上三天三夜生不下来。

念到第三天清晨，冯善伊憋在佛堂里饿得没气力翻页，终于听得身后门被推开。她初以为是哪位好心人来送食，但见这一身华贵心里全凉，而后幽幽地抬眼看了眼拓跋濬："你也来了啊。"

拓跋濬也是被李嫔妹哭喊得心神难安，想来求求观音，团坐了另一处蒲团，没理她，自己念经。

"有吃的吗？"冯善伊低了一声问。

拓跋濬抬眼望去佛龛前，供奉了一桌的瓜果糕点如今只剩果皮渣末。他心慌得三日未能进食，如今倒真也感觉不到饿。

"你往她肚子塞的是个什么玩意儿，怎么就生不下来？"冯善伊唔叹了一声，隐约担忧。

拓跋濬自是不会理她，念了好半会儿经，淡然回她："你生小霭子时不是喊得比她更烈？"

"你怎么知道？"冯善伊果断瞪直了眼。

拓跋濬覆了眸眼，声又一轻："猜的。"

话音刚落，崇之猛地推开殿门，跪在风中喜泣交加——

"生了，生了，大皇子！"

> 兴光元年秋七月庚子，皇子弘生。母河南商丘南李氏。
>
> 辛丑，大赦，改年。
>
> ——《魏书·帝纪五·高宗纪》

皇长子出世的第五日，自魏宫入阴山的车辇人马行浩荡之势，皇帝率众宫人前去迎接后倒也平静了不少日子。这日冯善伊来看李嫔妹，廊间已是落满一地碎菊，俱是萧索。玄英站在门外，只端着进补的药膳缄默不语。

冯善伊自作心明，打了帘进去，瞧见得李嫔妹面无表情地卧在床间，腕中坠着络丝玉环佩，她目光自随着那一处转，整个人好似呆呆傻傻失去了气力。

冯善伊转过去，在她眼前摆了摆手，见她回神才将她的袖腕收回被子里："你这是给自己将来找罪受。"

李嫔妹心里憋闷。自她生下皇子后，奶娘们便将孩子抱去了其他殿，皇上起初还三两日记得过来看看，而后魏宫的曹充华来了，他竟好似忘了她一般，掰着手指头算也有整整一个月了。

"姐姐，皇上整月来都是宿在那位曹充华屋里吗？"当着她的面，李妸妹没什么不敢说，人恍恍惚惚着就问了这么一句。

冯善伊也有日子没见过拓跋濬，只因她日夜有书信做伴寻乐，没觉得时日漫长，然而对李妸妹则是一番煎熬。几十天前，还是将她贴在胸口捧在怀里，而今这落差，她实在受不起。

"前日子里，那位娘娘来过了。"李妸妹仰起头来，目光发直，"我真的只是皇上生子的工具吗？"

这话放在宫中，众人心底自然都有数。然而，冯善伊也万万想不到那位曹充华能当着面说穿。

"原来皇宫里的人都是这样的。"李妸妹总算想明白了，有泪，也再不想落，"纵然皇上，也没什么两样。能用则用，用完即弃。"

冯善伊抚着她，觉得自己没有资格安慰这时候的李妸妹。她自己又何尝不是呢？四年前，就这样被弃在了云中，如若没有小雹子，她或许至今天也不知道山宫外的这座行宫有多煊赫。

走出李妸妹的殿室，玄英一路将她送至中庭，冯善伊似觉得不懂，自言自语道："明明都是困笼中的孤雀，为什么总要互相拔掉对方的羽毛呢？"

玄英垂下眉，声音极轻："正是因为困着走不出去，才不能允许对方比自己更美。"

"你倒是明白。"冯善伊看她一笑，"得了，我要去拜见拜见那位充华娘娘，看看她到底有多爱惜自己的羽毛。"

冯善伊出了东殿，即往中殿去，一路眼见的都是从前没见过的宫人，暗想这位充华娘娘果真讲排场。太后的钦使，那必是心腹，再又是九嫔之位，宠上添尊。如果娇纵，反是合乎情理。然后自她入殿报了名位后，满殿规规矩矩的宫人却未摆出架子，反是好声好气地请了她入殿。

片刻后，那位充华即是匆匆从后殿转来，步履飞疾，佩环叮当作响。人未露出全脸，竟是奔至冯善伊身前倾身跪倒。

冯善伊被这大礼骇住，连忙扳过她双肩请起，待看清她眉眼时，惊得退步跌回团椅之中。

曹充华看着一身素衣似有些沧桑疲惫的冯善伊，泪眼婆娑："姐姐如何成了这般模样？从前是那等光鲜亮丽。"

【第三卷】云中篇

冯善伊尚未回过气来，一只手够着曹充华的脸，细细打量。所谓人靠衣装莫不是这般？从前那样平凡不起眼的眉目，如今只稍弄铅华云粉，竟也成了绰姿贵妇的模子。这掉进人堆里即识别不出的曹秋妮，如今焕发夺人目光地立在自己眼前，冯善伊不知是笑还是哭。

为她秋妮，自己是做了多少夜的噩梦倒也不知了。

等不及再言，内殿闪过身影，拓跋濬披发走了出来，倦怠的眉眼略带不耐，他手中握着书卷，半身袍子耷拉着，抬帘时只道："充华，朕的长衣呢？"

曹充华忙拭起泪，背过身子先行一礼："昨夜不是落在池子里了吗？臣妾这就去取新的。"

拓跋濬这才又看见她身后的冯善伊，目光稍沉："你也来了。"

"姐姐务必等我回来。"曹充华转身而去时，捏了冯善伊的腕子轻道了一声。

室内突然静下许多，拓跋濬寻着茶碗淡呷了口茶，才抬起眸看着冯善伊道："你是为李嬷妹而来吧。"

一个月前还是一口一个腻死人不偿命的嬷儿，如今李嬷妹三字，他倒是喊得齐全。冯善伊这般想着，在他身侧落座，再没什么可遮遮掩掩的，直接了然道："坐拥三千美人，轮番换着睡，是不是挺美的？"

"不就是给你选了个男人，值得你如此护她？"拓跋濬冷笑着，似不经意道。

冯善伊扶着桌子探过身去，询问道："话说你没良心哪。"

"她生下弘儿，为大魏，为朕，立下汗马功劳。"拓跋濬想了想，如实而道，"朕不会亏待她。待回魏宫，品阶宫位任她选。"

"不论她怎么选，皇后都是留给我吧。"冯善伊细眼探去，渐勾起巧笑。

拓跋濬扬眉，这个她倒是时时记着，且记得格外清楚。

"诞下皇长子，再备受圣宠，对任何一个要入魏宫的女人未必是件好事。"拓跋濬淡了目光，握书的手微微松落，气息那么一沉，"这样简单的道理，嬷妹想不明白不奇怪，你怎么也会不明白？"

"不是我看不穿。"冯善伊如意料之中释然几分，挑了笑色，"只不愿把你想得那样通情达理。"

"三皇叔薨了，朕明日即要归京。"拓跋濬严肃着，再打量去她，"你准备准备。嬷妹尚在月子中，就先不带着她。"

归京？

冯善伊觉得拓跋濬嘴巴里只今日这两个字说得最得人心，为这二字，只觉得

186

自己几十张嘴皮都要磨掉。总算是要回去了。

拓跋濬再立起身来，袍子落了地，他未弯腰，只习惯地等人替自己捡起来披好。然而冯善伊远未注意这些，她正抱着杯子落在自己即将回京的兴奋之中。

拓跋濬咳了咳，自己弯腰拾起袍衣抖了抖。

冯善伊依然傻呆呆地愣着，笑着。

拓跋濬于是又抖了抖袍子，狠狠抖了抖。

袍角甩了冯善伊目光之前，她回过神来，只看了看拓跋濬，放稳杯子，笑眯眯从他手中拿过袍子垫脚罩了他两肩，好声好气道："从今以后，你随便用我。"

拓跋濬只道她也就是这么点出息了，冷笑过，才将视线落在她额前，低声道："你和曹充华从前是什么关系？"

"秋妮吗？"冯善伊落在他肩头的手僵了僵，而后抬起头看着他轻笑，"在我手底下做事时，欠我一只袖子。"

"就这些？"拓跋濬探了一句。

冯善伊点头："就这些。"

"太后旨意，让秋妮照看嫮妹，待到嫮妹身子好了，再一齐回宫。朕起初也打算你随着她们回去。"拓跋濬说着顿了顿，换口气又道，"而后想了想，你还是早回去的好。"

冯善伊不解地抬头，却见拓跋濬已不想再说什么。

拓跋濬拉紧肩头软袍正要转身离去，似乎又想起了什么，没有回头，声息淡而轻蔑，便如嘲讽般而出："你那个什么玉哥哥，抓紧清理好。"

琉璃色的水仙瓶中插着几株不合风景的红枫，赭红色染了光线。冯善伊手中的茶一口没喝，原原本本放回了桌前。

秋夜寂寂，灯如暖墨，曹秋妮垂眸片刻，缓缓道："秋妮也不知这头顶上如何落了天大的喜鹊。那日入了太和殿中，太后什么也未说，只留我在她宫中做事。不过那之后我便不能出太和殿半步，也不能再见其他人。那时候听说姐姐被逐出宫去都不能前去相送。姐姐离开不久，我便以御女的身份陪伴圣驾，去年太后寿诞，皇上一并给太后身边的丫头们封赏，这才升了我充华。"

冯善伊轻轻一笑，置若枉然，抬眼看了她："想来这也算你的福气，不是吗？"

不知为何，当着冯善伊面前，曹秋妮仍是有那丝胆怯散不去："我也不知这是好是坏。"

【第三卷】云中篇

"我那时和银娣还日日牵挂你。"冯善伊说时，苦苦一笑。

曹秋妮反是惊醒地四下瞧见无人，压低声音道："姐姐可曾再见过银娣，可知她犯的那些事？"

冯善伊只道："我守了山宫四年，怎么会知道？"

"如今李银娣这三个字姐姐切忌在宫里说起，是要一并株连受罪的。"曹秋妮谨慎言道，边说边攥紧了袖笼，手心里满是汗。

冯善伊喝了口茶，再看去曹秋妮，转过目光，有愧，也有难以道清的疏离："这四年来，我最轻松的恰也是今日。"

"善伊姐？"曹秋妮言着一愣。

冯善伊勾了一笑："或许因为再见到你。"

曹秋妮闻言软了身子蹲在她的裙尾，手覆着她两膝温温道："姐姐如何能说这些生分话呢？我不还是秋妮吗？倒是我明明知道姐姐在云中受的苦，太后跟前却一个字也不敢帮你说话。我们这样，难道不都是为了活下去吗？"

冯善伊犹豫着拉回秋妮袖子，缓缓张口："当年——"

"旧事我们就不提了。"秋妮爽朗笑了笑，立起身来，转过身拭了目中热泪，再回身时似想到什么，急急忙忙道，"皇上近来秋燥，我去后面看看，许是又有什么吩咐了。"

冯善伊点头，由她匆匆转去后殿，她自烛台前立身，背过身看着窗口晕出黑瘦枯枝满地残驳，云中之春景仿佛还在昨日，一夜间便败了。走出室外，她忽而忘了自己此行的目的，是该要问问秋妮，如何能对李姌妹说出那番话。

回到自己室中，尤觉静得可怕，她从前以为自己是个不大会寂寞的人，然后如今走的走散的散却觉得了无生趣，整日除了混吃等死，便是等死混吃。才点上灯，选了本经书想要在睡前读读，桌前陡然一纸红枫叶笺吸引视线。

她举起来，镂空的秀笔小字分外精巧。这还是几日前小霭子托人送来的，他借惠裕信上说是经过一处枫林很美。虽是看过千百遍，她还是一笑，将那枫叶夹了书中压好。转去妆台前悉心挑选簪饰，一双白芙蓉流霞玉翠的对簪绾起多日不曾精细打理的散发，斜鬓向左偏去，别致而又轻巧。

"无论如何，都要幸福。"

对望镜中，似对着自己说，又似说给藏在自己眼底小霭子的身影。

离开行宫的这一天天气大好，冯善伊与李姌妹几番嘱咐后，迟迟登上车马。

燔柴宰牲，帝王向西拜过先祖，鼓乐升起，卤簿威盛，龙辇缓缓驶出宫道。

冯善伊被守卫将士的金甲银盔晃得眼晕，放落车帘，与外隔绝后倒也不必强行撑起端庄的微笑。一路似乎出了阴山，车马渐停，前有宦官小跑而来，报了消息说皇帝要她移辇。

"移辇？"冯善伊正端着满满一碗奶子要用。

领头的公公即将皮袍子披来，好声好气道："皇上说他车里炭火烧得足。这可是您的福气。"边说边挤眉弄眼，堆了较以往更多的笑色。

冯善伊略略一咳，抖了抖袍子随即跟上，路上的风恰是极大，大辂车恍惚入了视线，金黄色的车盖饰以杏黄流苏，几百粒宝石沿着金丝镶嵌的车轮交错密布，车尾数展黑龙旌旗尽显皇家威严。走至车前，内有公公打了外帘子，车外扶梯已架起。冯善伊扶栏而上，触及的柱头是以象牙雕镂出祥云纹簇拥着莲花，尤其精致。

入了车内，方才抬帘子的公公退下，将屏风外的位子让给了她。

拓跋潸便坐在屏风之后的案前阅章，不出声响。屏风嵌着金丝，条案刻有金字，还有窗侧扶栏更是搭着金幔。满目的金，总算也见识了天子归京的规格。冯善伊什么也没说，靠着炭炉一侧借火焐手，这时候正是秋凉一日甚过一日。车中有火炉也有挡风的幔子，窗外冷风拍打着窗幔，呼啸之声狰狞，尤是这般，最起困意。冯善伊依偎着身侧矮几即乏乏睡去。

不知又过了几个时辰，醒时先是听得崇之在身侧低唤，周身温暖，由肩至膝皆由毯子裹紧，她自己也不知何时披了毯子，打了窗帘子向外探才知天色已入夜多时。

"夫人，这碗粥皇上吩咐奴才们热了好几回。"崇之将粥汤饭菜置放在案前，言声还算平和。

冯善伊稍整理了松乱的头发，先是朝屏风内看去，空空无影。

"皇上已经下去营帐了，说要活动筋骨。"崇之一并将勺子递上，"夫人用好了也下去营帐吧。夜里也歇得舒服些。"

窗外确也星火点点，扎起数座营帐，夜幕下建得最豪华耀眼的便该是拓跋潸的营帐。想起又要共度一夜，冯善伊实在有些犯难。

"我见这车里极好。"用过半碗粥，便觉得饱，"不如就在这儿凑合一夜。"

崇之自是明白她的小心思，抿唇提醒道："夫人，归程数月，您总不能日夜困在这巴掌大的地方不出去吧。"

冯善伊咬牙皱眉，他这话确也提醒了她，随手敛过袍衣罩在身上，即跳下脚梯。由崇之领着入帐，帐中无人，已经打理整齐。一张足够躺三人的木榻，虽然

189

简陋了些,却也是精心搭建。榻上铺着厚厚的棉褥和毛毯。冯善伊坐在榻上,只觉得整日的车颠疲惫稍有消解。

崇之点了盏灯,移到台案前,将奏章一并挪到案上。

"皇上这时候去了大都督帐里,商议路程安设。"

冯善伊见他正干着自己最擅长的事,好心提出要帮他。崇之露出难色,连连阻止道:"夫人饶了我吧。皇上扬言是要奴才脑袋的。"

星悬月低,秋风漫入长草,连营火光渐渐灭去。

极其宁静的夜,隐隐传来山那边船夫的笙歌渔音,一声连着一声"好风好夜好光景"此起彼伏,押着乡音朴实的曲调,听得拓跋濬面有欣慰地踩了夜色走回帐中。

迎面见到崇之满脸难色欲言又止。案前分类归整的奏章一览入目,拓跋濬先是稍愣,而后提气欲恼,崇之于身后扑腾跪地,畏畏缩缩哭着道:"皇上饶命。"

"朕说了——"拓跋濬眯起眼来,眉心似又纠结于一处。

"不一样。"一角云帘抬起,由帐中另一侧走来的冯善伊扬了一声,又轻言一语,"和拓跋余不一样。"

拓跋濬突然沉默,挥袖命众人皆退避,便是崇之亦哆哆嗦嗦地放下帐帘退了出去。

她走到拓跋濬面前,目光却落在他手边的数摞奏折之中,语声平淡:"拓跋余是左撇子,和皇上看折子的顺序并非一致。"

拓跋濬深锁的额头依然没有展开。

她也不知他听懂没有,于是进一步解释:"这折子,我是为你码的,而非拓跋余。"

他仍是全无反应,只方才掩在袖笼中握紧的拳头释然松下。

她又近了一步,额顶几乎碰及他的下巴,仰起头来:"我的意思,你明白吗?"抬起手,指尖滑过他下颌,手感确实比拓跋余更光滑。

拓跋濬深深注视她一眼,随即将目光移开。

冯善伊一笑:"到底是怎样的侄子呢?竟能如此嫉妒他的叔叔。"

他默默地转身,便当从未听到她说过什么,但转身的背影满是落寞。他坐在篝火前,目光中所燃烧的烈焰虚渺不清。

"喜欢着你所痛恨的人,面对这样的我,很恼火吧?"

说时心底微酸,却也强撑微笑。冯善伊在他身侧坐下,垂首摆弄袖口。

"如果是我，会比你更恼火。一刻也待不下去。"她说罢，静了许久，抿唇偏首牢牢盯紧他，突然摇头，"再也不想过那样的日子了。"

燃燃篝火发出噼啪的声响，是室中唯一的声响，夜的确静得发沉。

"再也不想活着只以那一个人为所有追求。"

沉浸在自我期许的幻想中，逐渐麻木而无力挣脱的惯性情感。

冯善伊终是扬起头，看着拓跋潛："所以，请你帮我。"

她做出一脸等待他回答的姿态，却也在心底知道他不会做出任何回答。

一切与己无关之事，能避则避，这才是拓跋潛的生存法则。

彤色暖光映出半身通红，拓跋潛将最后一根木柴扔入火炭堆，拍拍袖子立起身来，略略垂向她的目光似有似无。

"好风好夜好光景。"他道。

冯善伊先是一愣，而后随他站起身来。

缓缓显现的微笑展露玄机，他喃喃重复："好风，好夜，好光景。"

这一夜宿在拓跋潛营帐中，冯善伊难得心平气和，隔着柔纱轻帐，隐约见得对面拓跋潛持笔于案前审度奏章批复的背影。玄色青衣米色金边卷翘的裘袍，时而昏沉，时而明亮。她便盯着那身影逐渐睡去，浅眠恍惚着，直到夜阑人静拓跋潛披衣回至榻前的动静都分明有意识。

他侧卧在榻外，她反卧榻内，昏灯渐黯，兀自由漆黑团绕，浅梦这才一丝丝深去。

梦里她正跪在魏宫御花园道的玉阶之上，夜风将她鬓发拂乱，泪痕吹得生疼，如同尖利的刺刀穿刺两颊的肌肤，那样灼灼的疼痛。又听得那"哒哒哒"的熟悉步履，她在余存的希望中扬起头来，却见得那人的目光尤其冷峻。那是拓跋余，他将满殿的朱瓶玉器、奏章文书、笔墨纸砚、香炉烟台一一扔出殿外，能碎的都碎了，能扔的都扔了。最后只穿着那件已是脏乱不堪的堇色玄衣而出，衣袖荡在风中，目中全空。

他的神色，阴晦如锈迹啃噬的青铁面罩，麻木又沉暗。他像任性的孩子般笑开，笑罢便是极怒，冲至她身前，猛然攘起她的衣领，十指握紧她领口，出离得紧。

半个身子由他一带腾空而起，脚尖勉力踩地，几乎不能呼吸，泪光便锁在眸中，哀哀地凝着他。

"你把她藏去哪里了？！藏去哪里了！冯善伊！你想看着我疯了还是死！口口声声说最在意我，这便是你喜欢我的方式吗？"他是发了狠，冲天之怒下便似

191

那受了伤的幼豹，困兽的挣扎只会将伤口撕得越裂。

她亦抬眼望他，强言撑着："那不是你能爱的女人。"

"还给我！"他猛地松腕，将她推了出去。

空荡荡的袍衣被风吹开，轻弱如风的身躯重重砸了高耸入云的冲天云柱，檀色衣摆滑落赤朱红金漆的硬木，后额闷痛之后只觉暖意逼出，以手摸去，暖流泛着血腥气染了五指。漆黑之中，后额的血渗过密发，灼热黏湿地滑过耳廓。

"我求求你，把她还给我。没有她，我也不想活了。善伊，我求求你，你让我活下去好不好，我什么都不要。你把这龙袍撕了，把这皇位拿走，我不要了。我只要她！"他几乎是跪在她身前，把她的肩膀抓出条条淤血。堂堂天子之尊，竟也能如此不值钱，只不过是为了一个女人。他目中分明有泪在落下，那布满血丝红肿的双眼止不住落下的泪，却仿佛都流进了她的伤口，沙沙地疼。

她面前的已再不是一个天子，仅仅是陷入一场热恋不能自拔却又痛苦不能相守的寻常男子。

她抬了右手，抚过他疏忽打理粗糙的下巴，胡楂的青痕滑过指尖，哽咽："你怎么成了这副模样？拓跋余，你如何成了这样子？"

曾经清澈如泉水的目光，为何比铁锈还秽污。

曾经明媚清隽的面容，为何如今只写满死寂的沉暗。

那是她在他面前，首回落下泪来，亦是唯一一次。

"是爱！"拓跋余暗哑的嗓音飘在空中，凄凉如秋风落叶，"你懂什么是爱吗？你根本就不懂！爱，就是要长相厮守，不惧生死之隔，这世间没有能横刀斩断爱情的阻力！"他苍白的面容似乎因这无比美好而天真的愿景回升血色，悲凉而涂尽真挚的目中添增了亮色。

爱吗？

她扶紧身后的廊柱缓缓撑直了身子，立在他身前，哀凉的目光穿越他："你们不是爱情。是欲望，是她残忍的贪欲和你愚蠢而荒唐的爱欲。我没有见过这样的爱情，足以毁了一生的爱情。"

"因为你从来没有爱过！你爱我身侧的后位，你爱着将能成为伟绩传世的英明君主，你爱的是那个能助你涤清血脉中耻辱与仇恨的男人，是可以实现你内心痴望愿景的人。这些，都不是我。你所爱的，不过是自己与生而来的命运而已。"散乱的长发滑过他苍白的双目，比风更哀愁的是他彻骨无助的内心。那一刻，他做着世上最无比愚蠢的事情，以嘲笑一个女子赤诚的爱情从而缓解自己思念另一

192

个女人的悲痛。再也没有比这更刻薄。

　　"这样说，真的会好受吗？"她静静挑起悲凉的笑色，淡淡道，"很好。脱下你的龙袍，扔了你的皇冠，像普通人一样走出去，越远越好，领着那个女人远走高飞，去实现你们绝无可能的爱情！"她会睁大眼睛去看，看他所谓至高无上甚至引以为傲的爱情是什么模样。然而那一刻，她沉浸在属于自己的悲愤之中，似乎忘记了铭刻在拓跋余内心底如秋水般的孤独蓄势而发，那一泄竟是不可收拾。

　　她万没想到，他终会以孤独完成一份不可能的爱。

【第三卷】云中篇

193

第四卷·归宫篇

『她问自己，是想睡过去，还是醒来；是想活着，还是死去？』

【归宫篇·第一章】

熟悉的平城宫门。

熟悉的金桥魏水。

熟悉的七峰山巍峨独立。

熟悉的如洗碧天青苍古木。

目中所视一切，其实从未远离，皆在日夜所思所梦之中。

三个月后，御驾亲抵北宫门，文武众臣跪俯御道迎驾而归。漫天鼓声炮响，隆重典雅的仪仗，这座沉寂了许久的都城动员所有一切的热情营造出一幅尽显帝王龙威尊傲的盛世画卷。热闹，喧嚣，浮夸之后，皆是一派隐匿的冷漠。

然而这一次回都，拓跋濬没有下车，没有召见前来接应的丞相百官，甚至连那些跪在金水桥两侧的宫妃仕女都没有多看一眼。他选择漠然地回宫，踏上宣政殿百级玉阶时，他稍停下步子，转身俯视纵深四百尺的煊赫广场，审慎而镇定地将他们一一收入目中。

冯善伊此时已由车中出来，随着众人跪于阶下，遥遥仰目时，恍惚觉得那目光之中有一分隐约落在了她的头上。她垂下头去，不做张望，凝视着日头下青砖地间映落出自己模糊的跪姿。

拓跋濬入殿的身影散去后，金水桥两侧的女眷纷纷起身，冯善伊孑然一身望去，依稀有曾经熟悉的面孔如今却故作不识般由自己身前冷漠走过。数十位稍有身份的妃嫔三三两两由宫人引道西去。退避的宫女太监竟如躲晦气般争先抢步走开，便是留下的，更离着冯善伊几步之外。耳畔只言碎语低低传出，冯善伊自当不听，自作不识，立起身来朝着西宫行了几步，却听得身后怯怯的一声"主子"

忽然传来。

脚下一怔，冯善伊转过身，见青竹正站了身后，四年后个头高了不少，如今梳着最卑微仕女的平髻瑟瑟立在风中。

"你这丫头，"冯善伊缓缓走近，将她冻红的一双手捂在自己怀里，"生出几分眉眼来了。"

"主子，"青竹夹了一声哭腔埋入她怀中，瘦弱的双肩抖着，"您总算回来了。"

遥遥地，立在宣政殿外的崇之见到这一幕，招手唤来一个小公公，将手中挡风的袍子递到他手中又交代了几句。那小公公得了命令，匆匆跑下殿，直奔冯善伊身前跪地讨好笑道："奴才顺喜。崇之公公吩咐了，说昱文殿仍是给主子留着呢。以后您大小事儿皆可差使奴才。主子说个话，奴才就跑腿。"

冯善伊看了他一眼，又看向殿上崇之转身而去的背影，由他手中接过了袍子反替青竹披上，拉过青竹腕子即随顺喜一并西去。

清冷的昱文殿，虽久未居人，却好似每日有人打扫，除了庭院落叶杂碎了些，殿内诸物摆设皆是无染尘埃。顺喜燃了盏灯，言是宫里一切齐备，只是差了暖炉炭火之类。

"奴才明儿前去先给内务府报个应需，让他们先把咱殿里的火炉燃起来。今夜暂时也就辛苦主子了。"

顺喜这番话恰也是实话，冯善伊从前也是宫人出身，和内务府那些个人打交道也总算不是一日两日。她塞了几两银子给顺喜，只道："冬日的烤火钱按规矩是由各宫月俸中扣去，如今我刚入宫，内务府那边自是拿不准俸禄。明日报需时咱就自己拿银子垫了烤火钱。所余的就当赏你跑腿的了。"

顺喜一听乐了，扬言现在便要去内务府交代，揣了银子扭头转出殿。

冯善伊拉着青竹入了内室，本想给自己和她寻口茶喝，可这昱文殿上下，连个招呼茶水的宫人都没有，着实清冷。青竹未等坐下，忙急道："主子，我不能多留。我是从尚服局偷跑出来的，就为了看主子一眼，一会儿还要回去。差着好些活儿没有做完。"

从六品承衣刀人直落为魏宫最低级的女工，冯善伊也不知青竹潦草几言背后到底藏了多少辛酸。她一手提了灯盏，另一手拉过青竹手背，昏灯下，青紫冻疮尤其明显，新伤覆盖了旧伤，早成溃烂。

"你在哪个手底下做事？"冯善伊气恼询问。

青竹收回手腕，自不敢言。

"虐待我的婢女，就是甩我脸子。"

青竹忙摇头："主子，眼下不是说这个的时候。奴婢赶着来见主子，就是想来告诉您一声，奴才没用，没能照顾好春姑姑。她那样一把年纪了却还跟着我们入尚宫局，辛苦撑了那么久，还是，没能等到您回来，就差一步……"

姑姑信里言春留守宫中未去守庵，可方才御驾归时，她连春半个影子都未看到，她却从没有把事情往最坏去想。

她很安静地听完青竹断断续续的话，一时忘了做反应。胸口很热，越来越烫，咯咯作响，像是由什么锯了开，那一定是天底下最钝的刀，一刀一刀生生磨开裂缝，直到完全锯断割碎。

她没有哭，只是把头垂了下去，盯紧自己袖口栩栩如生的蓝紫蝶花，那是春一针一针缝上去的。她那时答应过春一定会穿着她缝的衣服回宫，如今她回来了，替她缝上这些精美花纹的人却走了。

"什么时候的事？"她低声只问了这一句。

青竹缓缓扬起头来："酷夏最难熬的时候。主子若早回来三四个月，也可以……"

是那时。冯善伊恍惚明白，原在那时，所以拓跋濬欲言又止，只说了还是带她回来的好，这好，便是为了让自己送春最后一程吗？

五脏六腑似乎纠结在了一处，狠狠抽搐着。每当这种时候，她都会这样劝慰自己，是最后一次，最后一次分别。拓跋余离开的时候，她告诉自己，他是离开自己的最后一人了。赫连在她怀中失了温度时，她也是这样告诉自己，不会再有这样的噩梦了。后来，李敷也走了，她只当自己又做了一个荒唐的梦。再没有什么能够失去了，已经一无所有了。可偏偏，老天还是觉得她得到的太多了，多得不能承受，所以刻薄小气地剥夺。

如是这般，那么她终于有些明白了，拓跋余的离开，只是所有一切悲剧的开端。

梅花在静谧的雪夜中孤零零垂下枝头，白粉团簇颤巍巍俏生生。鞋底踩过薄薄的一层细雪发出轻微的沙沙声，冯善伊的步子本来就轻，于这九曲瑶廊更显得静寂。青竹说春的骨灰被奉在太后礼佛的小祠堂，她如今只是想带她走。

小宫人匆忙赶了几步前去传报，堂中木鱼声渐落，缓缓地由内拉开一扇小门，暖暖的烛光映了出来，那一片明光中只案上青蓝色雕镂云花的瓷瓶最刺目。

太后常氏素衣间别了苍白梨花，诵经七七四十九日之后，又是四十九天无声凭吊。她没有回身，只是余光掠到冯善伊缓慢迎上的步子。太后别过头去，心头不知有何撞了撞，正也发酸。

冯善伊走至案前，将瓷瓶细细抚摸着，便似儿时去摸春光亮圆润的额头。她将瓷瓶抱在怀里，脸贴了冰凉的青花，转身欲走。

太后忙起身，抬臂竟也是要夺她怀中之物。

冯善伊连撤了几步，冷眼看去，这位太后娘娘占有欲令她此刻没有办法压抑强烈的愤恨和厌恶。就如此刻常太后眼下乌青的郁色，在她眼中，都是惺惺作态的虚伪。

太后伸出的臂没有收回，嘶哑的声音传出："她是我的姐姐。"

冯善伊依然不肯放手，反是揽得更紧，声音一低："对我而言。这个人，是母亲。"

那一刻，这两个本不该有任何交集的女人，却升起了同样的心境。

太后幽幽一笑，昏灯橘光下，苍白透明的肌肤映出青红细弱的血脉，她点头，泪光闪烁："是年长十三岁，像母亲一般将我养大的姐姐。就让我守着她吧，就像我出生时她守护我一般。"

"既然那么心疼她，活着的时候，为什么不守护？！不是皇太后吗？这样尊贵的身份，守护一个平凡宫人很难吗？"心神激荡，她不觉得这个人有哪怕一丝真诚的感恩之心，"在她生时都没有尽到守护的责任，这样的人，没有死后守护的资格。"

太后被这一声击穿了伤口，那样痛，却又回不出一个字，痛苦地皱紧眉头。她也是个人，也有自责、悔恨、恼怒、固执的权利。

冯善伊看着她，温然道出一句极冷的话："知道什么样的人最可怕吗？"

太后深抿的唇压抑着颤抖。

冯善伊含了冷笑："一无所有的人最可怕。"

拥有一切的人，最可悲，因为终有一日将陆续失去。

一无所有的人，最可怕，已经没有什么能够再失去了，便不会在意任何。

"所以，请不要逼我成为一无所有的人。"

声声刺耳，字字锥心。请不要……逼我成为一无所有的人。

决然的声音模糊散去，太后仍处于恍惚之中，她第一次注意到冯善伊扬起头决绝的姿态，竟是像极了那个人，她的父亲冯朗，恰也是自己这一生唯一爱过恨过的男人。

"姑姑。"李申刺耳的声音穿透佛堂。

太后忙垂首拭着目中的泪,再偏过头去,看向来人:"你怎么来了?"

李申于瞬间怔愣地望住姑母身后的冯善伊,僵了修长的背影。袅袅檀香中,她极力压抑自己不能镇定的心绪,有一丝恐慌,一丝愤怒,一丝……无力踌躇。她还没有做好准备面对再度归来的冯善伊。

"您过得好吗?"冯善伊一脸清冷地看向李申,似寒暄般平和镇定。

李申轻咬齿间,淡淡的声息若有若无:"为什么要回来?"

冯善伊抱紧怀中瓷瓶,大步走了出去,侧肩擦至李申,微顿了步伐:"因为太怕了。"

李申转过头,须臾不动地凝紧她,细细斟酌她话中那二字"害怕"。

清寒的冷气吸入肺腑间,冯善伊陡然回了目光,恰如凌利刀锋:"好怕自己悄无声息地死在那样偏僻的鬼地方,就此让某些人释怀得意。"

李申猛地仰起头来,眸中闪烁着惊愕,她咬着字眼,却只能唤了一个"你"。

冯善伊凝着这一张赤金缀玉华美至无懈可击的面容,飞眉如秀山挺立,黛眼云波,樱桃红的点唇盈然秀丽。裙角垂摆的线条如一条清溪蜿蜒,婀娜身姿尽显成熟女子所特有的妩媚。这宫中果真没有能比她李申更美的女人了,然而这美却如此令人畏惧。她那高踞云端玄机深沉的姿态背后是朱红石榴裙摆下掩埋的森森白骨。簇金丝的百束裙,遍绣鸾纹的云花升腾起那一张张曾比花颜更美的面容。冯善伊逐渐看清了那些熟悉的面孔:那样平静的赫连巧抬轻眸,始终一言不发深思远虑的李敷,灯下持着针线浅浅凝笑的春,还有许多许多,那些流朱倩影只一晃又散逝。最终,她的面前,仍是被魏宫蚕食了真正面容美丽得毫无生气的李申。

"自今而后,"收回彷徨的迷离,冯善伊一笑置之,"大魏内宫只是两个女人的战争。"

猝不及防的惊愕只是一瞬间,李申双眉轻挑,作了淡笑:"就凭你。与我斗,你也配吗?"

"至少,"冯善伊停了脚步,笑意迸发,盈盈抬目,"还配得起赢过你。"

拂摇长裙随风而坠,冯善伊转身时,恰逢常太后泫然回首,凄厉的声音猛然迎来——

"傅云舒!"

不经意念出的这个名字,惊起心底古水涟漪。

冯善伊的脚步下意识地怔住,随同她的声音一同在心底重复这个名字。

"春最后一刻,要哀家转告你的这个名字。傅云舒的名字,无论如何要你记住!"

"傅云舒是什么人？"淡凉的一声，溢着惨笑，这三字脱口而出的瞬间，冯善伊怔愣回首，凝着常太后一袭单薄的素服，无知无觉甚而全不受控制地落下泪来。

双唇颤了颤，常太后依稀发出声音："生你的女人。"

夺门而出，满目发凉地望着殿外越发漆黑沉郁的寒夜，风中抖来残香，那烛火每燃一丝，气味便重一分。凉气混杂香息沁入鼻间，微微的酸。生下自己的母亲，当真不是那个高坐冯府东院的冯王氏，果然另有其人。

次日清晨，正阳宫传下旨意，言是文氏召见钦安院。

轿子由西入东，云霞如一水映红胭脂，静逸安然地挂了天边，风仍是冷的。冯善伊迈入正阳宫殿室时，极重的汤药味袭来，她先是蹙眉，而后抬了眼看向前的帐幔。文氏正闭目半靠在软榻上，虎皮毯正拉至腰间。一个小宫女背着软榻搓洗着金盆中的帕子。冯善伊只望了一眼，见那盆底一丝丝血脉绕开。

她走近看文氏，见她如今又瘦又白，眉目间早无了四年前高踞太和殿俯视众人的光华，隐隐约约似能看清额头肌肤内里青红的血筋。

魏宫，还真是个能把人磨死的地方。

冯善伊目生怜悯，开口唤了她一声，便也无音。

隔了许久，文氏默默抬了半眸，恍惚的视线中抖出苍白的笑色，皲裂的唇角绽开，血的腥气冲了满口："你也没有四年前那样年轻光彩的年华了。"

冯善伊没有说话，却下意识间触了触自己冰凉的脸颊，文氏的眼力果然还是独到。云中的四年，吃斋念佛，她早也忘记打理自己，不知那是哪一日，抬手触上日渐消减的下巴竟是发觉自己的皮肤早被塞外冷风吹得干燥粗糙。从前稍有几许姿色的容颜，四年之后，添了铅华褪尽的苍洗白练，于这桃红彩胭的魏宫众女子间，她黯然得一塌糊涂。

"你恨吗？"文氏又道，言声轻若游丝。

冯善伊缓缓坐在榻侧，平静地看着她："成了这模样，也总比死好。"

"你若不恨，何来一回宫就和李申叫板？"文氏才说了半句，便咳起来，一声重过一声，听得便似要将心肺咳出。

冯善伊抬手抚弄她的后背，缓缓言道："这宫中能同她叫板的，也就只有我了。"

文氏握上她的腕子，拉到胸前，眉也未抬，压抑着咳音沉声道："听我的。韬光养晦从来是最好的活法。"

"你一辈子这样活着。连后位都借着铸金人失败故意舍去。至今除了这一身

【第四卷】归宫篇

残病，又得到了什么？"冯善伊轻幽的语气近似嘲讽。

文氏抖了腕子，猛抬眼，目光一瞬间凌厉之后回复平静，稍稍镇定后，含了惨笑："我与你不一样。"

冯善伊把她的袖子塞回毯子中，幽幽言着："我希望你好好活着，至少要看到润儿嫁人。"说着又一抬眼，扯了笑，"她的婚礼，我会请你去。"

文氏失神地看着她，愣了许久，终是苍白一笑："好啊，好啊。"

"除了好，也不说谢谢我。"冯善伊扬了扬眉，装腔作势道，"你见过我这么有爱心又大度的女人吗？"

文氏被她说得又一笑，这回眉角才添了几许释然，她点头："在心底早是谢过千万遍。"

冯善伊再没说什么，想起冯润，心底又牵出了微微酸疼，她站起身来，嘱咐了文氏几句便欲退殿。文氏猛仰起头来，看向她退远的步伐，终忍不住道："我在魏宫的日子不多了，恐怕能帮你的也不多。要赢，一定要赢。"

殿外升起明烈的暖光，冯善伊由这束明艳晃得睁不开眼，稍稍颔了下巴，眯起眼。

文氏淡淡的声音满是期待："冯善伊，你是我选定的。我的女儿，我心爱的男人，我的丈夫，还有这一座圈禁我的牢笼，我将他们齐齐交给你才能放心而去。"

为什么是我？

这一声，困在冯善伊心底，终是不成音。

顶着刺眼的阳光，努力睁大眼睛，立于高殿之上遥遥望着这华碧辉煌的牢笼，在金色云辉笼罩下像极了一座晶莹剔透的迷宫。自进了入口，便不知出口何处，迷失，彷徨，焦虑，一次又一次地碰壁，一次又一次地走上相反的路径，一次又一次地回到初点。

迈出几步，冷风扑来暖意，冯善伊却顿下步子，看到窗前老树下那枯立的身影，玄青色的外袍绕着银色长摆，真红金绣的长衣迎风拂展如云霞渲染。拓跋濬就那样沉默地立在文氏窗前，冠下长发由风滑过眉眼遮住了他的目色，她实在看不清如今他神色是痛还是平静，是怜悯还是爱意。

拓跋濬转了半身，她来不及躲避，与他一时四目相对。

钟声散在她身后，她半刻忘记行礼，怔愣地含笑，心中只想，如果史官看了这一幕，日后只会将它描写成一段帝王后妃的情深意笃，而后编曲做戏文，由后世传颂转念，倒也展现了魏宫一派温情。

拓跋濬没有等她问安行礼，淡漠的目光在瞬间收紧后面无表情地回身而去。殿室中传出一阵阵文氏的咳声，拓跋濬远去的脚步声越来越轻。

冯善伊抖了笑，转眼看向窗中文氏扶榻嘘喘的背影，再望向拓跋濬空洞的背影。忽而，一切都明白了。

这日午后，散了宣政院议会的拓跋濬前去西宫嫔妃处时路过昱文殿便绕了进来。崇之跑来传唤时，冯善伊正披着暖袍趴在窗前午睡，午后的阳光暖暖的，室中没有炭火，便大开了窗，让日光照入室中驱了冷寒。

拓跋濬见她睡得正沉，便止了崇之唤醒她，他在案侧坐了小半刻，由她书架中选出几卷经文翻了两眼便把经书塞了袖中，默不作声地离开了。

冯善伊醒时，已是大半时辰之后，第一眼便看见顺喜在鼓捣炭炉，她裹着袍子走上去，探眼打瞧惊喜问："我还以为内侍府总要拖个好几天。"

顺喜扬眉一笑，好不欢快："午后皇上来转了一圈，觉着冷，便让崇之去责问内侍府。这不，几个公公们吓得忙跑着来添炭炉，主子夜里能睡得舒坦了。"

冯善伊努努嘴，拉了肩头垂下的袍领，幽幽念着："你从前跟着崇之伺候皇上多久了？"

"皇上还在潜邸时，奴才就跟在崇之公公身边了。"

"你觉得皇上是更宠李娘娘，还是文夫人呢？"冯善伊抬出一手触着暖火搓了搓。

顺喜将眉皱紧，想了想："自是在文夫人之后进府的李娘娘了。有了李娘娘，皇上一次也再没有去过文夫人那里。"

"那么李娘娘之前呢？"冯善伊故作轻松，又探问了一声。

"噢。那从前还是好的。"顺喜挠挠头，"只是，文夫人是个不会笑的。从来就没有面露欢喜过，皇上后来也觉得没意思了吧，而后常太后领着李娘娘入府了，李娘娘生得那样美，没多久就成为新宠了。"

冯善伊还欲再说什么，却听身后一声怯怯的"主子"传来，随即回望去，见得漆黑夜色下青竹扶着殿门呆呆地望着殿里，眼里满是泪，肩上还背着包袱。

再下一刻，青竹奔入来，喜极而泣："主子，青竹回来了。崇之公公亲去尚服局说是皇上的意思，主子身边缺人，让奴婢回您身旁。"

冯善伊也欢欣着拉起青竹，蹭着她面上的热泪笑道："我还想着攒够了银子去尚服局将你买出来。如今可好，省了我一大笔银子。"

冯善伊拉着青竹说叨了许多话，说着云中的景物人事，到了夜里，顺喜满脸

讨笑请这一对貌似姊妹的主仆收整歇息。青竹见冯善伊仍是一脸说得不尽兴的模样，压着笑将手附了她的轻轻一拍："主子，日后慢慢道来，不差这一夜。"

冯善伊自觉是好久没有掏心窝子与人闲聊，出了山宫便处处小心在意，憋得满肚子话无人能道。又一想青竹的话说得不错，才让她先下去准备梳洗，再又站起身来去关窗，瞥见院前小门的灯火突地亮了起来，定了视线，遥遥看见崇之举着明灯伴着身后的拓跋濬快步而来。

冯善伊立刻扭身，合紧门窗，吹灭内室中的烛灯，吩咐了青竹几句，忙拉开床帐钻了进去，屏息等了好一会儿，听见殿门拉开的声音，还有青竹畏畏缩缩的低言："主子已是睡下了。"

风展起殿前长幔飘摇的杂音夹着崇之焦急的言声："皇上这是醉了，快叫你们主子出来伺候。"

冯善伊听着殿中的动静，黑暗中盯着床顶吊下来的如意平安坠屏息敛声。

帐子抖了抖，探出青竹的小脑袋，她将声音压得极低："这回，您可躲不开了。"

"真是祸害人。"冯善伊撇嘴满是不满，甩开帐子坐起来，"朝上憋了火找我发，醉酒撒泼也要我伺候。但凡好事怎么想不起我来！"

青竹急急拿手捂上她嘴，挤眉弄眼着："我让崇之公公先扶去东阁子的书房了，如今正吐得厉害。不知喝了多少。"

冯善伊咬牙起身，跟在青竹身后转出暖室，绕到书房，才一推门，迎面冲来逼人的酒气。拓跋濬人事不知地半卧在罗汉榻上，崇之正端着口盂伺候他把酒食吐出来。冯善伊以袖掩鼻靠了几步过去，拍拍崇之肩头："那什么，没什么事吧？"

崇之皱眉仰了半头，如今这模样倒像是没什么事吗？

"没什么事，我自回去了。"冯善伊一脸自觉道，"有事你再让青竹唤我。"

崇之苦着脸看她，眼神之中默默的无辜。

冯善伊最看不下去这神情，死咬了牙，往榻前一坐，轻拍着拓跋濬后背抚弄。青竹见状笑了笑，转过身去接了顺喜递来的湿帕子塞在冯善伊另一只手里。

拓跋濬吐了几次，才有稍许好转，平躺在榻上闭目浅睡过去。冯善伊忙命崇之将那些脏秽端出去，空出手来以帕子擦着他大汗淋漓的额头，边擦边抱怨出声："醉酒吐得难受，有火没处撒，头疼脑热，这倒是想起我来了。我是你老妈子啊？"

不料拓跋濬猛地抬眼，反握紧她一只手，狠力将她箍至身前。

冯善伊盯着那被他攥得一刻不放松的腕子，素白肌肤生生勒出红痕，她稍稍抬眼，见得拓跋濬混浊的眸子便落在额顶。

"七叔。"他唤了一声。

拓跋濬睁大的眼睛一片空洞，他望的不是她，而是清冷烛光下那隐约模糊的身影。他似乎看到了什么，那是谁自烟下，月白的单衣由风起摆，恹恹的微笑，几分散漫。香烛滴泪，人烟散灭，缓缓地，他垂闭了眼眸，沉沉而睡。长睫上沾染点缀的晶莹，连成一片水雾瞬然垂落。

冯善伊本是笑着，却恍惚愣下，盯着那湿盈怔忪。

拓跋濬的七叔，是拓跋余。

残烛陡灭，妖白的烟丝在昏室中摇摇坠坠，她自漆黑之中探出手，摸向他眼角那似曾相识的泪光，便似今晨在正阳宫外所见那般。指尖染湿，她蹲下身来，凑在他耳边，闻听他沉眠的呼吸声，浅浅笑着："拓跋濬。如今我知道了你的一个秘密。"

冯善伊笑得渐有些倦，靠在榻前轻了呼吸。

她其实并不想知道那么多秘密，唯期望可以成为别人心底的秘密，哪怕只有一人。

转日的大朝推了，也是拓跋濬继位而来第一次推朝不上。这事放在历朝历代倒也不稀奇，只落在这么一个勤政爱民的年轻皇帝身上，宫中难免有闲言碎语传开。很不幸，这一回皇帝"废政"亦同昱文殿那个姓冯的女人有关。

一大清早，冯善伊坐在窗前呼吸新鲜空气闭目养着神，便听青竹将那些杂七杂八的谣言一一道来。所谓人言可畏，到了一等境界，便如冯善伊这般死猪不怕开水烫。

听过一番言禀，平静地漱口，平静地擦脸，平静地走出暖阁，平静地端坐在早膳桌前，再至平静地用完膳时，终于爆发，将剩下的半碗粥连汤水带瓷碗一并掷了脚边。

"祸害！"她咬牙骂了一句，转眼喝着顺喜，"那祸害醒了没？"

顺喜不敢应，只当没听见她埋怨。青竹亦只低头拾捡瓷碗。

冯善伊提了裙摆匆促走去东阁子，转入里间，拓跋濬仍在睡。崇之正立在案前摆折子，边摆弄边回眼瞧看榻上歇息的主子，见到冯善伊走近，才低声禀报："皇上辰时醒了，说是头疼得要裂开。早半刻吃的清粥也吐了。"

"请太医听脉啊。看看是胃伤了，还是肝损了，或者……"冯善伊咳了咳，

故意扬了声音，"或者心坏了。"

崇之面上难看，忙借了熬汤药的借口撤出去。

冯善伊回至拓跋潜榻前，知道他这是头疼得睁不开眼，所以闭目养神，意识清晰着，她俯低了半身，凑到他耳边无限幽怨道："这回是打算遣臣妾去哪里守皇陵啊？"

拓跋潜只睫毛一抖，未睁眼。

冯善伊叹了口气，端坐在他腿边绞着衣带缓缓道："上回也是玩了这么一出，把我赶出去守了这些年祖陵。如今是又想把我扫得更远了？"

拓跋潜胸前稍有起伏，却是缓缓抬了眼，眼底红丝满布，眸光更是混沌。他无声瞥了眼冯善伊，转目看去，案前高高隆起的奏本，目光一紧，便欲挣扎起身，挪了挪身子才觉身重如泰山，才又幽幽望向冯善伊，无言求助。

冯善伊挑了半眉，压着心底惨笑腹语：拓跋潜你也有今日，却也老老实实依着他的目光行事，先由榻前将他扶起，垫了团枕于他腰后，自他两膝上又架起精雕细镂红木案。靛青长衣披在他双肩，却见拓跋潜承受不住疼痛地紧攥拳头用力捏揉。

冯善伊背过身去低低一咳，眼底藏尽那么一种叫做幸灾乐祸的东西。

拓跋潜闭目揉了好半刻，长长舒了一口气，声极淡："开心了？"

冯善伊挤出满脸哀怨，苦苦道："龙体有恙，臣妾担心不及。"

"你担心，是又遭牵连受罪。"拓跋潜白她一眼，面色不善。

冯善伊自知心底由人看穿，无可再言，转去案前把他盯了许久的奏折抱过来摞在他身前的木案上，一份份按照顺序码好，另端了笔墨置放在他手侧。拓跋潜持了一份章方打开，便觉剧痛袭来，额顶便似要裂开，钝痛沉沉，另一手捏着案角撑出满身汗。

冯善伊见他这副模样确不是娇气，夺了他手中的案折，低声建议："交由尚书们回批吧。"

拓跋潜瞪了她一眼，仍欲坚持。

"就死撑吧。"冯善伊闷了一声，转身要走，袖子却被身侧人猛地带住。

拓跋潜低头攥紧她腕子，静得没了声息，隔了许久，他微微沉吟："你代朕回批，有拿不准主意的，来与朕议。"

"这不得体。"冯善伊立时回应。

拓跋潜冷一笑："你替先帝回批朝臣奏本时，怎不想的是这句？"

冯善伊愣住，她仿拓跋余字体从来未出过岔子，时而连拓跋余自己都难辨真假，如何就由拓跋濬一个外人瞧出眉目来？

"先帝的事，朕不会追究。"拓跋濬抽出一本批过的折子丢了过去，而后推开小案，揉着眉心平卧于榻，闭目间轻声道，"朕的笔迹，对你而言应该不难练。练熟了，今日的奏本就交给你。"

冯善伊望向满案红黄间杂的奏章，亦觉头疼，苦闷着寻了借口要推托，回眼再看去拓跋濬已是呼吸平稳地熟睡，鼾声极细。

"我果真是你的老妈子投胎。"冯善伊抱怨着揣着满怀奏本回了书案前，一一摊开，看着满眼蝇头小字，更是困怠。她好些日子不干这等弄虚造假之事，自然有些心虚。皱了眉头研弄朱墨，比着拓跋濬的字体细细揣摩，又要模仿他回批的行文语气，着实头疼。相对于拓跋余每每要飞起的狂草笔体，拓跋濬的字的确舒整规矩，回旨批文皆字字清隽。以字观心，便也知道拓跋余心浮气躁，然而，拓跋濬，却是异乎寻常的沉定自持。

整整一个上午，崇之连送来三批奏折，皆是摞得有她半人来高。而后案前越积越多，她不大的脑袋终是埋落其间，挥笔落汗，右肘酸痛得几近废掉。拓跋濬的习惯，不分要次，只要是三品以上要员的奏折，不经尚书台，直接由他亲自览阅回批，于是奏章数量足有前任几位帝王的数倍。

批至午后，冯善伊实在困怠，直接趴在奏折上睡过去。正要入得美梦，耳边传来崇之怯怯的唤声，原来是军前加急奏报送至。她接来时稍有犹豫，毕竟是军纪秘要，只又看向睡得正沉的拓跋濬，想着军机不当延误，索性拆封匆匆览了奏报，只映目几字冲醒了困乏，"云中守君左前锋冯熙战时失踪"。

冯熙。哥哥。

云中太守奏本上言得精练，只道云中军与柔然三战三捷，驱柔然军两千里之外驻军。大胜虽振奋军心，然而所备粮草皆断，极需补充。后续言中加了将士伤亡失踪的名单，左前锋冯熙不过是其中之一。

冯善伊目光有些发僵，回神后，将这份折子与另外几份单挑出来的奏章置于一处。

"是不是唤皇上醒来？"崇之见她面色有异，忙急言。

冯善伊用手压了压那份折子，沉了口气轻言："是捷报。让他再睡会儿吧。"

崇之转身退去。

冯善伊将剩下几本奏折判完放好，趴在桌案上，屏息闭了会儿眼睛。

拓跋濬转醒时，正见暮景沉沉，抬眼望去，冯善伊正贴靠在窗前吹着冷风，青色长袍滚地拂展，流畅的身线落霞微醺。她合上窗时，恰也回首一望，目光对

【第四卷】归宫篇

应的刹那，他有些拘束，随即垂下眼皮转看他处。

冯善伊莞尔一笑，披着袍子缓缓走到他人前，将手里捏的几本折子丢上去，寻了一处坐稳："这几本不好拿主意，还是您看着办。"

拓跋濬睡了整日，发出些汗，身上已是清朗许多，如今斜靠在榻上，不做声地看奏本。

崇之方端来一碗桂圆莲耳，想让拓跋濬润润嗓子，他忙着览折，看也不看汤碗一眼。

冯善伊正稳坐食盘前端，眼巴巴地望着碗沿冉冉升起的丝丝热气淡去。

拓跋濬一手按下折子，稍抬眼问去："京城凶案多月未结，你如何看待？"

冯善伊尚未回过神来。

他见她一脸没出息的神态，扬了扬眉，即是将手边汤碗推进她半分，只下巴抬了抬。

她立时反应过来，眉飞而色悦："不客气了。"

拓跋濬默默覆眼，无动于声。

冯善伊嚼着龙眼，避重就轻地道："那什么。不是不报，时候未到。"

他冷哼了声，心里明白她这又是拿空话应付自己，手中转着玉珠子轻弹了出去。

她低头，见滚到自己裙边的青翠珠子，声音幽幽的："行宫时尚书们不是请皇上亲自坐审此案吗？听说那时您将他们挨个臭骂了顿。骂得痛快了，可去想这些老臣也有不能言的苦衷。"

闻这一声，他稍紧了眉宇，淡然平静。

冯善伊自不想多说什么，后宫干政这四个字，饶是背负不起。

拓跋濬向后靠了靠，淡淡看向她："恕你无罪，说下去。"

她撇嘴摇头："这事，不能说。"

他一点头，有几分明白："因为你是汉人。"言着满是深意地笑了笑，眉间却丝毫没有愉悦。

一语中的，她无可辩驳。

带点脑子的人都能知道这凶杀案起自汉人官员与鲜卑贵族的敌视。死了全家的中书省大儒是汉臣，罹难前日尚在朝廷叫嚣鲜卑贵族陋行之恶，百官腐化之深。一夜之间，满门惨遭暗杀，手腕不可谓不张狂。此乃天子脚下，却能行凶作恶，百日来逃脱法网不能缉拿治罪。

如今朝中汉臣，连番上折请旨。她想，拓跋濬更是由万人连名奏折之中嗅出分明不安的气息。自己族人与天下汉人，若不能一碗水端平，他英明盛主的位子，恐也如拓跋余之辈，肝脑涂地却落得狼藉身后事。

可是，即便如此，她仍也一个字也不能说。

今日随口一言，即是明日朝上鲜卑百官联名奏她的罪证。

他方才是又在试探她吗？冯善伊微笑着颔首，目中明光细微。身为他的皇后，绝不能仅凭自己的出身谋断朝事，这是大忌。稍热的手心隐有汗湿，冯善伊将碗推了过去，便不再说话，窥视的目光由侧掠上他。脑中闪彻午间那一份加急密报，心头没来由扯紧，似无数虫蚁撕咬，莫不也是……如此想着，冷笑掩在眸底。她从前便不敢小瞧他，如今更觉得，他远远在自己预料之上。

站得那样高，岫壑浮云皆是一览俱清；心思那样细，诸事操持滴水不漏。

这样的拓跋濬，只会激起自己更浓的兴致。棋逢对手才是大快意。

拓跋濬放下那些奏折，已无心再阅，言语竟是温然："云中军营可有密奏？"

她如实答："是捷报。"

"仅此而已？"

"除了大捷。"她眨眨眼，"还想知道什么？"

他默然垂眼，不语，端了茶盏在腕。

果真是又一次试探。

冯善伊于是低眉再笑："冯熙至今下落未明一事，也关注吗？"

"是吗？"拓跋濬故作发问，底气略显不足。

"将密奏回了，这时候应该也离开京城几十里地了。"她幽幽说着，全无在意。

喝茶的动作微愣，他自碗口抬眼："回了什么？"

"只是回道。"她略略笑了笑，有些疲惫，"营前将士战死沙场是天职。当有亡身壮志的死心。"

拓跋濬再不出声，放下茶杯，幽幽凝紧她。那一刻，他分明理解，又不解。

"回得不好吗？"她浅笑着回应他的片刻沉默。

他心头有种难言的情绪缠绕着自己。或许，真是自己的失误吧，以此幼稚又略显残忍的手段试探她的真心以及决心，是他一时偏差。

"最后一本正阳宫递来的文书可有看？"她此刻并不需要他虚情假意的怜悯甚至抱歉，所以仅仅移开视线，换了话题。

他复又垂首，掀开最后一本。撞及秀隽的字体，瞳光瞬间缩紧。

冯善伊颇有些轻快，只差小调哼出。

拓跋濬看完了内容，随即又是沉默，看到她满脸看热闹的兴致，有些不悦："这事你如何想？"

"这事，依然不能够说。"她又言。

"这个你能说。内宫眷事。当说。"他皱紧了眉哼。

她无动于衷地坐直了身子，轻咳了咳："昭仪文氏自请入七峰山庵寺养病修身，替太后落发出家，此乃我后宫孝行善举，以表天下，咳咳。"表什么呢，她正要琢磨着言下去。

拓跋濬挥了袖摆："好好说话。"

冯善伊倒也是奇怪了，她从前都不怎么好好说话，如今是要好好话着官腔，他偏来句"好好说"。满目不解地迎上目光。

拓跋濬口气冷淡："你如何想的就如何说。"

"如若由我决定，便是准了。但揣摩着皇上的意思，想是不能准。"

什么叫揣摩他的意思，想是不能准。这话说得有水平。拓跋濬淡勾一笑看着她："朕的意思是什么？"

"我琢磨着……"冯善伊摇着小扇柄，大有老宫女八卦唠叨的架势。

他适时瞪过她一眼，低眼喝茶。

她略略一笑，改换了语气："臣妾琢磨，皇上爱着文氏，不忍心让她做尼姑去。"

他"噗"地将满口茶喷了茶盏中，愣愣扬头谨慎万分地盯着她。

"我，"她眨眼，"臣妾说错了吗？"

拓跋濬捏紧那本折子，轻轻递了过去，指尖陡凉。

她不明所以地抬手接过折本，他却不肯松，两只手各自发力僵持于一处。

他淡若寒凉的气息漫上："你很聪明。"

她立时想回一声承蒙赞誉，听得他冷冷再笑："自作聪明。"

他猛松了手，她恰也没能握住。折子顺着衣摆滑入脚下红毯。他由榻上坐起身来，肩上披着落地滚袍，是猩红色，淡声唤来崇之吩咐了句回宫。

她忙转身跪送他离开，顺手捡起那奏折双手端着。

拓跋濬最后淡淡瞥了眼那黄帛奏面，声音很冷："她既有那个心，朕则准了。"

她先是一愣一恍惚，幽幽地收回视线，落目砖地间映出他模糊的身影，轻笑着："您果真很爱她。"

拓跋濬没有吱声，拉紧袍子，大步迈了出去，步子略显仓促，似有慌张。崇之不知所以地回首看了冯善伊一眼，忙又追着天子步伐赶了过去。

青竹自纱帐后走来，扶了冯善伊起身，见得那明黄的折子，稍有紧张："皇上真不知是害您，还是对您好？"

"他有那个心思想要同我合作。只是也有不放心。"冯善伊说着，将手中折子一丢，揉揉额头，"所以想方设法试探，看我有没有那个资格。"

夜沉过，入了子时，自西昱文殿入东正阳宫一派清净。寒鸦倦倦啼鸣，清泉流溪汀汀。

黑影纱衣飘荡于假山后的石林小道，数级台阶，一跃而上，步声轻灵。

山阴立有望仙亭，背靠宫角，因与暴室接连，传言鬼魅趁夜而发，入夜之后，便少有人迹。一处望仙亭，倒似得天独厚的偷情之所。然此时亭中所立并非什么俊俏朗生，或面首公子，不过是年过花甲的宦官。

亭角着了宦官服饰的老者躬身举着时暗时亮的灯盏，听闻步声渐近，回身去，鹤发满鬓，月光映绕斑驳。他靠了一步前来的身影，将身子躬下，低声道："万事皆安。"

黑纱覆面的女子递信于老公公，老公公接过，匆匆览过并记于心中，稍后焚烧信纸，皆由西风，散去烬灰。

"那贱人，事而至今留还是不留？"老公公俯身又低了一声。

女子木然，略回神，抬起老公公的腕子，指尖覆上落了一字。

老公公眸色更急："贱人三番两次——"

女人目光一紧，老公公僵声不再言说下去。

再一抬手，掐灭笼中烛苗，袅袅烟绕之后，一派漆黑。须臾片刻，望仙亭只剩冷石桌椅，寒风峋石。

今儿大朝上又热闹了，满朝汉臣跪于宣政殿外请旨，数个时辰不散。

今儿昱文殿也热闹，冯善伊一早张罗着大清扫，她说是自己殿里有晦气，硬张罗了法师来作法驱妖。崇之奔来宫室，见得冯善伊边吆五喝六指使宫人，边吃着点心。崇之说皇上怒了，又开始砸东西，求她过去。冯善伊为难，说是自己宫室正除着妖怪，不好走开，顺便提议，如今内宫五脏六腑皆全，不少个能由他说骂的宫妃，各殿室跑一圈，自能找来一群随着去前殿。崇之听后，只觉有道理，匆忙退去。

青竹不解，所谓为帝王分忧解劳是内宫女人要职，她觉得自家主子失职。

【第四卷】归宫篇

冯善伊听罢，戳着她脑门教训："一次使唤，两次使唤，久了，他就只知道使唤你了。"

青竹哼唧一声，冷眼看去："赶明儿您再使我做事，我也不应了。"

"你脑子怎么这么快呢？"冯善伊忙挤兑她，"我说的是对付男人好吧。"

午半晌，朝臣仍未退下，大冷天崇之挥汗又奔了来，说是跟着去了六位娘娘，三位被轰了出来，两位一进去吓哭了，剩下一位吓晕过去了。冯善伊听着，幽幽站起来，转了两圈，叹口气："崇之公公，我忙啊。午半会儿安排满满的。"

"都，都什么啊？"崇之想说，再什么也没有主子重要。

冯善伊甩了个眼色，青竹忙抱着厚厚红本子出来，咽了口水朗朗念出声："抄经，描红，刺绣，弹琴，御花园茶话会，还有最重要的一件事，午睡。"

崇之都要哭了，连连拉着她求情。

冯善伊好声好气拉近了他，低声提醒他："你不妨去太后那里说一圈。"

果不出半刻，太后携李申浩浩荡荡出动。冯善伊午睡片刻，听前去瞧看热闹的青竹回禀说，李申亲自去求那些请旨不起的汉臣，顶着烈太阳，说了个把时辰，口干舌燥近乎要晕过去。好容易总算说动了汉臣，如今已散去大半。皇上如今也不怒了，压着火气在宣政殿里判了好一会儿折子，只李申一人在里面伺候。

青竹埋怨她不该把拉拢汉臣这机会让出去的，论理说，当是冯门和那些汉臣更贴近。

冯善伊听着她将时局分析得细致透彻，淡淡笑了笑，即裹着雪绒绒的袄子去正阳宫探看文氏。正阳宫如今有些凋敝，连守殿的小宫人都打不起精神来。冯善伊入内时，文氏正挨坐窗前呆望。

"如今众人都在宣政殿前凑热闹。你如何不去？"回过身来浅浅问着的文氏早在窗前看见冯善伊雪白的袄子在满目陌色中如梨花一枝开入墙内。

冯善伊走过去，袖口红梅团束，一抬手替她合上了窗："夫人是想落个吹风而亡的好名声？"

文氏浅笑清丽，面色发白："他准我出宫修行，我才觉得想要好好活着。趴着窗，想看看这世间其实很美好。"

冯善伊靠着她坐在另一把团椅中，幽幽看着她："前日里，你送去殿上的另一份折子，我给压下了。这也算欺君之罪吧。"

文氏看着她，缓缓点头："我猜到了。"

"举荐册封我为后，便是你当时说的大礼吗？"冯善伊轻轻端起一盏茶，氤氲满面。

文氏低垂目光："我不能看着李申之辈将大魏气数竭尽，更不能看着先帝爷留下的后宫成了如今这副鬼模样。我和李申斗了也有十年，自知没有赢她的天分。可也不能看着她将先帝身后的一切尽数毁坏。"

先帝，先帝，文氏口中一言一个先帝。难怪拓跋潏对她有太多的言不能由衷，情不能坦然。

可笑她自己从前也是和文氏一个模子，因为相知，所以才会惺惺相惜。

文氏静静抬了眸子："我四岁就开始跟着先帝爷了。他将我从贱民署买回来，一切都是他给的。若不能替他护守身后，也实在没有脸面活在人世中。"

"到头来，终归是为了他啊。"冯善伊摇摇头笑着，"他活着的时候，没觉得这么多人在意他。偏一死了，有为他撞梁柱的，有替他守陵的，还有……一心一意为他操持身后事的。"

"你竟是不知，多少人这样子羡慕你。"文氏捏着袖摆，欲言又止。

冯善伊嗤笑："多少人也这样子恨我。"

文氏怔愣。

冯善伊摇着杯中颜色渐浓的茶水，挑眉："这或许才是拓跋余想要的。"

风雪破窗，冯善伊立身而起，前去关窗，却稍停脚步："不是我。"

被拓跋余深爱而至死不能弃的那个人，并不是自己。

这个秘密，压得她好痛，痛得要死掉了。

拓跋余并不是这个世界上最明智的谋算师，也不是英明神武胸怀天下的皇帝，但是，却是最伟大的爱人，懂得保护自己挚爱的女人。往难听里说去，他一定算是最得意的偷情家。

让内宫众多嫔妃，让那些拓跋余一个蛊惑眼神勾去心神的女子们，以冯善伊为眼中钉肉中刺。当所有人将各种仇恨而嫉妒的目光投向她时，他便可以肆无忌惮地去享受自己口中的爱情。多么刺激而又得意的爱情。

送文氏出宫那一天，风雪正重，素色车辇行得缓慢。立在城楼之上，冯善伊将风袍拉得稍高，偏头看去平静如死水的拓跋潏，她十分好心地提醒了句："现在跑下去拦住车，说一两句动听的，或许能给彼此留个美好记忆。"

"但凡留着美好的回忆，就会升起想回来的欲望。"拓跋潏语气依然平淡，仿佛看透世事。

"哦。"她点头表示同意，"所以你当年送我，也是为了不打压我的欲望。"

拓跋潏淡淡瞟她一眼："你不一样。"

【第四卷】归宫篇

211

她实在听不明白了，皱眉看他。

但不知为何，见她故作无辜的眼神，他尤其觉得好笑，于是道："朕不需要费心替你铺好退路，因为无论怎样，你都会走下去。"

他转身即走，她小碎步跟了上去，一路跟着，闲闲在在说着些可有可无的话，最终落回了文氏，言着一日夫妻百日恩，糟糠之妻不可弃云云。

拓跋濬实在嫌她聒噪，苦着脸瞥了她："你回西宫，不是同朕顺路吧。"

"顺路散步。"冯善伊立时回应。

"朕放她走，是想她好好活下去。且……"拓跋濬总算由她逼得略有表示，眉心微蹙，"内宫并不需要一个不屑做皇后，更不屑为人妻的女人。"

她一时有些懂了，身为帝王拓跋濬的心底对于女人有两种分类，称职的皇后与合格的妻子，总要任选一种才有留在他身边的资格。而文氏两样都不选。

冯善伊抠着手指，低低念："我选前者。"

拓跋濬摆出一脸"就知道"的漠然冷笑，淡问她："你觉得我为什么就能让你称心如意？"

她摇头："我觉着，皇上不大像是把我拉回来当妻子的模样。而且我有你软肋。"

他扬眉，自己都不知道的软肋，如何能让她抓了去。

冯善伊四下张望，探了探手。

拓跋濬冷咳了咳，目光移向周遭，见果真没人，才稍低下头。

她贴着他耳朵悄悄道："想你也挺可怜的。爱而不能言，因爱生妒，又生恨的，活活虐心呐。"

"朕，"拓跋濬拧着眉毛，"爱谁了？"

"你七叔，拓跋余。"冯善伊啧啧着，"难怪那么恨他。是你单相思，还是那个花心萝卜也把你抛弃了吧？你那天抓着我腕子哭着喊七叔，我听了小心肠也颤呢。"她顿时用一种全然崇拜而怜惜的眼神凝着他，从前的不解与厌恶，似乎也有些淡了。如此说来，都是情字惹的祸。

拓跋濬一时惊愕，瞪着眼睛看她。

冯善伊点头，幽幽抬起头："我不会乱说去。你知道的。当然，如果您把我钦安院的名号撤了，恢复我贵人的身份，我的嘴就更紧了。"

拓跋濬冷笑，点着她额头："朕想让你闭嘴，不是有更牢靠的法子吗？"当面威胁自己，不过就是为了贵人的名位，他从前还真是把她看得足够高了。

她初说时，有几分调戏的意思，如今见他严肃又谨慎，果真是……

她心一沉："我明白了。"

他松了她："明白就好。"再敢同自己叫板，她当先想好自己如何死。

崇之一路打宣政殿前而来，见了两人便跪地，满目愁色。

"皇上，四皇爷来了。"

"四叔？"拓跋濬稍走快了两步，"他不是给三叔守着七七斋吗？"

"这会儿跑去太后那儿呢。抓着鸡鸭鹅什么的，还命人扛了两大箱金子。"

拓跋濬忙皱紧眉，步子更急："他又要唱什么戏？"

"说是带着彩礼来迎亲。"

"三叔还没出尾七，他就等不及闹红事，荒唐。"拓跋濬言中有怒，不由得停步，狐疑道，"半年前不是才让他选走宫里两个御女，怎么又要纳妾？"

"这一回言是要明媒正娶大老婆。"

拓跋濬忙惊："四婶娘她……"

"皇上别惊，还在。"崇之连忙劝，"就是被气回娘家了，两人和离。"

"如今又看上哪个宫的了？"拓跋濬实在也没了脾气，如今家事国事都乱着，三叔薨逝，朝中能信可用之人寥寥无几，新政尚也在推行磨合期，处处不顺心，处处要他多心操累。如今在世只有这一个叔叔，每日荒唐行事，三年来四婶便回了七次娘家，甚有二三次，是逼得自己以皇令才将她从朔州召回来。

崇之更有些为难，抬眼看了看他身后的冯善伊，心底发毛，紧张得结巴："钦，钦安院夫人。"

拓跋濬正心烦着，挥袖直道："给他送去，送去。"言罢，猛而愣住——

钦安院。不就是，冯善伊？

另一处，冯善伊恰也瞪大了眼睛，心虚着摇头摆手，这回，真不是自己招惹的。她再大的胆子，也不敢勾搭拓跋家的男人不是，还是他四叔。

皇亲国戚，帝王四叔，又是明媒正娶，地位尊绰。

这种亲事，落谁头上都是要稍稍动个小心思，冯善伊也不例外。

替拓跋濬研墨时，她恰也想入非非了，方才拉着崇之问过，那四皇爷只京中就有十几处宅院，不喜政事酷好开春所，十八红楼，醉香阁，百花园，大半烟花之地都是他四皇爷的家臣。如是富可敌国，才气满满，神形俊秀，反是自己配不上人家了。

拓跋濬正端着折子由桌前来，冷看她一眼。

冯善伊好奇道："四叔他，长得更像您，还是先帝？"

【第四卷】归宫篇

他落座，无言。

她继续笑问："没什么不良嗜好吧？"

他敛袖，提笔。

这时候她也不打算要脸了："应是比较好相处。"

他蘸墨，有些惊讶她如何就能放弃皇后位了。

她看穿他心思，忙解释："我做几年皇后帮了您就溜号。得给小電子寻个父亲不是，享受父爱的孩子才能成长得健全。"

拓跋濬忽而觉得这话有几分道理，起笔时说话平静："四叔六十多了，你要给孩子找个爷爷倒也适合。"

冯善伊默默退身，自要退出帘后，拓跋濬果断抬眼，似有似无的嘲色镀上眉心，他说："如今那个翩玉公子还有信儿吗？"

冯善伊摇头，绝无虚假，自离开行宫后，也是真没信了。

拓跋濬扬了扬眉毛，再没说什么。

冯善伊一扭身迎撞向抱着奏本奔来的崇之，明黄奏章散了满地，她蹲下身来帮着崇之拾捡。匆忙间略扫了几眼折中的文字，竟是连着几本都夹有"李申"的字眼。她将十几本整好推进崇之怀中，打了个马虎眼即溜了出去。

走下殿时，听得两侧守殿公公的传唤声——

"传，扶风公李昕觐见。"

殿下百级之下却跪有一人，深黑朝服，墨绿腰带，跪姿刚正。听得公公传入，掀袍立身，但扬起头朗朗正气，目有乾坤。持章迈上白玉石阶。近观峰眉长目，威严而冰冷的容色比厚雪覆盖的玉阶还要凛冽。

他由她身前而过的一瞬间，她忙垂首让出半步。

他似不经意地淡看向她，面无表情地予她一礼："钦安院夫人。"

冯善伊惊讶于他竟也能识得自己，稍定了定，回他："李大人。"

他点点头，迅速抬起的目光绕了她周身，又迅速移开，拍了拍肩上落雪，大步走到殿上。

这目光隐约熟悉，冯善伊随即回身狐疑地望向他昏昏背影。

黑色，沉沉的黑色，那恍惚的影子撞入她目中，又散出另一处影子。

冯善伊愣了半刻，恍惚惨笑。提气，吞咽，抿唇，转身朝着守殿的侍卫，平静无事地说："借你剑一用。"

侍卫怔愣，不知如何。

"谢了。"但也不顾周人疑惑，直接由他剑鞘抽了剑，寒光冷乍，击雪化落。

她便提着这把剑返步，大步迎入殿，步子摇晃不稳，近乎踉跄。冷剑在手，才觉得格外沉，她从前是连剑柄都没握过的人，如此行凶杀人，实在有些难为人。

身前那男人背影更清晰，她果断扬了一声："李大人留步。"

李昕先是愣住，淡而回身，当面而来一道寒光，惊得他瞬间睁目，冷剑自上而下，像砍大刀一般狠狠落下。他下意识忙撤了半步，迅速移开重心，提了一息抬右臂而挡。

冯善伊由他架住，瘦弱的右臂持剑作抖，冷笑看他："对，就是这样挡。"

李昕反手出力，趁她稍愣，生生夺去她手中冷剑。掌心滑过剑刃，猩红陡现。

那一抹红艳，让她更清醒，咬牙惨淡出言："石城一别，李大人的左手果真是废了。"

"我不懂夫人的意思。"李昕稍侧过脸，将剑甩落身后。

"你懂的。"冯善伊直接回他。

身侧朱帘猛然扬起，自内殿揣着奏折走出的拓跋濬恰立于五步之外，平静中渐渐冷目，似乎感受到大殿诡谲不凡，声音微沉："有刺客吗？"

周遭气氛突然凝滞，拓跋濬淡而疏凉的疑惑，李昕面无表情的持定，还有冯善伊隐隐约约的笑。

她拍了拍手，笑着回应拓跋濬："我记得李大人文武强干，特向大人讨教了几招。仅此而已。"

"记得。"拓跋濬移步，走去殿上，毫不在意地幽幽道，"元盛出任相州刺史多年，朕方将他传入京中接任仪曹尚书之职，你如何见过他？"

"如若是相州……"冯善伊淡淡笑，相州石城确是要她怀念不忘的好地方。

李昕紧紧抿口，容色更峻。

目光岑寂，她道："还真没见过。"

李昕垂首，微微咬牙。

冯善伊垂头拾起剑，用袖子擦了干净，银白的刃光映出她冷凝的目光，满满的仇恨。

"或许是在梦中见过的。"

她漫不经心地笑，言着转身，几步出殿，迎面扑来风雪。

她将剑丢回那侍卫身前，嘲笑的口气："什么剑这么钝，如何能保护圣驾？"

顶着苍茫大雪扶紧手侧长栏，缓缓踩至下一级阶，长睫轻颤间竟是抖出一抹笑色，素如梨瑛。

【第四卷】归宫篇

骤起的长风压盖那些声息，断断续续，缥缈不清——

"你李敷不是天下第一能打吗？怎么就逮不住他？"

"我废了他的左手。"

"废手，废脚，全身筋骨尽断，而后五花大绑，墨、劓、宫、刖、杀，我还要在他尸首上插三根野草。这样看了才能爽快。"

"这一次让他逃了，下一次你这样做吧。"

"那你呢？"

"我自有要去的地方。"

攥紧一只袖摆，握了满手雪。李敷说得对，终于还是找到那个人了。

若是四年前，她真恨不得一剑击胸要他命。然而如今，受剑而亡倒是要他死得好看。方才一瞬间，她满脑子都是父亲和族人所遭受的那一场酷刑。

淹没在记忆深处的磔刑，是以刀剐三千六百刀，使得皮肉寸断。百姓可自掏银两买肉食之，将银一钱，买肉一块。李昕至少也要这样死去，才能告慰赫连与李敷的英魂。

回了昱文殿，总算平复心神，远远见得青竹跳着脚擎伞跑来，将暖炉递给主子，将伞举得高高挡去大半风雪，压低声音说："您是不是又惹祸了？"

"哪能？"冯善伊笑她。

"也真是奇了。"青竹额头一皱，想说又不敢说。

入了中庭，殿内随即跑出了个老头，鹤发齐鬓，满面褶皱，只一双鼠目漆黑，铟光发亮，神采奕奕。他便立在门边，披着滚袍，老远就呵呵呵地乐。

冯善伊顿步，不解看向青竹："这哪里来的疯老头子？"

青竹咽口水："老，老王爷。"

冯善伊半惑半疑走了上去，差着四步间予那人行礼："不知王爷大驾，失礼了。"

老王爷直勾勾地看着她，一出口方言腔调极重："善妹儿你咋这么客气嘛。俺是你玉哥哥儿咧。"

平城首屈一指美男才子，翩玉公子？！

拓跋濬的四叔临淮王拓跋谭，确有京都第一美男才子之称，不过，那算是四十年前的自诩了。

冯善伊挨着窗边翻佛经，一卷仁王经愣是翻了三两个时辰。入夜时，青竹前来打灯。顺喜哈腰滚了进来，急匆匆叫嚷："主子，您好歹出去劝一下。"

216

冯善伊换了个姿势，摆正经书，咳了咳："南无清净法身毗卢遮那佛。"

顺喜又道："老王爷要上吊。"

"快！"冯善伊一抬眼皮，"送绳子去。要结实的。"

青竹踹了顺喜一脚，使着眼色："蠢，这都劝不来。"

半炷香工夫，听得外殿噼啪啦脆响连连。

冯善伊抖了抖袍子，瞥着身侧摆弄檀香的青竹："没什么值钱的吧？"

"听您的，宝贝的都收起来了。"青竹压低声音回了一句。

冯善伊心平气和，把弄着佛珠浅浅笑。

顺喜又滚了进来，此时更是要哭了："老王爷要割腕。"

冯善伊啧啧了两声，认真看向顺喜："愣着做什么？给他取刀去。要割院子里割，少脏了我新铺的毯面。"

"不是。"顺喜满目为难，"您别让奴才不好做人呐。"

"他给你多少银子？"冯善伊一脸不屑，手落在榻案上拍了拍。

顺喜吞口水，将袖子里的打赏尽数献了出去。

冯善伊扫眼一看，牙根里蹦出两个字："出息。"

说着起身往外殿走，果真见得沿路碎了满地陈碗烂碟，偶有八宝莲纹瓶之类，看着倒也不心疼，皆是赝品。收腹，提气，敛息，微微笑，果断迎出。

"王爷。"

老王爷容色怨愤而受伤，提拉着袖子靠上来。

"你二十岁，我给你当妈；你三十岁，我给你当红颜；你四十岁，我给你当奴婢；你五十岁，我给你当医女；你六十岁，我给你做女儿。"老王爷一封封展开信，字字念出，以证明自己这个翮玉如假包换，"善妹儿，你白纸黑字写的嘛，如何就不认账啦。"

"俺认。"冯善伊也学着他口气，出手抢他怀里鼓囊囊的信，"您老干脆认俺做干女儿嘛。"

老王爷团臂护好，喘着气抱屈："你说你不当妾，俺为你把那黄脸婆都遣回娘家了，你如何放哥哥儿鸽子嘛。"

冯善伊苦笑："我错了，真错了。您就原谅我年纪小不懂事哈。"

老王爷捧过她一只腕子在脸上蹭了蹭："善妹儿，俺是真心的。你要是错了，俺陪你将错就错。俺一大把年纪了，那啥点燃个第二春不容易，动个心也不容易。善妹儿，哥哥儿开了几十家花楼，你要嫁过来，就是花老板娘，比皇帝老子还富。咱有吃有穿，有花酒喝有花姑娘看有花戴的，俺男娃前年没了，你再给俺

217

生个花娃娃，日子那叫一个爽溜溜。"

冯善伊浑身发麻，他的日子是爽了，她不得满脑子想着溜。

正是无语应对时，拓跋潇推门而入，见得满室狼藉，这老少男女勾肩搭背牵手摸脸，只想是世风日下，人心不古。见得救星前来，冯善伊满目生泪，诚恳望去，相较之下察觉，拓跋潇好了太多。

拓跋潇面上是一贯的冷淡，只眸眼闪了闪，立时说下一句适景话："来得不是时候，你们继续，继续。"言过转身，一副正人君子做派。

冯善伊甩下老王爷手，即追了出去，躲在门后背风扯着他半只袖子："这事，您不能不管。"

拓跋潇收袖，干声笑了两下，悠悠在在道："给四叔生个花娃娃，日子好过得爽溜溜。"

她知道他是成心挤兑自己，如今便让他占上风一次。好声好气堆了满脸笑，揣着他胳膊道："你放心，我不把你同拓跋余还有惠裕的奸情说出去。"

拓跋潇一把甩开她，指尖落了她额头点了点，颇有几分严肃："朕早先说了要你把什么翙玉美玉都收拾干净。只你挑来选去，倒是我皇四叔实在令人笑话，就——"

他话未言尽，她咬牙提气，踮起脚拉下他一肩，腕子顺着他脖颈攀上去，唇似蜻蜓点水般落了他张张合合的唇瓣上。

他僵了目光，怔愣住。

她恍若无事般背过手去，舔了舔唇，抵死也不肯先脸红。

这一招应付话多脾气怪的人，自是痛快。从前拓跋余倒也是这么治自己的。

拓跋潇握拳咳了咳，眸色沉黯，两抹嫣红却从颈后爬上来，终是叹了口气："只此一回。"

"绝不再犯。"冯善伊举双手回应。

半刻之后，拍掌相击。

拓跋潇自东返回殿中，她西去廊道，见得月色皎洁明媚，沿着墙角梯子往上爬。这梯子鲜有，只是前日房顶漏了个洞，顺喜差些人修葺，于是才添了梯架。冯善伊披着袍子在房梁上坐了小会儿，听得殿内哭声闹声团团糟。她无奈，想老王爷也一把年纪了，年轻时风流多情，京城里的花姑娘能睡的尽睡过一遍，如今老了，反是脆弱。男人无不风流，这话，她从自己父亲，还有哥哥身上看得太多。分明看得清楚，却仍是糊涂，所以曾经才会想着那个落落清风，踏得月色满地如青霜的男子，与他们都不一样。

仰起头来，淡漠月色映入眸中，薄薄的一层雪落了双肩，漆黑中更是晶莹剔透，泛出银色光芒，如那人前眸润莹。她闭了闭眼睛，拓跋余，在你心底，我又到底是什么呢。

耳边隐约传来步声极轻，风袍滚地簌簌的声音，听得她心头一颤，是他回来了。

她猛睁开眼睛，转去身后看向昱文殿的东侧，正阳宫是文氏所居殿所，如今早无人烟。她却分明看见那庭中央枯立的梅树下月白色的长袍连风而展，那人抬臂摸向嶙峋枝干，浅红梅瓣落了苍袖间。那背影，那身形，还有梅花滚了满袍。

梅落闻香，果真是他回来了。

她立时奔下长梯，由廊口跑出去，对着那遥遥身影怔愣。小心翼翼才提着步子靠近过去，他恍若未闻般没有转身。夜色下那身影似也闻听她的脚步声，身子一僵。

"是你吗？"她开口吱了一声。

他没有转身。

"是你对不对？"她又说了一声，带着笑，管他似梦非梦，脚步慌乱地迎上去。

梅树下的男子回身，银箔面具下泛出的目光极冷，他举过长剑，剑尖便抵在她胸前，刺入。

蓝色肩袄瞬间染了青紫。

"冯善伊，今日就是你的死期。"

【归宫篇·第二章】

赫连太皇太后的一道懿旨，由久居宫外禅寺的冯太妃呈回，即引得朝内外惊骇。那日大朝上，冯太妃请旨入殿，着的是太武帝朝左昭仪的绛红色大朝服，双手持拖太皇太后朝服三跪五叩头之后，当着文武众臣之面，宣读太皇太后临终遗言。

密旨一宣，便是九五大宝之上的帝王都忍不住动颜。

太皇太后密旨中从宫外民间欲召回来的皇族，尊位辈分都是在拓跋濬之上。

朝臣个个面露惊疑，相互看去，皆是对其中所言的南安公主焦虑重重。

"南安公主？"听此名号，拓跋濬恰似猛然惊醒般。太武帝当朝时，曾封七子拓跋余为南安隐王。如果此皇族，以南安受封，那必是拓跋余的姊妹。

"太皇太后懿旨中确言诰封南安公主。"冯太妃气定神闲地将懿旨呈上，"人，我已经给皇上请回来了。"

拓跋濬眼中滑过一丝明锐的光芒，沉了气息："如今何处？"

冯太妃扬眉看他，平静之下压抑着波涛汹涌。

先帝流落民间的姊妹，便是拓跋濬这个当朝皇帝的姑母，辈高一级，而言重一分。拓跋濬力举汉人为官已将鲜卑贵族大半得罪，而先帝倾向宠信鲜卑臣，他之亲姊妹，必能成为鲜卑权力臂力挡以拓跋濬汉臣为首的朝局。于拓跋濬而言，是他新政跋涉之路的一记猛拳，砸得太惊太急，正中要害。

此一刻，拓跋濬甚有几分看不懂太妃冯氏。论说她是汉人，却未能像她的侄女冯善伊那般明白他意欲胡汉共治清平天下的苦心，如今从天而降一道诰封公主的太皇太后懿旨实在让自己难堪又惊恨。

"如今，在安全的地方。"冯太妃轻轻答他。

拓跋濬握紧的拳头于袖笼中轻捻，缓缓点头："如此，择吉日接入宫中。朕亲率百官行尊封大礼。"

"皇上能如此想，甚好。"冯太妃端庄而笑，琉璃缀纱珠熠熠光芒。

冯太妃走出大殿，只觉身后诸人目光有如火灼灼，更有寒冰冽冽。她呼了一口气，眨眨眼睛，红霞扑映入群间，目光转去下殿，果真见得那小丫头立在百级长阶下跺脚观望。模样倒是没变，只一身红袍袄将她裹得圆滚滚，颈间团簇的白兰花是以狐狸毛绣刺的，风一过，便栩栩如生地立起来，将她小脸裹得更小了。

冯太妃走下殿阶，隔着冯善伊几步，猛地抬手就想去拍她脑袋，一声哽在喉中："你他奶奶——"话未落，见得身侧由公公宫女随侍，才稍稍定下心神，改换语气，反手摸着她脸蛋，闷闷念了一句，"你怎么这样瘦啦？"话是言着瘦，却分明觉得她脸蛋子更好揉捏了。

冯善伊眨眨似乎要冻得凝结的双睫，呼出一团雾气："姑姑真能耐，半点都没显老，使什么保养得这样新鲜？"

冯太妃故作严肃瞪她，眼中却分明有泪在晃。

"一把年纪了，老套煽情什么的就别玩了。"冯善伊扬起手来拍拍她正落下雪来的肩膀，这该死的雪，下了大半个冬天，似没有停的意思了。

冯太妃拉过她腕子，不知她在雪中立了多久，手都痛僵了。她还想再说些什么，常太后遣来护送她出宫回禅寺的轿子已然落在身前，另有太后殿中的公公谄笑而来，低头俯身说着常太后的旨意，不做停留，即时离宫。冯太妃听了那公公的言辞，只是双手用力搓了搓冯善伊冻硬的小手，继而放开。

冯太妃点了点头，道："我还有半卷经要习。"

冯善伊满脸没心没肺地笑："习经次要，还是勾搭老住持主要吧。"

冯太妃哭笑不得，任由公公拉开了轿帘，她看了冯善伊一眼，躬身入轿。

冯善伊忙追紧一步，跟着那轿子，行一步，她追一步，她无所谓姑母是为何而来，不在乎她给这座魏宫带来了敌人还是朋友，更不会去在意她在汉臣和胡党之间的倾向。每个人都有自己活下去的目标，纵然那方向不一样。她仍是姑姑的善伊，血脉连着筋骨割不断。

宽阔的广场宫道上落下稀疏的脚印，直到出了二宫门，青竹拦下她，终是止步。

凝着远行的轿子，冯善伊赌气笑道："待我做到太后那一日，也要给姓常的老太婆备一顶大轿子，直接送出去，当着李申面，让李申连送也送不得她。"

青竹知道她这是又在说气话，便不予搭腔。

待冯善伊转过身来，面容陡而颓废："姑姑，是真的老了。"

行回西宫宫道，宫轿由远缓来，那金沿紫绸无比贵绰的鸾轿是属于李申那个女人的，轿落身前，轿与人相持不前。冯善伊未曾让步，轿夫和领路的公公面色难看，敢怒不敢言。青葱玉指滑过沿边金丝，轿中李申抬了前帘，淡幽幽的目光扑来。优雅妆容，属于这个妩媚女人，只她面上过多的不屑冷笑，却配不起她妆容的优雅。

"皇上近来有些虚，晨起时又迟了，未来得及用晨膳。我特备了羹品，待他朝后用些。钦安院莫要碍路，龙体所用的羹食当真凉不起。"只漫不经心的一段话，分明溢满了得意和鄙夷。昨夜，拓跋潜宿了她那里，这是第一件要拿来显摆的事，这第二件，就是能轻易进出宣政殿，触及帝王权力中心的女人，只她李申一人。

"虚？昨夜前半晌还流了鼻血，我道是补大发了，当降火。"冯善伊故作镇定地咳了咳，又道，"昨儿真不好意思，皇上非说什么要守在昱文殿判折子。李娘娘也知道的，他一忙起来，那是全不顾其他。我好些日子被他半夜灯火搅和得没闭眼，昨夜守着守着就睡过去了。皇上体恤我，才随崇之又去了您那，累了您实在欺歉。如今新政即施，整吏修纲，我们内宫女子当千百万分体谅不是？"说着微笑让道，一并拉紧身后青竹。

李申甩下轿帘，在轿中冷了半刻，寒声呵斥："还不快走！"

领路公公同轿夫一并发愣。

擦过的冯善伊缓缓微笑，适时提醒："这是叫你们走呢。"

【第四卷】归宫篇

　　脚步声渐去，青竹跟在冯善伊身后，紧张又疑惑，想张口询问，却不敢。自昨夜，冯善伊心情便大糟，处处挑了自己毛病，使得她和顺喜万般小心翼翼着。昨夜里，主子从临殿回来，皇上遣走了老王爷，即在书房览章，她和顺喜候在侧殿，起先还好好的，稍后便起了动静。主子和皇上吵了，不仅是吵了，还是大干了一场，书房满架子的书全落了下来。她在外间隐约听到些，互相指责的言声中恰也掺着李娘娘的名字。后半夜，皇上忍无可忍，终是甩袖离去，主子在他走后开窗狂笑了一阵又是无声，待到她和顺喜悄悄摸黑进来收拾时，才见主子挨着矮榻睡过去，早晨醒来落枕自又骂娘了一番。

　　冯善伊快步走着，风雪落了脖颈，化雪似落入肩胛，瞬间停步，龇牙咧嘴着喊痛。

　　青竹疾走了几步，挡在她身前，翻开她颈领，手指轻探胛处包扎的染血纱布，果真见了湿。

　　"这可不行，要回去换下。"青竹紧张了一声，真是多大的人了，走夜路尚能摔得肩处滑伤。

　　冯善伊移开她手，拉了拉领子，只说了声："怕什么，又死不了。"

　　青竹又急又委屈，压声追着她步子回去昱文殿。

　　庭院中恰站着顺喜和另一个文官男子，顺喜转身迎主子时，那男人果然将目光投来。

　　冯善伊看着他停了片刻，呼口气，走上前去："李大人真是闲。"

　　李弈持章行礼，言笑自如："恭祝娘娘。"

　　冯善伊扫了眼他周身墨色朝服，迅速判断出他如今品阶，只淡笑："当我先贺李大人位升中散。"

　　李弈挑起一笑，幽幽道："不过是借着兄长忠名被调命回京由圣上差了个不大不小的官职。比起娘娘高升似还差着远些。"

　　言说李敷忠名，不如言死名。以李敷一人，换得李氏宠幸于朝，倒也不亏。

　　李弈展开明黄圣旨，肃声宣诏："信都冯氏门著勋庸，地华缨黻，往以才行，选入后庭，誉重椒闱，德光兰披。山宫四年，以钦安法名代朕行孝，性娴礼教，以金法御身。昔在行宫，常得侍从，弗离朝夕。宫壶之内，恒自饬躬。朕惟典司宫教，率九御以承休。协赞坤仪，应四星而作辅。祗膺彝典，载锡恩纶。择今日着冯氏摘去伺陵之身，位升二品，诰封左昭仪。"

　　叩首接旨，冯善伊捧过诏书，上下左右看尽，终有些后知后觉。身后顺喜与青竹已忍不住匆匆现出狂喜之色。冯善伊举着诏书扬起头，看着淡染红霞微熏着李弈的背影，他之面容不较李敷的刚毅，多了几分轻柔洒逸。然而，这场景尚是同样的，初逢李敷，恰也是这样一座殿前，她跪着接旨，他清冷的目光散在微暖的晨曦中。

冯善伊以余光送走宣毕而去的李弈，肩头猛起钝痛，抬袖压下，圣旨落于地间一并滚远。

她闭了闭眼睛，忍痛忆起昨日一夜惊险——

那一剑入肩只是毫厘，由酥痒漫成剧痛，是片刻之间。

她凝视着他银箔下冷凝的目光，似曾相识的注目引来阵阵昏眩。

笑着看那目光，她只道：“你当唤兮兮这个名字。不是吗，李弈？”

“我那时还并不讨厌你，冯善伊。”他终不能面对她，曾经一面之缘那般简单清透的小宫女，如何就成了恶名满满的冯氏？那个，害死自己兄长的女人。

“这宫里能活下来的人都在一个狠字。我问你，主使你的人，服侍过几位帝王？你又伺候过几个？！”长缨带扫地，风扬自飘洒而去，她握上那剑刃，冰得硌手。

气氛转而凝滞，李弈气势不减，只咬紧牙关，一言不发。

“她大概不过服侍过两位，而你才是开始。”冯善伊渐渐咧出惨淡笑色，“这魏宫我送走了两位帝王，又迎来如今这一位。你说论狠，我是否赢你，更赢她？！”

李弈欲言，张口即被她截声又道——

“你若动我，我必要你李门全族诛尽，更让文氏替你殉葬又如何？”

言，掷地而有声！

李弈果然惊骇：“这一切无关文瑶。”

“确无关。”冯善伊点头，“我只是小人卑鄙一回。”

李弈止息。

她再一点头，朗声喝问：“宗长义何在？”

声入檐下，飞石碎过，一阵恶风席卷着黑衣男子立时身现二人之间，持剑与李弈对立。

“宗长义，你听着。李弈的剑敢再没入我半寸。你第一个要杀的人……”冯善伊顿了顿。

黑衣男子阴冷的目光滑过剑锋，仄逼得李弈僵冷抬剑的右臂。

气息一重：“便是前去七峰山礼佛养身的文氏。”

他之心心念念，爱而不能求的女人文夫人。

拓跋余继位之初，宗爱曾为护驾组建过一支幢军，统率禁军卫。宗爱死后，他的义子宗长义承继父钵，暗中操持这支被言为皇族秘队的幢军。

宗长义出手时，李弈怔愣间全无防备，一剑下去，击落李弈的剑，并划裂他袖口，映出一圈红痕。宗长义仍欲再刺他要害，便被冯善伊出言截住。

素白的长袖及地染雪，她弯腰由树下拾起李弈的长剑，剑尖挑起他的银箔面罩，凝着这一双隐约熟悉却又不完全类似的面容。瞬间之中，她承认自己心软了，冰凉的剑刃不过轻滑过他惨白又坚毅的侧脸，便似抚摸般。

"握着剑竟还不专心，你差你哥哥很远。"

她幽幽说着，肩胛的白绣莲花由血染了梅，樱红浅浅。

"我很想你哥哥，很想。"

压抑着情绪，轻轻说着，抬起身来，长剑抖落他袍间："你滚吧。"

李弈默无声息起身，没有取剑，只是踉跄着步子由梅树间渐渐远去。

冯善伊转过头去，看着身后那一双狭长的丹凤目，如今淡下阴狠，升起丝丝柔意。她揭下他的黑面纱，笑了："长义，你回来了。"

"险些晚了。"宗长义低低地笑，眉间染以华彩，尤是妩媚。

谁能想到天下最传奇的冷血杀手，人人畏之躲避的宗长义，竟也有如此柔软的一笑。冯善伊忽然觉得庆幸，即便是失去一切，长义还在。

宗长义送她至廊口，冯善伊指着自己檐顶的洞，笑他："你的无影脚如今厉害了，都把我房梁踩出洞了。"她知道，他一直都在，山陵中，阴山行宫中，还有这里，每一夜他都会来守着她，就像宗爱年复一年守护姑母一般。他们之间所有的默契便在于，他答应过她，如不是她亲口喊出他的名字，他永远不能出现在她面前。因为，她不喜欢他当着自己的面杀人。

这个默契始自七年前，那时候，他怒极之下，伤了那女人，她曾信誓旦旦言，再不要见他。于是他浪迹江湖，三年漂泊之后，才闻得义父惨亡，再归魏宫，已是物是人非。然而，若是当真有后悔的灵药，他便是后悔，当日应该一剑送那女人死。

他将手帕按在她肩处，轻道："记得敷药，敢让我看着忧心，我便回去杀那李弈。"

冯善伊微笑着摇头："你杀的人还不够多吗？"

两人之间再没有言语，直到看见她单薄的身影缓缓走到殿室中，那抹昏昏长影由身后殿门断开，宗长义举剑离开。再见不知何时，她何时才又能在情急之中下意识地喊他。他扬起头，看见一轮明月，孤影孑然，也是这样的月夜，年幼的他们坐在距离圆月最近的房顶，她声音依然清澈——"长义哥哥，你要成为最强的杀手保护我。要是安寿宫他们几个小喽啰再欺负人，我大喊一声宗长义，你就要现身知道不？"

"我为什么要保护你？"

"谁叫你喜欢我呢？"

"……"

"你不喜欢我吗？真的不喜欢？我这么可爱。姑妈都说了人见人爱，花见花开，你也开开花。"

"我不是花，是人。"

"那就是爱了。"

儿时记忆翻滚涌上，宗长义低低笑了，只他，又有什么资格爱她？守护索性成了唯一能为她做到的事。

殿中灯火极暗，冯善伊方一入室，便见满地奏折摊散。

她只道是拓跋濬犯了老毛病，去内殿中匆匆包扎伤口，即换了身常服步出。

灯烛摇曳，脚步声很轻，她绕到他桌前，他却背对她。反手握攥的拳，很紧，甚至于有些抖。

她随手触了一份奏章，便听他冷冷的声音："放下。"

拓跋濬回首，以极冷的目光注目她，而后他道："你果然聪明。"

"你近来夸我夸得勤了。"冯善伊做足了充分的心理准备。

拓跋濬推了一桌奏折，皱眉："你是故意。风平浪静任李申拉拢汉臣，又幸灾乐祸料定鲜卑贵族群起而参奏李氏干政。你的手腕就只有这些吗？一定要使阴招，便不能光明正大去争。实在，实在令人失望。"

原来是因为此事，冯善伊扬眉看着他一笑，他如此愤怒倒是因为自己的卑鄙，还是因为不忍诸臣中伤李申。她任由李申拉拢汉臣确在心存不轨，朋友并非一时即可交来，然而敌人却能在片刻间转目成仇。李申即使以十倍的心力也得不到汉臣的忠心，却是在同时得罪了所有鲜卑贵族。赔了夫人又折兵，代价远不及此。她和李申这一仗迟早要兴起。朋友的敌人是朋友，敌人的敌人也是朋友。

她若赢不过，至少也要在人心上斗胜。冯善伊点头："自己做不到的事情，就不要勉强他人。为一己私心，又强言君子，实在有够龌龊。不要说你没有心利用我，达成自己的丰功伟业。想要天下太平胡汉同治，则要强拉着我同你站在一

225

【第四卷】归宫篇

样孤绝的位置，这样的你，是否光明正大？"

"朕确有私心！"他一拳砸入书阁，落下几本经卷，更是被那经书刺痛了双目。他随手将最近的一本奏章扔过来，闭目不语。

冯善伊举起那奏章，映目便是自己的名字，还有山宫的字眼，她匆匆往下看去，是李申的回击。那女人竟是抓住了民间讹传，无非是些妖僧恶意流传的谣言，什么冯主三朝，弑二帝，拓跋气息将尽，凤凰啼鸣，阴盛而阳衰。甚有人言，冯女是第二个汉室吕雉。

他因此盛怒，又是因为……

冯善伊仰起头来，冷笑而喝："如此说来，你将我再逐出宫去不就成了。莫非你还真忌惮秃头老驴们的疯言？"

"朕怒的是，你将自己逼到绝境。"拓跋濬缓缓张开眼睛，已是镇定，一丝不苟地言，"你真以为自己使些小聪明就斗得过李申吗？"

她越想越不懂，他这算是为了自己好?!

"你就这么不相信我吗？"冯善伊呼了一口气。

他走到她面前，死死盯着她眼中的镇定："因为朕输不起，朕不能拿江山陪你玩笑。"他拖着脚步走过她身侧，扶着一扇门愣在风中。

冯善伊追着他的目光，不解地紧眉。

雪落无声，拓跋濬大步而出的脚步繁乱，失了节奏。满庭冷院丹梅瓣瓣飞来，狂风扑入眼中，冷冷凌意含着一丝温柔。瞬间的恐惧缠绕着侵入骨髓，逼人地寒。

他想，他或许是在怕，怕自己输不起她。

今日的御花园比往昔更静，人烟稀少，半个时辰里连往昔常有的欢声笑语都没有。这或许是因为拓跋濬自朝后就霸占了御花园的览月亭，所以无人敢入，也或许因为昱文殿近日格外热闹，那位升了昭仪的冯娘娘大摆回归宴，庆了三天三夜，繁华笙歌，弦玉琵琶，比起昱文殿的欢庆，这魏宫任一处都是落寞。

崇之立在拓跋濬身后替他端墨，见圣上今日郁郁寡欢，不知如何能劝。

拓跋濬连日烦闷极了，他发觉自己内心深处忽而涌起了某些情愫，其中有惧有慌，有微微的恼，还有丝丝的痒。之前从未有过，实让他心神难安。

崇之此时便充当了解语花，眯眼笑念："皇上好些日子没去昱文殿了吧，要不要奴才把冯昭仪召来？"

拓跋濬执笔的手一怔。

崇之又道："如今昱文殿很热闹，一过晌午昭仪娘娘睡起来，召来宫女嬷嬷们讲经，皇上不是最好那口？"

拓跋濬回首瞪了他一眼，崇之于是闭嘴。

"今儿的墨怎么这么淡？"拓跋濬不悦地甩笔，临着白玉冷石桌坐下，接过伺候公公递来的热奶子，端在手中捂着，再不说话。

崇之小心翼翼地换墨，自己试了几番，又对比前日的折子，苦叹了声："怎就淡，不是一样吗？"

拓跋濬依然不理他，许久，幽幽道："讲经？还不是就着文殊菩萨和观世音菩萨八卦。观世音怎么就成为文殊情敌了？"

崇之忍笑，暗想皇帝几日来装作一脸不在意，却万般知悉着。

"谁说不是呢？冯姐姐便是喜欢瞎掰扯。"崇之复摆弄好折子，退到一侧低声回应。

拓跋濬更不悦，抬眼看他："奴才没个奴才样，可有尊卑？"

"冯昭仪她前日里认了我做干弟弟。"崇之声音低了下去。

拓跋濬觉得这辈分不对，论他是她干弟弟，天子莫不成了他姐夫。实在不知那女人脑子怎么转的，恹恹垂眉，老大的脾气。立起身来，觉得园子里的雪景都没有什么可赏的，甩袖离开，身后崇之忙抱着奏本追上，好脾气道："皇上真不去冯娘娘那里？"

果真认作兄弟便是不一般的交情，他如今半字未言，便听这奴才来回来去地提起那名字。

"朕见她，心烦。"拓跋濬随口一语。

崇之扑哧暗笑，心烦不是，恐是心乱。

拓跋濬走出御花园，便见李弈匆匆走来，迎面而跪，道是南安公主归朝，此时已至北宫门。气氛猛地凝滞，拓跋濬抿唇不语多时，终是缓缓吩咐了一声："着尚书台大臣前来宣政殿见朕。"

李弈接旨便欲离开，拓跋濬又唤住他。

清冷的日光映着他黑发熠熠，李弈将头垂得极低，只待他出声。

拓跋濬凉凉看向他，漆墨双眸摆荡于风中，声音仍轻："朕念在李门忠心才将你调遣回京，李敷从未叫朕失望，你也不会让朕失望吧？"意味深远地出言，语气不重，却惊挑起李弈心中涟漪。

李弈怔了半刻，忙撩袍跪地，重重叩头："臣定为皇上肝脑涂地。"

"算不上。只别做得出格，徒增朕心忧即好。"拓跋濬又一言，转身而去。

【第四卷】归宫篇

227

李弈跪而僵身不动，待到天子远去，才缓缓直起身，踉跄立起。他十三岁时跟随兄长入宫充入禁卫军，那时，兄长予他的第一言便是君心难度。观望许多年，拓跋濬是朝纲政事上手腕狠绝，即帝位之初便连番杀戮，着令赐死的大臣不计其数。然而对近臣却关怀异常，全无杀戮气息，胸怀之广容人所不容；对内宫，更是任由纵之多于收敛。

如今拓跋濬对自己说了一番话意味深长，他便忙猜到是那女人归去后必是一番口舌喊冤叫苦。当是如此，拓跋濬就是拿自己问罪又何尝不可？他李弈不怕死，只惧死得不值。

"小心眼，我可没告黑状！"远远地，身后飘来一缕人音，声弱低微，便似鬼魅般。

李弈惊而回神，果真见冯善伊依靠在身后廊柱上，转着兰花袖上下打量他。

李弈忙四下打探见没人，几步过去扯着她入了一处静室中，忙低下声音："你，你！"

"你什么你。胆小如鼠，还想着来杀我。"冯善伊冷哼他一声，"有本事就别装为民除害的大英雄。"

"你如何在此？都听到什么了？"李弈瞪了她一眼。

冯善伊皱眉："我自去给太后老人家问安，当然要经过这里。全听到了，皇上警告你那些，都在耳朵里。"

李弈沉了一息："我原想杀了你，便自行了断。如今你好端端活着，我更要好好活。"

"这想法才对。"冯善伊迅速点头，又觉得时候差不多了，想要出去，仍见李弈神色沉暗。

她抱着怀里经卷，小心翼翼看向他，摸着自己脖子淡淡道："老女人说，要了我的脑袋，就准你和文氏在一起？"

李弈偏过头，不言。

她瞬间有些同情，依依不舍道："怎么办？我的脑袋也很重要。"

李弈叹了一口气，持剑欲出。

她连忙抢在他身前，扶着门，突然认真："你回去给七峰山那老女人传个话，不要一逼再逼我，否则我也不会容忍她太久。"

"你，你为什么就不肯死！"李弈一急，说了句全没大脑的话。

"我凭什么要死？"冯善伊立时回他，"她就那么怕我吗？"

"所以，为什么要让她怕呢？"李弈毫无遮掩的直白，只是将内心的恐慌尽数表露。

"因为她做了错事。"

冯善伊笑容淡淡的，转过脸，一处明光滑落半鬓，如尖锐的风刀，极利。

李弈随着她迎风出，行路一前一后，便似寻常友人的轻松自在。冯善伊偶尔回头看看随在自己身后的李弈，皱眉问他怎么就这么黏她。

李弈低眉浅道："那个人，恐怕还会有别的手腕吧。"

"我有长义。"她答得痛快。

李弈点头："他厉害许多。"

临近太和殿，冯善伊命他回返，偏又添了一句："文氏，是你当年提到的女人吧？"

李弈颔首，沉默。

她笑："她挺好的。"

李弈浅浅一笑："她是最好的。"

"李弈，"她轻轻问着，抬手挡着额前阳光，"你愿意成为我的人吗？或许有朝一日，我能将文氏许了你。"

李弈扬起头，目中升起恍惚："那个女人也说过这句话。"

她不知自己该喜，还是酸。全天下的人都是这样想，想她冯善伊真该是任由千刀万剐的可恶女人，什么惑乱君心，误国废江山。一个女人，面对偌大江山，便只有过错。

她转过身去，迈上太和殿首级，风吹起鱼尾莲摆裙。她曾经也见过一个女人，她是这所魏宫，是这个帝国的罪人。那样美丽的女子，只是一颦一笑，胜过满堂芍药牡丹齐发，她之光华，曾经是魏都倾世的荣耀。可是姑姑说，太美的女人便是祸，她们的美，含咽着贪婪的毒汁。娇弱，是祸国殃民的利器；温柔，是包藏野心的长衣。得到的越多，想要的也越多，于是这一路，再不能止。总要有一个人，去牵制她，或以生命，或以自己的全部。

而冯善伊，自四岁那年，便宿命般走向将付出所有与那样的女子抗争的命运。

太后对冯昭仪的态度从来明朗，便是不理不睬。

众妃予她行礼的早会，独冯善伊问安时，她偏过脸去，困倦地打哈欠，而后倦倦地摆手，命她退下。尤其当着拓跋濬，太后则更有恃无恐，常常不等她说完一长串祝福念好话，即瞌睡。待到她之后李申前来时，老太太立时跟打了鸡血一般精神，拉着她腕子问东问西，只差没问了八百年前炎黄五帝出生那档子事。

冯善伊忍气吞声了几次，想来总如此这般也不是办法，如今是昭仪了，位比皇后。拓跋潸身侧，只她最金贵，虽说位子还没坐热，但总要有所威仪，日后自己的话才有分量。走到太和殿前门时，先一步守着的青竹现出人影，手中正端着一盅汤药。

"主子，这行吗？"青竹实有些心虚。

冯善伊凑近掀开盖一角："真是香。"

"可是……"青竹欲言又止，添了好些除臭腥的薄荷叶还有香料，不香才怪。

冯善伊由她手中捧过，喜洋洋往殿内走，不忘回头予她一笑："安心，吃不死人。"

众妃如今都齐齐聚在殿前，围着太后她老人家说东道西，常太后笑得满面绯红，便似施了劣质胭脂般的颜色。李申懒洋洋坐在她身侧，玉青色长裙尾端绣了几枝栩栩如生的君子兰正吸引了另一拨嫔妃满言赞夸模样精致。

冯善伊端盏而入时，众人散开，如今她已位升昭仪，当受得那些宫妃行礼。只是众人看李申的面色，一个个并不敢妄动。

冯善伊一时大度好气地迎上去，笑语嫣然："姐姐妹妹们来得都早。"

常太后作势便要打哈欠，眼尖的冯善伊立时道："母后这气色实在不好，昨夜许是没睡稳。上次问安时便瞧见了。这次才悉心为您准备了汤药。"说罢使个眼色让身侧的宫人递上去。

宫人接过盅盏恰迈上几步，便果真听见常太后扬声："汤药，不必了。"

冯善伊躬身又道："太后娘娘时常犯困，臣妾便日日送这汤药来。"

素白瓷盏正推来眼前，常太后扭曲的容色正盯紧她，须臾不移。

冯善伊扶了鬓，又许一笑："臣妾昨日亲访了内侍府，母后您担子实在重。"她说着步过东首，本是坐在那一处的妃子，虽不对她行礼，却也极小心地让出位子。冯善伊面无表情地坐过去，由手侧案上端茶盏，未喝，猛扬头道："如今臣妾回来了，自要予您分担。内侍府大小事，便交由臣妾吧。"

常太后再看去那一盅汤，果然，以一碗汤，要一份权。她这是要自己做选择。

"这可怎么办？如今母后病得厉害，又不肯吃汤药。内宫事务繁杂，多得不能再多，母后若是操持不来，便关系到皇上在前宫是否能安心政要。"把玩着翠玉珠，冯善伊稍稍倚靠在另侧。抬眼看向殿前的尊贵妇人。

这一幕，她定不会陌生。

当年她常阿奴还只是东宫府内一名小小的乳娘时，正值宫中下令由太子从东宫诸妃中亲选太子妃。

同是侧妃的郁久闾氏向太子盛宠的侧妃苏姬逼位，手持一碗亲自熬煮的汤药，满目殷切地奉予有孕在身的苏姬。

　　权与命，谁人都是选择后者。苏姬没有胆量服下那碗药，自以身份卑微推辞东宫太子妃的尊位，向东宫保荐郁久闾氏。

　　半年后，据传苏氏胎死腹中，人亦疯癫失踪。其实，当日那一碗汤药，只是普普通通的膳补。闾氏使了一招绝不会自伤的手腕，将逼位这事做得干净漂亮。一年后，郁久闾氏生下第一位世子孙，由太武帝赐名拓跋濬。

　　那样聪明的女人，恰也生得出君子之度的儿子。

　　常太后目光越过这并非简单的一盏汤药。

　　冯善伊持笑以对，缓慢地转杯子。

　　恐惧就是这样的东西，明明知道有一半无事的可能性，却迟迟不敢碰那杯子。笃定了对方没胆量害了自己，却也格外珍惜自己的命。

　　殿门拉起，日光逼入，明黄的垂摆层层扬起，是拓跋濬大步而来。

　　众人随之跪下，头垂低，躬身请安。

　　拓跋濬几步迈到殿上，看了太后，又看着那汤盏，再看向冯善伊。那一刻，他脑中直觉是太后必不能全冯善伊脸面。那汤药，便着实刺眼。

　　冯善伊行过礼，立起身来，迎向拓跋濬刻意闪躲的目光，微微笑："臣妾见太后困怠，亲手熬了汤药，可是母后她不肯食用。"

　　拓跋濬，那一刻，她真的好想他知道，他的生身母亲，是个什么模样的女人。

　　垂下眼，冯善伊幽幽念道："莫不是担心臣妾在药中做了手脚？"

　　拓跋濬轻攥了拳，自己果真不该在此时出现于这一圈女人之间。

　　"母后怎么会那样想？"拓跋濬轻了一声，转过身来，看着那碗，"朕几日来也常困。"

　　他端盏即用，毫不犹豫。

　　常太后惊得忙去拦，却又被拓跋濬暗暗阻止。

　　冯善伊淡淡笑了笑，由拓跋濬看向常太后："那臣妾明日便前去内侍府代太后之名打理上下。"

　　拓跋濬缓缓抬起头来，所有人都在等他的反应，而他却是毫无应觉。缓缓皱眉，略略难忍的容色攀上，他握拳吐出汤中的骨肉，倒不觉得难食，只是味道诡谲了些。

　　他问了一句："这是什么肉？"

　　冯善伊扬眉看着常太后，启唇："龟腔。"

231

拓跋濬紧眉："又是什么？"

"俗名，王八屁股。"

率先变幻脸色的恰也是常太后，煞白着脸，淡樱色的唇含贝齿轻颤。下颌时而地颤抖，透露出紧张。拓跋濬极力忍耐着，盯着冯善伊许久。

"明日，明日你就去内侍府。"常太后扶座而起，声是颤抖的。

冯善伊笑笑，转身而离。留下堂中众人面色疑惑又紧张，众人面面相觑，再见太后，已是惊恐不定，她扶座的一只手，颤抖得实在厉害！

常氏转过身去，步子沉又重；扶着屏风一点一点挪动，耳边细微的议论声，此刻只汇做一个人音。那女人凄凄惨惨的哭声，茫然又无助——

"阿奴，阿奴，本宫待你如亲姊妹。你如何要这般害我，害我？"

常太后浑身寒战，跳出三步之外，依依地望着那屏风上现出的美人图，那容颜丝丝涣散，终成了一个女子极美的娇颜，她启唇微微笑："就用龟腚熬吧。"

"阿奴不明白。"

"我看着她那张脸，就像王八屁股一般引人厌恶。偏偏是世间我独善良的假模假样，恶心，实在恶心。她将所有人都当姐妹，个个交心，才是虚伪，大虚伪。"

一如万剑穿心，前胸后背冷风贯过，常太后周身一抖，随即重重跌下，惊恐而狰狞的目光死死盯着那扇屏风。玉屏后匆忙赶来的人惊唤着，拓跋濬更是大步走来，见状忙唤太医。

"母后。"他探近了她身前，一手握紧常太后伸来的腕子。

"作孽啊作孽。"常太后幽幽念着，两行泪贯入眉眼褶皱。这内宫中尚有太多太多自己所不能道出的罪恶。

大内侍监府在权倾朝野的大宦官宗爱死后便弃置了许多年，如今空荡荡地安放在魏宫最西南的一隅密处。冯善伊将袍子摘下，这样脚步才能极轻，不会留下任何声息。她顺着空无一人尘埃落满的廊道往内行，一路穿过几所屋室，终停在一处陋屋前，如今这里只住了几个年迈而又不能出宫去只等老死的内宫嬷嬷。其中一个来开门时，见是冯善伊，熟稔地寒暄后，便将她往里引。

后庭古井一侧，梅花林立，碎落的花瓣扑了一地。

冯善伊躲在檐后静静看着，着凡常宫装的华发女子蜷缩在藤椅中，毛毯盖了她双膝以下，她身前正跪了一个男子，摇着手里的梅枝条幽幽说着什么，仰头时正看见冯善伊躲避的身影。

他眸眼一淡，渐显出微笑，将女人的椅子转了方向，抬手迎向冯善伊："母亲，您看，是谁来了！"

那女子抬眼，倦怠又苍老的目光仿若穿拂久远的时光，看着她，缓缓张口："阿春啊，你好久没来看我了。"

那一刻，她将自己识成春姑姑。

冯善伊行了过去，蹲在她膝前，冲她嫣然微笑："我不是春姑姑。"

"阿春呐，"女人握紧了她腕子，"我前日里做梦梦到你哭呢，你走了好远，哭着说要我替你照顾好善儿。阿春你要去哪里？"

冯善伊别过脸，看着身侧的男人，低声缓缓道："长义，苏姨糊涂得更厉害了。"

淡风起转，琉璃长摆缨穗飞摇。华发女子捧起冯善伊的脸，痴痴地笑："啊，你不是春。你是云舒。云舒总算来看我了。"

扶紧苏夫人的一双腕子，冯善伊悠悠道："苏姨，我是善儿。"

苏夫人抚着她眉，声极轻："你倒是一点也不显老。你瞧我，已是白发满手。"

宗长义拉过苏夫人的腕子，声音柔和："母亲，她是跟在春姑姑身边的善儿，您不记得了？"

"我记得。记得。"苏夫人一笑，拉过长义的手附在善伊手背上，"当年给你说了媳妇的那个善儿。她名字里的善，便是因我而取的，我和她娘亲……"

苏夫人越说声音越低，渐倚向团椅中缓缓闭目，睡了过去。梦中见得素眉清淡的女子持着美好腰身，那是个善舞的名姬，她们之间的缘分却并非浅薄。那女子持笑缓步迎近自己身前，声音低柔，她说夫人那样善良，生下来的孩子一定是温润的小主。她在梦中唤那女子道云舒。然而，她的儿子来到人世后，对世间所有人都是冷淡，他杀人如麻，嗜血又狠毒，却独独对那女子所生的女儿温润深情。是宿命吗，还是因果相报？

冯善伊抬了眼，反手拍了宗长义，轻笑着："我从前，是说了给你做媳妇的？"

宗长义瞥了她一眼，只是道："做我的媳妇，不好吗？"

她又笑，直了腰站起来，揽过他袖子便如同揽着哥哥般撒娇道："宗长义的媳妇倒没几分意思。不过，天下第一楼的老板娘，我觉着甚好。"

"嗯。我很有钱。"宗长义点头以表认可。

"我最喜欢银子了。待我出去了，只想过天天数铜钱的日子。"冯善伊眨眨眼，饶是认真。

宗长义将苏夫人怀抱而起，徒步往前屋走，脚步一轻一重。

苏夫人由他轻稳地置放在床榻间，他替她拉紧了被子，放下长幔。再转过身，看向身后的冯善伊，她此时含笑平静安逸地看紧自己，一声不吭。

"怎么了？"他走过她身前，声音温润。

"将来，你对自己的女人也会这么温柔吧。"冯善伊道。

他回身看她，突然道："我对你，不温柔吗？"

清冷的日光沐浴周身上下，冯善伊一时间不想回应，走出后院，已转入黄昏。她便跟在他身后不知走了多久，片刻之后，他或许也会瞬间消失。而后，总会在某些经意或者不经意的光景时遇见他。

"长义，我当真不是我母亲的女儿。"身后再没有人，也断了苏夫人的呓语声，她突然收敛起笑色，一脸正经地看着他。

"原来，苏姨也认识她。"再勉力一笑，"傅云舒，我的母亲。"

宗长义收紧目光，沉眸相对，这个问题她自三岁起便在不停地问他。长义哥哥，为什么母亲不喜欢我。长义哥哥，都说母亲没有生我。她那时边流着泪边唤自己长义的旧景仿佛便在昨日。他从前都会反手替她擦去所有的泪，而今却只有静静听着。

待她同样静下来，宗长义朝前一步，玉树临风，却觉得身上重得难以堪负。

"拓跋余传位遗诏中的名字，是我吗？"

她并没有惊讶，微笑后，仰起头来："所以呢？有朝一日我们会是敌人吗？"

"他逼死拓跋余，又毁了遗诏。而你，却选择站在这样的拓跋濬身侧。"宗长义平静地握紧两拳，满目苍凉，尽失了温度。

冯善伊皱眉，一缕阴霾扫过双眉，宁静又平和地出声道："我每天都在担心宗长义将来会成为我的敌人。这座万顷江山便该是你的，对吗？皇世孙是你，临朝之君也应当是你。到了那一日，你决心成为这座江山的敌人时，一定不要怯弱。不论那时我站在谁的身边，你都要放马过来，用力一拼。这一世，或许争取过此一回，你才不会后悔，不会怨恨。"

长亭水榭一时静得全无声息，宗长义全然怔吓，身后步音猛然飘至，顺喜遥遥跑来，喘着粗气。冯善伊以身挡去背后的宗长义，瞬间，宗长义即消失了身影。

冯善伊走回石桌前予自己倒了杯茶，幽幽看去奔上来的顺喜，摇头道："天要塌下来了吗？"

"南，南安公主归朝。皇上命各宫前去北宫门迎驾。"

由顺喜引去北宫门，浩浩荡荡的队伍，仪帐已候等宫门外。拓跋潏率百官迎在众首，冯善伊混进嫔妃的队伍中，只是身份不同，硬是由几个宫人推至前列。再站稳，才知身侧立着的是李申，李申看也未看她一眼。冯善伊咳了咳，南安公主归朝后，册封皇后便在即日，届时定当又是一番腥风血雨明争暗斗。恰此时这个浪迹民间二十几年的所谓皇族后裔回京，又以天子姑姑的名位归朝，来意明又不明。

谁也不知道，南安公主会成为魏宫又一股新兴的鲜卑族势力，或者倾向冯氏与常氏博弈之间的任何一方。诸事静观，也是内宫众宫人的暗暗心思。

鼓炮接连响过，群臣百官，伴同诸王嫔妃皆是跪地而迎。便是拓跋潏都以长为尊稍稍垂首。

朱红凤冠镶嵌三十七枚珠宝，绛红紫衣长袍曳地，琉璃珠玉叮当作响。一身盛装的南安公主在礼事嬷嬷和几十位宫人的拥簇下缓步而来。

晚霞暖融融的橘红光芒映得北宫门庞大浩然的宫辇如梦似画，依稀失了真实。

冯善伊敛息，悄悄瞥见那步子缓慢地移近，拓跋潏如今已走近那公主，一路说笑着伴她而来。

"你，很想当皇后吧。"跪在身侧的李申幽幽问了一声。

冯善伊回神，只是答她："彼此彼此。"

"不怕输吗？"李申冷笑了声压低声音问她。她两人倒也是第一次凑得如此近说话，话中情绪更是分毫把握。

"不好意思赢你，才是真的。"冯善伊立时回应。

"我们打赌吧。"李申又道，目光凛冽，似做足了必赢的把握。

此时南安公主的步子已走近嫔妃的队伍。

冯善伊随李申伏地，头几乎贴地，她迅速道："好啊，赌吧。"

"公主娘娘千岁千千岁。"李申伴着众人一同朗声念，随即又压低说，"赌注是什么？"

235

"输的人。"冯善伊接道,"永远离开这座魏宫。"

李申抿唇,爽快应:"好。"

眼前忽而落了长长的影子,那珠玉脆响的叮当声便在头顶。冯善伊吞咽了口水,欲要抬头时,一只素腕正落在她撑地的臂肘。臂间一紧,即由人带起。

冯善伊由眼前望去,见得这女子正对自己含笑凝望。

南安公主柔暖的目光,落入冯善伊的眸中,忽而泛起泪光。

记忆中,绿荷是极美的,却不像今日这样美。

这似乎是一个梦,过于美满,总要人难以相信。

冯善伊捏了几次绿荷,而后连连问她痛不痛。

绿荷极是无辜地点头叫痛,冯善伊感叹了一声:"真不是梦。"

绿荷已卸去一身宫装,在她殿中来回绕了三两圈,四下瞧着:"魏宫也不过如此,我以为该有多么金玉瑶华。"

冯善伊静静地予两人分别斟了杯茶,等着绿荷将原委尽数道来。

绿荷回至案前,端盏凝了半刻,吐露:"这都要谢那位代太皇太后传诏的李夫人。"

"哪一位李夫人?"

"扶风公李昕的夫人。她亲自去云中接我,若非他们夫妻倾力护送,我着实……"

冯善伊摇头想不透,李昕之辈当是仇敌,以此招数存心为何?这世上没有白送的买卖,但凡相助,怕是有大筹码等着开口。她揉揉额头,将这些话吞了回去,只予绿荷言,他日要设宴重谢这位李夫人。绿荷恰也同意,对她道,召李夫人夫妇入寿阳宫时,要冯善伊同在。

寿阳宫的嬷嬷来接绿荷回去,言是要去与帝王太后同宴。绿荷端正衣襟,扶鬓后立身,众人相送。

行至前庭,最后一抹淡色余晖映出她姣好的五官侧影,她半回身,目光似掠去身后的冯善伊。声音很轻很柔,却字字息息坚毅:"我之所以回来,是为了你。"

冯善伊猜到她会如此说,却没想到她会说得如此坚定。

"不可以输。"绿荷摇了摇头,"绝对不可以。"

一旦输,将会被置于死地的人不仅仅是一个人,尚有许多许多。

当日晚宴,绿荷以南安公主,天子姑母的尊位旧事重提,言及东宫不能无

236

后。拓跋濬迟疑着，无言以对。酒桌一时气氛凝滞，直到阶下汉臣跪言力捧李申，惹煞了对常太后李夫人亲近汉臣心怀不满的一伙鲜卑贵族。如今这些贵族纷纷倒向在常氏压迫下失势的冯家，朝中势力无不如此，此消彼长，才以均衡。如今李申将胡官一一得罪，那些鲜卑贵族自要投入冯门的石榴裙下，于是大赞冯氏贤德，守陵数载，体会民间疾苦，慈悲心更盛。于是那些有的没的，便由那些文人一个字一个字往奏折上搬，说得多了，便好似她冯善伊真乃举世无二的大圣人。

两方争执不下，拓跋濬反而平静，请事任三朝的老臣高允进言。高允是汉臣，堂堂之下言圣皇胡汉同治开拓先祖基业，当立汉血统，又出身鲜卑贵族的夫人最适宜。

一时针锋相对的火药味方散了些，太后常氏不悦，亏他高允老头时不时来自己的太和殿拉家常，如今要紧时刻便言说狡猾，论说汉血统，李申与冯善伊恰都是纯正的汉人血脉。只这鲜卑贵族，冯门与常氏都是受魏帝宠幸后加封的外姓贵族。他一语最适宜，恰全了两人，毫不偏向任一方。

"那便一试吧。"未出言多时的拓跋濬此刻持杯而起，环绕大殿，目光看过朝臣，各个神色不一，不作停留，只绕一圈背对众人，品下一口绝世佳酿，"立后，事关国体。不如尚书台拟题，由朕亲览，选期两宫比试，择日册封。"

清冷春日，万物复苏。

离比试的日子更近了，却急煞青竹，自颁下宫试令，她便奉了南安公主密旨将冯善伊困在书房中，终日以四书五经、女儿经、妇人纲、中宫谱灌她，一日十二个时辰，恰也有六七个时辰是在书阁子里度过。让冯善伊又想起四年云中坐穿佛堂的辛苦。

懒懒的午后，她下巴抵着书案温书，窗纸噼啪作响。她听了听，又似无音，转脸贴在书本上，闻着墨汁发困，窗格子又被敲了敲。

冯善伊拉过一角帘子，看见窗外背身立着环绕四周的李弈。

她咳了咳，李弈回首塞进来一张纸条。

冯善伊扫了半眼，轻问："靠谱不？"

"皇上亲自勾题时，我看得很清楚。"李弈压低了声音，"如何？尚应付得来？"

"略难。"冯善伊咬牙，吸了口气，忐忑道，"七成答不出。"

"听皇上勾题的意思，还说是尚书台挑选得简单了。"李弈又道。

冯善伊将纸团了团，又递给李弈："你去西巷里，就说找宗长义，亲自交给他要他写份好的给我。我拿来背就是了。"从前跟随惠裕练下来的，她的背功倒是不错。

李弈走后，青竹来回送了清茶，说是南安公主又选了几本书送给自己温。近日来，听说常太后常去拓跋濬那里串门，一回太和殿就把白天从拓跋濬案头看到的书目列下来让公公取了给李申看。

绿荷自不当示弱，这两天从早到晚，与拓跋濬道家事，从早到晚，亦都有新书送到昱文殿。

晚半晌后，拓跋濬路过昱文殿进来喝茶。这回青竹拿不了主意，只得将困闭多日的冯善伊请出来伺候。拓跋濬久日未见冯善伊，如今尚有些别扭。喝了几口茶，随着冯善伊在书房绕了一圈，指着她案上书道："朕近来也在看这本。"

冯善伊于是把几天里温习过的书通通堆在他面前："这几本，我读得最熟。"

拓跋濬搁下茶，扫了几眼书名，幽幽道："所以呢？"

"您明白的。"她不点破地提醒。

拓跋濬扬眉，几乎是忍着笑，他从未见过一个女人，如她一般置脸皮为纸。

"你干脆要朕替你答题算了。"拓跋濬咳了咳，好笑又好气。

"这样也好。"冯善伊果断接道。

拓跋濬瞪她一眼，将书推得老远："别浪费时间。"

她不明白他的意思，谦虚求解。

他慢慢放下杯子又抬起来，盖着半张脸，声音很轻："朕今天勾了几组题，是应付举试的。"举试的题目，必不用费心思背记。

她于是明白，他今日来，就是来打击自己的。

"题目，并非你们想象的繁难。"拓跋濬又道，平声静气地看她，"用心去答，即好。"

冯善伊些许坦然，言："我和李申打过赌了，输的人永远离开这里。说实话，你希望我们谁离开？"

拓跋濬挑眉，似乎一惊，又有些慌乱。

她努努嘴，自然知道他现在情绪很乱，放不下李申那女人离开吧。

"您做好心理准备。我若不小心赢了。您不要太难过。"她算是安慰了他几句，"我不会占太多时间，做了皇后才能把事情处理干净，不出多久您废了我就好。而后还可以再召她入宫。"

"你，是为了什么回来？"拓跋濬突然问她，"回来朕的身边，却又不是真的回来。"

他的话，绕得糊涂，也只有她一个人听得懂。

冯善伊握紧一只杯子，抬起头来，释然地笑："最伟大的复仇。"

云夜吞月，一派清冷凄宁。檀烟迷目，远山起伏的诵念声隐约入耳。七色玉丝袍卷风，满地碎琐梨花瓣瓣，每走出一步，踏得心底疏凉。几日来温书温得头疼又眼花，难得是夜静好。

李申将袍领子摆直，常太后白日的声音回转心头——"张公公说亲眼见着皇上勾了题目，你拿去，好好准备。申儿，我们输不起。"

她泡上一盏茶，静等那人下得山来。

亭中浮起的烟风，蕴着青竹鲜嫩的水汽。持杯的氤氲中，一双眸子湿了。放下杯来，青衣拂摆的身影丝丝涤清。

李申扬起头来，看着她一笑："太妃娘娘，随遇而安的个性，很好。"

冯太妃行到她身前，望向亭外墨绿色的宫轿，只应道："如今魏宫的规矩，确是松散了许多。"

"只有我们两人，话难道就不能说得随意吗？"李申幽幽道。

"不敢。"冯太妃临桌而坐，同持起青玉盏，一弯明月正落入琼酿中。

"你很有信心吧。冯善伊可以赢。"李申不想把话说得如此明白，只是也不想赢得太出人意料。

冯太妃没有吱声。李申执意步步向前，这般的执著，让她惶恐又不安。

李申摇着杯子，只道："冯家的女儿可以成为六宫之主。"

冯太妃稍稍皱紧眉："你，何意？"

"为什么，要那样对待我呢？"李申挑起一笑，琉璃色的目光隐匿锋芒，"姑姑。"

青玉杯"砰"一声落地。冯太妃惊得无言。

"姑姑也将希希忘了吗？"她终于站起身来，双肩持正，优雅妩媚地笑。

冯太妃扶案，双臂在颤，睁大一双眼凝紧她："你是说。希希，冯希希。"

李申笑得飘忽，猛道："如此，明白了吗？"

平静的面容，似在溶解。冯太妃恍惚地抬眸，无数次地眨眼后，几乎困闭呼吸。

李申抬臂去搀扶她，亲昵而又恭敬道："姑姑，我的好姑姑。您又在意什么呢？无论是谁赢，冯家都没有输。终有一天，我将重振家门。"

"是，是你……"冯太妃直愣愣地捧起这张无比娇艳的脸，是啊，曾经觉得熟悉，却又不知相似在何处。皱眉，苦笑，摇头，冯太妃忽然明白了，明白李申看向冯家的眼神，为何那样寒凉。冯太妃猛地推开她，退下数步。

"我是那样爱她，心心意意保护她。可她对我做了什么？你们，你们都放弃了我。"李申摇头，冷泪滑落满脸，"我就是希希啊。你们欠我，冯善伊欠我，我要你们慢慢还债。"

李申扶了一角栏杆，艰难远走了数步，身体似乎被寒风洞察，零落如碎片。扑入漆黑的轿子中，热泪滚滚而落，溅在手腕上，心头似有个声音团团萦绕，每至悲伤时，那个声音总能涌升而起，与她共享一分凄楚。那是冯希希的声音，还是李申的声音，如今她也不知道了。

轿子回落太和殿下，常太后扶在玉阶上幽幽地望着下殿。

李申扬起头来，迎着那身影，痴痴地笑。她记起自己在阎王门前转了一圈回到这世上，迎面恰也是这女人一双悲戚红肿的眸子，声声唤着自己，只求将自己从九泉边唤回。身为李申的这些年，她受宠若惊地享受着一个母亲对子女负疚而深沉的爱，如是无以为报，便用这一生尽孝。

常太后奔下玉阶，将李申环抱入怀。李申倒入她怀中，平静地落下泪来，声音很轻："母亲，您说得对。再输，我们便无路可退了。"

水面上浮动的青丝，如水蛇缠绵，丝丝缠绕。

灿灿耀目的金盆，在盈盈水光下焕发出一种幻境。氤氲水汽中，洋溢着少女轻灵的语声。

"姐，我也想有这么长的头发。"女童握紧一束黑发贴在脸上，滑滑的，像精致的丝绸。

"你个子还未长全，就想着长头发了。"微笑比水清澈的少女反握住妹妹枯草般的黄毛低低闷笑。

"姐，你夜里还要去东宫偷看皇世孙念书吗？"女童反问一声，音声稚嫩。

"嗯，我稀罕见他！"那个言笑清和，比风更淡的少年，她确实稀罕。

"我也要去。"女童执拗出声。

"不成。你要睡觉。"少女持了一张长巾将妹妹裹起，抱出池盆。

"不嘛。"

女童挣扎着，发尾的水珠尽是洒了她满脸。

少女故作微嗔，将她按下，擦干湿发，替她换上干净的裳衣推入被子中：

"别闹。明日还有好些事呢。"

女童握紧姐姐的发尾，就是不放，目光留恋地追着她："姐，别把善伊一人丢在这里。我怕。"

少女将自己束发的红头绳取下，塞在妹妹掌中反握住："早知道才不带你来呢。我是来给姑姑探病的，谁要你捣乱追来。"

女童起身环抱住少女的肩，下巴磕在她肩上："我离不开你嘛。"

"我以后做了皇世孙的妃子入宫来，你怎么办？也要随我进宫吗？"少女认真地拉下她，说得一板一眼。

女童点头："我就做女官。"

"胡说。你要嫁人。嫁得好人家，安然过一辈子。"

"姐姐怎么就不嫁？"

少女笑她，将她揽在怀中："姑姑说，我将来会是皇世孙的女人。我是嫁给皇家。"

"我不稀罕他，他都不笑的。"

"我嫁了皇家，父亲和姑姑才不会那么辛苦。"少女淡淡地笑了，拍拍她脑门，"而后也能替你选户好人家。姐姐的愿望就是这么简单。做皇世孙的妃子，成为这座魏宫的女主人，保护我的小善伊。如此而已。"

"我不喜欢你做皇帝的女人。可她们的衣服实在好看。"

少女点头："是啊。那一身朱色婚服，真好。"

她哼着歌谣将怀抱中的妹妹哄着，慢悠悠地放下竹帐，轻步步了出去。帐中幼童翻了下身子，攥紧了手中的红头绳，似梦非醒地睁开眼睛，见到空落落的床榻，不由得发惊。起身踩鞋，披着长衣便追跑了出去，五指间缠绕的红头绳一摇一摆荡在风中。

"姐姐？姐——"走一步，环绕四望，轻轻地唤。

从姑母的殿室入东宫后殿，寂无人烟。枯冷的老槐树坠下落叶，萧瑟的风团紧单薄小的身躯。她再不敢走，困步于漆黑的小道。后院中灯烛摇曳是唯一的光明，她扶着墙壁走了上去，隐约听来阵阵言笑，可是姐姐的笑声？那般清亮。

推开一扇小门，安谧的庭院洋溢了丁香花开的芳香，花色暗淡，却抵不住满室残香。她顺着一路丁香花道进入花海后的屋室前廊，满袖丁香，花瓣染手。

"姐姐？"声音越来越小，强烈的好奇心引她上前，轻轻摇开精致雕镂的红木门一角，童真目光由狭小的门缝中悄悄望去。瞳眸中所散出的光芒越发迷离，风吹着宽绰的长衣浮起云角，满手丁香寂寂落下，暗暗花色中缠绕着那一缕耀目

的红头绳。退了一步，由身后廊柱撞了后脑勺，她忍不住叫了一声，染满花香的袖笼在夜中直抖个不停……

乌黑的长发一团一团泡在水中，如今已不是幼年的枯黄毛糙。

它们似墨黑浮藻，漂在水中，滑软而温柔，架起重重幻境困住她的呼吸，扼住她的喉咙。猛地睁开双眼，额上渗出汗来，冯善伊痴痴地抬起手腕，青丝漫爬的白玉手腕缠绕着那一线红绳，很冷。金盆的光泽将臂上的水珠一同染了明色，刺晃双目。

青竹前来添上热水，轻轻问了一声，水是不是凉了？

暖流一时由后脊漫入，红头绳湿了，嫣红便似殷红，血一般。

心底有个声音隐忍了许久，终于伴随着汀汀水声缓缓流出。

——如果那一夜，没有带着你就好了。

——如果再有那一夜，没有追出去就好了。

——如果如果，那只是噩梦就好了。

黑夜似吞了墨色，那样沉。湿漉漉的长发，冷风吹不干，青竹抱怨说这样要头疼。清冷的月光下，冯善伊将左腕的红绳勒紧，明显有痛的感觉，听说这一处，连着心头。从什么时候开始，冯希希的梦想，就成了自己的追求，包括守护家族，替父亲圆梦的一世追索。冯希希未能完成的一切，便由自己代劳。那六宫之上的噬血斗争，由她代姐姐迎上；那朱色朝衣，她也要为她而穿。

夜鸟载风而过，暗淡的月光与灰墨色的云雾玩起了躲猫猫。

冯善伊倚在窗前安宁地微笑。

姐姐，我如今也长起了如你一般的青丝长发；姐姐，明日，我就要为你迎来第一场战争，请保佑我，不能输；姐姐，终有一日，我要让你站在九重天阙的最顶峰，让你穿着最华美绰贵的朝衣，让你成为传说一般名留青史的女人。

第一旨试题由圣旨下放昱文殿时，冯善伊正端坐窗前描眉画眼。丹葱玉指滑过圣旨上的墨字，她几乎看穿了圣旨，狐疑抬眼问身后的崇之："你确定这是比试第一场的题目？如此而已？这么简单？你是不是领错了？"

连番询问，反让崇之拿捏不住，他挑眉看去一眼，忙点头："没有错，皇上亲手递给奴才的。"

题目很白，白得瞧看不出意欲。

——"三日之内，寻得一样帝王将相不识之物。"

崇之退下后，冯善伊捧着茶杯绕殿散步，不识，拓跋潗不认识的东西应该多了去。只找出即可。这题目得实在欠水准。题目一出，绿荷带着一批智囊团前来相助。冯善伊卸下之前的满心紧张，歪在榻上看她们唇枪舌剑斗得不亦乐乎。

青竹递了茶水，是青梅泡的果子茶，生津止渴。递茶时，她轻声道："该不会是什么奇珍异宝。"

绿荷摇着扇子连忙插话："绝无可能。皇上崇尚节俭，才不缺那些宝贝。"

冯善伊吞着茶水，不出声。

绿荷和另外几位宫嬷嬷辩言一番，才又转过来，认认真真道："他不点明，却要你们去寻。那必然是要对江山社稷大益的东西。"

冯善伊坐直了身子，放稳茶杯，啧啧了两声，哼道："他就是闲的。谁有时间与他玩寻宝？"说着起身，揣了本经书走去后间佛堂。惠裕曾说，最智最慧不过我佛，于是她打算去向观世音大士求个主意。

入得小佛堂，便无人能来打扰，远远地隔开前殿叽叽喳喳的议论。

她擦着木鱼，给佛像递了碗茶，自己先喝下小半口，有些惆怅。拓跋潗身为帝王，富有四海，什么没有，什么没见过？这题目乍看上去简单，却实在越想越难。

晚半晌，绿荷持着长长一页纸而来，言是召集工部拟下的名单。冯善伊略略一扫，天文地理，农作工器，倒是列了齐全，她最后指了指纸上的"龙阳大补丹"问绿荷："这又是什么？"

"御医院和一众仙丹道士集思广益报来的点子。"绿荷饶是认真，"或者，皇上心底想要又不能说穿的是这个。"

冯善伊翻了个白眼，头枕蒲团倒下去吱吱乐。她料定，三日后她若持着这东西上殿回禀，必能憋得百官笑闷过去，拓跋潗的脸色自不用想如何好看就是了。

绿荷又道："长命百岁丸？"

"你就确定能长命百岁？"冯善伊懒懒地笑，一颗一颗随意地拨弄佛珠。

"这谁说得准，可哪个帝王不想长命百岁？"绿荷闷闷地说了一句大实话。

冯善伊压着她半角袖子，笑惨了："若真能制成丹药，我先服它一颗半粒的，也不在乎这后位了，都千年老妖精了，还不得把那些个女人耗死，总有一日姑奶奶我上位。"

绿荷琢磨着也对，贴着她坐下，扇子越摇越急："你憋在这里就能想出主意？"

"想不出。"她老实道，拍拍袖子坐起来，手一指佛龛，幽幽道，"这家伙能。"

绿荷沉了一息，轻道："冯太妃来信了，我没敢告诉你。"

冯善伊插了一束香，很平静："她就打击我吧。"

"冯太妃的意思是，第一试您铁定赢不过。不如保存精力，后来居上。"

香灰烫了手，冯善伊吹着手指，从案头另取下本经书，转绕帘后，声音静静的："我明早去刑部和几位老相好吃茶。你们再想想吧。有什么好点子就记着。"

冯善伊转日起了个大早，领着青竹去刑部喝茶，回来时青竹怀里抱着由红布裹起的竹筐，内里不知沉了何物，她抱着走了一路，越发觉得沉。绿荷揉着黑眼圈正和执事嬷嬷争论。

"您不能在这儿。您这是违规作弊啊。"那嬷嬷揣着太后懿旨说得一板一眼。

绿荷敲了敲桌面，开始耍无赖："只许常太后守着李娘娘出谋划策，就不准我蹭冯昭仪几顿饭吃了？没天理，还没王法啦。"

冯善伊咳了咳，走过去给绿荷捶肩，边捶边道："别急别急，注意影响。"劝着又忙给嬷嬷甩眼色，那嬷嬷嘟嚷着先退了去，半个时辰后必要卷土重来。

绿荷觉得实在没天理，她常阿奴挟持了京中一群能人奇士拥进太和殿谋策，偏反咬昱文殿违规。心急如焚下，她只想那道士很能炼出长命百岁丸，来时她和冯善伊一人一颗，不信熬不死那拨人。

还好此时只有青竹持了笑，将筐子置放在桌上，神神秘秘道："我们主子也寻来宝贝了。"

冯善伊吆喝顺喜青竹一字排开，将筐中的宝贝尽数倒出来，一样样摆在桌上。勾刀，镰刀，还有模样古怪的刃器，皆是又旧又锈，甚有几件尚沾着干涸的血迹。

"这是……"顺喜瞧着，摇摇头，"杀猪的器具？"

绿荷随着点头皱眉，叹了口气："虽说皇上和百官很少能见到杀猪，但这荒唐了些。"

冯善伊默不做声地笑，摊好后才道："不是对付猪，是用来收拾人的刑具。我好说歹说才要来一套弃用的旧货。看看看，你们都不认识，更何况我们高居殿堂不染尘秽的帝王将相呢？"

绿荷摸上去，指尖滑过斑驳旧色，轻念出声："墨、劓、剕、宫、大辟。这竟是——"

"肉刑五器。"冯善伊点头接道。

"自汉皇室废除肉刑已有数百年。魏宫竟还存此陋刑，实叫人毛骨悚然。"绿荷似有些明悟其中的深意，仰头时咬唇，"你真的要奉上这些？"

汉孝文帝十三年，便废除肉刑，百年之后，酷刑卷土重来，并且充斥刑牢。上至天牢，下至郡地官衙，天子不知，百姓却承受酷刑之苦更不能述。刑至断肢体，刻肌肤，终身不息，这并非为民父母之意，却是当下盛行的恶风。幼年随家人没入刑牢，便亲眼目睹，酷刑之惨烈。往有恶案，自圣意入尚书台，百官府，层层施压，刑审官员为结案，不惜酷刑逼供，肉刑五器，不过其一，更有甚者，是她求也求不到手的。可笑拓跋濬稳居金殿之上，看着他的清平盛世，却不知他以法为度、刚正严明的天牢一如地府，丑态百般；刑官腐化之深，用刑之烈，远超乎想象。

"你知道这么做，意味着什么？"绿荷突然压低声音问她。

冯善伊百无聊赖，倦倦一笑："与百官为敌。"

"一定要这么做吗？"

"你以为，"冯善伊将手缩回袖子里，摇着袖口，"我一路走来又意味着什么？"

青竹在侧忙低下头，给了顺喜眼神示意他调节气氛。顺喜干着嗓子不知该说什么。

冯善伊将刑具以帕子擦好，放回筐子里重新以布蒙好，才又说了一句："早晚都是敌。"

青竹往前凑了凑，掏出怀里的纸递过去，神神秘秘："李娘娘那边据说齐全了。我托太和殿的几个丫头照着模子画出来。李娘娘的东西，实在瞧不透。"

绿荷先是接来，见那纸上画着平扁的盘子，中央置放一只石头雕刻的小鱼。绿荷瞧不懂，便推给冯善伊，冯善伊眼瞅过去便乐了："这是要做红烧鱼吗？"

"说是请了京都有名的工匠连夜打造，莫不是什么秘器？"青竹添了半句。

"暗杀什么的？"冯善伊着实看不明白，直接丢回青竹，"李申她脑子里都是什么东西。"

顺喜来了主意，诡谲地笑："主子，要不咱把她那个偷过来，然后然后——"

冯善伊忖度着："如果能做得神不知鬼不觉，准了。"

"你们都出息点！"绿荷一人丢个杯子砸去裙脚，揉着脑袋，"就是输也要输得有骨气。"

冯善伊拍着顺喜肩膀越过他回屋："瞧见不，不是我不想支持你。得，明天咱喝整天的骨头汤，缺啥补啥。"

245

冯善伊只觉这一夜睡得尤其沉，浑浑噩噩，连做了几番梦，终于被青竹哭醒。醒来时近午，青竹哭得气都没了。冯善伊面瘫着挨着床边半卧，听得青竹哆哆嗦嗦把小偷夜入昱文殿一事汇报齐全。而后冯善伊气也没了，挠着榻壁雕件问："你是说，我那五件宝贝没了？"

青竹点头，豆大的泪仍挂着。

绿荷走过来替青竹说情，劝着劝着便把话头往李申身上拐："必然是常老太太还有李申她们，怕她们赢不了，便使坏。"

冯善伊看了绿荷一眼，声恹恹的："李申比你高尚。"

绿荷敛声扯袖子，憋出半句话："反正，丢都丢了。"

"关键时刻，你掉我链子，拆我墙脚，扔我宝贝。"冯善伊满脸无辜，"还嫁祸人。你把我耍赖出千可耻无敌的招数全学过去了。我以后还怎么混？"

绿荷幽幽站起来，见顺喜端着骨头汤而来，她抬袖子一挥，扶着桌子坐下，道："晚上炖猪心，给你们主子补个心眼。"她心里只一个念想，宁愿冯善伊输了首盘，也不能率先将满朝文武得罪光。这才是留得青山在，不怕没柴烧。

冯善伊套上裤子，裹着厚重的袍子而出，有热气蒸了满目，凝视着绿荷，如今脚下换了一双棉靴，正踩着步子准备。绿荷见她这模样，以为她是要拼命，将手中汤勺放了放，坚定言："你那几样宝贝石沉大海了，别费心思找了。"

"我要出宫。"冯善伊只道。

"输不起脸面，打算逃了？"绿荷又问。

"出宫，寻宝回来！"

【归宫篇·第四章】

闹市当街，看不到尽头的店铺铺满两道。

清冷的空气中洋溢着热闹的叫卖吆喝声，夹杂着豆花浮荡的香热气，接踵擦肩而过的拥挤，这只是一条平凡的闹街。灰色的长袍由头遮到脚，冯善伊独自走着，一路经过摊贩，便停下步子寻找自己想要的东西。

她要了一碗热腾腾的面汤，捧在手心里。

简陋的面馆，帐篷顶尚是漏的，飞雪一束束飘入碗中。她捂着手，又把脸贴上去，民间的面汤，天子皇族们一定不识吧。其实这当街闹市每一处景物，对他们而言，都是陌生。

立起身来继续走，满袖盈着暖香，身后牵马装扮成小厮的顺喜问她去哪儿。

她于是道，这京中，还有地方是王公贵族去得最少，甚至不屑一顾的地方。

宫人提议说，那便是娘娘庙了。

"娘娘庙如何不屑一顾？"冯善伊于是问他。

"娘娘庙原先香火旺着，后来被乞丐们占了去，连年逃灾荒的难民也都住了进去，老弱病残死在那里，也没有人收尸。"顺喜咬了口春饼，含糊道。

她忙点头："所以呢？无人治理吗？"

"整日臭气熏天嘈杂脏乱，没有朝廷官员想管。如今成了京中有名的死街了。"

"那娘娘庙远不？"

顺喜惊了，忙拦，"娘娘，您千万别想多了去，那种地方恐避之不及，如何还想着去？周遭的住家都移走了。是人都知道躲避，说是靠近了会感染瘟疫。那些乞丐和难民就守着巴掌大的娘娘庙等死呐。"

冯善伊不再多言，拉着顺喜上马，甩下缰绳，纵马而起时扬起的尘惊了当街百姓。

店铺老板拍着袖口的灰，骂骂咧咧道："喂，当街你骑什么马？"

冯善伊扔下几袋钱币，握缰抱拳道："要紧之时，得罪了。"言罢掉转马头喝了一声顺喜带路，即奔去。

她身后那老板仍气不过，连追出去几步，边与路人抢钱币边骂："就你有钱啊！"

过路的老道捻着长须笑眯眯弯了双眉，看着升扬起的飞尘，再看着渐渐化作虚影纵马而去的背影，意味深远地笑后又言："莫骂，莫恼。这乃天上下来的娘娘千岁，为苍生而来。"

风转了北向，雪一时更大。

顺喜由马上翻身滚下时，几乎冻成了雪人，他顾不得自己，反是拍着冯善伊斗篷上的落雪，抬了抬下马，示意到了娘娘庙。

娘娘庙的金漆蓝匾歪歪斜斜地倒在门脚，积了厚厚的雪。檐下倒着三两个乞丐尸体，是昨日冻死或者病亡的尸身，一时无处可置放，只得放在门外。顺喜嫌弃地捂紧鼻子，不愿靠前。

冯善伊瞪他一眼，让他前去叫门。

"乞丐庙前还有什么叫门的礼数？"顺喜执拗了一声，"您进去则好，奴才就

不了。"

"你牵着马等我，避着雪。"冯善伊嘱咐了他，抬脚欲迈上台阶，却实在找不到落脚处，最终只得心念罪过踮着脚自横躺的几具尸首中勉强迈过去。

推门而入，枯死的藤枝突然砸落雪块，坠入脖颈，她连忙跳步，只觉脚下又似踩到了什么，忙跳开，闭眼道："南无阿弥陀佛，罪过罪过，惊扰了您老人家升天。"

那"尸体"忽然滚了滚，从地上坐起来，睫毛沾雪，竟是个八九岁的小男娃。

"俺还没死呢。"他突然说了一声，便开始咳嗽起来。

"你好。"冯善伊躬下身，探下一只手，"我是——"

"你也是来讨药的吧。俺们大当家可好人嘞，不会不管你的。你先去我爷爷那儿记个名字，领了衣服来，我带你去病室。"小男娃扶着廊子站起来，手是青紫，指缝黑红，像是病得极重。

小男孩叫石娃，三年前得的肺病，一直喘着。他爷爷是京郊的老乞丐，也是慕名而来，听说娘娘庙的大当家收留无家可归的病乞丐，才领着孙子来。如今已在庙中生活了三年。他们口中的大当家，是个菩萨心肠的好人，自己也病得极重。

小男娃走在前面，虚弱地添了句："都说俺们这犯死病，才不是嘞。是俺们大当家常从外面领病重的孩子和老人回来，才死的人多了。"

说着进入了一间小茅屋，他靠在门边喘着大气，朝内唤了声："爷爷，来了个新人。"

屋子里传来跟跄的脚步声，一个瘦老头满头灰白的头发拄着拐杖缓缓而出，手里端着一碗药，直哆嗦："石娃，你先把药吃了吧。"

石娃蹭过去，端过药，只是道："大当家昨夜又犯病了，这药留给他喝吧。"

老翁笑了笑，一张皱脸黝黑又苍老："傻娃子，当家的和你长的不是一个病。这药是他专门配给你喝的。"说着转眼看石娃身后的冯善伊，见她身上落了许多雪，轻轻道："丫头冻坏了吧。我去给你拿干净衣裳来换。"

"不用。"冯善伊忙取下斗篷拍了拍，素雅的袍尾滚了地，白绒绒的皮毛很是干净。

那老翁吸了口气："姑娘你是富贵人家出身哪，如何落难啦？"

"我来，是为了求一件东西。"冯善伊四下打量着，压低了声音，"帝王将相，百官皇族不认识的东西，却与江山社稷有关。是这样的东西。我想这里会有。"

老翁呵呵乐着："姑娘说着官场话，俺们听不懂。俺叫俺当家的来。他准听得懂。"

老翁拄起拐，掀开帘子往后面走。石娃喝完了汤药，爬到断了半截腿的椅子上坐着，捧起冯善伊一角袖子看得流口水，前院那个粮老板家的张七公子，袍子上也没有这么多花纹。

"好看吗？"冯善伊问他。

石娃点点头。

冯善伊忙解开袍领，披在他肩上，一笑："送你了。"

"俺不要。俺是男人，这是女娃子穿的。"石娃忙推却。

冯善伊又笑："以后娶了媳妇，给媳妇穿。"

石娃突然低下头，眼眉里也是沉甸甸，抠着黑紫的指甲，有些伤感："俺娶不了媳妇。俺活不了多久了。爷爷说大当家的病也熬不住这个冬天。到时候俺就跟俺们大当家一起上路。"说完，他将袍子递还给她，扭头躲开，一路闷声咳着。

老翁此时又出，言说他们当家的不便出来，转述了姑娘的意思似乎懂的。让她再稍等会儿，即能让姑娘称心如意选了东西离开。冯善伊不由得纳闷，想这当家的不仅慈悲心肠，人也是极聪明的，她没说什么，他便好似明白了她的心意，答应得如此爽快。她便多了些期待，耐心等候。

她和老头于是闲来无事地聊开，从这一处娘娘庙，聊到民间疾苦，胡人借贵族特权强行征地做了牧场，建了打猎的围场，只余少许耕地苦榨雇佣的汉奴。百姓无地可种，只得远别故里，流离失所，沿路行乞成为这些老残幼病的人唯一出路。所幸遇得京中这一处娘娘庙，庙里有位比菩萨更菩萨心肠的大当家。

说了片刻，后帘一个老妪颤巍巍而出，手里捧着一碗粥端过来，告诉冯善伊说："大当家的说，没有好喝好吃招待贵客，就让老身煮了一碗贵人品。"

冯善伊拿着筷子挑了挑碗里的粥，有米粒有菜叶，似乎还有几根面条。粥面上还浮着泡沫，竟像是剩饭剩菜煮了一起。那老妪眼盯着满碗粥，有些犯馋，吞着口水道："我啥时候能吃上这一碗贵人品？"

老头瞪她一眼："等你闭眼时，就有得吃。吃了，来世咱也是贵人了。"

娘娘庙的贵人粥，也不是谁都能吃的。乞丐们前去要饭，要是能要来贵人居丢弃的食材便会捧回来熬成粥，最先给病入膏肓的病人和老人吃。吃了贵人粥，下辈子做贵人，如此给受苦受难一辈子不久于世的人最后安慰，也算是奔了好兆头。

冯善伊吃下一口，却如何咽不下，皱着眉看了老头："你们大当家的是什么意思？"

【第四卷】归宫篇

249

老翁呵呵笑着，指着粥碗，向后倚了倚："这不就是姑娘求的吗？满朝文武无人能识这一碗贵人粥，而百姓子民求之不得，在我们眼底，这一碗粥就是你们的社稷。"老翁笑着起身，搀着老姬一并走了出去。

那一碗粥小心翼翼地端起来，冯善伊又含了一口，用力嚼着吞下。

所谓江山社稷，不如民生疾苦。

所谓万世荣宠，不若一碗清粥。

她忽然有些明白了，这一碗粥，比自己的肉刑五器好过千万般。

她将袍子留给蹲守门外的石娃，她执意如此做，一物换一物，才是公平。

石娃推让着，直到听见后屋老翁喊他说大当家又犯病了，急忙将袍子甩在雪地里，扭头跑去后院。冯善伊盯着他远去的背影，隐约听见一个男子痛苦隐忍的闷声喊痛。她听那闷哑的声音，竟然也能感应到一类的疼痛。

顺喜终于忍不住跑来扯她走，说是要到黄昏了，再不返回去，宫门关了就不好混过去了。冯善伊最后将自己的袍子挂在门边，望了一眼破败的四周，顶着风雪握紧手里的半碗粥随着顺喜走了出去。

这一日清晨的大朝上，百官面容肃静而紧张。每人面前都置放了一张桌子，宫人言是冯昭仪的意思，便没有人再敢说什么。

拓跋濬入殿时，身后依次随着南安公主，常太后以及宫妃冯氏，李氏四人。众人跪礼问安时，叩拜声极是响亮。仿若这般底气雄壮的朝会，尚是新帝登基以来的第一次。拓跋濬不由得冷笑，果然，盯着外戚内宫的盛世极宠之位，这些文武朝官总算有了激情。

龙座后的珠帘架起，南安公主与常太后齐齐入了帘后。

拓跋濬一一览过百官，才是对李申与冯善伊分别笑了一笑："几日来可是寻得宝贝？"

龙涎香静静燃起，映出九龙环壁的影墙，威严又迷离。烟绕了两人的袖摆，渐连成一条线，冯善伊随那烟线望去，不解地皱眉看去李申。

李申猛地甩袖，近前半步，率先跪下，由身后宫人手中接过一物，端递而上。

拓跋濬稍凑近，看去盘中物，含笑："瓷盘中心这一条薄铁叶剪裁的鱼身，有什么含义吗？是要爱妃一解疑惑。"

"这是指南鱼。"李申忙道，"鱼的腹部略下凹，就像一只小船浮在水面，鱼首鱼尾各指向南北方。无论何时何地，有无阳光垂影，都能分辨出南北之向的指南鱼，是臣妾和工部匠士仿效战国时司南，为我大魏制出的指南鱼。"

"永远指向南北，不会错？"拓跋濬挑眉，又细细看了眼。

李申笑："不会错的。"

拓跋濬直接端在手中，大步而出，立在殿前，仰头看了看日头，又垂首观摩指南鱼，随后频繁换着站立的方向，摆弄了好一刻，赞赏地笑："果真如此，爱妃好心思好手艺。"

拓跋濬将指南鱼递给朝臣一一过览，立时讶异声惊叹声此起彼伏。拓跋濬淡淡地笑，扫过众臣表情，又多看了一眼冯善伊，又咳了咳，让李申将制作工序言予众臣。

冯善伊虽是一脸面瘫样，表面风平浪静着，内心涌起各种嫉妒愤恨恼怒，不就是个红烧鱼吗？至于一个个惊为天物，甚至还有大臣拍马屁言鬼斧神工。

李申款款站出，自始至终持着优雅的微笑，长二寸阔五分的薄铁叶，尾如鱼，蘸水盆，没尾而收，一一道出这些繁杂工序时，引得诸人心怀佩服。

"用时，置水碗于无风处平放，鱼在水面，令浮，其首常向午也。"

言毕，群臣端看着常太后的眼色又借机恭维番，待一个个降下声息时，拓跋濬猛看向冯善伊，清淡的语气："冯昭仪，你呢？"

冯善伊朝前迈出几步，立在大殿之中，扬声道："我为皇上，和百官文武都准备了一物。"

拓跋濬回至殿上坐稳，轻笑挑眉，目光落在她身后鱼贯而出的宫人手中所端的食膳。

他笑："冯昭仪打算请百官和朕用晨膳？"

她答："算也是。"

如果，你们能用得下。

精致的碗盖掀去，迎目翻滚的白色泡沫实在让人毫无胃口。拓跋濬勉为其难地持了汤勺，百官瞧着天子眼色，不得不同样握起勺柄运气挣扎。

拓跋濬的眉头越来越紧，缓缓道："这像是粥，又不是，像面，又像汤。"终是放下勺子，推了老远，"这是什么？"

百官随着推碗撂勺，少有几个已经忍不住欢色。

"请皇上和诸位大人用下一口，臣妾即可道来。"冯善伊坚持。

"朕……"拓跋濬微微偏首，思考了好一会儿，仍是下不了决心动勺。

大殿鸦雀无声，静得连细碎的呼吸都能闻听。

"叮"一声，似瓷勺敲击碗壁的声音掠过。众人仰首，循着声音望去殿上。

珠帘后，一手端碗，另一手持着汤勺的竟是面容平静的常太后。这情景，实在出乎意料，便是冯善伊，她预料到了此刻尴尬的沉寂，却也没有猜到率先用下第一口的人，竟是常太后。

常太后一口一口品着，咀嚼吞咽，全是自然，无半处不适之状。

冯善伊呆若木鸡，恍惚半刻后，捧起自己面前的碗，一口灌下。

群臣见此，混沌的目光再次转向殿首。

拓跋濬在众人注目之下平静凝视常太后，待常太后将满碗用尽，他轻叹了口气，重持起碗虚眸打量，终是笑了笑，抿下一口，随即皱紧了眉。这辈子最难以下咽的一刻，恰也不过如此了。冯善伊的胆子比自己想象中更大，然而，太后的失常之举，更是迷雾重重。

用过之后，他强行压着怒气，看着冯善伊淡道："你可以说了。"

"这一碗粥叫贵人品。临死的乞丐最后吃一口，安心上路，下一世好投胎做贵人。"冯善伊说着提了口气，"百姓们都说，皇家不识的贵人，是这一碗粥。在他们眼中比我们的江山社稷更重，是存活的本钱，是有饭吃，有明天可以期待。"

这一刻，顿时更静。

年老的朝臣此时已凝重地看着这一碗方才不屑的粥品，苦苦吞咽着，却不出声。

李申同样看着自己面前的碗，沉默半晌，悄悄看向拓跋濬依然坚定的平静面容，他，是不会动容的吧。一些人的今日，是另外一些死在昨日的人期许的明天，这个世界总是那样不公平，而许多人却总也意识不到不公。

拓跋濬静静垂下眸子，他在思考。

百官不动声色地等待，本来是一场简单的比试，只需胜负选择，然而，却一时难以取舍。

珠帘轻启，丹茜的指甲红得刺眼。常太后由帘后走出来，立在大殿上，果断的声音越过众人，伴随她的目光一并落在冯善伊头顶："冯昭仪。"

冯善伊吸了口气，似乎预见了结局，她笑了笑，扬起头。

常太后很轻的声音缓缓道："你输了。"

一言落下，众人惊诧，便是冷淡如拓跋濬，亦毫无掩饰惊色地转目看去。

果然是这样，冯善伊依然是淡淡的笑，从方才常太后平静地用下整碗粥时，她就知道了。虽说是群臣百官，天子皇族皆不识，却有一人能识得，那便是她常阿奴。

"娘娘庙的贵人品。哀家年幼时，便听说过。"常太后声音微沉，又添了句，

252

"所以，你输了。"

如此，她输得不委屈。

冯善伊从未像现在这般轻松坦然过，点了头，又看着高殿上久不做声的拓跋濬："臣妾愚钝，没有什么的巧心思好手艺。红烧鱼，指南鱼，这些都做不来。可是臣妾知道，朝廷社稷所设所谋，不当是让它庇护的子民饿肚子。"

"够了。"拓跋濬立身起，冷冷一句砸落，"第一试，李夫人胜。"说罢笑了笑，然众臣忽然觉得，这一笑，只有些说不出来的苦。

更让群臣摸不透的是，他之后的作为。

离座前，他当着众诸侯臣子之面将碗中汤粥一口饮下，半滴不剩。

拂落瓷碗时，言辞更是掷地有声："今日凡要出殿，未用尽最后一口者，斩！"

冯善伊尚来不及瞧清他目中最后的色彩，他已转身匆匆离去，身影消逝在帘后那一面翠玉金龙的屏风之后。

冯善伊伫立不动，群臣一个个屏息饮下，皱眉苦脸而出。

李申平静地喝完，用帕子擦了擦唇，走到冯善伊面前，第一次平心静气地看着她没有出声。

冯善伊无所谓地笑道："我输了。"

"你没有输。"李申摇头，惆怅一笑，"你只是，没有赢过我。"

或许，她自己也实在赢得不光彩。

如果不是借着旁人的智慧，她绝赢不了冯善伊。

冯善伊的赢，不在谋略，而在攻心。她那一双天下至明的眸眼，能看清最善最恶，将最能打动人心的事物捧在世人面前，不仅拓跋濬，便是自己，也动摇了。

"想赢，就要不择手段。"李申渐渐移开目光，"下一次，也不要被我赢得太惨。"

冯善伊目送她离开，迟迟不动步，实则，她在等一个人。

等那个尊贵的太后娘娘下殿。

隔着一扇珠帘，面容模糊不清。殿中只剩二人。

冯善伊道："是我过去，还是您出来？"

太后迟疑后，还是踱出来，立在殿上，居高临下望着她。

常太后的声音此刻只剩柔软，静得能化成一摊温水："我出生在娘娘庙。那时候娘娘庙就有贵人品了。"

冯善伊点头，表示理解。

常太后缓步下殿，落在她身侧，只目光一瞟，声音很淡："你果然很像你母亲。"

"您认得我母亲？"

常太后笑而不语，那时的她们，一如现在的冯善伊和李申。命运相似得诡谲，或许这就是缘分和血脉的牵连吧。风，微冷，她持着袖，一步一出："我如今有些喜欢你了。"

冯善伊转身，望着她背影："再喜欢，也是敌我阵线分明，您始终不能看着我赢。"

常太后慢悠悠地走出大殿，萦绕清冷的日光。

她微微笑着，云舒，我既是赢过了你，也不能让自己的女儿输了你的女儿不是？不过，你的孩子，果真像你，实在可爱。为什么，我们三人同生不同命，都是娘娘庙的孤儿，都是一无所有的贱籍。我们喝的是同一碗贵人品，却只有我迟迟做不得贵人。你成了京城最有名的舞姬，公子少爷捧着你，世家名门争先要纳你做妻妾，就连我追慕那么久的男人都想娶你。便是姐姐也做得世家的掌事嬷嬷，吃得穿的皆是那样好，好得让我羡慕让我嫉妒。

那个时候，只有我，什么都没有。所以，我求你也让我随去东宫侍奉那些千金之贵的主子们。你就那么应了，这一应可知道，自己的善心成为我滋生歹毒的温床。那之后，我毁了你，也毁了自己，毁了姐妹情谊，更毁了年少时共同的愿景。

姐姐至死也不肯原谅我，她说得对，我是不值得原谅的人。

然而我终于还是得到了你们一生所享不到的荣宠，最后的贵人不是姐姐，也不是你傅云舒，是我，常阿奴。如今，我拥有一切，却依然一无所有。

"阿奴，你幸福吗？不用内疚，不用悔恨，只要幸福就足够偿还我了。"

猛听这一声飘来，常太后猛然转身，望着空荡荡的后廊，静得只剩风声呜咽。傅云舒，我便是最厌恶你这般惺惺作态的善良，和那个女人一样。所以，你们都活不了，善良得不知道如何保护自己。冷洌滑入眼中，泪在晃动，她扶着廊柱捂紧胸口缓缓蹲下。如是内疚悔恨都还不起，可是这一生都偿还不尽了⋯⋯

冯善伊背上负了一根荆条回昱文殿，打算负荆请罪。昨夜绿荷三番两次说她那贵人粥对红烧鱼的策略不靠谱，她当耳旁风的后果是首战告败。退殿后，随即遣派顺喜寻了一支荆条，拔去毛刺，负于肩后一路溜回去。

入得昱文殿，静得厉害。她转了几圈，不见人影，便入佛堂，看见桌案前正翻弄佛经的背影极为熟悉。掰着手指算，拓跋濬有多日子没入她的小佛堂了。如今乍现身，俨然有些奇特。

他翻弄经卷的声音很轻，清冷地侧身立在案前，修长的手指顺着卷中文字缓缓滑下，口中随着淡念出声。

她于是将脚步落得更轻，躲了帘子后。

拓跋濬放下经书，一阵安静后，懒洋洋的声音绕出来："背上插了草，是打算卖身吗？"

冯善伊探出身来："此乃荆条。"

拓跋濬一笑，走了她身前，折过荆条："除了刺，也能叫荆？"

便连负荆请罪，也欠着诚意，他着实不知该如何说她。

"我知道，你今日很生气。"冯善伊理亏，转过身去添蜡烛，直到燃起了第五支，手里借火的蜡烛垂滴了烫蜡，她龇了一声，甩下蜡烛踩灭。蜡如红泪，缠绕指节。

拓跋濬不知何时挡在她身前，举起她染蜡的手指轻柔地摩挲着，他凝视着那蜡印，温暖的红。

冯善伊欲抽出手来，反被他握得更紧。他的另一手直攀她的下巴，小巧而清瘦，似乎泥捏出的娃娃，一握即碎。然而，却总比自己想象中更牢固。

冯善伊，是个很能经受折腾的女人。不知何时，他脑子里竟衍生出这般念想。

所以，她总是和其他女人不一样，很不同。

清冷的呼吸落了她额顶，渐有些发痒，她挑眉看去，目光全是疑惑。

他扬手覆住她的眼，声音一低："我的确恼得不行，你少得意。"

她顾得他后半句，也未来得及去在意他前半句的"我"。

"我输了，又有什么得意？"

他敛笑，呼吸由清冷至灼热，声微哑："你输了，也赢了。"

"莫不是绿荷拦着我，我肯定能赢。只怕你会更气。不单你气，百官也要疯了。"冯善伊又想起了自己的肉刑五器，正心疼着，于是抱怨。

拓跋濬一把松开她，坐回案前，随手又去翻经卷："什么意思？"

冯善伊将她那肉刑五器原委一一道来，拓跋濬由惊起怒，摔了几只碗，再转为淡定，撑额于桌前憋闷不言。满殿灯火忽明忽暗，便如帝王心境喜怒难握。

她坐在角落里，盯着昨晚下了一半的棋盘："我险些赢了。"

他哼了声，站起身来，走至棋案前，袖笼中随意丢出白子儿："险些也将满

255

殿朝臣尽得罪。"

她似乎未觉得有什么，如今已走至这一步，倒可以坦白。黑子擒了两指间，轻抬巧睇，盈盈笑着："有朝一日，我会把他们一一得罪的。"

拓跋濬淡笑："来日再说。"

还会有来日吗？她，真的不会输吗？

拓跋濬抬手指了棋盘正中："哦？输了。"

她不服，连忙看去，心算输子，越算越输，于是心起迷乱，率先在心底虚了，才会全漏于棋盘的走势。一盘好棋，竟是让自己毁了。满手胡乱扫走棋子，输棋，便毁盘，这是她的冯氏耍赖做法。

拓跋濬自看不过，连忙出手去挡，与她交腕制衡。

匆乱中，他反手一握，紧住她腕子，粗糙的大拇指摩挲着她的，目光渐渐沉寂。

她直视他沉暗的目光，辨不出是溪水静潭，还是惊涛骇浪，他的神情思索尽藏在团团云雾之后，难望入底。只是瞪大了眼看着他，从他褐黑的瞳中恰也看得清自己圆圆的一双杏目，格外明亮。

"闭眼。"他依然阴冷，言语森森。

她被他目光骇住，下意识合目。只是瞬间，便感受到他凉凉的鼻息浮在脸前，有些痒，于是轻抖了几下睫毛。眸间忽然一暖，竟似有一物温软贴上。

他捧起她的脸，手顺着脖颈的曲线滑下，将吻缓落入她眼眸。

昱文殿的冯昭仪病了，这消息是一早传出来的，言说那位冯娘娘晨起时直喊眼睛痛，传来太医才知道是眼皮底下长了个俗称"针眼"的肉瘤。几位太医商量决定，同意以火针刺血医治。

病榻前，绿荷和青竹一人一手制着欲挣扎逃脱的冯善伊，连忙叫太医前来取穴。太医持针靠近时，冯善伊哭得惊天动地，听得众人惊悸连连。

施针后，脓血流出，哭音渐小。太医持帕擦了擦额汗，默默收回针，把了脉后，退去开方子。

冯善伊似去了几魂几魄，依偎着绿荷，怏怏道："还以为这一针下去，我也成了小眼睛呢。"

绿荷细瞧看她伤口，正也纳闷："如何就长了这东西？你是不是又偷看那些不干不净的小画册子了？"

青竹打了半盆清水而来，洗着帕子凑近："抬手。"

冯善伊乖乖摊开双腕递过去，由青竹擦洗着。青竹叹口气，摆出一脸老嬷嬷的唠叨模样："说您多少次了。要勤洗手，别揉眼睛。昨夜里揉了一晚上，早上就起了这怪东西。"

顺喜于一侧帮腔："定是从那娘娘庙染的脏东西。"

冯善伊本是憋声不言，她知道脏东西是从哪里染来，只是不好说。如今见她们一个个将自己训得没天没地，于是将昨夜拓跋濬种种不良言尽道来。

是，她闲日里是喜欢看些带颜色的不良书籍以及图画，她是懒得洗手，揉眼睛吃手指这些坏毛病自娘胎里带来，她没有办法。然而这一次，她思而又想，实在怪不得她。

然而这消息，不知如何，由昱文殿传了凤栖殿，转至正阳宫，而后内宫皆知。

三日后，拓跋濬得了消息来昱文殿探病，见她屋中聚了不少人，便有些拘谨。免了众人的礼，便坐在桌前喝茶，喝到第三盏，有些恼了，这些奴才如何一点眼力也没有。他咳了咳，瞥了眼崇之。崇之忙道："主子您是不是渴了？"

拓跋濬踹他一脚："滚。"

众人明白过来，忙请礼退安，一个个往外出。

拓跋濬走过榻前，临着冯善伊身侧落座，抬手想探看她伤处，刚要开口，便见她往后躲。

"您别贴过来。"她苦笑了一声，"明天我右眼也要长东西了。"

言一落，众人憋着笑。

拓跋濬讪讪收回腕子，苦笑又大郁闷着。早朝后他去乙夫人那儿喝茶，见她鬓花格外精巧，本是出于无心好奇想凑近了瞧，那乙夫人如同躲瘟疫般跳开，口里还做念："皇上您看就看吧，千万别贴上来，都说您贴了冯昭仪的眼睛，她转日眼睛里就长了奇怪东西。您饶了臣妾吧。"

此时冯善伊叹了口气，劝他："您也别太伤心了。准也是被传上的。吻的姑娘太多，一不小心唾沫里染病。"

她这劝言，听起来更像恶心他。

他刚吞了口水，便难受得想全吐出来。

休养三天，她眼睛那小毛病早是痊愈，太医也说了，这病根复杂，与体质不无关联。然也不是什么大毛病，施针又吃了几顿汤药，辰时太医问诊时，便说无碍了。然她拖病可以博得绿荷一干人等的悉心关照，短病不如久病，于是连日歪在榻上，借着眼睛痛讨了不少好处。

拓跋濬拍了拍袖子，做出即将立起的姿态，"还想着，同你出宫去一趟。"

【第四卷】归宫篇

她拉下被角，挑眉看去，声轻幽："出宫耍去？"

拓跋濬关切看了她，又道："朕不晓得你病得这样难受，看来还是算了。朕传乙夫人同去。"

冯善伊立时坐起，眼眉清亮："我不痛了。"

拓跋濬满目惊讶，随口道："不痛？"

她点头，他也点头，顺便凑了她脸前，一手揽着她肩捏去后颈，"容朕贴不？"

她仍是心虚想躲，一脸为难，苦着额眉："大不了，再挨一针。"

他笑，松力放开她，立起身来，又道："换身衣服，朕在车里等你。"

雪停了整夜后，阳光大好，覆盖城道的冰碴积雪折射出七彩光芒，这世界看上去更清明了几分。冯善伊半挂在车窗里向外望，不知是风清朗，还是云明爽，今日的心情尤其舒畅。偶然与沿街叫卖的小商贩对上视线，便露出雪白的牙齿甜甜地笑，全不在意，反倒看得小贩脸红羞涩。

垂下帘子，冯善伊扭头拉去拓跋濬袖子，忽然道："我想买些烧鸡。"

拓跋濬放下书，只看她一眼："朕不想吃。"

"谁说给您吃？"她笑着嗔他，扬声让崇之停靠就近的酒家。

十里长街上，只这家天下第一楼最气派，二层小楼值此吃饭的时刻最热闹聒噪，楼上传来客官催促的叫声，楼下小二应声答，放眼望去皆是人头攒蹙。崇之拴好马，即请车里两位主子下车。拓跋濬起先不愿动，准冯善伊速去速归。冯善伊转着眼珠问他："便不怕我丢了？"

拓跋濬冷哼一声："你还能丢？"

"也不怕我逃了？"

拓跋濬看了她一眼："求您，快逃吧。"

冯善伊瞪了他一眼，同随行的崇之去楼里点了几只烧鸡和下酒菜包好装入车中。回到车上，拓跋濬仍是一声不吭地看书。

马车落在娘娘庙前，拓跋濬毫不犹豫地立时下车，在那扇歪歪扭扭的匾额前愣了许久。冯善伊将从宫里领出来的一些衣物和食物卸下，从庭院里吆喝了一些小乞丐前来搬运。拓跋濬手足无措地看着自己身侧人来人往的穿梭，看着忙里忙外俨然熟练的冯善伊，又看着自己过分干净整洁的袍袖，有许多不自在。

院子里已经染了几分初春的气息，冯善伊便立在树下和老翁交代说这位黄老爷给庙里老少送来了年货。拓跋濬此时正由一群乞丐孩子围住，被唤着黄老爷。病重的石娃此时也强撑着走来，见了冯善伊便甜甜地笑，面色却比前日更苍白。

冯善伊递了个烧鸡腿给石娃，依然被他推却，他只道："给，给大当家留着吧。"

"都有，都有。"她塞到他手中，再瞪了身侧的拓跋濬一眼。

拓跋濬才仿佛缓过神来，连忙递出去一张饼："来。一人一张饼。"

后院又走出了一老妇道："大当家的听说了，要我们谢过黄老爷，还说想请黄老爷后院一见。"

拓跋濬闻言拍拍手，将饼推给崇之分去，抖了抖袍子走过去。冯善伊亦凑热闹追上去，由那老妇挡住："我们当家的说，只见黄老爷。"

拓跋濬回身嘱咐不能再进的冯善伊："你稍等。"言罢转身入小门朝着后院的廊道走去。

冯善伊看了眼目中正闪烁的老妇，嘟囔道："你们那位当家的是女人吧。"

老妇只呵呵乐："瞧您在意的。这位黄老爷是您男人吧。"

冯善伊应了声，回身坐在廊子上："哦，我男人是长得不错。"

老妇摇摇头，抱着旧衣物转身要走，口里叨念："如今这样子的好男人，要看紧了才不会被抢了去。"

冯善伊正瞥见她怀中数件衣物都沾染着血痂，也有几张帕子新鲜的血，才想起来石娃的话，这当家的主事果然是没有多少日子了。临死多看几眼漂亮男人也无可厚非，她这样想，反而没那么气愤。与老妇同回到前面庭院，孩子们正围着崇之选衣裳。老翁坐在廊子上拿脸蹭着分给自己的衣服，惊叹这料子好得从未见到过。

"天爷爷，这黄老爷真有钱。"老妇也凑过去叹了一声，又念给冯善伊，"姑娘，你那样好的福气，嫁给这位老爷。"

冯善伊只笑不语，低头看见捧着饭碗坐在地上的石娃，便贴过去："石娃，你怎么不选？"

石娃埋头吃了口白米饭："俺身上脏，怕穿脏了衣服。"

她皱眉，突然丢下他回了屋子。

石娃委屈地埋下头，果然连这位夫人也嫌弃自己了，他人生得命贱，嘴巴里也不会说讨人喜欢的话，所以才被爹妈丢了，没有亲戚愿意养他。

最后还剩下一套衣裳，崇之打量着四周，走去交给石娃："你是石娃吧。"

石娃点头。

"我们夫人特意交代过，这身是留给你的。"崇之递给他，又去忙其他。

石娃展开那衣服，手指滑过袖子，这料子还有云纹，与上次她挂在门框上的

259

那身一模一样。当日那身袍子，如今已由大当家小心翼翼叠起来摆放着，昨天他还去大当家屋里偷偷闻了闻那袍子上香沁的胭脂香，被大当家的瞧见狠狠骂了出来。呵，大当家也是极其宝贝那身袍子。

户窗突然由内摇开，芳梅落了几朵，探出冯善伊小脑袋，嚓着笑："嗨。石娃，入屋来洗澡。"

冯善伊鼓捣了半天，就是在烧水，注满了木盆。在她面前，石娃有些害羞，不好意思脱衣裳。冯善伊便拿小电子说话："有什么不好意思的了。我有儿有女，大娃不差你几岁，照样在我面前脱得干净。"

石娃趁着她不注意忙跳了盆子里蹲着身子把衣服扯下来扔出去，头仍是低的："俺又不是你娃。"

冯善伊捡过他的衣服，一笑，放下帘子遮着两人，自己走出去在水池子搓洗他的旧衣，偶尔会问他水凉不凉。隔着一张破布帘子，两人时而也会交谈三两句。

话转到了他们的大当家，石娃便格外精神，突然道："你男人不错，俺们大当家也不错。"

冯善伊笑，将新衣裳给他扔了进去，回道："所以，你觉得他们更配。"

石娃洗好后擦干，迫不及待地穿上新衣服，却扭捏害羞着不敢出去。

冯善伊掀起帘子，将他拉出来，帮他将系错的扣子纠正。

石娃认真看着她："俺们大当家也不丑，模样俊着。"

她捏了捏他鼻子，依然不过心地笑："再俊，也不能同我抢男人。"

身后门推开，拓跋濬半个影子落了进来，他在门外唤她，清晰明白的一句"夫人"。

她帮石娃系紧最后一枚扣子，拍了拍他的小脑袋，便转出屋门，搀着面无表情的拓跋濬齐齐走出廊子。

昏光暖霞正绕着这两人身影，修长的影子落了满庭，清风徐来，满园淡淡的沁人花香，是那女人举手投足的味道。石娃追了几步出去，摇了摇头，声音弱得只余自己听见："俺是说，俺们大当家配你，也是好。不比你男人差。"

出了娘娘庙，拓跋濬更是沉默，便是看书也分神。冯善伊扯着袖子观察了他许久，琢磨着他是有了心事，想了石娃的话，自然是把这事往那位大当家身上靠。

吸吸鼻子，竟有些酸味，她道："大当家，模样俊吧。"

拓跋濬不语，只翻过一页。

她又道："乞丐什么的进宫，会染虱子的。"

他仍然不吭声。

260

她果断言道："别说我没提醒过你。"

他突然抬眼，紧紧盯着她，似含着怒气。

"好好好。"她忙求饶，扭头去亲吻晚昏清风，"女人的事，我再不多嘴。"

他复垂首，静静的，只有一句："不准再去娘娘庙。"

她讶然，说不出话，便等着他再言。

拓跋濬轻轻呼了一口气，黯然道："朕会派官员安顿好庙中老少。你还是少出宫。"

冯善伊皱眉，好奇而又看不穿的目光，溢出苦笑。是她说错了什么，还是又做错了，帝王心莫非真的难以揣测。是喜欢上那个当家的了吗？只是一眼，一次交谈，或者那么怦然心动的一瞬，只是一个女人而已，一个命运悲惨惹人怜惜的乞丐女子，便让弱水三千阅人无数的他萌生平生未有的爱意了？！

心，微微乱。

她也不知道自己这般胡思乱想，怎么会这么乱，以至于，像醋一样酸。

她在意吗？

"魏宫的女人也值得怜惜，不是只有那个病入膏肓的女人可怜。"

她突然说了这么一句，言后，才知失态。

拓跋濬唇角的肌肉跳了跳，恍然愣住，幽幽看去她，眉略略蹙紧，沉默又淡然。

她望着他的目中，有不平，有执拗，有真实的一种感觉，便连她自己也不察。

他抬了一只手腕覆上她的眼睛，无声地敛息，悄悄地一笑。只有遮住她的目光，他才能面对她真实地微笑。一笑中，有苦有甜，有涩涩的无奈。她这算是吃醋吗？

【归宫篇·第五章】

又是一场雪，沉沉黑夜，天地自连成一片。

暖炉里炭火哧啦作响，肉汤的香气扑来。冯善伊抱着一碗茶立在窗前赏夜雪。几日来，她总是想起娘娘庙，下雪的日子总会不好过吧？食物足否？衣被可暖？这样想，自己也于是成了操心的命。想过这些，才又忆起正事。第二试，她似乎又要输了。

261

清晨时，崇之持圣旨将二试的题目颁下了，这一回，题目出得更奇特。

随着圣旨而来的是一个面瘫的九岁女娃，这是真真正正的面瘫，不笑不哭，目光呆滞。而题目离奇便是，要与这女娃相处一日，谁能率先让女娃展露笑颜便是赢。李申那里也有一个同样不能笑不能哭的孩子，这一对姊妹是孪生，生来胎里带来的毛病。九年来便似两个木头，家境虽然不错，父亲乃朝中大员，全家却为了这一对姊妹操累了心。皇帝由此得了灵感，于是才有这第二道题目。

冯善伊转过身来，换了杯茶，看了一眼榻上，轻道："那孩子睡了？"

绿荷有些烦闷，忙命令青竹："快去弄醒。"

冯善伊摆摆手："由她睡吧。"

绿荷转了身前，赌气道："什么时候睡不好，过了今日，你先赢下再说。"

"只是随随便便就可以逗笑，自也不是题目了。"冯善伊如今想明白了，于是只剩坦然，"如是李申，又会如何做呢？"

靠在榻上坐下，抚着睡眠中沉静的小脸蛋，想起白日初见这小女孩的那一幕，实在惊讶，呆呆傻傻地望着自己，不知答话，也全无反应。问她名字，呆呆傻傻含糊了半天才支吾出一字"婷"。起初绿荷尚有些耐心逗她，仍然毫不起效。而后青竹去向太医问汤药，灌了几种汤药，仍无反应。

冯善伊凝着女孩时，绿荷缓缓靠上，摇着头道："我如何看不懂你了。你是想输吗？"

冯善伊仰头，示意她轻声，轻声道："我也是一个母亲。"

"你不仅是一个母亲，还将要成为天下人的母亲。"绿荷摆过她双肩。

床上的孩子哼了一声，懵然睁目，见到冯善伊，下意识慌了。

冯善伊压下她双肩，只道："安。你睡。"

言声温柔，那女孩听后舒了口气，复沉沉睡去。

绿荷见她这模样，思索又道："我知你是想润儿了，可这一回输了，便没有第三试。连最后的机会都没有了。"

绿荷的话，极冷。冯善伊听后仍是笑了笑，替女孩捏紧被子，转身走出。

绿荷一干人自望着她渐行渐远的背影，知她心绪不佳，于是默然退去，无意再扰。似乎所有人在那一瞬，接受了如此败局。纵是不甘，却无法不承认。因那人，已无意去争。

夜风正阑，冯善伊踏着夜色提了一壶酒入池中香亭。

脚步很轻，踩在新落的雪上，鞋面沾湿，脚趾更是冷得麻木。对月独酌，从来意境非凡，只是抬眼望去，只剩阴云惨淡遮了月影。

嵌金漆玉的石桌前铺满了盏杯，觚、觯、角、爵、杯、舟，尽是陈列。她先是齐齐满上，一杯酌一口，浅浅而笑。手腕间那红色一抹格外猩红，捧在胸口，她低低喃，好姐姐，对不住了，自己还是做不到。

垂头，贴紧冰凉的盏杯，有多少人离开了自己，面前便有多少杯酒，她替他们每人饮一口，心底便愈发空。只有酒坛是自己的，抱着坛子放怀大饮，灌入几口，果然爽快，直到手间一空，坛子被人拎去。她仰头望着，一张俊俏的脸近了又远，竟是宗长义。

她有些醉了，晃晃悠悠起身，扶桌而立，袖子抬高，直至他身前，言语含糊："我可有叫你？你为何要出现？"

宗长义掷下酒坛，临她坐稳，夜风吹起他长发，衬着白衣缥缈，如梦似幻。他没有吱声，只是将她身前的每一盏酒饮罢，默默望着她。

她挥了挥他的视线，推开满桌子的盏，落了一地。

酒汁滑过她眼眉，她趴在桌上，冻得有些发抖："你别这么看我，怪吓人的。我就是要输了而已。输了也好，就可以抛弃那些，安心做自己则好。"

他掏出手帕，替她擦，依然不说话。

她拉下他腕子，轻笑出声："前几日我去了你的天下第一楼，好阔绰，好羡慕。出得魏宫，日子竟能过得那样自在。"

宗长义抚着她额头，冰冷的发缠绕指尖，他紧紧握着，便不想松。

"我那一日不该去东宫的，不该落下那红绳，不该看见不能看到的那些。我要是哑巴就好了，无论怎么问我，我都不会说。"她越说越多，越说越苦，趁着醉酒，趁着便要输了，所以全无负担。

他扶紧她，终于出声："那都是过去的事了，人总要往前看，不是你说的吗？"

"那没有过去。"她摇头，笑笑哭哭，"是我害死了姐姐，害死希希的人是我。宗长义，我真的不想见到你，看见你我就会记起，记起是自己害死了你的心上人，可你却对我那样好。"

宗长义空洞的眼神，只有一种坚持。

冯善伊吐了几口，胃里全空，第一次醉酒如此难受。宗长义蹲身架住她，她一点点松开他，颤巍巍地站住步子。这个人曾经答应过姐姐，要一生一世保护她，所以便连责怪都没有。宗长义如此做，拓跋余也是，她生命中所遇到最重要的两个男人，都是情圣。

是什么样的女人，才值得被如此深爱呢？为什么，她从来没有得到过。一味

的付出后，仍然一无所有。

她猛地推开他，嫌恶地笑："别用那种眼神看我，那是看姐姐的。"

他可曾知道，当自己凭借面对一个女人去思忆另一个女人，他的眼神，他的情绪甚至他的温柔，都是穿心的冷箭。纵是一字不发，也是满满的伤害。是任何一个女人所不能承受的伤。她卑微的，便只是那人目中的一个影子，一个依照他人幻想而出虚无缥缈的影子。

身影扑入夜色，她提着自己的酒壶不知走了多远，不知宗长义追了多远。径直而前，终于至了那扇殿门，朱色恍惚滚入目，持剑的护卫抽剑而挡，这场景极是熟悉，便连东窗下盈暖烛光中的侧影，都那么熟悉。她道是拓跋余依然在，便像从前许多个夜晚一般，守着一盏灯，半扇窗，等整夜，却不是她。

冯善伊笑色迷离，只对那些侍卫言："拓跋余说过你们哪个敢拦我，他就要你们脑袋。是你们记不清楚，还是我？！"

沙哑的声音，醉醺醺的笑意，将卫们交互递了目光，似在犹豫要不要让出道。今夜皇上密传尚书台几位要臣有要紧事商议，他们自也知道这位冯昭仪不是凡人，然帝王圣意更难违。若有一个不慎，便是掉脑袋的罪祸。

"你们，真不信？"冯善伊借酒胡言，正是肆意，仰头又望了东窗映落的侧影，拓跋余果真在，故意使唤这些人打发自己。他这又是怎么了，自己不是把那个女人还给他们了吗？就连他说要放弃皇位与她私奔，她也说不拦了，再也不拦了。

"拓跋余！"她对窗喊着，"你看看，我带了谁来，你朝思暮想的——"

"娘娘。"李弈由数守卫中走来，冷言阻拦。见她醉酒喧闹于大殿外，口中依是唤着先帝名讳，一时心绪复杂。

冯善伊低头而笑，拉住他一角袖子："我就是这么没出息。你放我进去，让我见见他吧。"她说着脱下一双鞋，摆放在庭中，人却是直往廊子里凑。手再指去身后，"你瞧，冯善伊站在那儿没进来。没人知道进去的是谁。"

脚下积雪半化了冰碴，湿透了袜子，冷得钻心刺骨，她便扯下袜子，笑一笑，继而前去。

李弈再不忍说，咬牙半让开身，头仍是低着的，目光触及她赤足时，稍稍闭目，轻言："娘娘，今时不同往日。殿里这位，也不是故人了。"

手已触及殿门，听得这一声，心沉了沉。

她似乎被冷风吹得一醒，笑了笑，看去阴霾沉暗的天，默问自己倒是想来见谁。

门"吱"一声推开，满殿橘红色的光芒温暖着周身，案前持杯商议的几位老臣同时回过头来诧异着望去殿门的方向。心平气和坐于文案之后的那个人，淡淡放稳手中的朱毫，抬眸一并看向她，眸中俨然毫无色彩。

冯善伊眨了眨眼，喉咙吞咽，手中拎着的酒壶摇晃着，赤裸的双足沾着污水，将入殿的赤色红毯染脏。她踩毯蹭脚，动作僵硬。面上泪痕将妆容模糊得不成样子，甚至有些可笑。

一派静谧后，起了尴尬的咳嗽。几位大臣已掩住惊讶，转头扭去案前。

不知是酒，还是臊，脸上极烫，冯善伊轻呼了口气，总算大醒。

她原地后退着："各位，继续。"趁着没找到墙缝钻进去前，意欲赤足逃离。

然拓跋濬却似不受惊扰般，垂头批了最后一笔，递给尚书殿中尚书，淡声言了句："今夜就到这里。尔等可退安。"

冯善伊此时已走出大殿，隐隐约约听得这一声，于是慌乱，步子更快，脚底板直扎入冰碴儿，钻心一痛后，便似暖流涌出。

众尚书施礼而退，退身时皆由她身侧默言擦过。

她待众人退散，这廊子重又静下，才勉强走出几步。

身后一袭冷风滚来，夹着拓跋濬淡淡的声音："喝了多少？一路都是你的酒气。"

树枝摇摆，枯叶舞得肆意，周遭似乎全静，风声也悄了。

她欲离去，只步子僵在满地刺骨的冰冷中。侧身以对，不想再多看他一分。

听得他的脚步声越来越近，刮过冷庭，由殿前而来。

听得他踩碎冰雪，靴底咯吱咯吱。

听得他长摆娑娑的细微声音。

而后那淡漠清远的低语便落了身后——

"在朕面前耍酒疯，你也是第一个。"

她分不出他是喜，是怒，隔着月色，尤是看不清。只是觉得他低吟的声音格外好听，而后再想，才发觉，他总是这么淡淡地说话，她从前把这声音听做没吃饱肚子。然而，不知何时听习惯了，习惯之后，也是迷人。

她退了一步，脚底的伤口似是冻麻了，全无反应，那股子温意涌发的感觉亦不在。

"似乎是在议要事。"她咬着唇，声音极弱。

"自然是极重要。"他淡淡接了话。

她呼了口气，仰起头，讨好地一笑："就这样匆匆散了不要紧吗？"

"要紧。"他点头，歪头掐了墙头一支冷梅。

她皱起眉，满肚子讨好话欲化解窘迫。只还未出声，他已走近她半步之间，抬臂将她揽在胸前，手腕绕过她的腰身顺势抱起。

脚离地的刹那，她有些惊。腾空之间，唯有贴靠他的胸前，手紧紧攥着他肩膀。

她的心跳，反是比他快。听得他胸口平稳有秩的跳动声，自己的却失了节奏。

他垂眉淡淡掠了她眼，出言仍是平静："任他们看去，也要紧。"

言一出，她懵，再看去自己一双赤裸裸的脚，才仿佛明白。

殿内的烛火似乎比之前要暗下许多，不知是否是伺候的宫人有心。他将她放在榻上，她想起来行宫时便逾越过一次，如今魏宫内如何不敢，作势不能安心落榻，反由他单手压住双肩。

"这个，不要紧。"他将一番话说得简单利落，更似命令。言着蹲下身，靠着一方脚榻，将她的双足揣了手中捂着，惊讶着女人的脚竟能如此娇小，比手掌还小。目光略一紧，他松了手，看向手心点滴猩红，眉心微微皱起，起身欲唤太医，忙被她制止。

"我身上，酒气重。"内宫所谓繁杂，便是一张嘴，杂七杂八，任何事都能散出去。惊动了太医院，明日太后开罪问拿，自己恐怕连个借口都寻不出。

拓跋濬转身去案阁前翻弄一圈，总算找到些粉药和碎布，净了手，再走回她身侧，只是淡淡一瞥，习惯性地冷言嘲弄："你还会知道轻重？"

她没吱声，冷劲儿过去，脚底板确实是撕裂的疼痛。

先简单处理了伤口，指心蹭了止血的粉药抹去她脚心，尚是小心翼翼，然她突然一哆嗦，几乎将脚踢到他鼻子上。他皱眉看她。

她不好意思地笑："有些痒。"

"倒是疼，还是痒啊？"他懒懒一句，这回用力扳住她脚踝，一气呵成上药。

痛痒皆有，她委实难过着，直到上好了药，见他略做包扎，才稍许喘了口气。

拓跋濬拍拍手，邻她身侧而坐。风乍入窗，最后两盏烛齐暗。两人于黑暗中，反较之前更尴尬。冯善伊自幼读着内宫女则长大，自然明白这时候为嫔妃当干些什么，无非就是扒衣服，拉帘子，而后床上滚一圈。这乃侍奉。嫔妃对皇帝的侍奉，不仅仅要做到奴婢一般恪尽职守体贴入微且打不还手骂不还口的顺从来，更有一项在床上的职责不能忽视。

宫女老嬷嬷们教了她一肚子责任心，却没有传授最基本的扒衣法则。这种

266

扒，又和伺候更衣不尽相同。据说也是要含羞带涩，款款温情，不失情欲，掌握好节奏尺度种种。

她偷偷睨了他眼，见他亦是沉思，果真是心有灵犀，想着同一件事。

她咳了咳："那个，我不大会。"

他道："是有些难。"

"所以干脆算了，或者——"她是想说，要么她走，要么任他撕衣服也好，只要她不出手。

他仰头，突然道："第二局，也赢不了吗？"

"嗯？"她有些瞠目结舌。

他在想什么？！

拓跋濬亦由她盯着略惊，淡问："如何？"

"你在说什么？"她恍惚地摇头。

他挑眉看她："你在想什么？"

冯善伊闭眼暗暗咬牙，他是在思量第二回比试，她却想到了如何扒他衣服或者任他撕。

静了半晌，她开始说入正题，一出言，便有些冒火："你是故意的。故意出这些匪夷所思的题目。你哪怕随便让默句经文也好，不是也好那口吗？我仁王经背得最熟了。"

"朕又不召和尚。"他道。

"四书五经，诗词歌赋，或许我也能蒙对。三字经我看了好几遍。"

"朕也不缺文人墨客。"夜色中，他视线直直对紧烛架绕起的青烟，声音有些倦。那烟丝完全散去时，他便起了身，朝帘外走去，东窗案前还有十几份本子未判。

"脚上既然不方便，今夜便宿在这儿吧。"

"这就是对我即将被扫地出门的补偿。"她意味深远地笑，手下却摸去那极平滑的衾被，没有那个福分洞房花烛夜于此大婚，睡个半晚倒也并非白混一场。这样想着，却笑得苦。

拓跋濬已走出几步，抬手正握紧帘穗，径直放下，绕出。于帘外只是停步，愣了愣，继而走了出去。

冯善伊果真觉得有些困了，几个哈欠后便是蜷缩着睡去，明日的胜负皆忘在身后。梦里极是欢好，石娃同小电子玩了一处，冯润教授他们诗文，小电子朗声做念时，那声音，先是稚嫩，而后清冽如拓跋余，再入沉冷，便像李敷那般的声音，哑哑沉沉，话总言半句，仍极慢。最后，那声音渐渐缥缈，淡淡的，像浮在

【第四卷】归宫篇

空中，她也记不得，这声音似谁。说来奇怪，一直以来梦里她如何记不起一个叫拓跋濬的人，哪怕声声念着他的名字，却忆不出这人的模样，即便那人便是在数步之外或仅仅一臂之间。

四更时，风落。披着长袍的拓跋濬放下最后一份奏章，由窗前回首，幽幽望去内室。隔着轻纱幔帷，目光渐有些热。他本欲去西殿休憩，推门时又怕惊动了殿外宫人。明日太后一个干扰皇上安休，怕是又要落在某人身上。

他回到她所在的内室中，见她眠于内侧正沉，索性和衣平躺在外侧。她翻身时，他便感觉她呼出的热气荡在耳边，好在她忙又翻回去。只是方才平稳的心跳，竟是被搅乱了。是极倦极困，却如何不能静心睡下！

吸了口冷气，他终于侧过身，抬眼看着细微的月光越来越淡，窗外天越来越白。

"你为什么不抱我？！"

身后猛然一声，拓跋濬怔愣，忙合紧双目假寐，手却不自知地颤抖。

她的呼吸声一轻一浅，又是出言："你不抱我，我抱你好了。来，儿子，娘亲抱抱。"

拓跋濬睁开眼，静静回身，看着她其实正是睡得沉，为自己的慌乱无声嗤笑。

他抬手抚着她额头的汗，许是又梦见了小鼋子了。

他撇嘴，苦苦笑着。

"不碰。是不想再犯错。"他的声音比以往更淡，"你若是输了，以后的人生，再不能被下一个小鼋子牵连。"

冯善伊仍是难离梦魇，于他怀中不习惯地挣扎了番，迎向他胸前便是一拳，梦中这拳头极重，只现实中却轻得不能再轻，被他一掌握住。

"拓跋濬。"她含糊唤了一声，紧闭着眼，吧唧了嘴，傻傻地咧嘴笑，"我知道你就是故意的。去你个比试，去你个输赢，不过是想看我输惨而已。"

虽然不是什么好话，可他也总算，出现在她梦中了。

随着鬓发滑落的手，终是不能再忍，沿着她后肩摩挲而下，落在腰上，微微一带，即将她收揽入怀。她或许，不能大方地扒他的衣服，至少，他这样揽她入怀，极是熟练流畅也不会脸红。就这样依偎着，心跳复稳，平静地贴在一处跳动，连节奏都趋于一致。

他轻轻端起她的下巴，动作轻缓而温柔，似要看清这张脸，静静凝着，温和而又清冷："不过是，想留你在我身边而已。"

不过是想握住，于自己而言，风一般虚无缥缈的蒲公英。

年幼时，便听惠裕说过民间一种名为蒲公英的菊草，传言是随风而落，落地生根，路旁、山野、田间，随处即能孕育生命。坚韧却非执拗，略略的清香并不醉人，却引人歆羡。惠裕说，终有一日，他会需要蒲公英般的女子。他没有见过蒲公英，却见到了这样的女人。

这女人一定是拥有尘世最自由的心，才会将这座寒宫视作乐园。纵是不幸福，也要当做乐土来生活的冯善伊，屡屡让自己惊讶又好奇。

她对他而言，或许真是那一株蒲公英。然而惠裕又说，蒲公英总有一日，白色的冠毛终要尽散去，会随风而来，随风又走，化作无数的新生命。如果只有一颗不随风散去也好，哪怕仅仅是一小株，他也会捧在手心牢牢护住。

他希望她赢，也希望她输。

如是赢了，她是能由自己掌心护起，却成为他手中的蒲公英。

如是输了，她依然可以做她喜欢的梅花，自由而又坚毅，只为她心中那一人盛开的雪中傲梅。

瓦碧檐飞下，龙涎香静静缭绕，转出青丝云烟。

银针穿过袅袅青烟，冯善伊一手持针，另一手撑额，倦倦念出姑母信中的话："颊车，承浆。"

随信附上银针，包裹在干净帕子中，银白色的光芒极是扎眼。姑母连夜递信入宫，意欲不凡。她松手落信，推开一角窗，正觉冷风清光尤是欣好。这并非一个平常的早晨，拓跋濬已先去大朝，散朝后便是召李申与自己同入宣政殿面禀第二试。

清早拓跋濬离殿时，她虽是跪地迎送，却仍然睡眼惺忪，全不知情况如何，只记得他逆光看了自己几眼，无言转身而出。走出后，仍是细心地吩咐崇之唤来青竹伺候她梳洗，那一声由窗外传来，她隐约也听见。

而后她追出去，阳光刺得她睁不开眼，她将自己腕上的红绳解下，系在他腕中。

他不解地皱眉。

她于是微笑："是我毕生的追求，让她陪着你。"

妆后，青竹悉心为她更衣。金色裙纱垂尾浮摆飘摇，内罩胧月色的长裙，秋菊花瓣的纹边勾勒出曼妙身姿，瓣心恐是镶了金丝，否则不会那样耀人眼目。青竹自在她身后夸赞不停，说是花底子是尚工局的新手艺，衣服质地也是尚服局最

精致的新品，拿来手上时倒是觉得亮丽不无其他，如今穿在主子身上才知道有这许多光彩。

只她今日的话，唬不了她。

冯善伊对镜随意笑笑，略显自嘲："我本就不如李申美。好歹也是生过孩子的人了，身量如今更比不上。一把年纪了还要东施效颦，承应不起。"说着便欲换回一身素朴如旧。

钟声鸣散，至此时，大朝毕。殿前公公来请她入辇，守在辇前的恰又是李弈。

走到辇中，扶窗栏垂眼看着一言不发随辇而行的李弈，她言："我有些紧张。"

李弈倦倦抬眉："假的。"

冯善伊向后倚靠，摇头笑着："总觉得身体里有两个自我。其一是为了许多人而活，全心全意想赢得那位置。另一个只是自己，看不透世间百态更看不懂自己的冯善伊。"

曾紧紧勒在腕中的红绳已经消失不见，父亲临终的目光一丝丝淡去。当自己认真努力简单活着的时候，似乎全世界都在与她作对，所有人都要离开她。

闭上眼睛，再睁开时，宣政大殿高高明亮的匾额刺得眸眼发烫。

李申的车辇同落一侧，她二人同时出辇，同时仰头，同时望向对方，同时无言。

这一次，是李申走向她。她檀紫色的玄袍于风中舞出绝美的弧度，那倾世的容貌，当映出一个朝代的盛世。聪慧而又美丽，她该成为内宫所有女子的典范，作为六宫高高至上那一人。

"我很卑鄙。"李申悲凉地望着冯善伊，言道一句。

立在半步之间的她摇摇头，没有说话。

"为了赢，可以卑鄙。"李申静静挑起无力的微笑，为了赢，她于是选择这一步，在危急之刻，用最尖利的匕首刺穿对方的所有梦想，所有信念，一切的一切，她亲手将它捏得粉碎。

冯善伊笑："你可以。"

肩上似落了花白的一团，扬眉望去，自云间飘落剔透晶莹的雪花，一团团开在她肩上的荷花纹中未化。为什么，京都平城带给自己永恒的记忆，便是雪，周而复始延绵不绝的雪。京都的冬日总是那样长，天空永远阴霾，压抑得人喘不上气。

入殿时，拓跋潜仍高坐殿首，一眼平静地望下四周。

呼啸声转入重重帘帐，便如低鸣，隐忍喑哑。凿玉金漆的砖地，透亮得似乎能将人一口吞掉。权力才是吃人的东西，地砖将人心的欲望赤裸裸地呈现，无比清晰。

俯身，叩首，问安，一套全礼行云流水。

孪生姊妹娉、婷由人送入殿，远远地站在廊角，静等两妃摆布。

拓跋潏轻咳了咳，他在思索如何开口。两侧朝臣多是镇定如常，也不乏耐不住好奇，偷窥瞧看的目光隐约由娉婷两姊妹身上转入两妃。

李申偏首，淡淡看去冯善伊，这一刻，她在等着对方开口，开口言输。

冯善伊刻意避开她的目光，平静地望向殿上那一人的注视，咬牙："皇上，臣妾输了。"

拓跋潏面上毫无一丝诧异，他只是覆下睫子，抬手端起侧案上的茶杯，继而抿茶，所有的目光落入漆黑的杯底。也只有身旁的崇之能辨析他内心此刻的波澜，那盏茶是空的。

李申轻闭上眼睛，呼出一口气。心中夹杂着那般情绪，能吞噬所有胜利的激动与欣喜，只剩无穷尽的荒凉悲戚。

冯善伊如同鬼魅幽荡的声音飘入四角，那音中似有笑，也是哀。

"民间百姓不能果腹，魏宫上下却para尽心机求小儿欢笑。我不懂，实在不懂。这不是我一心助您所求的清平盛世。这般后位，不要也罢。"

大殿似窒息般，老臣目中已染尽愤怒，对一个一出言便将皇家龙威踩于脚下恃宠而骄的女子，他们不需要宽容。只是在帝王言声之前，没有一人具备当众斥骂的资格。

拓跋潏没有出声，他只凝望着她，便能看透她目中所有的决绝。如一个人下定决心，那么她的目光会利过最锋刃的刀子，将注视的人割得体无完肤千疮百孔。

她不期待他说半个字。

或者，她庆幸一言未发的他，用沉静面对她的所有荒唐，从来都是如此。

从鬓间抽出那枚玉簪，象征着魏宫品阶最高女子的针簪，掷落地间时，仍是一样的粉碎。她转身而去，脚步发僵，似由裙摆制住，困步难行。

她最后看了一眼李申，静静笑了笑，提起一角裙摆，走了出去。

殿外侍卫抽剑以挡，凛冽的目光纷纷迎去殿首，只等帝王一个字，他们便能将这个藐视龙威的女人就地正法。

拓跋潏倦倦玩弄手中的杯盏，面色平常便如不晓得发生着什么。

诸尚书齐齐向他跪下叩首，悲中带愤："皇上，可要治罪？"

这一声问得如何好，圆滑又不失分寸，拓跋潏含着清冷的笑抬首，将殿下众

271

人一一看尽，十几年来，他看到的都是这样的嘴脸，掩藏着内心欲望，却又故作平静淡然的玲珑面。只有一人，她坦然得让人反摸不透，想要什么了就来求，不要了即扔。她无所畏惧，从不会在意别人的目光，从不介意将自己所有的欲望彰显。现在，那些不习惯的人想要除去这另类的一人，借他之手。

拓跋潇抖了抖袍子，立起身来，肃然绕下殿，手中的空盏交落迎首尚书，淡淡而笑："雪煎的春茶，果真不错。"言过离开，身影消逝在帘后，崇之追了上去，不忘朝向众人道了声"退朝再议"，仓促间望了眼由冷剑挡住的冯善伊，摇头叹了口气，忙又转身追去。

大殿声隐隐约约传开议论声。

冷刃映出她更冷的眸子，冯善伊声音一轻，似乎是提醒："散朝了。"

那接盏的老臣已立起身来，转身走了几步，停于她身后，略显不甘地叹气后，苍老的声音漫出："放她走。"

这一声落，冯善伊迎风眨了眨眼睛，推开那些剑，迈步而出。

狂风卷起雪沙扑了满袖，她面无表情地朝前走去，雪落入睫中，不眨，任由它化了冰水滑落眼中。满目空洞，看不清的雪白一晃一晃，最后看得那一人飘摇的身影立于殿下，似乎等着自己。

她迈步下殿，看着绿荷凌乱的发与衣袖荡在飞雪中，青丝雪白缠绕，红肿的眼充斥着悲愤。

她走过去，拍下她肩上的雪，习惯地笑："瞧你模样，似是被人欺负了。"

绿荷猛扬腕。

"啪"一声落。

猝不及防，又是意料之中的一掌。

冯善伊闭了闭眼睛，半张脸炽热的红，睁眼时仍旧笑，却不说话。

"我，我是为了你才不要命地挤进这个地方。"绿荷哽咽了一声，泪染满面，"想着你或许需要我，所以不在乎生死，只想同你站在一起战斗。你却，你却……"

冯善伊看了她一眼，径自越过她，走了几步才又停下，顿了顿，解下袍子。回身披在绿荷身上，拍了拍她的肩，颤出一笑转身而去。

一路毫无阻拦，守宫门的侍卫似乎早有传报，以冷淡的沉默为她让出一条出宫宽敞的大道。

她越走越快，越走越平静，然后世界便似空了般，只有自己的存在。

鞋子被雪冻住，双足僵麻，跺跺脚，继续朝前。

只有一个声音，从内心深处涌动而出，她该走了，回去了。这个地方，再也容不下自己，再也没有驻足的意义。

宗长义抱剑站在最后一扇宫门外，他靠在宫墙下，只是看着她的背影匆匆。

她走出几步，停下，没有转身，没有看向身后的人影，仅仅道："冯希希回来了。你也该回去。"

既是冯希希的梦想，便由她自己圆。父亲的期待，冯希希也可以做到吧。如今，只剩最后的了结，这才是属于自己的命运。

她跃上马，马背上挂着一柄剑。果然，他把这些都替自己做好了。

很多年前，她便警告过他，终有一日，她选择结束一切的时候，他不可以出手。那时他沉默，却在这刻，选择了成全。

纵马疾驰，京都安逸的雪景，因马蹄声压绕一丝浮躁。自晨入昏，离宫，出城，驰入隐秘的山道，马再不能上前，她便跳下马，持剑翻山越岭而上。霞光渐渐退去，她摸黑在林间陡峭的山道间攀爬，几次跌落，翻滚回原处，几次死命握紧断裂的树根，划裂手心。比起这些痛，曾经那些许，又算是什么？

山间隐约亮起灯火，那是七峰山云释庵。平静诵念的经声为人度苦度难，可笑，那女人竟也能念得起大佛经言吗？

长发高高束起，霜结的鬓一如寒冰，已是气喘吁吁的她推开庵门，提着剑扶墙步步行着。

四年之后，她又见到了她。

她如今已不再年轻稚嫩，不再心软如水。

而面前的她，已经年老，再妖娆的容颜也抵不住岁月，抵不住青灯苦烛的悲戚；她失去了华美的衣物、尊绰的地位，一身僧衣不是沉静，反是耻辱。是年幼的她，将这份耻辱一寸一寸深深地，刻入她的体内。

剑尖滑地，冯善伊拖着剑走上前，弯腰抬手扯下对方的面纱，轻轻地笑："您还是这样美丽，郁久闾夫人。"拓跋濬的生母，郁久闾氏。

李银娣曾经问过自己，她是如何成了这模样。那么这一刻，她更想问问面前的女人，自己的人生也是如何至此。而这一切，都是因为她。

木鱼声断，端坐蒲团间的郁久闾氏静静抬眸，笑道："你又输了，冯善伊。"

冯善伊一笑，抬剑指着她："你也没有赢。我说过，只我活着一日，魏宫便不会有你的立足之地。不，是连回去都不可能！"纵是皇帝的生身母亲，她也会将这个人囚禁成一个废人，永远永远远离魏宫。

"冯希希回去了。你失去了留守魏宫的意义。便如你暗中指示那些汉臣迎立一

273

个卑微低贱的乳娘登基太后之位，夺去我的立足之地。我们只是彼此彼此。"

冯善伊笑了，她以先帝的旨意将她囚禁于此四年，望她存心悔过，却不想，她与从前并无两样。难道佛祖也度化不了她所有的贪婪与罪孽吗？

"你有什么资格坐上那个位置！"冯善伊叱呵了一声，仰笑三声。

"那为什么不把我杀了！"郁久闾氏亦怒言。

"因为拓跋余。他无论如何都要你活着，我又能怎样做！"再次提起这个名字，她目中充斥着泪，她爱他爱得那样诚挚又悲哀，他却以所有的生命爱着一个并不能爱的女人，沉浸在失伦的痛苦情欲中不能自拔，而他的真心，却换来这个人一次又一次的践踏。她是多么想告诉他。他爱得刻骨铭心的女人，是如此不堪，如此肮脏。

如果可以载入史册，那她郁久闾氏一定会是历史上最具神秘迷诱的女人。

她妩媚的身躯，鲜活大胆的欲望，是魏宫禁言的风流韵事。她的妖娆，她独特的女性诱惑，会让世界上所有清醒的男人失去理智。她轻浮的爱，是一种假象。围绕在她裙下的男人们却都把她的微笑，将她与生而来的细腻柔情视作至珍至贵的爱情。

他们臣服于她，醉心于她，沉溺于她。对她朱红鲜艳的唇，对她魅惑性感的眉眼，对她每一寸沁香暖玉的肌肤，都是迷恋。他们借以爱情的名义选择纵容，满足她的贪婪，视而不见她的野心。而她所做的，不过是张开自己怀抱，将帝宫中因看不到真爱而迷茫的男人卷入怀中。

郁久闾氏，在她的前半生，是由幸运与权力所围绕的女人。然而冯善伊，却见证了她所有的肮脏。

"你四岁那年的抉择，才是决定了一生。你可以选择说出来，或者只字不言地去死。任一种，都比现在好。"她静静看着眼前已生成素眉清淡妇人的冯善伊，仿佛又见到十几年前，那一双藏匿在东宫门缝满是幼稚的眸眼。

"我看到了。"冯善伊吞泪言道，"你躺在太武帝身下。"那梦魇一夜，东宫隐蔽的后殿中，她看到了年迈的皇帝和一个年轻女子媾和。那时仅仅四岁的她不懂两具身躯交缠于汗雨中如何会发出那样欢愉的神情。她只知道，太武帝身下的女人，不应该是她，不应该是他的子媳，他皇世孙的母亲。

直到殿中两人有所察觉，叱声询问门外，她扭身慌乱而跑，手腕间脱下的红绳落在门槛也不曾感觉。她吓得六神无主，只知道没命地奔跑。很长的一段时间，她努力想忘记那段肮脏的记忆。如同父亲所言，把秘密藏在肚子里，一辈子，直到死也不张口，就可以活下去。直到许多年后，她在她心爱男子的床上，再次看到了同样一张面容。她倾注了所有心血，想让拓跋余成为一名盛世君主，然而，他却成了郁久闾氏裙下又一个牺牲品。

拓跋皇族的男人们，果真逃不开这妖孽吗？

在私密情事泛滥的魏宫，这女人鬼魅的眸眼，卷入沉谧的夜；最幽闭的地方，便会有她低弱妖娆的轻笑。

"你以为他们真的爱你吗？不过是迷恋你的身体，痴醉于你的体香，只在于床上的你所带给他们的欢愉无人能比。"冯善伊松手落剑，剑垂地砸落脚面，这样的她不配脏了自己的剑。

她走近郁久闾氏，目光渐沉，摇摇头又道："冯希希代我受罪入狱，父亲以及众族人也因我受累惨死。这一切又一切，不过是因为年幼的我看到了你们的私情，看到了一个不配被称作母亲的女子放荡的欲望与野心。我问过自己一次又一次，是不是因为你，所以自己的人生才成了这个模样？！"

郁久闾氏退了半步，手掩在背后，目中尽是荒凉，她陡然笑："我只不过是个女人。上天所赋予女人的唯一便是诱惑的本能。我这一生，最悲哀在嫁给一个利用自己的男人，并生下他的儿子，你知道这意味着什么吗？"

冯善伊耳中嗡嗡一片，情不自禁又向她进了半步："立子去母？"

郁久闾氏笑着转身，摘下青帽，青丝滑落双肩，双肩于佛前抖动，似哭又似笑："我日日夜夜问着佛祖，我如何错了？只错在不该嫁给他任由摆布。他可以宠爱苏姬，甚至可以藏匿她生下的儿子，替他们保全后半生。却为什么又逼我生下他所谓的长子，要我代她去死！"

只是瞬间，冯善伊忽而明白了。闾氏不过是预先料及自己悲惨的命运，她拼尽气力去抗争。

命运尤其可笑的相似。无论是拓跋濬的父亲甚至拓跋濬，都选择了同样的方式，以一个女人的儿子代替另一个，以一个女人的死换另一人生。

"你以为躺在自己公公的身下，我很高兴吗？"失去光泽的眸转了转，郁久闾氏吞下眼泪，"以为引诱比自己儿子大不过几龄的少年，我没有自责吗？我不过是想活下去。立子去母，我的丈夫选择牺牲我，我只能凭借自己，努力求生。"那个时候，只有掌握天下至高权力的太武帝可以保全自己蝼蚁的性命，所以，她迈出这一步，便从此失去退路。

成为一个肮脏的女人，也要活下去。

郁久闾氏，死在立子去母的名义下，死在拓跋濬被封为皇世孙的同日。

【第四卷】归宫篇

而郁久闾姬，却可以成为隐匿于大魏宫廷的卑贱女人活了下来。

成为帝王宠幸的玩偶，爬上他们的床，于是成为生存的唯一法则。

在自己公公与叔弟的身下言笑着求欢，却在同时失去作为母亲甚至一个女人所有的尊严。

郁久闾氏回身，袖笼中洒出银色光芒，持匕首的腕子剧烈颤抖。

冯善伊凝视着那一寸寒光，没有退身半步，任闾氏撞入自己身前，将短柄匕首插入她腹中。垂首的瞬间，她似乎看见闾氏眸中有泪闪烁。

郁久闾氏由血染红的手颤抖不停，她闭了闭眼睛，将匕首推得更深，猛地松手，利器似乎已与眼前身体贴合一体。前来奉茶的小尼姑方推开门，见得魔障疯癫的闾氏，又见那满地的血，惊得掷翻茶托，大叫着转身躲散。

郁久闾氏跌坐入地，哭哭笑笑，捧着自己涌动猩红的手缓缓张开，湿黏的十指泛着腥气，泪将血色打散，"我死前一定要带你走。我不放心，不放心你留下。再没有人知道我的秘密，没人能说出去了，没有人……他们都死了，都死了……就只剩我，哈哈……"

受尽屈辱，等的不过是这一日，终于，只剩自己的存在。她会成为这个国家的太后，一人之下，万人之上的顶峰，天下女子，唯她最荣耀光辉。她终能以满手鲜血洗去浑身的脏污，成为高高在上的女人，再没有畏惧。她的儿子，如今已成为手握生死的集权者，她再不需要其他男人，不需践踏自尊以换得生存。她终等来了这一日，能够随心所欲地生存。

冯善伊忍痛看着疯狂的郁久闾氏，只觉悲哀。同是女人，她对她，掺杂了太多情绪，从厌恶至惊恨，再转为同情怜悯，最后的最后，唯剩悲凉。

郁久闾氏幽幽抬眼，几近癫狂后，逐渐恢复清醒，神情一丝丝麻木，她问她："你为什么不躲？"

冯善伊捂紧伤口，不断地有血涌出，她摇头，唇已发白："一躲十七年。早是不想再躲了。"或许闾氏说得对，当年那个大胆站出来承认的人要是自己，所有的悲剧都不会发生。自己应该在最适当的时候选择闭眼，而后，便是成全所有人。

"我不懂。"冯善伊最后摇了摇头，痛得几乎立不住，抬手强行撑着门端，回头看了闾氏一眼，"拓跋余那么爱你，你为什么还要杀他？"李银娣说常太后指使她在膳食中掺入了七日醉，能命向来谨慎胆小的常太后做此大逆不道之事的人，也只有她的主子郁久闾氏。

郁久闾氏只一笑，无言。

冯善伊咳出了口血，头贴在墙壁上，缓缓闭眼："你可知道，他明明能分辨出那之中有毒，却依然遂了你们的心意。"

郁久闾氏止笑，唇发抖。

冯善伊滚到门边，想用力走出去，言声极痛："拓跋余自幼擅制毒，能辨百毒。七日醉，恰是他十三岁那年所制。他怎么会辨不出自己亲手制的毒药？"

"不，这不可能。"郁久闾氏摇头，又落下泪来，这一次，滚烫的泪烧灼满目。

血染至裙角，青石地砖间蹭出一条斑驳的血印，她每走数步，脚下血色便愈深，最后靠在门前缓缓坐下去，已全无气力。这匕首插得太深，牵一发而动全身，五脏六腑似缠绕一处，连喘息都痛得不行。

身后郁久闾氏极弱的声音幽幽滚出，那声音竟让周遭都静了。

"因为他说，他似乎爱上了一个人。他怎么可以爱上除我之外的其他人呢？"慢慢眯起眼，苍白的唇抖了抖，难以置信地笑，"他爱上你了，冯善伊。"

漫天白雪缓缓落下，覆盖着青色盏衣，落地时便染成殷红的雪片。

冯善伊抬起一只手握雪，眸眼眨了眨，听她这么说，她是该高兴，还是难过呢？高兴与难过都已经不重要了。这一言，是她曾经的追寻与渴望，是不是来得迟了？太迟了，心早死如灰烬，曾经的温暖消磨殆尽，余丝的痕迹都留不住。

踉跄而出，贴紧石道陡壁挪步艰难前行，下山的路尤其难行，几欲困步。她将腰带解下重新系紧于腰间，试图止住流血的伤处，以长袍遮住半是血染的裙衣。

山间枯藤环绕，云鸦飞过，扑下枝间落雪砸了满身。

摸向冷壁的手滑裂，越痛便握得越紧，步子一深一浅，呜咽风声凄厉婉转——

"冯希希，你还敢狡辩，这绳子莫非不是你的？"那是东宫嬷嬷，蒙蒙清晨便将她们姊妹同众宫人拉出中庭问训，言是昨夜东宫犯了盗事，行窃的乃持着红发绳的宫女。她将那一条红发绳扬得高高，一眼盯着阶下以同样的红绳束发的姐姐，嬷嬷将姐姐拖出人群，扯着她的发责问。

那时，弱小的她便躲在人群中瑟瑟发抖，将头垂得极低，目光全湿。她听见姐姐隐忍的哭声夹杂着惨叫。她们将姐姐拖了出去，扯着她的发，生生拖了出去。

最后一次见姐姐，阴湿晦暗的地牢，酷刑逼问之后，姐姐皲裂的双唇淌着干涸的血迹。她握着她的手，只是问了一句："善伊，是你对不对？"

她点头，不停地点头，而后那些惊吓的泪水一并砸了满襟。

那时的姐姐只是轻轻眨了眼睛，呼出一口气："不要说给任何人。"

走出地牢的冯善伊，是无助又恐惧，就像坠入谎言的陷阱，越陷越深；越深，

便越没有勇气爬出来。从此以后，陪伴自己的只有无尽的噩梦，窒息的自责。

这魏宫中没有一人值得相信，她尤记得那双腕子，紧紧握住自己双肩苍白枯瘦的腕子。那是拓跋濬的父亲，东宫之主拓跋晃。他那时病得极重，却仍是用尽气力捏紧她。

她仰头看着表情痛苦至极致的他，只要自己说出来，他真的会信守诺言，放了姐姐吗？那一瞬间，她选择相信，话得哆哆嗦嗦："我看见，皇上把手伸进太子妃娘娘的衣服里。"

冯希希死了，死在冯善伊由东宫召见后的那个夜晚，她没有承受住最后的逼问，于是瘫倒在地牢爬满蝼蚁的沟渠中。听说她死时，模样极惨，身上没有一处不伤。他们将她丢在内宫一处枯井中，只留下一双染血的鞋袜，清晨时交给跪在宣政殿请旨的父亲。两月后，东宫暴亡，父亲并同冯家因罪获难，屠斩七十一人。

从那时起，冯善伊将冯希希扛在肩上，姐姐的梦想成为自己的追索，她走在一条刻满冯希希名字的道路上，走得太久，于是全然忘了自己。代替姐姐，走上那个位置，替她洗平曾经的耻辱，她要将冯希希的名字铭刻入大魏高耸入云的丰碑。

当有人用生命守护自己，冯善伊的选择，便是赔上自己的人生。

……

星光黯淡的雪夜，北风狂作，血染的裙裾玉绦飘落山脚，像一面猩红的旗盏应风而立。

山脚下的最后一级石阶覆盖的白雪，落了梅红星点。一个女人在用尽气力爬着，心中只有一个声音，她要活着，活下去，她是一个母亲，有一双不能陪伴左右的子女，这一次，她想为自己而活，为冯善伊活，为孩子们活。凄红的泪滑过空洞的双瞳，十指再次伸向前方，探入厚重的积雪中。

雪仍在落。

夜幕下花白的一片片，盈着淡色月光，寂静地，渐渐地，渐渐覆盖了血梅红白的身影。

纷纷落下鹅毛大雪，没有星光的沉夜，风在耳边呼啸。视线一丝丝模糊，躺在一地冰凉中，身上盖着厚厚的积雪，半寸也不能挪动，感觉自己要和雪水融为一体，手已抬不起。翕张的睫毛落了冰碴，冻连一处，眼睛都眨不动。

哥哥说，她是不明不白出生的，她出生时，终止了三天三夜的飞雪阴霾。可她却不甘愿无声无息地死去，不甘愿由这一场望不尽尽头的冷雪覆盖。活着时，太孤单了，不想再寂寞地一人上路。似乎也曾经想过，她的死亡能带来什么，或许，会将还给大魏宫一片宁静，为沉睡中的平城带来一世太平。

如此想，也算死得其所几分。

　　当心底声音逐渐轻弱时，遥处飘来那一色暖融融的橘色灯火，踏着积雪由远及近的脚步声那样静谧。一双臂揽来，束发长带由风卷去，安心落入那个怀抱，青丝缭乱，鼻间可嗅他衣袂间冷梅清香，费力地抬起双睫，看着雪夜中模糊不清的面庞，想要看清眼前这个男人，如同坠入梦境的熟悉面容。

　　郁郁空茫的雪落，夜是静霾苍皑，有风而来。

　　她的声音这样轻："李敷，你等我很久了，是不是……"

番外一　最是流年不足惜（李申篇）

深宫色的宫墙回荡鄹声漪漪，长青色的裙摆拖曳至九龙桥首。自扶石栏，望入水中的女子，妆红眉浓。池中映出一轮暖月，荷色光芒盈润清华。池中月，恍现一个女子的脸，却是洗尽铅华，素眉清淡。李申扶栏望向水中倒影，自心底有声音轻不可闻，摇头，脸颊冰冷，凝视着水面那一盏波影，目中银光闪烁。

她问自己："冯希希，你如何要那样对待自己的妹妹？"

水中淡影一晃而散，泪痕荡起镜水涟漪。

如何落下泪来，弯下身紧紧攥住石栏向下探去，似要与那水中倒影贴得更近："是我傻，想要护全她，不要她说出去。可她偏偏说出太子，我为她受尽刑难，全族却因她没能忍住的一句话尽灭。我偏还要护她。可她是那样嫉妒。她喜欢宗长义是不是。自幼追随我不离，也是因他。我不该遂了她的心愿，她想取我而代之，这样宗长义就是她的了。而后，看到没，她还刻意接近我喜欢的男人，连拓跋濬都要夺去。再不争，这一生还有什么意义，我死了，我生了，都没有人再会记得。拓跋濬连我的名字都不知道，他道冯善伊可怜，却不知还有一个比她惨痛万分的冯希希。"

缓缓升起的宫灯，将廊池周畔映得格外通红，池中影越来越淡，越来越散。李申忙伸出一只手，触及池水的冰冷，几欲唤出声："冯希希你知道吗？她今夜宿在了宣政殿，我亲眼看见他将她环抱入殿中，他的眼神从没有那样认真过。怎么办，我要失去他了，他已经不常认真看我了，他只说申申你很好，却再不言其他。"

冷风吹散最后一丝温存的暖意，她已记不得他怀中最后一次的温柔。

夜夜梦中，哭得那样惨，哭诉她心爱的男人，哭诉疼爱的妹妹将自己背叛。这样一个柔弱的女子，连哭声都全无气力。她曾经是爱极了这东宫的皇世孙，她满心满眼都是那样一个清俊温润的少年。他自荷花池而来，她便躲在柳后睨着他的背影；他入南书房而去，她便躲在窗前研墨；他立于拂水亭廊御画，她垂下眸去，远远而站，只期望能成为他笔下的一抹清淡。

忆起旧时，尚是混沌，常氏求情于郁久闾氏才将自己救出刑牢，醒来时身侧只有常氏卧在榻前捧着自己的腕子流泪。冯氏灭门的那日，她随常氏登上楼台，她立于窗前，所处之位，正与高高竖立的刑台正面相迎。那一日，常氏哭得惨痛，她却落不下泪，只身体不受控制地颤抖个不停。常氏一言滑落心底，她说，这一切，都是因为冯善伊。便是她，自己拼了命护全的冯善伊，却仍是一言断送了家族的命数。

自那之后，她叫李申，沿袭母亲姑嫂家的李姓。

拓跋濬与文氏大婚之时，她躲在常氏身后，偷偷看去，心却是慌的。那一场大婚，她所见到的是一个面无表情的少女和看上去并不开心的少年。而自己，躲在红帷金帐后，哭得那样厉害。

"乳娘私家竟也藏着颜如玉。"转日清晨，他视常氏为母，敬以家礼。席上，他当着文氏的容面，笑意温然而侃。

她垂下一张脸，正是绯红，却也难过，可笑她从前许多年暗暗地关注他，他却一眼也记不得自己。只如今，她是他府邸的奴婢，是除了文氏之外最接近他的女人，他对她却疏离得有些陌然。太武帝渐渐老了，东宫薨后，便常常召他前去训政，他于是更累，所面对朝上不仅仅是潮起云涌的群臣，更有自己叔叔们咄咄逼人的目光。皇祖父的那把龙椅只有一把，身后却有几群如狼似虎的儿孙。没有人甘拜为臣，没有人不望向那至高无上的辉煌巅峰。

她是那样知悉他的疲惫，她漠然无声为他操持府邸的一切，替他提防文氏的一举一动。那个由他叔叔送入世子府清冷贵艳的女人，如今只是插在王府花瓶中一枝娇艳欲滴的花蕾。面对拓跋濬，面对自己的丈夫，文氏展现出女人所有顽强的对抗。

这是他人生中第一个女人，却也让他备受煎熬。

她时常看见他皱眉徘徊于文氏的门前，冷风中踱着步，终是叹口气绕开。这

【番外一】

281

一切，他从不与人道，却全在她的眼里。她的心，又一次为他疼了。

那一夜，他对窗饮酒，一身怅惘；那一夜，他的皇祖父太武帝驾崩，皇权却由宦臣架空交由他七皇叔南安隐王拓跋余手中。他举杯要她斟酒，她背手藏去酒盅，只身跪于他之前。

"吾皇万岁万岁万万岁。"她这样唤他。

他幽幽抬起眸子，醉意微醺："你唤我什么？"

"请给我一年，不，不到一年的时间。我愿助你得这天下。"

"凭何如此？"他淡笑一声，抖落酒盅，湿了满地。

"以拓跋余弑父夺位的名义举事，不出一年。"

"李申，"他站起身来，迎去朦胧月色，声淡如风，"你要的又是什么？"

胸口压得发痛，她负手捂住，深吸一口气："娶我。你娶我。"成为他的女人，这颗心自也安宁，不会再跳再急。可是她忘了，欲望无穷止尽，成为他的女人，便会想得更多，诸如一入后宫，盛世荣宠；他的眷恋，他的依赖，他的温柔，她全部都要，甚至想要贪婪地占为己有。

如今，却又什么都没有了。

风拂水涟漪，依稀又听得一声，隐隐幽幽——

"她是我的好妹妹，好妹妹。"

泪，落得四散，李申匆忙奔下石桥，她抗拒着心底最深的声音。宣政大殿暖融融的光芒越发清晰，终于立身不前，退了几步站稳，寒气逼迎，长衫腰摆皆在飞，华色长衣荡了风中，静静抬首，面无表情地转眸，渐勾起笑意，舒缓从容。

踏入静谧无音的殿阁，梁上长绫飞转，她握上一缕，前去帐帘深垂的内榻。

含着凄冷的笑看向眠在一起的两人，他的手尚搂在她腰间，胸口贴后背，贴得那样紧。拓跋濬，冯善伊，乍眼望去，倒是何其般配。心底升出丝丝缕缕沾染嫉妒的火苗，波光流转，李申盯着这一对安眠共处的璧人。尤是拓跋濬唇畔那淡若轻云的含笑，最让她心嫉。他可曾在梦中环臂相绕，可又曾因是拥自己而卧便面露欣色？

她伸出一只手，抚上冯善伊平和的眉眼。

轻睫闪抖，榻上的冯善伊竟是猛张开眼，沉静地凝视着黑夜中肃立的李申。她抬了一指附在唇间以示噤声，谨慎地放落拓跋濬半臂，坐起身，白衣染了月光，青色黑如缎，她立身走在前面，李申便僵硬着步子追随其后。

前殿漆黑，只有一盏灯烛幽燃而亮，肆虐长风扬起周殿大红色的幔帘。

冯善伊甩下手中的冷烛，满目平静忘却，声音足够冷："李夫人道这是什么地方，可以随意出入？"

李申走近她，诡谲地笑，眼中盛满冷泪："善伊，都还给我吧。"

冯善伊许久没有反应，一只手探入身后。

李申忙夺过她的腕子，解着紧勒的红绳："你为姐姐做的够多了。把一切的一切都还给姐姐。去过自己想要的日子吧。"

冯善伊怔住，双眼微微发热，她下意识往后躲，与李申争夺着那一束红绳。素白的臂腕间顷刻化上血红的纹印，两人为争那小小的绳子，扯破了袖盏，撕裂了团衣。李申向后撤步时脚下一空，整个人栽倒在冰冷的地砖间。她哭着，不能遏制地哭泣，她以哭音问她，如何要这样对待自己的姐姐？她为了她一死，阎王殿前走了遭，便换来她这样对自己。

冯善伊呆呆地望着貌似全然崩溃的李申，她歪着头看她，意识消失在黑暗的尽头。她眨眨眼，护着腕子退身，不住摇头，跌坐下去又连忙翻身而起。目中翠玉，裂转寸寸冷波。她望着这样一张悲伤又苍白的脸，是不是能同记忆中那张寻到几丝相似。面前这个口口声声唤着自己的名字言是她姐姐的女人，又怎么可以一声不吭地欺瞒至如今？她曾经哭哑了嗓子，几番哭晕哭死过去，都没能回来的人，突然在这个时候拉住自己的腕子求她换回来。换回什么？换回她十几年来努力生存以代价所获的一切，还是换回她替她所得的名分尊位甚至……男人。

"还给我，还给我——"李申哀哀泣着，不，是冯希希，凄凄哭着。

冯善伊咬住自己的手背，痛得真实，血沿着指尖坠落。泪，滴入伤口，化作了沙沙疼痛。她故作镇定地走回几步，闻听动静的崇之忙从殿外而来，他瞧看了一眼李申，再跪到冯善伊的身前："都是奴才不好，没看守住。"

他还欲再言，冯善伊连忙示意他噤声，她背过身去躲着崇之蹭了满面的泪，化作平静的声音突然一低："拖出去，拖出去——"步子前倾，几欲跌下，崇之忙抬臂去扶，由她冷冷推开。

"把这女人拖出去。"她怔怔朝内殿走去，脚步深浅不一，恍惚不稳。

外殿中，颤抖哭泣的李申幽幽抬起一张分不清情绪的脸。冷风扫过，衣摆摇起，她拭着泪，嘴角挑起一丝隐约又悲凉的弧度。

番外一

283

番外二　又似锦时不足忆（拓跋濬篇）

　　风丝缕缕挤入，压灭灯烛，那殿中一人持着赤红的朝衣翩然起舞。

　　纱华裙摆神采飞扬，她扭动着流水般轻柔美好的腰身，长袖向四周展去。她跳着一支舞，心中的那支舞，那是她与他初相见时，她于鼓上起舞，身轻若飞燕，他在台下击掌为鸣。

　　然而此刻，空余笙鼓音，台下那一人静得失了情绪。

　　李嫚妹拖着朱碧群曳盈盈走向殿前手执杯凝视的一人，她跪在他身前，柔笑几分："嫚儿回来了。皇上不开心吗？"

　　拓跋濬不动声色地看了她一眼："继续，跳吧。"

　　言过，空杯缓缓落在案中，淡然皱眉，挥袖而去。

　　嫚妹愣了愣，痴痴垂下眼，含着笑，允了一声。起身摆过宽绰的衣袖，重回台上，脚尖踏着鼓点跃动，展袖旋转的一刹那，泪猛地落下。

　　身后哀伤的宫曲乐调徒增烦忧，拓跋濬走在除夕夜张灯结彩的廊道中，刻意放慢了脚步。太和殿好久没有这么安静了，西宫似乎更寂静，御花园不再繁华。魏宫迎来了又一个春天，却了无春机勃发的气息。

　　那一场雪，早就停了，在她离开的第一个清晨，静止无息。之后便再没有落雪，一日暖过一日，天愈发晴，风也愈发柔，她宫前的梅树枯了，庭中一株迎春生出鹅黄的小黄花。

整整两个月了，仍是全无消息。她倒是算计好了一切，两月前夜修书一封，以六宫昭仪的名威诏令李婳妹携子入京都魏宫。

两月前那一日飞雪羑羑，他立在窗前，想着这样大的雪，她必是走不远的。他甚至在离殿之后迅速召集兵部齐齐守住四座城门以及出城要道。两月来，平城只进不能出，却迟迟没有她的半分音讯。暗中遣派的人马几乎将京城翻了个底朝天，然而，然而仍旧杳无音讯，便连半个逢面熟悉的路人也没有。

她，倒是能去了何处？！

没有出城，却又不在城内，莫非是挫骨扬灰化了泥土，难道，早已不存于人世？或者，她的出现，魏宫、阴山、云中，所有的过往回忆，皆不过是繁华落梦一场空。

新春之后，朝事依是繁杂，却少了那么一个人，为他悉心码好奏折，静静端着一盏茶听他从头骂到脚，待他说累了，笑着递上那茶。她从前倒也常说，说他要么累死，要么气死，要么就是渴死。如今，他是不常发脾气了，朝堂上的火气压着，旧火由新火压下。时间久了，压得沉了，自也得翻出来，就让他们那么烂下去，却独独怀念那一盏茶，任哪个宫人也泡不出同样的味道。

远处，一行莺莺燕燕万紫千红款款而来，那是众人簇拥着未来的皇后李申，不，当是冯希希了。

那日清晨，常太后随同李申上殿，向他禀告了些匪夷所思的荒唐话。便连向来不出风头的冯太妃，都派人送至书信，言及李申的"尊贵"身价。于是满朝文武齐齐感叹冯门的奸诈，两女皆出自冯族，同争帝后位，无论谁赢，复兴冯氏都是指日可待。

他本是不在意谁是谁，却忽然明白了，那女人如何走得如此坦然。因为，终于毫无顾虑了！可笑，她言欲与他齐家治国平天下。便是存私心为汉人，为燕皇室，为家族，这些他尚可以接受，然而，如今，却添上了一句，为了她，为了冯希希，而不是冯善伊，所以她要同自己站于一处，高不胜寒也好，举世临危也罢，她不在乎。

扯下她亲手为他系紧的红绳，若仅仅是代替另一个人存在，不要也罢。

李申随众人向他行礼，胭脂水粉的香气弥漫幽深的长道。她身后那位妇人，隐约熟悉，青色素衣，淡淡的眉眼，曾经也是风华荣韵的女子。她们跪让开路，垂首任他走过。

他停了那妇人身前，侧眼望了她一眼，声已淡："你可是，冯王氏？"

妇人将身子俯得更低，低沉略嘶哑的声音由下漫上："正是小人。"

冯熙与冯善伊的母亲，并同是抚养冯希希成人的嫡母亲，这一位冯王氏，他确有几分印象。心思隐动，她既是母亲，不可不知子女的去向。揣着些许希冀，第一次当着众人将情绪展于人前。

"冯昭仪，近来安好？"

冯王氏平声回问："皇上问的是哪一位冯昭仪？"她说着，隐约看向另侧低眉不语的李申。

拓跋濬皱了皱眉头："自是你生出的那一位。"

冯王氏挑了笑，天下人都以为是自己生下了命格金贵的女儿实在好福气吧。任心思百转，仍是点头："我这一双儿女虽是亲生，然实在不怎么贴心，如今二人去向，为人母的我并不比您晓得多。"

拓跋濬摆摆手，掩不去的失望，他绕出人群，只微微回身，凝视众人中的李申："李夫人，今夜来朕这里。"

只是一言，李申已痴痴望去，百般情绪涌动心头。冯王氏淡笑侧身，轻轻抚着她的腕子，那眼中分明是说，苦尽必是甘来。兜绕一整圈，守在他身侧的，总归还是她。

回宣政殿的一路，他恍恍惚惚忆起许多年前，那个名叫赫连莘的女人跪在自己身前，求他救一个女子一命。那时赫连莘说天下有百般可怜人，却再没有见过一人如冯善伊般纵是卑贱若蝼蚁亦要认真努力而活。

"我想，我若是她，必不能坚持多久。年幼时无心之错，牵连姊妹，全族倾灭。她自四岁起，便要经受族人的谩骂，亲人的敌视，他们骂她是祸种。她母亲恨得要亲手结束她的性命。那些大人眼底根本容不下一个犯了错的孩子，他们将她弃在魏宫充婢。她在自己亲姑母面前过的是察言观色小心翼翼的日子，她怕极了再犯错，怕极这一次又会害了姑姑。

"她活着，并非为自己一人，而是将姐姐的命运与家族的未来同负在自己双肩上。冯善伊，是我所见过活得最认真的人。请您，请您让这样努力生存的她，活下去，没有人比她更值得好好活着。"

自那些肺腑之言后，他确实对这女人多了几分怜悯之心，然不过是怜悯。她却是什么时候要了自己的心呢？是那一日她执意码好奏折无视他的恼怒；还是那一日她立于冷雨霏霏阴山城楼上言着从未后悔这一路；也是她一袭汉服跪立广德殿，那样无畏坦然地向自己讨要一个后位；或许更早，早在离宫时，她探出手来触着自己额头，随心所欲地微笑，便是那一刻，他便有些想看清楚这女人了。直至看得一切清楚了，她却只留下几场空梦回落。

他在殿外庭中徘徊良久，苦苦踟蹰于一棵枯木，淡淡望去大殿内室升起更亮的烛火，那必是李申到了。

推殿门迈入时，李申已盈盈回身，跪立于半榻下，面上升起多少年来少有的温柔："这是臣妾，与皇上共度的第七次除夕夜。"

拓跋濬瞬间压低了目光，环着她，点点头，淡声回应："原来是七年了。"

李申静静起身，与他同落案几前跪稳，她烧了一壶好酒，是他欢喜的江南尧酒。白玉盏杯，浆汁灿黄，她将一侧小窗推开，暖月晓风正漏了满地。

拓跋濬接酒，酌了一口，抬起眸看她，忽而道："如今这般，开心了吗？"

执壶的手微抖，李申抿唇，含了笑回看他，只是道："皇上若在魏宫不开心，便想想我们从前于潜邸的旧日，那时欢好恍惚就在眼前，皇上与臣妾都是那样年轻。"

拓跋濬点了点头，不做他言，似也陷入她言中追惜往事的各种情怀。

李申见气氛正好，幽幽念出正事，来时一路常太后千叮咛万嘱咐要提及，她先他等着，烧酒点灯，小心翼翼伺应，才总算换来他稍许恍惚回了从前的旧神情。

"太后说李婳妹既是回宫，立世子一事还是早议。至于立后，当在册封世子之前。"李申说着垂首，聪明如她，并非不知道拓跋濬的思量，他迟迟拖着不立，便是在找那女人。不知是生是死，却仍不放弃希望地寻找。

"你若欢喜旧时府邸，便出宫回潜邸住去。"拓跋濬似完全未听见她的话，只是就着之前话言从前欢好的事说下去，靠在一侧，恹恹地垂眼。

李申一时未听明白："皇上的意思……"

"轿子候在殿外。李申你……"拓跋濬顿了顿，转着杯盏，摇头，又道："冯希希你离宫吧。"

李申愣住，维系着最后一丝骄傲，微微地笑道："皇上是在说什么？"

拓跋濬扳起她的下巴，声音很沉，"为什么，为什么要这么做？"既是隐瞒了许多年，为什么偏偏这时候要站出来撕开脸面，将那个聪明又骄傲的李申做下去，不好吗？他身侧或者不多一个伶俐张扬的李申，却实在容不下冯希希这张嘴脸，因为看着她，就会想起，那曾经为她而活的另一人。想来想去，可笑的，也只剩自己。

"因为我一定要赢，不择手段也要赢。"李申笑着流泪，抿紧颤抖的唇，"只有赢了，才能留在你身边。你既不会挽留我，我便用自己的方法守着你。难道我错了吗？"

287

拓跋濬苦笑，眼亦是红肿的："朕喜欢从前那个李申，却不会喜欢这张嘴脸的冯希希。"

"有什么不同？只是名字而已。我还是我，冯希希是李申，不会是另一人。"

"不。"拓跋濬摇头，淡应一声，"朕不认识冯希希。"

李申掩住泪，退了数步，被长裙绊住，她挣扎着站直身子，整个人都在抖："我赢了，你告诉我你不认识冯希希所以让我走。我输了，你同样让我走。我怎样都是走，拓跋濬，在你心底我到底是什么？"

"在这之前，朕并非有让你离开的心意。"拓跋濬已是完全平静下来，他道，"她与朕曾商议好，即便赢了，她只守三年。三年之后，她自有她的路要走。她并非想逐你而出，只是真心想赢一场，想和你坦然比一场。朕若想立她，只需一纸诏书，又何来这些繁杂？朕想给她坦然，于是才有……"皱紧双眉，他难言下去，如今真是他多此一举了。他只想堵住百官悠悠众口以解她心中不安，却未料终结亦在于此。

李申痛苦地缩了缩身子，只道："仍是不公平。你明明在第三试中动了手脚。第三试的题目是论仁王经箴言，你知道她略懂佛经，所以故意出题偏袒于她，于是我才一定要赢下第二试。哪怕吓走她，求她离开，第二试也不能输。"

拓跋濬同样惊诧地回首，不明所以地看她："第三试，何来第三试，连朕都不知道？！"

"没有，第三试吗？"李申呆怔，惊恨之中傻傻问着。

拓跋濬摇头道："朕从未想过会有第三试。"

"为何？"

"因她两试都是赢了你。这一点，朕从未怀疑过。"

"怎么是她赢？第一试当着众人面，我的指南鱼胜了；第二试她先行离场，反是我以针灸刺那小儿颊车承浆双穴，众朝臣皆看到了，娉女笑了，确是笑了的。你如何能说是因她都胜了，所以没有三试。你骗我，这不过是你赶我离开的理由。"

"你真的想看朕的题目吗？"拓跋濬苦苦笑着，几步走到案前，从台上抖开帛书，朝她掷了出去。

李申忙起那书帛，迎目只是几字——首试，知民辛；复试，慈母心。这是什么题目，她竟是全然看不懂。幽幽看向案前颓坐的拓跋濬，他一手撑额轻轻揉着，说不出的疲惫。

李申反复揉捏着帛书，冷泪一滴滴落下，她撕着纸面，看不懂，如何看不

288

懂？尽数撕去，妆容一团乱，朱泪点点落了掌中。她捧起自己的脸，哭得歇斯底里，如何就这样输了？

拓跋瀋缓缓张开眼睛，与她一字一字地解释："那一碗贵人粥，吃得朕心脾俱碎；至于二试，她早是找到了以针灸刺穴位的方法。然而要对幼童动针，她第一个念想便是召来娉婷的父母问及其他。"

李申的泪断掉，迷茫看着他双唇张了又合，那些话，那些钻心刺骨，却又听得自己惭愧难言的言语，几乎要踏碎她的心。比失去他更痛的是，在他眼中，她已是千百般不及那个女人。

"她做任何事，都有所顾虑，而非沉浸于一己情怀，思前顾后未免不好。然而，内宫之主，是要母仪天下的女人，必当时时处处左右顾全，替朕平衡内宫诸事。她首先是个母亲，且是天下人的母亲。体察民辛，而又胸怀慈母心，这是朕的用意，她只是聪明在更善于体会人心用意，平凡一事，都会用心琢磨。所以你输了，输得不无公平。"

拓跋瀋一番话，胜过最羞辱的言语。

她痴痴笑着，已是无泪可落，仍有不甘地问："那我所看到的题目，又是什么？"

拓跋瀋缓缓垂下的目光升起一丝怅然的温暖："那题目，出给孩子。"

李申盯紧拓跋瀋："什么孩子？"他今日所说那么多，她竟然，都不懂。

他点头，沉沉地点头："我和她，有一个儿子。我们将他留在京郊外的一处寺庙。"

她抖动着长睫，几乎崩溃，怎么会，从天而降的儿子吗？他和那女人，是何时？！

拓跋瀋别过脸去，目中有痛："便在你当年为了陷害李银娣，不惜捶死自己腹中胎儿时，她在云中千难万险中保全了我的孩子。同是母亲，她确比你做了更多。"

李申摇头，不是自己不想生，只是，她不能成为那个生下皇长子便被立子去母赐死的李氏，她不想成为亡后才被追封为皇后的女人，不甘心成为被历史牺牲的女子。所以，当年那孩子，绝不可以生下来。

万想不到，这么多年，他明明知道，却仍是替自己隐瞒，甚至纵容她处死宫中异敌。李申不愿再想下去，纠结的痛楚之后，源源不断的自责，延绵着悲戚，将空冷的心塞得满满的。

她便是这样失去了他，并非美貌，并非柔情，只是一个孩子，一丝慈母心

怀。是她粗心了，也是她忘记了。自幼没有受母亲爱护的他，于孤独中步步成长，在他内心最渴望的，或许并不是皇权极势，而是仅仅一分母子温存，一丝骨肉情谊，于是对子嗣，他比任何人更渴望。

"若我当年生下那孩子，您会不会也为了护我将他送去他处？"她这样喃着，是啊，她怎么从未信过身侧的他？为什么苦苦执著于立子去母，却不惜取当下的所有？若是错了，那必是错在，她太清楚魏宫的残忍，于是刻意回避，反而由自己亲手所误，断送半世情缘，断送自己一生的骄傲。

拓跋濬看着这样的李申，悲从中而来。他曾经也期待过她的孩子，那么期待着，他们的孩子。他确也心存有她，曾也有包容体谅，甚至……刻意偏袒。然而，她却一再挥霍。是他给她的太多了，她已不知珍惜。他的心，确是从那时变了，一个能亲手杀死自己腹中骨肉的女人，一个为了自己存活可以抛却一切的女人，让他觉得陌生，更恐惧。

同是立子去母，同是处在生死不可捉摸的困境下，连自己的命运都不能知悉的冯善伊，却是那样无畏。但当她在云中孕子的消息传入他的耳中，他承认自己满满的惊讶不能表露，那惊中更是满满的感动。他执意撂下朝中政事，北幸阴山，隔着一座冷山，望向层云缭绕的山宫，数不清望了多少夜。小霭子出生那日，他枯等了一夜，立守漆黑的山道上，望向那昼夜不灭的灯火，直到听见初生的啼哭撕裂云中阴沉的冷东，春雨淅淅沥沥落下。他已分不清面上是泪，抑或只是雨。

他这一生没有读懂任何一个女人，包括自己的母亲。

然而那一刻，他只想，一生读懂冯善伊这一个女人便足矣。

附录：【人物关系谱】

人物关系族谱：

『鲜卑皇族系』

拓跋濬:【鲜卑族】北魏第五位皇帝，太武帝皇世孙。在位期间实行胡汉共治，行鲜卑汉化。其母郁久闾氏，父为已故太子拓跋晃。叔父拓跋余。原配妻子文氏，侧夫人李申。继位后，擢冯善伊至贵人、昭仪、皇后。

太武帝:【鲜卑族】北魏第三位皇帝，拓跋濬的皇祖父。其在位期间统一北朝。与皇世孙（拓跋濬）的母亲，即自己的儿媳郁久闾氏有私情。

拓跋余:【鲜卑族】北魏第四任皇帝，拓跋濬的皇叔，太武帝第七子。在位不到一年，被侄子拓跋濬夺去政权，史载由宗爱谋杀。皇子与帝王期间，近女侍冯善伊，与其有少年情怀。挚爱嫂子（拓跋濬生母）郁久闾氏，藏匿私情。

拓跋晃:【鲜卑族】太武帝的太子，拓跋濬的父亲。太子期间薨逝。正妃郁久闾氏，诞下皇世孙拓跋濬。宠爱善舞的侧妃苏姬，后藏匿苏姬与苏姬所生一子宗长义。

拓跋谭:【鲜卑族】太武帝第四子，拓跋濬的皇叔。

宗长义:【鲜卑族】太武帝孙，拓跋晃的长子，母侧妃苏姬。

拓跋云中:【鲜卑族】又名小鼋子，冯善伊与拓跋濬之子。

拓跋弘:【鲜卑族】拓跋濬之子，御女李嫹妹所生。

『 冯门系 』

冯朗:【汉族】北燕旧皇子，皇室后裔，其兄在位时国家由北魏太武帝伐灭，叛变北魏向太武帝称臣。因莫须有罪名受罪株连灭门。妻冯王氏，妾傅云舒，子熙，女善伊、希希。

冯善伊:【汉族】北燕皇室的后裔，生母傅云舒，父冯朗，冯门受罪株连，年幼充入魏宫为婢，随侍拓跋余身侧，拓跋余称帝后位升最高女官。拓跋濬继位后，同收入内宫，由贵人升昭仪，至皇后。

李申:【汉族】真名冯希希，冯善伊之姐，年少受罪于内宫，被其生母常太后所救，嫁与拓跋濬，后成为三夫人之一。

冯熙:【汉族】冯善伊的兄长，冯门独子。妻胡氏。

胡氏:【羯族】夫冯熙。有一妹玄英。生两子一女。子诞、修。女清。

傅云舒:【汉族】冯善伊之生母。出身娘娘庙的孤儿，友冯春，常阿奴。天赋异禀，京城名伶，因善歌舞，成为太子府的歌姬，与太子侧妃苏姬善。后由太子赏赐给冯父，生下冯善伊。

冯春:【氏族】又名常春，冯善伊的乳母，常太后的亲姊。出身娘娘庙的孤儿，有一妹常阿奴。挚友傅云舒。

常太后:【氏族】李申（冯希希）之母。名阿奴，出身娘娘庙的孤儿，姐姐冯春（常春）是冯府乳娘，后借由好友傅云舒成为太子府的奴婢，侍应太子妃郁久闾氏，与太子亲腹大臣的冯父有染，生下冯希希（李申），因成为皇世孙（郁久闾氏所生）乳母，世孙拓跋濬继位后，尊其为皇母太后。

冯王氏:【汉族】冯朗的正妻，生子冯熙，是冯希希与冯善伊名义上的母亲。

冯润:【鲜卑族】冯善伊收养的女儿。其母文氏,父拓跋余。

冯诞:【混血】冯熙与胡氏长子,冯善伊亲侄。

冯修:【混血】冯熙与胡氏幼子,冯善伊亲侄。

冯清:【混血】冯熙与胡氏幼女,冯善伊亲侄女。

『 魏臣系 』

李敷:【汉族】北魏大臣,李弈之兄。

李弈:【汉族】李敷之弟,同为魏臣,娶妻文氏(被拓跋濬逐出魏宫的原配)。

李昕:【汉族】北魏大臣,常太后心腹,妻赫连莘。

乙弗浑:【鲜卑族】北魏骠骑大将军。一妹为乙夫人。

李冲:【汉族】西凉后裔。陇西人。冯善伊义子。孝文帝中书令。

惠裕:【汉族】神秘僧人。与拓跋濬、冯善伊、冯父、刘宋皆有交情。

『 内宫系 』

悦夫人文氏:【鲜卑族】名瑶,拓跋濬发妻,是拓跋余插入自己侄子府中的眼线,与拓跋濬夫妻有名无实,后被拓跋濬逐宫,化名后改嫁李弈。

赫连莘:【南匈奴族】其姑母是太武帝的皇后赫连皇后,为拓跋濬内宫昭仪,北去云中时失踪。失踪后隐姓埋名嫁与李昕。

沮渠夫人:【卢水胡族】魏宫九嫔之一。名福君。高盛北凉皇族公主,夫拓跋濬。北凉由北魏灭后,其兄沮渠另立高盛北凉,成为和亲的政治棋子嫁于魏帝。

乙夫人：【鲜卑族】名弗泱。北魏大将军之妹，兄乙弗浑，拓跋濬内宫九嫔之一。

李嬹妹：【鲜卑族】魏宫十八御女之一。生子拓跋弘。

玄夫人：【羯族】名玄英，有一姊嫁入冯门。宗长义培养的心腹，安插入拓跋濬身侧的线人，替宗长义扶植御女李嬹妹勾引魏帝。

曹充华：【羌族】名秋妮。九嫔之一。由宫女升为充华。冯善伊的旧时手下。

悦夫人：【氐族】李银娣。九嫔之一。由宫女升为夫人。冯善伊的旧时手下。

九宸 著

QIAN SUI

千岁

下 倾世浮梦

重庆出版集团 重庆出版社

目录 Contents

目录
Contents

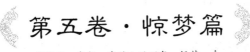

第五卷·惊梦篇

『风华，素年，皆若人世百年一场梦。』

【惊梦篇·第一章】

满树繁花，正是春暖复苏时。

天下第一楼红灯高悬，一派灯火通明，雕花凿玉的梁顶盖下数层浮幔，室中诸桌皆坐满了前北朝十六国的旧部，他们皆是被宗长义召集而来，密谋的是惊天动地的篡权夺位大计。

五胡十六国，自北魏太武帝行征伐大业纷纷灭国，太武帝统一北朝期间最后一个灭国的恰是北凉。时年北魏攻姑臧，国主出降，北凉亡。

公子无讳西行至高昌，建立高昌北凉。无讳之弟沮渠安周继任国主高昌北凉国主后，在刘宋与北魏间双方讨好，分别将自己的一双姊妹祥君与福君和亲宋与魏两国。

而这一场晚宴，所围绕的主人公恰也是即将身入魏宫的福君公主。

天下第一楼的楼主宗长义主持照会，为初来乍到的北凉公主接风洗尘，以此摆下豪华盛宴，尽显地主之谊。

亥时，公主被众人簇拥而出，曳地长裙自西首滑入东间，皎若琉璃的肌肤在艳丽的红帐影照下更显苍白透明，几乎能辨出细弱的青丝血管。

走到众首之座，她挪了挪裙角，稳稳坐下，挺直了后脊，轻喘了口气。

宗长义执杯，引众人立起身来，同端杯盏：“敬福君公主，我大魏他日的皇后殿下。”

“不敢当。”福君浅笑，唇角抿着一丝冷意，怕这个皇后做不了几时，便将引起腥风血雨，改朝换代，江山易主，一夜间便成为亡国之后。若要此般，她只想一辈子不出北凉，永远做她的长公主千岁。

福君稍推了推酒盏，立起身来，向下阶迈去，声极稳："这一次实有劳旧燕太子冯熙之助，福君才能够安然入魏。福君倒是想于众人之前敬冯大人一盏。"

她的话音方落，众人面面相觑。冯熙二字虽是声名远播，在旧十六国中也是屈指可数的大人物，但多年来游居云中荒地，从未现身于人前。如今听闻北凉公主言及，俱是惊骇，纷纷挑眼望去左右，可寻得自己身侧竟不知何时坐了此位大人物。

台下众人慌乱循着她的视线向西尾望去，果真见那酒席桌前背对坐着一个白衣冠发男子，身侧有三两侍从与他同桌而坐，每人都佩了一把剑。

立于台下中央的宗长义正执杯打眼望去，他与冯熙已有十六年未曾逢面，虽是书信不断，只是十六年来因缘差错，总有许多见不到颜面的理由。思及儿时玩伴，却又转念去想善伊，心绪一时难定。

"冯大人，不知能否赏此颜面，允福君敬您一杯。"福君几步上前，脚步停了停，又道。

白衣男子宽绰的袖口御风而起，冠下墨发沉如秋潭，他转过身，如一派清风凉爽激荡，手中捏着一角云锃杯，稍稍抬了抬，猛仰首吞下一杯酒。

众人皆愣了，这男子举杯饮酒的动作潇洒出尘，尤是稍扬起的下巴，精致秀丽如同雕镂而出，整张脸五官毫无瑕疵，标致如画，举眉抬眼间，带着一股子阴柔之美。若非他丢杯时轻快的那声"公主的酒，岂能不喝"是清爽干冽的男音，众人果真要将他当做女扮男装的佳人。

宗长义看向远处由众人瞩目的白衣男子，先是惊诧，继而沉了沉目光，转身另取了盏新酒，大步直入，停落那白衣男人之前将酒盏推过，扬笑言："晋昌，一别十六年，可还认得为兄？"

唇角绽出清冷的微笑，那人只道："与长义兄一别，晋昌感怀如昨。"言过便接酒杯，方触上杯角，便觉宗长义发力死握住杯不放。

再笑，只幽幽道："长义兄？"言着侧掌反握如刀片，凭借巧力击制他后腕软处，宗长义始料未及，手中一松，他再眼疾手快接了去。

待宗长义反应过来时，那人已持杯淡淡品酌，笑色未减。

这笑，更引人迷惑。只宗长义垂眼之刻细细琢磨他方才的招数，凌厉巧捷，却也不负冯熙的大名。他缓了口气，向对方抱拳低声道："冯大人可否赏脸，于内室商议汝复国大计？"

言罢自行转出，两侧众人皆俯身让出道路，其间于宗长义，大家都是极畏极敬。

白衣男子抖了抖长衣，一袭盛雪衣随风掠起，他跟随而上的步履极是轻盈，从众人身侧擦过时，竟似有薄荷的清香拂过，令人心旷神怡。待到那出尘清影散去，一个老绅执杯探去身后人，小声道："老朽莫言错尔。冯熙却乃我北朝第一美男子，与南宋褚渊齐名之俊。"

"娘哩个去。这可真是娇美到能挤出水来。"另有一个粗鄙的匈奴人添言。

殿上福君，只望着两人背影，拉了拉袖子，拾起筷子夹了一口席上的菜肴，品了下，但觉北魏的山珍海味亦不过如此。

一起长幕，将前厅与密室阻挡。

密室中挑了一盏弱灯，周围有精美素绦的屏扇，墨染着雄伟巍峨七峰山落雪美景。宗长义在屏扇前停了步子，借昏灯屏风影看去那一袭白衣，推开半角窗，入得清风拂面。他道："不愧是兄妹，容颜竟也如此相似！"

白衣人甩开扇子，摇了摇，又指着自己的脸："可是让宗兄人前看得恍惚了？亲兄妹，骨血发肤出自同一双夫妻，自是同一个模子刻出来的。"

宗长义眸凝住，只推开他，前行几步，长袖冷风，身影憔悴："至明年桃花开时，这大魏便是我的，善伊会是我新朝的皇后。你若还想匡复祖业，便识趣些。我一定会找到她，一定会得到旧汉符。"

旧汉符，可以得到天下的旧汉符一直在她手中。

他冷笑，与宗长义临风而立："父亲临终时竟是选择了她。长子是我，身负兴家复业重担之人也是我，凭什么她就能持着旧汉符游走于魏宫之中，又凭什么她眼见得要做了拓跋濬的皇后，便忘了国仇家恨，要替拓跋濬谋求一个盛世！她是个叛徒，违逆父命，求欢仇人身下的叛徒。我让她入宫，助她成事，便是为等颠覆这一日，可她不仅不明白，反而言及什么胡汉同治，清明平安世。笑话，当真的笑话，只她有容人之心，只她能笑着往前看，我们做所的一切都不过成空吗？"说着，咽了咽口水，直至声音压得有些哑，便止声。

宗长义沉默了许久，平声静气道："想不到，冯兄对这小妹也有如此多不平。"

他一愣，转而看去他："你是虚伪吧。明明想要，却从来不在她面前诚恳坦言。就那么怕让她知道，自己心中其实藏了鬼吗？"

"是啊。我怕在她眼中成为恶人。"宗长义落寞地笑，所以宁愿她一切都不知，等这一切结束了，他还是她的宗长义，她不会知道背过身去的他会有多么罪恶。

"那么希希呢？"他突然问他，目光黯下，"我的另一个妹妹希希。"

宗长义眉间蹙起："我曾经是喜欢希希。如今对善伊，也是真心，我看着她，

便克制不住地疼。我能怎样？若是看着一人发自内心的疼，还想将她捧在自己心尖上悉心呵护。冯熙，你告诉我，你会如何选择？"

"如是我，就此不见最好。"他答。

宗长义低低地笑："如果我能做到，也不会有今日。"

他点点头，叹了一声，扬声笑了笑，素白袖口滑过清冷的门，独留宗长义一人对风缱绻惆怅。他走了出去，路过前厅时，顺手拎了一壶酒，半臂抱酒，走走停停，时而饮上一口，酒灌入肠，伤口灼痛，笑看向苍茫的天际。

楼中沮渠福君连忙追出，提着繁杂的裙摆奔跑着追上那白衣的背影。远远地，追出几条街口，喘着气唤了一声："诶！你说只要我助你假扮冯熙，你便有法子让大魏的皇帝喜欢我。你还没有告诉我魏朝的皇上喜欢怎样的女人！"

言落，她看见前面那人猛地砸碎手中的酒壶，转过身来，扬手脱下冠帽，长发一如瀑布流泻而下，由风吹摇，那细细的眉，灵透明润的眸，还有淡淡的唇，分明是一个女子的模样。

素白的袖口迎贯满风，利落地指向自己。

福君听那人漫不经心的声音飘了来——

"喂！你有点出息成不？整日里情情爱爱，好意思面对家乡父老吗？"

"人活一大把年纪了，没个男人你能死吗？"

"趁活着，为自己认真活一次可好？！你是傻还是蠢啊，魏宫的女人就那么好命吗？被皇帝喜欢了，你就能平步青云？！"

最后一声，渐渐淡去，那白衣身影僵直了身子，步子有些摇晃，似乎是自言自语着："别太受打击。我也是这么活过来的，怎么都能活下去。"说着她脚下一软，便跌坐下去，只见阴暗的转角中晃出一个挺拔的黑影，出手即将她揽住。

她抬眼看去身前人清晰的轮廓，瘦削的脸，空茫幽深的目光，只瞳中一点闪烁光芒。

"我压嗓子压得疼死了。"她抱怨了一声。

身前那人已是将她扛上肩头，背着她向小巷深处走了去，又听得肩上传来她隐隐约约的声音："李敷，你说得对，宗长义他不是个好人。他没有心，可怕极了。我从前看不懂他，如今都不敢再看他了。"

他没有吱声，步子沉了沉。

她偏过脸去，睫毛上沾着滴泪："我以为，宗长义是喜欢我的。"

他咬了牙，唇抿得很紧。

"李敷，我就是想找个和自己一生一世一起走的人……"嗅着肩上熟悉的冷梅香，声音逐渐淡去，她似乎睡去了。

李敷的步子终于停下，偏去目光，凝视了她一眼，又继续往前。呜咽的风中，更声渐渐飘远，他的声音很低很轻，随着更声一并散了去。

"李敷愿背着你走一生一世。"

冰天雪地，荒野上枯草冷藤，一片肃杀，零星堆砌的棺木年久斑驳。

躺在一片寂静中，水珠落在她惨白几乎透明的肌肤上并未散落，凝成一珠冰凌，指尖捏起它，置放眼前，从中看到自己的一双眼，淡得无色，连瞳仁中的漆黑都是极淡极淡。

耳边有一个声音，她隐约听到。"你……你领我来死人堆做什么……"沮渠福君退了半步，一时无处能落脚，提着裙摆不忍惊扰满荒野的孤魂。恍惚看着眼前那素白衣衫的女子，她正斜靠在一处棺木之侧，头枕着棺尾，一臂正落在棺上，雪白而纤细的手在夜色中滑过粗糙的棺壁。她的面色诡秘，清冷地笑，让人一眼望去不敢再望，心底发毛发寒。

"你，你是人是鬼？"沮渠福君又问了一声，她实在怕了，方才不应该追她而出，还被她拐来这一僻静处，她莫非是夜里跑出来吃人的恶鬼，竟让自己给撞上了？

几个时辰之前，她本在镜前梳头，等冯熙来请自己前去天下第一楼与众人会合。谁料面前这人一身白衣，从自己的窗口爬了进来。她开口就问自己是不是沮渠福君。她说她能教自己御王之术，她甚至还问自己，想不想做大魏的皇后？那女人的每一句话，都言中她的心。她确有贪心，所以才助她在天下第一楼假扮了冯熙。

如今，又实在后悔了。

沮渠福君下定决心，这劳什子皇后她不做了，只想逃。裙裾一转，身后即晃出男子的黑影，抬臂拦住自己。他背光而立，那面容一团漆黑，瞳光极深。

"沮渠小姐莫走，她还有话要说。"如此一言，并无其他。

鬼魅的藤蔓攀在地间，滑过她的脚踝，似夜蛇般滑窜。她惊喊了一声，忙跳入他的怀中，将头死死埋入肩头，眼闭紧，哆哆嗦嗦："你们，是人是鬼啊？"

"别怕，我是人。"棺材边的人终是侧眸看了她一眼，幽幽出声，"抱你的也是个人，他叫李敷。"

福君惊魂未定，扯着李敷的袖子从他怀中挣出，步子向前探了探，又不敢靠

【第五卷】惊梦篇

近，只看着她："那你叫什么名字？"

"我的名字呢，就叫没有名字。"她缓缓站起身来，酒力散去些许，同看向沮渠福君，"宗长义自北凉将你领来，再送入魏宫，除了做魏朝的皇后，还嘱咐了你什么？"

沮渠退半步，隐忍不言，红唇紧闭，不住地摇头。

白衣女子长袖一指那冷棺道："你可以不说，不想说，我便让你如愿闭嘴，陪着这棺材里的人永远睡去。"

沮渠福君双眼一闭，慌忙道出："祸害魏宫，助宗大人称帝。"

白衣女人又点了点头："你也是这么想的吗？"

"那都是宗长义鼓吹我皇兄利用我出手。我才不是傻子，也不会替人做嫁衣。我杀了魏帝又能如何？宗长义继位，还不就是把我遣去守陵。"沮渠福君满眼的认真，咬了咬牙，又道，"可我也不想老死宫中，既然入魏，我就要做个有用的人，为北凉的子民谋福祉。"

她的一番话，竟使三人都静了下来。

福君小心翼翼抬眼："我这样想，不对吗？"

她摇头，微笑，沮渠福君目中支离破碎的泪光看得令人心疼。小小年纪，却也知道将家国臣民担在肩上，不顾艰险，甚至甘落被人利用的陷阱，只是为了做一个对江山对万民有用的人。

"你的念想很远大。"

更梆的声响由遥远之处飘来，李敷挑来一只长灯映出道路，沮渠福君忽然有些不怕了，她朝着那棺木走过去，夜色中虽看不清那女人的轮廓，却也静静地问："你可以帮我吗？"她不想杀皇帝，只想对家国存亡献一丝气力。

她看着福君，突然一笑，如雪皓腕扬起附在福君鬓前："你站在魏皇面前只需说两句话，他便会爱上你。"

"哪两句话？"

"第一句你要说，"微微的怅然，夹杂着嘲意，"皇上，请让我成为您的皇后。"

"那第二句呢？"

"他会问你，若成为他的皇后当为大魏带来什么？"静了静，黯然消沉，"你便说……我会为您带来一世清平。"

"仅此而已？"

颔首，沉笑。

干冽的冷风残入眸中，她眨眨眼，恍若叹息。"是啊，仅此而已。"说着她缓缓一抚身侧长棺，凝然注视着，"这棺材里的女人，曾也是这样说的。"

福君呆呆地看着，忍不住开口轻问："这棺材里躺着的是谁？"

咽喉一热，她直接回应："自你入魏宫后，或许会听说一个叫冯善伊的女子。那时你便可以告诉身侧人，你亲眼见过这女人的棺木。"

沮渠福君退了一步又一步，这个名字她分明听说过，堂堂一个冯昭仪，生前前呼后拥万人追捧，死后连眠宿的风水宝地都没有。可笑的是，没有人知道她死了，听闻城中人还在四处寻她。如今她却是不为人知地静静躺在这里。

她难以置信地摇头。

"你想见她一眼吗？"白衣女子一低头，即要推开棺盖。

"别！"福君忙背过身，"别吓我。"

残灯一时明一时暗，诡异非常。

"我能教你的就是这些。我如今想和棺材里的人说几句话，你是想留在这里听着吗，或者还是想和她也说上几句？哦，你不妨来问问自己可不可以做上北朝的皇后。"又是一番话，似随意而出，她边说边爬上棺木，却听得人冷汗横流。

沮渠福君闭紧一双眼，连连摆手，匆匆道别后，抢过李敷手中的长灯一路奔了出去。最后那模样似要被吓哭了。

沮渠福君跑开后，李敷一步步缓缓走到棺木前，闷着冷脸盯着眼前人，带着几分责难的语气："你就不能不吓唬人家小丫头？"

"吓一吓，就长大了。"她瞥他一眼，一脸正派地说，"通过她的嘴，全天下人都会知道冯善伊死了。"

李敷背过身扶紧棺首，看着她，摇头："我若在这里给你立个碑，刻上冯善伊三个大字，你便功德圆满了。"

"恰恰是也！"冯善伊从棺材板上一跳而下。相信沮渠福君走后，天下人都会知道冯善伊死了，宗长义会知道，拓跋濬总有一日也会知道。

李敷看着她，突然说不出话来。

她只笑了笑，推开棺盖，手探入内摩挲着，目中闪烁，果然一亮："有了！"

李敷随着她的袖子瞅去一眼，果真见她掏出一枚碧色符配，耀出的青绿玄光，似夺尽天地明润。

一扬于他眼前，她笑得有些落寞："宗长义对我好，对我坏，都是为了它吧。"

汉符令！

李敷叹了口气，拉住她的袖角将那碧翠的青色掩住："你把旧事忘了吧。只

【第五卷】惊梦篇

当做是个噩梦。"

淡淡苍白的笑色浮起，是可以忘，可是那梦太真实了……

那样疼，那样冷，那样寂寞。

纷纷的雪，苍白的山林，无星光璀璨的夜，簌簌摇落的枯叶摇曳飞舞。李敷的怀抱不复清冷，他断下一截缟白衣袖勒住她的伤口，左袖红染，似描出一朵艳丽的红牡丹。飘起的长发染着她的猩红，眼中涨满了红，他抱得那样紧，甚至能感受到她体内的每一丝颤抖。

他目中盈然的一束雾光，是泪吗？晃了一晃，便倏然砸落她的眉心。

视线苍茫中，这张脸更瘦了，仍是记忆中刚毅方正的下巴，挺直英武的鼻，飞入发鬓的剑眉下那一双黑得混浊的沉目，在他覆眼看去她的一刹那所绽放的独特温柔，让她总算相信，他确实是那个李敷，跋涉千里却说不到百字，沉默如山、心细如绵的李敷……

淡色月光盈盈而落，斑驳的回廊，四下来风。一路走回娘娘庙，她与李敷皆无声息。直至迈过娘娘庙的前庭，她问他："为什么不回宫？"

李敷摇首，不愿回应，或许是早已厌倦，面对那一座宫，总有太多说不穿的不得已。魏宫最不能看懂的就是人心，最多也是最不能数清的是尔虞我诈的争斗。于他而言，不入宫，仍然可做忠臣，不拜帝王圣座，也依然能守一方清平盛世。

可她依然看不懂他，扶栏转身间轻问："若一心想离开是非之地，天下之大，又为何躲在这一处？！"

李敷瞥她一眼，只唇牵了笑，道："小小一座娘娘庙，可观天下事。"他有忠义恩情未尽，再厌再弃，又如何能退身时局外？他以为在她面前掩藏得极好，却实则又一次被她一眼洞穿心思。

"你只是想完成拓跋濬最后予自己的一言指派，调查宗长义。"她看着他，舒了口气。真傻，为鲜卑人当牛做马二十年，终于有了逃身的机会，不仅不能逃得远远的，却还要回来尽最后一份职责。然而，这才是真正的李敷。

李敷只笑不言。宗爱死后，拓跋濬即派自己盯紧了宗长义，当年摔落城楼是珠儿救下自己。珠儿是旧燕国人，不愿他继续效忠鲜卑魏室，所以将他身亡的消息散出。他本也以为自己撑不了多久，身无分文离开珠儿，离了石城一路后继续追踪宗党。娘娘庙既能避风头，也可以探听五湖四海的各路消息，所以最好。拓跋濬前来娘娘庙那一次，他已然借机将自己所查出宗党前后悉数告之，如今他能做的已然都尽到了。滴水之恩涌泉以报，拓跋濬的知遇恩情，他竭忠为报。自此以后，同这座魏宫也当再无牵连。

她缓缓收回怔忡，迎目看去李敷，恍惚一笑："你是不是曾也怀疑我是宗长义的帮凶？所以之前那么讨厌我。"

李敷一脸坦率："是有过。"

"我，傻吧？"她笑着转身，掐过身前一枝冷梅，绕了指间。

"你只是把他当做了好人。"李敷压下叹息，声音低了低。

"宗长义不是坏人。"冯善伊扬起头盯紧他，"他一直以为拓跋濬杀了拓跋余。"

曾经她也以为是。

李敷只看她一眼，道："这些皇子龙孙争夺帝位的狠心，我们不会懂的。"

不是不懂，是看得太多，只期待麻木则好。

她正要开口，一侧门被猛推了开，是石娃奔了出来。他绕过冯善伊，猛抱着李敷两膝埋头哭得哆嗦。石娃从来懂事，今夜却全然控制不住情绪，实叫李敷都有些惊讶。

"大当家的，你快死了是不是……"石娃喃喃道。

冯善伊脚下步子一怔，即扬起头呆愣地望着这二人，似受了惊吓。李敷面色一滞，立时将石娃抱在肩头，转去另一侧廊中。冯善伊扶门远远望着，只看着立在对面廊中的李敷与石娃说着什么，之后石娃又哭了，扯着他袍角死活摇首。石娃口中依稀言着"大当家的莫走"，一把鼻涕一把眼泪。看得冯善伊也不自知地酸了鼻眼。

李敷终是俯下身子，将石娃揽在胸前轻声抚慰的背影，在她眼底竟有些为人父的熟悉。闻听吵闹声的老翁前来将石娃领了回去，李敷望着石娃一步一回头，目光越来越沉。

立在风中又是许久，直到她缓缓走到了他身后，他竟未发觉。

她突如其来的一句话传来："又要丢下我们，去一个谁也不知道的地方吗？"

稍垂下头，盯着地面青光良久，李敷问她："何时回宫？"

她万想不到，自己好容易说了一句认真的话，却换来他问她何时回到拓跋濬的身侧。

"你希望我何时回去呢？"冯善伊扶栏侧坐，影子与他的落在一处，正有些纠缠。

李敷想了许久，终于道："我希望你不要回去。"

"我不回去，你就不会离开吗？"她偏过头，脚尖轻擦地面，幽幽探入廊前

【第五卷】惊梦篇

的池塘中，脚底贴水，平稳光滑如镜面散开涟漪。就这样，说出来，她才会知道，或者是不能再继续假装不知道。

她一时喃喃自语："李敷说，希望冯善伊不要回去，是为了冯善伊呢？还是为了李敷？"

他愣住。她如是问他，他便如是答，几乎是下意识的，远不知道自己这般希望，却是为了谁。

"做皇后是冯善伊的梦想。"她将一只脚完全浸入水中，刺骨的冰冷。

这样的回答，并不惊讶，反是在预料之中。若是她答那便不回去，他的心上，恐怕会更重。袖中那一丝冰凉润着掌心，他递出那只镯子，唇角勾起别扭的一笑，许多年了，他还是不适合笑。

她偏过头，从他手中接过那血丝玉镯，对月举了起来，正透出一盏明月，格外寒凉。这镯子是当日和冯熙争执失手脱了下来，她知道是由李敷捡了回去，只他不提，她也不想要了。

如今她擦干净镯子，立起身，在他眼前扬了扬："很好看吧，还记得当日，你可是看着它落在我手上。"

李敷没有言其他，只是点头沉默着。

她亦点头，诡秘微笑着："为我跋涉千里不辞辛苦的李敷，为我以一敌十保全性命的李敷，为我亲自熬汤每每嘱咐喝尽的李敷，为我不计性命所剩几日却仍勉力生存的李敷，为我不会笑也强撑笑得实在难看的李敷希望我不要回去，为我做了一切一切却又一个字也不说的李敷，为我……死了又努力活过来的李敷。冯善伊很感激你，能为你做的事，或许只有一件。"

她的手心一紧，探出栏外，猛地丢了出去，将那象征魏宫无上权贵的血丝红玉镯丢了出去！他说不想她回去，她便不回去。自此以后，再不会违背他的意愿。

李敷刹那不能言语，胸口某一处猛然轻颤了下。

明月皓然，清风扫过满树枝头，她仿佛听见浓夜桃花开时静谧的声响。一夜间，梅似褪尽，桃争春来，花开花谢，生死交迭自是无声无息间。他所希望的，她答应他。他是不是也要答应她，活下去，至少不要让她看着他离开。

她说："能听见你的心，真好，李敷！"

　　碧水清池，流连花草丛中，赤足探入池中荡着清波流转。暖风明光之中，红丝线缠在中指一节，抬起合紧的掌迅速张开，由掌中落下一色润玉轻轻摇摆，晃出青绿玄光，色泽夺人。

　　古人制符以竹长六寸分而相合，天之所与必先赐以符瑞，喻为天地分合。她手中这一枚汉符令，却是以极好的美玉精研细磨雕琢而制。

　　冯善伊皱起了眉，踩着水溅得满裙身："汉符令，汉符令，你有何用？！要天下都来抢。"

　　凉风一袭，耳边漫上幼时父亲将玉符挂在自己胸前的嘱托——

　　"星落荆山，化而为玉，侧观为碧，正视以皓白。这汉符令，是由和氏璧雕出，极是珍贵。"天下之大，和氏璧便只有经转千年遗下的传国玉玺。怎会有第二块和氏璧？若此符也是和氏璧，莫不是笑话。可父亲又并非空话之人，所谓临终遗言，实在没有玩笑的意义。

　　她略一笑，提着裙摆起身，蹚湿的脚在被日光照暖的石头上蹭了蹭，欲走。廊下的李敷由远处而来，手中尚为她提着鞋，他远远见到她时，便摇头。

　　他将一双鞋放了她的身前，扬起头来看她："你是润儿吗？一把年纪了仍喜欢踩水。"

　　冯善伊不管不顾地踩上鞋，却发现竟是反的。

　　李敷无奈好笑地叹了口气，蹲下身替她换过。这突如其来的举动，俨然令她惊愧交加，连是后退，盯着那一双鞋和自己的赤脚，思绪翻转，竟是想起从前不知何时，也有人这样碰过自己的赤足还嘱咐自己不要被人看见，却如何也记不清楚。

　　冯善伊自行提了鞋，走在前面，一把甩过手中玉符："我将这符与兄长送去。"

　　李敷愣了愣，截断一株芦苇绕在手间，继而道："汉符令合天下。你是真不知它的来历和显赫名声？！"

　　"你说来听听，看几分重要，我便考虑不丢。"她依旧一脸闲淡，靠在栏前吹着暖风，极为自在悠然。

　　"春秋有楚人卞和在山中得一璞玉，献于厉王——"

　　"这是和氏璧的故事，我晓得。"

　　"后此璧为赵国太监缪贤所得，继而被赵惠文王据为己有。秦昭王闻之言——"

"完璧归赵的故事亦听过百八十遍了，李师傅。"

"至秦破赵，得和氏璧。天下一统，始皇称帝，命李斯篆书'受命于天，既寿永昌'八字，于和氏之璧并雕琢为玺。是乃自秦延承百年之传国玉玺。"

李敷说着背过身去，侧影笼罩在光芒中，正有几分熠熠生辉，玉树临风之姿。她看他看得一呆，将他话听过后于是更傻，对光扬起玉符，篆刻四字"既寿永昌"赫赫夺目。

"如此，倒有几分意思了。"她暗暗道了句。

李敷继而道："之后的事，你若读得司马迁《史记》，自也熟悉。"

"我书读得不精，一眼进一眼出。"她一脸虚心求教的窘状，笑呵呵道，"烦请师傅添言。"

"秦王政二十八年，始皇曾于龙舟风浪中抛玉玺入湖中以求神灵镇浪，玉玺于是失落。"

他言及此便顿住，却引来她之大不解。天下人皆知，如今和氏璧传国玉玺落入南朝宋帝手中，为此事，北朝魏帝总觉不授正统，介怀并已觊觎多时。

李敷却言早已失落。

"那是又八年后失而复得，朝中有人将此传国玉玺奉上言是玉玺归。"李敷淡淡添上一句。便是自此以后玉玺随江山易主流离百年，至今时，落南朝宋帝手中，算也是归得皇室正统。然他要说的并非是这些。

冯善伊适时举起自己的符："既是如此，传国玉玺与我这玉符又有何干？！"

"相传八年后失而复得的玉玺，是假的。始皇自失玺后，郁郁寡欢，担心其国运气数将近，其臣下便以八年之间选玉独山，仿了一枚模样全然相似的传国玉玺奉递。"

冯善伊便如听说书般，起兴赞叹："越发精彩了。"

李敷稍抿唇，虽想出言纠正，却也忍住，继续言："又传始皇崩前，那一枚真国玺才真正归朝。只替代多时的假国玺已传入继承新帝的手中，不能换改。始皇临死一刻，决议将真和氏璧玺雕琢为令牌，面文即保留镂雕'受命于天，既寿永昌'八字。"

她悟道："令牌成了如今的半符，又落在了父亲手中，作何解释？"

李敷摇头："民间流言，只是于此而止，再之后也无从而知。真国符，总要比假国玺尊贵。以此得天下的传闻，并非只是空言。据传汉高祖刘邦也是误得此符，以成大业。"

"如此确是能卖个好价钱。"她只幽幽道了声，立起身来，"讲完了？我好给兄长送去。"

李敷忙紧追一步："便是天下人趋之若鹜求而不得的，你也能痛快撒手？"

他着实有些看不懂她。凭此物，与另一个符令配上，大魏江山也只是区区小物，更有南朝之大，尽可收入囊中。宗长义视此为宝，多少人前赴后继，虎视眈眈，她却仅仅是一句好价钱。

"我要把这烫手的山芋丢得远远的，才好同你远走高飞不是，否则我们逃也逃不开。"她直截了当道，丝毫不掩饰自己欲与他私奔的好主意。

李敷尚未反应过来，只瞠目结舌地看她。

冯善伊撇了撇嘴，不耐："你不会不愿意吧？"

李敷愣了许久，轻摆了两下头，再怔，才又用力摇头。

她舒了口气，朗朗笑开，走出两步，反问自己一声真的不后悔吗？手中所承之物，重比天下，如此松手，当真不亏吗？顿步垂首，下定决心的一刻，回头看了眼仍是愣在身后的李敷，字字清楚道："以真心对我的人，我情愿为他砸去万座江山。"

李敷凝目听着，远远的，又见她的袖摆在风中颤着，瘦弱的身躯在粗布麻衣中发着抖。她当是下了极大的决心吧，比他的任何一次抉择都要付出更多。

"你最好记着点这话，别说我未提醒你。他日你若变心，我就挖出你的心来祭奠我丢掉的天下。"最后一转身，她将话说得极狠，却是带着笑意，而后毫不犹豫地大步迈了出去。

回房换衣，一袭白衣俊俏似如玉少年，佩扇环柄，金丝玉穗荡在腰间。推开房门，正是李敷等候庭前，他此刻脸略红，似仍在咀嚼她之前的话，闷闷扬起头来，张了张口，羞涩道："我——"

她向他一点头道："我去去就回。"

李敷愣住，忙点头予她一应。

她几步走出去，想了想，回首凝视他道："我若没有回来，便在城西门候我，最迟子时。"

他又点了头，手心攥出了汗。

出得娘娘庙，她跃上红鬃马，纵马南行。

天空明净如洗，一望无云，皆是碧色光清。她绕的是城中小路，特意避开繁忙拥挤的人群，头顶黑纱斗笠，唯露出皓齿薄唇。却不想满街百姓，似认得她的马，将道路围得水泄不通，只求见上号称天下第一美男的冯家大公子一面。

阁庭香红楼对窗品茶弹琴的姑娘们纷纷拥在二楼，向下望去，一个个红面粉

脸，声声唤着公子，博来匆匆一瞥便好似飞升。

三楼雅阁间，迎风对座的锦袍男子亦被这一声引得略垂下眉眼，淡淡瞥去。他身旁，有人暗暗提醒道："主人也认识这冯公子？！"

宗长义将酒盏放下，一指轻敲了桌案，扬眉浅笑："京中有我宗长义不识之人吗？"说着话，他行至屏风内侧，再出时，取了剑佩在腰间，略看一眼那人，言道："姻妹既是回来了，就先好好养一阵，云中数年辛苦了她。"

那人转过身来，温言细语，不急不乱："主公倒当真知道心疼人。"

"玄英。"宗长义唤着她的名字低下头来，目中现出一丝不悦。

"宗长义！"

一声长唤飞入，室门由外推开，走进来的沮渠福君一身金沿长裙，她站在屏风前，只推了推鬓，张口便道："我准备好了，送我入魏宫！"

宗长义看了她一眼，皱了两下眉，一手将桌上的锦盒推到她面前："换上这身。"

福君掀开，展开盒中素色衣衫，于身前比了比，摇头皱眉："这不是我的风格。"

"这不重要。"宗长义端了盏茶，耐心吹开浮起的茶沫，"拓跋濬喜欢，才最重要。"

福君满脸不情愿，嫌弃地嗅过衣物，衣服上似熏过女儿香，很淡很淡的青竹沁息，好像是自己嗜好的云兰，于是她吐了吐舌头，指尖捏着衣领："是别人穿过的旧衣裳吧，乃宫中人吗？"

宗长义倦倦合眼："是冯善伊的衣物。"

福君忙一丢老远，嫌恶退步："死人的衣服，我才不要穿。"

宗长义一恼，扬起桌前的冷剑猛地落在她的肩上，冷声逼问："谁是死人！竟敢胡说。"

福君只觉得周身毛孔都竖了起来，冷汗自后脊淋漓滑过，轻了呼吸，勉强压住惊惶，移开面前剑刃，气若游丝："我……见过她的棺材。"

"你说什么！"

砰——

冷剑猛地坠地！

晴天霹雳也不过如此！

"对。"福君连跳出两步，肃然厉声，"那女人死了，你冲我凶什么！"

南城冯府凋敝多年，终在数月前被归京的冯王氏随同家人一并撑起旧貌，如今冯府重置，瓦墙檐顶皆是重新漆过，亮堂光彩，便似一栋新府，从内到外焕发生机。

冯善伊跳下马，执着缰绳抬首望向灿亮的匾额，篆刻的"冯府"二字是新喷的漆金，比记忆中的旧时要光亮甚多。许多年前的场景已是记不得，却极清晰地忆起耳畔火星哧啦的声音，哭声哀怨也是凄凄动人，夹杂着官兵的喝骂，依稀有门府前的跪地叩头求情的惨音，统军取下匾时，以剑劈成两半，那一声正卡在心底，尤是觉得痛。

朱红漆门"吱"的一声推开，小厮迎了出来，见她便道："贵客何来？容小的给通报一声。"

冯善伊没有言声，自觉悲凉，她只不过是回到自己出生的地方，如今却要来一句通报的客气。想来不是她忘了家门，而是冯家早就不认得她。

马缰塞给那小厮，她利落地甩下裙袍，快步而入。

廊道满是清净，冯府仍然是人丁稀薄，一路而上，连个端茶守门的小丫头都见不到。至中庭，她渐渐停步，望着庭中那一株梨树发呆，幼时常随着姐姐在梨树下斗草，累了便倚靠一侧听姐姐唱家乡的小曲，那时梨花飞白，香气满园。如今正也是春期烂漫，独这一株树枯了，再不能发。她如何不心生悲戚？

提步而入，空荡荡的中厅，便如旧时，仍是一张老八仙桌，奉着祖父的朝堂画像。从前桌案两侧自有一对云锦双耳白瓷瓶，抄家那年被官兵抱了去，老管家追了出去，就算被打得爬不起来也要拼着命冲上去，将瓷瓶掷地砸碎，只言是燕皇室的遗物，不能流入魏宫。那老管家，最后死于肉刑，不待问斩当日，牢狱之中便先族人一步而去。

她尚记得，老管家空洞的眼被牢头合上那一刻，父亲在自己耳边言："这般死，也是存了风骨。"她那时不懂，而后想起自己父亲死时，斩首后又以悬尸示众，倒确是连最后的尊严都没有保住。

她常想，父亲意气风发时，自也是英雄少年，怀揣家国天下。然时局不定，寄人篱下、畏缩求存，硬是狠狠磨平了棱角意气，唯剩生存的欲望，于是才有那夜夜笙歌、走马章台的冯三太子。世人笑尽他做那闲淡荒淫事，百官讽他谄媚如跳梁小丑软无骨。其实，一副吊儿郎当不求上进的嘴脸，不过是做给朝堂之上悉心监视他的太武帝。他要让太武帝知道他冯朗不过是不值猜忌的废人。而后许多年，她莫不是也这般活下来了。

她又进向前，转绕里堂，冯熙的院子并不远，按着记忆中的旧路，望着似而

相识的房门，她笑了笑，推门而入。冯熙之妻胡氏正守护于榻前为丈夫端茶递水，另有一双小儿坐在矮榻上闷声看着贤惠的母亲忙前忙后，五岁长子冯诞与三岁幼子冯修便似一个模子刻出来的。冯诞见不得母亲辛苦，前来替母亲接过银盆，转身去换水。只是他步履不稳，盆子又重，胡氏不放心，忙让幼子去唤大女出来帮弟弟。

冯修努了努嘴："姐姐正是念书，要不得我们吵。"

胡氏叹了口气，转过身，见得门外白衣一人忙入进来，抬手便是接过冯诞手中的盆子出了去。胡氏望去一眼，探眼看着小儿们悄悄问："外面那是什么人？"

冯修与冯诞齐齐摇首。

胡氏推开门，幽幽问着："公子来了好一刻？"

"迟迟才来见嫂嫂，实在歉愧。"冯善伊近了几步，出声。

胡氏稍怔，愣愣问："你是？"

"小妹善伊。"

胡氏由发怔转去亲善一笑，连连拉过她手："既是妹妹，如何换得男装入家？随我里面去吧。"

挡着一座屏风，冯善伊犹豫下仍以言语提醒着胡氏："嫂嫂，我与哥哥有些话……"

胡氏立时明白，与他二人腾出地，自己推门而出。

静了好一会儿，冯善伊转出屏风，看向案前持笔书画的人，残烛昏灯，光影尤其暗沉。墙上所挂褐色帐帘映出圆月天干的绣景，人在画中行，舟浮于水面。昏影望去，正有几分阑珊意境，栩栩如生。她便认真盯着帐上景画，心想哥哥的笔法倒是越发精进。

冯熙放落笔，轻轻提了一声："自个家中仍是分外生疏，也只有你了。"

冯善伊一抬手覆上那帐子，轻幽声出："宗长义的事，哥哥知道几分？"

冯熙垂下眼，略有几分犹豫："你又知道几分？"

"天下第一楼的宴会，我装作哥哥识破了一些人心。我想我既然能装作冯熙行走自如，想必哥哥与宗长义仍有联系。"冯善伊迈步向前，瞥上他案中信笺，声音渐低，"扶立宗长义为新君，父亲同族人就能活过来吗？"

又想起那一场挑起胡汉党派争执的京师命案，犯案之人不是别人，就是于云中失踪的冯熙。当时拓跋濬刻意让她看到那奏报冯熙的折子，也并非试探，只是隐隐忠告。冯熙，和父亲一般，都是隐忍的权谋家。

案前冯熙握紧一拳，沉声言："宗长义答应助我燕王室复国。"

是，哥哥又怎能忘记父亡族灭的惨痛，如她冯善伊卑微谦虚做牛做马求以苟存？哥哥这样有傲骨的人，是做不来的。

"所以，你答应了？"她看着他，一脸坦然。

"我还在观望。"冯熙索性回她。

冯善伊摇摇头："拓跋濬已有心汉化。胡汉同治有何不好？"

复国，便又将面临覆国危难。千百年来，汉人最强大的并非屡屡建立雄伟的帝国，而是无论外族几番侵略挞伐以图异化，汉人永远都是卷土重来，反而将异族同化。这便是汉人。最伟大的复仇，并非只是一个诸侯王国的苟存，而是汉人的真正强大。要改变人心。彻底改变胡人守旧而敌视汉族的力量，只有汉化。

"他是他，他的朝廷又是朝廷。他一人之话经由百人连口相传便失了味道。他高高居于宣政殿，如何真心理解汉民凄苦，鲜卑腐化贪婪？他只空看，可有施令干涉！左手为胡，右手是汉，他想一碗水端平，恐成笑话。"于此新政汉化，冯熙早已失了信心。

她叹了口气，说出一句实话："拓跋濬至今所为，没有一件错事。"

或者说，他所做的一切，都是为了天下黎民江山社稷。一个帝王该做的，他都做了；他叔父祖父所做不到的，也在努力去做。她从未见过一个如此认真又勤恳的皇帝，只忧民心，不顾臣心，将千秋基业看得比自己的权力宝座更重。这就是拓跋濬。

他牺牲了自己的一切喜好。不去做一个好男人，不是一个称职的好丈夫，更做不得好父亲。只因为他这一生，认准了那一条路，便是做一个明君，并非图个千古贤王明君的好名声，仅仅是只求不过不失，对得起祖宗基业，堪负得起这一身重担。若他生在平稳治世，这般的安分皇帝确也不难，可他没那个命。少年登基所面对的朝廷是一个烂摊子，胡汉矛盾尖锐，上是百官腐化，政令不得实；下是民生积怨，斗争激发，北魏皇室随时有倾覆的可能，这更使得他夜夜难以安眠。但不出手改革，大行汉化，便是穷途末路，即便是一身抵挡鲜卑贵族的阻力，他也要走出这一步。

"宗长义登基后，真的会有所改变吗？燕复国后，便能够百年长存，终不会被残吞倾灭吗？"史书她读得不多，却也知道乱世多国，才有多征伐，却终统一。虽有分分合合更迭不断，更是英雄辈出于乱世，然百姓黎民更苦于乱世，所以才有秦吞并六国，魏太武帝统一北朝十六国。

冯熙扬起头来，抿唇只言："复国，至少能让汉民活得像人模样。"

她愣住，是想说，只要再给拓跋濬十年，不，兴许五年便足够了。至那时，或者就不是这般模样。新政需要时间，汉人更是。没人比拓跋濬更心切，可他也知道要一步一步来，只要反对他的臣民予他多一分信任与等待。

只是，眼前由家国血仇蒙蔽双眼的兄长又如何能辨得清呢？

扬起的头复又落下，她道："那便做吧。"

冯熙猛惊，轻问了一声："你说什么？"

"哥哥怎样想，就怎样做吧。"她点点头，予他一记微笑。

冯熙愣了愣，稍显别扭地问："那你呢？是要在哥哥一边，还是同他站一处？"

冯善伊摇了摇头："我要走了。"

冯熙淡了呼吸，只想过一想，又问："为那李敷？你会喜欢那种闷小子？"

她笑递去腰间扯下的汉符令，塞入他手中握了握："好好用它。这东西价值连城，便是不用了也还给我，我还想换银子来着。"

他勾了她的手，目光一紧："你，真的要给我？！宗长义为了它，没少在你身上下工夫。"

"我将汉符令留给你，只希望哥哥能做出正确的选择，这牵系我冯族满门的命运。"

而她，只力所能及做一些同样重要的事。

李敷剩不到数月寿命，她至少要陪他走最后一段路，为他多多少少做些事。所以眼下，与拓跋濬的皇权危亡相比，更重要的是李敷的生死。她总是不够聪明，不擅长权衡，鱼与熊掌兼得无论如何都做不到，所以只能挑一件自己以为最重要的事全心全意去做。她就是这样的人。从前在拓跋余身边，尽心尽力辅佐他成为明君是她最要紧的事；担负家族与姐姐的梦想，为拓跋濬撑起汉化的基业，也曾是她的认真。

于拓跋濬，汉化是平息内乱、匡扶基业，甚至平稳治世的必行之路。于她，只是真心想看到那样的清平盛世，长治久安。

她想，她是明白拓跋濬的，更清楚地明白，这样的男人，只可以爱社稷。他实在没有那个闲心顾及政事以外的任何一物。所以，他的后宫才更需要清明安宁。而她曾经努力要做的，便是为他的汉化新政扫平所有后顾之忧，也是为替她完成父亲所谓的复仇。

而今她急切需要面对的，却只有一个为自己连命都不顾的李敷。明知不久于人世，却仍是承诺一生一世背她走的李敷。宗长义说看着她便觉心疼，她看着李敷，竟也是同样的疼。她活了二十年，所遇未有一人如李敷那般对自己无欲无求，不期待她能做什么，不逼她做任何选择，只单纯以真心待她。这一颗真心，尤是珍贵。千百人会因一个汉令符而在意她；然千百个汉令符，都不及一个李敷，也换不来他，因他在意的不是它，只是她而已。

走出冯府，清爽甘洌的风扑面而来，她从未有此刻的愉悦轻快，翻身上马时比来时更痛快。纵马入了娘娘庙前，好心情地落地牵马，一路往回走着。只是才转至庙前的街道上，她就远远看见一驾墨色软轿停于庙前，叫门而入的人，恍惚眼熟。她走上前，认出在前首的是乔装后的崇之，轿前立着的那一人正是顺喜，正小心谨慎地与轿中人言语。

她马上猜到轿中的男人是谁，一惊，忙躲进庙前对面的垣壁墙角中，身子贴着墙面，敛息不出声。半刻之后，崇之失望而出，与那轿中人言语着些什么，轿子才又抬了起来，崇之和顺喜一并上了马。一行人马正是朝着对面而来，冯善伊连忙背过身再躲。

轿子刚行过庙与墙之间相隔的街道，轿中人却忽然喊了停，那轿子硬是落在她的身后。

冯善伊一口气憋在嗓子里，更不敢回头去望。

隔着一扇轿帘，拓跋濬传出的声音闷闷的："回娘娘庙，再等。"

崇之一脸难堪地垂首贴近帘子，只道："皇上，您这两个月来庙前寻了不下数十次。如何能好啊？"

"回去，再问一番。"拓跋濬仍是坚持。

崇之无奈，翻身落马，才又赶去庙前叫门。

轿子便停在那一处，久久不动。

冯善伊窒息得几乎要晕过去，她虽未动，只是身侧的马儿突然蹬了蹬蹄子，便冲了出去。顺喜忙调转马头，朝向她的方向看去，迎着冲过来的鬃马大喝一声："护驾！"一时他的目光却忽然停住，盯着那面贴冷墙的白影浑然发了呆。

鬃马已被随行的几个侍卫困住，顺喜愣愣地向前走了几步，靠近冯善伊。

已是无处可逃，闭眼吸气，冯善伊牙一咬，便立刻转身，与顺喜直视。

顺喜瞬间僵住，嘴张圆，支支吾吾发不出声音。

冯善伊摇摇头。

一下连着一下静静地摇头。尚未来得及戴上的黑纱斗笠握紧于左手，越捏越紧。

顺喜风中空抖的袖子收了收，再眨眨眼睛。

干冽的春风吹散枝头的露珠，滚入她的颈脖中，下意识地一颤。

顺喜张圆的唇抖了几下连忙紧紧抿起，侧过身去，一握缰绳向她摆了摆。他闭上眼睛，只当自己全未看见，示意她速速离去。

冯善伊退了两步，脚下踩过垂落的枯叶发出吱吱的声响，而后那声音越发薄弱，她的步子也是越来越轻，凝望着顺喜退出几步，而后慌乱地转过头去，拎起裙摆奔跑开来。身后的声音被风隐隐约约地吹散了。那是轿子中的拓跋潘在问何事，而后又听见顺喜平静地道了一声："小奴牵的马儿惊了，已被奴才们制下。"

她跑出长街，慌忙转入一条巷角，紧贴着清冷的墙面抱臂缓缓蹲下身子，大口大口地喘气，却仍是觉得憋闷。巷尾处有一对夫妻相拥而来，那女人身怀六甲走在一侧，男人细心地护在她左右，两人相视而笑，几分甜蜜。

不能回娘娘庙，天色又近黄昏，暖暖的夕阳洒落深巷春花，裁剪垂柳淡影。周遭俱是寂静，再行数步，正是一条死胡同。远远地飘来街那头归家孩童一路清唱的歌谣童音。她本以为自己在京中最后的傍晚，是平静祥和，却被吹来的风送来沉沉的冷意。

一道长长的影子落在了她的脚尖，几枝碎柳划入视线，影中同映出那人持剑迎立的倒影。

她抬眼望去，果真身前不远处有人持剑以对。锋利寒冷的剑刃，正滑碎她温软的目光。

深巷的尽头立着一株繁茂苍天老树，草木同影。宗长义从纷纷而落的繁枝密影间走出，执剑愈发靠近她，一剑便当胸刺来。她躲也不躲，面无表情地看着他。上一次在天下第一楼，那时她预先向李敷学了两把刀的功夫，于是宗长义推盏而来时，她小聪明地与他推杯把盏以巧力制胜，自也打消了宗长义的顾虑，让他以为那就是冯熙，与冯善伊一个模子刻出来的冯熙。

剑尖只差她半寸时，忽而偏锋一转，被他收力持在身侧。

宗长义将眉皱紧："你如何不挡剑？"

她绕到他身侧，走着："我挡与不挡，用你管？！"

"砰"的一声轻响，剑尖落地，这分明是冯善伊的声音，冯善伊的回击，冯善伊的任性语气。

"你到底是冯善伊，还是冯熙？！"他颤声问，欲猜而又不忍猜，想信却又不敢信。

她走出几步，没有回身，只是稍停了停，将斗笠掷在地上。

"我是谁不是谁，重要吗？"曾经的满心彷徨落为寂静，心底很空。

她的前二十年，似乎便没有逃脱出拓跋一族的束缚。而这到底是因为她对他们很重要，还是他们于自己才是重要，她再也不想明白了。只希望与魏宫的一切不再见，同拓跋家的男人永无瓜葛，迈出这一步，她似乎就可以幸福。

"很重要！"宗长义举剑狠狠刺入冷风中。

剑气逼来时，束发的簪猛地断裂，风卷起她的长发，有些凌乱地洒落肩头。她低头看见一束碎发轻幽幽地飘落自己脚面，随之踩了上去，步步走远。冷冷地笑，声音同样遥远："是汉符令很重要，不是我。"

宗长义丢落长剑，却没能追上去。身后那玄英的华色香影转入他的肩侧，丝绢白纱蒙面，只露出眉眼，她素手扶起他的一角袍子轻轻拉了拉，露出冷笑："我没说错吧，冯善伊没有死。"

他将玄英一把带到自己身前，捏紧她的下巴，正露出她一双细眸妖瞳墨色流转，微妙而深长之中正隐隐夹杂对他的淡淡嘲弄，而这，最是他看不得的。

"你聪明即好。"他目中光芒一盛，咬牙冷言。

她半是调侃的笑色渐渐转为清冷，长指滑过他脸颊："你问问自己，这世上可有人似我待你的好？"

宗长义别过脸，将她甩出，收起剑来，道了一声："你是个聪明人，应该知道怎样是对自己最好。"

"福君与你一说那女人死了，你便怒不可遏险些败了满盘计划。若非我心起狐疑亲自去冯府瞧见一室之中恰有两个冯熙，你是不是便要提剑去七峰山血洗云释庵？！"玄英笑开了，白纱拂动，几乎要现出她娇媚清丽的面容。

"同那冯熙如何筹措是你们的事，我只要一点——"

"不准伤冯善伊。"玄英幽幽答着，似乎极其明白，"别装作一脸深情的模样让人好笑。喜欢冯希希，心疼冯善伊，不如说你满心爱着那一枚汉符令。"

她冷冷的目光直直穿透他，她太了解他了，因为他们都是一样的人，于是也最适合彼此。

那目光似长蛇狠厉地逼袭他的胸口，一口咬了下去，宗长义握紧的拳用力颤了颤，咽了咽喉咙，口中仍是干涩。他虽厌恶眼前这女人将自己完全洞穿，却不能不承认，真实的自己既虚伪又小人。初喜欢冯希希，便是以为那集父族宠爱于一身的冯氏长女定能传袭汉符令，自那时便苦心经营的计划却因为冯希希的死亡全乱，更于此才将目光投向善伊——那个注定背负与姊姊同生同死命运、一路追索的女孩。

玄英立身而起，直直逼问，声音是歇斯底里的愤怒："宗长义，我为你做了

第五卷　惊梦篇

那么多。你可曾，可曾有心疼过我一回？！"

只是一次，也好。

宗长义轻笑着摇头，才又缓缓看去她，目光无限温柔。

手扬起，摘去她面上的白纱，抚过她莹浅樱红的娇唇，那里正被她紧紧咬着，印出殷色血印，看得人尤是纠结。苍白的指尖染了她唇瓣的血红，他虚了虚眸子，反手将她不盈一握的腰身掠起，垂下头来吻住她的双唇，吃尽那其中腥甜凄苦的味道。

她紧靠着他温暖而宽阔的胸膛，却周身颤抖，挣扎着，一拳拳砸去他的后背，鬓垂而发乱，胭脂渥丹，赤泪横纵。

"宗长义，你如何这样对我？"寂寂地，这一声自心底而发，徐徐流入了他心头。

他终是放下她，手贯入她的乱发，声音依然很柔："你知道我有多厌恶自己吗？"

最后一滴泪迅速滑落，她欲笑，却只抖动了双唇。

宗长义雾气氤氲的眸，全是悲色："所以，我只会讨厌你。"

他们两人相似得俨然如出一辙，她为他做得越多，就好似自己一并做了那许多不能为外人言道的恶事。

"你如今倒是想做好人了？"她轻轻笑，这算什么。走到这一步，他突然困步不前，是在摸自己的良心吗？抑或是，至少在那个女人面前，他不想这般丑陋？

他的眼中落下一滴泪，很淡，哽咽："我真想做个好人。阿英。"

"哈。"她笑了声，推开他，跟跄退了两步，后脊重重地撞了墙头，她摇摇头，满是嘲笑地看他最后一眼，"你真假。"

落日西沉，万家灯火依稀点燃时，一身华色绸衣的女子跌跌撞撞地走在大街上，淋漓落下的雨，浇得她全身湿透，紫色长衣紧紧贴附后背，双膝如灌铅，愈发沉重。她十二岁那年便是跟随了他，从那以后，魏宫中千百般苦她都忍得下，却独不能忍，他说厌恶自己。

为了他，她甚至诬陷过对自己亲如姊妹的小主，并非是李银娣之祸连罪小主，而是为了他的江山大计，便不能让小主生下拓跋濬的子嗣。

嫁祸小主的人，明明是自己；她亲手培养了一个傀儡的李嬿妹，又施计连纵冯善伊除去碍眼的李申和常太后之势。她早先为他布下的一盘棋子本是筹措得毫无漏洞，待嬿妹之子随后册封世子之位，拉拢国舅冯熙等汉臣与内宫沮渠福君联手合力，至那时，十六国皇室遗族揭竿而起，势如破竹。纵是天佑拓跋濬，也无天力可挡。

她是谁？她是天下最聪明的女人，是拓跋濬最信任的宫人，是这场阴谋之后最雀跃激动不已的那一人。她是玄英，也是这世上最可悲的女人。

满大街上，只听得她一人笑声爽朗，雨声淅沥，笑音更显凄厉。冲入冯府时，她更是猖狂，俨然是熟客般上下打发小厮传唤，而后直去廊中，最终立在中庭朝内呼唤："阿姊，你出来！妹妹要做皇后了。阿姊，我们以后要富足了，再不用瞧人眼色过活。"

少夫人胡氏闻听小厮传唤，忙是走出，环臂接住自庭中含泪而来的女子，急急道："阿英，这是如何？"

她冷声打颤："阿姊，容妹妹去见一番姊夫。"

胡氏点头，散去小厮。

挽玄英入了里间，胡氏推门轻声向冯熙唤道："晋昌，玄英来了。"

细雨飞窗而入，冷息清醒了玄英的醉意。转过屏风，她所见到的冯熙只身跪于列祖列宗的灵位前静无声。

宗长义在动摇，如此模样的冯熙也是在动摇。

等不明所有谋策的胡氏退下，玄英上上下下打量着这样宁静的冯熙，目光如利剑。

冯熙睁开了眼，迎上她咄咄逼人的目光，露出一丝落寞的笑色："我冯家之事，再与你们无关。"

玄英扬手打了他一巴掌，长长的一道红印霎时映在他惨白的脸上。她含恨看着他，字字愤懑，声声不甘。

"旧燕复国之计，若非我出力，宗长义如何肯助你？我将亲姊姊嫁给你，助你兴势，并非是等这一句话。"

冯熙别过脸，紧紧皱眉，未出声。

玄英忙道："是冯善伊来过，她改变了你的心意？！"

"容她离开吧，她已是不在乎了，今夜便离京，与你与我再无瓜葛。"冯熙绕过佛前，只身行去书案后，炭炉内烧映红光，书阁间的旧信被一张张扔入火中，燃尽至粉末。

待这些与宗长义私交的书信焚尽，也自会依她的意思禀明皇室，冯氏已亡。

"你说什么？！"玄英紧紧地盯着他。

"她告诉我，要离开了。"

玄英跌了跌，撞到身后的木柱，只心底一个声音最是清晰，若是那人离开

了，宗长义必会亲自追随她。是，只要她活着，天涯海角他必会追随她。不，宗长义只能是自己的，是她玄英的。她这一生，便是为了他活着。他如何能弃她？

她恍惚又醒来，呆愣地望着冯熙，问道："那汉符令呢？"

冯熙心有厌恶地一皱眉，抬起首，耳中浮出她的声音——

"只希望哥哥能做出正确的选择，这牵系我冯族满门的命运。"

耳中反复是她的话，一声连着一声，却没有人告诉自己什么是错对，握紧的拳微松，他转身，声音一轻："我不知道。"

室内当毁之物皆烧了，目送玄英踉跄走出的身影，冯熙凝眸不语，侧靠冷窗，风拂入香梅残蕊，翩翩如蝶。

——宗长义登基后，真的会有所改变吗？燕复国后，便能够百年长存，终不会被残吞倾灭吗？

——拓跋潏至今所为，没有一件错事。

——胡汉同治，有何不好？！

竟是声声断不去她的声音，满心沉闷，虽是亲妹妹，却从来没能看懂她。这个自小便与家人不太合得来的妹妹，终于在最后的选择也是如此异类。午夜梦回尽是亡国灭种的惨境，只她眼中却分明能看到希望，不知从何而来的信心，她便那样相信魏室皇帝的决心？

掌中揣握了一整日的汉符令徐徐释落，冯熙呼出口气，闭上了眼睛。

拓跋潏，暂且信你这一回。

风涌起，雨坠下。

大殿临窗周侧已有宫人升起挡风遮雨的幔子。熏香燃起，扶摇入九龙影壁，金碧辉映。龙案前的那一人执笔又停，抬眼听着窗外飘雨落叶的声音。崇之前来添灯，见案头摆放已久的晚膳动也未动，虽有些急，却见皇帝的面色仍是阴沉，所以不敢出声。

"你们都让开！"殿外飘来一声，守殿的侍卫挡不住，便纷纷跪在雨中。

崇之向外望去，只见团团素白的影子晃了进来，那女子穿的是汉家素衣，长摆极宽，垂至地面，尾袍沾染雨水在风中拂了拂。

闯进来的恰是今日刚入宫的福君娘娘，她正一脸怒气地迎去殿上的皇帝，两袖甩出很大的声响。只是拓跋潏面无所动，便似未闻一般，落笔于毛毡纸间数字，再侧目看了眼崇之，示意他添墨。

"大魏的皇帝，你无礼！"福君跺跺脚，扬声道。自入魏宫，她已是等了好几个时辰，不见帝王真颜便也算了，连一张诏令都没发下，当真是目中无人，无视她高昌北凉，无视她沮渠福君。

崇之尖细的声音传入下殿："你放肆！"

拓跋濬正蘸着墨，清淡地看向殿下一眼即收回视线，语气平静："你是谁？"

福君一愣，眨了几下眼，不慌不忙地凑上几步，与他道："我是来给你做妻子的。"

无畏顽劣的口气，确也像一人，只是这身影差了些许。

拓跋濬再翻去另一本奏折，落眼于字中，笔走龙蛇："脱。"

福君满是惊诧，这皇帝莫不是太急了，她四下看去，两颊有些红："眼下吗？"

拓跋濬头也未抬，只重复道："脱！"这一次大大加重了语气。

福君恰有些扭捏，解着环扣，暗暗嘟囔了一句："心急吃不了热豆腐。"

拓跋濬稍显奇怪地看她一眼，案头的奏折越来越高，直至将他挡去。

福君脱下那一身素色莲纹衣，只剩贴身的亵衣，身侧宫人一个个将头压得极低，她初时还有些害臊，只脱下一件，就无所谓其他了。她正要扯开衣领，眼前猛地走过来个玄袍冠发的男子，滚金的龙靴停落在她脚边。福君摆出一脸温柔可人的模样，含情脉脉地抬首，自那人宽阔而又清瘦的胸膛向上望去，温玉清透的脸，无可挑剔的鼻唇，琉璃色深不见底的眸眼。只是瞬间，她承认自己有些窒息。料想在北凉时哭哭啼啼不肯入魏宫，皇兄那时劝她道魏帝英俊文雅，翩翩美君子。她那时多少有些不信，如今近观于眼前，但觉自己一身都瘫软了，身子朝前一跌，便是投入他的怀中。

所谓英雄抱美人，便是这般光景，她有些享受地轻垂双睫，直到那一双臂稳稳地持住她。

"谢皇——"刻意放柔了声音，娇滴滴抬起媚眼看清楚时，却刹时拉下脸，唇角的肌肉在抽搐，"你是谁？"

"小的崇之，没惊到娘娘吧？"崇之埋头一笑，松了手。

福君气得瞪目："谁让你碰我了？"她四下寻找拓跋濬的身影，稍一回身，见得拓跋濬已拿着她脱下的素衣远走了几步。

"皇上，"福君奔上去，挡在他身前，"您拿我的衣裳做什么？"

拓跋濬不无奇怪地看她一眼，随即黯下目光："这不是你的衣服。"

福君先是看了看那衣服，再看向拓跋濬，终于明白过来，只觉好笑，一时愤懑满胸，迎向他的背影，开口道："你以为我喜欢穿死人的衣服，难看死了。"

【第五卷】惊梦篇

本要走出的拓跋濬猛地站住，抬手扶上门壁，他没有回头，神情渐趋怪异，一字一句吐出："你说什么？"他的容色虽是极淡，只琉璃色瞳孔中那一点闪烁，逼出仄仄光芒，便连身侧崇之看去只觉双膝发软，站也站不稳。

福君总算觉得自己说错了话，心下恐惧万分，怯退了几步，摸到身后的一角案子，咬唇不语。

再转过身来的拓跋濬一步步而来，手中将那衣物攥得更紧。

他扳过她的肩膀，皱紧额头，低低的声音空远而又疲惫，似乎沉郁到了极点，所有的情绪都空了。

"这宫中没有一人敢同朕说一句实话。"

缓缓地，福君抬起头，咬紧牙。

拓跋濬冲她点了点，干裂的唇一张一合："只你说一句实话，朕位升你入三夫人。"

福君忙摇头道："皇上我错了。我不做什么三夫人。我什么都不知道。"

"想死吗？"但不知为何，一抹冷笑浮在他唇畔，他捏紧了她的肩。

福君睁大了眼睛，猛摇头，直到将自己晃晕了，仍再不敢开口说一个字。

"她死了！"这一声，似由九天之外而来，缥缈不实，轻悠悠地落在大殿之上。

大殿朱门由外推开，扑入一片冷雨飒飒。寒意滚入拓跋濬目中，他颤了颤睫毛，顿时心凉如水。福君一抖，从他腕中挣脱后几乎是滚落地上，跪于漆黑中颤颤发抖。

众人簇拥下的常太后夹着满身湿气而入，层染刺绣的锦绣丝缎拖曳在冰冷的砖地上，鬓间灿若星辰的碧簪在月光下渡出一色冷凝肃杀。她的身后都是绝美的华服女子，依次而入的李婤妹、曹充华、乙夫人，甚至才由潜邸中召来的李申。众妃之后才又是尚书三十六曹诸权臣，如今她召集内宫所有嫔妃与重臣齐齐入殿，便是要来向年轻的帝王宣告，那个女人死了。他两月来夜不能宿昼不能食奋力寻求踪影的冯善伊已死，这大魏内宫的格局必要革新。

拓跋濬朝向这满殿齐散华彩流光的女子们与面色肃然的朝臣直起了清癯之身，他将他们一一看过，持稳平定的微笑，还有目中隐隐的凉意，便似于他最大的嘲弄。他如今总算明白她的辛苦，她活在这魏宫中有多不易，如若堕入寂静的漆黑中，周侧全是敌人，每一抹流光中暗藏的笑容都是欲将其逼至死境。

常太后轻喘了一口气，由身后宫人持上的玉盘中接过一纸奏疏，"冯王氏代冯熙之名的奏上回文言是清晰"，冯昭仪薨亡。如今便由她诏告群臣众妃，将这事实确凿："尔等听着——"

"尔等听着。"拓跋濬突然张口，截下这一声，冷冷望着众人，咬牙道，"朕要立后。"

满殿顿时静下，众人皆是一脸目瞪口呆。

常太后压了口气，静闭了眼，再睁开时，气息才平定："皇上，此时不是谈立后的好时机。"

拓跋濬转去殿上，衣袖扫过满案奏折，满目刚毅地仰起头来，朱红的火烛映出他的决绝坚毅。雕花窗摆被风击开，咿呀摇晃，殿中火红光焰一时明一时暗。

中正淡漠的声音从九霄云殿缭绕而出，龙椅之上的拓跋濬字字铿锵："太安二年春正月乙卯，立皇后冯氏。"

"皇上！"阶下太后空念一声。

"殿前尚书何在？"拓跋濬冷声传唤。

自有一人上殿行礼，跪禀："臣在。"

"拟旨，传诏。"拓跋濬闭眼，已是平静，心绪再无一丝波澜。方才胸口油然而生的一股烈火炽焰悄无声息地压了回去。

殿前尚书不敢应，探问的目光寻向身后众尚书，接二连三，朝臣一一跪地，痛声要圣上三思。拓跋濬看向他们，唯知道这一群人只不过都在看太后一人的眼色行事，他好笑又好怒，立起身来，朱笔握于掌中已是捏断。

他一时淡笑，却不语。

帝王若是怒，此番朝臣尚以万全的准备接应；如今他笑起来，只叫人慌。

顶头的殿前尚书将额面贴地，痛声哭泣字字锥心泣血，所言皆不过帝后乃国之母，关于朝廷社稷，一国安危，切不可轻率。

拓跋濬挑起眉来，带着讥讽看去那人："诏令天下，如有不尊，或以言辞不敬者，杀无赦。卿若再执言半字，同斩不误。"

夜风凉凉，由殿下而上，自是一派死煞寂静。拓跋濬缓步绕下殿，踩过玉凿鎏金的墨黑地砖，细密紧线织绣金龙的长摆垂下，缓缓拂过冷阶，玉珠旒滑坠金穗。面容所书是那样的冷素沉静，停步时，不怒自威的声音扬起："朕少年登基，是踏着叔父的鲜血迈上这宣政大殿。陇西屠各王景文、司空京兆王杜元宝、建宁王拓跋崇、其子济南王拓跋丽、濮阳王闾若文、征西大将军、永昌王拓跋仁，朕所赐死斩杀的这些人当中，有哪一个不比尔等位高权重！有哪一个不是为大魏立下汗马功劳？！"

他将自己少时为平天下稳社稷杀来的重臣之名一一报来，每个名字之后都是一族百余口性命的株连。这番话听得阶下重臣心悸连连，便是容色如花的妃嫔们

亦失颜惨淡，贴着殿门的一些朝臣宫妃此时已悄悄撤着步子欲出。

拓跋濬猛地转过头来，吓得跪地之人俯身更低，站立不稳之辈更是瘫软跪地。

"尔等若想以丹心碧血祭社稷，朕自可成全！"最后一言，掷地有声，他收敛目光，抛却众人，猛由侧殿而出，只行了几步，才觉得方才胸口强压下的一股炽焰席卷重来，浊气逆行其身，抬眼看向漆黑前路顿时金光强现，气血逼涌于胸，喉头一甜，一口血便欲涌出。他只强行撑住，牙关紧咬。

众臣宫嫔此时皆不敢抬首，未有一个人看出帝王的不妥。拓跋濬便是借此时机猛又走出几步，放下身后垂幔掩上凌乱的步伐，他出臂抵去一侧冷墙扶紧，挪出两步，唇边一抹猩红缓缓滑下，而后滴滴坠在玄色袍衣上，素白的手腕亦沾染了血色，直至挪移的脚下带了一条淡而长的血印。

绛色长幔随风抖了抖，乱发蜿蜒飞摇，他渐也走不动，胸口闷堵至窒息，推开手侧一扇窗，月色映着他满襟点坠的妖艳红光，冷风扑入，虽猛吸了几口气，却又滚出一口血。清俊沉毅的面容上终是浮现出一丝无力怅惘。

脚下的风袍似被人捏住轻轻抖着，毫无气力的目光淡然落下，一双凤目暖瞳恍惚浮动在眼前，是沮渠福君。她方才已是惊傻，逃下殿后便欲窜出，只躲在这帷帐后不敢出声。拓跋濬走出时，她更是躲于暗处，不想刺激这头受了惊狂怒的豹子，直到借着随窗照入帐中的月光透出几色血光粼粼，再见那青砖碧玉间映显出长长一条血印，才惊觉拓跋濬不适。

拓跋濬满是疲惫地合了双眼，声极轻："扶朕出去，不要惊动任何人。"

福君慌乱点头，悄悄立身搀扶起几乎不省人事的拓跋濬一步步挪出，临出殿时，清冷的风吹起两人的衣摆，福君累得连连喘气，拓跋濬被冷意激得一醒，袖笼中的手颤了颤，即攥上她。福君将他扛在肩头勉力拖出几步，侧首打探时，见他冷眸轻抬了抬，口亦是嚅嚅似有话欲言。福君贴过去，想听清他要说什么。

拓跋濬握着她的手突而一紧，声音却极轻："你告诉我一句实话，她当真是死了？"

福君觉得满腔酸涩，对这位异族帝王，她如今既同情又感动。只是垂下头去，似怕惊到他，将声音压得极弱："我倒是看见她的棺木了。"

拓跋濬再也没有出声，怔愣之后，缓缓松开握她的手，染血长睫颤了颤即合紧。

她拖着他又行了几步，肩头似有什么滑了下来，而后胸口冷襟越来越湿，她初以为是血，却没有闻到腥气，垂首时却见自己的衣肩上不知何时落下泪痕，尤是那肩头一朵碎荷润后翠色化靛。

"你别哭啊。"福君皱紧了眉，竟也想哭，酸酸涩涩好不凄楚。

廊前隐隐约约扑来一个人身影，那人着锦绣华服，步履极快，见到福君二人，虽也有惊，却全无恐，反是熟悉地从福君身前扶过拓跋濬。福君见她这身宫装似宫女又似小主，便退了退，将这烂差事全手交出，魏帝便是死，也不能死在自己手中，怪晦气的。

那女人坐在廊前，将拓跋濬扶上座。让他平躺，再扳起他的头放在两膝间，捏着他面中穴位，声音轻柔："皇上，奴婢来晚了。"

福君看一眼她，只觉这女人不算盛美，却也清丽，言语中便好似亦仆亦妻，甚是亲密。再见她从袖中取出一盏琉璃翠瓶，倒出颗丹色药丸塞入拓跋濬口中，动作敏捷利落，似是极其晓得病理药效。服药之后，才又替他抚胸顺气，再稍许光景，拓跋濬果然醒了过来，虚弱地抬眼看向眼前的女子。

"皇上，玄英来晚了。"那女人又是重复一声，便端起他的手握在掌中。

拓跋濬似是放心，神色缓了许多，轻轻出声："几时了？"

玄英一点头，目中幽光泄出："已入子时。"

拓跋濬点了点头："子时了。回昱文殿。朕再等等她。"

玄英领首，扶他起身。福君退去一侧，望着他二人身影远去，渐渐消逝在漆黑的廊道中。雨越下越大，满廊湿气，豆大的雨滴，似玉珠滚落。福君抬手一握，溅得满面湿润。这才是她第一日入魏宫，却比在北凉宫的任何一日都要惊心动魄。重重宫墙蜿蜒起伏，巍峨的碧阙朱殿，皆是缭绕在一团浓重的水雾之间，漆黑而又沉郁，这便是盛极北朝的魏宫。

【惊梦篇·第三章】

子时，风雨更盛。

大雨顷刻之间便将平城泡得湿气霾霾，冲落而下的枝叶如浮萍般飘洒一地滂沱。西城门正是低洼，由高处流下的水几乎漫上脚踝，冯善伊不得不蹚着水，走到更高处等候。斗篷已是淋透，从头到脚的寒彻。守西城门的侍卫从前是冯家的旧臣，和她颇有些交情，所以才答应今夜放她西逃，逃出城后率先要去灵隐寺领回小雹子，而后再上路。她本是筹措齐善，只等这一夜，但说好的是子时，那人却久久不至。

是被大雨挡了路吗？还是旧伤复发身子不好？或是，遇到了什么仇敌已是脱不开身？

想过百般理由，仍是孤身一人凄凄地立守城前，哀哀望去那团团漆黑的远方。身后的侍卫朝她催促着，说是子时三刻一过便要封锁城门，自那时便不得出了。

"娘娘，如今看来，您还是先出城。过了今夜，再想走便难了。"

冯善伊空落落的目光扫向他，喉咙烧灼着疼痛："什么意思？如何过了今夜就不得出。"

那侍卫只隐忍垂首，任雨水滑过刚毅如铁的面颊，再无言。

她忙回首，看向雨蒙蒙的远处，本是墨一般沉寂的冷夜泛起星点火光。耳边刷刷的雨声，渐渐掺入许多杂音，她脱下挡风遮雨的黑袍斗篷，视线顿时明朗，脚步更轻快许多，轻盈的麻制衣衫荡在因奔跑而扬起的冷风中。她奔上城楼，举起一束火把，眺望远处时，视线顿开，仿佛宫中的朱门开了，近百名禁军侍卫纵马而出，人人手持的火把连成那一片泛盈的火光。

"你胆敢叛我？！"她朝向那追上的侍卫喝着，声音嘶哑而颤抖。

"臣万不敢欺瞒娘娘，并非臣出卖娘娘。"那侍卫跪地，铁色冰冷的头盔闪出晶莹的水滴。

自宫门而出的禁军一路纵马越过京城的大街小巷，一面高声呼唤着什么，隔着雨声，那模糊的声音越发清晰，渐渐逼入耳中。

"太安二年春正月乙卯，立冯氏为后。诏令天下，如有不尊，或以言辞不敬者，杀无赦。"

"立冯氏为后……"

"诏令天下……"

"杀无赦……"

隆隆雷声，滂沱大雨，充斥着这一声声。这些声嘶力竭的呼唤，无不是在传下天子诏令。拓跋濬便是以这种方式诏告他的天下子民他为他们选了一位国母。在这一场骤来的倾盆大雨中，在这狂风疾雨电闪雷鸣间，在这铺天盖地的寒冷雨雾下，一位帝王，以惊醒沉梦中无数黎民百姓的代价，向世人宣告着他的固执与威严。他不过想立一位称心如意的皇后，却逼得他以这种方式诏告天下，如有不尊不敬，皆杀，无赦。

他的背后，是权力的惊涛骇浪涌动于这一场八方风雨中。

瑟瑟抖动的长袖僵冷，木然地转身，她问跪在身下的那一人："到底，是发生了什么！"

"子时之前，皇上突然发诏立娘娘为后，而后急令各督衙迅速传旨。如今又命禁卫军千人声声相传，广诏民间立后之事。娘娘，小的给您开城门，您这便走吧。皇上这是不惜惊动全京城，也要让您听见，召您回去。"

"为什么？"她摇摇头，两行清泪顺着脸颊滚下，犹如雨水染落容面，"拓跋濬为什么要这么做？为什么？"

那侍卫连忙将她拖下城楼，身后官兵的队伍越发逼近，火光渐盛。城门被那侍卫摇开，他拉着她便欲将她拖出城外。她固执地摇头："不行，李敷还没有来。我不能弃他不顾。"

"娘娘，如今怎还顾得他人？！"

"你不明白，不明白。"她哽了哽，声音哀哀的，"若我逃走，他们一定会拿办李敷，我不能连累他。绝不能。"

"娘娘，那些人不会轻易任你坐上后位的，您若不走，以后更是艰险。"那侍卫一急，连连将实言道出，"臣方才在营中得旨而归，营台将军皆是太后的人，他们早先传扬娘娘薨逝的消息。如今更是布下天罗地网，待娘娘一出现，便是……"

"便是什么？"她冷声问，魂魄似乎又被吸去几分，满心空洞得发虚发木。

"格杀勿论！"

皇帝的人，说如有不尊不敬，杀无赦。太后的人，便以一言"格杀勿论"欲先拿她脑袋。不过是一场立后之争，俨然成了朝中两派死斗，而两派之后，却另有隔岸观火企图坐收渔翁之利的宗氏党派！三力相争，牺牲品就是自己。难怪李敷要她走，难怪文氏李弈皆抵上命替自己隐瞒去留。

"我不走。我要等李敷来了再走。"缓缓摇头，立直身子，回去城楼前便迎身站在那一处风雨骤狂的中心。若是率先冲上来的是太后的人，那必是她死；如是拓跋濬的人，逃过这一劫，终有后难。她已做好了最坏的打算，如是命，那就任死亡的利爪这一次狠狠地扼住自己的喉咙，结束得痛快一些。

"娘娘。"侍卫扑腾跪倒，痛声垂涕，"李大人不会来了。子时之前，娘娘庙便被太后的人团团围住，李大人此刻已难是自由身。"

果真如此，她所做的一切都在预料中，它是最后那一种，也是最坏的一种。

"如此，我便更不能走了。"她甩落那侍卫的手，冷声喝着，全身已被雨水浇透，前额的发贴面，她完全睁不开眼，"四岁时抛弃了子民，而后弃了姐姐、父亲、族人；在魏宫我放弃了拓跋余，弃了宗伯；云中那一路我又抛下赫连自己逃命；为了回来，我甚至弃下一双儿女。我这一生，弃了那么多，负了那么多。不

【第五卷】惊梦篇

能再多一个李敷,绝对不能。"她这一生可以被弃,却不能再弃了。

纷至沓来的马蹄声踏得脚下的每一寸土地都在惊惧中颤抖,迎面而来的灯火越发贴近,映出自己一张格外通红的脸。她仰首望去,那银色钢盔下的冷眸杀机勃发。她似乎能听见那一声拉弦张弓的寒音,"呲"一声足以割裂最坚硬的石头。那矢尖正是对准了她,弓满如月,雨落如屏,被雨水浇灭的火把绕出青烟。隔着青烟雨雾,她竟觉前所未有的平静。

冷箭颓发,却也足以致命。闭眼之时,被身后忽如风至的一人拦腰卷入长麾之中,随着他起力的步伐转身相躲,染着青竹的淡香,是她熟悉的味道,他湿漉漉却又温暖的胸膛,自也为她竖起一道最坚强的屏障。他护住她,抬臂出手,稳稳握住那一柄箭,掌中发力,冷箭瞬间断成两截,他冷冷掷在脚下。

只是瞬间,方才积压的所有阴郁和担忧尽随雨水东流去,升起一丝欢腾,满心愉悦。目中所有的冷泪散去,冯善伊扬起头来,看着身前同样被淋成雨人的李敷,重新笑了笑:"你果真来得及时。"

李敷垂眼与她目光相接,同升起一笑,虽是别扭,却也比从前好看了许多。

"一路上收拾那些小喽啰费了些工夫。许诺于人,又怎能爽约?"

众人的马已把城楼口围聚起来,跳下马的侍卫手持火把抬剑将他们团团包围。反倒是李敷与冯善伊没有退一步,任他们笼住。

她握着他的手一紧,才又缓缓松了开,一脸轻松道:"如何好?又泡汤了。"

李敷低头看了两人尽是泡在低洼的水中,脚踝尽是淹没,才又道:"嗯,确是泡汤。"

肘下发力,轻轻给他一拳,她含着笑解释:"我是说私奔的计划。"

李敷"噢"了一声,似乎才反应过来,闷闷地问她:"怎么办?"

"下次吧。"冯善伊叹了一声,拎起裙角,"总有一次要私奔成功。"

她蹚水迈出去几步,回首看着李敷,突然很认真地笑了:"总有一次能成功吧。"

李敷紧皱的额眉徐徐舒展,予她一记点头。

"我信你。"回望李敷,清丽眼眉中藏着几缕温柔。她这一生中还从未如此般相信过一人,然李敷也从没让她失望过。

转首环视周遭,她扬起头来,气势满满,朗声喝问:"哪个教你们的规矩?面见当朝皇后,尔等不跪,持剑相对,何以如此放肆!"

李敷略带赞许的目光追随着她,如今她容色惨淡,浑身狼藉,却一脸凛冽、傲视旁人，那气势，那声韵，那强行撑起的目下无尘，确实像极了位登六宫之首的极盛女子。耳畔似是又响起几刻前的话语，那女人声声温柔地规劝，与他道："冯善伊是天生的千岁，没有她，魏宫只将面对一场无穷无尽的劫难。命授于天，她这一生注定为所有人坚强，而不能仅仅为自己而活。"

如今，她可是还在暗中遥遥观望？！

李敷微微向右首看去，那不远处停落在葱葱苍木之下的马车正欲离去，车帘轻轻扬起，扶起帘子的皓腕如雪莹白，一女子蒙着遮面黑纱的侧影缓缓映出，蜿蜒垂下的长发飘出帘外，流曳出月华皎洁的幽色，水雾迷蒙。

车中女子朝向李敷颔首微笑，他亦点头回应，目光交汇中诉说着许多不能言的隐秘情绪。

那女子放下帘来，马车顷刻蹚出水洼，缓缓驶向南城之中。马车行得极慢，是因为车中女子不便车马劳行，内中伺候的丫鬟替夫人摘下黑纱，略添了责怪道："夫人身怀六甲，趁夜而出，又是和大人对着干，此次回去，大人必是要怒。"

"怒了，便由他打。"那贵妇说得轻快，确也觉得疲倦，朝后倚了倚，腰后垫了衾枕才是舒服了许多。

小丫鬟"扑哧"一笑，知是夫人说笑，大人疼紧了夫人，如何还敢打？自是小心翼翼，捧在手里都担心磕了碰了，如何能硬下心肠出手？

那娇贵妇人亦是一笑，抚上自己高高隆起的肚子幽幽道："我如今有靠山，才不怕他。"

"可是大人会不会因此被太后治罪？"小丫鬟添了一句。

女人低头，把弄着手中软玉，自也有些担心。马车突而停住，全无声音，遣小丫鬟出去探了几眼，那小丫鬟反倒跳了出去。帘子再一掀，探进来一张阴沉得发黑的脸，是李昕。

那女人先是惊了，才又忐忑挪了挪身子，由他身落侧位。

马车重又稳稳驶出，女人连吸了几口气，偷看了眼身侧不说话的冷面人，心虚一叹："夫君，我错了。"常太后命李昕出动人马围住娘娘庙，押禁李敷，但她却使出一招釜底抽薪，偷去他的令牌助李敷脱身。都言夫妻同心，其利断金。只他们成婚倒也许多年了，金未断成，互相拆台的事确实做了不少，两股劲儿就未往一处使过。

李昕看了她一眼，虽满满的责怪，出言时却极是体贴："你若想救那人，只告诉我一声便好。何必辛劳自己？这一夜风大雨急，万一有了闪失了，如何值

得？！"

女人柔柔看了他一眼，摇摇头："我又要夫君为难了。后怕的事不及去想，太后那里你要如何交差？"

"无非是挨一顿臭骂，也不至于皮肉之苦。"

"索性辞官不做如何？"

李昕只笑不应，抬手勾勾她的鼻梁："不做官，怎么养你和孩子？！"

她沉入他的臂弯，靠在他的胸前，声音极弱："我每天都在怕，怕一觉醒来你就不在枕旁了。"

"那是为夫要出早朝。"他握紧她的手，牢牢包裹住她，一刻也不想松开。

"我仍是怀念从前在石城的风轻云淡。"

他抬手抚弄她的额发："总有一日，为夫便与你同归旧地，守着茫茫青山只过那闲云野鹤的清闲日子。"

她点点头，贴他贴得更紧。

他似乎又想来一事，颇有些在意道："你曾说暗中喜欢许多年的那一人，竟然是李敷。"

他话说出，她便想打他，红着脸轻砸了他的肩头，却被他把手握住。

她幽幽道："多少年以前的事了，你还拿来羞我！"

"旧情人见面，他就没多看你两眼，你也该让他看看你的肚子。"

她"扑哧"一笑："他那个闷，必是不敢多看我一眼，也没有那个心看我。他并不知道我曾经的心意。"

李昕果真觉得奇特了，悉心问去："为何不告诉他？"

她凝眉浅笑，微红的绯色晕染洁白如雪的容颜，齿间含香："他心上有人。"

"我家娘子貌比天仙气韵若神，如何比不起他的心上人，你又如何不敢说？"李昕轻轻一笑，实在觉得她这理由薄弱了些。

似乎陷入漫长而又遥远的回忆，那些零星入梦的岁月，似春期烂漫而发的花枝在心中枝蔓发芽，团团簇起绽放。那曾经也是自己最美丽的记忆。

"因我看得出，他心中只容得下我那姐妹。而我也能看出，她确也在乎他。"青丝披落肩头，她仰头冲自己的男人一笑，灼灼风华，"他们是我最重要的人。我自己说穿倒是痛快，他们二人便不能再坦然面对彼此。既不是我的良人，又何必毁了他心中期盼？"

李昕叹了一声，捧起她的脸缓缓抚着，这般美好的女子，是他三生之幸才有她相伴此生。他搂她入怀，吻着她香鬓："夫人的心这般善，可偏偏别人看不到。"

"那是因为我只想躲在夫君的背后,由夫君为我遮风挡雨庇佑一生。"

"阿莘!"他突然唤着她闺名,声音一沉,"就算天下人负了你,李昕也绝不负你。"

目中隐约湿润,她仍是含笑:"我希望你能守我一辈子。希望你们都好。"

善伊,最想你,能好好地活着。

"面见当朝皇后,尔等不跪,持剑相对,何以如此放肆!"

声如金石,字字铿然,凌乱湿发于风中扬起决绝的姿态,一身淋漓素衣却撑起八宝云纹的华章气势,冯善伊自觉从未有一刻如此镇定,置身于风头浪尖处,高高至上的权力是她最尖利的武器,最坚强的防备。

透过铺天盖地的雨雾,士兵摘下由雨水浇漓冰冷的铁灰色头盔挎在腰间,迎着城门的方向跪了下去,冷剑刷刷落在满是泥泞的青砖间,首排的禁卫武官率先跪下,而后一排又一排的士兵跪落于她身前。

她四下望去,环身面向城楼的方向微微后退。排山倒海的气势俨然引她站立不稳,再退一步便欲发软跌落。脊背重重撞去身后一面宽阔的胸膛,凉凉的呼吸由她后颈间窜入,她愣了愣。

身前那些跪了满地的士兵一个个垂下空洞木然的目光,听见那声声山呼,并非是皇后千岁,而是皇上万岁万万岁。

是万岁,而非千岁。

身后那一堵人墙是坚硬的,胸膛是暖的,呼吸是平稳又清凉。

纤长又浓密的眼睫染着浑浊的雨滴垂垂覆落,仿若一团死水,顿时失去生机。

她转过头,静静仰视起身后那一人,那玉冠金袍的万万人之上,他的面孔极尽苍白,比狂风中凋零而飞的梨花更凄艳,晦疑莫测的沉默表情掩藏着内心因失望而凝结的寒冷。她从没有惧怕过拓跋湑,甚至任何帝王,然而在一刻,他琉璃色的冷瞳中所映出的自己,写满了惊惧。

雨势减弱,云雀刺穿青灰色阴霾的天空,在古老陈旧的城楼之上盘旋着,震动双翅的声音如呜咽之哀鸣。

瑟瑟发抖的双袖,已不知是因惧,还是冷。

干涩的喉咙发不出音来,只见得拓跋湑毫无血色的唇抖了抖,便向她展开双臂,环腰抱起她。双足腾空的瞬间,她的心猛一轻,贴靠他胸前,才能感觉到他

体内五脏六腑都在颤抖。他颤抖得那样厉害，步履那样仓促而又不稳。崇之前来助他，被他冷眼制止后便不再敢抬头。

拓跋濬抱着她连走出数步，众士兵忙让出一道，冷袍沾风带水，他同是由泥泞的雨水中蹚步而出，将她一把丢入龙辇中。

脊背撞入后座，她惊痛却不敢出声，扶着玉栏瞧瞧打量同入辇来一言不发的拓跋濬。往日的伶牙俐齿，如今却不知从何开口。

"这身衣服，很配你。"她很蠢，蠢得只能借此交流。

拓跋濬闭上双睫，唇瓣一抖，没有出声。

她咳了咳，继续硬着头皮找话说："臣妾这一次深入民间，体察民情，实有所得。自回宫后与皇上一一道来。"

他将头垂下去，袖手颤了颤，猛地攥紧身侧她之腕，狠捏着不松。

冯善伊吃痛，又不能挣扎，无奈另抬起一手，极是诚恳："我错了，只错这一回，绝不再犯。"她说时亦觉心虚，一句"绝不再犯"貌似便与他说过不下三四次，多得连自己都记不住。

拓跋濬缓缓垂下头，一滴雨珠自他冷睫中轻落，深抿的唇未发出一丝声音。

冯善伊叹了口气，同低下头捏着自己湿漉漉的袖口，终于苦笑着摇头："你知道我绝不会同自己的姐姐出手抢男人。为何又要如此固执呢？你需要一个皇后，可我更想要家人。我——"

一色凄艳的红，落入她冰冷的袖盏。

那一只与他紧紧缠握的皓腕，冰冷又僵硬，猩红的血顺着袖盏滑入指间。

她茫然地抬起手时，方才一刻仍紧紧箍着自己的手腕猛地落了下去。

她用颤抖的五指捧起他的脸，自唇角流出的血染脏了她的手。以手作帕，她替他抹去那些猩红，将他的头摆正，试图扶稳，只是每次他都要顺势倒下，最后一次他倒入她怀中时，她总算放弃。扶着车栏撑起身子坐稳，将他的头贴在怀中。马蹄滚滚声，连着稳健有序的步音重重砸落她心头，她想抚摸他冰冷的额头，却只是落在他鬓侧，清晨微暖的光曦隐隐滑过她五指间，如墨黑发中，几缕灰白正是刺眼。她初以为是光线的作用，背过身去挡住晨曦，垂首看去时，泪仓促而落。拓跋濬只不过二十岁。

新鲜的雨气从时而抖起的窗帘中扑来，虽是寒意徐徐，她却感觉不到冷，因为她怀中拓跋濬的身子已是冷得不能再冷。

辰时未刻，车辇拥入中宫广场时，百臣已齐齐跪于御道两侧，风极大，扬起他们的朝服大摆，冠高而威严，他们肃立如雕刻的面容比大魏丰碑更坚毅。一夜之间，由常太后召集的鲜卑大臣，已是团团围跪在宣政殿前的御道之上，这一条拓跋濬必落车亲自迈上的金阶。

车辇停入阶前，稳稳一落间，她垂首捧起双膝间他沉静的脸，贴在他耳侧，她的声音极轻："要下辇了。你从来说祖宗不可破。"

两侧帷幕似由辇外随侍的宫人举起，她冷光一闪，随即咬牙落声："放下去！"

随即便又沉沉放落的帷帐依然挡风遮雨，同时抵挡着日升时强烈的明光。

她附在他耳边，依然轻轻道："怎么办？挡了好些人。我要同他们说什么。你醒来好告诉我。"

她捏着他的手紧了紧，帘外是崇之请帝后的唤音，已是提醒了许多次。

本当是慌乱，可她竟能平静地掏出他袖笼里干净的帕子擦净了他的脸，而后将他半身放平在座上。跌坐在他面前，她又是问："你到底要我回来为你做什么呢？我还需要为你做什么？如果你死了，我仍然什么都不能做；如果你死了，一切也都失了意义。你好歹醒来，嘱咐过了再睡。我是真的看不懂你了。人怎么可以活得那么固执呢？！"

车外是鲜卑贵公乐平王率众王公以命请柬，高举削藩降爵的辞书，声声言称汉女不可立魏后之种种。他们喊得愈烈，辇中冯善伊的心便愈静，静到空无一物。

"冯狗的女儿，如何贵为帝后？！"

这一声由帘外传来，极是刺耳，冷风滑碎目中最后一次残存的温意。

她微微笑，看着他："拓跋濬，你是要我回来一同面对这一切吗？还仅仅是想留个烂摊子给我？"

他腰间的长缨玉穗随风摆了摆，寒袖在拂，发也吹乱了，只他仍是不肯醒。

"罢了。"她一咬牙，笃定道，"我做给你看就是，如果这确是你想要的。"

决然起身，素手抬去那一帘长幔，清冷的日光映绕她半鬓光华。她立于车辇之上，扶栏定定望去辇下围堵的百臣众臣。一个个都是大魏养出来的包衣奴才，朝廷予他们吃穿，供他们享乐，如今叫嚣最猛脾气最烈也是他们。她如今好好看了他们一番各自的模样，唯想要记住一张张脸。

俨然有之后的几人微微垂首，遮掩着俯身。

她一笑，只道："别低头啊。能抻着脖子叫嚣，如何不敢让本宫——瞧清尔等尊颜？！"

"妖孽！"行首撑地跃起的乐平王冷喝而来，扬摆起袖言得放肆，"你父亲于宣政殿给老子们跪地学狗叫时，你也不过小儿一个，如今竟也想着将我等三朝老

臣踩于脚下。"

冯善伊虽是定定看着他，目光却是越过他隐约睨到身后与众嫔妃伫守一侧的常太后。那淡定素雅的贵太后如今正自向她投来骄傲的冷笑，便好似胸有成竹般，扬起下巴意味深远地冲她轻摇了摇头。冯善伊心中冷笑，却又是一凛，常太后必是做好了万全之备，只如此草莽行事顽固执著的拓跋濬也会同时布好对应之策吗？

"羽林郎何在？！"冯善伊冷喝了一声，袖笼中黏湿的手微攥紧。

应声跪地持剑而来的禁卫军，双双跪地只道："羽林郎于判、元提在。"

"拿下乐平王，再有喧哗滋事，同与拿下。"一丝寒意滑过，她顿息。

跪于地间那二人分明是在犹豫，面面相觑着，握紧的剑不待抽出，身后乐平王更是叫嚣："荒唐。你是什么东西，指派羽林郎拿我？！我与太武帝纵马沙场平复叛乱。一举覆灭胡汉十国时，你又在哪里？！"

冯善伊挑起眉来，同样的笑，却更含深意："本宫是魏帝后，尔是臣，本宫拿你如何不可？！"

"我要见皇上，与皇上亲自评评理。冯狗之女岂能为后？！"乐平王怒发冲冠，甩下衣袖，自朝前进了几步，一脚踢开跪了满地的奴才，直欲冲入辇。

冯善伊只冷瞥向崇之，横眉冷蹙。

崇之便挡至辇前，将乐平王拦住，声言极重："乐平王自重！"

"微臣求见我皇万岁！"乐平王扯着嗓子喊入辇中。

帷幕只一抖，半刻无声息。

辇外众人皆是敛息，四处探瞧，仰头欲打探金辇，只迎上冯善伊乍寒的目色才又谨慎垂首。

冯善伊步下一级玉梯，迎向乐平王，一字一言冷声："皇上他说，不愿见到你。"

"胡说！"这一言激得乐平王冲昏了头脑，举剑便冲上。

羽林郎二将终于抬剑以挡。

冯善伊只退半步，乐平王的剑由她鬓间凛冽擦过，便由羽林郎击落于地。他二人将乐平王制于辇外，跪地自朝向冯善伊请罪。

冯善伊扶紧一端袖口，幽幽念："御前拔剑，乐平王欲要逼宫造反吗？"

冷声掷地，字字铿锵。

乐平王怔愣，望去脚下垂剑，最后一口怒气横截于胸。

"拖下去。"冯善伊予羽林郎一记眼色，转身上辇，抬起长帷珠帘，淡淡回首，吐字清晰，"斩！"

一抹烈阳穿过了沉霾许久的阴日。

宣政殿。

朱漆金匾高高宣于百级玉阶之上，笔力遒劲的三字所发出耀眼的光芒直要冲破视野。阶下随风而起一袭袭华服衣摆，拂摇如云海，众嫔妃不时地垂下目光互相打量，试图由身侧人视线中寻找对策，面面相觑无语凝滞后，又皆是向迎于首位的常太后看去。这一刻，哪怕常太后的一个眼神，都是肯定。

"冯妖！你胆敢——"乐平王最后冲口而出的声息由羽林郎两侍卫止住，怒音转为声声呜咽，渐渐飘远，人亦由禁卫军拖去。

广场下静声一片，常太后吸了一口气，方才平静的微笑缓缓收敛下。

"太后。"一个小妃侧身轻喃着，意欲提醒。

常太后冷笑着掀了一角裙袍扭身离去，华摆顷刻摇转，尾随的众人忙又快步追过去，摇摇晃晃一行队伍走向西宫廊道。李申落至最后，久久不动，只目光朝向车辇停落的阶前呆滞地望去，满目苍白，浑然看不透神情。

常太后走出数步，猛然顿身，一脸无奈地看向无知无觉茫然的李申。

"申儿。"她唤了一声。

李申愣愣回过神来，与她一拜："我早便说了，不想来凑这份热闹。这就回去潜邸。"之所以仍然来此，或许仅仅是因为想看他一眼，哪怕多一眼。

常太后长长一声叹息，宫袖垂落，素影逆光步步远去。一路之上她惨笑摇头，傅云舒，你的女儿果然像你，却也不像你。

中宫门顿时大开，由东大殿门快步而来的众汉臣是在李弈带领下持宫谕破宫而入。李弈所率一干大臣及时冲散将宣政殿齐齐围堵的胡臣，赤墨螭虎二色朝服重重交杂。如今常太后一行已是退去，李弈等汉党前来护主，自是让鲜卑贵公们失了底气，本是来势汹汹，如今已溃散如乱势。

百名禁军随即将众臣围截，但闻李弈一声令下，纷纷起剑抽刀兵刃相对。众王贵于此更知是大势已去，才转向车辇痛声跪拜，哭呼万岁。

李弈朝前迈出几步，单膝而跪，朝服与佩刀摩擦所发出的声响肃杀，戾气逼人。

"臣，护驾来迟。"只是一句暗哑出声，扬起头来额汗滑落。子时三刻，他受命深夜入宫，皇帝以宫御令为托，命他速去京都营台调遣禁卫军，无论如何，辰时必归。虽不知帝意如何，得令之后不敢做半刻耽误，却仍是险些迟了。

崇之将辇外情形报于车内，端坐于御座之上的冯善伊于是稍缓了口气，扬声

应道："李卿有功无过。"

垂首看去怀中眉目平静却苍白的拓跋濬，一颗心总算落定，难怪他能睡得如此沉静，原是做好万全之备，但凡自己有了三长两短，亦有李弈之辈做后应。如此周密详备，确也是他拓跋濬的作风。

李弈闻听这一声，适才有些惊讶，忙紧目看去崇之公公，崇之予他颔首，微微笑平静道："是皇后娘娘。"

眼中一明一灭，李弈忙又垂下头，仓促声中情绪微妙："微臣拜见皇后娘娘千岁。"

崇之见大势扭转，松口气又道："乱臣已逐去，劳请万岁同娘娘下辇上殿。"

"崇之公公。"冯善伊只压低了一声，"抬辇而行。"声音不急不缓，听去便如同随意而言，只近侍崇之却分明敏感地体会言中深意，目中惊闪过一分焦虑后，强装淡然无事，朗声言起辇，只尾音仍掩饰不住的颤抖。

车辇再起时，冯善伊轻缓拉了拉拓跋濬染血的衣领，开口，嗓子一哑："你的脆弱，只我一人能见。"

她侍奉过三任帝王，唯独拓跋濬是她所见过最在乎颜面、为事最谨慎的一个。鲜卑族人中的血性于他性格中鲜少体现，多的反是汉人的文雅持重。

宣政殿门大开，入辇，崇之逐去众内侍，殿门紧闭。

殿门阴沉闭暗，崇之猛地跪地时，已转了哭音："奴才便知道皇上定是撑不住。子时便是由玄宫人扶进内殿，而后歇未至片刻，才又急急而出。"

冯善伊走出辇，将身后长帷扬起，御座之中的拓跋濬便似睡着一般，沉静安宁，如何也不像病重。

崇之连连上去搀扶，一路哭着将拓跋濬送入内殿床榻中，转身便欲去唤太医，由冯善伊拦住。

"如今不得走漏风声。"她声音一低，坐在榻前替拓跋濬盖上被单。

"娘娘。"崇之手腕轻抖，紧张得不能呼吸。

"这魏宫中没有一人能信。"她定定言着，看向并不愿从命的崇之，只道，"如今新政初始，皇储未立，这时候传出皇上重病的消息，只会致臣心更加动摇。消息走漏半刻之后将迎对的场面，会比方才那一幕乱数倍。"若真如此，便恰恰是给了宗长义求之不得的可乘之机。

帐帘随风而抖，漏出冷风徐徐，冯善伊唇角弯了弯，终于道出了自己的忧心："一刻之后即是大朝，皇上再不醒，总要引起端倪。"

崇之浑身瘫软，跪了下去撑地发抖，哽咽着便欲哭出声来。

"去请一个人。"她想了想，静下心冷道。

崇之含泪仰头，满是疑惑，刚才不是说不得走漏风声。

"去请常太后来见我。"闭了眼睛，咬牙，"务必！"

崇之爬起身带风急急奔了出去，帐中静得没了声息，她这才皱起眉头，抬手攒起拓跋濬露出帐外的一角袖子紧紧握了握："既是病得重，如何亲自来截我，是傻子吗？嘱令李弈前来护我，却没有为自己预先料想如何应对百官吗？你是真信我，还是太糊涂？"

外殿忽响起轻灵的脚步声，冯善伊连忙将帐子遮下，几步而出，含怒看向殿外行来的小宫女："如何入殿不报？"

小宫女手端着茶盏，小心翼翼道："娘娘，是皇上用早茶的时候。"

"交给我吧。"她抬了手接去。

"娘娘，玄宫人问皇上可是需要她伺候？她便候在殿外。"

"玄宫人？"冯善伊喃了声，转身入帐时顿步道，"有本宫在，皇上不需要任何外人。"

"是。"小宫女退步而出。

冯善伊在内殿中来回转了几圈，直至崇之熟悉的步音贴近，她才急急挑起帘幕，崇之见其眼色心领神会地退下，只留常太后于殿中。常太后面无表情地走至一侧桌前缓缓落座，厌恶地挑眉："冯善伊，你搞什么鬼？"

"太后今日是当真糊涂。"她迎面直叱，丝毫不留人情面。

太后面容发白，目中惊怒流曳，掷落手边茶盏："册封大礼都未举行，你真当自己是万人之上便自作猖狂。"

"世祖基业今日便险些因太后毁于一旦。"冯善伊冷笑着转入她面前，摇了摇头，"我从前并未觉得您不识大体，如今知道您是真糊涂。不过是皇后宝座，只过了这紧要当头，您爱扔给谁就是，如何要于此发难？今日大殿阶下，您万不该召集群臣当众发威，是毁了皇上，也毁了自己的荣贵福禄。"

"皇上呢？"常太后冷冷挑眉，不屑一笑。

她将帐帘予她掀开，静无声息。

常太后大是讶异，连走几步靠于榻前，惊痛至无声以发。

"再有半刻即是大朝，无论如何要先挡住众臣。"冯善伊冲她摇摇头，"事已至此，您无论如何要听我一次。"

常太后回过神时，心智已全乱，慌忙走出几步，步子一软，跌坐脚榻之上，她抬着袖摆，口中怔怔念："唤太医，太医。"

冯善伊扭过她肩，咬牙低声道："您如何还这般糊涂？魏宫处处深机，阴谋篡位者大有借此出手的机会，至那时，你我的日子都不会好过。"

"篡位？！"常太后似乎反应过来，随即冷冷摇头，"冯善伊，你少以此为借口恫吓。实是担心自己才到手的后位会因此旁落才命人压下口风不是？！"

冯善伊猛地松开她。"无可救药。"言罢索性大迈出几步，大敞开帐帘，"走啊，出去说给百官众妃听，就说皇上病重于榻，人事不知。只要三日内朝纲不乱，未有篡位逼宫之难，我便把脑袋拿下来给你！"

常太后撑臂而起，颤巍巍地走出几步，眼角含泪看向榻上一眼，泛白的指节攥着帐帘，咬紧已是铁青发紫的唇。她闭了闭眼睛，才是睁开，恍惚看着眼前越发真实又清晰的冯善伊，虚了虚眸子："要哀家如何做才能一时挡住百官？"

冯善伊恢复至平静，先前发白的脸色缓缓升了血色："大朝之前以懿旨召重臣入世祖阁。"

"何意？！"

"在太武帝灵牌之位，当众臣面讨伐我称后一事。"刚刚亦杀了那乐平王，如此更是能借题发挥。

常太后如今也不明白她了，抖起寒色笑了笑："冯善伊，你倒真是有趣。"

"不是不给您机会讨伐我，只是您也要选对了时机地点。如今如此，才是适宜。"说着缓步朝去窗前站稳，幽幽道，"我也希望有更好的对策，只是……"

除此之外，便没有常太后推大朝，召集文武百官的借口。

"皇上又当如何？"常太后总算问了一声。

冯善伊点点头："我会守他醒来，他一定会醒。"

"但凡皇上有个三长两短，你也不要想活命了。"常太后最后看了她眼，怏怏垂下目光。

"我做恶人也不是一回两回了，多了自不在乎。"冯善伊笑得落寞，再转过头认真地看着常太后，"我们便合作这一次吧。"

"我有要求。"常太后仰起头来，半刻之前挂在面上的悲痛惨淡消逝，容色转变之快便是冯善伊也是一惊。

冯善伊淡淡笑着，果然也是魏宫熬出来的女人，实不容小窥。刹那间却是隐隐的哀意，对常太后而言，拓跋濬到底是似自己亲生儿子一般的亲人，或者只是凭借之捡取富贵尊宠的棋子。权力之前，二十年大于生恩的养育之情，竟比水凉。

她为他换上了锦色织袍，玄青色的领口刺绣银丝，深浅相宜。云雀金炉燃着安魂静息的香檀，自口中绕出缕缕浮云烟气。他长发未束，凌乱落至肩前，她持着云梳为他梳过，以玉簪别起最简单的髻。

这是每日清晨，她持续未断的忙碌。

为他擦洗身子，更衣翻身，别发梳整。已是十一日。

殿门轻启，是崇之端着亲手熬好的汤药入来，这几日每日夜深才由李弈请来宫外的郎中观诊，她已想好，至最后那日便予郎中一笔封口费逐离京师。

崇之将药端上，声音低弱："元老王公便好似商量好了，今日除了几位汉臣，鲜卑老臣一个也没来。"

冯善伊点头，唇角弯了弯："很好。"

黄昏时，李弈入。同行是一个由人五花大绑的甲胄禁卫，嘴角淌着血，满目不羁。李弈将他一脚踢跪于地，掀袍坐于侧桌前，端起茶盏灌入两口冷水，朝开殿门的崇之一仰首："叫娘娘来。"

风帐之上的云纹浮起又落，冯善伊着一身赤狸长袍正走至殿中，睨了眼李弈，才又看向由两侧羽林郎按跪在地的那人，她记得这眸子，便是之前于西城门那拉弓出箭欲射杀她的禁卫。

她命两羽林郎退避，弯下身来，抬指勾起那禁卫下巴，他口中的血滴滴滑落入她葱白的指隙。她略嫌恶地撇撇嘴，拾起帕子与他擦着，不急不缓道："皇帝的随行禁卫军安有不听指令的好身手？！"

那禁卫别过脸去，半脸沉入微弱的烛火光芒中："臣只是听凭太后差遣。"

"噢？"冯善伊挑眉笑，"予你发令的上头是谁？"

男子仰头，口中咽了咽，刀唇深抿："扶风公李昕。"

这名字倒也不陌生，她又道："当着扶风公之前，你可能指认？！"

高高昂起的头定定落下，他答了一声："臣可以。"

冯善伊不做他言，只命羽林郎将其带下。那男人由殿中拖走时，微以回首窥探她的目中分明藏着一丝寒冷的笑意。她端起杯盏由茶盖间隐隐掠出的视线正睨到那深色，茶盏后于是浮起另一丝冷笑。落盏起身，她在殿上玉案前站稳，案上高一摞低一处的奏章已按序归纳稳妥，有未来得及批文回示，也有判过却未发出去的。她拾起一卷淡无声息地随眼看去。

李弈立于殿中，有些不解："才杀了一个乐平王，如今又想动扶风公的主意

了？！"

她由卷中抬起一眼，坦然点头："确有这想法。"

"李昕是常太后的心腹。若是此时动李昕，太后那——"

"太后那里如今也不敢大动静。"她答了一声，"再且，我好不容易找到个冠冕堂皇的借口动李昕，实在不忍心放过。"

"你的意思？"

"那禁卫在说谎。常太后的确有格杀勿论的密旨，但至少，令那禁卫赶在拓跋濬车辇至前城下夺我命的人，不是她，也并非李昕。"

李弈一时心悸，更疑惑。

她看他一眼，简而言之："我与那李昕有大怨仇。"他杀了赫连，石城驿站，那一双眸子，她忘不掉。

"我为皇命做事，不是为你私仇谋命。"李弈一脸不从，刚正不阿。

"有些人，格外忘恩负义。"冯善伊咬牙用力瞪他，如今只为皇命也是他，从前那为了文氏对自己俯首帖耳谨严跟从的也是他李弈。

临出之时，李弈恰回过首来，淡声一句："我还是更习惯你做我嫂子，比起主子。"

她闻言稍一愣，只是稍叹，无言。

旋过身点了盏灯，正置于案前，抽出一支毫笔蘸满朱墨，摊开陈本奏章悉心批改着，虽是百官却朝，只各州衙府上报的案章，甚至奏她冯氏的折子却是如浪潮滚来。这些批过的奏折由宣政殿再下放入尚书台，稍有纰漏，拓跋濬的病讯即便要散了出去。

"娘娘，玄宫人又是求见。"殿下传来一声。

几乎每日此时，那玄英便要自宣政殿前打瞧一番，实在不知意欲为何。冯善伊顿时掐灭灯烛，与那宫人低声道："便说皇上同我歇息了。"

远远地，果真听见玄英离去的脚步淡去，她终推案起身，回至内殿，坐于榻前凝视那如玉温文的男子，他是该有多少夜没能安寝了，便是崇之与她道，自她离宫数十日，他便没有半刻合眼，即使睡去小半刻也会由噩梦中惊醒。如此坚持，才拖垮了身子，大惊大怒，又狂悲狂喜。他这几十日如同堕入惊梦，难眠，更难醒。

"唤我来，不会是为了替你主持葬礼吧？"她嗔了一声，小叹了口气，"折腾自己也就罢了，何必折腾我？"

脱下鞋，赤脚上榻，抱膝蹲坐在榻角，连日来，便是自己也熬得有些憔悴，

044

再困再累，却始终难得片刻安眠。他之前所受的煎熬，她好似多少体会了。

窗缝扑来冷风习习，窜入脖领丝丝发寒。隐隐皱眉，起身去关窗，却见得帘后窗影中有形影一抖，她初以为是宗长义，忙紧紧合闭反身贴紧冷窗，悄息不做声。静了多时，觉得窗外已再无人，才开了一角窗。

窗外无人，只窗棂中一抹流光潋滟凄红甚是夺目。

雪白的织锦云帕中，静静躺着那只血丝红玉镯，早已由她丢入池中的镯子。

是李敷！

她攥紧玉镯，惊得顾不及未穿鞋的雪白赤足，踩着冷砖猛然跑出。掀开重重长帷，推开殿门，冷风空来，她身后大红刺金的翻抖的锦帐玉帷泛起云海一般的涟漪流波，赤色狸皮的朱袍，映得满目更是苍白。

那已步入阶下的黑色滚袍似乎要糅入凄凄暗夜，独袍角银色滚边泛出星点光亮。

他是疯了吗？明明诈死欺君罔上，却仍敢现身于宫中。他就不怕若有闪失，瞬时丧命。如今便是拓跋濬也保不住他，更不论自己。

袖笼中清寒的冷玉颤抖于掌心，她扶着一截汉白玉栏，刻意压低声音："李敷，你站住。"

"玄姑娘，皇后娘娘说已同皇上歇下了。"

这一声轻轻落在耳畔，她平静微笑，转身退下，又是歇息，连着十几日来总是有不同的理由。可是结果都是见不到拓跋濬一面。

由中宫转入西宫幽廊，绛色纱衣的裙摆悄声滑过清冷的地砖，步子越来越急，直至停落一处暗室前才停。玄英谨慎地望了四下，推门而入时，室中星火陡然掐灭。

一丝冷烟浮于漆黑暗沉，玄英的声音极轻："万不能错过此时机。"

案前转过身来的宗长义，玄袍落地，冷拳砸入案中："当真不误？！"

玄英摇首："那一日我亲眼见得拓跋濬支持不住。十几日来虽是群臣纳谏不出朝，却不见拓跋濬出入宣政殿。必是冯善伊强压消息。"

宗长义冷笑，回至圈椅中坐稳，眼又闭起："她如何要这么做？她一心一意不过是想与李敷那厮私奔去。"

"她对拓跋濬，或许生了感情。"玄英小心翼翼盯紧他，言语时声息弱去，伺机探看他的神情。

宗长义敛笑，顿时挡不住的慌乱，稍后才又缓缓定神，拳无知无觉中握了紧："怎么会？绝无可能。"再也没有人比自己更了解那女人，自她四岁起，便是

【第五卷】惊梦篇

由他看在了眼底。他看着她一头热地爱上拓跋余，为那人奋不顾身，然拓跋余的所作所为恰是浇灭了她对情感唯一的希冀。再以后，她便似失了根的浮萍，只为姊姊和父亲活，用力地生存于魏宫。拓跋濬于她，不过是冯希希留下的寄托。她对拓跋濬所做的一切，皆是为了姊姊和汉化。

玄英便知他不肯信，索性道："你见过不笑的冯善伊吗？我听昱文殿人传言十几日都未见她笑过一次。每日匆匆行走于两殿之间，与从前判若两人。"

宗长义推开满桌笔砚，尽数砸落地间，冷笺飞起，一张张飘远。他随之起身，立于她身前，居高临下地看她，目中尽是不屑："你别以为这般说，就能让我死心。冯善伊她就算喜欢千万人，也不会有一个拓跋濬，你懂不懂？！从前或许可以，如今定是不能了。"

他所熟识的冯善伊，绝不会和冯希希抢任何东西，包括男人。

这也是他尤其心疼她的来由，不论何时都是能避则避，永远不会觊觎不属于自己的一切。为冯希希而活的冯善伊，可以握有天下万物，如今只有她时，她便只是冯善伊。

"只有你一心一意以为她不会为了拓跋濬与你成敌。"玄英抬手攥住他一只手，猛地贴向他胸前，紧紧环住他腰，止不住地颤抖，"你是不敢信，还是不愿信？这世上只有一人不会成为你的敌人，不是冯善伊，是我玄英。"

胸口一热，似有什么顷刻瓦解，宗长义愣愣垂下首，仔细瞧着她，缓缓探出一手，抬起她下颌，凝着她目中恍惚映出格外空洞茫然的自己。

喉咙滚了滚，似艰难出声："你的意思是说，拓跋濬当真躺在病榻上，善伊她隐瞒不报便是防我。她是笃定了要成为我的敌人。"

玄英脸白如纸，重重颔首："你若不信。自可以去宣政殿一探。"

宗长义眸中闪烁，一把将她推开，猛地摇头："我不会去。"如是真的，他宁愿不信，宁愿不见。

玄英站直身子时嘲弄惨笑："你守了她那么多年，终得不到她的心，便是因为你当真懦夫。可笑，我竟是爱上了一介懦夫。"

暗室中，宗长义踏着冷风踩空一步，扶立冷案时，肘臂直颤。

玄英退身而出，扑入室外冷风中时浑身气力泄尽。能做的，她全做了，甚至不能做的，也没有放过。她如今是不期待做什么好人了，他若想做好人，她便替他将坏人做尽。他的眼中有江山，有冯善伊；她的眼中，却只有他。

心中微痛，冯善伊到底是个什么样的人，她始终未能看懂。只如今多少有些明白，她多少有些力量，能让人一心向善，只可惜，她玄英心冷如石，若是向

046

善，那必是要自己粉身碎裂。

"玄英，子时了，回昱文殿吧。朕再等等她。"

这一声随风而来，极是熟悉，又渗骨。玄英猛望去周侧，无人，更无拓跋濬。

是啊，拓跋濬此刻应躺在宣政殿神志不清才对。

"皇上，奴婢知道娘娘在何处。"

她迎风走了几步，又突然听到这一声，犹如自己发出的声音回荡在寂静的冷夜中。那夜子时，搀扶拓跋濬回昱文殿的路上……是她告诉他冯善伊子时欲离开京都……

忽然觉得冷，玄英迈不出步子，跌落空廊，团臂蹲在墙角中徐徐摇头。隐约看见拓跋濬跟跄的步子声声踏来，那一袭冕袍卷起满地枯黄的落叶，尘烟扶摇。拓跋濬，玄英猛摇头，你不要过来，我是为你好，你不是想找到她吗？所以我告诉你，她还活着，不仅还活着，便在城门口等着与李敷私奔去。你一定要抓住她，你不是想抓住她吗？为什么，为什么偏偏要用那样寒的目光看我。你说，玄英，你到底在想什么？！

我在想什么？！不过是看你太难过了，寝食难安，日夜担心，所以才告诉你而已。

不……

因为，我想你握住她。这样她就不能缠着宗长义。

她若爱上你，宗长义就是我的了。我与宗长义说，她对你生了感情，或许是我心底更愿意那样想才对。

可我还是好想杀了她。她死了，我才能安心，再不会担心哪一日便失了他。

她若不肯爱你，我便杀了她。如此宗长义仍是我的。

我一面想你能先宗长义夺回她，一面又担心，她不肯同你回去。所以我将自己的人充入禁卫军，要他若能在城门率先解决她，也是好。

我太不相信自己了，便是觉得自己处处都要输给她。

我将坏事做尽，他们却一个个要做好人。好人便能夺来天下？

拓跋濬，为了江山社稷，你斩杀无数，不也同样做了坏人吗？我们都是不得已。

眼前的袍影滚入廊前，大步而来，扬起的风尘扑入眼中，迷出了泪。

他步近时，她猛地闭紧双目，只一行泪落入冷襟。

【第五卷】惊梦篇

身前那一人扶紧她双肩，声音低哑："阿英，你怎么了？"

阿英，如此般唤自己的，只有宗长义。

肿痛着一双眼猛然睁开，她抬手捧着面前这张清晰无比的脸："宗长义，你来了。你信我是不是！你信我的。"

宗长义挣扎着，皱紧的额头漫出细密的纹路，抿唇，咬牙道："罢了，便同你去一番宣政殿。"

玄英猝然点头，落下更多的泪，栽入他怀中，贴他贴得那样紧："只要你信我，我绝不会让你失望的。"

"倘若不是，"宗长义点了点头，坚定道，"你便答应我。"

"如何？"她急急一问。

唇角浅浅扬了扬，宗长义沉沉与她道："不可再害她。"

宣政殿的帐子尽是垂地，将冷风浑然挡去。

皓白赤足踩过软毯，冯善伊猛地回身，于身后戒备道："你先躲于此殿。我让李弈护你出宫。"

李敷摇头，似乎不劳动她，只道："我怎么来的，就可以怎么回去。"

"如今魏宫上下都是眼线暗人，并非你想的容易。"她解释着重新坐回榻前。

李敷探向帐内的拓跋濬，忙又垂下头，补上一声："你便这样守着他？"

她转着一角袖子，半是犹豫："我也实在想不清楚。不懂他想要什么，也不懂自己要什么。"清淡的容色中添了一抹疲惫与茫然，她再扬起头看着李敷："不如你来说吧。"

一口茶哽在喉咙，李敷平眉渐抬，声音很轻："何意？"

"不如你来告诉我，你想要什么。"冯善伊侧眸，恬静一笑。

李敷缓缓吞下那口茶，静静道："无所欲而无所求。"

她点点头，又一笑："真好。"

殿中忽然静下，她只想再说些什么将这诡谲的沉默糊弄过去，稍起身，听得檐上细微的声响漫过，隐约听着似脚步声。几乎是同时，李敷已敏感地提剑盯紧梁上。

房上有人！且并非一人。

瞬间反应下，掐灭室内所有灯盏，漆黑不见五指的寂静中，她转过身，将自己长袍解下掷于毯中，一扭头出手示意李敷敛声。

李敷颔首为应，却见她裹着一层轻纱蹑手蹑脚由帐后角架前环抱一身长衣而出，并推递给自己。他只垂首睨了眼那袖口在夜色中绽出玄色云纹山章，退半步，圣上之物，如何敢接？

她知他不敢，不由分说展开长衣，黑暗中衣背正心一处青龙闪耀出奇特的夜明光，似游龙腾出。

"皇上，臣妾给您更衣吧。"走近李敷，她将那拓跋濬的长衣披在李敷双肩，扬声道，却好似言于房上之辈。

檐上脚步竟是轻了，几束风扑入。

她示意他垂首，他依眼色照办，才低下头，腰间玄带即由她攥起，下一刻便是由她推入榻前翻滚的团帐中。

冯善伊拉起李敷滚入帐内，同肆飞纠杂的帷帐缠绕于一处。翻身间长臂撕裂一角冷帐铺向卧榻之内侧，借此遮掩住拓跋濬。

双腕似水蛇缠入李敷后颈，环着他脖子，贴紧他耳侧，声音低弱："压在我身上，低头。"一手迅速探入他束发的簪圈，让他满头墨发遮住大半张脸。

"把窗砸开。"攀上他肩头时，她又是低声提醒。

李敷放出暗招，最近的一扇窗猛然由风击开，窗扇凄凄翻摇。滚入室中的风更狂，榻两侧的长帐由风带起，似铺天映地般将二人团团裹起，隐约露出一男一女纠缠的翻滚，异彩流光的锦绣团簇满榻间，两头长发一青一墨，缠绕肆飞。

他二人箍于一处纠缠俱是大汗淋漓，只檐上之人的双影仍是伫立不动。

冯善伊渐渐扬起头，借着云帐浮摇间的漏隙，冷冷望去，随即咬牙，捧起李敷的脸压在胸前，突然似乎呻吟一般的声音，一声一声地唤："皇上，吻我。"

纠缠中她一身轻纱裹衣褪至双肩下，一滴冷汗正自他鼻尖滑落她赤裸的肩，他怔怔扬首，却由她再次压下。

"你莫非不会？"极低极低的声音由她唇中吐出，掩着惊讶和一丝隐隐的慌乱。

他闭眼，双颊生起微弱的晕红。

"笨死！"她似轻叹了一声，抬起他下颌便凑上去紧紧贴着。

猝不及防地由她叼住唇，他窒了一息。

纷飞的乱发遮住他半是红润的面容，一并落入她身前，擦过她如雪洁白的肩头，滑过她隐着倦怠和一丝紧张的清眸。

淡而清凉的搔弄引得她竟也额面生羞，本还能对视交流的目光无意识地躲避开，四处望去，只不要望入他眼中就好。

黑暗中，他贴她贴得那样近，近到呼吸只在彼此的唇齿间。

下一刻，檐上的脚步似乎轻了，渐渐能听出来越来越远，直至那丝团影成空。

【第五卷】惊梦篇

她紧紧攀附他的双臂终于松落，释然地垂坠于榻角陡飞的云帐间。

在她以为他当自觉地由自己身前离开时，他竟是闭上了眼睛，极为享受着贴近她的柔软，温和地含住她本是贴凑而来的唇瓣，香暖的气息拂在唇畔，微痒，温软湿漉的舌撬开她未有防备的牙关，直直探入后即是一番攻城略地。

她睁大眼睛，动也不敢动，微微发出呜咽的声音。

直到他睁开一双长目，才恍然觉察自己的失礼，顿时起身，别过脸咬紧牙关，置于膝间的一只手腕止不住地颤抖。

冯善伊捡起帐间的轻袍仓促间披裹，发髻松乱，垂曳一地如流光清波逐风乱起涟漪。李敷将披在身上那贵重的长衣取下，置于榻侧，同立起身，前去合窗，素手扶紧窗棂，幽幽回首。

"就当——"

"就当——"

二人同时出音，却又双双被对方截住。

冯善伊摇头："就当什么也没发生过。"

李敷点头："就当什么也没发生过。"

又静了半刻，竟是无话能说。

缓缓燃起一盏灯，他却不敢看她，只垂首握拳立于窗前，等着李弈前来接应。

她重新走回榻中，掀去遮蔽拓跋濬的冷帐，垂眼凝了一时。殿外崇之来报，是李弈至。

一扇冷帐垂摆，自挡于她与李敷之间。

他予她一礼，垂首间闷声退下。

待室中更是静得无人出声，面中讪红总算褪尽，她捋了捋头发，玉簪绾起松髻，肩后一缕遗落的青丝惝然垂落。如何就假戏真做了呢？胸口有些烦乱，说不出的躁动。无论何时都谨慎自持看似个闷瓜一般的李敷，竟也失神逾越了。

不过，总算渡过这一关。

只明日又该怎么办，此一次有李敷，再一次便没有人能如李敷般好差使。

她摇了摇头，头皮撕扯着疼痛，仿佛由人握住发丝由不得动弹。

回手摸过那一撮长发，不经意地垂眼，竟见发尾被一只惨白的手缠绕着。

拓跋濬正握紧她的头发。

她俯下身子，探手摸着他的脸，摸了又摸，并不觉得他有苏醒的征兆。油然而生的一丝希望颓然散尽，捧起那缠绕青发的手腕，贴在自己脸上，另一手抚过他清冷饱满的额头，在他身侧发生这一幕，实在有些不好意思。多少会生气吧，所以才抓痛她头发。

她暖暖一笑，轻喃着："好歹醒过来，醒来骂我。"

他仍是没有一分反应。

她有些失落地闭上眼睛。当初那个日览奏案万卷精神爽朗的拓跋濬如今只像一个疲惫的婴儿，不知死活地睡着。如果哪一天，她累极了，这样安心睡去，身后的一切都能交由自己信任的人打理也好。

"你，是为了什么回来？回到朕的身边，却又不是真的回来。"

他那时是问得多么认真，前所未有的坦然以对，问着只有她一人能够听懂的问题。

"最伟大的复仇。"她也是坦然应的，不过想让他知道，她实非贪恋儿女之情的小女子，留守他身侧，自是看上了他那一展雄图的野心和抱负。也只有怀揣胡汉同治大愿的拓跋濬，才能实现自己最伟大的复仇。

她本以为如实相告的自己，定会招致拓跋濬的厌恶。被一个小女子利用，这是任何男人想到必会觉得不爽的事情，更何况关乎帝王颜面。她也做好了帝王勃怒的准备，只那夜的拓跋濬却沉定如静潭池水，连喝三盏茶以后，他似是总算明白清楚，抬眸时目光平定，问向自己的第一句竟是——"你打算在朕身边多久？"

"一年。"她道。

"十年。"他言。

"那么久？"

"鲜卑汉化，同治新政。这些总要时日，你以为是小孩过家家。"

"两年。"她于是又添了一岁。

"三年。"他想过一想，总算答应最短不少三年。

就是三年，也是好久好久。

如今他躺在紫檀木的冷榻上，便如过了很久，实则也只是十几日。她放下长帐，与他困在这沉沉的帐中借得他醒不过来时，轻轻摇着他的手腕，便似从前哄着小霓子一样，边摇边幽幽喃语："我还记得第一试我输了。你却不以为然，说做好了留我三年的计划不打算变。我问你如何一定要三年？你那时说——"

她顿住声，无言下去。愣愣抬首去，竟是一时激灵，猛地跳下榻，奔去窗前将几扇窗户连连推开，撕裂室中层层曳地的长帐。任冷风空落满室，拂起他长发飘摆，玄袖翻抖。

"养病你也是不醒，不如冻醒你，吹醒你。"她果断一声，扶窗侧眸看去他。

冷庭暗色渐渐淡褪，天边迎出一缕白光，寒夜就此便要散去。

　　第一抹晨曦静静浮动于他深黑而纤长的双睫时，她莞尔一笑，心底却填满了那隐隐约约低沉温朗的声音——

　　"一年太短，怕你看不见朕的好；十年太长，又怕你看烦了朕。"

　　既是如此，便醒来，让我看见你，看你到底有多好。

第六卷 · 华嫁篇

『她失去了自己的孩子，他却问她，可愿意做天下人的母亲。』

【华嫁篇 · 第一章】

香风轻浮，窗门未合紧，漏出几丝灼光，正扰了案上人览折。奏面反光，一团墨字由光亮折射得全是不清。冯善伊揉了揉眉眼，放下一笔，眼睫不曾抬起，轻唤了声："崇之，添墨。"

崇之揉了揉眼睛，靠着案角的脑袋移了移，呵欠道："娘娘，这又是一夜了。"

冯善伊将几摞铺叠齐整的奏章推至案前："下放到尚书台。"

崇之抱着一团奏折悻悻退下，殿门方合紧半刻，冯善伊欲借空伸了个懒腰，又见崇之滚了回来，一手连指窗外："娘娘，李夫人候等了整半夜啊。"

冯善伊趴着案上画圈圈，努了努嘴："都说了，替李昕求情的人，我一个也不见。"

崇之吞了口气："真狠心。"

她立时瞪眼："你说什么？！"

"李夫人身子重呢。"崇之时生怜悯，哀哀叹气，"论您那般重身子的时候，连穿个鞋都使唤方妈，提被子都嫌重，怎有这难过的时候？"

冯善伊转着眼睛，诡异而问："你怎么又知道的？！"她生小霓子是在云中，与京城差了十万八千里，只他言字说来便好似亲眼见到般。

崇之瘪了瘪嘴，神色难堪地退身："小的胡乱说的。"

"你站住！"冯善伊推案抱着盏绕他行了几圈，幽幽道："你这脸上可写着心虚二字啊。"

"奴才没有。"崇之忙摇头。

冯善伊正转至殿首，目光随之落去殿下，百级下阶确见一素衣女子着青纱裹帽风中跪立。她随意看着一眼，淡淡问崇之："她倒是挺仔细自己的，全副武装裹得那么结实，连脸都挡着。"

崇之拾起折子，贴去笑脸恭维："恐是李昕那女人细皮嫩肉不禁吹吧。还是娘娘厉害，论在云中宫陵，那是日夜吃着山间冷风也没见成这样裹着，不过也——"说着但觉口风越发不对，愣愣咬声不再言。

"不过也什么？"她挑眉看他一眼，"我被吹得粗皮老肉了吗？"

崇之连连摇头，只差与她再拜。

"我知你是不敢言真话，罢了，我脸皮实在厚，不怕你们说我不够如花似玉。"冯善伊满脸无奈，扶着迎风的殿门左右动了动弯了许久僵麻的腰。

崇之忙以解释："奴才不是那个意思，娘娘那时候不是天天往自个脸上糊红泥青果什么的，如何能吹老了呢。奴才真不是那意思。"

"是啊。"冯善伊一笑，与他慢慢道，"我那时好些点子呢。"

崇之点头："确是。"

"傻了吧。那不是泥巴，是草药研磨的膏子。"她与他一笑一点头，"说吧，你躲在宫陵后山哪处看着呢！"

"啊。"崇之木了，面上堪堪惨笑，"宫陵西外山有座望牙亭……"

冯善伊随意摊开一本折子，挑笔画了画，又道："只有你自己？"

崇之未言，只埋下头下巴几乎要贴着胸前。

冯善伊干了干墨，抬头看了他一眼，朱唇轻启："皇上也在？！"

崇之一点一点仰起头："兴安元年，皇上北巡住在阴山行宫半年。"

云中山宫与行宫一山之隔。

他要见她，未必很难。

冯善伊渐低下头去，随意写了几个字又划去。

崇之低低言着："转年皇上归朝是在云中皇子过了百日之后。"

"百日抓宝。他也是看见了的？"记忆似归去了四年前，那个天露微阳的上午，暖风晴好，也难怪方妈说什么也要把抓宝的地点安排在室外的花园子里。

崇之随而起笑："那时候小皇子不是左手抓了胭脂，右手拖着佛珠吗？"

冯善伊点头，似而也一笑："是，我还笑他会做个花和尚。"

崇之欲退下，只听身后之人略略犹豫道："他也算是个好父亲。"

"崇之。"她转言又叫住他，"为李夫人备个软轿一路护送她回去。她若仍是执拗，便说我实在不想见李昕身边的人。"

崇之得命匆匆退下，惊见廊前涌来二人，忙低了声音急急出口："娘娘不好了，玄宫人牵着宗侍卫又来了。"

手中软笔啪一声落下，墨溅了襦裙……

廊间春花缭香，轻风缕缕，丹阳初抹，一时清朗暖融。

玄英扯着宗长义的袖子连进了几步，回头瞪眼："你做什么扭扭捏捏？"

"昨夜不是见了吗？"宗长义挣扎着抽出袖子，转身由清风吹散满身浮躁，"你还没完了。"

"那不可能是拓跋瀋。"玄英又道。昨夜他们于檐上所见那一幕本就有些可疑，当时她只想探入亲见，却被气急败坏的宗长义拉去。他二人如此便是吵了一夜，宗长义言是自取其辱，她却总觉蹊跷。

"我不想再进去。"宗长义叹了口气，作势便欲返身。

"冯善伊滑得如同泥鳅，昨夜漆黑一团乱，她想糊弄人，随意拉来一个身形相似的太监便可。如今我们堂堂正正进去，说是羽林郎有要事禀告，无论如何要见皇帝一面。"

她说罢又紧上他一只袖口，连连将他人推了入。

殿内空有冷风徐荡，冯善伊正持笔由案前慢慢扬起头来，声冷颜寒："宣政殿是什么地方，未有通传便能闯入吗？"

玄英跪立于殿前，身子挺得笔直："奴婢曾是御侧长宫女，赐有进出宣政殿的官牌，又如何不能入？！"

冯善伊冷冷挑笑："如今不行了。"

"为何？"

"因我除了你的官牌。"冯善伊淡淡览了眼笔下，声音轻缓有力。

"什么时候的事？"

"刚刚。"

玄英吞了口水，一手牵来身后跪着的宗长义："羽林郎统领宗大人有事而报，关乎内宫安危的要事即时便要奏报皇上。"

"确实有要事。"冯善伊笑着点点头，"我近日也觉得宣政殿尤其不安全。"

说罢撑案而起，一支笔丢在殿下宗长义肩上。

"宗大人！"冯善伊喝他，"你巡夜护守便是这样办的差！"

他幽幽抬平视线，与她相视。

她瞪紧他，尤其厉，再偏过目光，手间攥着一缕长缨，换了平声静气的一声抱怨："昨夜，听见猫叫。我最讨厌猫了。"

【第六卷】华嫁篇

玄英知她是故意推脱，站起身来，再见她裙间冷墨涟涟，案上沉有奏折，她指间更以墨染。随即心中更坦然，连日来下放至尚书台的圣旨文批，怕也都是出自这一人之手。

"皇上呢？"她问了一声。

"皇上昨夜有些辛劳，正睡得不想起。于后殿歇息。"冯善伊说着甩甩手，似是极累，"所以我一大早就要帮他把早朝上的事务处理好。有什么事，朝上禀奏如何？"

"胡臣辞朝纳谏，皇上仍会去吗？"玄英又是一问。

冯善伊盯着她，只道："难道说你不想他去吗？"

"他能去吗？"玄英笑，尽是得意。

冯善伊两肘齐执于案头，转着青石玉雕缓缓道："你知道身为皇后，有一点好在何处？"

玄英疑惑，目中添了几丝警惕。

冯善伊点了点头："就是我想随便杀一个宫人可以不需要向皇上呈报缘由。若是问起了，便说我讨厌她。"

玄英吸足了一口气，尽力稳住声息："都敢杀了乐平王，你又有什么不敢？！"

"皇上在后殿歇息。你是想我将他召入前殿，还是与我齐去后面？"

玄英咬牙道："齐去后面。"

"若是后殿，"冯善伊走下殿，只袖子朝宗长义一撇，"他不可以。"

玄英沉息："善。"目光与身后人一扫，即随冯善伊而去。

二人由殿前宫廊向西行去，途经一路宫人纷纷行礼。玄英自她身后幽幽看去，心里明白前殿入后室有一路捷径，可冯善伊却领着自己绕道。她是想杀了自己，确实如她言，她想要一个宫人死只是件小事。

"皇后娘娘，这条路远了。"玄英平静起言。

冯善伊停停走走："这一路上有我喜欢的梅树，我要时时顺路看它几眼一天才畅快。"

玄英摇头苦笑，再抬眼看去，紧紧闭合的由众官兵把守的后殿已在数步之间。

冯善伊朝官兵点了点头，门于是大开。

回身，侧首，朝玄英一笑："进去吧。"

玄英抬着脚，并未落，又迅速看去身后侍卫，那抬起的脚许久不落。莫不是有什么机关暗算，她如何能这么痛快地放自己进去？玄英犹豫了，一双眸子闪了闪。

冯善伊对她急道："进去啊，进去我好关门不是。"

玄英又看了她眼，见她满目春光大是明媚，便总觉得有诈。

"如果进去了，看到了你不想见到的一幕。我也不会饶你顶撞我的罪名。"冯善伊捋直袖子，轻缓缓迈了进去，回身凝着一地落光，"进吧。"

玄英闭了闭眼睛，收回脚来。是啊，何必在乎这一时。如今就算进去了，看到了，或许也是出不来了。自己身侧没有宗长义无论如何也不安心。

拓跋濬若真有事，冯善伊不可能瞒得住一辈子。

她总要看看，她能遮瞒多久。自己也总有办法，能将一切展露人前。

"今日早朝请皇上一定要前去，宗大人会等在朝上等着禀报。"玄英最后一句话，隐约稳住了底气，再一转身便是离殿。

冯善伊笑着看她一路走出去，笑越发凉，一手掀开冷帐，进去内室，空冷冷的床榻上只有灯烛静燃。

此时崇之才由殿外滚了进来，跪得远远的。

她看他一眼，叹一声："这一关过去了，你紧张什么？"

崇之喘了口气，一路跑回来正是上下气不接。方才是将皇上匆忙背去太后殿中暂躲一时，只是背着一路……

崇之扬起头，脱口而出："皇上醒了。"

又是落雨，霭霭水汽盈盈漫庭。

风袖滚飞，金裘履踩在一路冷寒的凿玉砖地发出细微的声响，伴随裙摆及地擦过的沙沙音。一扇窗由风吹得摇摆，昏黑闪烁的一片，看不清纱帐之内的簌影。

见她步入，殿两侧的宫人跪了满地，头埋得极低。

冯善伊再近几步，手正扬起扶着一角帘子，隐约见到内殿床榻前来回走动的身影。那是李申和曹秋妮早先便跪来榻前为方转醒的拓跋濬上下操持。

冯善伊朝前一步，半个身子落在纱帐间。

曹秋妮正扶拓跋濬起身。

明黄的褰衣丝绸密密贴着他皮肤，映出更加清冷瘦削的轮廓。

李申正端着药盏递去，拓跋濬垂眼看到她的瞬间，缓缓怔愣："你……"

李申连忙低下头去，苦涩一笑："看到皇上安然恢复。我便走。"

拓跋濬执起泛起氤氲暖气的药勺，淡然搅动了几番，声音依然极淡："你瘦了。"

李申徐徐仰起头来，目中盛了湿色，只含笑婉然望去。

"皇上，李夫人十一日来昼夜不离您左右悉心伺候，人都累得不成样子。"曹秋妮适时而来，给拓跋濬细心披上软袍柔柔出声。

"是吗？"拓跋濬挑了挑眼眉，端着碗愣愣看去李申，目光一丝丝沉落。

李申只扭开身子去处理另事，转身而起时正与冯善伊自纱帐后暗处投来的目光直直相撞。冯善伊勾起那一丝不屑的笑意，却实在触动了她眼底的纠结。李申抿唇，忙又移开视线。

冯善伊扶起的帐子由风抖散，眼前珠帘凌散。

退了半步，手间犹豫是否放落。

身后那一人寒凉的气息逼来："你不会在犹豫吧。"

她侧眸，与常太后平静相视，一点头，轻蔑而又淡然地笑。

常太后是一个无比聪明的女子。

作为女子，比起位掌六宫，她更胜在，懂得如何留住男人的心。

就比如此刻，她的条件很简单，只是要李申第一个守得拓跋濬醒来。他睁开眼的第一瞬所看到的人是李申，那个守护自己彻夜不休、殚精竭虑的人也是李申。常太后不能会意帝王心，却实在摸得透男人的心思。

冯善伊只低下头去轻笑，她所要做的，所一直要求的不过是他身侧帝后的那位置。更多的，如常太后所言，不能要。帝王家的情事，谁交心了谁死。她所要做的不过是锁住自己的一颗心，锁得牢牢。

榻内，拓跋濬似仍有些倦，侧卧回榻中。

"这里没你什么事了。"太后又添一声。

冯善伊冷笑着颔首，裙摆一曳，她转过身，持帐的手已然落在身后。

"皇后呢？"这一声突然由更远的帐后飘来。

是拓跋濬的声音。

眼皮一跳，四周皆是静谧。

冷风团簇，雨点溅落殿顶碧檐的声音渐狂。

常太后已一步挡在她身前，暗暗催促的目光投向昏影中的她。

"皇后呢？"又是一声，夹杂在拓跋濬微有压抑的低柔咳声中。

冯善伊走出数步，听得这再一声，心底且笑且叹，只转过身来，迎着那一声扬声应道："在。"

内帐抖了抖，拓跋濬听得这一声，长睫方缓缓垂覆，安心一言："在就好。"

屋外雨声更大，冷雨瓢泼。

东西二天一半晴一半阴。交接之处一架彩虹当天而立。她吸了口冷气，他说，在就好。长帐由两侧宫人缓缓拉起，她越过太后走了进去，正跪在他榻前，与他轻声道："臣妾有罪。"

拓跋濬淡淡抬眼，无色瞳孔微眯。

"我杀了乐平王。"她道，扬起的面容平静如常。

他眨了眨眼，略皱眉间眸中微沉，只静了良久，凉凉勾了唇角一笑："既然已经杀了，就杀了吧。皇后不必过心。"

"不罚我吗？"她看着他。

拓跋濬苍白的手从被衾中探了出，微微捏攥着她的手："就罚你陪朕半个时辰。"

"半个时辰？"她讶异。

他点头，牵唇一笑："朕歇片刻，即要上朝。"

上朝二字一出，果然是他拓跋濬的作风。即使在鬼门关走了一圈，也不忘怀二事：一为奏章，二是上朝。

她咬唇，再低头："臣妾仍有罪。"

他看着她，又是轻笑："连百官也杀了吗？"

她摇首："不是杀。鲜卑贵臣进谏，连着十日未有朝拜。言是不废后则不举朝。"

拓跋濬并无一丝讶异，垂眸间温凉道："那就先把他们废了吧。"

话落，常太后再难安，急急而来，截声唤着："皇上！"

"任百官插手家务事，朕这个皇帝当得也实在笑话了。"拓跋濬自嘲了声，转过身，淡淡蹙眉，"母后与众妃先行退避吧。"

冯善伊亦同行退避，只立身时，腕间一紧，拓跋濬探出的手正制住她。

身后脚步渐轻渐远，待到一人不剩时，冯善伊朝前走了半步，沿着榻沿缓缓坐落。将拓跋濬的手腕塞入被中，他仍是闭眼不出声息。

她有些难进难退，低了声音："我是不是把祸惹大了？"

他未答，气息足沉。

她是心虚，才会于他之前柔顺几般："这件事，我会代你解决。"

他突然抬眼，声音极冷："朕不想谈国事。"

从什么时候他们二人之间便只剩数不清的朝政要议，言不尽的国家社稷，也

是今日他觉得有些乏了，这样的自己，这样的她，这样的彼此。

"朕做了一个梦，"他叹了口气，有些落寞，"梦到自己如何也找不到你了。"

她摇头，似乎不懂他的意思。

"只是一个梦吧。"他翻了个身，渐渐合下眼。

"那不是梦。"她答他时，一并站起身子，"我要离开这里，是事实。"

"你走吧。"他又叹下一口气，声音寂静。

她退了几步，扶着一角帐子隐约觉得有些奇特，扭身回看他背影，淡淡问道："拓跋濬，莫非你真的……"

吸了一口凉气，她顿住。

拓跋濬的后脊同是一凉。

她怔怔道："真的喜欢我了？"身为帝王，最不可为的便是爱上任何一个女子，从而把自己的心交付而出，他的父王，皇祖父，莫非没有这般灌输于他？！

他似是睡着了，仍无一丝动静。

冯善伊愣愣步出太和殿，落雨淋漓间，浇不醒困顿的思绪。她扶着廊柱仰天叹气，走到了这一步，如今也不知如何走下去了。留守还是离开，进抑或是退，退能甘心，进能安心？！摇摇头，索性再不去想。

再回首间，遥遥殿前似有人狂步而上，那宫人满袖满手的血极是骇人。她分辨出来是自己身侧的顺喜。

顺喜与她叩头一拜，匆忙慌乱："如何是好？！扶风公的夫人才由人扶起来没走出几步，就落红了。"

冯善伊心底抽了紧，忙随着他步下长殿，便连身后持伞而来的宫人都等不及。

她一路走一路详细问着，几个月了，血落得哪般，如何如何。

顺喜只道人是就近送去了昱文殿，亦请来了太医。

匆至昱文殿，宫门大敞，连连进出的有宫人，亦有闻讯而来的绿荷、青竹。

冯善伊只拉开一角帐子，见得身前染血的一个宫人出，便急问："如何？"

那宫人与她道，似有些严重，只人还清醒着。

绿荷步至二人之间，恳请冯善伊移殿，言是内宫见血不是什么吉利的事。

冯善伊推托不善，只得随言与绿荷同出，二人步出缓缓围着廊子走。

绿荷幽幽道："如今皇上也醒了，你总算能喘口气。"

"他醒得早了。"冯善伊面色一沉，"还想在他醒前把李昕的事办了，如今又赶上他女人出事。我恐怕又拿不住他了。"

绿荷想了想，转过身来，与她道："虽不知这话当不当说，我也不知你从前与扶风公的恩怨。只是，李公李夫人他们二人确是我的恩人。"

"如何？"冯善伊问了一句。

"你还记得当时我说，是一位李夫人持着赫连太皇太后的懿旨前来云中接我归朝。你那时也曾好奇过这位李夫人。"绿荷犹豫道，"便是扶风公李昕的夫人，这位夫人。"

"李夫人？！"冯善伊果然惊诧。

赫连太皇太后的懿旨，石城的李昕，遮面跪于殿下只为求自己一见的李夫人。

助绿荷，便是助她冯善伊。

这一切匆匆闪过时，数不尽的疑惑同谜团。

冯善伊摇了摇头，果断回头入殿。

倒是哪一位李夫人，竟然神秘如此，那自己便是一见又如何？！

猛然推开大殿朱门，漫风拂开满殿长帐，清冷的步子匆匆里入。最后一层纱帐狠狠划裂，她立在纷飞而落的帐帷中，看着榻上虚弱的身影缓缓愣住。

扬步而出，推开守在榻侧的宫人，她一手揭去那女人遮面的灰纱。

只是一眼。

眼中却似什么东西碎落，心中更空。

手腕一抖，冷纱滑入脚边。

冯善伊摇头，狠狠摇着头，开口便是一笑，怔怔落下泪："死丫头，骗我骗得好惨。"

已入晌午，雨势渐弱。

冯善伊推了盏茶，扬起半扇窗。崇之为她添茶时，正觉得她手尚是哆嗦的。半个时辰前她对着太医方撂下一句狠话，言是大小若有一个不保，便拿脑袋。如此昱文殿中上下紧张一团。

隔着一扇云屏风，人影绰绰。

冯善伊又吞下一口凉茶，迟疑着声音："如何这么久都没有动静？"

绿荷于她侧案缓缓摇头："我现在正糊涂着。"

冯善伊闭了闭眼睛："我也大糊涂着，只有一事特别清醒。"

她言着看去绿荷一张苍白的脸，重重言："绿荷你好大的胆子。"

闻言，绿荷手中那一盏杯子落地。

冯善伊见两侧无人，才压低身子目光紧紧贴着她，低道："赫连大胆，你的

【第六卷】华嫁篇

胆子也不比她小多少。"

"我那时候只知道她是李夫人，不知道她是赫连莘。"绿荷一点一点低下头。

冯善伊叹了口气："根本没有赫连太皇太后的懿旨对不对。是赫连同姑母联手去云中接你回宫，便是为了帮我？！"

绿荷点头，坦然一笑："李夫人说那时的你需要力量。如果我可以做到，如果一个魏国的长公主可以做到，那么我便做。"

"不畏生死，也要成为我的力量？！"冯善伊对她摇头，"我真是不懂你，不懂你们。"她起身便欲离开，只是步子僵住，回身时遥遥看着那处身影，对绿荷一字一顿道，"为了我，真的值得吗？"

绿荷眼中泛出亮色，再一笑："您不知道吗？您身上有一种力量，让所有人为您而做而坚持的力量。"

清凉的雨丝飘入，冯善伊笑着摇摇头，回过头看去殿下正奔上来的李昕，他周身湿透了，身后是押禁他的羽林郎众人。半刻之前，她命人去传李昕，说实话，她如今也看不清这个人了。

常太后的心腹亲信，赫连的丈夫、她腹中骨肉的父亲，也是当年在自己面前亲手杀了她的凶手。

她看着他黑着一张脸冲入大殿，甚至不顾向她行礼便是直直而入。

宫人前来阻拦，只他仍是执意。

冯善伊落寞回身，给他放行："容他进去吧。"

李昕略略看了一眼她，才又转入。

顺喜前来她身侧，低声询问这个李昕还要如何处置。

她摇头，说了一句不知道。再迈出几步，寒风逼来，身子由风中一抖随即倒下，两袖如浮萍般摇曳飘摆。

那身后一人架住了她，她幽幽回首去看，看着像是李敷，再细看，才知是李弈。

松开握紧李弈的那一只手腕，浅浅一笑。

李弈撑她而起，缓声一句："他让我无论如何告诉你一句。"

他？是李敷吗。

她看着他，有一丝隐隐的笑："他还好吗？"

"他让我说，你不能倒。"

她点头，她不能倒，她的身后有太多的人会因自己的一举一动而受牵连，她绝非一人。

殿上雨雾沧澜，她又走出一步："真的不能倒啊。我倒了，赫连怎么办，绿荷怎么办，还有姑姑。我以为自己可以拍拍屁股干净利落地说走就走。可是，我以为的事只是以为。"

"接下来要怎么做？"李弈问她，也是问自己。

她点头："走下去吧。替所有人，也替我自己走下去。"

李弈不动声色地皱眉。

"喂！"冯善伊转头一笑，"李木头之贤弟，你的意思呢？"

李弈抬起眼眸，轻轻道："我希望冯善伊离开这里，却希望冯皇后留下。"

她拍拍他肩头，他突然又问："我哥哥，对你而言是不是只是一个借口？！"

她愣住，心底陡然一冷一窒，她问他："如何这样说？"

李弈缓缓言出自己的疑惑："是你逃避皇上的借口吗？"

冯善伊眯起眼来，只是笑："你以为呢？"

他摇头，说不出的迷茫："我从来看不懂你。"

"你哥哥是个好男人，拓跋濬是个好皇帝。"她这样答。

来不及细想言语深机，殿中青竹忙奔了来，面露喜色对他们道了一声李夫人的情况稳妥。冯善伊听后连忙跟随入殿，赫连莘正昏睡着，只李昕一人立于她床榻侧凝神，那目光似乎要将床上的人一点一点看入眼底塞进心口。他看得如此出神，便连她于身后缓缓而来的脚步都未发觉。

冯善伊咳了咳，李昕漠然转身，没有行礼，目光中同时夹一丝怨怼。

他终是忍下火气，对她长长一叹："你竟让她跪了半宿！"

冯善伊摇摇头："我又可曾知道是她。"

他皱眉，握紧的一双拳青筋凸现："那也不该——"

"你们又可曾让我知道是她！"她猛然扬声吼出了这一声，"我曾想杀了你，因她。"

他敛了眉光，稍垂下头："我知道。"

"便是被我杀了，也不肯说出真话。我也实在不知道你是如何想的。"冯善伊转过身子缓缓落座，手攥在袖笼里。

"她是当朝的昭仪娘娘，又是我的妻子。这身份如何能说得清楚。"李昕沉了一息，唇角微唡，"她想要的不过是与世无争的清宁日子。魏宫是令她失去父兄、失去姑母、失去血脉牵连所有人的地方。她只想能避则避，最好永远不见。而曾经留在这里唯一的原因，便是你。"

冯善伊干声而笑，略摇首："我吗？"

【第六卷】华嫁篇

"她想陪着你。"李昕定定看她。

冯善伊垂眸看向沉睡中的赫连，微凉的手触向她额头。

李昕容光微黯，清晰道："她说自在静钦殿向那个冻得发抖的小女孩伸出自己的手时，她便没有怀疑过一辈子会松开你的手。从九岁起就笃定与你同在，哪怕同守一座魏宫，不能抵抗命运而成为势力不同的敌人，也不会分开。"

是静钦殿，她果真忆起那个立在高高殿首的华色裙摆，她自飘摇的长帐前回眸，向自己伸出手来，她那时说——

"我姓赫连，你姓冯；我是旧夏国的贵族，你是北燕的皇室后人。我们同处于魏宫一片屋檐下。我们的姑姑是争夺了一辈子的敌人。我们也会是一辈子纠缠在一起吧。"

忆起那些话，冯善伊静静挑了一笑，点点头。果然是一辈子。

"没有冯善伊的魏宫，对阿莘而言一文不值。明明知道云中一路并不会太平安生，她却情愿为你做挡箭牌。冯善伊，你最大的武器，不是手中的权力；而是挡在你身前，那一座比铜山更坚硬的人墙。"

李昕垂下眼，同看向赫连莘。便是这样坚强的赫连，让自己动心了。从第一眼开始，床榻间抚弄婴孩的她突然转身用那样恳求的目光凝视着自己，她只是道——

"把我当做冯善伊。"

"你不过是要杀一个人完成此番任务而已。"

"杀我就好了。"

那也是他第一次见到面对生死仍能如此坦然的女子。心口怦怦在跳，以至于那一剑，慌神之中，他竟是刺偏了。追上马车后，他本可以再补上那一剑取她性命，但抬起的剑却无论如何也落不下，原来他李昕也会有不忍。

窗口扑来湿意，冯善伊抖了抖眸子，闭上眼睛。

此刻的李昕已完全面对着她，沙哑的声音如钝器滑过她耳廓，平定心底一丝茫然。

"所有人都在为了你不顾性命地迎头冲上，只有你自己一味地想躲。"

她猛睁开眼睛，视线一丝丝恢复真实。

是借口，她用了许多借口在躲。

姐姐是借口，李敷是借口，宗长义是借口。

太后的借口淹没了自己的心。

她想要的是什么？！

是一时忘了，还是借着理由忘却？

一瞬间，许多声音冲入耳中，夹着李昕淡淡的声音。

"很多次，她很疼。可一旦她醒来必会紧紧扯住我的袖子，求我救她，说她一定要活下去。有必须活着的理由。"

冯善伊微微笑，蹲在她榻前一脸欣赏地看着赫连莘。果然是比自己坚强。

李昕最后点了点头："我想，那理由是你。"

冯善伊最后放下她的手，温暖的帕子擦着她额上的汗，声音很轻："殿外有软轿。护她离开吧。"

李昕看她一眼，没有说话。

她慢慢言："赫连昭仪死了五年。"

李昕哽了哽，抿紧深唇。

她点点头，启唇一笑："我希望扶风公夫人能够成为这世上最幸福的女子。"

李昕弯身而下，将床上的人环抱入怀，为她披盖上厚厚的绒毯，极是小心翼翼地绕出。冯善伊便跟在她身后，命顺喜为他二人持伞一路护送出。

直到雨雾架起一面水帘，远远地，竟看到赫连幽幽地醒转。

李昕一把握住她的手贴在脸上，急急道："哪里不舒服？"

赫连轻轻摇头，木然的目光虚弱地迎去殿上，依依望着雨中伫立的冯善伊，缓缓微笑。那笑容盈盈若水，清澈又温暖。殿上的冯善伊同是微笑，雨水轻轻滑过脚边，如岁月一瞬即逝。

赫连轻轻闭上眼睛，贴在李昕温暖宽阔的胸前，极是安稳。又想起许多年，她们二人围绕宗伯的岁月。

那时的小善伊一脸天真地告诉她们宫外很美，只魏宫里太寂寞了。宗伯抚着她的额头，轻叹了一声："那千岁娘娘恐怕要一世孤独了。"

十一年后，她依然站在那里，一世寂寞地微笑。

【华嫁篇·第二章】

数场雨散去，魏宫由冷雨砸落的花枝再一次散发出生机。

昱文殿中庭，是绿荷打发着小宫人打扫落满地的枝叶。院庭深深，草木青青，轻灵的木鱼声在寂静的后堂冷声乍起。绿荷叹了口气，又指挥着下人裁剪长

【第六卷】华嫁篇

枝。冯善伊想起来去佛堂念经敲木鱼只有两个原因，一是她心情不济，二则是又想起了小霭子。如今这时候，她能一宿困在佛堂内，必是两个原因都在。

青竹端着晨膳而来，绿荷向她摇了摇头，示意她晚些再入。

前殿顺喜弓腰请着曹充华徐徐转来后廊间，曹充华正满面春风，见得绿荷先是行礼，稍后目光飘去后堂："呦，姐姐又敲起经来了。"

绿荷对她微有几分厌恶，只挡了门前："充华来的不是时候，皇后她谁也不想见。"

曹充华扶鬓微以一笑："是啊。如今皇上格外宠幸新人，这都连宿了沮渠夫人宫中十几夜了。"

绿荷闻此，更是咬牙，衣袖一甩，做出一脸送客的模样。

曹充华挑眉向后窗望了几眼，又叹了口气，转身离开。

绿荷摇摇头，暗骂了声这一群豺狼虎豹，转去看青竹，瞪眼道："皇上，皇上自醒来后就没来昱文殿一次？！"

青竹无奈摇头，一次也没有。

"他，他抽哪门子风？"绿荷咬牙，连语气都与冯善伊更相似。

青竹叹气点头："是啊，都抽风了。"连他们这个乐天主子也玩起了自闭，是抽了。

一叶枯黄落在窗口，顺着窗缝抖入室内，于清冷的殿上翻了翻，钻入蒲团。

蒲团之上的女子盘腿坐着，以手撑额，左手敲着木鱼，右手在棋盘上胡乱一扫。

棋盘对面的人怒了，两袖抬起架着她一手："不带这样啊，一宿悔了三盘。"

女子咳了咳，压声道："本宫想了想，不悔棋非真君子。李爱卿，你太迂腐。"

李弈含着一口气想喷出来，又死活压住，悻悻退子，抬眼看了天色道："得，我该回去交夜差。一会儿青竹要进来了。"

冯善伊观着棋局，摇头道："安心。都以为我玩深沉，最近谁也不敢招惹我。"顺手抬起一本棋书撕下几页，揣进袖中。

李弈伸了个懒腰，懒洋洋道："前日里我给你的那份名单看了吗？"

她一点头，饶是认真："都记在脑子里。"

"不会是想一个个咔嚓掉？"李弈做出了割颈的姿势，一脸惶恐。

冯善伊仰头，眨眨眼，坦然地笑："李卿一语良言提醒了我啊。"

李弈默默垂下头去，无言地抚摸长剑："你不要带坏我。"

冯善伊啧他两声，一手揪着油鸡腿啃下两口，抬脚将棋盘和食盘踹进佛龛角案底，拉下金幔遮了起，朝李弈挥着手："后门，去吧。"

李弈人影刚散，身后一片暖色扑了进来，眼底落下团团繁影，是绿荷进了来。绿荷抬起一角帐子神色略有紧张地看她。眼前这一人披着桃花蹙金纹的软袍，双色羽毛勾绣织锦的两袖曳出一片轻扬的洁白。

绿荷叹了口气，同坐在另一个蒲团之上，伸手夺来木鱼，对她道："渴了吗？"

冯善伊不答。

绿荷咬唇："我让青竹端些吃食来。"

冯善伊扭过身，头埋在阴影中。

"赫连的事，是无心之过。你纠结自己算什么本事！"绿荷俨然是急了，拉着她勉强言着。

冯善伊依然不语，耷拉着眉眼无声以应。

绿荷皱了皱眉，又道："你莫非是气我鲁莽行事，瞒着你入宫？！"

继续沉默着，冯善伊突然仰头看她："我气你如何不知为自己活。"

绿荷果然是松了口气，立时扬起手指天立誓："以后绝不会瞒着你做任何事。"

"真的？"冯善伊眨眼，狐疑。

绿荷重重点头："我以后只听你一人的。"言罢，眼中微酸，连吸了几口气，又觉得堂中气味有些个诡异，四下看去："什么味道？"

冯善伊一手紧上绿荷，丢下木鱼，忙道："听说御花园的迎春花开了，赏花去。"

……

早春的御花园，花白莹清，不是大红大紫的喧嚣艳丽，自也有几分盈盈清爽。一川泉水自假山间蜿蜒而下流入浅潭鱼塘中。两岸雕亭镂阁，楼影环绕，山水团簇。

曹充华由昱文殿出，正挽着常太后逛园子，乖顺地沿着廊侧行着，挑了笑向太后禀告："太后不必担心，恐怕皇上新奇冯皇后的日子算是过去了。皇上连宿明阳宫，昱文殿早是门庭空冷。"

太后冷一笑："我们的皇上，可并非寡性之人呐。"

曹充华早便料到太后会如此回，只信心满满道："听说那沮渠夫人床上功夫了得，不是其他宫妃能够比的。"

太后瞥她一眼，挑了挑唇角："拓跋家的男人，真不过如此。"

曹充华只靠了过去，亭中冷桌上正燃着残香，她撤去香炉，换摆上茶盅，净了手倒了盏茶又递了过去："太后娘娘如何说？"

常太后想起从前那些旧事，端着茶盏凝神，幽幽出声："皇上的生母郁久间氏恰也是床上功夫了不起，才迷去，迷去了……"说着咬声再不言，摇摇头。

曹充华更是好奇，顺着她的话言上去："臣妾倒是听说太子妃郁久间夫人与东宫不善。太后如此说，当时那便是迷去了……"

太后放稳茶杯，厉色看她："你的话，又多了。"

"是。"曹充华忙退下半步，垂首。

太后长吁了口气："我当年留你一命，就是看在你知道什么该问，什么不该问，一颗心玲珑着。别让我失望。"

曹充华眨着清冷的睫毛，忙又点头应允。

太后小静了片刻，听得身后假山外有笑声飘上，随曹充华转身看去，见到假山一侧潭池中坐着抱着一碟子糕点的冯善伊，正褪了鞋袜踩着池水嬉戏，咬一口点心，撇一手喂鱼。她与绿荷说着什么，咯咯地乐得开怀。

太后虚了虚眸子，正凝神看着她，一手握紧冰冷的玉栏，凉凉叹气："连踩水这喜好都那么像。"

曹充华此时再不敢问，听得太后自言自语，狐疑着垂首，下巴贴着胸前隐隐咬唇。

不论是五年前，还是五年后，自己终究是一枚用之则用，弃之如鸡肋的棋子吗？

没有一个人以真心待自己。没有。

泉水淙淙，清凉的湿气漫上，郁郁青葱的树枝摇在风中，根处扎入山间松软泥土碎石，随水流垂摆。

假山下，鱼池畔。

冯善伊呀了一声，捏着绿荷肩道："这小东西咬我。"

绿荷同攥了攥她的手，压低声音："常太后在山上亭中瞧着呢。"

"我知道。"冯善伊点了点头。

"所以？"

"笑就好了。"她拍了拍两手的渣沫站起身来。

让你的敌人看见你的笑，与输赢无关，只是宣示一种姿态，无所畏惧的姿态。她们方才一起合作了一回，算不上默契，总也可以磨合，共同渡过危机后，又各自分开成为相持对峙的敌人。

身后青竹递过来软帕子，她擦了擦手，又问道："拓跋潆连去了十几夜明阳宫？！"面上尽是随意，提上鞋绕着廊子一路走一路笑。

绿荷不知该如何答，只是闷声点点头。

冯善伊再笑道："果然是福君那丫头有些手腕。我初以为她是说大话，看来却有点真功夫。"

绿荷扬起头来，看着她满是不平："守他十一日昼夜不歇的人是你。在他病榻前和他交流、鼓励他的人是你。甚至为了他，不惜与满朝文武敌对，杀王侯斩列将的人也是你。如今，如今都平稳了，你偏偏要躲起来。你是躲谁？宁愿躲在自己的小佛堂念经下棋，也不愿意面对的人，是他吗？"

冯善伊笑着摇头，又想起那一日李申离开魏宫回去府邸中与她的话。那并不是冯善伊与冯希希间亲密无间的交谈，而是冯皇后与李夫人的最后一场对峙，当着拓跋濬的面。

李申说她看不起她。

李申说，这样的冯善伊，一个不去爱任何人的冯善伊，如何能懂她所做的一切？

李申说，如果有朝一日她爱上了，兴许才会懂她。

从始至终，冯善伊都在微笑，以一个皇后的权势，逼走自己的姐姐，其实是满心满意的恐惧。

宣政大殿上，她与她同跪于殿前，迎着同一个男人。

冯善伊是笑着告诉他："我曾经同常太后打了一个赌。她答应的条件是待您醒之后重新决定，是要赶走一个在病榻前守护您不离不弃的痴心女子，还是要留守另一个在你昏去后立时握紧皇后的权柄杀朝臣、毁社稷、无爱无情的女人。"

她也记得拓跋濬当时仍以苍白无神的容色，就那样静静地靠在龙案前，他手中的笔颤抖，冷墨一滴滴落下，染脏洁白的帛面，而后狠狠皱起眉头掷地。

李申说："我是真心爱慕你。"

冯善伊说："至少到今日，这世上仍没有我所爱慕的活人。"

凉如水的夜，死一般的沉静。

拓跋濬闭眼又睁开时，只说了一句："朕做的决定，不能收回。"

这样的回答，算是赢了吧。

池塘氤氲水雾前，冯善伊睁开眼，一点一点看清晰。却也是想起，自那日之后，她再没有见过拓跋濬。拓跋濬再没有来见过自己。

转过身，冯善伊瞳中闪出一丝清醒的亮光："今日早朝来了多少人？"

绿荷探手捏去一朵碎白梨蓓，揉在掌心，幽声轻念："太后说话，自是跑回

去了大半。除了少数几位鲜卑王公，如今嚷嚷着——"

"嚷嚷着要皇帝分出领土让他们自建鲜卑诸侯国。"

"你如何知道？"绿荷有些懵然，拂手看她。

冯善伊摇摇头，笑着道："这些人也就这点出息了。"

"皇上想必很难。"绿荷叹下一口气，担心她面子过不去，便忍住之后的话。

"他难个鬼！"冯善伊再转过身来，抬眼看去自山顶迎落常太后满是冷意的目光，起手挥了挥，扯着笑压低了声音，"都说了，我会代他处理干净。"

"杀干净？！"听她的口气总觉得时而太自信，又想起她最擅长的手腕，连绿荷都觉得心虚发麻。

冯善伊瞥她一眼，哭笑皆不是："我一个个求回来还不成？"

粼粼水波影出高台玉阁飞檐碧瓦，随风而落梨白樱红流华韶光，池中漾出圈圈浅纹，清风一拂，层层涟漪逐去。冯善伊与绿荷二人流连于池侧回廊，依靠水亭阑干说笑片刻，享受魏宫内难得的一分轻快。直到身后传来重叠而上的脚步声，尤其中间那一人穿透力极强的刺耳声音打破了廊中半时的宁静。

绿荷皱眉，俯着阑干转身，看着迎来的浩浩荡荡人马，垂手拉了拉身侧冯善伊的袖子。冯善伊甩了甩满是水珠的手，率先听得那一声由隔廊传来——

"你们听我的没错，昱文殿的那位冯皇后是假的！"

这声音俨然熟悉，冯善伊捏着袖子擦干了手，饶有兴致地探眼瞧看。对廊中随众宫人缓步行来的正是沮渠夫人沮渠福君。

沮渠福君一身朱红宫装，一眼望去于众人拥簇中正是扎眼，高高竖起的华鬓珠花簪玉华贵端庄。冯善伊随之笑笑，远远听得福君再次开口。

"我今儿就随你们去瞧瞧那位冯皇后。我可是亲眼瞧见她的棺木。如何又蹦了起来。"福君朝着这边廊子走了几步，抬眼平视时，正瞅见冯善伊笑着朝自己挥挥手，立时也眉开眼笑，挥手而回："这不是冯姐姐吗？"

冯善伊拉着绿荷迎了上去，沮渠福君身后那一群宫人哗啦啦地跪了下去。

福君尚有些不自在，回身与她们道："乱跪个什么，烦不烦！"言着拉紧冯善伊袖子与她贴步走了一侧，压低声音道："恩人你如何也来了魏宫。噢，难不成是放心不下我吧？"

冯善伊咳了咳，除了笑还是笑。

福君眨眨眼，脸还是红了："该不会是李郎不放心我，才要你入宫里来照看我。我就说，他看我的眼色不老对劲。"

冯善伊随着她的话想了想，暗声问她："李郎又是谁？"

"就是那个李敷嘛。"福君连忙垂下头，拍了拍自己两颊。但想起那一日随他们去往深林冷棺处，李敷为自己提灯照路的温存，便觉得李敷那厮是对自己有意思。她虽不是生得国色天香，可也禁不住人见人爱啊。

这般想过，缓了口气，即朝冯善伊点点头允道："可我如今也是有了夫家的人了。再况且这皇帝待我也不错。"

冯善伊笑了一声，戳着脑门明白过来，继而又笑："原来是这么回事。当初在我眼皮底下你们两个都敢眉来眼去？！好个李敷，我自要回去严审不误。"

福君松开她手，回身看了看仍是跪着的一群人："你说这些人有病不？走一步跪三圈的，跟着我一路都是要烦死了。我这是前去给那个皇后请安。我还真不信她就是个真货。我那日明明是见到了……冯家该不会是滥竽充数，又充了个冯皇后吧？"

冯善伊抬手捏去福君肩头的一片落叶，含笑道："福君啊，你这个脾气在宫里也是要吃亏的。这张把不住门的嘴，定要招祸患。我若是你，心知肚明就好，何必处处较真！再明白再清楚，又落你什么好处呢？"

"我要当皇后啊。"福君急急道，她就是明确了目标才入的魏宫，如何能不认真！

冯善伊皱眉："为什么一定要是皇后啊？"

"这才有脸面。"

"成为皇后，仅仅是脸面吗？"这样的回答才是让自己吃惊，冯善伊敛笑，静静看着她。

福君点点头，又退下几步："我不与你说了。不如你去我宫里等着？"

"皇上，皇上来了。"

这一声匆忙而起，竟是乱了众人脚步。

廊前几步之外，池中架有莲蓬石桥，一弯而下，接着水榭楼亭。拓跋濬正是由中宫越过御花园而来，行过水榭，已走至石桥一侧。他身后追着几位尚书台要臣，身前崇之压着声音为其让开道路。

福君见状，才稍有收敛，急急回身告诫着冯善伊："躲我身后，千万别说错话。"

冯善伊应，果真随着福君一并朝由石桥疾步而来的拓跋濬行礼。

拓跋濬几步跨过石廊，无心细瞧一众宫人，只觉莺莺燕燕尚有些挡道碍眼，匆匆掠去一眼，又予崇之一个眼色，随即换了方向转去另道。

隔着半座池子行礼，福君本也是满心期待拓跋濬能瞟自己几眼，只见他转去

【第六卷】华嫁篇

另一条廊路，款款而起的步伐虽有些迟钝，更掩不住的失望，只面上终是痴痴地叹气："这么一副不把人放在眼底的清冷，最摄人心魄了。"

冯善伊同望着拓跋濬逐步远去的背影，咮咮一笑："你还真是犯……"话到了口边又是吞下，再看着福君，换了口气道："沮渠福君，本宫看着你很有意思。"

福君霎时愣住，正琢磨着她口中一时脱出的本宫，冯善伊已牵着绿荷离去。

身后众人忙又转去她们离开的方向躬身行礼，口口声声念着："恭送皇后娘娘、南安公主。"

冷风一浮，福君袖子摆了摆，于众人中失了魂般仰头四望。

身后一个小宫女拉了拉她的袖子："主子，您不好再犯糊涂了。"

"冯，冯……"福君瞠目结舌，落字难成音，"她就是那个冯善伊？"

激滟春妆，华衣逶迤曳地，裙尾碧色珠玉炫彩流光。一路皆行得缓慢。草木刚浇过水，泥土湿泞，染脏了金履，却也是一步深一步浅。潜邸府中的后花园竟是同魏宫的御花园同一规模，便连景物罗列规制都无二般。听说拓跋濬继位初入宫时，便是依照李申的喜好重置了御花园，原来是和他们自己府中的一模一样。

庭院沿壁青白一片，千杆万蕊，不叶而花，清香习习，引人驻步。

冯善伊捧起一株笑看无声，清凉的水珠抖落指间，身后李申的声音更凉。

"听说拓跋濬曾经为你在宣政殿前植了一株梅，你眼前的这株玉兰也是皇上为我种的。他们叔侄二人总有些像。"

冯善伊"噢"了一声，将手心的一叶兰花瓣紧紧握攥。

"那梅树当初由我砍了，你该不会也想移了这棵兰。"李申一袭杏花暖色绸衣幽幽行于兰花下，一黑一白正是分明。

冯善伊摇摇头："就留着吧，做个念想也好。"

李申陡然一笑，却声声凄苦："你哪怕是有一丝一毫爱他，我都可以让了你。偏你不是。我就是不明白了。你明明不爱，为什么一定要出现在这里，为什么一定要留在他眼中。"

"是啊，为什么呢？"

"贪羡那虚荣？"李申掐花而念，声音低转轻回。

冯善伊呼了口气，徐徐走在她身后，将手中方捏下那一朵娇滴滴的兰花插于李申鬓间，正是色白微碧，绰约新妆。

"不骗你。我确贪图这一分虚荣，握在我手中也不忍松落。从没有一个人能给我这么多。不仅仅是一个皇后的位子，而是比那更多。一个孩子，一分牵挂；一丝担忧，一腔勇气。或许这些比你们言中的爱情更值钱。"

"我不懂。"李申冷笑摇头。

"因为你没有真正想看清我。"冯善伊轻笑着，看她一眼。

李申愣愣看紧她，一丝一丝摇头。

"我的姐姐冯希希是决计不会伤我之人。"她最后扬起头来，说着，泪便由双目中落下，"请忘了所有恩怨情仇，就此把姐姐还给我，我也想自欺欺人地说出这番话。我眼中最美好的姐姐冯希希，当她变得面目全非，我只愿她是死了。"

李申猝然抿唇，这是她第一次见到流泪的冯善伊，对冯希希来说却绝非第一次。自心底涌出那丝丝心疼，有奋不顾身的冲动想要出手环住她，这是痛心吧。

"我实在没有办法面对一个我不曾认识半分的姐姐，一刻都不想面对。李夫人，自此以后，死了回宫的这条心吧。"说出心底最坦诚的一句话，冯善伊前所未有的宁静，再回身时，凝视着面目发白惨痛的李申，连勉强勾起的笑意的气力都没有。

"你和拓跋濬的姻缘既是由这一处宅子而起，便于此终。这座潜邸所带给你的完美爱情，是你在魏宫中得不到的。你深爱的拓跋濬会在这里陪你终老，厮守一生。而那个不能继续爱你的拓跋濬，也请你松手，任他成为最盛名的君主，护守他的子民，庇佑他的基业。"

风袭来，花枝颤颤，枝叶零落，浮荡于冷空偏庭。

冯善伊深深吸了口兰花馨香，幽声道："我所知道的魏宫是一个不能言爱的地方，而你做梦都是想将拓跋濬占为己有，犯了内宫大忌。身为魏宫的女主人，即便只是一刻的女主，我不能允许任何人借由爱情之名便将内宫所有悲苦的女人逼上恨嫉这条绝路，所以这样做的你绝不能留守魏宫。"这是她答应他成为皇后的底线，也是她与李申之间那个赌约的真正意义。

在魏宫，依靠爱情而活的女人很可怜；只靠爱情活的人更可怕。李申所要的内宫是三千宠爱集一身的盛世荣宠，冯善伊所要的是一个能够助拓跋濬兴就胡汉同治大业、革新改政的清平后宫。也正是因此，她二人便如山中二虎，片刻也不能共存。

"善伊，我自小让你，只与你争了这一回。你却让我输尽了。"李申抬眸，湿润的睫子颤了颤，哽咽的喉咙中滑出一丝不忍。

冯善伊迈出了几步，渐停下身子，人立在三月春风的兰花雨中映得格外消瘦。抬手握起簌簌落花，她终是一笑："那是你的骄傲。你从前让我不过是觉得

我可怜，因为你知道我从不敢与你争。而今不是我赢了你，是你丢了拓跋濬的心。"

"我……丢了？"李申摇头惨笑。

冯善伊怔怔点头，坦言："比起你我，拓跋濬更应该清楚自己想要的是什么样的后宫。他不会立你。"

踩过满地落英，脚步很轻，每一脚都落得有些不忍心。望去后花园九曲十弯长长深幽的廊道，她确能幻想出从前这一对倾世佳人倚阑而靠的清丽身影流曳水榭软溪，过往的那些总是格外美，可人总是要活在当下，目光紧逼着下一步。

"他曾经给过你机会，你却宁愿自负，也不肯相信他。如你所言，我或许不爱他，但我至少信他，相信他是一个好皇帝、好父亲、好丈夫。"此一刻，她说出这番话却又恍惚了，如此的李申，当真爱那个男人？她确该知道他日夜勤政该有多辛苦？知道他鬓间青丝下藏了多少与年纪不符的白发？知道身为帝王的他该有多难多苦？她是不知道，还是不想去知道。她用尽气力歇斯底里地维系他对她的所有情感，却实在是一种折磨，对一个帝王的折磨。他的心中有万民、有江山、有天下，却不能独独只有一个女子。

到底是拓跋濬给的太少了，还是李申想要的太多了呢？

步出潜邸，清朗的日光穿刺老树，落了满地婆娑斑驳。起身上辇，目中最后一丝属于潜邸的碧色青瓦逝于眼底时，她忽然觉得自己和李申的一切都可以结束了。她最终也没有如愿以偿找回天涯之隔的姐姐，她的姐姐冯希希终究是死在了那年刑牢之中，回来的只是一副已吞没初心真挚的躯壳。

可是这样的结束，至少也不差。

冯希希到底活在什么地方，没有人比自己更清楚了。

是心底。

浅浅微笑，紧紧合十的掌心展开，那一朵兰花袖手而出，随风飞出帘外。

拓跋濬真的爱过李申吗？她真的怀疑犹豫。

她说，他为她植了这一株白玉兰。

可她真的懂玉兰吗？在她的家乡，玉兰是报恩之意。

车帘又是一抖，是随行的顺喜问她去处。总归是出宫一趟，就将琐事都了了吧。她这样想着，出言便是命他转去西城，转去娘娘庙。

熟悉的匾额，熟悉的门庭，熟悉的老翁老妪，只是总觉得少了些人。老妪握着她的手哭了一路，说是几日前石娃殁了。冯善伊不惊讶，却也一口气憋着难受，扶着老妪步入里间，想安慰着又不知如何说。她在石娃屋子里收拾了几件破衣烂衫，再由他枕头下翻出那一身叠得整齐的新衣，这还是去年年尾时拓跋潸送来的那些衣物。

"这孩子怎么不穿啊？"冯善伊叹了一声，将那小衣又叠了起。

老妪蹒跚走来，连坐在炕头，哀哀直叹："怕穿脏了，可稀罕着嘞。"

"这几身旧衣服，我想带走。"

冯善伊问了一声，老妪又塞了给她，连连说着："本是要烧了的。"

"我会给他烧一些好衣服。到了那边总不能仍穿这些破的。"冯善伊摇摇头将衣服卷起，踩出门时，正见后室一前一后步来的二人熟悉，是文氏与李敷。

"娘娘如何来了？"文氏近步低唤一声。

冯善伊目光扫了眼她身后的李敷，只言："顺道。"

文氏见状，只是寻了个借口退避出去，与她擦肩而过时，小心翼翼地提醒着："这一回，你想同他走就走吧。"转至廊尾时才又稍显担忧地看他们二人一眼。

冯善伊因文氏一番古怪言语怔愣半刻，始终迟疑不解，回首见李敷身后背了个包袱，似是做好了远行的准备，长青色的袍衣大敞，早先苍白的容色也有几分好转。

眯起眼，故意打趣他道："背着我，想自己逃了？！"

李敷撇了撇嘴，转身望去池间清漪，闷声说了句："谢谢。"

冯善伊歪头看他，疑惑着嘟囔："几日没见便这样客气啦。谢什么啊。谢我好良心来看你，逮着你要逃？！"

李敷低眸看她一眼，隐隐咬唇："救命之恩。"

冯善伊摇头："我不曾救过你的命，反是你救我多次。"

"你让文瑶送来的解药，我用了。"李敷点点头。

冯善伊跳下阑干，一个劲摇头："你越说我越不懂。我何时让文瑶来送药？"

李敷皱起眉来，言是清淡："你可不是做了好事不承认的性格。"

"你体内之毒，莫非有解？！"

"毒蔓之毒由我当时体内剧毒相抵，才没有立刻死。如今祛了旧毒，已是自由身。"

想着他的话，又想去很多年前许多的事，一时觉得周身发冷，她退了半步，再仰头看他时，有些难以置信："在你护送我入云中之前，已经中毒了？"

李敷又点头，声息不出。

呆愣地平视后，视线一丝丝清朗，闭了闭眼睛，她问："是郁久闾氏？！她以此逼你害我。"五年前那一次失败的暗杀之后，郁久闾氏必是怒极，所以逼他

【第六卷】华嫁篇

饮下毒酒，一年之内若不杀了冯善伊便得不到解药，只有毒发而亡。而送她们一行前去云中，是最后的机会。他实在有千千万万次杀她的时机，却并没有出手。

"任何人都逼不了李敷。"李敷扬头，对她难看一笑，目中闪烁，只想一言匆匆带过，"车行润城那夜，我被剧毒的蔓草割伤。那时候我也以为自己快死了，索性借死保全你，我并非牺牲多少。"

只是没想到，两毒相抗，他竟也能撑得住这么多年。早已做好赴死准备的自己，幸得蔓草之毒。祸兮福兮，果然不可从一而论。

"我并不知道你之前便中毒。"思绪飞闪，声音一丝一丝凉去，她是问给自己，"可逼郁久闾夫人交出解药的人，又是什么人？"

李敷面色陡然更白，没有接话。

她点头，心底有个声音最是清晰，斟酌出言，满满坚信："是拓跋濬。"

也只有他。

拓跋余死了，成为先帝，继位的拓跋濬，是郁久闾氏的亲生儿子。她怎会甘心守着青灯苦烛荒废半生，借此一搏，赢了，便是万人之上的皇太后。换自己是郁久闾氏，又会如何？！只是这一切在拓跋濬心中，尽是了然。

一时间，文氏的话猛钻入脑中，允她走，也是拓跋濬的意思。他这算是什么，英雄好汉大气度吗？就此放过被她母亲逼迫的无辜人，无论是忠义皆有的李敷，还是因那女人纠结了二十年的自己，他母亲的罪，都由他代偿吗？

勉强走出了几步，脚下一软即是跌坐空廊。身前的李敷忙紧一步前来扶她，伸出的手却迟迟未由她握住。

她由他的手怔怔移上目光，似笑非笑地摇头："他从来知道，一切都知道！"抖了冷笑，便撑起失了重心的身子跌跌撞撞地跑了出去。

几乎是滚入车辇，来不及喘息，便是吼着辇外惊慌大乱的顺喜："回宫！回宫去！"

轧轧车轴声打破了沁凉的昏夜，最冷的风滑入内辇，像刀子一般割得人生疼。渐俯下身子，脸颊贴着冰冷的玉栏，衣袖间浮上安魂香缥缈的气息，是拓跋濬内殿的香息。困守宣政殿十一日，她从前是讨厌极了这香，而后竟觉得习惯了。偶尔闻起这味道，却也觉得心神宁定，毫无来由地就让人静下来。便如面对拓跋濬，无论再乱的心，总是能沉静。

拓跋濬，他竟是知道的。

她四岁那年亲眼看着太武帝把自己的手探入郁久闾氏襟中。

而他十四岁那年则是看着他的七叔将手探入自己母亲的袍领。

所以他才那样恨拓跋余，他说他是伪君子。他自幼执著地追求皇位，并非因野心，而是在他曾经稚嫩的目光中，只有这样才可以阻止郁久闾氏的疯狂。他的母亲总是躺在最高权力者的软榻上，他夺不回母亲，便亲手抢来那宣政殿无上尊贵的宝位。这是他捍卫自尊，夺回母亲的唯一选择。

他比任何人都清楚地明白，那滋生在宣政殿软榻之上的贪欲。他默许她鼓动汉臣拥立常氏为保太后，默认她将真太后藏匿七峰山的事实。对郁久闾氏，他由儿时的怨怼到至今的自责内疚，任一种心绪都在常理，是为人子的常理。

他不会恨自己的母亲，因为没有人比他更清楚，郁久闾氏唯一的错，便是为一个拿自己当棋子的丈夫生下了拓跋皇族权力的继承者、一个孤独的皇世孙。

这一夜，陡然生凉。

这一路，前所未有的漫长。

长长队伍步入十六座宫门，缓缓停落中宫殿前。众人随辇跪迎，默默无言。

顺喜搀她出辇，她几乎是一步夺出，目光扫过前方黑衣内侍，哑哑的声音传出："皇上呢？"

一个小侍滚爬而上，磕着头念："皇上今夜在长安殿与沮渠醉饮歌舞。"

"他现在又有气力起歌弄舞了？"冯善伊瞥着那内侍，只消一眼便骇得众内侍再不敢言语。

她冲入长安殿时，更没人能拦得住。一行宫人追了一地又跪了一地。

流光飞舞炫彩熠熠的长安殿寂静了许多年了，崇尚节俭的拓跋濬执政以来，这也是首次升殿。满地金凿的莲花跃动耀眼的光辉，与雕梁吊顶的贴壁金花相映成彰。

华帐肆飞，红盏灯笼罩出暖暖的明色，编钟玉鼓将大殿团团围绕，内有一圈衣着裸露的舞姬绕殿起舞，圆歌婉转激清征，妙舞左右回纤腰，轻盈的脚步跃起又落，漫漫摇飞的水袖随着猛烈的旋转变幻出风姿不同的莲盏摇曳。

拓跋濬正坐殿中央舞姬之间，那金碧玉台上，他身侧是被一把掀翻的酒桌，杯中酒洒了满台，身侧舞姬才又推去另一盏。一身佩玉璜明晃夺目，一把伏羲瑶琴置于膝前，背对殿外潜心沉入酒池舞乐中，偶尔有笑声朗朗，只听起来却是几分沉沉疲惫远甚于快意。

她一时嗔笑于心，此人是想做个快活逍遥的帝王都学不会。

两侧舞姬见皇后入不由得止步，狐疑着相看，只做好退身的准备。

宫乐止，殿中拓跋濬隐有不悦，奏罢最后一音，淡然问："如何又停了？"

众人无言，只有福君回首匆望时见得冯善伊，才稍有收敛地松开执着拓跋濬

【第六卷】华嫁篇

的一只手。拓跋濬长袖一扫，端起酒来抿了几口，他没有回头，却也知道身后来了人，连气息都那么熟悉。

落下酒盏时，他挥了挥袖子，命众人散去。

便连沮渠福君都知趣地移步离开，与冯善伊擦肩而过时，只小声提醒："皇上近来心情不善，要哄着。"

冯善伊一点头，若论心情不善，也该是自己最不善。

殿中唯剩二人时，拓跋濬极是扫兴地推开瑶琴，由玉台中起身，一脚踹开挡路的酒桌，踩着一路湿酒迈去殿上。

冯善伊绕开玉台，只追着他的步子，他走一步，她便连进三步。

任谁也没有先出声。

摇曳的昏灯下，她由繁缛的华色裙摆困住了步子，再不能上前。

他恰也停住，只是因醉酒微醺，步履不稳，尚需扶紧玉杆舒口气。

他过分清瘦的身影，随着一高一低的长幔映出的光芒闪闪烁烁。

脚下碎帐与裙尾羁绊缠绕的同时，身子由前一倾，她展臂抬去，袖手穿过他微风拂动的衣衫，滑过他衣带间冰冷温厚的玉璜，交合于他腰上，素手一扣，便将他环抱。滚烫的额头贴紧他清冷的后脊，这一回，主动出手自他身后将他环起的人，是那个口口声声说不会有爱的自己。

玉漏无声。

只贴着他后脊，即能感受到他体内排山倒海的纠葛。

衣袖抬了抬，他竟似有意松开她紧扣的两手。

冯善伊勾了勾唇角，道："你敢松？！这一松，别怪我就此翻脸不认人。"

俊秀的眉宇添了一丝微微攒蹙，落在她手上的目光隐隐发烫。所有的情绪，一瞬间转为长长一声叹息，重附上的手一点点攥紧她的。

"我身上一股子酒气重，你会嫌弃的。"也许是无话可说，他自己寻了个站不稳脚的借口这般道。

她在他身后突然轻笑："我身上酒气冲天的时候，你可有嫌弃过我？！"

那时的拓跋濬不仅没有嫌弃她，还环着她睡了一夜，环得那样紧，贴得那样近，便如此刻。

"我给了李敷解药。"他突然道。

她不知道他的意思，于是睁开眼睛，闷闷一声："所以呢？"

"所以我以为你会和他一走清净了。"拓跋濬落寞地垂眼，心跳仍是慌乱。他以为这一次她是要走了，那个缥缈不真的梦即将成为现实。

冯善伊没有说话。

如今都明白了。几日来她躲着他，他也躲着她，相互之间都是不敢面对。闷闷的他憋在自己的角落里就憋出了这么一个想法——放她走。他差文氏以她的名义送药给李敷，又默然准许她以出宫的名义顺道去一趟娘娘庙。他以为她这一回总是要走，于是在长安殿升起舞乐，便是不欢喜，也要沉醉。

"你知道自己会怎么死吗？"她低了一声，不悦地问他。

皱眉，无应。

她又叹一声："憋死。"

"为什么回来？"这一句话从方才憋到现在，再不问，则又要憋死。

她只一笑："这一回，我就没想过走。"

"为什么又不走了？"

他是有许多的为什么要问了。她也不想去答，只抱着他一紧，声音很低："你抱抱我，那些人让我怕极了。"

拓跋濬僵冷了动作，回头时却猛然触上她满脸的泪，他默然又心疼地凝望着。方才她说话中一直在笑，其实却是任凭这些冷泪流了满面。

她扬起头笑，那些晶莹的泪水顺着脸颊便滑了下去："她们都问我明明不爱你，为什么还要困着你？所以我想，我是否也喜欢你一次，就此堵住她们要死要活的嘴。不然就好似我是无赖，亏欠了你似的。"

他淡淡一笑，垂下头吻她，唇齿摩擦着发出隐隐约约的一声："好啊。"

香甜而温软，带着他独有的味道缠绵在唇齿之间，隐隐的急促，迸发着心底一丝渴望。他齿中的酒气并不重，反是丝丝缕缕干净的清香。他的长发散落下来，拂住她的眼，缱绻柔情中，泪水汹涌而出。

长风一扫，昏灯灭去，静得更无声息，漫天的垂帐翻摇而起，窗扉开开合合的声音碾过心头。

他将她一把打横抱入怀，弯身放稳在上殿长榻之中。暗夜中一双沉眸如星，绽出浅浅荧光，他倾身而来，繁琐的衣物摩擦着，他的僵硬便抵在两人贴近之间。下意识之间，她脸红了一瞬，便是这刹那，由他勾手扬起下巴，她慌忙躲着他的目光。

只他一时浅浅地笑："知道吗？这是你第一次在我面前害羞。"

"谁羞了？"她咬牙强言，气息却分明乱了。

他哑声笑了笑："当真不羞？"

她摇头，却已是不敢看他。心中憋闷，自己这模样倒像是生过孩子的女人吗？

"不羞，那便直接在这里解决了。"他说着便探手伸入她衣襟，几下褪去本有些滑落的衣衫。

"别啊。"她仍是有些不适应，只觉龙案上那瞪着火红亮眼的龙头正狰狞地望着自己，索性拉了拉他袖子道，"回内殿。"

他欺身而来，叼着她的唇温柔咀嚼，灼热的胸膛将她全然包裹。

"回内殿时，还有要紧的。"闷闷哑哑的一声，夹着笑音。

"你悠着点。"她如今还颇有些在意他的身体，脑子没转，脱口这么一句。

拓跋濬登时黑脸，压在她唇上狠狠咬了咬："哪个同福君说我在这方面冷淡你，我可还敢悠着？！原想不到，我的皇后在这方面需求竟是胃口大着。"

她只想哭，闷哼了声："我错了，这回真错了。绝——"

"绝不再犯。"这一回是拓跋濬代她而言，再猛地钳制住她胡乱挣扎的双臂，一手揽起她的腰肢，驰骋而入时，声一哑，"谁信！"

炽热的肢体紧密贴合时，她凝紧他眸中的自己那样真实。零星的吻正落在他眉间，若非他眼眸似镜，她也不敢相信自己竟然在他进入的瞬间躬身迎合，且如同亲密的爱人般吻着他清冷的长眸，细密的睫毛，以及他眼中所有温热的湿润。

碎乱的华衣滚着长帐翻了满地，满身淋漓的湿汗由冷风吹干又是一轮新的攻城略地。她唯记得他们从榻上滚下，由上殿几乎翻滚入下殿，其间她尚还在笑，明日身上定是许多淤青。

她记起他抱她回内殿的一路上，她素手攀在他颈间，执迷地问着那一句："你还没有回答我，你是不是喜欢上我了？"

他依然什么话也没有说。

她点点头，脱口而出："便当你默认了。"

他们平躺在宣政殿宽敞的软榻中，她挽着零落肩头的一丝长发，轻念："我知道你的小脾气。你怕你说了，我却又不喜欢你，你就没脸面了不是？"

拓跋濬猛地攥住她的手，将她拉到胸前，精巧的下颌正贴他的颈前，他清冷的眸眼扫过她："你这个人，但凡遇到自己不喜欢的东西贴着你，必要甩得远远的。我可金贵着，任不得你甩啊。"

他这番听着满是玄机的话，在她耳中便如同推卸责任般。她呵呵笑着，又停下，抬手触了触他额上的汗珠，正滚下她指缝间。

她问他："我们这是几回了？"

他舒然一笑："三回。怎么？还想要？"

她反手拍了他脑门："想死不成？老祖宗纵欲有度的话，记到哪里去了？"

他又笑："皇后贤德。"

她滑下他的肩头，睁大一双眼，望着床梁一角飞扬的幔子，低了低声音："我每说喜欢一个人，那个人就不在了。所以这世上没有我喜欢的活人，也不能有。"

拓跋濬闻言垂下目光，那一日却也因为她这一句话伤寒了心吧。

"我想骂你。"他淡淡一声。

冯善伊皱眉，不明所以。

他转过头："骂你不知好歹，当着文武重臣即敢杀了乐平王；骂你蠢笨迟钝，与太后联手还险些把自己卖了进去；骂你不顾全自己，十多日不眠不歇。如是我醒不来，当朝皇后又累垮了，才是奸人上位的最好时机。我更要骂你，明明是自己做的，仍要推给别人。你的皇帝，你的丈夫，你儿子的父亲，是随便可以推赠他人的物品吗？"

她浑然愣住，睁大的眼中含有一滴泪，如何也流不出来。似乎是窒息了，喘息那样难，微微地颤抖。

他又叹了一声："不是你说的吗？让我醒来至少骂骂你。我想来想去，也就这些可骂。"他怎么会不知道十多日守在自己枕边不离不弃的人是谁？所以那一日，她与李申同来时说出那番话，他只恨不得再气病回榻上。待到想清楚念明白了，也终于松下一口气，说服自己放她走。

她眨了眨眼睛，吞下那滴泪："那你如何不骂我，内殿和李敷的事。"

他想笑又是强压着，白眼看她："你还好意思提醒我？！若不是那一番折腾，估计我还要再多睡个几日才舍得醒来。"

她静静舒了口气，摇头："我真怕，那个时候怕极了，你是要我回来替你收拾后事的。"

"以后，兴许还有许多更担心的事。"他抬起手来抚着她侧鬓，缓缓吻上去，"我们说好了。不论你是不是喜欢我，我们且这样过下去吧。"他这样认真地说，分明不是玩笑。

心底一软，她仍坚持："契约的事，是要另议吗？我想了想，三年是有些短了。"

他挑眉笑了一笑："你议个百年，我没意见。"

"我们，十年十年地签吧。"她莞尔笑着，"说不准，十年以后，我们各自也

都厌了。再况且，我在魏宫待得太久了，看也看乏了，这一生总不能始终困在这里。"

"你还有什么打算？！"他轻问着。

"有朝一日我要出宫，做个好母亲。"她微微笑着，披上长衣，月色映落她眉间华色绰绰。

他点头，同是坐起，应允道："如此，朕准了。"

这尚是他今夜开口言提的第一个朕，以一个帝王的身份面对彼此。

"只是眼下我们既然都做不了一对好父母，便携手做好这天下百姓的严父慈母？！"他这般建议着，俱是认真。

她含笑捧起他的下巴："拓跋澺，我都答应不走了，该是承认喜欢我了吧？！"

他仍是执意不应，反向她身前一倾，挑起她方系好的衣带，定定道："再来一回。"

——你难道一定要我用言语说穿道明？！

——不，你已经说出来了，我听得真切。

【华嫁篇·第三章】

山顶有风徐徐入，洞帘起水声声注。

以假山取景，石桌为局，乱子为棋。撑额凝着这一盘无黑白经纬的乱子，冯善伊摇头又摇头。手边压着一张雪白的花笺纸，一十六个大字正是夺目耀眼，白纸黑墨一气呵成，笔锋遒劲，磊落大气。微风一拂，那笺落在裙间。裙是翠碧连盏，素色云丝勾着银线绣刺，花色平淡素雅，仲春之时穿着最宜。

冯善伊手中的小石子犹豫着，又欲悔棋。

李弈连吞下几口酒，嚼着青梅果子，连连以扇柄敲她欲行坏事的素腕。

"此一回，再不准你悔。"

她抽手揉着被屡次敲红的手背，连连吸气："辣手摧花。"

李弈吐出果核，扇面反一挑，风扬起那张白笺，于他二人眼前拂了拂。

"就不作感想？！"眼睖着那笺中豪放的字迹，李弈歹笑。

冯善伊拿到眼前上下看了看，又放远了看，点头评述："好字！"

"呸！"李弈冷扇一击，拍着大腿道，"骂你骂得也好。"

"人怕出名猪怕壮，不被骂不红火嘛。"她自觉无事，斟了杯青梅酒悠然坐饮。

李弈扯来那金笺，朗朗念出声："智略猜忍，恩威并作；阴阳倒置，室无安宁。这十六个字可是摆明了要你死呢，而非废后的口吻了。"

说罢转眼看着冯善伊一双琥珀琉璃目正盯着自己上下瞧，反是她先笑了一声："你这话实在不地道，人家好歹也是夸半句骂半句的。"

李弈甩开扇子，猛摇了几下："这分明是说着，留着你冯善伊那是要篡权皇室祸害社稷的。"再掷下冷扇，"砰"的一声砸在桌上："身为汉臣，高允老头他此番搅和什么！"

她重将那笺纸压平叠好，手指从精致的金笺纸边滑过，高允虽为汉臣，旧时随乐平王凉州平叛便结下义兄弟情谊，如今乐平王被冯善伊所杀，他抵触她不是毫无来由。

随后敲了几下石案，她忽然好奇另一人的反应，起兴而问："高老头把这几个字呈给拓跋濬，拓跋濬脸不得黑成炭灰？"

闻言李弈想到白日大朝上的情景，略显漫不经心道："这回没黑，反是笑了，笑过就差羽林郎送高老头回家。皇上几日来心情不错，再冒犯的奏本他也能听下来不带翻脸的。"

比起汉臣中的一个异类高允，李弈则更担心鲜卑皇族那一行人的来势汹汹。见百官进谏不起几分作用，如今便也开始四处游说企图兴起惊涛骇浪。这一群虎狼之辈抵挡冯门汉族的皇后仅是表面，真正所要对抗的却是拓跋濬汉化的新政改革。胡臣没有胆量与拓跋濬直接叫板，所以才借由立后之事叫嚣。

冯善伊所以才稳坐泰山，不似李弈，一有个风吹草动便按捺不住，便也是因为清楚这些所谓的敌人，不是她冯皇后的敌人，只是新政的抵抗者。

李弈推开满桌杯盏，摊开面前一副羊皮长卷帛，帛上墨字连连，皆是以表身份的姓氏名位。冷柄一划，落在数十人之首的名字上顿了顿，便将自己的一番严密分析脱口道出："我以为，如今主事不在高允，是可以先放放他。朝中汉臣仍是个个瞧着你眼色行事，谅他小小的中书博士，再声名威望，也不能左右权臣势力。"

她顺着扇尖落眼到他一指的名字，脱口而出："任城王拓跋云。"

拓跋濬的异母胞弟，也是她如今的小叔子，拜都督中外诸军事、中都坐大官的拓跋云，于朝于民，都算得上是屈指能数的大人物。早先便有闻他于民间廉洁

【第六卷】华嫁篇

083

谨慎，留心狱事，挫抑豪强，息止群盗，州民歌颂不下千余。赫赫贤王名的夺人光芒，恐怕都稍显圣主龙威黯淡。她几番思虑，这么个龙子凤孙，必是同拓跋濬一般娇贵又清高冷傲的个性，若要硬碰硬，此兄弟二人实不知会有什么结果。

"不如干一架。"推鬓而起时，神魂游荡着五行八荒界外，冯善伊兴趣冉冉步下山道，转去林间时，青竹和顺喜正等候一处。晨起时，她便答应了拓跋濬大朝后会去宣政殿陪他览折子，与李弈相议便是耽误了大半时间。预先知道高允在朝上闹过一番，她更是做好拓跋濬要发脾气的准备，于是更不能怠慢，步履转为匆匆。

山下那一顶华盖软轿已是停落半刻之久，绕出潋滟桃花林，顺喜起了轿帘，冯善伊正要钻入去，一侧漫上匆忙的脚步声，和零零星星跪地的动静。

扶帘的手一冷，但侧转半身，见身后是李婳妹携着稚子迎跪，再之后是随行的嬷嬷丫鬟将廊道跪满拥挤。

"皇后娘娘。"这是由阴山行宫回京后她们二人相隔一年的再见，两两相望已全无从前的那一丝亲昵和善，更似陌生人。如今李婳妹仰头唤起的一声，只是在面对一个地位高出自己许多的主子。

李婳妹深深叩首，连压着自己怀中抱着的皇子弘俯低身子。

"李御女有事吗？"冯善伊回了一声。

"娘娘可得知云佩宫乙夫人有喜的消息？！"

冯善伊朝前迈了半步，这消息的确是不知，该是在大朝后传出来的吧，所以身为六宫之主的自己仍要由一个李御女来提醒。

冯善伊点头，很平静道："听你一说，我知道了。你又想说什么？"

李婳妹连跪出几步，将臂弯中稚子托上："臣妾是来向皇后娘娘献子。"

冯善伊落座轿中，只帘子仍是摆起，宁静望着轿外已容露慌乱的李婳妹。

"我需不需要向其他女人讨要儿子，想来李御女你应该是最清楚的。"她有小电子，有润儿，从不缺这儿女成双绕环膝怀的欢乐。

垂眸一扫，冯善伊轻声催促："起轿吧，皇上已是在等了。"

"娘娘，您若不收下弘儿，臣妾便长跪不起，跪到死。"李婳妹并不认输，强言坚持。

帘幕落下，再传出的声音闷闭，隐约一声长叹。

"李婳妹，你又在担心什么？长幼有序，立弘为世子无可厚非。你如今莫要受人挑拨自乱阵脚。"

珠簪摇落，李婳妹仍是叩头不起："娘娘，我位卑人贱，自知没有那个资格为魏宫养育皇储，皇上本就该留臣妾于阴山行宫。只为人母的心怀，您不是不明白。为了弘儿的储位，即便是立子去母臣妾也不在乎！"凄厉的声音滑过，尤是最后一声立子去母言得无畏而又坦然，听着大骇。

冯善伊猛地扬起眼前长帘，厉声喝去李婳妹："立子去母这四字，是哪个讲与你？"

李婳妹不言，只无声落泪地摇头，怀中稚子环抱更紧。

冯善伊闭了闭眼睛："可是玄英？"

李婳妹再是摇头。

冯善伊凝视着如今已将魏宫规矩摸透的李婳妹不知如何回应，转念一想，李婳妹回宫不久，和她在阴山相处最久的两个宫人，一个是玄英，另一个则是由太后遣派行宫的曹充华。虚眸一笑，曹秋妮果然不再是从前那个快言快语清爽明丽的小宫人了。

李婳妹的哭声仍在身后断断续续隐隐约约。

天下女人，果然不一。有为了自己的地位与性命放弃子嗣的，也有为了子女不顾自己生死，相对而言，她总算多瞧得起后者一些。轿子一路走走停停，渐渐忘断李婳妹的哭音，揉了揉脑袋，听得再一声已是顺喜的低声禀告。

宣政殿到了。

迎轿的是崇之，他为了云佩宫的事正有些难堪，跪地垂首连声音都失了底气。

冯善伊走至他身侧时，命他起身，他便绕了她身后，隐约道："娘娘，乙夫人那事……"

"不需要你来告诉我乙弗浑将军对朝廷的重要。"她出口截住他声。

拓跋濬的心里自有一杆明秤，朝廷社稷，女人子嗣，这些尽是算得清楚明白。身为一个帝王，如果不能兼顾子嗣延续与社稷永存，那便是失职；而要做一个盛世明主，将权力与女人、子嗣同外戚完美地契合一处才堪称睿智。尽力做好明君，尽力平衡外戚与内臣的拓跋濬，走在帝王之路上，行得稳妥无错。

步子极快，以至于崇之又连追上数步："那是四个月之前的事了。奴才记得皇上都是好久不入云佩宫的，如今突然传来这消息始料未及。"

"身为皇上的亲侍，主管内侍府的大公公，这些内宫小事如果都是始料未及，岂非你失职啊。"冯善伊瞥他一眼，又觉奇怪道，"我一路而来宣政殿，听得西宫哀声处处。什么时候内宫妇人有喜成了哀事，这风气实在怪。"

"不是风气怪，是娘娘格外看得开。"崇之讪讪一笑，实在接不上话茬。

又行了几步，才转身，对他详言细致道："先去翻彤史册子照对，核实了拿

【第六卷】华嫁篇

来给我。而后按旧例散出消息，先回太后安稳的信儿，着手替云佩宫备礼，乙将军府也要同备一份。差备太医院什么的也不准马虎。行了，就这些你速去准备。乙夫人那儿，我晚些探看。"

崇之终是怔怔愣住。几年之前内宫传出喜讯时，当时的女主子李申在宣政殿与皇上冷目对峙足足多日。然而这一位冯皇后不仅不慌不乱，反是早有准备般，事无巨细样样嘱咐。

拓跋濬半炷香的工夫握着同一本折子发愣，眼落字中，耳边却追随着那女人声声言言。冯善伊自入殿中没完没了的啰唆絮叨，皆是为了乙夫人上下安排。

崇之未赶回来前，冯善伊揣着名号簿子提着裙摆上殿，立在拓跋濬身侧，摊开长卷，乱袖轻扫，声音几分清越："来，先圈个名字。"

拓跋濬一手压在奏本，淡目看去，不为所动地摇头："尚有五六个月，急什么？"

一手落在他肩头，似是提醒般："选个好名字送去乙将军府，以示皇恩，自要乙弗浑感激涕零。大将军的兵权稳握在手，新政才有施展拳脚的余地。"

拓跋濬瞟一眼她，垂下眉运笔："少折腾为好。"

她亦回瞪他一眼，揶揄道："不若我们二人齐去瞧探云佩宫。"

拓跋濬落笔不言。如今想起云佩宫这三字，都自觉头疼，亏她的好提议。

她知道这乃无声拒绝，自觉转身下殿，脚下似踩了一个纸团，俯身捡起打开，仍是高允那一十六个字，被揉得皱皱巴巴。窥探的目光悄悄投去身后拓跋濬，见他面含清风，舒朗平淡，远不是刚发过火揉笺纸的状态，才又一低头，迅速将那张纸塞回袖中。

迈出几步，拓跋濬淡淡的声音附上："如何想法？"

她僵一步，直了身板，言："高允这老头有些良心，不致论罪。"

拓跋濬稍愣，平眉中挑出一丝安慰，放笔起身，落步绕了她身前，同握她一只手腕，念出声："梓童果然与朕同心连结。"

殿门尚是大敞的，殿外羽林郎皆在视野中，她四周探去一眼，忙击开他的手："光天化日的少肉麻！"

"何曾？"面上微讪，拓跋濬摇首。

她扫了眼他案上，不悦，他是叫她来助他回批奏折，只她来了半炷香，他一个字也判不动，愣不知在想些什么。想起一事，向他报备言道："午膳我召了任城王拓跋云，你好歹压下火气把这顿饭应付过去。"

"压火？"他由她手中接了杯茶，缓缓吞了一口，回案重新提了笔。

"我知你们兄弟不对路。"皇族的亲人血脉，比较平常人家是更疏远纠葛，于她意料中，拓跋濬这一脸的目下无尘，娘胎里带来的傲气，能处好兄弟关系才是奇特。若非一个个得罪了光，也不会落得如今貌似众叛亲离的状况。

"不对路？"他复又重念了一声，挑起笑，持笔看着她不语。

"只你和任城王好好说话，无非应他几个要求，反对的呼声或许便弱下去了。亏得他是你亲弟弟，再反对也能先谈兄弟感情不是，论换了远亲王公，才不知从哪里入手。"她自坐一侧，用茶吃果坦坦然道。

"看来你是真的不了解他这个人啊。"饶有兴致地听过她一番颇在情理的自说自道，拓跋濬笑着摇摇头，落笔回折，"也罢，这回也要你好好见过他。"

后半个时辰，她自坐殿中翻弄着内侍府递来的册子，再不叨扰他，拓跋濬倒是踏实着连判了几本折子，直到御膳房传膳的禀告音由殿外而来。

拓跋濬揉着微微发酸的右臂，由案前起身，随冯善伊齐入后殿脱下一身朝服。依他所言，既是见自家兄弟，不必拘礼，如何自在如何来，于是只换了一身常衣，极沉的墨青色，将他气色衬得更有几分稳重。

随他一路转入偏殿膳厅，言是拓跋云早已等候多时，只进去后，左右寻不见他身影。拓跋濬也不惊讶，只是立于原地略扬起唇角。

冯善伊甩开曳起的裙尾，走出半步，惊觉身后一股冷风扑来，一团黑影猛地落在拓跋濬身后半步，黑影中一闪而起的剑锋银光刺目。冯善伊退后半步，扬声而起："有刺客，护驾。"

拓跋濬迅速回身一挡，单手侧击那持剑人的肘弯，反手扼住他持剑的腕心以钳制。

"砰"一声，冷剑应声落地。

那黑衣人踢开剑，只笑："看来阿兄是恢复得不错。"

拓跋濬清淡而笑，松力时将身前人推出又随即揽住了他瘦肩拍了拍："阿云，进益了。"目光转而飘去冯善伊，向他引荐道："怕是吓着你嫂嫂了，还不前去赔罪。"

冯善伊舒了一口气，虽说是叔嫂头回得见，但这初逢的场面确也要留下深刻印象。

拓跋云几步走来，躬身朝向她即是一礼，言声含笑："云见过嫂嫂了。"

不等她回应，又清朗地跃起，凑去拓跋濬身前与他共行入桌前。二人一路絮絮叨叨，似乎有说不尽的话。远远地，冯善伊望着二人背影，惊讶他兄弟的亲和

只若凡家百姓。

这一顿午膳用得极慢，兄弟两人交流不断，酒喝了不少，面前的饭菜却未怎么动。冯善伊只低头塞饭，论她这种长着嘴不说话则难受的个性，如今场面却实在连半句话都插不上。悄悄睨去几眼，见拓跋濬脸上屡屡生笑，任一分神情，都比从前要轻快舒朗许多。再看那拓跋云，阿兄长阿兄短的，方入膳桌前他便一个步子抢在前，夺了拓跋濬身侧本该是留给她的位子。拓跋濬也任由他不守礼规，含着笑未表态，便由她远远地坐在对面咬着筷子愤恨看向他们这一头。

更甚，竟是拓跋濬亲自为拓跋云布菜，在女人面前从未露出如此温柔之态的他，对这个弟弟倒真是宠溺至极。

"这一趟朕闻你回京，即拜你中都大官，便是想你能就此留于京中。"拓跋濬抿唇微笑，端起酒壶便要再添一盏酒。他日里酒量不大，三五杯就醉，想来今日兄弟见面心安神悦，连饮七八杯竟觉不尽兴。

拓跋云连连按住他手，深深笑道："阿兄，云为你斟酒。"

对面持着茶杯漱口的冯善伊总算寻了个话机，添言道："皇上不能再喝了，适才还说有好些折子没判完。"

拓跋云依然笑着，面生红润地看他兄长："阿兄，不差这一时吧。"

拓跋濬端着满满一盏酒，笑了眼，点头："阿云说得好，不急一时。"言罢便碰杯，一口饮下。空盏相对，朗声笑。

这笑听得冯善伊胸口憋闷，她好心好意提醒，料他看也未看自己一眼。恨恨咬了口筷子，幸而筷子金制，要是竹制的这半晌的工夫定要被自己咬下几截。另一手抬起，予身后崇之一递："添饭！"

"娘娘，您都吃了两碗饭了。"崇之适时提醒了句。

冯善伊压着饱嗝，只瞪他一眼，将空碗交递而去。若是说她饱了，照这个情况下去，拓跋云一提议，拓跋濬必会打发自己先离席。于此，拓跋云便更能逮到空闲说自己坏话。她如何不懂得这小心思，宁撑破胃，也不离席。

"阿兄，这一趟回京，云确实不想再走了。"拓跋云敬他一杯酒，就酒言出。

冯善伊几乎将口中茶水喷出，好在以袖口相掩未出荒唐，再窥拓跋濬的反应，果然见得拓跋濬酒意顿时退散，沉沉凝视着拓跋云。

千万不能应啊。

她作念一声，暗暗发力。

拓跋濬叹下一口气，执起酒壶于眼前虚眸道："阿云，为兄等这杯酒，等你这一言是等了五年啊。"

青玉壶盏擎住，拓跋云抬手顺着握紧拓跋濬的一只手腕并同斟落满满一盏佳酿，深情款款的笑意浮动于琥珀流眸中，夺过兄长手边那盏酒，一饮而尽，笑意浮漾。

冯善伊大败，运气吸纳，奸情，赤裸裸的奸情。

拓跋云一杯杯酒地敬，拓跋濬倒也不知死活地一盏盏尽。

但不知多少时辰而过，二人齐齐大醉，自少年情怀说及儿时旧事，转而勾肩搭背要同去后殿歇息。冯善伊连忙站起，示意崇之引他二人各自醒酒休息。拓跋云猛地推开崇之，揽着兄长沉肩幽幽道："阿兄有云在就好，要不得你们这些小东西伺候。"

崇之不敢靠前，冯善伊平舒了几口气，扯出一笑，半讽半认真道："自家兄弟不是外人，自便、自便吧。"转过身揉着额头，推开殿门，长步而去，崇之一路追在身后，追出几座殿阁外。

行至一堵绝路墙面，她回身别扭道："你追着我做什么，还不快去后殿那儿看皇上没什么事吧。"

"娘娘，皇上兄弟俩就是这般，您习惯了就好。"

冯善伊点点头，她是皇后，要时刻淡定。

"本宫先去云佩宫转一趟。你先盯着。"

"娘娘，奴才的意思是您自己盯着。这要真闹出事了，奴才也不好决断。"

"这还闹过事？"她一扭头，向身后崇之询问了去。

"几个月前那次碰面，也是大醉，闹得还出手呢，最后是王爷扯着皇上袖子哭，别提多失颜面了。今儿当着您面，已是收敛了，收敛。"

话至此，她只得随着崇之撑着脸面回宣政殿，方入后殿，挑起内室垂帐，绕过青烟袅袅，步至床榻前。浅风吹拂，花瓣临入窗扉，顺风扑落榻前暖色纱帐，滚了满地芳菲。

床下之景，尤是和美，床上之状，却实在不堪。

拓跋濬醉卧平躺，面目平静，只身前宽襟已被枕在他胸口的拓跋云揉烂。

"阿兄，云仍是从前那般，不离你左右。"拓跋云正闭目趴着他胸膛出手胡乱摩挲，口中呓语连连，醉得一塌糊涂。许是酒燥闷热，他一把扯裂襟衣，敞开外衫爽朗一笑，闭目睡过去。

冯善伊无奈撑额，捂住双眼，连连向身后宫人摆手："快快快，给我扯开，一边一个。不对。把这号送别殿去。"

【第六卷】华嫁篇

醒酒汤两碗，各自送了东西二殿。

残余的一丝光亮入室，殿外二廊宫灯高高挂起，又入夜。

冯善伊在榻前小案前临了一下午经，只等拓跋濬转醒，可他一醉就是睡过几个时辰。期间尚书台侍郎与仪曹尚书觐见，也被她一言回了。拓跋濬睡眠本就短，一日两个时辰都不足。趁着醉酒，她也想他能多睡一会儿，将从前缺的觉都补回来。

黄昏时别殿中人来报，任城王醒了。

她想这拓跋云该是饿醒的，便差人备了晚膳亲自端上去。之前是她误解了拓跋兄弟不和，如今看来是真正的和睦，且好得过分。拓跋云率鲜卑王公反抗新政和她这个冯氏皇后，看来只剩一个原因。他尤其厌恶汉人，更厌恶她这个嫂嫂。

拓跋云大敞着两襟白衣，手持玉箫，临风而来时，满殿宫人无不含羞地垂下眉眼，心神激荡。拓跋云也是极美的。相比拓跋濬的清冷温润，拓跋云有他哥哥的清，更得了他们父亲的柔，最是一眼流离迷色，缱绻人心。

"嫂嫂留下，其余的都散了吧。"俨然自己是主人般，他袖手一挥，朝众人笑，跃身而坐于窗前吹箫，长发临风而散，白衣风中抖，两袖贯风摇摇摆摆，月色流光，曳于衣衫袖角璨然。

箫声婉转凄凉，动人心肠，白日饮酒，见他格外爽朗，夜里弄箫，只觉得他分外宁静，是骨子里的静。任城贤王的名声早是在外，曾经听闻，便将他想成了迂腐大夫们廉洁谨慎的容样，今日得见，她才知他如此年轻又俊逸。不当近仕途，反适合入风流。

她将膳食盘子放稳桌中，扶袖转身，借着箫声弱时，缓缓问："你讨厌我？"

握住箫，抬眸迎对她的注目，拓跋云摇了头："我不讨厌你。"

她未出声，待他继续言下去。

喉结轻转，他倦倦一笑："但我也不喜欢你。"

这实在不惊讶。

她微笑。

拓跋云垂首摆弄玲珑剔透的玉箫，长缨飞舞，缠绕而又纠结。

他将这长箫递来，与她道："晓得这箫不？"

冷得寒骨，她只一摸去，即笑着点头："倒像是某人的手艺。"

"是我另一个哥哥赠的。"他直言坦荡，毫无遮掩。

抬眼扬眉，言出那个名字："宗长义。"

拓跋云跳下窗棂，长袖扫指向她，敛笑紧眉："七叔塞了一个文氏给哥哥，宗长义又塞了个冯女。我兄长这一次如何也糊涂了！"

她目光幽幽，紧紧咬着牙，不想为自己辩解一个字，因为此时的拓跋云不会信她半个字。

"能让我拓跋云承认的嫂嫂，那必是满心满眼都只装着我兄长一人。李申有那个资格，却没有福分。你是个有福的，在我眼中，却实在没有资格。"

这一言，诚然不误。

转眸间，她只道："你观察我很久了？"

"你的眼中装了太多除了我兄长以外的他物。有冯族、有汉政、有同治，许多许多，只是都脱不了一个汉字。"拓跋云弱了一声，袖中长箫落地，滚入脚边。

她撑起一笑，拓跋云确有一双慧眼，真若能看懂她眼中之物，却如何不能看透她的心。

"你既是反对我，又何以拿新政开刀，可知皇上的艰难？你既然真心爱戴这一位好兄长，又如何逼他入困兽之境？"她低低一声，全无笑意，责怪之意尽数浮出。她不过是看不得，看不得面前之人揣着手足情深却做出令兄长寒心之事。诸胡臣如何想的，她可以无所谓，对拓跋云却不能无所谓。如今的拓跋濬孤身一人，万里社稷将他压得难堪负重，而拓跋云是唯一能替他独当一面的亲弟弟，有拓跋云在其中纵横捭阖，上对朝廷下迎百姓，汉化新政才有路能行。

"新政必败。"

拓跋云冷声而落，惊得冯善伊猛抬起眼。

他走到寒窗前，迎着冷风散了几口闷气：举国上下汉化新政，必是要伤筋动骨。至那时，祖制混乱，新旧不接，朝廷元气大伤，乱党贼子趁机起事，不说新政一溃而散，便连祖宗基业也是难保！

"你当真以为如今那些汉人拥捧新政是尊崇皇兄吗？不过是于己有利所图。真正以民生为愿大力推行新政的恐怕只有皇兄一人。"拓跋云冷笑，少年教养于魏宫，青年出得民间，早是将人心善恶、世态炎凉看在眼里，痛在心底。面对着柔然的虎视眈眈和南朝李宋的窥探，北魏王朝自太武帝末年便已由极盛转弱，他所面对的并非是当年那个伐十五胡统一北朝的强盛大魏，而是眼前这个无力逃脱的由盛转衰无奈命途的北魏王朝。在他眼中，新政损耗元气，于小人可乘之机，而这一切不过是在加速北魏的衰亡。

"若是从前，我留在拓跋濬身侧如你所言，是有自己的野心与渴望。那个时候，我承认自己需要他。"凝结在心头诸多的话语已是言不下去，平静侧首，与拓跋云深深相望，抿唇启笑。

"如今，却只有一个原因。"

心底一片寂静，她前所未有地坦然。拓跋云将自己逼入绝地，前后皆不能行时，她却恍然看清了自己如今的步子，看清这满地绰影，看清这沉浮生死之后，抛却欲念与渴望，干干净净无染尘杂的自己。

如若一定要有个原因，那一定是……

"他太累了。"

声音哽了，她浅浅地笑，温温地吐气，直至双目模糊。

是啊，分明累惨了，却仍在坚持的拓跋濬，需要她。这也是自己坚持的原因。

凉夜的风，她伫立在黑暗中凝视沉睡中的魏宫。如同内宫每一位娇美鲜艳的女子，魏宫也曾有她最光辉闪烁的一刻。那其实并不远，仅仅是在她幼年的记忆中一逝而过。魏宫盛世的姿态宛如天下最美的景色，于是成为拓跋濬最深的渴望。他只是想让这繁茂盛景能支撑得再久再远一些。极盛，不过二代，拓跋濬错过了最适宜的时代，却怀揣与他祖父同样的梦想，这便注定了他这一世的辛劳。

内殿中扬起了一盏灯，映出崇之昏昏欲睡的模样。

她轻声让他退下，崇之小心翼翼无声的脚步，似是极怕惊醒了榻上仍是沉睡中的帝王，他何尝不与她一样的念想，只想床上的人睡得再久一些。

灭去灯盏，踏着静谧的月光，她贴坐他身侧。

总算有他如此安静的半刻时光，能让她好好翻开他的鬓发数清隐隐华发。

一、二、三……十五根……还有……眼花了……

数花了的眼，酸涩朦胧又模糊。

叹了一口气，为他将平鬓发。殿外尚书台的人又来请奏了，她虽厌烦，却不得不好脾气地言请诸位候等偏殿。

跪在榻脚上，微弱的声息浮在他耳畔："皇上，亥时了。"

声刚落，拓跋濬眉心浅皱，立时睁眼，猛地坐起身来，忽觉昏晕。起得这么急，必是血冲不上，要眩晕一阵。他撑着额头，微弱地叹息。虽是刚醒，意识却不糊涂，哑哑出声："穆伏他们几个等久了吧。"

冯善伊将祛头痛醒神的汤药推递上去。

猛然亮起的灯烛，俨然让他有些难适应，半抬眸吞下汤药。

她见他这副模样，不由得摇头叹气："叫你没命地喝。"抬手接过他递回来的碗，却由他反握紧了手腕带到胸前。

温热的气息依稀滑过她细颈，周身一抖，咬牙挣扎。

拓跋濬转过她脸，上下打瞧着，蜻蜓点水地触了她紧抿的唇，才又道："午膳时只见你白饭吃得多，倒也未喝醋啊，如何也酸了。朕心甚慰啊！"想他后宫三千佳丽，她尽能一碗水端平，不吃醋分毫，如今反而由一个男人戳中了死穴。午时他偷偷睨得她那张脸，总算有些欣慰。

她以后肘轻轻触他，瞪他："拓跋云看你那眼神可是爱慕沉沉啊。对我的眼神，就像是要吃了我。"

拓跋濬轻笑，揉着压酸的一只胳膊幽幽道："云母贱，出生时父亲身体已是不济，他打小随皇叔父们历练长大，个别想法迂腐陈旧了些，却也是好心。尤是懂礼节，你说他要吃了你，我道不然。"

冯善伊随着他一笑，随口道来："他是讨厌我。"

"他敬重你。这点规矩，他不会不懂的。"拓跋濬压下她两肩，和她强调着。

"无碍。他越讨厌我，我则越缠着你不放，不给他机会。"她耍起无赖，对他笑笑，站了起来，"我回昱文殿了，还要先绕去云佩宫给你小老婆拉扯掏心窝子的话。"

拓跋濬点点头，披起一盏袍子，和她同出了帐。

走出去几步，她突然顿住，侧眸看他："彤册有载，你最后临幸云佩宫是腊月初一。"

走在前的拓跋濬愣住步子，未回首，只是点了点头做回应。

殿门一启，尚书台大臣忙着行礼，拓跋濬予他们免礼后便随众人去了西殿议事房。

夜幕沉沉下，冯善伊凝视着一行人背影，只垂下眸，噎住的话又吞了回去。

腊月初一，拓跋濬醉酒，宿在宣政后殿，是崇之唤了自己前去照应。转日酒醉疲身难起，也是第一次废朝不去。

常太后于御花园召集后妃同乐，众人皆围绕池塘赏得落花浮红，春江一泻。

有孕的乙夫人如今似众星捧月般，被两侧宫妃团团簇起问东问西。众妃眼中有欣羡，更有嫉妒，好在表面都是一派和睦融融。只有贱位卑的李婳妹环抱着皇子弘远远地坐在廊子里，孤影子身尽显落寞。

冯善伊与众人更远，隔着半座潭池，立在水桥中，对内侍府的公公吩咐着。

园口守廊的小公公唤了一声："四王爷瞧乐来了。"

园中女人忙转眼看去廊口方下了朝便大步而来的四王爷。论说老王爷和常太后的旧情是宫中人闲来说叨的八卦事，常太后年轻时聪颖灵慧，又是旧东宫中最

妩媚动人的丫鬟，四王爷年轻少时便是一眼由兄长宫里看中了这常氏，几番想要求过去。当时的太子，拓跋濬的父亲，曾爽朗应下，只事情传到太武帝耳中，太武帝嫌弃常氏娘娘庙的卑微出身，且又排斥异族氏人，才不准太子放人。这一段姻缘于是便错过了。之后太子将常氏打发给了自己的家臣，才断了老王爷的痴心。常氏于那家臣做了三年妾，生一女不久，旧主太子妃郁久闾氏有孕，钦点了常氏为乳娘，常氏才又回了东宫，自那以后便再未离开皇世孙拓跋濬半步。而那太子的家臣便是冯善伊的父亲冯朗，常氏所生一女即冯希希，当今的李申。

冯希希当年受罪入狱，常氏以命求于郁久闾氏，总算保全希希性命。只是郁久闾氏为掩饰自己的私密，对外宣诏冯希希毙于刑牢。

冯善伊垂下头，向身侧公公又添上几言吩咐。

"这不听说御花园热闹，我领着小孙儿见见世面。"四王爷的声音漫过葱葱草木而来。他手边牵了个四五岁的小娃，粉雕玉琢，小紫袍裹得严严实实，足像圆圆的一只球随着四王爷滚了而来。

"绿荷姑姑，你也在啊。"一声稚嫩清脆正从那小人口中脱出。

"怎是姑姑呢，要叫姑奶奶。"四王爷扯着小娃领角笑弯眉眼指正。

"我、我不认识你。"由宫人簇拥之中的绿荷稍退了半步，目中团团惊慌，一时躲避着常太后狐疑的视线，转过脸背过身，两袖之间握得格外紧。

那小人几乎是扑了上去，鼻涕眼泪顿时蹭在绿荷裙间："绿荷姑姑，你不认识小雹子了吗？"

水桥廊上，冯善伊背对的身影一僵，言中话语打断。长衫任冷风扫了一扫，幽幽转过身，目光越过满坛争艳芳菲，绿水清池白鹭正飞。

"娘娘，启元殿宫纱配得如何颜色？"身后公公声音低了下去。

怔步于前，冯善伊绕出石桥，只远远望着。

绿荷将身前小雹子的脸捧起仔细端详，捏着他的小脸蛋，紧张焦虑道："你这小儿如何乱认。我从未见过什么小包子小粽子。"

小雹子略低下头，眼中盛满泪，抠着手指哀哀念："是天上落下来的雹子，不是吃的包子。"

"好孙儿过来。"四王爷扬手一抬，揽过小人，"快别把你姑奶奶吓着了。"

一侧端着花茶凝神看了许久的常太后悠然笑着，素手向小雹子挥了挥，抬眸问与四王爷："怎么没听说你添了孙儿？"

"我和惠裕那老东西下棋，连这小东西一并输了我。"四王爷就着临桌入位，同握起手边清茶，"我媳妇看着欢喜，才过继给了我那守了寡的儿媳妇。"

"呦。此番来找皇上讨了封赏不是？！"常太后故意嗔声戏言。

四王爷听这话不大舒服，敲了敲桌面："我老东西的孙儿可不能薄了。世子郡王以下咱都不要。"

冯善伊愣在桥头，只是数步之间，却进退不得。

太后身侧一个老嬷嬷前来将小人抱起，送入太后面前，拉着他跪下，声极弱："小娃，太后娘娘要赏福气给你。"

小霓子睁大眼睛瞧着位上慵懒高贵的常太后，由她满身华冠衣裙的气势惊住，长睫抖了抖，甜甜地笑。

常太后扬了扬眉毛，见这小娃不仅不怕自己，还瞪着一双圆目好奇地瞧看，尤是爱人。她勾唇一笑，多看了小霓子几眼，又稍愣住，抬出一手，长指滑过小霓子肉嘟嘟的下巴。

"瞧这孩子的模样，可像个谁？"常太后向两侧问了问，惊奇而笑。

"像……"一个宫妃端来小霓子的脸仔细看着，"啊"了声，回望太后。

常太后额首微笑，轻言一句："像皇上。"

四王爷端茶怔愣，再看去，果真点了点头："别说。这么一看，有几分小濬濬的影子。"

常太后觉得亲近，便将这小霓子环抱怀中逗玩，两侧嫔妃迎上，看着太后欢喜，更是添言赞许这小娃生得福气。小霓子从未见过这么多漂亮女人拥簇的阵势，只含羞带臊傻笑着垂眼，攥着太后腕上的佛珠眨眼睛。

"呵。你喜欢这个？"太后脱下佛珠，予他面前摇了摇。

小霓子点头。

四王爷见状添了话："这小娃子庙里长起来的。"

"你这小东西果真与哀家投缘。"常太后吟笑，将佛珠套了他腕中，转首与四王爷道，"好多年没听惠裕说经了，如今他回来了，又从何处捡了这么一个小宝。王爷和那惠裕说说，哀家时来想他，什么时候入宫一趟。再听他念念《法华经》也好。"

四王爷一指小霓子，道："这小东西就是个传经筒。背经文那是一车车的上口。"

"哦？"常太后惊喜，捏着小霓子肉脸，正要笑，抬首见远廊处拓跋濬匆匆行来的步影。

一行人又随着跪下去，连同由常太后膝间滑落的小霓子也将脑袋垂了下去。

拓跋濬几步走来，清淡地笑，看见这内宫难得的齐整和睦，自然也心生快意。

【第六卷】华嫁篇

临着漆案落座，伸手接过曹充华递来的香茶，一摆长袍，笑朗朗向众人道："一早听说四叔牵个宝儿来要赏，朕倒要看看什么宝贝。"

常太后会心笑着，将小霭子的手攥起，领着他起身推了过去："是你四叔给晋荣身后过继的儿子。真是个小宝贝。哀家看着也喜欢。"

目光透过茶碗自下一飘，拓跋潏同是愣住。

已有绿荷姑姑的窘态在前，小霭子如今只能瞪大眼嘟着嘴不敢言。

绿荷姑姑在，父亲也在，娘亲又在什么地方？

心底生了小忐忑，绿荷姑姑不认自己，父亲是不是也……

扬起的脸又垂了下去。

拓跋潏放稳茶，淡看了众人一眼："这孩子，哪里来的？"

四王爷不知情由地乐了乐："惠裕老东西下棋输给我的，说是由云中领回来的。"

常太后瞧出几分不自在，又见绿荷从方才半刻便没有醒过神来，才又微微笑了笑："这孩子好似也认得南安公主，抱着南安的腿直唤姑姑呢。南安恰也是由云中而来吧。"

拓跋潏脸色一黑，握拳紧了紧。

常太后窥探的目光，更添了几分好奇，对比着小霭子的脸同拓跋潏的轮廓，若非父子怎能如出一辙？只这孩子的母亲又是谁！

绿荷慌乱的心，一复平静。微微灼热的面，由冷风吹扫，清醒几分。

如此这般，已经没有更好的选择了。

她咬了咬牙，几步走上前，抚过小霭子的脸，将他圈到身前双手紧着他双肩，双膝未弯，朝拓跋潏与常太后各自望了一眼："这孩子是南安的。生在云中，遗在云中。"

闻此一声，拓跋潏猛地闭眼，平静地呼吸，双唇抿直。

绿荷悲哀怜悯地看着此刻被各种情绪纠结的拓跋潏，缓缓欠了身，冷静地牵过小霭子的手，想要领他离开，走出几步，身后冷声飘来。

"小霭子是乳名，正名云中。"

是拓跋潏的声音。

绿荷大愣，攥着小霭子的手发颤，脚下一步踉跄，由两侧宫人扶稳。她蹙眉回身凝视着他，不解、犹豫、狐疑，各种情绪缠绕，直至被拓跋潏睁开眼又逐渐走来的明黄身影迷蒙了双眼。

拓跋潏由她手中领出小霭子，与她对视时，只是清冷的一句："拓跋云中，如何是姑姑的孩子？！"

绿荷摇了摇头，颜面惨淡。

树影下，遥处定立的冯善伊看着这一幕，由炽热的阳光照得满目发胀，满心发昏。身后青竹探来的一只手腕被她死死握住不松。

明黄龙袍包裹着小霭子的眼，他仰头看着面前这个清瘦高挺为自己挡去烈日的身影，感受到由上落下，那一分熟悉又关怀的目光。

拓跋濬蹲下身子，将小霭子圈至身前，一手落在他额顶，鼓励地说："云中，你现在可以喊我。"

小霭子紧闭的唇颤了颤，眨眨眼，犹豫又试探。

拓跋濬温润地一笑，点头。

若有若无的声音，略略失了底气，由小霭子口中脱出："父亲。"

拓跋濬再点头，笑得更深。

"父……父亲。"众人因这二字痴愣，许久未能回神。

只常太后气息平定，闭了目，又定定睁开："皇上，这是哪家的孩子？实在没个规矩。"

"朕的孩子。"拓跋濬转身而立，并不带一丝笑容，"母后听不出来吗？"

"何人所生？"长甲划裂冷案，常太后声音微紧。

拓跋濬竟似未闻，落身回位，将小霭子同领着，拉了他领子，又捏着他圆脸，面上腾出笑色："脸倒是养胖了。"说罢揽小霭子入怀掂量着。

"嗯，身上也结实了。"

"经书背了几卷？"

"近日里不怎么写信了？"

"听说上月出了回疹子，好些许？"

拓跋濬连声问着，问得太急，小霭子俨然来不及回应。

被视作空气的常太后有些微恼，扯着袖子冷冷又问："皇上，哀家问你话呢。"

拓跋濬敛笑，倒也不怒，只攥着小霭子缓缓道："母后想问什么？"

"当真是皇家血脉？"太后又问。

拓跋濬抬眼与太后满目深邃直逼，声音一低："是朕心爱的女人所生。朕视若珍宝。"

一针见血的犀利。

诸宫妃不语，一个个把头压得极低。只角落中抱着小儿的李嬷妹幽幽看着拓

跋濬与常太后，她颔首将自己的儿子搂了搂，仍觉得分外孤单，竟是一颗心凉了。脚下落叶盘旋狂舞，乱红飞过，心上伤疤骤然起痛。

常太后喘了一口冷气，握着软袖发抖，抬首寻去，口中直念："皇后呢？又去哪处乘凉看着笑话呢！"一时急来，竟也是口不择言，将心底以为冯善伊必是幸灾乐祸的想法脱出。

却实在不知另一侧树影下躲避的冯皇后此时连步子都稳不住。

拓跋濬起身，拉着小雹子即走，言声冷淡："四叔，这孩子我领去几日，你择日来取。"

回廊尽头，水光摇曳，得太后声的冯善伊缓缓而来，步子是软的。

拓跋濬领着小雹子正与她迎面相接。

小雹子抬眼看到拓跋濬面色忧郁，又想起方妈来时的嘱咐，面见母亲时一定不能喊母亲，要唤皇后。可是方妈没有嘱咐自己，这一趟竟也会看见绿荷姑姑，所以他方才必是让绿荷姑姑厌恶了。思及此，小雹子内疚地垂下脸。

冯善伊目光于他一扫，再看去拓跋濬，轻点了点头。

一大一小由身侧而过，冯善伊迎向太后位前，欠身施礼，挑起笑来言得大方："臣妾在后廊嘱咐三月节的大小事宜，如何由母后说去成了看笑话呢。"

常太后憋了满肚子火，直想找人撒，正逮到她，扬眉言："你在云中许多年，可知道这孩子的来历？"

"回母后。"再抬起眼来，她循着一侧软位同坐，端起茶碗抿了口，幽然道，"云中，大着呢。"素手捏起一颗红枣投入茶中，凝视着红衣上下浮荡绿水中，冯善伊笑笑，再不言其他。

常太后收过目光，冷哼了一声，自嘲她怎么会想去从这女人口中得出什么。转眼又看绿荷同坐另侧，已是平静下来静静品茶。

"南安，你生在云中，必也识得那地方许多女子。适才小家伙又抱着你唤姑姑，莫非是你的某个宫人？"常太后勉强笑着说。

绿荷平静放稳茶，秀眉温扬，缓缓言："太后娘娘说笑了。南安从前在山陵也只不过是个宫人。不定是哪个小宫女一夜露水承幸生养龙儿于云中，多少见过我吧。不过——"

滴水不漏的言辞，八面玲珑的笑色，绿荷诡秘眨眼，似有要言而出。引得常太后亦随言倾身向她。盯着如此紧张的常太后，绿荷的笑出自肺腑，立身而起时，目光交于冯善伊，对视笑于彼此的视线中。

"南安于云中见识的女子，也多着呢。"

仿着冯善伊的语气，绿荷竟也是这么一句！

常太后气煞，玉手握得发白。

绿荷笑着走了远去，身入回廊假壁，回首遥望常太后一行，沉了目光。

身后冯善伊若无其事地走过，擦肩时，似随口而笑："呦，新柳开了芽枝。"

绿荷叹了一气，朝她笑笑，低了声音："吓紧我了。"

双睫一垂，眼下覆落沉沉阴影，冯善伊一笑转身，自在闲适地走了出去，一路走着一路向身后青竹喜道今年必也是好春景。

由冷池中央吹来的风夹杂湿意，出御花园，偌大一座静池架起水雾屏风，与光齐映，流光飞舞。雨台之后，月白衫袍的团影一瞬而逝。冯善伊握着玉栏伫立望去，初以为是李弈，便追步爬上水帘之后的假山。那身影却似与自己捉迷藏，回回出现在她视野中，却又匆匆消失。

终至水帘洞中，那月白色的袍尾飞了起来，昏暗洞室中，尚能听见压绕于淙淙水声中软袍擦拂的动静。

"是谁在那里？李弈吗？"她张了张口，微弱的声音响起。

无人回应，她便再不肯前去，转身欲出洞，石阶苔藓丛生，匆乱中滑了一角，整个身子便侧倾去洞前的池水中。

层层水雾漫上，盈湿了脸，一刻间只觉得这样狼狈跌下会惊动后宫所有女人前来瞧看热闹。她从前觉得自己脸皮比常人厚，如今却不晓得如何也薄了。

完全失去重心的身体在下坠，仍在想这般栽下去，是脸先贴水，还是屁股先落。

腰间被猛然搂紧，顺势而上，几乎是凌空着由人一把捞起。

他碎乱的长发由背后绕出，低首，瞧见他月白色袖口横在自己腰间。她率先喘下一口气，淡然侧目回望。目光却于刹那僵冷，往事旧影重重铺叠这一张脸。

苍白的容色，消瘦如刀刻的轮廓，漆黑浓密如瀑布倾泻的长睫落垂时，遮挡了所有瞳光。

这一张脸，足以让她恍惚许久，久至半生半世也说不准。

水声越来越响，两袖染了湿漉，她想抬手触摸他分明的五官，却只一手点着他额头。这个人，这个穿着月白长袍，荡身于御花园前的假山水池间，行踪诡秘几乎奇异的男子，如何有一张与拓跋余一模一样的脸。

是鬼魂吗？

她艰难地张口，哑声说："是人是鬼？"

闪起的目光隐约光亮，他只摇摇头，什么也不说。

她微冷地笑："做了鬼仍是勾引我。拓跋余，从我这里，你还想得到什么？你又没能得到什么？"挣脱开，扶着寒石一步步跌下，她步履慌乱，她遇到了鬼，真的是鬼。拓跋余的阴魂不散，就藏在他殿前的假山中，他成了鬼，也要窥探这一座魏宫。

在山下寻了一圈的青竹见主子踉跄跑来，急忙迎上。冯善伊一步跌落青竹怀中，受极了惊吓。只身后那人影竟也追了出来。

冯善伊拥紧青竹，闭眼咬牙连连唤："你快让他走，我不愿见他。今生不想再见，来世更不见！"

青竹轻拍着她，只抬眼看去那追上的白袍男子，见他气宇轩昂朗朗英才，又见他腰带中的牌子，安慰道："娘娘莫怕。似乎是文郎。"

冯善伊睁眼，模糊着双眼转首望去。

身后那人朝她二人规矩一行礼："在下宋翮玉，南书房的文郎。适才可是吓到夫人？"

宋，翮玉。

这名字尤其熟悉，冯善伊才又眨眨眼："你可是恒州人士？"

"正是。"

醍醐灌顶于刹那间，终于明白恒州第一美男子翮玉公子，眼前才是货真价实。

猛地站起，她看着眼前的宋翮玉，叹了一声："美男子的名声不虚。只你也——"

宋翮玉凝着她同是一愣。

"长了一张很有故事的脸。"扫了长摆曳裙而去，她最后看了眼他，还真是像啊。

一路深思，任心绪浮躁匆匆回去殿所，昱文殿前崇之候等多时，为她备起了软轿。言笑着道，如今宣政殿有了小家伙，娘娘如何还能安心守着自己的空殿？

满心繁杂总算暂时丢却，是啊，小电子仍在宣政殿等着自己。

几乎是片刻不耽误地赶至宣政后殿，殿门大敞，远远便听来室中朗声笑音。迈入的步子一愣，冯善伊狐疑去问崇之："皇上竟未在判折子？"

"难得皇上说今日想偷个懒。"崇之倒也许多高兴，一路引着她。

起帐时，冲入眼帘即是这一大一小父子二人皆是盘膝坐在地上，身前铺满了各式玩物。她又惊，崇之低声回禀说是片刻前得了旨意，内侍府的宫人转遍京城大小商铺，将能买到的小东西齐齐置备了送来的。

"娘娘，您不过去吗？"崇之见她住步发愣，便又提醒道。

冯善伊满心满眼的欣慰，一时更不想扰乱眼前的美景，只扶着帘子凝视着里帐内的父子，浅浅摇首，盈盈微笑。

日渐西去，崇之早已退下，冯善伊亦站得双脚发麻，却总是看不厌倦。

小霭子起兴玩过，睡意便起，一头贴在拓跋濬膝上睡去。只拓跋濬仍在纠结如何拼好儿子耍赖拆烂的泥人。他事事追寻完美，不肯落人后，如今做起父亲来也是认真得一丝不苟，答应了小霭子待他醒来，必是重新塑好泥人。眼下硬着折腾出一身汗。

见此，她总算走了过去，从他手中抢过那几截的泥人，笑言："呆子。"小霭子犯困时的吩咐，恐怕醒来自己都会不记得。一觉转醒，更怕是早把泥人忘了脑后，对其他又来了兴致。这就是孩子心性。可笑拓跋濬一脸笨拙的，全然认真。

他扬眸随着笑，又重新捡了回来，只问她："如何看了那么久也不凑过来一起热闹？"

她只一笑，不答。

他深深凝视着她，心中早是明了她是刻意留给自己父子齐乐相处的光景，一手牵了她的手握在掌心，敛起看向小霭子温软宠溺的笑，对她，反是风轻云淡的浅笑，却匿着说不穿的情绪。

"谢谢你。"他道了这一声。

她随之嗤笑，本以为他酝酿了几番情绪，定又会开口说那些十年三载的肉麻情话。未料也只是这三个字。只笑过，却忽而又哽住，再扬起头，她容色中掺杂着难以道明的委屈。

难以道明之中，有四年的山陵苦，有逐落云中的绝望，有一个女人最美好的风华时光枯守千百经卷的寂寞，还有那许许多多她自己也分不清的酸涩与苦楚，从前似乎是极不在意，却由他三字尽数折腾了出。

苦笑了笑，重新抬首，她声一扬："尽说傻话。还不将孩子抱上榻。"

夜幕降下，难得一夜宣政殿不见烛火，没有通宵达旦的勤政。皇帝早早地洗漱退散宫人，眠在内室。安魂香宁静的香息幽幽漫出，软金纱帐映出一轮明月苍白，浅浅一梦，冯善伊由梦转醒，睁开眼见到睡在自己和拓跋濬中间的小霭子才放心地叹了口气，扳过小脑袋吻了吻。目光顺着小霭子周身而下，直落入另侧父子二人勾在一起的小指。

拓跋濬侧身守着，小拇指仍勾着小霭子的小指便沉沉睡去。

101

冯善伊微微一笑，复合上眼。

心头暖流泠泠涌动，她猛地睁开眼，盯紧上下飘摇的帷帐，覆过身，一手轻轻探过小霄子，摸到拓跋濬与孩子勾起的手紧紧握住。

五年了。

第一次，三人同握的手齐温暖。

腕中由人反握一紧，是拓跋濬。

目中微乱，她欲脱手，只他不准，攥她更紧。

忍了片刻，她终于出声："不会是兴奋得睡不着吧。"

他没有说话，长久，微微一叹，掩不住的落寞："我们，把孩子留在身边吧。"

心头虽暖，可她不能应。既是留下了，又要以什么身份才不至于受伤害，也不会受利用。时至今日，她都难想出万全的对策，天下之大，没有一处不比魏宫好。魏宫是个牢笼，圈禁着凡人的情感，激发出他们的贪欲和对于权力的野心。每一个出生于此的新生命，在伊始都只是一张白纸，时间越久，白纸上阴郁的色彩便愈重。

"你不担心欠他许多？"他又是轻问。

冯善伊笑了笑，勉强打起精神："十年之后，我会用心地还。"十年之间，她答应做他万民百姓的母亲，与他为了同个梦想困步于魏宫。十年之后，她愿脱下这一身华衣玉服，只是一个孩子的母亲。

"那我呢？"微哑的嗓音流曳出一丝失落，"我能如何还？"

"你不用还，你是个好父亲。"她认真地看去他，一只手扬起，滑过他鬓间隐匿的银色光辉，"你是为天下人担负重任、称职的好父亲。万民之中，也有小霄子。总有一天，他会更懂你的。"

"我现在能为这孩子做些什么？"他握着落了自己鬓发的手，贴在自己额上。

胸口一动，她温言："立储君。"

尤其这一次他病重昏厥，面对蠢蠢欲动的王公大臣以及各番窥探的朝臣，她是深知储君未立的软处！储君不立，社稷无稳，祖宗传下来的话，不是没有道理。

"你心中有了人选？"闷闷地，他闭目，憋出一声。储君二字，却使得拓跋濬面色微沉，此刻最不想念及的，也是储君。

她点头，脱口道："李嫱妹的儿子拓跋弘。"

他闪烁的目光紧紧盯着她，眼前这女人事事聪敏，却如何能不懂自己的心意。

　　冯善伊稍偏过头，垂下双眸，他的心意，纵是不说，她多少也有所揣摩。早在今日当着常太后的面他道出拓跋云中，或者更早，早在她知道许久以来他在信中时而关顾小霭子的课业那时，她便有所怀疑。

　　皇子拓跋弘出生一年，满朝文武都在上下猜测时，只有他稳如泰山，迟迟不提立储大事。因他心底，有另一番想法，只这正也是自己所担心的。

　　他想扶立拓跋云中。这也是他当着众人言小霭子只是某个女人与他所生的深意。

　　母不详，甚至生死不明，对朝臣而言便无外戚顾忧，对太后更是不至于招揽敌对。这一步棋，他走得谨慎又巧妙，以拓跋弘代替小霭子受尽内宫女人的白眼和嫉恨，绕了一圈，拥立小霭子再非难事。

　　他的左右权衡以及偏爱之心，她都能理解。然她的执念，他又能明白？！

　　"小霭子出生的时候特别干净。"

　　"小脸虽然皱，可一点也不脏。"

　　"哭相很秀气，不会由鼻涕爬了满脸，是个打小就爱干净的孩子。"

　　"他出生时那样干净，我就想着这一辈子如何护他不染尘埃。"

　　喃喃自语，清眸璀璨，想起他嘤嘤学语蹒跚学步的那段岁月，她淡淡地笑了一会儿，眼底烧灼的疼痛，缓缓闭上眼睛，一缕泪痕蜿蜒滑坠。

　　"你知道吗？我不过是想让我们的儿子千万不要走他父母的路。"

　　他母亲的路，太过卑微隐忍；

　　他的父亲，一世荣华，无上权柄，却累极了。

　　自她随姑母入魏宫的第一日便做齐了这一生的打算。那个时候姑母告诉她，将来有一日如若生下帝王的子嗣，一定要将他送到很远的地方。而后姑母苦苦笑着，素手抚弄她的额头。

　　她说，善伊，你这一生或许没有那个命。是没有子女的命。

　　那小霭子便真是从天而落，算做老天赐给自己最珍贵的礼物吧。说实话，她这一生真没收到过像样的礼物，小霭子却独独算一件，最重要的那件。

　　而她唯一的期望，也只是宁愿，他永远永远都是一张干净的白纸。

【第六卷】华嫁篇

记忆中的李婳妹年轻又娇美，如今跪在冷殿正中的李御女骨瘦如柴，形同枯槁。殿外雷声轰隆，雨势极大。她满身湿漉抖动着双肩依依跪地，往日宽绰云飞的长袍由雨淋湿沾黏着后脊，显出她瘦得真只剩一把骨头。

她不住地叩头，不住地祈求，不住地颤抖。

她说皇后娘娘心怀宽广绝对不会容不下一个稚子；她说冯姐姐可曾想起阴山行宫她姊妹二人情深意笃；她说当日是比今日更甚的雨，她怀着弘儿去求姐姐避雨；她说她不顾自己的身子，曾是为了姐姐的病去祈求佛祖。她说那时的李婳妹确是真心地待她。

她说了太多太多，冯善伊只觉得她从中仅能听出一言。

便是李婳妹求自己将她的儿子拓跋弘收入膝下。

无论是小霭子，还是乙夫人腹中的骨肉都撼动不了拓跋弘的地位，为何李婳妹偏偏不能懂，她执著所求又是为何。

冯善伊揉着额头，自李婳妹哭闹伊始，她便一直在想一件事。这个位置上的人不重要，无论是谁，都会引来这副模样的李婳妹苦苦逼求。所以她不重要，冯善伊真的不重要。李婳妹不过是对着这一座高高的凤台平添许多眼泪。李婳妹不就是眼泪做的女人吗？是啊，她总是哭，哭哭啼啼，一脸天真地追着自己声声唤着冯姐姐。可她也是极聪明、极读得懂场面的内宫女人。

她示人予李婳妹添递一盏热茶，李婳妹痴痴捧起那茶碗，似攥握珍宝。

"娘娘，昨日小霭子入了魏宫。"呆滞的目转了转，李婳妹面无表情地仰首。

冯善伊持着杯盏看去她："你想说什么？"

李婳妹怔怔点头，眼波迷离："娘娘莫要觉得婳儿傻。我知道那是皇上的孩子，你的儿子才是皇长子。我当时一眼就瞧出来了。"

痴笑的声音，苍茫的笑色，让她在瞬间以为李婳妹疯了。

"姐姐。你就收了弘儿。我绝不会将小霭子的身世告诉常太后。"

满盏热茶，尽数倾向李婳妹。

她竟也敢以小霭子威胁自己。李婳妹不愧是个母亲，实在懂得对于另一个母亲最强的武器，不是伶牙俐齿，不是心机算谋，不是明枪暗箭。只需要提及她子女一言，哪怕半个字，都会揪紧她的心。

冯善伊的手仍是抖着，抖个不停，指尖松落，空杯滑过冷色裙摆落入冰地的白玉砖地，顿时脆裂两半。

"我昨日见到了你曾替我牵媒拉线的那一位翮玉公子，确是美貌惊人。"

泪水噼里哗啦落入碗中，李姵妹双手将茶盏托至额前，重重磕了头，娇嫩的皮肤漫出血色，俯身不起，胸口抽搐。她那时只不过是痛了，眼见得皇上看在她腹中骨肉的份上日夜陪伴身侧，却时时出神发愣，听到崇之小心翼翼向皇帝报着后院母子的细碎小事，触目是他听得津津有味又不时回味的深远目光。她是痛了，也惊了。魏宫数不清的女人也就算了，可这行宫，是她的，是拓跋濬为她打造的金丝笼，怎容得下其他女人？

玄姐姐夜夜同自己说，小主待冯氏母子那样好，她却这般对你。叱了玄姐姐，她不是没有黯然神伤过。玄姐姐说自己腹中的孩子不能由其他野种替代；玄姐姐又说，孩子是她唯一的出路了。她还要去更远的地方，入住更雄伟的宫殿，她连魏都在何处都不知，她想知道魏宫中的女人可是比自己更美？！

不能由冯姐姐断了自己出行宫的生路，不能任小电子抢走属于自己孩儿的荣华。

于是，她与这个好姐姐越来越亲近，她要做得足够好，才能压抑心底那一丝溃烂蔓延的内疚。

她以为只需为她寻个好男人便可以将她推走。宋翮玉是不错的，人言都在传，他美貌不是奇特，而在他尤其像先帝。冯姐姐常和自己说心爱的男人没了，山陵出来的她，所爱的男人必是她守了四年的那一位吧。宋翮玉尤其合适。

本是一桩极好的姻缘，也可以替自己了去纷乱。

偏偏拓跋濬出手了。他每日命人盯着行宫的两檐，凡有飞去的信鸽都要截下。同一封信，他换了只鸽子，便是飞去天边另一处方向。他亲手炮制了四王爷飞信传情这一出闹剧，无人知道。不，只有一人，便是自己。

也是那一刻，她清楚明白了，他放不开那女人，这一辈子恐怕都不能了。她唯独拥有的只有弘儿，所以她要给予他自己能付出的一切。送去那高高的位子，她这一生所有的卑微都会在顷刻间烟消云散，立子去母，她真的不怕了。

身为母亲，未来储君的母亲，她没有恐惧的资格。

冯善伊俯身上前，轻抬起李姵妹挂满泪珠的下颌，滚泪绕过寒凉指尖："我那时天天对着你这张脸，挖空心思去想，这小丫头是真心为我好呢，还是假的；是真的善良，还是虚伪。我甚至不断地提醒自己，李小主对你那样好，你怎能忍心如此对她！"

弃李姵妹于清冷凉殿，檀香缭绕的佛堂，又见冯善伊跪于蒲团间慌乱转过佛珠的背影。小电子拎着厚厚的一卷经跑来，躲在帐子里远远看着。

冯善伊闻听步音，回身对他笑。

小雹子直涌入她怀中，如肉球般蹭了蹭，甜甜笑着扬起头，眯眼："娘亲，弘弟弟的母妃已然不抱他了，你抱抱他好吗？"

她掐着他的肉脸，只笑他："你懂个什么？"

他满是认真地点头："小雹子记得，从前李姨娘给我糖吃。"

说着硬是拽了拽她的袖口，直至她总算松口，掏出帕子擦着小雹子急出一头汗的脑门。

"好好好。我们明日便接了弘儿陪雹子玩。"

二月拓跋濬诏令天下，将于丁巳立皇子弘为皇世子，大赦天下，由皇后冯氏抚育储君。诏令搬出，朝廷着实沉寂了一时，以往围绕立储的纷争渐渐回落。太子已立，皇后之位只是更稳。敌对一派的朝臣即将矛头由后位东宫之上移开，复又牢牢盯死拓跋濬已尽全力推展却举步维艰的新政。

谁说二月春风似剪刀，裁剪而出的并非新叶绿枝，只是意欲伐断新政根基的枯风。

太安二年二月丁巳，储君得立。

重新修葺的东宫就此有了一番新景象。宫前高高矗立的拜台下围聚百官千众，气势磊磊。冯善伊抱着一岁小儿步上高台主位，她摆正了小家伙的团领，稳稳置他于主位上，另侧拓跋濬一身明黄端着君临天下的凛毅气度，似乎要给拓跋弘树立一番榜样。

可惜拓跋弘多少稚嫩了些，她的袖子方离开，他哭音便欲响彻东台，一只小手紧紧攥着她的裙摆。冯善伊无奈，掰开他小手，又见座下有涓涓水流延绵。

这小子竟是吓得尿了。

两侧宫娥太监皆是垂首不语，烈日炽炽映绕额头，冯善伊看向不做声的拓跋濬。

拓跋濬稍一示意。她则愣住，犹豫。

拓跋濬再点了头。

冯善伊拉下拓跋弘的小手，张臂将他抱起，起步迈上位座，稳稳而落。

台下震惊得一席寂静，浓烈的日光盖住他们满脸的不平与骇然。只冯善伊知道他们的表情一定不好看。除了一个汉吕雉，这个位子上还没有其他女人坐过。

礼侍郎朗朗传音传来，众臣看到帝王不怒自威的坚定，才又垂首僵身，三叩头，三跪拜。

"吾皇万岁！东宫千岁！"威严刚硬的重声溅地而起，一声声由台下铺迎而上，再冲入九霄云间，声声震地，又声声撼天。

怀中的拓跋弘吓哭，小身躯畏缩着发抖，于他体内所萌生出的这一种本能的逃避与退却，似也将验证多年以后他临朝执政的软弱。她自始而终平视着台下一片延绵如汪洋的人群。她想，权力原来是这样的东西，至高无上的皇权终不过尔尔。比起这种迷人的骄傲，她更希冀茫茫大漠牵着小霅子坐在沙丘上静静地守看云升月落。她道这样才是幸福，偏李婳妹不懂。李婳妹说饿着肚子赏月亮岂能饱？！那一张白白圆圆的又不是大饼。于是这也成为彼此都不能理解的幸福。

隐约中，身侧探来那只干燥而温暖的手将自己紧紧握起。

她侧眸，淡迎拓跋濬目中的微微闪亮。

宽大的袖笼掩住两只交缠的手，那一刻，足够安心。

立储册封大典后，他牵着她一路走过长长的东安殿，空廊冷帐长飞，廊外风起云卷，雨意逼袭。他问她可想入殿，她未多想即点头。他满是深意笑了一笑，反手推开殿门，另一只手遣去随行的众侍卫。

碧绿色的水帐将空殿笼映如潋滟沉池，他的脸在陡飞的层帐间模糊又清晰。

他抬起一袖，露出与她齐握的两只手。他们便是这样下得东台，逶迤一路而来。

"松了吧。"她挑眉一弄地笑，清浅动人。

他摇首，只攥得更紧。

她缓缓扬头，凝视着他，依然是笑着，她知他便有话要说下去，便不出声地静静等。

愣了许久许久，终是耐不住。

她刚要开口，由他示意止住。

他总算出声，幽幽咽咽的声音飘在翻飞如山海的长殿中央。

"信阳冯氏，你可愿做我大魏千万子民的母亲？你将视他们如自己的亲生子女，与他们共度所有艰难与祸难，为他们带来安宁同富饶。这一生至死不忘记自己的职责，无论这一片山河是碎裂还是繁盛，永不弃。"

她抖了眉眸，对他微笑："拓跋濬，我能够成为你的皇后吗？"

当年的一句话，再言已是另番味道，只他仍是甘之如饴，随她而笑。

她眨着眼睛，极是认真道："我的脚站了好久，很痛。"

他又一笑，拦腰横抱起她大步绕过长长的幔帐，轻纱碧丝滑过她的眉眼，是清凉滑腻的质感，连同他此刻的笑意，柔软得令人沉醉。长袍解落，她听到他的

步音沉稳，喘息却略略急促，若有若无的声息散在耳廓，淡淡的瘙痒。

他在她耳边压低了声音，"这三天，不会再让你站得了。"

猛地抬眸，见他面上奸笑，心底实在发虚。

内室早已由事先得到消息的宫人将帘帐垂下，熏香燃起，红烛恰也是正好亮度。穿过红帐，她身上的衣物一件件地落地，直至二人纠缠翻滚的身影映在绢丝的红帐香影中……

从正午入黄昏，再由昏至夜，更声不知扫过几回，窗外的月亮越来越淡，仍是没能睡。她几次累得想沉沉睡去，却被他卷土重来，又是一番刀枪剑雨。至入更时，外殿的崇之已然不耐，本着龙体要紧的意思，连声咳嗽表示。拓跋濬索性拉起被衾挡住外间的所有声响。

后半夜窗外落雨，满殿清凉，只内室热得闷人。

她趴在他汗湿的胸前，眨眼间汗珠由睫上滴落，随手握着他的一束发丝把玩。却由他连人拉至脸前，下巴点着下巴，他道："再来一回吧。"他已是回回如猛虎来袭，将她连着骨头吞掉，毫无往日的自律。

如此又来要求，只叫她又哭又笑，指尖戳紧他眉心，她摇头："我才不要当妖妇。我要当贤淑良仪的女子。"

他勾唇笑："这个，有些难。"作势要翻身压上。

"你真不要命了？"一手挡在他胸前，这回她是实打实地担心。

他面上一冷，暗哑之声滑过喉咙："当治好你，省得你这张没门的嘴四处说我不行。"

"不行？"皱眉，她有些听不明白。

他哑声咳了咳，一手探出纱帐欲端来盏茶润口。动作舒缓又刻意放慢，一口水吞了许久，溢出的水珠由他唇畔滑落。

她仰首直凑上去，贴着他唇侧将那水珠吻走，咬唇闷哼："福君那丫头才是嘴上没门。"沮渠福君那家伙是又一次将自己卖了，她便知道那女人不逮到机会卖弄是不会罢休的。

茶碗猛地掷出帐外，拓跋濬翻过身又将她压下。

她挡无可挡，只得挑着避讳大忌："这回，我要在上面。"

这也算掉脑袋的要求。他也不过微微皱了眉，手扫过她眉间，吻轻点了她眼，淡声言："够大的胆子。这般的话，不准再说了。"

她呆了一下，而后神色倔犟："若非你是帝王，或许准我？"

他不言，只抬手压下她眼，去咬她耳朵："你胆敢，便来试试。"

她被他弄得周身发软，言欲求饶，哼哼唧唧地笑，由他遮住双目，只得抬手触上他额头，滴着冷汗的鼻梁，还有坚毅的下巴。

黑暗中，捧起这张脸，探头吻过去。

"谢谢你，拓跋濬。"

一滴泪由她的眼中滑落，正滴入他唇畔，蜿蜒而下。

窗外的雨飘来，湿气更重。

他终是什么也未做，只俯低身子将她环抱胸前，久久地贴在一起，汗水交合，如藻长发缠缠绕绕。心跳渐趋平稳，两颗心跳动的节奏从一前一后缓缓合为一拍，声声跳动。她为自己竟会有这般的反应而惊讶。一刹那间，她又开始思索自己对拓跋濬的情感，他们之间是一番联手，有共通的心愿，有家国天下，有内宫清平，有他无数的女人和她数不清的汉人心绪。他们之间也同有一个小电子，也同有对情欲的索求，便像现在，赤身裸体一丝不挂地相对。也只有面对拓跋濬一人，她才会这样大胆地索取与展露。也只拓跋濬一人，能够坦然又无求完完整整地容纳自己，无论是身体还是这颗时常燥热不安的心。

自己对他，倒是怎样的心情呢？

赤裸相对，不会有羞耻。

情欲涌动，甚至会动情。

鱼水之交，她不是没有欢愉。

这样的想法，生生骇了自己一跳，更觉不堪，一张脸红得可以溢出血来。她挪了挪身子，再不敢动半分。是怕挑了拓跋濬的欲火，也牵动了自己的心魔。

"又走神了？"拓跋濬扳过她的脸，直直探入她目光，手更不会闲着，不轻不重地抚弄她。

她稍一丝躲闪，俨然有几分自责地扬起目光："我不安心。"

手上动作停住，鼻尖攒蹙的水珠渐密集，他凝着她："如何不安？"

他以为她要说什么对不住自己的旧事，作势也收敛了容色，不料她只是抬手触摸他的右鬓，嘟嘴抱怨："我要是爱着你，便也不会这么不安心了。"

这一话，很伤人。她也知道。只是憋紧不说，她觉得心会烧裂。

环着她的臂明显一松，沉息许久，他由她身前让开，转身平躺入榻，另一只手却仍由她后颈压下。她亦无声息，自觉地猜到傲气的拓跋濬果不其然再不愿答理自己，正要稍起身由他撤下手腕，却觉那修长的手指已插入她发中胡乱摩挲，而后那一声暗哑字字清晰——

"能不安，也算有良心了。"

他竟是如此评价，她不知是释然，还是坦然，油然而生的怪异情绪将心填满。

"你真是个怪人。"她叹了一声。

"比你还怪？"拓跋濬挑眉笑。

"旗鼓相当。"她闭眼翻身，见天色发白，只想趁着伺候他早朝前迷糊半刻。

意识不清时，却觉身后一臂绕来，情欲的味道又逼来。

他凑到她耳边道："如若不是帝王，或许能准你上面一回。"

修长的手指沿着她腿侧敏感之地轻若无痕地滑过，她身上每一寸都在他了然之中，依宫人来言，势必有玩腻的心。只他不然，因为如此了解贴近，因为知悉她每一分反应才让自己心神激荡，单单她一脸红润欲拒还迎的神态便能激起自己在忘却满朝政事之后的情欲，更不要说她满足时目中升起的迷离火焰，恨不得使他痴醉得欲生欲死。他其实不恋情欲，也不容纵情，只对着她，尤是难忍。

这般景况，总要有一人保存理智。

于是她适时忍住，捏着他肩幽幽叹："夜已薄，如何不能再了。"话虽说着，身子却由他带动下越发软。

"今日就想做一回昏君了，如何？"他哪里听得这口不对心的一套，猛地欺身撞入。声声轻喘越发粗浊，敛紧她的腰身，誓要与她身心皆贴合得密不透风……

眼眸深处的火光，似能撕裂薄夜，那火光渐分别不清时，已是满窗晨曦扑入。早醒的鸟儿跳跃枝头叽喳作鸣。又一番汹涌潮起后，室内二人已是缠绕着静下，他懒得离开她体内，只静静喘平了气息，吻去她鼻间细密的珠汗，合眼趴在她脖颈之中动也不想动。

殿外起了叩门声，随即又扑入崇之的喊起早训，无非是言着祖宗旧训欲可殇国一类。冯善伊咯咯直乐，这家伙守了半夜做什么去了。拓跋濬不悦地蹙眉，这才由她体内退出，一身汗淋漓，又是满满的情欲味道，随意套上件长衫想转去汤池清洗，她披上衣表示愿意跟去，身上湿腻，直想泡个清凉汤。双脚及地，腰间却发软顺榻滑到地上。

他走出几步又回来，将她抱回床上，挑起被子压下她两肩："你等着，晚半个时辰再去。"

"连汤也不准齐泡，你这帝王威严强劲。"

他替她放下垂帐，最后抚了抚她一鬓："并非这个意思。"只也不肯再说，转身即出。

她果真如他所言多睡了半刻才去清洗，至换好一身齐整而出时，崇之正同御膳房的宫人置备早膳。越过偏亭，循着拓跋潏去了西暖阁，不出意料见得他靠着暖榻窗前扶几案览着最早一批送来的折子。

她蹑手蹑脚凑去他身后，脱鞋上榻，跪了他身后替他揉着两肩，并不出声。他一手执笔画着什么，另一只手反拍了拍她手背即是攥住拉下，落在案上不时轻捏几下。

小霭子正由青竹拉着前来行早礼，远远而入，见状不由得眨眼。

她才由拓跋潏手中抽出，扭身将小霭子抱至榻上，翻弄着他领口道："莫不是什么好害羞的，小霭子长大娶了媳妇也要这般疼媳妇。"

"像父皇这样？"小霭子抬眼问。

"你父皇这样勉强过得去。"冯善伊笑，并睨了身侧拓跋潏一眼。

当着儿子面，拓跋潏面是极薄，合上奏案，握拳咳了咳："用晨膳的时候了。"

她知他这是害羞，朝小霭子使了个眼色，并追着前面这脸红人转去偏厅用膳。

拓跋潏的口味很清淡，只小霭子来之后一直住在宣政殿，且冯善伊更常常陪宿殿中。拓跋潏便嘱意崇之备膳时不要仅顾全自己的口味，于是崇之准备了齐样，无论清淡口味，各自准备一盘，却由冯善伊嫌奢侈破费。而后拓跋潏又下令晨膳不过六碟十二样，只准少不允多。

"在寺庙中习惯了早起早课？"拓跋潏替小霭子夹了一筷子，轻声问着。

小霭子极规矩地放落筷子，与他回禀："早课日日不落，早起是习惯了。"

拓跋潏一点头，看了他挑眉道："你吃你的。"

小霭子虽小，却极是懂事，宫里的规矩似乎都不需与他道，他自己遵循的规矩倒是一套套，且自我约束极强。冯善伊初始不知他是随了谁，她道自己肚子里蹦出来的不是妖孽，也当是祸害一类的。未料却生得聪明机灵又事事守规不越矩。曾不经意地问过拓跋潏他儿时是否也是这般模子，拓跋潏不做声的默认于是让她失了脾气。是由她生的，孩子却从眉毛到嘴，从天禀到习性，都随了他。

好容易有个儿子仍不得自己精髓，她虽有失落，可在拓跋潏眼中，却极是满意。每每早膳，他都顾不及自己碗中，不住地替儿子布菜。纵然吃得很饱，皇帝爹爹夹在碗中，就是撑得满头汗，小霭子也能吞下去。

【第六卷】华嫁篇

拓跋濬含笑看着大快朵颐的儿子，颇有几分欣慰，再转去看用膳吃食从不需照顾自是一马当先的冯善伊，与她笑道："再生一个吧。"在他眼中这样乖巧的儿子，多生几个则是多几分福气。

咬下半口的包子落在碗中，冯善伊满面难堪看向他，倒也明白他时来如何在床上如此尽心卖力，连汤都不要她早泡。

她瞪他一眼，示意孩子还在。

拓跋濬略显难堪地给她布了一筷子菜，只道："多用些。"

"动机不纯。"她压低声音轻哼。

拓跋濬垂首背身，另将几个菜推回小霂子眼前："这些都是你喜欢的。"

好在小霂子从不挑食，冯善伊也时而拿儿子当榜样教训挑拣用膳的拓跋濬。

眼神瞟向他，她又是一声催促："你，自己也吃一口。"

本已落箸的拓跋濬不大情愿地又举起筷子挑了一小口入嘴。冯善伊只道亏得他不是自己儿子，否则这般吃食确能让自己头疼死。身侧小霂子听了呵呵直乐。

"嗯。还是我们儿子习惯好。"

冯善伊适时一声夸奖入得拓跋濬的耳，本是转手打开另一册奏折的他明显沉了沉脸，将空碗推给身后伺候的崇之，闷闷一声："去，再添半碗粥。"

拿儿子激将老子的方法，似乎屡试不爽，冯善伊正也暗暗自爽。然欢喜不过一刻，随着盛好的粥摆入席，一并而来阴山北防的加急奏报。冯善伊叹息，这半碗粥怕是又不能入口了。从前也许多次，用着一半急报奏来，拓跋濬只看一眼便要匆忙离席。

她偷偷窥他，从未见过他这般难看的脸色。不用问即是知道，柔然再犯，恐是云中又有几所城防难保。

"乙弗浑在云中干什么吃的！"一声冷喝，拓跋濬猛地立起身来。

云中三郡失守，上万难民流离失所，不得安置饿死街头，数千百姓生死难料。气火逼胸，甩落奏章，拳握击桌，连着手侧的粥碗顺势滑落，渣渣溅落一地。

两侧宫娥忙跪身去拾捡擦拭，崇之更是跪地连连求主子息怒。

小霂子倒也有些惊讶，不出声地放落筷子，垂首看了母亲一眼。只冯善伊仍无事一般继续嚼咽，吞下最后一口粥才站起，徐徐行至他身后蹲下身从地上捡起那一本正无人敢碰的加急密奏，以袖子擦了擦粥渣，对着风吹干才又合上悄悄递给跪着的崇之。

她先命众人退去，嘱咐崇之领着小霂子去侧殿温书。

待到气氛诡异地静下，又亲自为他重盛了半碗粥推上去："喝完了再骂。"

拓跋濬攥紧的拳头总算一松，端起粥碗盯了片刻，才又叹了一息稳稳放落。他已作势要走，早早去了朝上自也能发一顿火。她将他的心思摸透，知他又要去做得罪朝臣的傻事。如今一帝一后，总该有个白脸黑脸。任那些脏水泼在她头上自也不去多计较了。只他再将最后几家门将得罪光，于新政、于朝廷都不宜。

她随他而起，不如以往的躬身而送，这一回挡在他面前将殿门合紧，回首时眨眼与他笑着提醒："不是说今日想做一回昏君吗？"

本是僵冷的脸总算缓了一丝人气，拓跋濬视线落在她眉间片刻平息了怒气。

"朝上回来再做。"憋出一声，声息微重。

"空话。"她回他一句，满脸不悦。

拓跋濬思索片刻，再瞟一眼窗外似是还能做个回合，便靠紧殿门，将她人拉至身前，不由分说已开始宽衣解带。

她气煞，连忙扯住他解腰带的手，哭笑不得："你怎么满脑子——不是做这个！"

拓跋濬着实模糊了，盯着她愣神。直到她踮起脚在他耳边碎碎念了番，眸中一亮。他似要决意，只她扯着他衣袖摇摆，又像小猫一般上下挠他的胸口连连讨好地笑。

拓跋濬总算首肯，揉去她脑后："随你了。"

半刻后，宣政前殿一干朝臣已拥入朝殿跪候君主，却迟迟不见君主。几个老臣正面面相觑暗声嘀咕。早已来朝做置备的崇之趁着未被察觉默默退身，一扭头追着后殿而去。

后殿长阶外已布置稳一辆马车，牵马的小公公脑袋垂得极低。

朱门露出一条长缝，一身乔装打扮的冯善伊先行步出，四处瞧看无碍，再向身后摆了摆手："出来吧。"

拓跋濬扭扭捏捏而出，趁着无人牵紧她一并钻入马车中。缰绳扬起时，由前殿转来的崇之一个跟头扑过去，仍没有拦住马车，只扬声哀问："主子们，这又是打哪一出啊？"

冯善伊压着拓跋濬不准回头，她自己卷起车后帘，朝后望去，果真见崇之一瘸一拐追了上来，身影渐远间连着声音飘了出来——"回去告诉前殿那些老头，云中失守了，皇上很生气，后果很严重！"

【第六卷】华嫁篇

113

满城车马攒动，人流不息。

宫城西首一座阡陌楼挤满了前来瞧看热闹的文人墨客。一驾墨色马车停落楼前，自车中而下的男人靛青单衣，清雅文隽，舒然眉宇间透着几分贵气。他身侧同行的年轻男子则一身棋童的装扮，短衣裳皮小帽，容颜秀丽，似如女子，一看便知是富贵人家豢养的小童。

牵马的车夫由青衣男子嘱咐过了，领车先归。

棋童见马车远去，不由得兴奋，挽着青衣男人的手嬉笑。周侧人来人往，瞧他们两男子的亲昵不无唏嘘，更有指指点点的眼色如剑矢般射来。

察觉到的青衣男子握拳咳了咳，暗暗挣扎开小童的手。

那小童扬起头来，声是女音："你竟敢嫌弃我？！"言着赌气冲入阡陌楼。靛青男人瞠目愣了愣，灰头土脸忙地追上。

棋路黑白、经纬纵横一如阡陌，故这一座棋室名以阡陌之居，阡陌楼是也。在北魏，棋艺是身份高贵文博睿智的象征，上自重臣，下至读书人皆痴迷于此。便是这些迂腐书生，尤是将男尊女卑看得极重，因此才有阡陌楼不进女客的说法。

楼内上下两通开，中央一座高台置有一张巨型棋盘，棋桌与棋盘连于一处，通体以玉而作，据传是由整颗蓝田玉巨石雕镂凿砌而出。能走上这座高台的人，必是稳居棋殿之上，也是过往历届赛事当仁不让的胜者。

台上立有两扇屏风，高居棋殿者，多是神龙见首不见尾，隐于屏风之内，说棋借少童之手行子。这一来二去间，棋童与棋者的默契似乎比满盘棋局运筹帷幄更重要。

女扮男装的小童混入人群中，仰着头看了棋牌上的排位，又钻去几桌人群里听了些七嘴八舌的议论，她身后的主人一派温和，倒也不怒不躁地追着她的步子。

半个时辰后，她由人群中挤出来，手里揣着一张红牌。

"冯善伊。"拓跋澹又咳了咳，压低她的小帽子，将她挤入窗边，"这可不是闹着玩的。"

她眨眨眼睛，方才她上去和其他几桌切磋几盘，输得稀里哗啦受众人奚落，恼羞成怒间她叫嚣她师傅人中棋神，有战必克，必能替自己一路胜至擂台棋殿与金牌棋王对决。这话正由楼主听着，言说如此强人必要一览风采，说着便去请来棋王——金客。

"你怕输？"她以言激他。

"笑话。"拓跋潏脸一沉，甩开扇子摇了开，淡定地斟了碗茶。

"近来小霮子随着我钻研棋谱。小家伙天赋不错。我想着这位金客若真有些本事，请去教小霮子也好。"及时搬出儿子，永远是捷径。

只闻拓跋潏冷哼一声，平静喝茶："自己的儿子，我会教。"

"你可有时间？"她一笑相随，从来以为拓跋潏的生活不需要老婆孩子，搂着奏折睡便够了。

拓跋潏倒实在心虚，不再说话，只想用了这壶茶自去找一地人少清闲着。

阡陌楼的老板少时循着冯善伊而来，临着桌前见这小童伺候的主人仪表堂堂，甚是年轻，想来这能上棋殿的人大多是七老八十下了半辈子棋的老者，如今来了一个年轻新人实在撑门面。

"这位棋客，敢问尊名？"老板笑眼望去。

拓跋潏无言不语，只冯善伊品着茶问："名字后面缀个客就是了？"

老板又笑："不愿留下尊名，以客作楼内的称号亦可。比如我们的棋王就是金客。"

"那我主人是银客，金银玉贵，差不了多少。"她张口即道。

拓跋潏猛地呛了口茶，背过身去咳嗽，满面通红。

"银，银客。"老板笑僵了，口吃地唤着这名。

银客，淫客……

拓跋潏一丝也忍不了，掷杯起身，袖口落出几钱付茶金，另一只手抢了冯善伊一腕扯着她走出去。她急急追上去，抱着他腰拦截住。

"银客不好听咱就换，要不换个玉客，只是又降级别了。"

拓跋潏扫了眼她，淡声道："我不会在这种地方下棋。"

冯善伊满脸失落，无奈他已言明态度，她不得多言，索性与他迈出几步。只是身后那方才赢了自己的小生目送着她的背影朗然嘲笑出声："喂，小白脸，都说了你棋艺烂，师傅也好不到哪里去。"言罢，又转首盯去眼前棋盘，悠然自得地只等着又一出胜局。

已是迈出去的拓跋潏顿了顿身，长扇收紧，侧身看去那方才还在说笑的棋客。冷色目光无一丝情绪透漏。只是瞪了一眼记下那张脸，回到宫中摹出这人的样貌，今日恐怕这是这习惯执白子的小郎最后一笑了。

冯善伊呼了口气，默默念出声："我从小就想着自己临危受难时能有一人挺

身而出相护，我必以身相许。"

拓跋潏垂下长睫，知这乃冯氏激将法之一，又走出几步稍言提醒："你已是许过了，且嫁得不错。"

她一憋气撑出笑："咱家老二的事，可以考虑。"

他想着生老二估计也不是一回两回了，近日的确勤奋认真许多，她本是想说看他表现如何再做计划，如今似乎也得口头上应许计划提前。

拓跋潏拉了拉领子，敛眉抬眼，不做思考，已是转身大步返回阡陌楼。一路上反是由她追着他，只是心里暗想莫不是这家伙就等着这一应呢？！

拓跋潏几步绕出正经过那小生桌前，目光未追着他人，只一眼扫了扫他身前棋局冷笑。与小生对弈的老者执握黑子已是汗流浃背，面对这一盘生机被团团堵死的局势，进退皆难。老者捏子的手便愣在空中抖了抖，久久不落。

年轻小生已是等不及，连番催促。

黑子正要放入棋盘中，老者只觉身侧有人推了自己一把，墨玉黑子弹了弹终是落在右首一眼。老者抬头一脸不悦，对拓跋潏恼怒："你这人，碰我做甚。错累我子。"

拓跋潏温然一笑，未回身。

老者连忙要悔棋："方才不算，那小子推了我。"

正抬起的手由对面小生一把截住，那小生似见了活死人般的惊讶，瞠目结舌地看着那活活掐断自己攻势的惊天一子，感叹了一声奇人，推桌而起，去追拓跋潏的身影。

金客已上了棋台，落座屏风后，他的小棋童颇有些目中无人，仗着自家主人所向无敌，在其他棋童中占尽风头，虽也生得面白齿红，容样娇滴滴，只气质清冷，于他主人屏风前冷冷站着，言也不出。

台下拓跋潏抽出冯善伊手中的红牌，予台下提笔写牌位的老者一推递，只道了一声："木客。"

老者连连点头，写好吹干，予他交递。

红牌是写了棋客的名字，佩戴于代为落子的棋童腰间。拓跋潏稍拉近冯善伊，将红牌子挂在她腰间，轻声叮嘱："耳朵灵敏些，反应快着，胆敢落错子——"

"又怎样？"她挑眉好奇问。

拓跋潏只淡淡扫了眼她，声音低弱："你知道夜里会怎样。"

冯善伊怔住，所谓一物降一物，百般千种，他都奈何不了她。也只有在那种事上大展英武雄风。

"若是你说错又如何？"责任归属问题事前要讨论清楚。

拓跋濬淡然："我不会说错。"

她又一次在心底对他无论任何时候良好的心理状态以及无敌不克的信心默念鄙视，但脸上仍是笑意满满。

他冷笑："只有你会落错。"言罢提步上台，落座于另一侧屏风后。

阡陌楼的老板送来一炷香，若是遇到强强对弈，杀个三天三夜也不奇怪，只他小店要经营，棋客要散，小二要睡觉。于是从来立下个规矩，十六炷香内必收官，数子决定胜负。

冯善伊看着与她相对而立的棋童，一眼便知这小童也是女扮男装。

金客小童向她点头一礼，道了句幸会。

冯善伊只笑笑说彼此彼此。

屏风后的二位强人都是淡定冷静，自棋局伊始便慢慢悠悠地说棋，尤是木客生怕她会跟不上，每一次都将声音拖得有些长。直到中半局，她越落越顺手，也能跟上木客的棋路，一路行如流水，腾挪有致。

木客一句立二拆三，金客一手连步飞跳。

前半局，金攻木守，攻势一环接一环，怪棋连出，几面夹势逼攻。木之守势，稳中有攻，占地厚实，步步谨慎精妙，毫无漏洞可趁机所入。三四番而下，棋面状况急转直下，木客借守而攻，反较之木客的稳妥守势，金客于攻势中显出急躁，不免有机可循。

第七炷香燃尽，看傻了的老板忘记续香。

木客声音一淡："右飞二子，刺黑龙腹。"

冯善伊挪子，却也分明看出了这棋局，已是势在必得的局面。她挑挑眉，一脸骄傲看着渗出冷汗的对面小童，那小童仍在等候主人的说子，只袖笼里的五指已有些紧张得发麻。

"失子保首。"极弱的声音由金客所出。

冯善伊便等木客出声。

"连跳，上锄龙首。"

冯善伊愣住，棋谱她多少也随李弈研究几时，棋上如战场，穷寇莫追。拓跋濬此刻急急出手斩断龙首，也是将自己的棋路杀乱，未免有些……乱来！

她不应，回首言出自己见解："去龙尾。"

屏风后映出拓跋濬持着杯盏温温吞吞吹热茶的悠然背影，那一声也是极低：

【第六卷】华嫁篇

117

"是你下，还是我下？"

　　她无奈回身，如他说言乖乖落子，也正是由这一步棋路越发凌乱。她生生看着大好乾坤挪移为凌乱废墟。

　　第九炷香燃起，木客淡淡一声而出："收官。我输了。"

　　先起身离去的金客，貌似是愤怒而出，第一次赢也赢得这般难堪，尤是中局简直要辱没自己棋王金客的名声。身后小童追着他不出声地转去后室。楼中一派寂静。

　　拓跋潚静静喝完那一盏茶，隔着屏风轻问："还想再输一局？"

　　冯善伊转去屏风后拉他而起，恨恨瞪了眼他："你就乱来吧。"

　　二人出得阡陌楼，身后竟是那之前奚落过他们的小生一脸谦虚而来，抱拳言道："木客实在让小生开了眼。小生狗眼不识——"

　　拓跋潚冷淡一笑，截住他音："我输了。"

　　"您只是无心求胜。小生自尚能看得明这盘棋。"

　　拓跋潚不语，只转过身走出，身后冯善伊冲那小生瞪了几眼，当着他面摘下裘皮帽子，一头青丝散落，风中甩了甩散开，樱红薄唇一笑："喂，白子小生。我可不是什么小白脸，人家是女的！"

　　拓跋潚不喜欢下棋，痴醉于棋艺的人势必一生如棋步步经营算计，活得实在累。

　　他自小师从惠裕，惠裕老儿便是个棋痴，每回传经前必要切磋一局。他的棋艺大半成由惠裕而来，余的不算天赋，不过是闲来换换脑袋和几个文臣偶尔交手。只是后来也厌了，因臣子不敢赢自己，这棋下得也没什么意思。无人同棋，时来手痒痒便自己与自己对弈，终觉原来最难最乱也是独一人的棋盘。

　　而像冯善伊这般大多时候又懒又心思简单的人很难精通棋术，要她看两天棋谱都坚持不下，第一招学的便是毁盘悔棋。惠裕更曾在云中提言绝不做她棋盘上的师傅。

　　出阡陌楼已逼近黄昏，她牵着他一路寻找落脚住宿的酒家，途经正在收拾摊位的几家铺子，她便忘了寻住处的正事，东瞅瞅西瞧瞧，捏着泥人玩过，又转去胭脂摊位前问价。卖胭脂的小女子左右不过十七八，生得人比粉嫩。冯善伊调弄胭脂时上下瞧看了她几眼。

　　"几个钱？"

　　"五钱。"

"这么便宜？"

"小本买卖，胭脂而已。"

冯善伊点点头，放手摆好，流连一圈后牵着拓跋濬离开摊位。

"喜欢？"拓跋濬问她一声。

"喜欢有个鬼用。谁叫你喝口茶都那么大方，只那几两银子你出手就没了。"一路而来，借着这么点小事她叨唠许久。

拓跋濬揉着额头，示意止步，按下她肩："你等着。"

说完他孤身一人又转回胭脂摊位前，不至片刻，一脸平静回来。素白的掌心托着那精巧的胭脂盒，温然的笑掺了丝丝得意，扬了扬眉毛，问她接是不接。

"你偷的？"她问他。

"……"

"赊账了？"

拓跋濬叹口气，走在前面，自也有些奇特："还未来得及说赊着。"

她顿时明白，定是他走了人大姑娘面前扭扭捏捏说不出赊账的字眼，却看毛了那个小女子。清朗的风扫过，她端着胭脂盒停下步子。

"你是不是对人笑了？"她问。拓跋濬有个奇特习惯，越是不亲近的人，越适应以笑而对，因为他含羞。

"似乎是。"

"那小丫头是不是脸红了？"她问了一声。

拓跋濬同是一停，想了想道："似有些。"

扯上他一腕，二话不再说，愣是生生拉回了胭脂摊位前。

那小女子正在收拾，扬眉见气势汹汹的少妇挽着之前那位温润公子而来，不免有些心底发毛。暗暗打量着，弱弱出声："二位客官。"

冯善伊掏出胭脂盒递了过去："还给你。"

一侧拓跋濬生了笑，首次见她因为自己难为女人着实新奇又欢欣，垂下头偷笑两声极弱。

"我家二傻摔坏了脑袋见人就笑，可你也不能嘲笑我们就随意打发吧。我们是有骨气的。"冯善伊说时义愤填膺，便好似真由人戳伤了自尊。

拓跋濬顿时散了笑，青红了眼暗中瞪她。

"我，我不是这个意思。"小女子脸红脖子热，垂首看着脚尖，把着那胭脂盒摩挲，声音越来越弱，"我没有嘲笑打发。"

"那你该不会是喜欢这二傻子？！得得得。我正嫌弃他，你若能照顾他一日

【第六卷】华嫁篇

119

三餐，且给他当老娘当媳妇，则顺了你。对了，我倒要提醒一句，二傻他挺乖，要是哭了闹了，你给他喝奶就是。"说着回身见拓跋濬瞪着自己面目狰狞，冯善伊抬手予他擦擦汗，乐呵呵道："瞧瞧，这是知道我要丢了他生闷气呢。"

那小女人再不敢说其他，连连摆手："没，我什么意思都没有。我不要，不要他。"弃下摊位，扭头就跑。

望着小女子仓皇落跑的背影，冯善伊捂着肚子笑得面部发酸，直至拓跋濬冷脸阴森森地朝向自己。

"冯善伊，你解释一番。"

止住笑，擦了擦眼角的泪，她总算直起腰来，拍着他肩膀道："那个那个吧。你说咱宫里摆了大小那么多花瓶，你不冲着她们练练笑技，何来对着路边的野花摆弄？咱这倾国一笑也太廉价了。"

拓跋濬甩下她袖子，几步走出去，似是憋着闷气不出声。

她也未追过去，只等他回头来牵自己。

拓跋濬果然回过首，橘色昏影下，他青丝摇曳，眉宇淡飞，只面上温笑若有若无地浮现，而后那声音也轻飘飘地传来——

"我用玉佩换来的。"

冯善伊稍怔，右手探去左耳拉了拉，未听错吧。

长街当立，人烟尽散，只他们二人长长的落影浮荡在青光街道中。两个影子越发贴近，是她朝向他走了几步，停在他身前。

"你吓坏人家小丫头了。我不过是以佩换来的，才不是白送。"

"拓跋濬，你要我。"

"原来你不在意花瓶，在意野花。"

心下一沉，她自有些发慌了。似乎他说得极其有理。只是这人得了便宜卖一回乖则好，却关不上一张尖嘴薄舌。

他又道："你不在意魏宫的皇帝，却在意拓跋濬。"

"你胡说！"心跳得极乱。

"你脸红了。"他垂下头又笑，极其满意她的反应。

"我没有！"

"你自己摸。"他一扇子架着她手抬去她脸。

"似乎是有一点，可这不重要。"她眨眨眼，继续强言理论。

"冯善伊。"

"都说了脸红不重要，风吹的。"

"我喜欢你。"

风有些暖，霞光有些燥，呼吸有些热。她揉揉脑袋，只当没听见，擦过他肩走了过去，踩着步子边走边摇头叹气。抛下正一脸呆瓜木愣的拓跋潏久久不能回神，人家傲气了大半辈子，好容易坦然一回，不想她半点反应也没有。

走出数步，冯善伊驻足，转过头朝他挥了挥，示意他赶上。

他闷头赶上去，又听见她说得一声："早知道了。一点没惊喜。"

身无分文的二人夜宿城中临江乌篷船中。在两个时辰前，没见过渔火的拓跋潏提议要观江景，二人绕入城总算寻得小江沟，不见渔火星点，倒是两条乌篷船停靠江边。两条乌篷船都是一个老家丁在看守，看见这二人冷夜徘徊于江畔，便悄然追了上去。

这一条小江水深丈尺，更有一个独特的别名为"殉情河"，便是因这些年前来江边投河殉情的小情侣越来越多，这江边大宅院的主人觉得不吉利，才嘱咐了家丁夜守江边，遇到轻生的便出言拦一拦，就说出十里地有一条臭水沟也足以淹死人，何必非挑人大户人家的后院呢。

于是那老家丁前来将正肩肩相依望江的二人截住，宽言慰问，良言教育，听得冯善伊愣是一头雾水，与拓跋潏面面相觑后，转首笑看那老家丁一眼："留夜否？"继而编出了一个由家门私奔逃出身无分文的幌子求宿一夜。

老家丁提着灯引他们二人前去一条小乌篷船中，燃了盏油灯，闷闭的昏影下显出冯善伊巧笑嫣然的眉眼，老家丁抓须一叹："这么美的姑娘，如何夫家不待见呢？"

拓跋潏觉得有些闷燥，扬起扇子扇着，灯影一闪又闪。

冯善伊笑了笑，一指向身侧人，只道："他母亲不喜欢我。"

老家丁摇摇头，弓着背提灯而出："一把年纪了还作孽。"抬起一帐帘子转身间目光紧逼向拓跋潏，又是提醒了一句："年轻人，这小船经不住折腾。你们动静小些，当心翻船。"

拓跋潏脸一沉，抬手捏了捏眉心。老家丁呵呵乐着跳出了船，转去了另一条。

冯善伊本是憋着笑，作拳咳嗽，终究憋不住靠着拓跋潏肩头笑声朗朗。拓跋潏颇为嫌恶地拿扇柄支开她脑袋，眼圈黑黢。

"要做昏君的是你，喝口茶不找银子的是你，要来看渔火的也是你。如今两眼发黑憋气作恼的终究是你。你再瞪，不怕我把你卖了？！"

拓跋潏缓缓合上扇子，敲着她额头道："别以为我看不出你是故意的。"

她一点头，两手已开始不老实地调戏他："我想这一天想许久了。总算出了

【第六卷】华嫁篇

宫过夜，你就不是帝王。我总可以上面一回了吧。"

拓跋濬一脸"我就猜到"的了然神色，挑开她修长的十指："休想。"

"就试试嘛。又少不了你块肉。我对月亮发誓过了这夜就失忆。你也当没发生过。"她继而贴上去，开始摆弄他腰带，第一次像小绵羊般柔顺地贴靠他胸前蹭了又蹭，却始终不见拓跋濬半点一星的反应。

论说拓跋濬的定力和自制力都远远在常人之上，只要他不想动情，无论她怎般挑拨戏弄都无济于事。就比如那个沮渠福君三番两次在自己面前大跳脱衣舞，那是个不一般的女子，只一番前戏足够繁杂讲究，每每都能先看得他困倦睡去。

"说不准，你以后还会喜欢上了。"一只手滑入他腰身，直往下探。

拓跋濬截住她手，挑眉淡了一声："还是少玩火。"

"大不了就翻船，今儿要你失身又湿身。"她一个侧身倾上，趁他不注意便强压他于身下，笑眯眯地抬手去探他眉眼。

垂首啄了一口他的薄唇，凉凉的，软软的，她笑："美人，这一回就随了爷的心意吧。"

以气力言，拓跋濬想打个翻身仗是易如反掌，却未有半丝反抗。

四目相对，她的气息落在自己脸上极是温润，昏暗中清眸如雪，双颊飞红，无赖得有几分可爱，又偏偏让他不忍言拒。

"可不能这样宠女人。"

心底一个声音这般响起。

"暂且颠倒放纵这一回，不过一夜迷醉沉迷而已。"

又一个声音将之前的压住。

拓跋濬终是一叹，冷然言："把灯灭了。"

"得令！"

她兴奋地一跃而起，吹灭脚边案上的油灯，摸着黑探着他的身子，直到触到他凉滑的里衣，温热的体肌，欣然微笑，这小家伙已是颇自觉地将衣物脱干净，且是平躺在简陋的被褥间。她俯身探下去，由他一把将自己拉向胸前，唇正磕落在他下巴上。一只手沿着她的鬓发缓缓抚弄，拓跋濬闷闷出声："伺候得不好，拿你是问！"

冯善伊如愿以偿了。

亲身体会之后，才知道福君所说的乐趣简直就是要命的体力活。伺候拓跋濬远比受他掌控辛苦许多，最终大汗淋漓地趴在他胸前，眨着汗湿的眼睫静等天明。

"我技术好吧。"她颇有些骄傲。

拓跋濬垂下双睫："没觉得。"

她一指探向他唇，笑道："除了你这张嘴，其他地方都分明写得是呢。"不枉她从福君那里偷学来许多要领，这一次倒也是下足了工夫的。

他扳过她下巴，瞪着她眼睛："总觉得这些日子有些怪。"

"怪什么？"

他虚了虚眸子："莫非你又在算计我？"

"你身上还有什么值得我算计？！"她笑着翻身，将脸移开，好半会儿自己想明白了，又转回脑袋下巴贴着他胸口哀哀道，"有朝一日，我若真是算计了你，看在我对你这番好的面子上也不准凶我，成不？"

拓跋濬本是想装出一脸沉静，却实在憋得内伤，一手探向她头顶翻身将她拥在怀中侧卧。

"是，你很本事。只是这些本事都是同谁学来的？"他抚着她，静静出声。

"福君。"她弱了一声，随即扬起头来盯着他眼睛，"我如今是不是也不差她多少了？"

拓跋濬一愣，狐疑道："她很厉害吗？"

"这要问你才对。"一指戳向他心口，她道。

他抬手握住她手，默默看她半天言："我是真不知。"

起初福君那丫头是有三天两头来看自己，嚷嚷着侍寝，他被催得烦了，索性由了她。予她一次机会，他去了她寝宫，只想她能直入主题完事走人。不料那女人花样实在多，跳了脱衣舞又是赤身裸体地饮酒弹琴，看得他困意袭来，索性先睡去了。转日听崇之说沮渠夫人当夜哭了一宿。再以后，沮渠福君毅然玩起了闭关，不见踪影。他事后倒也觉得对不住，欲前去抚慰一番，只沮渠福君冷冷拒他于十步之外，开口言了句"伤自尊了"。

听他这番话来，她笑得眼泪都要流出来，只他却突然认真地敛息凝视她。

"我第一次见到沮渠福君，便觉她很像一人。"他声音一沉。

她止笑，愣愣地回望他。不仅是他感觉，她自己也在初见时心里油然升出同样的心绪。是，沮渠福君在某些方面，着实同自己有些相似。这也是内宫所有嫔妃中，她只特意与沮渠福君有过多的结交，亲力亲为地教导同自己从前一般浮躁的福君，有意无意的提醒，还有隐隐约约的交心。

这内宫中真实的人不多了，福君便是其中之一。所以冯善伊时常觉得这位

沮渠夫人的来日，便是另一个自己。十年之后，沮渠福君就是魏宫中的第二个冯善伊。

浅浅而笑，心底很静，冯善伊抚弄他格外好看的眉峰，幽幽道："再给她一些时间，或许你也会让她走到自己心里。"他的心门也是用了五年才悄然对她裂出一丝缝，任由她这般见缝就插的小人钻了进来。沮渠福君又如何不能呢？

拓跋濬一瞬间僵硬住，未想到她会脱口这么一句。原来她和沮渠福君走得比常人近，更是因为她已做好转手甩货的打算。约期一至，她自可以走得潇洒，挥挥手不留一片云彩，她若不肯留，他便不强求。只她为他做好后备的人选，他实在不能接受。她把他的心室，想得也太廉价了。

冯善伊不顾他阴沉的脸，继续说："若不是我脸皮厚，再者为你添了个儿子，你也不会多看我一眼。我有的，福君都有，她缺的也不过是个儿子。"

"你以为，我还有多少个五年？"他一低眸，这样问她。

她摇头，这谁又知道？

"你以为我还有多少个五年的闲心去看另一个女人？"以五年的时间才稍稍看透她，也不是所有女人都能让他心甘情愿看五年。五年之前他便默默看着她，静静等待她的成熟，她以为这五年很短吗？不，是很长，每一天都是煎熬。每一天都在想，那个我最想要的女人，她成长了吗？他希望她能改变，变得自私一点，圆滑更多，这样才能守在自己身侧更久。可又不想她变，她真实的模样才是真正打动自己的原因。

她端起他写满阴郁恼怒的脸，一丝一丝地细看，看了许久，极明了地出声："别把自己想得太忠贞。男人女人不过皆如此。我们冷了，就彼此依靠索取温暖，寂寞彷徨了则拥抱以度。然而一暖一抱，就要生生死死吗？"她摇摇头，叹口气坐起身来，披紧长衣，背对他抱膝而坐，久久不再出声。

"是谁让你成了这样？"沉沉一声飘来，是拓跋濬同坐起身来。

她闭上眼睛，动也不动。

"拓跋余毁了你。"不需要她答，他早已洞悉所有的答案，这一句话却也藏在心底许久了，想说又不敢说。可他一定要说，拓跋余的自私与虚伪，将她的一颗玲珑心狠狠揉碎，再也拼合不起。

她摇头，清清浅浅地笑："不是他残忍，是从前的我太软弱。如果我是一个坚强的人，一个不依靠他人活的人，就不会陷得那么深。"然而也确是拓跋余的残忍，重新塑造了一个格外坚强的她，一个将情爱看得极淡极透，置生存于首念的冯皇后。她已不知，是要谢谢那个人，还是恨他？

"我不知道要如何爱上一个人又可以做到不依赖他，所以只能抛弃情爱。如果我做不到，那就不要了。宁愿放弃这些，也不能再失去自己。我只是太笨太傻，我不聪明，哪怕聪明一点点就可以做得很好。"她勉力笑着，心却撕扯得厉害，瞬间低下头，泪沾染胸前。

拓跋濬转过她的肩，抬手温柔地擦去她点点泪痕，轻唔一声："你真傻。"

她破涕为笑，点点头："是啊。真傻。"

"如若你能先记得我就好了。"他又叹一声，揽她入怀，静静道，"至少我不会那样待你。"

她依然十分清醒，低弱着声音呢喃："可我，怕是会成为另一个李申。"

李申的过错，便是一往情深坠入情网，在她的假想中，这一张只有她和他的情网将他们二人紧紧捆缚寸步不能离。她爱得不能呼吸，爱得痴狂，从而涌升出一种可怕的期待，独自占有一切的期待。与拓跋濬有关的所有，她都想要，却不能接受，拓跋濬想要的不仅仅是她。

后半夜的他们依偎一处，不做其他，只披衣枯坐船头，仰首凝看月色朦胧。

习惯了每夜对着数不清的奏折，披星戴月卧案提笔的拓跋濬，总觉得一夜只是瞬时便逝，如今也是第一次知道，一夜可以这般漫长而宁静，仿佛一生的岁月静静滑过，悠远怡然。

晨曦破夜，拓跋濬将倒在他肩头睡得口水直流的冯善伊移至怀中，揉了揉分外酸痛的胳膊，抱着她起身，长袍甩落几滴水珠。远远听得马蹄滚滚而近，是李弈带领羽林郎而来，羽林郎禁军已是整夜将皇城、外城、郭城翻了个遍，总算寻到圣驾。

李弈跳下马，携剑跪地，刚要开口，即由拓跋濬截住。

拓跋濬不想这帮人折腾出太大动静扰民安休，只由船尾绕至岸上，目光向李弈身后扫去："可有备了软轿？"

李弈诸人是分批扫荡皇都平城，外城十二座城门口皆是备了一盏软轿，只这十几里要驾马而归。拓跋濬抬眼望了望高头骏马，又落眼看睡得正香的冯善伊，有些犹豫。

李弈以为他是犹豫如何将她送上马，忙探了双手来欲接过她。

拓跋濬冷看他一眼，直接越过他，将冯善伊架于肩头，翻身上马，而后在马上才又以风麾替她遮掩入怀。马车行近入外城门，下马换轿，冯善伊总算有些反应，懒洋洋地睁开眼睛，轿内昏暗的光线逼来。

"至外城了吗？"她问了一句。

拓跋潏点头，言她可以再睡半刻。

她忙摇头："差点错过了，我们还有一件极重要的事。去见一个人。"

拓跋潏挑着轿帘望了望，与她一点头："到了。"

她忙愣住，怔怔问他："你知道我说要见什么人？"

拓跋潏自她袖中抽出那被她握了一整夜的红牌子，笑了一笑："金客。或者说，高允高老头。"

她由他怀中跳起来，后脑勺正撞上轿顶，一手捂上去。难怪他昨日故意输棋。中局时故意乱来便是因为知道那棋王金客就是高允。

轿帘撑起，拓跋潏拉着她出了轿，正赶上头顶一束明光射来，虚了眸，轻叹了声："高老东西的棋路真是十年也不变啊。"他曾同高允也下过几盘棋，高允的固执，由棋盘上便可见一斑，不论是走法还是布局都有自己独到的风格，极好辨认。再言他知她从来不会领他去做无谓的事，中局时一面下棋一面便也琢磨明白了她的心思。

她含笑看着他，素白容颜，似融着春风暖意："我说过了，得罪光的那些人，我会一个个帮你求回朝上。"

高允的简陋宅院，实在与他三品大员的身份不符。应门人是一个女子，冯善伊盯她许久，恍惚认得她竟是阡陌楼中金客那小棋童。那女子同是皱眉看她，咬紧红唇迟疑惊讶。

冯善伊一扬起手中的红牌，摇了摇："你不认识我，也该认识它吧。"

"木，木客。"那女子一退身，忙道要去唤她父亲来见。

冯善伊回身看了眼后面缓缓步来的拓跋潏，他从来也没告诉过自己高允那老头有个年轻貌美的女儿。

内屋木门推了开，高允一身常衣正由阴影下走来，几步之内，辨出微服之人乃拓跋潏，立时怔立原地，又低首瞧了瞧方才由女儿递上来"木客"的名牌。

清冷日光下，微风朗朗，他只迎向数步之外的人影跪身行了全礼，而后一言未发地塞回那红牌，转身回室内将门合紧。反是他的女儿犹豫不解，缓步走来，将那木牌推还轻了声言："家父性子不好，多有得罪。"

冯善伊未接过，朝前一步绕过高家女儿，行去那木门前站立，平静言："在下，恳请高大人成为我的敌人。"

一时静冷，拓跋潏扬去的目光微凝，冷风拂起风袍，袖间染起春梅寒香。

扶门而立的高允闻言只稍抬眼，由窗缝间望去室外庭中立身而言的清丽身影，心中对这女人的身份已有三分把握。乐平王被殿前斩首的逼宫当日，他没有前去凑那热闹，却也耳闻得知这女人的气度同手腕，绝不可被她表面的温婉所欺。

只这一声为敌，便是不同常人的气势。

"家父生前言高大人负笈千里，博通经史、天文、术数。惊世之才，治世伟器。"

她说着又向前一步，继续道："家父又曾言高大人宁守清贫，也不与小人奸佞为伍。"

高允静静抬起眸，仔细望向她隐约可见的身影，顺着那张模模糊糊的容颜，果然看出几分与冯朗兄相似的神情。

"乐平王确是真英雄，是大魏功不可没的一等重臣。然奸佞与英雄之间，也不过只差半步。"她扬起声来，坚定言。

高允缓步移去，一手撑案，重重合眼。

"君子之交淡如水，可我敬佩高大人对知己恩人的忠义大情。只您一心做得重情重义的好汉，却不惜与百姓为敌吗？！乐平王贪残刻剥，当着文武众员之面持剑上殿逼迫龙威，对上对下，他都已失去了一个为人臣子的本分。"

室中冷案前静坐的高允一时无声无息，只握紧一支好笔，浅墨挥洒于薄纸间，运笔无声。

"高大人一生执笔所为无不是民生社稷，握一子是望断天下大局。冯某心小短虑，却也知道新政关乎万民苍生的福祉。冯某恳求高大人成为在下的敌人，而不要成为万民百姓的仇敌。"

一朵冷梅落在她肩头，她微微而笑，放下两袖，散落长袍，朗朗风中，她平静地跪落双膝，持着汉人尊长的大礼恭敬行礼。这一礼，瞪圆了高家女儿的清眸，一侧立身默声未动的拓跋濬更是连吸了几口冷气，朝前迈去几步，扯上她衣袖。

冯善伊冷静地移开拓跋濬的手，俯身又是一礼，换了口气道："高大人恐会是我这一生最敬佩的敌人。智略猜忍，恩威并作，这八个字甚好。请您还朝，再握起手中的史笔，将这八字添入大魏史册，留予后世一腔热血箴言。"

高允淡淡侧目，由窗口望去，眉间如凝雪，长须轻轻一抖，紧抿了双唇。

拓跋濬无奈地叹了口气，默默盯紧她。心中道不出的情绪泛滥汹涌，他哽了哽，甩袖冷步而出，狠狠推开挡在身前的冷枝，随手折落掷在地上。

冯善伊最后扬起头来，看向那一扇冷门，幽声道："我夫君木客昨日阡陌楼中顾全了棋王金客的盛名，也请高大人成全我夫君一个颜面。"如今百官都在看

【第六卷】华嫁篇

127

笑话，恨不得这些反抗新政的朝臣将事情闹大，拖得拓跋濬无心更无力推展新政的步伐。倘若连一个汉臣都不能放下私人恩怨起势反言，便最是得了鲜卑皇族瞧看热闹的心意。

新政一日拖而不前，伤的不是拓跋濬的底气与颜面，而是朝廷的元气。高允啊高允，你一世良才，国之重器，如何不懂大局？一味的执拗，一味的老做派，昨日棋盘之上的那番争夺，是拓跋濬予你的一记重锤，你却仍不知反省吗？

微微叹了口气，她立起身来不无失望地走出高家庭院。院落前拓跋濬背身而立，崇之扬起轿帘请入时，他不作反应。

她想了又想，走上去扯了扯他袖子："耐心些。我下次再来。"

听她还有二次，他立时将脸沉得更阴。

她担心他眼下便要发起火，忙推着他入轿。待轿子抬起，缓缓行向皇城方向时，她才转身，贴着他一肩，寻着他清冷的手腕握了握，半是玩笑道："高允这老头，有几分骨气。我喜欢。"

"朕斩了他！"拓跋濬气得猛抽出手，将脸转入阴影中。

她扑哧一笑："他有何错？"

拓跋濬急得瞪了眼，又压下火气，闷声言："小小一个领著作郎，他算什么东西。"

她眨眨眼，与他又一笑："他恰是个好东西。我如今倒替他想到了个更好的差职。"

"嗯。贬他滚出平城，流放外州。"拓跋濬冷声做言，恨不得再不见那老东西的脸。

"错。"她接道，"东宫侍郎，辅佐世子。"

拓跋濬皱紧了额头，这还是将这倔犟老头差配到自己眼皮底下了。摆摆手，说什么也不能应。冯善伊便扯着他袖子左右相求。

"辅佐世子是紧要，国书记史也不能离了他。"

拓跋濬冷笑："那八个字，他胆敢添入朕的纪年国书，朕就拿他脑袋，诛灭九族。"

"我倒觉得很好。"她微微笑着，抬手掐着他双肩柔言，"那八字好歹有一半是夸，一半是贬。你再想，古往今来，后宫多少女子被遗落史册，甚至连个名字都记不全的。我若是能有一字半言传世，倒也算不朽了。"

拓跋濬淡淡垂下眉目，看她一眼："他怪，你更怪。"

她笑，不言。心底却明明知道这都是他的气话，拓跋濬比自己更惜才如宝，他不过是气高允的糊涂，气他如何不能理解帝王一片苦心。拓跋濬也是疼爱臣下的，所以昨日阡陌楼中，他宁愿薄了自己脸面输棋，也要保全爱臣的盛名。

"你也有罪！"拓跋濬猛地又出声。

"何罪？"她微微虚眸。

"你以为，自己的身份是随便对谁都可以跪？！"他冷脸看她。

她故作镇定地点点头，揉膝道："膝盖长在我自个腿上。高允这个人总要比这一双懒膝值钱。"

"你只能跪朕，这一辈子，都只能跪朕一人。"他定定言，满满的坚持。

她笑，他虽言如此，可印象中她真的很少跪他，他也没有特意要自己跪他。

她抬手探着他侧鬓，微微笑："你以为我在跪他吗？"说着摇头，目中闪烁："我跪的是天下。"

拓跋濬凝着她，眼中深色沉沉，微微叹口气，凑了她眼便欲吻。只轿子突然一抖，惊得他忙探臂握紧她，不满地喝声向外。

这猛然的晃动，忽引冯善伊觉得目中闪抖，眩晕得紧，捏紧他的手闭了闭眼睛，昏劲仍在，呼吸有些紧，冷风扫入后脊，激起一身汗落。

他见她面色有些苍白，探了她额前摸了摸，环她一紧："似乎有些发烫。是昨夜里受凉了吗？"

她闭上眼睛，依在他肩上微微点头："许是吧。有些困，有些晕。"

第七卷・尘落篇

『千岁千岁千千岁，她想，她之千岁是有多长。』

【尘落篇・第一章】

冯善伊近来面色不善，自那日宫外归来，拓跋濬有几分担心想着要关怀，却立时被两日来积压的国事缠住，云中的败仗，朝内胡臣的阴阳怪气，还有汉族大臣的不能齐心，繁琐的政事拖得他寸步难行，夜守宣政殿埋在奏折里一过数日。

她只道自己是在宫外玩野玩倦了，睡个一两日便能好，却是越睡越困，时而拓跋濬白日来转一圈见她在睡，即不忍心吵醒，落坐她床头盯一阵子又匆匆而去。

春倦几日过去，平城早早入了夏时。冯善伊果真添了几分精神气，正常行走于内宫打理上下。所做的第一件事，便是削减内宫女眷的脂粉钱。民间作坊只需几钱的胭脂，到了宫中脂粉来报便是数两银子流出，其间内眷借机中饱私囊早成风气。

如今云中在战，军饷食粮叫缺，国库越发空虚时，内宫的奢侈风仍只涨不消。她看不过去，便差使内侍府将各宫所报的脂粉装置的银簿报上来，览后随即找上了常太后先与她打了报备，而后展开削减支出的手脚。一时来内宫女子抱怨声不断，却碍于皇后颜面不敢肆意。

午后暖风袭入时，冯善伊合上账簿，颇为满意半月来的节省。绿荷转来她殿中看望，正命人端了新摘洗好的果子。

"你瘦了。"绿荷见到她的第一句话便是此言。

青竹迎上奉茶，添了一句道："许是入夏失胃口，我们主子近来用膳不若往前。"

绿荷只翻开眼前账簿随意翻看，叹气摇头道："你啊，总是做得罪人不讨好的事。"

冯善伊笑了笑，捏来盘中的果子入口吃得津津有味。就着账簿的事说起自己从前便是在宫里放高利贷起家的，追债要钱这档子事从来是手到擒来不费心力。二人正说说笑笑间，门外软竹帘一扬起，顺喜钻进来言玄英宫人求见。

绿荷立时冷下脸来，沉声道："她来做什么？"

冯善伊揉着额头，自是知道来由，拓跋弘册封为世子的前夜，李婳妹便依祖制被软禁于暴室中，等待她的是这个皇族最残忍的命运——立子去母。而此事，也是经由拓跋濬点头默许，以常太后出面做得干干净净，滴水不漏。如今玄英不见李婳妹足足半月，必是起了疑心。如此急急寻来，不出意料。

冯善伊允顺喜引玄英进入，扑入帘中的影子一晃，随即跪在殿中。玄英一身凌乱，瑟瑟发抖地扬起头，冷冷的寒意逼上，目光紧紧攥着冯善伊，唇发白，毫无血色。

"李婳妹死了。"冯善伊直接与她道。

"你说过，只你做皇后，便能保婳妹不死。"玄英猛冲入阶下。

"那个时候你在试探我。"冯善伊端起一樽凉酒慢慢用，"或者说在试图与我联手。"

"婳妹，婳妹她是无辜的。她所做一切都是为了还报我对她的恩情。不。该说是我利用了她。"玄英目中晃出一丝戚色，就好似是自己亲自推李婳妹去死一般，内疚缠绕满心。

冯善伊摇了摇杯中物，缓缓扬声："玄英，我今日才觉得你是个人。"

玄英仰首，狠狠咬紧唇。

冯善伊放落杯盏："心尚在。"

玄英愣愣立身，踉跄着退了几步，落寞出声："还是没心的好，没的好。"她别过脸，不让任何人看出自己陡然落下的冷泪，强装镇定之后猛回身，恨恨盯紧身后的冯善伊，"可你不要忘了，冯善伊，婳妹的死，你我各占了一半！"

一时间溪云初起，风雨欲来，天边晴朗由阴霾压绕，冷风逼入，窗外连盏宫灯飞摇而起。翠枝落夜铺入殿门，冯善伊迎风步出，只稍稍扬起平静的笑意，转身时向一侧玄英探出双手："我这一生最问心无愧便是一双手尚未染半丝无辜血腥。"

"你如何没有害死她！"玄英猛近一步，握紧她一袖忿恨扬起，"你统领内侍府，握彤册在手。年前大雪时你便知道乙弗涣有喜，却强压住消息。你是要等婳妹回来再放出这消息，你让她慌了，让她以为自己的儿子再无立足之地。你的目

【第七卷】尘落篇

的达到了，她手足无措，连我的劝慰都不听便急急来求你领下弘儿。想来，你才是真正高明，不说一个字，就能让人把太子塞了自己怀中！"

玄英口不择言，尽拣着大逆不道的话。她是疯了，被李婳妹的死，被自己满心的愧疚不安逼疯了，她哭哭笑笑，只恨不得将这些罪过都推给冯善伊一人，好让自己解脱。

冯善伊微微抬眼，墨黑的眸眼映出凄绝的笑意，波澜不惊与身前人缓缓道："你知道，若我只是想做东宫太子的母亲，未必一定要立拓跋弘。"她若真有那般心机，不说借口拥立拓跋云中为储，便是乙夫人日后生下的皇子都会只认自己为母！

狠甩落玄英的手腕，任凭她跌落眼前。玄英怔愣地撑扶着清冷的地砖，冷泪滑坠满面。冯善伊凝着她的泪，忽而觉得可悲又可笑，原来……她玄英也会落泪？

"拖下去！"骤然而起的冷喝声由自己喉中滑出，恰是今日，让冯善伊看清了眼前的玄英有多不能原谅。带着满身惊痛，身体一丝一丝发紧发凉，胃中翻滚纠结，翻来覆去逼涌着针刺般的疼痛。

殿外侍卫得言，二人分别拖起玄英一只臂肘拖下殿，只玄英奋力挣扎，身体突然向前一扑，战抖的哭音压抑在喉咙中，她哀哀地仰着头，含糊不清的声音涌出："婳妹对你是真心的。那次你晕倒雨中她为你求佛问卜，我见皇上那样关怀你，终是忍不住告诉她，你的孩子就是皇上的，我让她不能输给你，就算输了，孩子也不能输。是我教她装出那些虚假的笑容，她每日对着你笑过，又转过身对我哭，她说她装不来，她是那样喜欢你，想和你做一对真正的姊妹……"声音越来越弱，他们扯着她往外拖。

远远地，最后传来她一声长唤——

"娘娘，婳妹的心，你真的看得清楚吗……"

冯善伊扶着圈椅缓缓坐落，干涩苍白的唇抿了口茶，胸口憋闷。

绿荷散去众人，只轻轻蹲在她脚边，握起她一只手暖着："你为何不告诉她真相？"

冯善伊垂下目光，坚定言："这是玄英应当受到的折磨。她欠婳妹这份自责。"

"皇上那里，你又要如何应对。虽然我不赞同你的做法，可你既然做了，我不免警告在先，触犯祖规，你逃不掉的。"绿荷隐隐约约的担忧并非空穴来风，便如这一场山雨欲来，整座魏宫似乎再次沉浸于阴霾之中，压抑得不得喘息。

殿外扬起崇之的传唤声，是拓跋濬传她去太和殿。殿门开启时崇之脸色并不好，冯善伊只道回内殿换身衣服再随他去。崇之有些急促，说是常太后与皇上及众嫔妃皆是等候着。

冯善伊只低低一笑，这一去，更不知道什么时候才可以换身衣服。她不过是已经做好了此去最坏的打算。

内殿中小霭子在一片安详中静静午睡，匆忙换衣后，她情不自禁地蹲身凝视了他片刻，好似忘记了时间在流逝，直到外殿的宫人又催了催，才含笑转身离开。

然而小霭子突然探出来的手猛地将她的裙摆紧紧扯住。

她回身，揽过他的手轻轻吻了吻："母亲去殿前见你父皇，你安心睡。"

小霭子摇了摇头，眨着眼睛，突然执拗道："我不要你去。"

她见小霭子突然黏紧自己实有些不正常，俯身抚弄着他有些发汗的额头："是发噩梦了吗？"

小霭子柔柔地点头，将脸贴在她胸前，泪水仍浮在长睫闪烁："梦见父皇吼我们，父皇好凶啊。能不能不要他，娘亲和小霭子出宫去，我们坐在沙丘上看星星数月亮。"

她摆正他的脸，微微一点他鼻头："是数星星看月亮。"

"都好！"小霭子坐起身来，扯着她袖子就是不肯放。

冯善伊将他揽入怀中轻轻摇晃着："我问你，除了梦里，你见过父皇冲你发过火吗？哪怕一次？"

小霭子想了想，缓缓摇头。

冯善伊又笑，安抚着他道："他任你骑着他，领你去草原上骑马，批改你的文章，纠正你的笔法，还陪着你在后殿耍弄玩偶。你父皇他何时对你不是耐心温和？！连一次当着你面重声说话都没有。"她极其耐心地疏导由梦魇镇住的小霭子，微微的笑容中掩饰着一丝不确定的情绪。

许是被梦吓得不轻，小霭子忙死死揽紧她的脖子，贴着她颈领落下委屈不安的泪水："我就是不想看见他凶你。娘亲是最好的人，他为什么要凶你。"

"我不好。我一点也不好。"她放下小霭子的手臂，擦干净他的泪，"娘亲同你一样，总是不停地闯祸。可你父皇不会凶我。一辈子不会凶我。"

"真的？"

她静静点头，将他放平拉紧衾被，直到轻拍着他重入梦乡中才缓缓起身，猛烈冲涌的一阵眩晕昏得她几乎站不稳双脚。扶着榻帐舒了几口气，才坚持着走了出去。

一路上，崇之小心翼翼地提醒她说，皇上脸色并不好，常太后将此事挑得极

133

大。她问是何事。崇之又言，是常太后一早发难于皇上，问他如何能不顾祖制放走李嫭妹，皇上当时便愣住了，道不可能有此事。常太后又将方从宫外寻回来的一个守园子的侍卫拉了出来，那侍卫亲口承认当日是宫人持着皇帝的玉符送软禁中的李嫭妹出宫。如此，太后怒了，皇上更是又惊又怒。常太后言要彻查此事，才将众宫人齐聚太和殿，处理这一件隐秘的家事。

广和殿前百级长阶冷如玄冰，殿前侍卫宫人深深垂首。

崇之步在身前，稍转了步子与她道："娘娘，您——"他欲言又止，叹口气继续往上迈。

长殿玉阶，曲水映春景。青竹追随而来的脚步细细碎碎，她不放心，才追上来，于身后紧着冯善伊袖子幽幽道："主子，我忽想来一事，恐是对您不好。"

"如何？"冯善伊一番审视，将她由殿前拉至隐蔽处，低声垂询。

青竹想而又想："册封大典之后的转日，曹充华来过。当时顺喜正掏银子打发侍卫离宫，她怕是看见那侍卫模样了。所以，所以——"

冯善伊连忙压下青竹的手："所以无事。"

"主子，昨夜，昨夜顺喜就不见了。"青竹说时眼圈一红，自昨日午后便再没瞧见他人影，只以为他又鬼混了别宫。如今真觉得出事了。

冯善伊遣青竹回去，临别时嘱咐她但凡有事便先投靠南安公主宫中，见得青竹满心担忧地离开，崇之锁紧额头于前面又唤了声皇后。

她只摆正了衣襟，朝前一步，身侧人影漫上，是殿前羽林郎架着顺喜由她身后匆匆而过，顺喜双手反捆，满身凌乱，似是由人关押多时。猛一撞见她，只是目光沉沉，再同望向太和殿首门，此后要发生什么，他二人恐怕都心知肚明。

顺喜突然隐隐一笑，扬起头来坚定言："主子，一切有小的在。"

冯善伊静静点头，任羽林郎押着顺喜疾步先入殿中。风袍转了转，缓步随入殿去。

殿上高灯齐举，一派死寂。

跪于下殿的侍卫哆哆嗦嗦言道，当日是顺喜公公持着皇令前来放走李嫭妹，又将自己打发出宫。众人视线这才冷对缓缓步入前殿的顺喜。

冯善伊前脚迈入殿时，便听太后喝问顺喜的厉声掷地有声："好大胆的奴才，什么是你自己的主意！"

昏黄的宫灯下，晃动着顺喜跪立的身影，便听他仰首时声音清寒："只是小人的主意。与宫中其他人无关。"

"胡说！"太后撑起身来。

顺喜将头压下，喉中一滚，即道："奴才追慕李御女许久，想放她一条生路。"

"你！"太后当真气得颤抖，一手抬袖遥遥指去，"施刑！"

如此心急的太后却也让殿上持盏久久默声的拓跋濬有些惊诧，再抬眼望去殿门，那清丽身影扑入眼中，他略垂了垂眸，看着殿下面色无惧的顺喜，只想尽早将此事了了。只那女人迈入殿中便扬起声来，冷冷朝向常太后。

"打狗还要看主人不是？"冯善伊自殿门转来，檀裙逶迤身后，长风直入，软袍两袖飞起，站稳又道，"太后娘娘是要打我的脸吗？"

一缕光线浮动于她右鬓间，冯善伊扶起一盏袖，略低了声音，冷笑："您不就是想听到那一句'是我指使的'吗？"

太后紧了喉咙，攥紧凤椅扶柄，抖动长睫，起步行来，目光越发靠近。

"皇后。"咬牙之音有些紧涩，她缓了口气，"几代祖规不可违。"

冯善伊垂首揉揉额头，又一点头："人我放的，令牌我偷的，宫规是我违的。太后娘娘想听的话，我都说了！"

一番话言罢，她气也不喘半口，只顿了顿，缓了语气，幽幽笑："您满意了？"

气氛一时窒息的僵硬，两侧宫人深深埋头间，曹充华几步而出，跪于大殿瑟瑟发抖求情于上殿："皇后娘娘所做之事，并非一己私利，而是为我宫妇着想。恳请皇上、太后开恩。"

冯善伊冷一抬长睫，未有半丝感激地出声："曹秋妮，你闭嘴。"

曹充华只是稍怔，而后垂下头隐隐地抽泣，断断续续地哽咽悲戚，飘荡在寒寂的宫殿中，窒息的闷燥，窗外阴霾压抑的乌云逼入，山雨欲来，风却迟迟不入。

大殿之上，拓跋濬半合着睫毛吃茶，静无气息。

裙尾细碎摩挲的声音滑出，那是绿荷徐徐步上正殿中，她立在中央，回首看了看冯善伊，又抬眼看着拓跋濬，淡淡道："皇后娘娘有什么错？！皇后之职，便是替皇上守护六宫。皇后娘娘不过是做了她应当做的事。何来问责！魏宫之中滥杀无止便是规矩，她只让一无辜女子苟生便是罪过了吗？"

绿荷信步走着，率先在太后面前停稳步子，冷念："兴安元年，太后问责李夫人小产之事祸连百位宫人，有多少冤魂不计？！敢问，杀人便可无事，如今放人一条生路，就是大罪吗！"冷声掷地，绿荷抛尽一切，斥骂着这些可笑妇人恪尽职守遵守的惨绝宫规。

率先以一身，胆敢重整百年祖制的女人，并非冯善伊，而是绿荷。常太后俨

【第七卷】尘落篇

然有些失望。只可惜绿荷比任何人更清楚自己要先冯善伊一步，将这些话说清楚。

冯善伊静静凝视残灯下挺直身子的绿荷，绿荷朝向她微笑，略低的声音夹杂着心疼："得罪人的事，总不能让你一人扛。"

绿荷挨个地审视着每一位宫妇的神情，只不屑瞧那地上跪哭的曹充华一眼，她将她们一一看遍，扬了声音："三夫人九嫔妃，我问你们。你们心中的魏宫主人是当拥有随时送你们入黄泉绝境的权柄，还是这个能在危难时替你们承担开脱，甚至不惜与皇族宗规为敌的女人？！"

森然清冷的声音升腾于大殿，绿荷镇定地看着她面前所有面露犹豫又不忍的女人们，她想相信冯善伊的那句话，这些女人都是可怜的。她却也想像相信她一样相信她们。可是她没有足够的勇气愿意承认，这些可怜又无知的女人是否可以放开常太后予她们的威逼利诱，她们的心飘摆无定，无处可落。

一个一个垂下茫然无助的脸，没有回应。

绿荷闭了闭眼，望向常太后对峙的目光掺有一丝冷笑。

"立子去母什么的，真残忍！"身后闷浊的声音忽而亮起，靛色长袍由人群中挤出来，是沮渠福君。她由众人中走出，好整以暇，倔犟的目光迎向上殿的拓跋濬。

"动不动就立子去母，以后谁给皇上生儿子传宗接代啊？大魏的香火不就断了吗？这点道理都想不明白，吵什么吵！"

殿首的四王爷听过这番话，险些将满口茶喷出，怔怔仰头看着殿下这个异族来的公主，当真悍气！

拓跋濬咳了咳，甩了袖子："你，退下。"言是冲着沮渠福君。

沮渠福君皱了皱眉，扭头走回，只经过冯善伊身前时，轻了一声："别谢我。我可不是替你说话。你这个皇后当的一般般吧。换我做，绝对比你好。我就是想说立子去母不地道！"

冯善伊看她一眼，无奈叹笑："你懂什么。"

沮渠福君拍了拍她肩，声音更低："这件事上，我和你一拨。"

众人转过身，如今只得跪向高殿上的那一人求个决议。

拓跋濬托着茶盏立起身来，走了几步，揉着额头。

常太后无所顾忌地当殿而跪，目光紧紧逼向殿首那来回走动的人影。一时紧张又静谧，静得只剩拓跋濬微弱的脚步声。他步下殿，将茶盏推给崇之，将常太后恭敬地扶起，隐隐目光落向一侧的冯善伊，有太多不能言的情绪。

冯善伊闭了闭眼睛，只等着他说出那些言不由衷的话。

这一次，她发誓绝不同他吵，无论他做怎样的判罚，自己也接受。身为皇后，理解帝王的万难，是首要之责。她想，她总能做好这一处。

拓跋濬清了清嗓子，捏紧的拳手微有些汗湿。

宫妃中一时推攘起来，小宫女尖叫着唤了一嗓子，所有人忙慌乱地到处寻视，却见众妃中似乎有一人率先晕了过去。

"乙夫人！乙夫人！"众人连连唤出声。

一侧宫人忙拥上去围了个水泄不通，又有人唤着别围着。

冯善伊扭头时亦吃了一惊，竟是乙弗涣率先晕过去了，她自己正琢磨着晕，反由那丫头抢先了，不免有些失望着。然而见这一团乱糟糟，景况反没有半刻前的紧张。

拓跋濬更是大步往前，与宫人架走乙夫人的步子同出。临转殿时，只步子一沉，回首望了殿内，看了常太后一眼，冲着冯善伊甩了甩袖子："皇后先去佛堂里闭着。"

言罢，即是有两个公公前来请冯善伊，她立起身来，转眼看了常太后，自是坦然而出。

殿外追上来的顺喜已是憋红了眼，紧拉着她袖子就哭："小的都说了一人承担，要不得娘娘说话。"

冯善伊自觉好笑，一巴掌拍他额头，倒也没使上气力："德性！你以为自个算哪门子英雄好汉啊。回去，给娘娘宫中报个信，说我和佛祖他老人家说叨两天则回去。"

顺喜抹着泪连连点头退下，冯善伊一抬眼，看着身前为自己引路的两位公公，只一笑："二位公公别客气，请吧。"

一日三餐有人送，从早到晚不用听人叨念。

禁闭佛堂的日子倒也不难过，只是过分闲在，能抄的经她多少也摸过一遍。早上盯着月亮消去，夜里守着星星升上来。斋膳用得不对口，偷偷让李弈送来些荤食，只用了三两口胃里不舒服又紧忙收拾干净。掰着手指头算日子，十日了，整整十日，拓跋濬也不说拿个罪名，或是先把自己放出去。

第十一日，佛堂门启，刺眼的阳光射入，她扬手去挡，隐约的视线中探出前来的人是乙弗浑。她着一身略显轻薄的宽衣，腹已显出怀，小心翼翼地坐在冯善伊身侧的蒲团。

【第七卷】尘落篇

冯善伊一手放下木鱼，探到她腹部揉了揉，颇满意地笑："嗯，小家伙很富足。"

乙弗涣握住她手，垂眉咬了咬唇。

"你那日，无碍吧？"冯善伊问了她一声。

"我晕倒是装的。"乙弗涣压抑着声音，稍扬起头又羞涩地垂下，下巴几乎要贴在胸前，"涣儿，涣儿嘴笨。不知道能如何帮娘娘。所以——"

"你是笨。"冯善伊笑着吸了一口气，揉着她额发道，"也不顾这一倒地是否当真要伤到自己。"

乙弗涣笨拙地不知如何言语，眼圈发红着："我本就是该死的人。犯下那么大的罪。您还，还……"她越说越弱，扯着衣袖一个字也发不出音来。

冯善伊摇摇头："皇上都不说是你的错，你为何要自己揽罪啊。"

"哥哥。我哥哥他送我入宫是为了要我忠心侍奉皇上，可我却，却怀了任城王的孩子。这是要命的罪。幸得娘娘替我遮瞒。否则我……必死无疑。"乙弗涣哀哀地说着，一手紧紧抚着隆起的腹，时而觉得羞耻，又觉安慰。

乙弗涣实在与她那个英勇威武又奸诈多谋的大将军哥哥乙弗浑相去太远。她不仅老实，更是显得有些笨拙，过于恪守礼教，哥哥说的便是大，兄长为父，夫君是天，活得无一丝是自己。

冯善伊看着这样的乙弗涣，便想起自己初次与她打交道时，乙弗涣低眉顺眼羞涩紧张的模样，那时乙弗涣已是有孕近两个月，反应有些明显，所以在自己面前处处提防小心翼翼。冯善伊多少也是过来人，连着见了几次共膳时乙弗涣面色不堪，又一脸疲倦。那个时候她仍是昭仪，内侍府的册子不免翻看了几遍，都寻不到乙弗涣受孕的记录。如若没有记录，帝妃却珠胎暗结，那便是内宫的笑柄了。她起先压下这事，并非为以后权衡，多少是在意拓跋濬的脸面。

她也曾想按照老规矩将乙弗涣肚子的孩子拿了，又看这乙夫人老实本分，也算是个打一棒子也不吱声的闷人。直到……半月后，她忽然看到彤册上由人添改了记录，能做假记录的只有二人，一是自己，另一个是替拓跋濬掌握幸事的大公公。

冯善伊反握着乙弗涣的手，缓缓道："替你隐瞒的人不是只有我。内侍府的册子，你真的不知道是谁帮你添上去的一笔吗？"

乙弗涣摇头，紧抿的唇紧张得发白。

"是皇上。"冯善伊重重点了头，她所猜到的那人，也只有他。拓跋濬如此做的意图，如果不是欲盖弥彰，便是准了这孩子留世。她于是才摸着拓跋濬的性子，暗暗继续将此事压着，待到拓跋濬什么时候觉得好放出话来再做相应。

乙弗涣当真慌了，一脸又要哭的模样："皇上他……"

冯善伊沉吟半晌，心想着乙弗涣之前从不肯说出那个男人的名字，可是如今她多少猜到了。自是从那一日见到拓跋云之后便全然明朗，拓跋濬那样宠自己的弟弟拓跋云，恨不得兄弟齐享尽天下一切，如若是拓跋云心爱的女人无奈于她哥哥的逼迫嫁入宫中，而拓跋濬又知悉这其中内情，索性暗中成全了这二人，依拓跋濬对女人之事的全然不在意，这么做似乎也在情理中。而后崇之又在席后有意无意地提醒，四个月前，兄弟俩也是大醉，弟弟扯着哥哥的袖子恸哭，哭的必然是夺去心上人的情事。四月前的那一夜，也就是拓跋濬酒醉要自己服侍的那一夜，更是彤册所记乙弗涣受孕的日子，这孩子是拓跋云的。那一夜，也是拓跋濬命人将同是大醉的拓跋云送入乙弗涣的宫中。所以，对于这个意外而来的孩子，拓跋濬几番思索后仍是允肯留下。

"你有没有想过，皇上是故意成全你和他？那一夜是皇上的特意安排。"冯善伊一叹气，心道乙弗涣当真是傻啊，真不知拓跋云此时是不是仍埋在鼓里糊涂着。拓跋濬确是一心一意思虑弟弟的好哥哥。

猛听得她这般劝解，乙弗涣忙抬起头，目中夺出泪："您是说，皇上把我让给……"

"让给他的好弟弟。"冯善伊点点头，"成全你们这一对青梅竹马的苦命鸳鸯。"

乙弗涣仍是不能信，满心纠结着，若是皇上真能如此宽和，为何当年不把自己转赐给拓跋云，于是也不该有拓跋云这四年的辛苦流荡了。可是转念一想，是啊，她的哥哥，乙弗浑大将军又是何其重要的人物。

冯善伊见她多少能想明白，一语提醒着："拓跋濬确也想撮合你们。可你是乙弗浑唯一的妹妹，你哥哥将你献给皇家有他的意图，而皇上既是顺了你哥哥的心思，又能以你牵制你哥哥。明里说，皇上一面要想成全你的心意，一面要当着你哥哥的面对你好。"可拓跋濬心疼自己的弟弟。拓跋云为了乙弗涣与兄长决裂，不惜远走异地流浪四年不归，如今好容易回来了，借着酒醉必是把能说的都说了。而那一夜，拓跋濬必然有所触动，也是诚心诚意想留住拓跋云，所以才想出了这么个不是主意的主意。

乙弗涣总算明白过来，一颗心终于平稳落地。冯善伊又安慰了她一番，俱是劝她要如何注意身子。黄昏时，宫人来请乙夫人回去，乙弗涣走了不多久，天即暗下，小公公来添灯，又送来几卷新经，说是拓跋云中抄的。她便坐在蒲团上一

【第七卷】尘落篇

页页地翻着经卷，看得太入迷，连晚膳都忘了用。再扬起头来，竟是人更，微风扬起长幔飘浮，身后长长的影子漫入，那身影似乎是站了许久。

她初以为是李弈，转首扬起目光，唇边平淡的笑色僵了僵，有些拘谨。

拓跋濬缓缓迈入，眼中是微醺的醉意，淡淡的酒气萦绕周身。

冯善伊立起身子，退至一侧，知他一旦喝酒，便是心情不爽。

他上了一炷香，垂首淡声问了句："你领朕乔装出宫，便是为了让顺喜借去御令？"

冯善伊点头，心中暗念，他没说偷，已是极善的态度。

拓跋濬皱紧了眉，脑中全是她船舱中的那番话，果然她诚实极了，无论如何都不肯说爱，是因为真的没有爱。只是在用。

"阡陌楼的比试，是为了会高允。你所做的每一件事，都不虚空，凡事都有自己的意图。"拓跋濬随着点头，胸口很沉，静静走到她身前，深深地看入她眼底。

她以为他会问在她眼中，他到底又是什么。

只他一开口，说的是："我想知道，你到底还能如何伤我？"

她如何是伤他？

诚实坦然果真也是错吗？

她摇头，一字一字言得认真："我不想伤你，这世上我最不忍心伤的人也是你。"

他微微点头，满是平静，言语却载尽疏离："那么告诉我，李姮妹现如今何处？"

她必须交出李姮妹，给天下人一个交代。小小一个李姮妹，竟被太后掀起满宫风雨，如今朝臣无不是翘首以待，等待一个结果。等待这天子帝王是顺应宫训，抑或是覆了祖制。

她想笑，却已无力展颜，齿中脱出一句："姮妹就不能活着吗？"

"依祖制，不能。"拓跋濬言得极其坚定，不容置疑。

她重重点头，冷涩浓尽眸眼，欣然微笑："依祖制，郁久闾氏也不能。"

他的生母，郁久闾氏依宫规，也当死在二十年前，而非如今静守七峰山的安详。那个祸连三朝的女人，尚有活下去的资格。更何况一个本是无辜却由人推入深宫之中的李姮妹？

拓跋濬瞬间怔住，寒凉的双目，隐隐作颤的袖袍。

她第一次在他面前谈起他的母亲，郁久闾氏，却是在如此剑拔弩张的争锋时刻。这四个字便似一把冷剑狠狠地扎入拓跋潗的胸口，她亲手捅进去的。可她不能输，输了李婳妹就会死。

"你有没有对人许过诺言，哪怕一句承诺？！"她静静扬起头来，淡若无息的语气轻轻浮动，那声音很轻很低，是由心底飘出的音响。

诺言，她许过。

她曾经确实答应过玄英，李婳妹不会死。这就是许诺，不染任何虚假的承诺。

李婳妹只是个手无缚鸡之力的女子，她的心机单纯得可笑，她的野心更是简单得要人心酸。"只要弘儿好，我这样卑微的女子死又何妨？"这一声充斥着心头，如同坠入噩梦般生生将自己撕裂，在那些梦中，梅树下纷纷扰扰的梅精嗤笑自己，她们笑她的前半生是借着冯希希活，下半生又由李婳妹代死。她想自己一定是这世上最自私胆怯的女人，只要小霓子好，自己死又何妨的言语，她必是说不出。

李婳妹，只是一个代替自己接受立子去母残忍命运的女子。

如此想，她一世难安。

"朕，从不许诺。"他开口，自称中又是重回了朕，一时间，他们之间似又回到疏冷冰凉的从前。

"赐婳妹死前，先予七峰山上一杯鸩酒。"她也不知自己为何要如此执著，或许是因为太恨了，这一世中她没有如此憎恨过其他。只有那一人，想起那一双极媚极艳的眸眼，便觉心中刻骨疼痛。

拓跋潗不动声色地凝着她，试图读懂此刻她每一分的情绪，只仍是糊涂。于他眼中，她也会迷茫，也会时常任性，更会有爱而不得并因之嫉恨。自己心爱的男人魂牵梦绕的郁久闾氏是冯善伊挥之不去的伤疤，他仅能理解至此。所以他看不透她，永远难以看透的笑色，深藏于浮华苍凉之后的静谧，属于她一人舔舐伤痛的隐秘角落，沉锁长闭，永远不肯迎向任何人。所以他始终不知，郁久闾氏附赠予她萦绕一生的沉痛。

"你以为你无比尊贵美丽的母亲殿下一辈子只——"扬起的声音猛然止住，她是想说下去的，郁久闾氏不仅仅只同拓跋余一人有染。然当着拓跋潗，有些话终究是一寸寸凉去，她言不出口。想着会将他缝愈的伤口狠狠地撕裂张开，她便不忍。她没有撒谎，这世上最不忍心伤的人是他。

转过头，微微垂下，闭了闭眼睛，冷然一句："郁久闾氏比婳妹更当死，一千倍一万倍。"

由言激怒，他终于忍耐不住，猛抬一手扯上她的襟领，大掌狠卡紧她素弱的脖颈，出力地攥握："她是我的母亲，你不该这样对她，这般言她！"

窒息的刹那，她袖手轻放，微微地笑。可是，你的母亲又是如何对我？！这一言深深流淌蔓延在心底，静无声息，一路蜿蜒疼痛。

她不知退让，分毫必争，喉咙因被困住只能发出喑哑奇怪的音调："她真悲哀，生了这么个好儿子却也不知道惜福。"郁久闾氏认为自己最不该生下拓跋濬这个皇世孙，可偏偏这一生中将她看得最重之人也是他。她生了个好儿子，却不愿做个好母亲。

"你嫌弃她？嫌她脏吗？嫌弃生我的那女人千夫所指人尽可夫？！"拓跋濬恼极，一丝凝于心头的怜意此刻荡然无存，满心满意的痛，甚比她重。长指滑过她素白的颈口生生勒出凄艳的红痕，触目惊心，他猛地抽力松开冷腕。

一股强力释放间，脚步不稳，她茫然跌落在地，寂寂扬起头来，凝染坚毅如冷梅的素颜苍容抖出："同她有关的一切，在你眼中都可以善恶不分吗？"

他一掌扯紧她拖入帐内，一手划裂肆飞的长帐垂幔，抖入的寒风染着月光萦绕周身，他似受了伤的幼兽，那样执拗的坚持，长幔的帛丝割裂他的手背，嫣然黏稠的血色顺着苍白五指坠下，这便是平时最柔软的丝绸也会化身为最尖利锋刃的武器。

他箍紧她的手，狠狠搂着她，一手贴去她额前，猩红的血沿着她素洁的颜面滑过，滴落她胸前。他气息间浓重的酒气很苦，更涩。

"我是她生的，你若嫌她脏，必是也嫌弃我！"他痛念一声，低沉喑哑。伸手探入她腰身胡乱扯下阻挡在二人之间的丝质长衣，华袍锦缎碎了满地。流曳寒冷赤红的双目间，是她长发飞舞，是他醉意沉迷。

"我倒要看看你如何比她干净！"

第一次如此粗暴地强压她于床榻间，箍起她一双挣扎的手腕，不顾她眸眼中的痛色。他竟有些口不择言。任凭酒醉便可以随意，任凭迷离能丧失一切清醒的认知，忘了自己的母亲是怎样的一个女人，就可以不痛不耻。

是耻的，对于那个女人，他亦觉可耻，只当他将自己因她所受到的一切耻辱强加于身下另一个无辜的女人，又是何其残忍。

"至少，我只让你一个男人碰过！"从前是，以后也是。然而郁久闾氏不是，他又有什么资格拿她们二人相比较！

风入清冷，酒醉一丝丝醒转。

佛堂的檀香一时摄人心魂的寂静。

长睫抖出水珠，她忙覆眸躲闪。他抬手缓缓扬起她的下颌，夺目红痕看得他瞳光紧缩，黯然合目，他坐于榻侧垂下身后长帐，遮蔽她的身影。

"一定要在爱上之前先恨过吗？"她空冷的声音徐徐飘出。

他握紧一只拳重重击落，适才便是这只手伤了她吧。

长帐内中，她已坐起身，声音朝外隐约模糊着："是要我在爱上一个人前一定要先恨过他吗？"

落寞离去的步伐因这一声僵硬呆立，他静默良久，寒凉出声："如你所言，已是不能爱上我了。"

她满眼皆是长帐间璀璨的金丝银线，夜色月光中绽放出曼妙光辉，映着这一室清澈落寞。

是否就快爱上了，否则心也不会那么痛，更不会如此委屈？

一步一步，她已是努力走向他，虽然口上从来不说。只她的心确实在试图着贴近他，似乎只差一点点。

【尘落篇·第二章】

倦极，沉沉睡去，连番的噩梦惊得满身冷汗。

清晨宫人只唤了一遍，她便忙睁开眼睛，盯着满窗明色恍恍惚惚。

昨夜，昨夜。

头疼的记忆翻腾覆来，她果真也想把它当做噩梦。宫人送来新衣，默无声息地拾捡昨日的旧衣。冯善伊出帐，踩过那些碎衣的琐碎，抬了一角帘幕，诧异于眼前立于清爽明光下的身影。

拓跋濬昨夜不是走了吗？！

那眼前所立之人又是谁？敛息犹豫着可否要步上去，她终是默默地转身，欲将他视作空气。只拓跋濬突然回过身，循着她的步子走来，他面上隐约的苍色似是一夜未眠的倦怠，身影落在她之前，微微叹了口气。

"还疼吗？"一手探入她脖间，低哑的声音隐约透露几分拘谨，说着递上来一尊精致的玄纹瓷瓶。

她忙躲了半步，抬手接过，毫不客气地转身挨着桌边落座："这就是所谓的打个巴掌赏个甜枣吃吗？"

【第七卷】尘落篇

拓跋潏同是稳稳坐落，握了茶盏，仅是握着："昨夜那是醉了。"

"您没醉，声声叱问都不带咬舌头的，十足的清醒。我见您醒着也没那么伶牙俐齿。"她打一起来就憋着昨夜的火，如今好发散出去才能舒服。

拓跋潏转着杯子，神色淡定："为了一个李婳妹，我们这么吵，值得吗？"

冯善伊不语，只埋头喝茶，嗓子眼发痒。

拓跋潏又道："此事你大可以先同我商量。总要比自己拿主意来得稳妥。"

"你的稳妥，不就是杀嘛。"她闷声一句。

拓跋潏放落杯子，瞥了眼她，心中有话，却压着不能说。睁一只眼闭一只眼的事，为她，他做得还算少吗？转念又想，这也算是他们第一场争执，前所未有过。老人们都说吵吵闹闹方有些夫妻间的默契，如今他们这也算是入了默契这一层吧。思及此，他悠悠然然举起茶盏含了一抹淡笑用心品着。

如今吵也吵过，逃走的人追也追不上，他罚她，也算是十日禁闭罚过了。索性和好，就此再不谈李婳妹之事则好。只冯善伊紧锁着眉头似入思考。

许久，她扬起头来，看着他道："我们约法三章。"

他一挑眉，询问的目光示意她言下去。

"自今而后，我们之间的话题永远不能有郁久间氏这四个字。"在无法解决又必然引发争端的话题上，既然没有人愿意妥协，便只能选择永远刻意逃避。

拓跋潏点了点头，以示应允。

她猛站起身来，突如其来的眩晕冲上，几步之间摇摇欲坠。这番场景，惊得拓跋潏连起身环住她，满眼紧张地盯着她："如何？"

她扶着额头狠狠皱了皱眉："如今时常晕着，恐是染病，我的日子一定不长了。"

"胡说。"他扶她坐稳，令宫人传唤太医来，目光看去周侧，淡淡道，"今日回昱文殿吧。这地方阴冷了些，你夜里也是不停地出冷汗。"

他竟真是守了她一夜？！她俨然有些冲昏了头，揉着额头缓缓平静，瞧着他道："我们昨夜闹得这么凶，你怎么还守着不走？！"

他并未理她，只是坐一侧，装模作样地将奏折由袖子里扯出来作势要看。

"你不会是昨夜一直在想同我言歉，不好开口？！"她一笑，等着他开口。

他落寞垂下眼，看也不看她。

她又道："难不成是一夜琢磨着要杀掉我解气，又没胆量出手？！"

越说越离谱，拓跋潏闻听只稍蹙了蹙眉，仍是不想理她。

她拉着他一角袖子，轻问："你说说嘛，倒是怎么想的？你这个怪人，我从来拿不准你的脾气。你一会发火一会温和的，我瞧着瘆人不安心。再以后，也好有心理准备不是。"

自奏折中扬起头，他目光沉了沉，淡淡一句："我十日未见你了。"

这理由果然听得满心暖暖。

他扬眉叹了口气："这番理由便听得舒服？自在？"

她正一脸欣慰要点头，房门由外推开，前来的是顺喜，匆忙添上来一言："娘娘，李御女竟是回宫了，此时正在太和殿，在太后娘娘面前。"

冯善伊瞬间反应即是冷眉迎对身侧的拓跋潚，拓跋潚一时更是迷茫，恍然不知的神色确实不像是佯装。他只凝眉思索片刻，镇定坦然地命顺喜先去前面盯着。转首与身侧人相对时，竟是无语。

如今李婳妹自己回来了，只怕睁一只眼闭一只眼也做不到了。

冯善伊扶着桌子立起身来，慌乱地摇头，俨然一脸不能信："她疯了吗？！"言着几步冲出佛堂，朝向太和殿的方向追了过去。

太和殿前高耸入云的玉阳台架起风卷长幔，气势压人。

李婳妹便立在那高台之上，一身杏花黄的绸衫，在风中飘摆如凌乱的菊朵。梁架上扶摇垂摆的长绫飘荡眼前，远远地，她自台上望见那一束衫影由西首疾风而来。冯善伊身后是尾随奔跑的众宫人，却没有一人能追得上她的脚步。她跑得那样快，一连奔上数级玉阶终是扶着栏杆喘息换气。

李婳妹踏上那一级高案，手探到冰冷凉滑的素白长绫，嫣然微笑时，迎着阶下的人影扬了声音："这辈子再也不想欠人情了，我不能连累皇后娘娘。"

这辈子再也不想欠人情了，我不能连累皇后娘娘……

冯善伊听见她的声音，扶紧栏子又撑着迈上一步，连连摇头。

"婳妹就是想回来告诉姐姐，我是真心的。"第一眼见到她，是真心喜欢的，阴山行宫朝夕相处的岁月不是虚情假意，她是付出了真心。虽然知道真心在魏宫而言荒谬得可笑，然她，仍是又一次选择了真心。

李婳妹在入宫前，不过是平凡的乡间小女，生得一脸花容月貌也曾想凭此换了富足的后半生。一场瘟疫袭来夺走了她的双亲姊妹，沦为酒家卖歌女是那场灾难中存活下来的少女们的求生方式。她算是好的，只不过卖歌卖舞，同行的小姊妹中甚有卖身。不卖身，或许是她最后的坚持。无论怎么贫穷，少时的梦仍在。不是所有人都能生得她的美貌，她要留存着最美好的自己为日后的人生寻找出路。她终于等到了命运中迟迟到来的那一位贵人，玄宫人高贵又神秘，她身

【第七卷】尘落篇

后的一切都是那么美丽。她予她这个名字，李嫣妹，还有那南国西城酒家小女的身份。自那之后，她便许给自己这个梦，梦中着华衣缎服，屹立巍峨高耸的云台上，人海翻滚，众人连连跪拜，唤声震天动地，自她身后初升的明日朱红明亮，她忽而成为这世上最尊贵的女人了。

然而，此刻，梦醒了。

云台缭绕蔓延的沉雾间，清冷的寒风扬起她精致的衣袍，明媚耀眼的杏色莲纹盏袖，她想，这是自己最后一次起舞。燕舞莺歌之后，她是要离开了，带着她所有的梦，与所有醉人的微笑。那长长一束将要夺去自己性命的白绫此刻幻化为水袖间最美丽的素白花盏，摇曳着飞出，旋转，化作凄美的姿态一丝丝绽放……

"我一生中最爱的人，我们相识在遥远的南国那一场沁染醉香的杏花黄雨间。临别时，我依然穿着这一身杏黄轻衣，只如今我的怀中没有陈香满溢的酒坛子，他清隽的容颜上也失去了曾经的温婉笑色。我这样卑贱的女子怎能蒙受帝王的宠爱呢？！我想，便是因为我爱上了一位帝王，所以折了我的福气。"

幽幽曳曳缱绻的舞步间，是李嫣妹浅浅的低吟沉回。她这一生，再没有如此清醒，再没有如此轻松过。裙尾飞摇，脚尖离地，她似一只云雀伴随白绫飘绕地旋转飞入长空，她轻轻闭起眼，享受着最后一次腾空跃起又落下的愉悦。云淡日出，晨曦明辉的流醉中，杏花暖黄的盏衣在下坠的瞬间散逸举世的光华灿熠……

刺耳的尖叫声，撕裂人心，冯善伊扬起头来，迎向东首那扬起又飘落的身影无声无息地归于平静。杏花暖黄，恍恍惚惚的明色，闪烁在浮满水汽的视线中，李花白来杏花黄，只笑人间太痴狂。

身后清冷的手握了自己，风中依稀能感觉到身侧人隐隐的颤抖。

冯善伊渐渐回首，凝着拓跋濬，幽咽出声："你听到她最后的话了吗？"

拓跋濬淡淡点头，没有出声。

李嫣妹最后说，她不该爱上一位帝王。她爱的那一人是当年由酒巷深处踩着黄花落叶含笑而来的清俊男子，可她知道自己并非真正的酒家妹子，而他也不会只是路经而过顺手讨口酒吃的贵家公子。拓跋濬向她求一份远离魏宫的纯真，而她索求的是沉甸甸的爱意，总有一人终会负了对方。

冯善伊叹了一口气，声音有些薄："她说南国杏花黄雨中，她遇到了这一生最心爱的男人。"重复这一言，恍恍惚惚，亦真亦幻的熟悉由心底涌发。

她逼着拓跋濬的目光一紧，幽幽念着："杏花黄雨……"

他的脸，一丝丝模糊不清，眩晕冲击着清醒的意识，顿觉天旋地转，无数盏星光亮起的明灯高高地扬在额顶，晃得她无力睁开双眼，无力……一切光明戛然而止，团团黑暗刹那间涌来，翻滚如浪涛云卷烟波，一次又一次将她吞灭。

身子倾落，只跌入宽阔熟悉的胸怀。她沉沉睡去，梦中越发清晰的声音自心底流淌而出，缱绻依旧——

"傻姑，我的新衣服好看吗？"

"……不……不好……"

"傻姑，你为什么都只穿杏花黄的衣服？"

"穿着杏花衣，他便一眼识出我来。"

……

长殿静谧如鬼魅，一声连着一声的叹气静静飘来。

拓跋潏持奏章落座于内殿屏风之外，时不时地分心抬眼瞧看屏风内的动静。绿荷持步缓入，与他同是焦虑，捏着青竹的手忐忑不安。

二位老太医由屏风后绕出，与他二人行礼，跪在地上头深埋。

"莫虚礼，只说情况如何。"绿荷压低声音询问。

拓跋潏更是放下奏章侧握紧拳，淡淡道："皇后也曾说她时来总是昏眩。倒是哪里不好？！"

左侧的太医率先一叩头，扬起首似笑非笑老皮在颤："回皇上，以臣听脉，往来流利，如珠走盘，当是二十七脉之一的滑脉。老臣多年经验以为，皇后娘娘是喜，莫非病。"

拓跋潏听着无反应，捏着奏章尚还在回味这老头的话。一个字一个字地品，直到最后那句，是喜非病，胸口猛然一轻，似何物轻轻剥落，既痒又暖。倒是绿荷立时反应过来，毫无顾忌地扯紧拓跋潏一袖，笑色难以掩饰："恭喜皇上。"

拓跋潏唇角一颤，徐徐扬起。

"皇上，臣以为滑脉有许多种情况，喜不过是其中之一。依下臣的意思，娘娘滑脉虚弱，似有可能非喜是病。"右侧太医伏地忙又谏言一番。

拓跋潏立时敛起淡笑之意，平静看向那张口唱反调的太医："你在太医院多少年了？"

"已近十年了。"那老太医据实以报。

拓跋潏手一扬，直接传命："拉下去，赏十板子。"

宫人拖着那太医退下，拓跋潏静静端起一盏茶，趁着抬起盏盖时，不觉一察地笑了笑，再扬起目光时依然平静冷然。

剩余那老太医忙持袖子擦了擦汗，又道："依……依老臣的经验，滑脉是喜无错，只脉息稍弱，恐有滑胎的迹象。"

"你比他在太医院待得更久？"瞟一眼被拖出去那位，拓跋潸又问了声。

"臣效职太医院十五年了。"又是俯身，十五年，总算经验老到，他想自己的诊断绝不会有差错。

拓跋潸一点头，稳稳放落杯盏，清冷的声音漫出："拉出去，赏十五板！"

"我为什么不能再去见傻姑姑了？！"

摔裂的陶片飞落了冯春的梨花裙摆，春姑姑一脸惨白的痛颜映落稚童的目光之间。哭闹的女童，眼中失了神志。她扬起一张脸，永远看不懂，看不透这些大人莫名诡秘的神情。

冯春一把将她的袖子扯紧，缓缓拉入怀中，抚弄她额头："听阿春的话，不要再见那女人。她会伤了你。"

"傻姑她不会。她对我好。"她重重摇头，由冯春怀中钻出来，认真又执拗。冯府这么大，爹爹不理她，娘亲只顾着哥哥姐姐，唯独后院的一个傻姑总能陪自己说话，即便自己永远听不懂那傻姑的话。因为她疯了，口中永远念叨着这两句话。

"……不……不好……"

"穿着杏花衣，他便一眼识出我来。"

松开冯春挽着自己的手腕，扭头间，她推开身后的门，寒雨扑入，支起那杏花黄的油纸伞夺门而出。冯春尚来不及追出去，空唤了一声"善伊"猛地落下泪来。

雨越下越大，裙摆沾染了湿泞，冯善伊朝向后院走着。冯府那么大，没有人会去在意一个不受关注的三小姐，哥哥姐姐都有师傅了，只她没有。每日晚膳前，姐姐同哥哥齐齐去父亲的书房交代课业，也只有自己从不知道父亲的书房什么模样。同是弄脏袍子，回至家中兄姊必会由母亲厉声责问，而自己就算身上脸上沾满了泥水，母亲也不会多看自己一眼，只是淡淡吩咐着阿春领自己去梳洗。

傻姑的房屋一室暖灯，她推开那一扇简陋的木门，扬着笑看着眼前高高悬挂的傻姑。阿春说，傻姑总是要做些傻事，上月前，甚至投入湖中，若不是父亲守在不远处立时入水去救，傻姑恐不知生死。

冯善伊抖了抖油纸伞的冷雨，将长袍解下来拍着，看着房梁上袖摆随风飞摇的傻姑扬首一笑："傻姑，你在挂风筝吗？上面好玩吗？我也要，我也要！"

傻姑一身杏花黄衣由风飘了飘，一束长绫系紧脖颈，身子若飞，风一人，转啊转，两袖盈暖的黄，无比轻柔。

她走过去，绕过推倒在地的圆木凳，额头只到傻姑的膝盖前。她拾捡起散落地间的那双白布鞋，高高举上去："傻姑，你怎么不穿鞋子？"落手握住傻姑的一只脚踝，那样冰凉。

她眨眨眼，不明所以地替傻姑穿好一双鞋，将圆凳扶起来自己坐上去，不时地仰头看正玩得"方兴未艾"的傻姑姑，叹了口气："傻姑，上面的空气是不是特别好？！"

身后冷门猛地推开，映出冯春极度惊恐的眸眼。

冯春怔怔看着眼前一幕，脚下步子瘫软，沿着门边即是跌坐了下去。冰冷的石地间，她勉强跪上来，将年幼的冯善伊拉入怀中紧紧拥抱，一手冰凉的五指忙掩上她的眼，遮去她所有的目光。

冯善伊拉下她的手腕，稚嫩的声音飘转入耳："阿春，你把我抱上去。我也想挂风筝。"

那是冯善伊最后一次见到傻姑，那个一辈子只穿杏花黄衣的女子。傻姑临死的时候，像一面展开的杏黄色的风筝，挂在冯府后院冷室中的房梁上。那个时候，冯善伊尚不知道死亡的意思。待她知道这两个字时，傻姑早已由记忆中消失不见。

许多年后，太和殿巍峨耸立的玉台之上，一个濒临死亡女人的最后呓语，将埋葬在记忆深处的傻姑唤醒……

沉沉长幔遮去所有的光亮，冯善伊睁开双眼，盯紧榻顶的昏暗。寂静人声浮荡在耳边，隐约不真。坐起身，拉开帘子，透过屏风便见得拓跋濬临案而坐，正抬起手边的奏折与身侧崇之吩咐几句。

她扶着幔子，头有些发昏。低声唤了青竹，走来的却是屏风另一头的拓跋濬。他步子缓慢，一脸沉重，长袍披于双肩上似是御寒。

她朝窗外望去，已是寂夜沉沉。昏了整整一日？！揉捏额头，气若游丝："我是不是……没多少日子了？"

拓跋濬展开袍子，坐在她临侧，回眸时上上下下打量着她，淡淡点头："约莫还剩七八个月份。"

"这么短，我还以为能再折腾个三两年。"冯善伊呆愣地目视前方，虽说生死有命，可她也没有想过自己这辈子做坏事报应来得这么迅速。

拓跋濬淡淡扬眉，信手捏来盏茶润了口："过了这七八个月，你的病自然就好了。"

她眨了下眼，不动声色由他继续说下去。

他无可奈何地冷笑，反手捏紧她的软腕："又不是初次，怎还如此糊涂着？"说而又继续沉思，盯着她肚子紧着额头道："苦恼了一整日也想不出个好名字。"

"你说的是……"她渐有些明白，忙又摇头，"怎么可能。我月事从来不差。"

拓跋濬即阴下一张脸，郁色重重，不容置疑地强压她回榻，予她盖紧被衾命令道："遵时用药，安心养胎。"

她还是有些不明白，屏风外是太医请旨例时请脉。拓跋濬由他们入，请了脉又随他们退出去商议。冯善伊只看着二位老太医个个步履蹒跚，脚步不利索，好似挨了板子般，走一步出一身冷汗。

待拓跋濬回帐时，已先行命人灭去几盏灯，他解下长衣入榻环着她。

她正有些迷糊，由凉意一激，幽幽回了声："太医说什么了？"

"未说什么。"

"那你怎么还打人板子？"

拓跋濬闭了闭眼睛，装作一脸困意含糊着："我是皇帝，见人不喜，打他板子又如何？"

她笑他绝不是这样的皇帝，只捧起他的头，一指抚平他紧蹙的额眉，诸事明朗于心道："我会乖乖吃药。想我也不是这么娇弱的人，怀鼋子的时候，千里跋涉上蹿下跳，逃过追杀跳过马车，几乎什么都做过了，鼋子倒也没少一根小指头。"

拓跋濬听罢，没能安心，只一颗心忽而揪紧，尤是后怕："你，你大胆。怀着我儿竟有胆量做那些事。"

"我不敢，却又不得不。为了活下去啊。"她叹了口气。

"昱文殿阴潮，明日即搬去正阳宫吧。"

正阳宫，历任魏后居住的中宫后殿，地位之尊，不言而喻。如今由他随口一出，便好似随便一所小宫殿无足挂齿。她虽早已是皇后的名位，却迟迟未入正阳宫，是有拓跋云为首的胡臣依然强力抵制的缘由。

冯善伊坐起身，审视地凝视着他。

拓跋濬自闭紧双目，绕着大拇指，淡定神闲："依我们鲜卑的规矩，铸金人立皇后，移宫正阳。待到明年，你生下的皇儿便是名正言顺的嫡皇子。"

"所以呢？"

拓跋濬睁开眼，声音微弱平静："云中所应得的一切，我会通通让这个孩子拿着。"

冯善伊悄无声息地沉静，肃然的目光掠过他，只是一瞬，强烈地预感到拓跋濬并非儿戏。他如此决断，不仅仅是为了表示对小雹子的宠爱及愧疚，还有那么一丝厌恶，对世子拓跋弘的躲避。并非是他将自己宠上了天，恨不得将所有一切为她腹中未成人形的孩子奉上，而是……他厌恶拓跋弘，自他对李嬗妹的狠绝便可知晓一二。

声音一时有些紧，她低问："你就这么讨厌李嬗妹。如今她死了，仍然厌？！"

"追封了她元皇后，还能如何不知足？"拓跋濬微一蹙眉，声弱。

冯善伊见他面有不悦，心中隐约难安，莫非他已是知道了……

拓跋濬猛地睁眼，半坐起身，冷笑着勾了勾唇："杏花黄雨，梨家酒巷，不过是场戏。她演足了戏码，如今得到了自己想要的，也好也好。"

胸口一紧，果真还是知道了。

她垂下首，昏影中攥紧袍袖。

只他黯然起身，亦步亦趋，回身间淡而又淡的声音飘出——

"有朝一日，我定会杀了宗长义。"他说时一顿，黯下双睫，"不然，就由他杀我。"

他说，有朝一日，定血光相溅于手足间。

她想，这一定会上演一番魏宫最残忍的悲剧。

那一夜，拓跋濬满心的好心情，瞬间降落谷底，他在外间看了一夜的奏折，她睡在里间盯了一整夜的床帏。清晨间，崇之伺候拓跋濬梳洗上朝的动静，她听见却装作不闻，扭身转去一侧假寐。

拓跋濬转入内室，在她床前坐了半刻，落寞起身时微声轻喟。她忽而起身环臂绕着他，轻而又轻的声音："为什么一定要杀人？"

他一微笑，手探到她腹上触着那温暖，淡道："我想留给这孩子一座坚不可摧的盛世江山。"

他转身离去，悠长的背影映着初日的晨曦散了一地。

偌大的冷殿，如今只剩清冷。李嬗妹的灵柩前唯独跪了玄英一人。冯善伊步入中庭时，身后青竹怀里抱起的拓跋弘突然"哇"一声哭起来。冯善伊由青竹怀中接过那孩子，走到李嬗妹灵位前，将他放下。尚不会走的拓跋弘只趴在地上向前探着手，模样实叫人看着心酸。

玄英哭得麻木的一张脸写满颓败，无力地转了转眼珠。

冯善伊平静地上了一炷香，自要转身。玄英抬起手来，紧抓着她一角袍子，干瘪的声音漫出："我要你跪下立誓。"

冯善伊甩下衣盏，摆落她的手，转了身，让青竹先抱起拓跋弘。

"我要你发誓，不论是拓跋云中，还是你肚子里的孩子，永远都不能替代弘儿的位子。这是姆妹以命换来的，拼上命不要，才有了世子的尊位。你不能，不能——"玄英气喘无力，幽幽俯跪于地，两行冷泪落入地间，自嘲而笑，"又如何呢？你就是抢了，她也看不见。死了就是死了。"

冯善伊只走出几步，复又停下，厉声问向周侧："元皇后灵位前怎不见宫妃前来行礼？"两侧宫人无言，稍有紧涩。

冯善伊冷眼将她们一一扫过，言声凛冽："就说是本宫的意思。六宫命妇自元皇后盖棺入土前，每日晨昏皆来行礼。一个不准落。"

半刻之后，众妃果然拥簇而来，个个面色青惨，一身素白麻衣畏畏缩缩。沮渠福君随在之后缓缓入殿，瞧见冯善伊先是一礼，而后前去灵前上香。她是最先予元皇后李姆妹大礼的宫妃，而后三三两两宫人随她前去。

冯善伊转身欲走，身侧曹充华忙迎上，临着她步子即跪地："恭喜姐姐了。"

目中泫然转冷，冯善伊挑眉看她一眼，依然是笑："秋妮你言中何来的喜啊？"

曹充华静静扬起头，万分小心压低了声音："姐姐，这深宫中再没有任何女人能睥睨你的位置。"

冯善伊对她展了一笑，笑着笑着猛挥扬起手，一掌掴在她耳侧。她怔怔抬头，通红的半张脸，比不过眼中的血丝，紧缩的瞳眸中闪过一丝不解的悲愤。

"是你，告发李姆妹。"冯善伊哑着嗓子，挑了恨意冷笑。

曹充华一脸慌乱地摇头，试图躲避她寸寸寒意的冷光："我不是。"

冯善伊闭紧眼睛，又睁开："这魏宫之中，你所恨之人只有我，为何要牵连其他？！"

曹充华难以置信地望紧她，肺腑抽搐的疼痛："我不恨你啊，我从来都没有恨过你。"

"你恨我。"冯善伊点头，素手抬起她的下巴，指尖轻抖，"许多年前，在我选择放弃你保护银娣时，你就恨起了我，不是吗？"

曹充华怔怔地凝视她，苍凉目光中流光轻转，映出水波潋滟。

她踉跄站起，身形不稳，殿外一缕光线撕裂她狰狞的惨笑，珠玉碧翠坠满袖，满发青丝摇落，飞舞二人视线之间。

"是。我恨惨你了不行吗？"曹充华逼紧目光，毫无屈服，"我曹秋妮就是这样的人，是你弃我在先，而非我枉顾旧情主恩。"

"你恨我，你却分明对婳妹出手。"

曹充华幽幽笑着，目中淌满冷泪，一丝一丝将对面的女子看清楚，含恨出言："在你眼中，我就是这般虚假阴狠的女人吗？可你也不要忘了，教诲我这一切的人恰恰又是你，我的好姐姐，皇后娘娘！"她转身，疯狂地抽出守宫侍卫身侧的佩剑，众人惊呼嘈杂，殿前侍卫团团将她围绕，只一声"护驾"，满殿气势紧涩。

冯善伊推开挡护在身前的一个侍卫，迎向曹充华几步而定："曹充华，是我负你在先。"她是人，也曾有自私的念想，龌龊的行径，在魏宫为了活下去，不择手段是唯一的求生法则，这个道理自她四岁没入宫中便明白了。无论如何，她当年确是因李银娣欠了曹充华。

曹充华举起手中的佩剑，放眼望向众人的紧张，他们真的以为她会杀了她吗？她冷笑几声，冷剑划过袍袂，长袖落地。姊妹连襟，便如这断袍绝义。

"李银娣，便那样好吗？"曹充华落下泪来，满心的委屈。

冯善伊只摇头，银娣她不好，一脸老实的眉眼下总是藏着太多的心思，银娣她总是说得最少，听得最多的那个人，三姊妹中，数银娣最聪慧，最懂得经营人生。

这些，曹秋妮何曾不知道，她一次又一次地提醒她的好姐姐莫要被那丫头骗得晕头转向，终来……好姐姐却为了保护一个骗子，选择放弃自己。

冯善伊一个字也没有解释，如今解释什么，难道要说，当年被银娣诓骗以为她真的有了拓跋余唯一的骨肉。可悲又可笑的缘由，想起也不过是深深地厌恶自己。

曹充华淡淡笑了，泪染满面朱红胭脂："千千万万个曹秋妮都比不上一个李银娣。如此这般，我也认了。"

曹充华夺门而出的一刻，冯善伊情难自禁地想要追出去，只步子僵冷于一处，怔怔停落。心神不稳地扶紧一侧长帐，待心底的汹涌缓缓平复，双膝沉沉落去，正是迎向李婳妹的灵柩。惨笑而视。其实那样死了，又何尝不好呢？

天边阴霾滚滚，闷雨迟迟不落。

冯善伊守在窗边，由午时等至昏前，细雨飘入时，人影一并冲进视线中。

她忙由窗侧起身，墨笔掷了一处，连来人施礼也不顾及，忙散去宫人，紧紧合闭殿门，转身时只盯着拍打袖袍的那人道："哥哥，断了与宗长义的来往。"

153

"你急诏我入宫，便为此事？"冯熙长袖一揽，肆意端紧茶盏，无事不惊地笑。

"皇上如今已对宗长义多少有所戒备。"冯善伊言出一番担忧，遂看紧冯熙，"我不希望你陷进去，不想看着冯家又一次临祸满门。"

冯熙持杯愣了愣，放落杯盏时俨然收敛起嬉皮笑脸，转而沉稳道："我早先已是断了同玄英那女人的关联。"

冯熙如能这般想，确让自己安心不少，只又想起冯家与玄英之间尚也有胡氏这一门姻亲的联系，她幽幽问出："哥哥当年娶胡氏，是看在她身后有宗长义的扶持诺言在先，还是真心要娶她？！"

冯熙猛扬起眼皮，猛眨眼，说道："女人如华衣，身为魏宫的女子，你当比我清楚明白。"

"紧要之时，可以将那衣服褪下？！"冯善伊又问。

冯熙直起身来，一脸紧张地看着她，冷息直落："我，我让她断了同玄英的姊妹情不就好了吗？"

"最好！"冯善伊点头，于他身侧走过。昨夜……拓跋潏那番话，是对自己的提醒吗？如是拓跋潏洞穿一切又刻意点拨，她便不能放任冯家胡来。宗长义这一点火星，总要蔓延，有朝一日，待兴起燃燃大火，再避恐迟。

冯熙抬手制住她一臂，淡问了声："你如今是一心一意站在皇帝身侧？！"

"帝后若不能同心，何来家国社稷？！"冯善伊一言回他。

冯熙微咬下唇，与她低念："你算准了宗长义会输吗？"

"我不知道他们谁会赢。"冯善伊双眼合闭，微摇了头，"只是不论这场火因何而起，又由谁而灭，冯家都不能受牵连。"

冯熙忽然明白了她的意思，怔怔不语。

冯善伊推开一盏窗，平目望向淡淡熏暖的辉光，紫橘光芒镀出庭中云池明华堇色。这是她能为冯家着想的最后一次，只要冯家逃出局外，她便能安心接受任何一方或输或赢的结局。

"你是让我带领冯门跳出这一局乱棋火海。那你呢？为什么不是由你带领！"冯熙深思过，眉越发蹙紧，她既然不确信宗长义会输，一旦拓跋潏败了，她连后路也想好了吗？

冯善伊眯上眼，微微笑道："我就站在这里，火海也好，血路也罢。我就站在这里。这一辈子我是逃脱不了主宰魏宫的男人，离不了这座深宫。"

冯熙咬过唇，偏过目光，任冷风刮痛脸颊，他忽而笑了："我总算明白父亲为何将汉令符留与你。你确配得起。"

"哥哥，你当记住，你身后牵系着冯家上下百余性命。"她猛然回首，盯紧他道，"而我，只能同一人站在一起。那一人，便是这座帝宫永远的主人。"

冯熙临走时，将目光深深落在冯善伊平坦的腹间。这一眼的深意，她隐约明晰，却不动声息地绕开话题。

行至小门，冯熙再三劝她不送，她只望着他点头。

冯熙走出几步，忙又回身，踟蹰着由腰间褪下一物偏头递给她。

她将目光垂下，看着他手中摇晃的汉令符不明所以地沉默。

冯熙瘪瘪嘴，艰难道："我堂堂一个汉子，如何能与宗长义一类行苟且之事。我要凭借自己的手腕与权势，复我大燕，兴我旧族。"

冯善伊笑着咳了咳："你有吗？"

冯熙眉一皱，面色难看："如今还没有。总是能得来的。"再扬起头来，朗声问："这一回阴山抗击柔然，似乎无将可遣。"

冯熙所言不差，自云中失守，柔然骑兵压境千里，云中郡守一退再退。朝廷有兵能遣，却无将可出，军心动摇。为此拓跋濬已是几日来昼夜难安，但凡五千里加急的折子，都是令他精神一紧。

"你同皇上说一声，若是没人上。就派我去。我赤手空拳也能为冯家夺回些名声。"

冯善伊一时明白，弱声问："这便是你说获得权势的手腕吗？"

"你们都说成大业行得光明磊落才踏实。我也想踏实回。"他一手捏着自己腰间佩剑，似乎积攒了满身的气力，重重一握，"丑话说在前面。至那一日功高盖了主，把控军心再来造他反也说不准。至少……这是凭我自己得来的！"

冯善伊收回那符令，捏在手中，不无欣赏地看着他："很好。"

冯熙僵着声音别扭道："我此去云中建功立业，以图家门复兴。待我得胜而归，这朝中没人能再把咱当狗看，也没人敢说你一个不配。但有那兔崽子再敢造次，不消你出手，哥哥我一剑就能封他喉！"

冯善伊点点头，突然觉得这一刻，是人生中最美满也是最轻松的一时。再没有任何，比哥哥眼中的明朗更引人释怀。冯熙终于告别了故步自封于仇恨之中的痛楚，懂得了朝前一步看去海阔天空。从前，复兴家门的野心，是他沉重阴郁的负担，如今野心反倒成了撑起一身的脊梁。她从没看过这般英姿勃发神清气爽的冯熙。

"我走以后，你多去看看母亲。这一次，便是她骂醒了我。她并非你想的那样，

只是……"冯熙叹了一口气，迟疑后终未能说出，只是冯家藏了太多秘密。一个当家主母，保全家人的唯一手腕，则是缄默。母亲恰是这样沉默了一辈子的人。

冯善伊微微低沉目光，隐匿于深处的那一丝担忧，分明由冯熙读出。

冯熙勉强一笑，轻拍她肩头："我想你也能读懂她。"

"哥哥。"她唤了一声，欲言又止。

冯熙点头，似懂得她想说的一切，只将目光探去她腹间，柔暖地笑："生个名正言顺的嫡子傍身。若哥哥一生图霸业落败，见得自己外甥夺过鲜卑人的宝座也是能瞑目了。"

冯善伊反握他冰凉的手："我以哥哥为傲。从前是，如今也是。"

仍是以自己为傲……

冯熙怔愣，颤抖的手不受控制地抬起竟滑过她鬓侧。眼前清丽的女子，仿若回到了许多年前那瘦弱的小身影，整日尾随自己，一口一声哥哥，不论他是讨厌还是喜欢她，总是扬起头来甜甜地对自己笑。将最好吃的果子留给自己，书房外的冷庭被父亲罚了跪，她便悄悄给自己膝盖下塞软垫。秋日涩雨，她同他一齐跪，被冷雨浇淋得红唇发紫哆哆嗦嗦，却仍是笑着问哥哥冷不冷。

单纯清亮的妹妹，其实从没有变过，依然微笑着说哥哥是她永远的骄傲。

冯熙红肿着双眼垂首，在滑落她肩上的手重重一捏，五指分明不能自已地颤抖。

"当是哥哥，一直以你为荣。"他猛地眨了几下眼，勉强而笑，吞下泪色，忙却步而去，薄衫落入昏影中，背影拖得越来越长，步子越来越远。躲入宫廊深处，寂静无人处，泪惶然而落，头倚着垣土冷墙滑落，任灼热的泪滚烫满面。男儿有泪不轻弹，冯熙却是第一次哭得这样狼狈。

【尘落篇·第三章】

冯熙的出征，冰冷刀刃并非指向曾经意欲颠覆的朝堂，而是逼迎遥远的北方，挥洒男儿的血气方刚。远行的军队浩浩荡荡，气势勇猛。高高的城楼上，拓跋濬一语壮言碎盏酒洒鞭裂的土地，北伐大军汹涌而出。狂卷长风扬起尘沙迷了远望的双目，拓跋濬一脸温润地望向他的子民此去千里之外，血洒边塞大漠。

又一次，她与他同立，握起他的一腕低声问他："就不怕有一日，待我哥哥羽翼丰满，会对你不敬？！"

　　拓跋濬笑色稍扬，反攥起她的手："我给他一把剑，如他想杀我就来杀。若他有了剑仍杀不了我，那便会是我永远的奴才。"

　　冯善伊闻言浅浅摇头，看他一眼，戏谑他道："我哥哥手中最锋利的剑，并非你给的。"

　　"哦？"拓跋濬低笑，故作疑问。

　　"你就没有想过，我哥哥手中最锋利的那把剑是我吗？"她歪头看着他，等待他的反应。

　　然他没有预想中的惊讶，只是扬眉淡笑，反手将她的手戳向自己胸前："如此，我便等着你化身为剑，予我这一击。"

　　"你就不怕，我叛你？"她故意试探，并随着压低了声音。

　　只是一眼扫了她，淡淡地笑，他没有应，以手覆她眼，转了话头，与她耳畔轻言："一个好消息，高允递折子说想回来上朝了。"

　　高允归朝，无疑是北伐军出征之后的一件大事。

　　龙心甚悦，散朝后拓跋濬召高允至宣政后殿，君臣切磋了几局。最后一盘棋，拓跋濬依旧故意输给了这老臣，而后笑着抹开棋盘随意漫谈。至午膳时，拓跋濬欲留，高允欲退。终是拓跋濬淡然一笑，由了他，只临别时握着一手白子，微声提醒："高大人既是回来了，便去正阳宫见见皇后。她几番惦记你。"

　　高允一愣，含笑恭敬请礼："臣对娘娘，曾经冒犯了。娘娘是……"

　　拓跋濬眉稍扬，淡笑着落子瞧着棋盘："是什么？"

　　高允几分犹豫，两个字锁在喉间吐不出。

　　袖手一抬，再又抖出黑子，拓跋濬起身时向高允走过去，一只手稳稳落了他肩头，凝着他低了声息暗暗垂询："贤后？！"

　　高允猛一跪地，重重叩头，自想起旧时的固执，有愧更是无奈："是臣从前浅薄了。"

　　拓跋濬扶他起身，依是平和而笑："记着了，当她面的时候少夸。这女人经不住夸，再夸她则是要飘了屋顶去，朕怕拽不住她。"

　　高允随他笑笑，尤其觉得这般的帝王多了几分人情味。

　　退出宣政殿，转入正阳宫，高允稍有些拘谨，前脚迈入中门时，远远见得冯皇后正立在庭廊中逗鸟。她手里持着金钩子，玉袖轻飞，午后暖风徐徐，映出她姣好的面容，似年轻少妇般祥和的微笑，引人沉静。

【第七卷】尘落篇

她背对着他，他的步子却越发显沉，抬头看一眼，又垂眼低下去。不长的廊子，便走了好一刻。

冯善伊玩累了，将金丝笼子的小门打开，见那莺哥趴在金丝笼里动也不动。她摇了摇，又索性抱起笼子，细声低语道："你走吧。外边多热闹。我要是你也想走。"

高允迟疑着，睨着她背影浑然不动。

冯善伊又将那笼门合紧，低低一声："别说我没给过你机会。谢谢了，晚膳又多了一道菜。"

高允方要落下去的膝僵硬，深深埋头。

冯善伊轻笑着转身，将鸟笼子递给宫人，只一眼便盯紧身后的高允，似乎知道他候了许久般幽幽道："本宫就这么好看吗？"

可怜高允一把年纪了，从耳根红至容面，两膝直落："娘娘是贤后。"

冯善伊正欲走开，因他这句话愣了愣，移向他身前垂首问："皇上可嘱咐你不好夸我的。我啊，由人一夸就荡漾。"她说得戏谑，顺眼淡淡看了眼高允。

高允叩了一头，挺直身子继而道："您是为我圣明君主撑起半壁江山的贤德女子，您之胸襟气度千古少有。"他气息沉沉，不似刻意逢迎，反是傲骨凛冽。

"汉王室曾也有个女人，这番话，我想她生前是听了不少。"冯善伊温软点头，微笑着转过身，直对庭中一池春江波影瓦碧朱沉。韶华芳景，总有些看得人两目发涩。

她笑着，与他起身同自己赏景，之后的言语缥缈着："那女人叫吕雉。你也知道，她死后，是如何由史笔痛伐。所以贤后当真不是什么好字眼。"

高允浮起苍白又深远的笑色，沉稳道："不论身后还是生时，娘娘的名字誓必同北魏基业紧密牵连，所谓一荣俱荣，一损俱损。娘娘只需要这样想，脚下的路便能走得坚定。"

"真正聪明的女人，不会由历史留下自己的一个字。"她吐出一言，淡笑。

遥处传来瑟瑟的琴声，竟不知出由哪处宫垣，袅袅空鸣，婉转凄厉。

笑色一丝丝平复，她转首，凝视着高允："你想要什么？"

高允面目全僵，直直扬起头，抿紧了唇。

"比起夸奖我更喜欢被骂。被骂倒也不失任何。只那些空洞又虚伪的恭维，言过一番，便是求着从自己身上夺走什么。"冯善伊揉了揉眉心，有些晕，待目光恢复清朗，幽声又问，"高大人想从我这里夺走什么呢？"

高允吐出一口气，退下半步，左手探入右袖笼中缓缓摸到一物攥紧。他先是持袖与她行了大礼，平定了目光："老臣希望娘娘无论是于当朝，还是名留史册，都是千古一后。"

"这千古一后，"她定定回他，"着实不易。"

高允重重提气，扬起的目光执拗而坚毅："储位之稳涉及朝纲，为了大魏的新政，也为了皇上同娘娘一心追寻的同治盛世，更为了我百年基业不由小人窥夺。臣，斗胆先行请罪。"

冯善伊予他一笑："我明白你这是为皇上，为社稷。"

"这小人，便由臣来做吧！"高允一声痛言，闭紧惨目，由袖中攥出一盏青花小白瓷瓶，只有拇指那般大小，却是晶莹剔透，雕磨精致。他将那瓷瓶轻轻放在她袖手边的冷台上，紧紧咬了牙，最后一礼，退步而出。

闭上的眼，又睁开。

手中松了的瓷瓶再捏紧，这般来来回回数次，困意全散。朝廷已然有了社稷储君，再来一个深受龙宠的嫡皇子便成为那些老臣避讳惶恐之事。

心烦时远远见得小電子挑着笑步入，几步而来，依偎着自己，一张口便道："阿姊来看我了。"

冯善伊顺手以袖子掩住那瓷瓶，转瞬一笑："噢？你润姐姐来了？"

小電子一点头："说是先去殿前给父皇请安。一会儿打小花园子里过来。"

她知他是兴奋难耐，便唤青竹领他换身衣服送入御花园等他姐姐。青竹正哄着哭闹的拓跋弘，两面不能齐全。冯善伊索性道天气正好，允她抱着拓跋弘一并带小電子入御花园。

小電子刚同青竹离去，便是绿荷匆忙而来，人未入帐，声音先是扬了起来："高允那老头来与你说什么了？！"

冯善伊将软袍披上肩头，笑看她一眼，风轻云淡道："恭维我来着，没说什么。"

绿荷将她上上下下打量一遍，忙扬起手摊在她眼前："他给你什么了？！"

冯善伊下意识将两袖掩于身后，瞟了一眼绿荷身后正佯装无事的顺喜，狠狠瞪眼："好你个奴才！"

"小喜子当然是好奴才。"绿荷抢了一步，探手由她袖中抽出那白瓷瓶，长裙扫曳，临她而坐，声息僵硬，"高允那老东西是要你去了肚子里的孩子？"

绿荷眼中含着冷笑，扶着她膝头缓缓跌坐脚踏，幽声压抑深意："你是傻了吗？如今你哥哥是大将军，凯旋归来，以兵马大元帅之尊还能保不住你六宫至上

159

的宝座？如今只缺你生下名正言顺的嫡皇子。你哥哥他再争强好胜，也不会傻到要逼自己外甥的宝座，篡冯氏血脉的皇权！"

冯善伊淡淡凝着她，眸波清寒。

哥哥说，要生下嫡皇子，见得自己外甥夺过鲜卑人的宝座也是能瞑目了。

绿荷说生下皇子，立为储君，便能断了哥哥心念逼权的野心。

可高允的意思，储位动摇，臣心难安，社稷不立，江山危亡。

不过是个未成人形的婴孩，如今却引得几家欢喜几家忧。

她自己立起身来，望去窗外碧池红莺，心中分明有个声音极是清晰——

"生下这个孩子，你这一生还能走出魏宫半步吗？"

那声音越清晰，她心下便愈发恐惧。汉化同治这一条路，还要走多久？！拓跋濬需要她的日子，还会有多长。至那一日，汉化盛世鼎盛，他自成为一代明君，而她也没有留在魏宫的意义了。这一个孩子，却将成为永生永世的羁绊。

绿荷无论如何也不会知道此刻的冯善伊穷尽脑筋在做着未来很远，甚至远过十年之后的打算。她盯紧她的背影，而后轻轻念出声："冯善伊，你到底在怕什么？"

冯善伊从容回身，只望一眼："我怕，每天都在怕。"

她只说怕，却从来不说，自己怕的又是什么。

宣政前殿，拓跋濬从高耸的几摞奏章中绕出，步子极沉。面见眼前人时，只眸子一低，冷唇稍抿，咳了几声，不出半言。

常太后平静地喝下满盏茶，将方才道过的话重复："昙曜法师替弘儿卜了命数，道他幼时有劫难，定要借佛祖天力度劫。可东宫储君乃我江山基业的根本，落发入寺未免有失体面。我和众家王公这是商量好了，由皇室中选出一名幼子代东宫垂听佛祖金言，一来为太子度劫，二来也是代表天家潜心向佛表率万民。这事就这么定了。委派的旨意哀家可以代皇上拟。"

"为什么是小霭子？"拓跋濬平声淡气地询问，眉宇间压抑着隐隐怒气，转眸间又换了口气，"就不能差别家孩子去？"

"哀家这都是为了太子。"常太后瞟他一眼，轻轻地说，"小霭子与太子手足血缘最近，又是你四叔名下的孙儿，辈分齐当。选来选去最合适。"

拓跋濬闭合眼，缓缓攥紧一只手，逼出气息："朕不同意。"

常太后并不惊讶于他的反应，直言了当道："拓跋云中是冯善伊的儿子。这个秘密，你打算瞒到什么时候？"她是心钝了，眼却从来不花，自第一眼瞧着那孩子，便心生疑虑，而后每一次再见，那直觉便愈发强烈。能让皇帝面对着那孩子便似变了一个人般，那孩子的母亲，必定是重要不凡的女子。

拓跋濬冷笑着抬眼，一扬唇："是又如何？"幸得她挑了话先说明，他自也不想再憋着，如今说开了更好，自能予云中一个堂堂正正的名位，更合自己心意。

"皇上是笃定了为那女人的儿子抛弃弘儿。"常太后浅浅摇头，正色道，"可百官不能应，哀家也不能应，九泉之下的元皇后更不得瞑目。"

"母后的一个不应，便只想为弘儿除去小电子。却不想落发出红尘的孩子只有五岁。"拓跋濬深吸了口气，努力使自己平静，皱眉道，"母后未尝不是太狠心了。"

"若非皇儿偏心，何来哀家的狠心？你我都清楚明白。"常太后抖了袖袍，立起身来，转眼看他，低低一笑，"你当真以为，她会为你生下肚子里的孩子？！"

拓跋濬黯下冷睫，捏紧袖口不语。

常太后叹了一声，缓缓摇头："期待那孩子的人，恐怕只有你吧。对她而言，只是牵绊负担。十年之后，她一走清净，定不想有任何束缚。"

拓跋濬不想听她再多言一个字，面已发白，常太后所言未必不是实情，却实在伤人心。抿紧的唇发寒发痛，他撑起身来，往殿上走，稳稳坐在书案前，淡目看着常太后远去的身影。

常太后停落至殿门处，余晖映照她一侧华鬓，她只稍稍侧首，清冷的声音夹杂低笑："论说想知道那女人心中有没有你，便问她可愿意生下肚子里的孩子。"

刚持起来的奏章垂落案前，拓跋濬勉力握笔，沉墨滴坠，染了金笺白纸。

常太后身影一晃，随即步出，静无人声的殿室内袅烟浮摇，只轻软的步子自风抖起的长帐中缓缓走来。

正欲垂下头的拓跋濬敏感地扬起头，目光一紧望去那肆飞的纱帐。由那帐中走来的身影清瘦又明艳。今日是冯润第一次入宫，她兴奋得整夜无眠，晨起时满心愉悦地套上胡氏送来的新裙衫，红牡丹白团花，喜艳又清丽。

她一步步走来，朝着那对她而言仍然很高的案台，那案后的人正收敛起怒色，转而平静又稍显温和地凝视着自己。

拓跋濬将笔一放，低柔了问她："你站在那里有多久了？"

冯润眨眨眼睛，声音很静："许久了。"

她本是照规矩来与他行礼的，却躲在帐后，看了很久，听了更久。

"你都听到什么？"拓跋濬长吁一口气，缓缓站起身，遥遥看向下殿中那嫣

红的小身影。

冯润扬起头，抿唇："听见你们要送走云中，送他去寺庙。您会送走他吗？"

拓跋濬走下殿，掏出自己腰间的玉佩，晃于她眼前："你答应朕不说出去，朕便给你这个。"

冯润稚嫩的目光幽幽扫过他，只摇了摇头："我不喜欢这个。"她由他身侧走过，步入上殿，踮起脚来够到案上，袖手扫过一摞奏章便是随后一抽，转身对殿下皱紧额眉的拓跋濬扬出："我喜欢它。"

拓跋濬立起身，清淡一笑，眼前的冯润，与死去的拓跋余神色相近，尤是那长眉下不羁又阴冷的目光，最似。

"只可惜，你不是个男孩。"拓跋濬走上去，由她手中接过奏章，"所以你不可以喜欢这个。"

"如果我是男孩，您会传皇位与我吗？"冯润狐疑地探看着他的反应。

拓跋濬眉间一紧一松，似忖度，又似平心静气地寻找一个合适的答案。

"您会吗？"冯润又问了一声。

"或许。"拓跋濬答。

"你在撒谎。您眼中分明写着不可以。"冯润竟不知畏惧，朗声反驳他的话。

拓跋濬蹲下身，兴趣正浓地抬手想抚去她额头，却由她脱身一躲。清冷的手怔怔落下，拓跋濬问她："你很讨厌朕？"

冯润别过头，只咬下一言："我没法不讨厌你。"

她说这话的时候，诚实坦然的语气像极了某个人，引得拓跋濬一笑，更不予计较。

"如若你是男孩。朕不会传你皇位，但会在你成年时给你一支军队，连着一把剑。自那以后每一年，朕都会在这大殿上等着你举兵逼宫。因为倘若你连逼朕退位的能力都没有，便更没有资格主掌朕的江山。"

冯润努力想着他的话，咀嚼了几遍，总算有些明白，低声询问："你是让我自己争取吗？"

"也不是所有人朕都会允他争。"拓跋濬意味深长地笑，起身扶去案后落座。

冯润仰视着他坐落高殿的身影，目中微颤："我父亲曾经也坐在这里吗？"也如眼前这一身英姿伟岸，气势逼人。

拓跋濬点头，直接道："是。"

冯润点点头，退了一步又一步，远远望着他："我想问你一个问题。"

"到现在为止，你问了我不下三个问题。"拓跋濬埋下目光，扫眼看着奏折，气息依然保持着轻柔。毕竟他眼中的冯润不过是七八岁的稚童。

"我想问你。母亲为什么同我父亲生了我，却又为你生下云中？"

这一问，实在骇人心。

拓跋濬敛息凝着她，静言："你以为呢？"

冯润垂下的头又扬起，目中闪烁冰冷的倔犟："大人们说，这叫背叛。"

有朝一日，她会懂的吧。

如今他也只能这般安劝自己，未言垂眸，深深望进笔下奏章满满的墨色字眼中，却看不进半个字。

冯润越退越远，最后与他行了礼，站立身时，不卑不亢地道了一声："你杀了我的父亲，夺走我母亲，如今又要送走云中。我如何不能恨你？！"

拓跋濬浅浅合目，一滴墨，洒了指间。

胸口又在痛，自冯润离去，他扫了几眼折子，便有些发晕，猛地立起身来一下子未能站稳，贴着桌案跌了下去，而后起痛，冷汗淋漓。殿内动静惊了殿外候着的崇之，他想是因主子连夜处理云中的战事不得休息，只细声请拓跋濬歇下半刻。

拓跋濬瞪他一眼，又扫去满案沉压的奏折："朕歇着，你来判？"

崇之悸悸垂首，轻道："不如小的给皇后娘娘送去。"

"让她歇着。"拓跋濬叹了一声，撑着崇之站起来，"眼下她身子也辛苦。"

"皇上，您再这样，怕是会真应了皇后娘娘那句玩笑话。"崇之退至一侧，眼瞧着拓跋濬重回案前坐稳。

拓跋濬抬一眉："她背地里又说朕什么了？"说着甩甩有些发麻的手持握笔管。

崇之闷声言："娘娘说，您大概是自天下一统而来第一个将累死朝堂的帝王。"

拓跋濬猛蹙眉，怒瞪他。

崇之猛跪地，重重叩头，这种大逆不道的话如何就脱口而出了。莫非是同那位冯主子相处久了，人也随性了。

拓跋濬幽幽垂下眸子，愣了半会，平缓一笑："她当真如此说？"

崇之点头，缓着语气："娘娘这是……心疼皇上呢。"

拓跋濬淡淡勾唇，落笔于纸间，写了几个字又顿住，似有似无地轻声淡语："她……心疼朕？！"

　　愣神间，殿门一把由外推开，冲进来的是拓跋云，他一脸急色，来不及行礼，扬袖而道："皇兄，幽州郡守前日子里的往例折子，您看了？"

　　拓跋潆想想，只一摇头："朕尚未收到幽州的奏本。"

　　拓跋云怔于殿中，衣袖一落，佩剑随之跌落地间："幽州乱了。郡守蒙义已被乱党斩暴尸街头，如今义军浩荡逼入灵丘境内，距皇都百里。臣也是刚刚得知。"

　　"何人为首？！"

　　拓跋云凝视着他，放缓了声音："你我的手足，宗长义。"

　　拓跋潆岿然不动，挑起一丝冷笑，目色深幽。

　　"助他起义的乱臣皆是父亲从前的旧属。"拓跋云恨恨咬牙，"早知如此，不如当初一个不留。"

　　拓跋潆沉目紧闭，一手正捏紧奏本，咬牙言："朕，如何半点消息都收不到！"

　　"只有一个原因。宫中有内奸！"

　　拓跋潆缓缓睁目，将他看紧："阿云你心中已认准了内奸之人？！"

　　拓跋云重重跪地，坚定不移："恳请皇上将奸人一事交由臣弟拿办。"

　　拓跋潆转去目光，似有所躲避："先行平乱再论其他。"

　　拓跋云咬唇轻笑："皇兄心底也认准了某人，所以才会百般推就。"

　　拓跋潆立起身来，长袍抖落，一步沉过一步，声声镇定："诏诸尚书宣政殿议政。先定下平叛剿匪的将领。"

　　"你允冯熙率十万精兵北伐柔然，如今可还有兵将能遣？！"封冯熙为将时，他便再三阻拦，总想着事出并非简单。如今果然起了乱，只恨当初不以命顽抗。如何就任皇帝中了圈套！

　　"无兵无将，朕就亲自去平叛。"拓跋潆淡声一出，立时寂静。他走出几步，依旧稳如泰山。

　　拓跋云于他身后扬了一声："听说皇后时常代皇上回折。断下几章言议奏本实在简单。"

　　一阵风来，帐起帘卷，扬起拓跋潆腰间长缨环佩，他闭了闭眼睛，抬手推门而出。

　　御花园中花飞叶绿，正值由春入夏，景色最宜。长春榭台上，小霭子转着袖子早是等不及，来来回回地向园口子望去。身侧青竹将拓跋弘正哄在怀中，暖风一袭，拓跋弘捏着青竹鬓发的朱钗咯咯直乐，青竹直想拍下他小肉手，好心好意抱他前来游景，这小东西仍是半刻不消停。

"姐姐，姐姐怎么还不来？！"小电子跳下几阶，清着嗓子问青竹。

青竹一擦汗，摇着拓跋弘道："路上耽搁了吧。"

小电子嘟着嘴，急急言："我去前面迎姐姐，青姑姑在这等着。"

"您，您可千万别乱走。"青竹将拓跋弘放在栏椅一侧，扶着他半个身子，回首满眼担心地瞧着小电子走一步跳一高的小身影。

拓跋弘勉强能站了，小手抓紧栏杆，右脚兴奋地踩踩地，笑起来两眉弯弯，天真无邪。青竹看得也欢喜，边一旁逗趣他。又等了小半刻，不见小电子跑回来，她便有些不放心。想抱着拓跋弘绕去前面寻他，又见拓跋弘在榭台上玩得起劲儿。

正犹豫着，身后一声软软而来——

"青姑姑，你们在这啊。"

青竹一惊，忙回头，瞪着身后几步之远的女童，反应了过来："你就是冯润？你怎么知道喊我青姑姑？"青竹说着连忙起身，将她拉过来临靠着："小电子一早就等不及了，说是在前面接应你。怕是走岔了。"

"弟弟总在信中提起你。"冯润微微垂下头，紧着袖口声音极细，"我想你就是那位青姑姑。"

青竹笑了笑，回首由亭子往外望，仍是瞧不到小电子的身影："这小东西不是走丢了吧？"

冯润猛扬起头，一脸慌乱："会不会有危险？！"

闻听这一声，青竹心跳得极快，不只南安公主提醒过自己，便连皇上也万分交代，对小电子一定要贴身护着。想这魏宫池子这么深，稍有不慎……也是……

青竹忙立起身来，急得跺脚，回首与冯润道："我，我这就去找他。"说着目光落到抬起笑眼看着自己的拓跋弘，连连抱怨："哎呀呀，我怎么就听了主子的话，把这小祖宗也带来了。"

"姑姑去吧。我在亭子里护着太子。"冯润懂事地揽过拓跋弘抱在双膝上。

拓跋弘也不怕生，在她怀里蹭了蹭，仰起头正看上冯润的眸子。他笑，冯润也随着笑，拓跋弘便与她更亲近，抬手抓她手。

青竹又嘱咐了几声，扭头转入池塘前的石桥上，匆忙的身影映着碧池春波一晃即去得遥远……

冯润坐在石台前，静静审视了拓跋弘片刻。一时周遭无人，空有竹林风声，池水潺音清荡人心。几刻之前，常太后阴冷寒绝的目光冲入脑海中，恨得她攥紧

的一只手不能自制地颤抖。

拓跋弘爬上她双膝间，一双极似李婳妹的凤目清明舒朗，粉嫩白皙的脸蛋含着浅浅的酒窝。他仰头冲她笑，笑得亲近善意，便好似认准了她是自己生命中重要的人。他笑着向她伸出一只腕子，手自滑过她犹豫不决的眸眼，轻轻垂落。

冯润张开双臂，将他揽入怀。

猛地立起身来，临亭阑而立，面对山下池水清碧，目光极沉。

一连串的声音噬咬心头。

杀了他。

杀了拓跋弘。

将怀中撑臂举起的手，只需稍一松力，便可将这浑然不知人事的小东西丢落冷亭，亭下春江碧池，纵是摔不死，也会淹毙。冯润闭了闭眼睛，咬紧红唇，双臂打战。

"除了你，再没人能挡小奄子的路。"这一声由心底而发，越来越清晰。

腕中发力，便欲推去。身后忽牵来一腕正握住自己，惊得冯润忙却步，转身间迎目直对睁大一双眼定定望着自己的小奄子。

小奄子微笑着摇头。

冯润心头一酸，无话可说。

小奄子靠近了她，展开双臂圈住冯润的腰，头倚在她背后，脸色苍白地出声："阿姊，你再别做傻事了。别让娘伤心。"

冯润后脊一凛，落寞垂眼，双臂早已不能支撑，颓然放落拓跋弘。

小奄子满目柔软地笑，落在冯润眼中便觉世间万物都要碎掉，她将小奄子揽入胸前紧紧拥着，声音寂颤："他们要送你去做和尚，代他去度劫难。"

小奄子撇嘴仰起头，一脸认真地看着姐姐，点点头："我听娘亲的，娘亲让我做什么，我就做什么。"

冷泪渗落心底，摇着头，冯润松开他，后退了两步，声依稀："你什么都不懂，什么都不懂。"

她哭着跑开，委屈与不甘缭绕心头，从没有这样无力又孤独。这一座魏宫，本该属于自己和小奄子的魏宫，如今却容不下他们姐弟二人，硬生生要逼他们无路可走，无处可退。

她闯入太和殿，引得一群宫人尾随相追，那一扇长门猛地推开，殿上正坐着与拓跋云议事的常太后。

青光浮绕，秋水天际。

隔着一殿冷玉青砖，步步寒凉。

冯润仰起倔犟的头颅，迎冲殿上无比尊贵的太后一字一息，声声清朗："太后娘娘将我们赶得再远，我们也会回来。总有一日！"

红尘之外也好，云中荒漠也罢，就是爬也要爬回来。

冯润八岁这一年，立在高耸巍峨的太和殿前，第一次于心底立誓。

"如果……如果你伤害了我的家人，我生生世世不会放过你！"稚嫩的声音迸发出撕裂的痛吼。她十指紧攥，勒出满满掌心的通红，再疼，也疼不过心底。

常太后手间的佛珠不知不觉地跌落裙间，临侧拓跋云幽幽侧眸凝去，他捡起那一串佛珠，扬左手而挥，声淡言寒："哪里来的疯丫头，拖下去。"

常太后怔怔覆落长睫，握紧那佛珠串子，一颗一颗地碾过手心，心似也静了。长殿冷门终于沉沉紧闭，满室明光瞬间黯落。

拓跋云跪在她身下，极轻的声音劝慰："太后娘娘，您不能再犹豫了。"

常太后抚上胸口，那里刹那不跳动，她静静垂眸，摇了摇头："我，我不想再欠债。"云舒，我想做一个好人，我突然想做回好人。天命尽时，九泉之下，我多少也要有些脸面见你不是？！云舒，我真的不想再害人了，你救救我，救我。

"再给她三天。"闭上的眼睛，重又睁开，常太后努力吸了一口气，看着拓跋云艰难勉强言，"如若三天后，她依然不肯拿掉肚子里的孩子。我们便依计行事。"

拓跋云愤恨立身，满是不甘。

清冷的步子踩过碧玉砖地，长剑滑地，碎出一条惨白的印痕。

常太后扶着凤座缓缓端坐，双手扶紧凤柄，那一对浴血凤凰的明珠凄惨地盯着长殿开启的远方。那一声依稀又飘了来——

"如果……如果你伤害了我的家人，我生生世世不会放过你！"

目光涣散，人音更随之模糊，遥远之处，隐隐的驼铃声夹着狂风肆起的怒吼中。云舒坐在马上，长纱遮住她的半张脸，随风飘来的声音一丝弱一丝强……

她说：

"冯朗，你记住，你若负了阿奴，我生生世世不会放过你！"

常太后闭上眼睛，轻轻微笑，颤抖而上扬的唇角，逐渐沾染泪湿的苦涩，真的，好涩。

【第七卷】尘落篇

167

拓跋云一路持剑，转过太和殿的后廊，此去最隐秘的暗殿。寥落孤僻的院落中，藏匿了一个女人，名玄英的女人。她是一只狐狸，宗长义的狐狸。李婳妹死后，她似乎便有预感自己的后半生便要就此尽了。

拓跋澄面前，她一言不发，连辩解都没有。拓跋澄暂且没有杀她，困她于密室中，一日三餐照送不误，每日例行的行刑逼问同样不误。如今她的境况，让拓跋云想起许多年前那个名叫李银娣的宫人。她们何尝不是同样的境遇？！

五年之前，玄英假意逢迎李申，参与了同谋陷害李银娣之事。五年之后，她的命运不会比李银娣好太多。

拓跋云推开半扇窗，清冷的阳光射入阴霾而布满尘埃的密室中。他拍了拍袖子，四处寻不到一盏空茶碗，沿着残驳的木桌落座，他看向满面伤痕的玄英，只一冷笑："我见过执拗的女人，你尚是第一个能让我再开眼界的。"

玄英俯跪在地上，尘满面，鬓如霜，幽幽抬起涣散的目光："我什么都不会说。你们死心吧。"

"你，不怕死吗？"拓跋云探下一只手，扳紧她的下巴一丝丝升起，与自己的目光相交，他摇了摇头，宗长义是个懦夫，任玄英身入虎穴，自己却逃去幽州起事。他是……彻底放弃了这个能为他死的女人。

玄英咬破下唇，冲他温隽颜容上吐出一口血水，痴痴地笑："活着，才让人怕呢。"

拓跋云狠狠甩开她的下巴，抬手拭去面上污血，丝毫不能理解她的执著。

"你真的以为宗长义在乎你的死活？"

听到那个名字，心底全是柔软，玄英温温一笑："我在意他，就好了。"

我在意他，就好了。

这一言，听得拓跋云满心酸涩，但也不知为何要这么难受，胸口闷痛。

玄英安然闭上双目，浅浅笑言："皇上怎么还不肯赏我一盏毒酒呢？我们的好皇帝不是最爱赏人毒酒吗？我的父亲，祖父，母亲，兄弟，他们都喝了，只有我……"当年拓跋余驾崩，陇西屠各王景文叛变，百官祸连受罪，她的族人亦在其中。那一盏毒酒，由新帝拓跋澄所赐，对她而言，是迟了五年。宗长义救了她，他从万人坑将她救起，他坐在陈满尸首的乱坟岗子中忧郁地吹起长箫，她听着那殇音活过来，凝着他寂寞孤冷的背影，疲惫又虚弱的眸中漾起湿色。她想，这一辈子，无论他是否在意自己，无论他对自己好坏，她永远欠他，欠他一命。

拓跋云无声地蹲下身，平静对视中，他叹了一声，缓缓言："这一次，你可以不必说真话。"

168

玄英咀嚼着他的目光，清冷微笑："王爷你，是让玄英说假话吗？"

"投之木桃，报以琼瑶。你我虽无情愫能言，只算是互了一方心愿，如何？"

玄英挑起冷唇，惨白的容色勾勒出丝许兴致："我倒是想知道，任城王你能了却玄英哪一桩心愿？"

拓跋云看着她，目光深远："我答应你，无论这天下谁主，李婳妹的儿子永远是储君。我就是死，也会守住他的储位。"

倏然皱眉间，玄英恍恍惚惚地微笑，一行泪寂寂滑坠。

拓跋云一脚踹开暗室的门，冷声迎向庭中三三两两的宫人，他咳声清了嗓子，望向众人扬声："去，去禀报皇上。说玄宫人有话要言。"

一个公公应言忙跑了出，另一个宫人目光隐约看着拓跋云，直等他再做吩咐。

拓跋云一咬牙，踹他一脚："你，去太和殿。禀告太后召集后妃，就说皇上也会去。"

玄英由他身后静静起身，趔趄着扶紧木门，她目中再无泪，只剩一眼望不尽的空冷。拓跋云在她身前步出，又回身催促，她脚下铁链拖得每一步都走得很痛很重。

木鱼声轻浅不一，静静地沉入人心。远远地听见自远处飘来铁链滑动的声音。那滑裂铁皮的一声又一声，飘荡在西宫的上空，幽幽传去中宫，是越来越遥远，还是越来越清晰。

素白瘦削的五指突然顿住，黑石玉的佛珠一颗一颗落到地上，散在蒲团间。

冯善伊静静地垂首，捏紧一颗珠子，淡声自语："珠串，怎么断了？"眼皮抬起，凝视着佛龛中一动不动的观音大士。

"观音老人家，我是不是……报应来了？"叹了口气，她起身重新上了几炷香。佛堂的门由外猛地推开，三个宫人齐齐闯入，三人一出言，竟是撞在了一起。

"娘娘，宗长义率旧部于幽州反！"

"娘娘，传言宫中出了奸细！"

"主子，太和殿召您过去！"

冯善伊由佛前走来，徒步迈出门，笑眼稍弯，双手拉平了袖衣，大舒口气："反了？奸细？召我？报应……这么快就到了。"

太和殿起风了，冯善伊两袖当飞，缓缓步向殿上拓跋潇身侧的那个位置。

一袭淡金色的汉服长裙逶迤蜿蜒，宽绰的衣摆绣刺珊瑚色蝉纹，玉绨银丝长缨飘摆，纤细的腰身配起冷玉织锦腰带，清丽端庄。她扬起头来，轻薄红唇莞尔扬起，静谧笑色，墨色青丝缠绕成高雅的后髻，玉钗斜立。

下殿众人由她入殿时皆悄悄回首，目光一路随着她的步子，直到她走至高殿上，与帝王额首行礼，云眉低眸，宛若出尘佳人。

他伸出一只手握上她，示意她同坐。

她犹豫了瞬间，终于走去他身侧，平稳地落座。

此时，拓跋云由殿下众人中施礼而出，他满眼镇定，凝视着殿上却久久不出声。他想除掉兄长身侧的女人，却不想他伤心。如何能伤人而不伤心。清冷的目光看去另一侧只知闭目转动佛珠的常太后，双唇紧抿。

拓跋云撩起朝服，当及众人，直直跪了下去："臣想问，若天子犯法，是否与诸民同罪而论？"

拓跋潇眯了眸："同罪。"

拓跋云点头，再扬起头来，逼问："臣，再问。叛国逆党之罪如何处？"

拓跋潇心猛然一沉，与他答："死罪。"

拓跋云又是点头，沉郁声音散出："臣奉太后之命查处魏宫奸细，已有所得。"

拓跋潇徐徐放落牵着身侧人的手，另一只手由案上端起那一盏茶，温热的水汽漫浮，他眼中有一丝缥缈模糊。

"朕早先说过，当下四平乱党为紧要，谁准你查处内宫诸事？"这一声中虽平淡，却有怒有责，还有一丝淡漠无奈。

"皇上，"拓跋云又一笑，苦苦摇头，"迟了。臣已彻查明晰。"

常太后瞬间合目，一把佛珠再次轻落膝间。她吸了一口气，又若无声息地叹息。

拓跋潇抿茶不语，冷睫染湿。

拓跋云将自己的佩剑置于身侧，他于心立誓，倘若……倘若皇兄再欲包庇，他便当众自刎。为了社稷与皇兄，纵然舍身做第一谏臣当朝比干又何如？！

心意已决，目中自视尘世如烟，他咬牙强言："恳请皇上将身侧尊贵的皇后娘娘交由国法处置。"热泪升腾而起，他知道自己卑鄙又不堪，为了家国天下，他既可以为忠臣，又能做小人。

拓跋濬缓缓闭上眼睛，胸口寒凉极了。

拓跋云叩首，扬首再言："皇后娘娘，敢问您可知道宗长义之名？！再敢问你，同宗统领可曾有旧情？！"

冯善伊长睫一抖，舒然微笑。她认识宗长义，且旧情不浅又如何？凭此便可以逼向当朝皇后问罪？纵是他舌灿莲花，她也倒想听听他如何狂言乱语，颠倒是非黑白。

"任城王，本宫不懂你出言何意。"

"您只需答，是或否！"拓跋云冷喝迸发，气氛骤然紧张如冷弦欲发。

视线渐渐模糊，却仍然撑着笑。她想，自己一定不会答，死也不会说一个字。她不认识宗长义，那个怀揣野心、机关算尽却又不通晓人情的宗长义，她不认识，从来不认识。她熟知的那个宗长义死了，死在了权力和野心织起的迷网中，他迷失了自己。而她同曾经那个宗长义的旧情，没有人有资格问她。

她倔犟地扬起下巴，紧咬齿关，绝不肯说出一个字。

拓跋云立起身，一甩袍角，代她言："再没有人比我们的皇后娘娘更熟知宗长义这三个字。你们指腹为婚。宗长义是否也说过只等他逼宫夺位便将后位留给您？！"

细碎的议论声由殿下响起，众人惊乱，相互看去，皆在揣摩拓跋云之言。

拓跋云眼中充了血，一口气说下去："各州府衙的奏章，十中有一皆是由娘娘侍奉皇上批奏。然幽州起事半月之久，魏宫却从无获知。郡守蒙义生前连本奏折皆是详细言明幽州城中的种种诡异不端。何以不疑？可是娘娘同宗长义里应外合，替皇上删选奏折时先行毁去了那些折子？！"含恨言出，他当真恨极了这女人，她竟敢……利用皇兄的信任，甚至至此仍装出一脸无辜的沉稳，无言半字。

拓跋濬眉心蹙紧，一手抵上，臂撑案前，只道："够了。任城王，你说的足够了。"

"皇上，还未完！"拓跋云继而言道，"恐怕皇后与宗长义早有合议为先。自皇后娘娘侍奉先帝起，便是在为这一日做万全之备。所以先帝至死不立冯氏为后。先帝已是看清了，皇上如何看不清身侧妖媚狐精的真颜！"

拓跋云再进一步，抬臂向后挥去。

身后羽林郎拖着困刑中的玄英而来，将她丢掷大殿上。玄英挣扎了几下，缓缓跪稳，苍白的容颜扬起殿上。

拓跋濬先是一惊，见她满身伤处，掷案冷道："是谁的意思？！竟敢对她动用酷刑。"

常太后缓缓睁目，人已是发怔，侧了身，面无表情道："是哀家的意思。皇上身边竟由这小贱人时时窥探，哀家如何能安心？"

"皇上，玄英已供认不讳。她在宫中所行一切不过是听从皇后。"拓跋云一时心虚，声音稍哑，"而皇后身后之人，便是宗长义。"

冯善伊曾也料想过拓跋云对付自己的狠绝，却还是看高了他的手腕，她未曾想拓跋云可以如此无耻。

他如何说都好，梅精，狐妖，奸细，她都无所谓。

只是……他绝没有资格质疑她对先帝所有的真挚。这些疯言狂语，恰似万箭穿透自己一身铜墙铁壁，穿心刺痛。

她有些怕了，为何身侧的他，不发一言，连气息都静了。

他是不是相信了拓跋云，那么她二人之间好容易积攒的信任，是如流水东去了吗？他也信她……是心怀不轨？

全天下的人都信，只她也不能应，更不能倒下。碎裂的阳光冲入目中恍恍惚惚，头昏目眩，只剩意念强撑。

满心满身寒凉颤抖时，身侧那一只手静静地探向自己。

拓跋濬无声无息地握紧她，重重捏着，因为握得太紧，她甚至能感觉到他五指间的颤抖。含泪抬眸，满是迷茫地望向身侧的他，他掌心传来的温暖，似乎有一股奇异的力量。一时不昏也不痛了，只是眼中酸涩充斥，再难压抑。

为何偏偏在这个时候，选择握紧自己。他一脸淡然自处，又实在读不出答案。

委屈又迷茫的泪，滚在眸中。僵冷的心，抵不住翻卷而来的热浪，胸腔发烫，仿若一泗暖流呼之欲出。

那一刻，她仿佛看见了许多年前护城河外，他扬起的冷扇下那一张带苍白病色的脸，淡然却充满善意的微笑。

仿佛看到山宫之侧葱岭寒山亭中那挺立的身影，日夜经过的仁守，遥遥相望。

仿佛看到那一夜，云中山陵清冷寒凉的雨夜，他铁甲下夹着血腥的潮湿气息，他发尾凝结的雨珠落在她眉间。而后，她的眸中便有了泪。

如今的泪，比那时更热更盈，她忍着不落，眼睛强撑着不眨，极是肿痛。

再也没有什么，较此刻拓跋濬岿然不移的信任更让自己满心满怀波涛汹涌。

由极怕入极伤，由极伤，再至此刻的恍惚不真。

她不在乎了，不在乎拓跋云还能如何信口开河，不在乎玄英的选择。是，他握紧了自己的手，仍是紧紧握着，再有什么能比这更重要？欲哭，却又想笑。因满心酸楚而哭，因溢满胸腔暖融的热流而笑。

她想她是怎么了？！就此……爱上了吗？

这惊人的想法，一时麻木了神经，糊涂了意识。

拓跋云仍在说着什么，只她一个字也听不见了。至满殿寂静，所有人的目光都逼向玄英，只等待她开口说一个字。

拓跋云更疲惫了，他冷漠地看着身侧的玄英，有意无意地提醒："玄宫人，只说你知道的。"

玄英乌黑的眼珠无力地转了转，淤青的下巴颤抖，她张了张干裂苍白的唇，显露出溃烂的龈齿，想是痛极了，发出声音时，喉咙便似堵了火球，热辣辣地疼。

冯善伊一瞬间想到了银娣。如今玄英却成了又一个李银娣。

平静地等待她出言，受尽折磨成了这般模样的玄英无论说了什么，她想自己都不会责怪任何人。如果，玄英说出拓跋云希冀的那番话，便可以使自己好过一些。她甚至希望她能将自己说得更狠。

于是，缓缓点头，她冲着殿下的玄英含泪微笑。

玄英愣住了，惨白的唇颤抖，一行泪纵落，声音含糊不清，却是用力在说："皇后娘娘……同宗大人……互不相识。"

冷泪僵在眸中，一丝风来，冯善伊的袖摆浮起又落。

她如何说，他二人互不相识。

拓跋云猛回过头，发怔地盯着一脸平静的玄英，他实在听不懂她的话。

玄英越过他投来的目光，向殿上冷笑着道："皇后娘娘，您会保住东宫的储位吗？"

冯善伊眸中一颤，呆呆地凝视着她。

玄英立起身来，却站不稳，终是又倒下，头却是扬着的："我，我还是选择了相信娘娘。任城王说只要我在殿上撒谎诬陷您与宗大人有旧情，便允我生生世世守护东宫。可我……不信他。"

真正值得相信的人，是她。姆妹的眼光从未有错，她看得那样明透。冯善伊是足以依靠的人，宁死亦信任无疑。

"哈哈哈哈哈，哈哈哈哈——"玄英癫狂地笑起来，原来自心底升起那一丝信任，便再无所畏惧。

拓跋云铁青着脸，扬手怒斥羽林郎拖她下殿。玄英痴狂的笑音越来越远，却一声骇过一声。满殿静得发不出任何一丝声音。如此乱局之下，没有人知道所谓的真相又是什么。他们只当是一场博弈，这冲锋对峙间，任城王意欲置皇后于死地，却被玄英反咬一口，正是难堪。

拓跋云慌了，他并非全是说谎，有一半，甚至大半都是真的。冯善伊不应被包庇。满大殿地寻找着依稀熟悉的身影，自人群中拉出沮渠福君，他声声嘶哑又颤抖着指向殿上："皇上，您当面问沮渠夫人她如何来的魏朝，便是冯熙请来的。是冯熙、宗长义联合北凉图谋不轨，沮渠夫人入宫前，便见过皇后与宗长义，并受二人嘱托。阴谋，这些都是阴谋。皇后都知道，她一一清楚，却处处相瞒！"

沮渠福君淡淡看了拓跋云一眼，平声静气道："皇上，任城王疯了。臣妾奉皇兄之命联姻朝廷以示秦晋之好。臣妾并不认识冯熙将军。"

"你们，你们都说谎——"拓跋云几步跌了出去。是，如今的他几乎是疯了。他死也不能相信此般状况，费解地瞧着身侧每一张冷漠的面孔，直至看向常太后。

"太后娘娘您说话啊！"

常太后偏去目光，只将声一弱："哀家，什么也不知道。"

拓跋云皱紧一张脸，扬袖指向殿上的冯善伊，全不顾尊卑："妖孽！妖孽！妖孽！"

连连唤出三声妖孽，字字椎心泣血。双膝猛落，他重重跪下，失了所有气力。一滴泪由眼角滑落，溢满了悲愤与不平。

拓跋濬痛心疾首地看着此刻于殿下慌乱绝望的拓跋云，摇头："任城王，你闹够了没有？"

又一声任城王，而非彼此熟悉的那一句"阿云"，是啊，连皇兄都不喊自己阿云了。拓跋云错愕哽咽，轻合了眼。

"任城王，你这是欲向皇后逼位吗？"

拓跋濬淡然立身，手仍持握着身侧人的手，于是她不得不随着他起身。

"如向皇后逼位，视同与朕逼宫。你与宗长义之辈有何不同？！"拓跋濬一步一停，步至殿下，落目于一双紧握的手，再看去众人，"朕只想让你们知道，任你们说天道地，将黑说成白，白说成黑。朕对皇后永远永远只有一个字！信！"

拓跋云猛地冷笑，仰起头来，满面泪水，目光恍惚。强行压抑的拓跋云终于爆发。

一声嘶吼，迸发而出。只一言，便是大逆不道——

"昏君！"

二字惊诧了大殿，最惊之人莫过于冯善伊，她浑身一震。

冯善伊甩开拓跋濬的手，一步当前，扯起拓跋云的织锦云纹襟领，一掌用力掴下，苍白的下唇因紧咬而溢出血来。那一掌出手极重，连掌心都痛得麻木，五指用力捏握，她需要极力控制与压抑，才不至于将所有的愤怒与森然恨意肆意爆发。

"拓跋云，你当真……"愤恨入极的声音唯有嘶哑的颤抖，"很浑蛋！"

他说了那么多，有的没有的，信口言说得形象生动。可她，只想回应他一句。拓跋云，你真的浑蛋。

你说他是昏君，你当真有心吗？纵是口不择言，也不该言此。

她恨拓跋云，恼他不明就里，恨他这满眼糊涂。

另一只手由身后人制住，长袖摩擦而发的轻碎声响似裂开的锦帛，是拓跋濬夺去她的手黯然落下。最痛也是拓跋濬。那瞬间，她明显察觉到拓跋濬温热的指尖轻抖，她于是看他一眼，反手将他握住，安慰地抚弄他颤抖的手背。

面对拓跋云足以丧命的两字，自觉平静了一辈子的拓跋濬背过身去，只作未闻。

身后众人接连跪地，他们一个个都想替任城王求情，却没有敢发出声音，只得不住地叩头，再叩头。

拓跋濬绕过众人，牵着她冷步而出。

他面上清冷寒凉，心底恐怕已是千疮百孔，痛至不能再痛。

故作强硬的背影，让她眼中阵阵发酸，殿外狂风肆作，太和殿旗幡飞摇。

她继而止步，试图挣扎着松脱由他握紧的手。

他皱眉回首，只看着她，不语。

她想，她不能任他被唤作昏君。她要回去，回去殿上认罪，再试图为自己求情，说与宗长义不过旧识。废后也好，赶她出宫，再罚去云中也罢。她要和拓跋云当堂对峙，声声斥骂，她就是不能由那些人将他视为一个昏君。

她退了半步，只是拓跋濬猛地探臂将她一把拦住。

他执着她的手不肯放，揽她入胸前，下颌紧紧贴着她的额头："你也别闹了。好不好？"

她一哽咽，贴着他的心跳，双目肿痛。

他之后的声音很轻，很痛，幽幽地由上方传来——

他说："我累了，累极了……"

那些话，堵在喉咙中闷得发不出，再艰难地吞入腹中。其实她有好多话想说，却不想解释。可是……她也实在怕他累……

"你让我做一回泼妇吧。"扬起头来，一眼望向他骇人深锁的眉心，极低的声音，隐约心痛，"我不能让他那么说你。"

默然十指相扣，他漫出笑色，眉间深邃的沉郁一丝丝退散。他是想告诉她，其实这些，一切的一切，都不重要。重要的是，如今他总算能稍稍走入她紧闭的心怀，哪怕仅仅一小步。她总算总算，有稍许在意自己。

冯善伊皱起眉看，看着明明被骂仍是笑得舒然的拓跋濬，摇摇头："你是个怪人。你们一家子怪胎。"

那一日昏后，他们执手同回宣政殿。满溢温香的内殿中，她静静燃起一盏烛灯，照亮台前伏案持笔的拓跋濬，暖橘色的光芒融映着他的眼眸。她想起许多年前，她递给赫连一盏灯火，要她仔仔细细看清了自己。

如今她持灯映落自己与拓跋濬之间，她开了口："我有话同你说。"

他举笔抬眸，借着橘色夕阳凝她。

唇一张一合，没有发出声音。她犹豫了很久，探出手贴着他脖颈摸去，滑过下颌，抚过冰冷又温软的唇。他放落笔，反手接住她的手，有意无意地摩挲，眸已锁紧。

灯烛一晃，心在悸怕。他会不会……就此失望，生气，终而后悔……

努力展开笑颜，便像初次见他时强撑起的欢颜，在忧虑中逐渐颤抖的微笑。

"我……"无力再笑了，好可耻，这般的假笑，"我其实……"

猝不及防，他推案立起身来，淡淡转身出步，长臂绕过她腰身，在她张口结舌的犹豫之中先行截住那之后所有的言语："我累了，今儿不想判折子。我们歇去吧。"

他揽着她便走出几步，步子稍一怔，他似乎想起了什么，胸口有些抖动。

她静静凝视着他的所有反应，试图咀嚼一切深意。

他回身至案前，落目那一盏闪起微弱光亮的暖灯，沉眸轻虚间，一抬手将之掐灭。昏黑的后殿，绕起那一丝灰白的青烟，袅袅升起，浮散空中。

她还在发愣，已不知他又是何时重回她身侧，牵着自己的手入内室。

帘幕扬起又落的刹那，她最后回眼，瞧向那一盏已是掐尽的灯烛。许多年前，那个漆黑阴郁的夜晚，赫连在她面前掷下的同一盏灯，如今是由他亲手掐灭。

她想，这一生，她都不会对他再费言半字。再也不需要了。

满室血腥气，拓跋云闭目在暗室中，不肯燃起一丝光明。

他想起自己地位卑贱的母亲，还有对他而言无比遥远的父王，他离他们好远，远至背影模糊，连梦都不入。六岁那年，母亲去世，她殉了父王，是皇祖父的主意。除了东宫太子妃，父王所有的女人，皆死在那一夜。那一夜，比此时更寂更黑。

他跪向西苑的方向，听见无数凄惨又决然的哭声由暗室传出，那纷扰的哭音中，他听见了母亲一声一声唤着阿云，那声音越来越弱，直至淹没。他最后扬起头来，望去夜空，寻不到星星，也不见月光，乳娘将他包裹在怀中，他哭得失了气力。若父王不死，母亲也不会死。

从小，他便这般告诉自己，由此也从未忘记过。

"为什么，你连三日都不肯等？！"常太后的声音滚入脑海，她又恨又恼，那模样似绝望极了。不是不肯等，而是不能再等了，三天太长了。他半刻也不想等。

宫人将玄英拖出，她已失了所有气力，瘫软地俯倒在地，挣扎着扬起头，一脸不屑地扬起微笑。她的脸色一定不好看，只是此刻拓跋云的脸更难看。

"你不是让我撒谎吗？"她吐出一口血水，转过半张脸贴在地上，轻轻笑着。

他要她说谎，她于是还是说了，只可惜，是不合他心意的谎言。

拓跋云满心疲惫地起身，无力与她争执，推开一扇窗，冷风漏入，头痛欲裂。

他说："我实在不懂你。"

"因为我是人。"她没有避开他的目光，平静相接，"我想，想做一个人，而非畜生。"李婳妹临死之时，要自己对天发誓，这一生再不能做伤人伤己之事。再没有比她玄英更信守诺言的人。

"她，就那么好吗？"拓跋云蹲下身，一手擦过她面上的伤痕，目中含痛。此刻，他竟有些心疼眼前这女人。

玄英似一躲，避开他的手，这一生中唯一能碰自己的男人，只能是宗长义。

"王爷难道不曾用心看人吗？"她反问着，半撑起身子，慢慢咳血，深深笑着，"她很好，她那样的人，是无数个任城王也不及。"

"她真的那样好吗？"拓跋云轻轻笑了笑，目中氤氲浮涌，他摇了摇头，"不，她不好。她一点也不好。"

她不好，她真的坏极了。为何所有人都要说她好。皇兄如此说，皇叔也这样说着，纵是常太后也有所不忍了。

只有他的心痛极了，她是那样不好，他厌极了这样的她。

"如果不是她，我的父王不会死；如若我父王不死，我的母亲也不会离开我。"声音缥缈着飞远，他站起身，长滑过一束长幔，冰凉的指尖掠过清冷的风。是，当年他躲在东宫侧殿，亲眼看见了她，亲耳听见她哆哆嗦嗦地言出那些话。从那一夜之后，父王便浑然变成了另一个人，一个恐怖又可悲的丈夫，却实在憔悴可

【第七卷】尘落篇

怜的父亲。她是那样讨人厌，那样多嘴，如果不是她向父王告密，父王也不会殴打太子妃，太子妃便不会向太武帝去哭诉。如果她不说出实情，父王一辈子也不会知晓真相，更不会同皇祖父决裂。父王是受尽一世羞辱积恨成疾才会英年早逝。如若他不死……她为何那样多嘴……

她若闭紧一张嘴，或许，至今仍有许多人是幸福的。

远处有长影飘摆如飞，一身青色软袍荡在风中，云佩轻响。他长发压在袍内，几丝乱发坠出，拂在眸前。

拓跋云伫立不动，远远望着那一处身影，像极了父王。

他缓缓走过去，由那青袍软衣的肩头擦过，冰冷的手被身侧人紧紧制住。

"这不是她的错。"幽幽的声音，有些许暗哑。

拓跋云含笑看了身侧拓跋潏一眼，抽出自己的手，握紧腰侧冷剑。

"那是因为，皇兄的母亲还在，没有死。"带着满心伤痛，声音丝丝凉寒，"可阿云的母亲死了。"

拓跋潏没有再拦，任他拖着沉重的步子渐渐走远，他憔悴的身影逐渐化为遥远的漆黑中一束极弱而又恍惚的团影。

这一夜，拓跋潏行走于孤冷的魏宫内，这一座自他出生起便安然伫立的宫殿，任由时光流年，如白驹一逝，它依然沉静，依然华美。每一朝都会重新修葺，朱墙色淡了，便再漆涂。可是人心上的疤痕，如何涂抹尽？！

人这一生，总有些放不下的坚持，所以他并不责怪拓跋云。

而自己，也有曾经的恨恼与固执。

步子停落先安殿，他扬起头看向高阔的殿阁，模糊不清的匾额。这么快也走到了自己心结所在之处。广殿静极了，安魂香缥缈浮摇，一踏入便似坠了仙境。六年了，在那个人死后的第六年，他终于有勇气推开这一扇门。

很久很久以前，自这门端望去，他依稀看着母亲同自己的叔叔翻滚在一起。那一眼，便成为许多年的耻辱。他的叔叔，崇敬又钦佩了许多年的叔叔，拥着母亲时面上泛滥出的那丝满意的微笑，箭矢一般划裂他的眼眸。

先安殿，先安殿，至死也不想再入这一座殿阁。

拓跋余的遗愿如此简单，他说他只想灵位能够置放于这一所先安殿便足矣。当宗爱将先帝的遗旨转交于自己手中时，拓跋潏难以遏制的心酸奔涌而发。是，对那个男人来言，他的毕生所求其实很简单。他只想躺在自己心爱人的身侧，静静地老去，死去。在拓跋余生命的最终时刻，他选择来此结束一切，也选择永远不离这一所广殿。这里有太多美好的记忆，是属于他，同心爱的那女子。

拓跋濬曾经不能理解，因为那时的他尚没有爱过，所以他无比憎恨这一段不合常伦的禁忌之爱。他将那视作罪孽，人神共愤的大罪。如今，总算释然，他偶尔会想，曾经的拓跋余一定很痛苦，爱上了不该爱的女人，一生都不得解脱。

一步步走入后殿，那陈列他灵位与画像的高案。

细弱的烛光徐徐映出，挑起一角长幔，漏出眼前一室光暖。

是冯善伊。

她点亮了后殿中所有的烛火，星光璀璨般似有百盏。她跪在拓跋余画像前，将案上陈列的灵牌抱在怀中，以软袖轻轻擦拭。

这一定也是她第一次进入先安殿。

他想，比起自己，更不愿接近先安殿的人，便是她了。

他没有动，持着长帘的手一丝丝落下，停步于黑暗中，望着不远处隐约的身影，淡淡沉郁的眸垂下，他欲转步离去，帐中人音却突然传了出来——

"我曾经讨厌先安殿，讨厌记起你拥有那样幸福的容样……可你知道吗？先安殿对我来说是一面镜子。你曾经说，我读不懂先安殿的爱情。我也是努力想要读懂，可是每次都只能从这面镜子中看到自己的悲哀与失败。

"我又梦见你了。梦见你跪在先安殿哭得像个孩子。你哭着告诉我，爱情不分对错，没有合适，只是两个人相遇，动了心，而后在一起，满心满眼都是幸福。我想你是对的。我从来……从来都不知道什么是真正的爱情。"

抬手抚摸灵牌上的每一个字，泪簌簌而落："我错了，我不该拆散你们的。你们是如此相爱。我不应该拆散相爱的人。如若不是我错得这样离谱，你也不会荒废朝政，不会与百官为敌。我希望你能忘记她，你却执意将她放在心底；越想你做一代明君，你便越发荒淫无道。你所做的一切，不过是在与我唱反调，只这代价太重太重了。拓跋余，怎么办？我再也不想错了。"

即使呼唤了千万遍的名字，却永远不会属于自己。她早是该放手，她应该忘了他，或许就不会再痛了。长青色的裙摆环绕成莲花，明亮璀璨的烛光中，她脉脉盈然的身影渲染如一束光圈，握不住的光。

拓跋濬终于又扶起那帘子，他想靠近她，将她搂入怀中，而后安慰她，不爱也好，爱也好，都不重要。只不要再痛再伤了，他看不下去，一眼也看不下去。

冯善伊仰起头，任容颜之上冷泪纵横，虚浮地微笑。声音很弱很轻——

"自你走后，我想我的心再也不会装下任何人。所以我无所畏惧。可是一直以来无所畏惧的我如今竟也怕了。我那样担忧，那样小心翼翼。我怕丢了自己，

【第七卷】尘落篇

179

每每心动，我都要一遍又一遍地提醒自己，再告诉他，我不会爱他，就好像自己真的不在意他一般。"其实很在意，其实怕得要死，却不敢，实在不敢爱上一位帝王。她在魏宫生活了许多年，却不曾有幸见过一对真正幸福的夫妻。她不想，不想落为与后宫所有凄苦女子一般的不幸境地。不想这一座魏宫，将自己的本性残噬得面目全非。她曾经将一整颗心扑在一个错误的男人身上，最终只获得满心伤痕。她想自己不能再错了，也不能再伤了。可是如今身侧的这个男人，却对她这样好，将天下一切的美好捧在她手中。他说无论发生什么，他对自己永远永远只有一个信字。

"拓跋余，我真蠢，我又动心了，再也不能无所惧。今日大殿上，你不知道我有多怕，怕得周身战栗。我不怕受罚，不怕遭祸罪出宫，我只怕他对我失望，怕他寒了一颗心。这样的我是不是很丢人？同追慕你时一样的丢脸！"她环着拓跋余的灵位不肯松手，絮絮叨叨的言语，从未有过的真实。也许，只有面对死去的他，她才可以这样坦然真实。也只有自己知道，全力撑起的坚强之下，是多么的空虚又无助。魏宫那么大，她却连儿女心事都无处可诉，只能……只能抱着一个冰冷坚硬不能听又不能说的檀木牌子。

"是我在怕。我怕黑，怕冷，怕孤独，怕心碎，怕帝王恩宠薄，怕他爱上我又要后悔，怕他一旦心愿达成就放弃我，怕他知道我心里有他就看不起我，怕他有朝一日不爱我了，厌倦我了，再也不愿相信我了……怕，怕他因为我被骂做昏君……"

因为太怕了，才有那一纸十年的约定，才有她将会离开他的许诺。至那时，他恐怕再不需要她了，她也老了，容颜再美也敌不过岁月，魏宫中源源不断的新人会打消他对她仅存的最后一丝依赖。她不要他赶她走，她会自己走。

她为自己找寻了借口，铺好了落幕以后的后路。

她想，她总是聪明的。至少不会像李姬妹一样，走入生命尽头时，只懂得含泪回忆相遇时的美好，依靠幻想中相爱的种种温存。她不想成为那样悲哀的后宫女子。

长风陡入，压灭数盏明灯。

拓跋濬扶紧长帏的手不能压抑地颤抖，无声无息间，落袖掩下垂幔，回身步出的刹那，泪涌出，恍惚落下。他离去的背影那样笔挺，强撑着才不会任由体内排山倒海的感动击溃坚毅的防线。他从没有这样兴奋又伤心过。

百盏明灯，一只只燃尽时，天已发白。

她絮絮叨叨，叨叨絮絮，将积压了满心的话全数道出，如此释然又宽慰。面上的泪已全干，在拓跋余面前，她永远都是那个爱哭的小丫头。她总是缠着他，明明知道他心底有别人，还是厚脸皮地黏着他，总是喜欢一张口没完没了地同他说东道西，直到念得他烦，说得他厌。可他却从来不说，不说她讨厌。

踮起脚，她将牌位稳稳放回高案之上，微笑："拓跋余，我再也不会来烦你了。我知道其实你十分不耐听我说话。以后……我会忘了你。"

后退几步，遥遥看着他灵位上闪闪耀目的金字，那半墙之高的画像，是拓跋余静静微笑。他笑起来，眼眉轻弯，像一轮浅月。拓跋余将永远年轻，永远英俊，永远居住在这里，与他生前最美好的时光记忆融为一体。她想，他是幸福的。

她再没有回头，推开长殿朱门，抬头望去。白蒙蒙的天，渗出一圈金色光芒的绯红。最后一缕安魂香燃尽，伴着初抹晨曦，她终于走了出去……

晨间梳洗的常太后被身后的传唤惊住。

玉簪别在发间，常太后对镜皱眉，问了一声："皇后当真求见？！"

话音未落，帘幕一抬，冯善伊几步而入。她与她隔了一段距离，有些疏离。

常太后扶着一角云绢，不出声地待她反应。

冯善伊缓缓走来，将袖中那一物塞入她掌中捏紧。

白瓷青瓶质地寒凉滑腻，掌心稍冷。常太后浅眸轻转，幽幽的声音，有些哑。

"何意？"

冯善伊看着她，依然无所畏惧："我想生下肚子里的孩子。也许日后我还会有许多孩子，我同样要将他们生出来。"

常太后实在看不懂她，轻笑着摇头，一挥袖子遣散所有的宫人。她慌乱地来回走动，手中那瓷瓶越攥越紧。

冯善伊弯身一礼，声平气沉："我想说的就这么多。其余，已是无话可说。"

常太后猛地掷出那瓷瓶，琥珀色的药汁四溢，苦涩的香息飘散。

冯善伊不动声色地走了出去，看也不看她。

宣政大殿上，明光扑入。

宽绰的衣摆滑过冰冷的地砖，她一步一步朝前，从太和殿入宣政殿，她是越走越轻松，越来越释然。直到入目迎来他淡然撑于案前的身姿，一手执笔，另一手压住奏章，他专注于国事，认真蹙眉的模样其实很迷人。

裙袍绕过清冷的风，她止步于大殿中央，微笑着凝视着他。

【第七卷】尘落篇

181

他辨得声音，幽然仰首，静静放落朱笔。

"你一夜没睡？"打量着四周，见崇之换去昨夜通宵整夜的残烛，她狐疑问他。

他起身，向她走来，一手滑过她温暖的软腕。

"我一夜未睡。"他点头微笑，"因你不在我身边。"

"我不在，你睡不着吗？"她问他，浅浅皱眉。

"不踏实。"他一笑，答她。牵起她的手走去后殿，廊间两侧宫人纷纷行跪礼，而后在他们身后放落长帐。

冷风渐渐遮蔽于身后，步入长榻间，她与他同坐榻尾。

他凝神看了她小半会儿，开口道："我们商量个事。"

见他如此认真，她心头一紧。莫非云中伐柔，东平乱党，无军饷可发配，所以要克扣她的饷银？！并不是她心疼那几百两银子，只是……如今手头实在有些紧。冯熙生了那一窝小崽子们，不仅需要她补给家用，往来后宫交好各部，亦需要钱。

一张脸缓缓沉了下去，她极不情愿地唔了声。

拓跋潜握紧她的手，直贴在自己胸口，道了声："拿去！"

"嗯？"她揉揉脑袋，实在纳闷。

"把它拿去。"他又添一声。

手指忙由他襟衣里探去，莫非那里面有银子，摸了下，却是空空如也。她扬起头，冲他摇摇头，实在不知道，他想要说什么，做什么。

"我把这一颗心掏出来给你好吗？"他声音一轻，俨然是不习惯说这般赤裸裸的情话。明明想问的是，把心给你，仍是怕吗……一出口，便白得让人好笑。

冯善伊推他一把，收回手："血不糊啦的，谁稀罕要。"

拓跋潜自觉失败，淡淡一咳，搓起手心来，幽声解释："我是说……我把心给你。若来日你觉得我负了你，你便将那心丢了，或是……揉碎打裂……都由你。"

她终于明白了他的意思，一时间眨着眼睛瞪他，咀嚼起那番话，想得越深，心就越软。强颜一笑，她扬起手探着他额头："不热啊。咱可别玩得太血腥了。"

冯善伊，你是故意的，还是习惯这般没心没肺？他抿唇，无动声色，依是看着她。

她忽而向他展开双臂，扬笑道："你是不是哪里不对了？！来来来，来我怀里，我们温暖一下。"说着便出臂穿过他胸前，揽着他双肩，将自己的脑袋探过去。

脸颊贴在他一侧肩头，她喜欢他身上淡淡的墨香。没有其他女人的胭脂味道，干净又清爽。

"我看你是奏折看得太多，脑子烧坏了。"她幽幽说着，微笑着闭上双目，一抹泪痕寂静地滑过半侧脸颊，谁也看不到。

他是帝王，她如何敢要他的心。江山怎么办，社稷又如何？他是真的糊涂了，糊涂到想做了昏君。

"答应我一件事。"他闷弱的声音自胸口传来。

她轻了呼吸，静静等着他说完。

顿了顿，一手捏紧她依靠在胸膛的肩，他说："永远不要在我身后落泪。"

那一股清澈的暖流自心底而发，刹那间贯穿了整个生命。她静无声息地圈紧他。

柔软的声音漫出，他执著地问她："应我，好吗？"

胸口炽热，眼泪又一次淌过脸颊，她突然说起不相关的话："我想为你生孩子。生许多孩子。一半男一半女，丫头去勾搭世家公子，儿子就去娶商绅士族的女子，这样好不好？！"她这个人是脸皮厚，嘴皮子恰也笨，她说不出什么像样的情话，吟诗作词更不得要领。她想，若是喜欢一人，她能做的就是为他生许多许多孩子。她曾经这样说给拓跋余，如今又说与身前这个年轻人。

拓跋濬拉过她双臂，将她的两手用一手攥紧，另手抬起拭去她面上的泪痕，指背轻柔地擦拭，他含笑点头："你说好就是。我们会生很多孩子，很多。"

"真好！"她突然破涕一笑，傻傻地乐着，"你至少没说把我丢给炉子。"

"炉子？"他苦笑着看她。

她点点头，忆起过往，心已无酸涩，不过那么风轻云淡地言出："拓跋余说要把我丢给炉子生孩子去。"

拓跋濬面带苦色，无奈摇头。

"我反是怕。"他最后摩挲着她的鬓发，抬臂揽她入怀，"你将炉子丢给我，让它替我生孩子。"

她平静地抬眸，定定望着他，一丝一丝地点头，与他坚定道："依定制手铸金人行大婚礼，立我为后吧。"纵是天下人都反对，这一次，她也要同他一起，不仅仅站在一起，是他的皇后，也要成为他名正言顺的妻。

依魏宫定制，立中宫正位，手铸金人，以成者为吉，铸而不成不得立。

三日后，双吉喜日。行斋戒三日大礼之后的皇帝，与百官亲自目视中宫正阳高台上亲手铸造金人的冯善伊。成者为吉，那一日风和日朗，瑞气高浮，她铸造而立

【第七卷】尘落篇

的一座金人屹立不倒，占卜法师言此乃天命吉祥，福瑞高照。皇后冯氏亲手竖立的金像，在这八方山雨欲来的混乱期间，以吉祥之兆稳定了上下民心。

拓跋濬自高殿上缓缓而来，前挡百官众臣，后迎魏宫无数宫人炽热的目光。

他看着她，又一次开口重复那些话："信阳冯氏，你可愿做朕大魏千万子民的母亲？你将视他们如自己的亲生子女，与他们共度所有艰难与祸难，为他们带来安宁同富饶。这一生至死不忘记自己的职责，无论这一片山河碎裂还是繁盛，永不弃。"

这一朗声，是要文武群臣皆听见。

然而他低沉下声音缓慢而言的另一番话，只有她能听见。

他说："信阳冯氏，终有一日，朕将朕之性命，将朕的子孙后代和千万黎民，还有百年江山基业交付于你。你堪负得起吗？"

她扬起头，明烈的阳光刺得满眼发胀发痛，嫣然一笑："皇上的江山万年如一。"

史载太安二年，皇后冯氏，入主正阳宫。

宋末元初的胡三省于《资治通鉴》批注言："魏人立后，皆铸像以卜之。慕容氏谓冉闵以金铸己像不成。胡人铸像以卜君，其来尚矣。"[1]

【尘落篇·第五章】

兴安二年春末，以宗长义为首的叛军唆使丁零数千家亡匿井陉山，聚为寇盗，拓跋濬诏定州刺史许宗之、并州刺史乞佛成龙讨平之。夏六月，宗党羽林郎旧部于判、元提等于魏宫发动谋逆，伏诛。彻查羽林郎乱党之后数日间，宗长义叛军夺机而发，大军涌入魏水东畔，依势，只需几日便可血夺宫都平城。

朝廷的气氛一日阴霾过一日。北伐柔然已是几乎将平城驻兵倾城而发，如今只剩禁军与内都幢将几支人马和羽林郎卫队。宗长义从前执掌羽林郎禁卫府，之中又有多少人暗藏反逆之心，已来不及一一清查。魏宫陷入前所未有的紧张氛围中，如似剑拔弩张，万弩待发之刻。

拓跋濬已连续十日坐镇平城营房大帐，日夜逼视城防的境况。魏宫之中静如

---

[1] 铸金像是魏人为选后所定的祖制，又有占卜之意。

死水一潭。冯皇后曾极力进言欲陪驾营防，皇帝不允，便以养胎之名安守正阳宫。每日御医院便由老太医亲来问诊，变换汤药种类，以不同的膳食调剂胃口。每日昏后，御医院的折子必由宫中发出，由专人亲自送入皇帝在城防的营帐之中，皇帝百忙之中定会耐心览阅御医院所出的折子，未有一日中断。每日见得折子上写有安好的字眼，才能放下心来继续处理国事。

今日那送折子的宫人有些紧张，虚汗倒出，候在帐外，只待皇帝允他离开，才释然出了一口气。实则今日皇后贵体不安，自辰时便发热，早膳胃口不济，用了数口粥不过半刻尽数吐出。皇后呕得很凶，随身伺候的宫人哆哆嗦嗦端出的盂盆中稠液偏黄，气苦。太医道这是呕出了胆液，再呕下去，恐有伤及肝胆的危险。几个老太医商量一番连忙召集御医院换方子。只这前去报传皇上的折子如何写，便成了难事。写得虚了，怕是欺君，依实而写，只恐怕……皇上守城之心难安。

实在无奈，便奏请皇后，醒来的皇后开口便是将几个老太医训斥一番，言是一把年纪如何连编故事都不会。而后皇后一个字一个字念，由太医代拟了回旨的折子，连连言着几番安好，较往日更甚。

如今奏章呈递而上，又听得皇上允离开，传旨的御医院官员跺了跺站得发麻的脚，翻身便跃了马上，就此回宫。归宫之后，先去正阳宫与皇后通传。

皇后冯氏正浅合双目，歇息于软榻之上。

传旨官员隔着一扇羽纱帘帐，隐约见得内有中侍来回巡走。他跪了小半刻，直到青竹走出来，方才起身一礼。青竹引他至外殿，赞他差事办得好，打了赏银便允他退回去。内殿传出长衣翻动的声音，青竹忙起帘转回去，见是近来十分嗜睡的冯皇后已醒。

华灯初上，池中点起烛船，映落满夜空的繁星熠熠。

冯善伊晚膳只用了几口粥，午后睡了太久，至夜已无困倦。她撑起一只手，靠在窗前看着庭外池景。

耳边听着小霭子朗朗诵念佛经，心底默默算着时日，还有多久，宗长义就要破城杀进来了。不久前姑姑来信了，说近来身子不适。姑姑尚不知道她又有了孩子，只是病中糊涂着想见她。她想只度过这一段难受的日子，便准青竹选个日子前去京郊探望姑姑，并去耳侯寺为社稷求福。

身后殿门忽启，凉风扫入，她摇着手边的团扇，扫一眼殿门处，来人一身黑衣缎袍，步履匆匆。

她坐直身子，瞧着那熟悉的身影，惊讶问："拓跋濬？"

他一步而来，舒臂将她揽入宽阔温暖的怀中，另一手将窗掩上："便是入夏，

185

风也凉着。"下颌轻轻擦过她的额顶，一手正顺着她长发抚过。

她打量他一身镇守城关的装扮未来得及换下，又没有通报传唤，便知他是急事匆忙入宫，连连牵紧他袖子："城防出事了？"

他扳起她下颌，细细瞧尽她满脸苍白。十日不见，愈发见得清瘦，连下巴都尖了。

拓跋潚叹一声："出事的是你。"

"我没事啊。"她忙打发他。

拓跋潚面色稍紧："今日的折子上说你三个安好。"

"我是安好。"她有些心虚，转着团扇别过脸。

他捏紧她两肩，目光一沉："那些老东西见你无事，便在折子里连说两次安好。你稍有不适，他们也拿一句安好打发我。今日，七句话中三个安好。我如何能放心？！"他不移视线，只抚着她的脸，将心疼之色压抑。

老老实实地垂下头，悄悄睨他一眼："并非特别严重。"

拓跋潚又一叹息，捏握她不大的手掌，轻轻抓住揉捏把玩，缓声道："好好吃饭，好好用药，好好养着身子……如实报给我。"

她点头默应，仰头一扬手探去他印着细纹的眉心，他眸眼发青，瞳中血丝蔓布，眼下两圈黑晕浓郁。想必是累极了，她心疼他的疲惫，却又不知如何做。她本是一点不困，多日不见，只想絮絮叨叨与他说很多话。那些话在喉咙中转了转，言出时只成一句浅浅柔柔——

"我困得紧，我们齐去歇息吧。"

淡然地拉她手，他道："我只能守着你半刻，还要回营帐去。你若困了，我便看着你睡。"说着长臂绕过她腰身，将她一把抱起，徐步踏入帐中。

将她放落软榻时，一手伸入她长密的墨发中摩挲，摇摇头："如何也养不胖你了。"

她拉着他一侧袖子想要坐起半身，却被他用力压下肩："困了就睡，不必在意我。"

她摇摇头，手指绕着他长衣的袖子："待我好些，想去耳侯寺为你求福。"

他俯下身，气息正落在她面上，笑得轻柔宠溺："探望太妃才是，不必说得那样好听。"

"这是应了？"她一惊，添了不少喜色。自她安心养胎来，几乎被他禁足，不仅免了她每日晨昏去太和殿向太后行礼，就连平日来往自由的宣政殿也不准自己辛苦前去。大朝一散，反是他领着抱着一摞奏折的崇之转来正阳宫。甚至有几次召集尚书台议政，也是设在正阳宫的中殿。他不准她辛苦，却自己时时处处辛苦着。

"不应，又岂是能管得住你？"他摇头想笑，将锦被细心地予她遮盖好，她夜里睡觉有踢被子蹬人的习性，平时都是他判了大半夜的折子，回帐中见她将枕头被子都踢在榻下，便是后半夜他也醒来许多次为她紧被。

窗外数着时间的崇之低低催了一声，拓跋潜直起身来，素手一扫她眉间乱发，声音轻了轻："去时，命李弈护你。"

这一别，又是十余日。

满树繁花，碧荷红艳，宫中人道皇后喜池景，便撑起乌篷船，船上载歌载舞，装扮成渔夫的老公公扯了嗓子唱起渔歌。冯皇后自午膳后便高坐楼台看着池中上演的一幕幕好戏。暖风徐飞，吹得人倦倦的，她看着笑着即幽幽睡过去。

宫人懂得瞧看眼色，忙打发戏子们散去，两侧撑起遮光挡风的屏障，又急急送去软袍披在她身上。

常太后由长春池而来，一路牵着一名约莫三四岁的小儿，如今站在廊子里看着侧宫高台上小心翼翼的宫人。身后有宫女话说皇后昨夜晏睡，如今赏着戏被风吹着了。常太后冷笑，如今朝廷上下都为平叛一事紧张繁忙，只剩这正阳宫还有看戏的心情。那宫人见常太后气色不悦，才又忙言一切是皇上嘱意内侍府准备的。

青竹远远看见常太后一行，匆忙下了高台，迎向常太后行礼。

"太后娘娘如何来正阳宫了？"青竹恭敬探问。

常太后将手中的小儿递了过去："这就是哀家上次同皇后说起的那孩子。"

"您是说那……赏给李申夫人的孩子？"

半月前常太后说李夫人养病潜邸时常觉得寂寞，要皇后批准由宗亲族里选出一名男嗣过继李申膝下。皇后应允了，也说此事交由太后办。如今常太后正是选出了这小儿，此刻，就是领着孩子来向皇后要名位。

青竹笑了笑，将那孩子牵在身侧，再回禀太后言："太后娘娘若放心，就先将孩子交给我。待皇后醒了，奴婢牵他去求个名字，也让皇后瞧瞧皇家的子嗣。"

太后未说什么，只命奶娘跟着青竹二人一并去，而后便随着宫人回自己的太和殿。回去路上，拓跋云挡在半道，常太后瞥他一眼，理也不理。拓跋云一言不发地步步紧追，直入殿前，常太后皱眉瞪了他眼，拓跋云只平静退下半步。

常太后叹了口气，拓跋云如此已是整整一个月了。无时无刻不出现在自己面前，念着同一番话。

她从前觉得自己执拗，如今遇到了更执著的拓跋云，实在心烦意乱。

散去殿中人，朱门重重合闭，持袖一指身后的拓跋云："你，你是没完了。"

"妖孽一日不除，后宫一日不安，我就没完！"拓跋云一把甩开衣尾，重重跪地，端然行了大礼，这一礼，便是置太后于万难境地。

"你何苦为难哀家？哀家如今不过是由正阳宫踩在脚底下，又被皇上冷弃的无用老身。哀家又能如何帮你？总不能持剑当众亲手了结她？！"

"如若皇上允臣佩剑近身，臣第一个就要了结那女人！"

"你！"常太后气得发懵，捏紧一角桌案闭合双眼，幽幽念出句实话，"她恐怕还不至于受那罪过。"

拓跋云仰首，一字字道："太后娘娘莫非是想余生皆由正阳宫所压？！"

常太后冷笑凝向他，缓缓摇头，镇定了道："阿云，你不要拿话激哀家。哀家……从未有今日这么清醒过。你说哀家还能活多少年，哀家为皇上忍了一辈子，又有什么不能再忍。"

拓跋云重重叩头："倘若，这女人能覆了皇上的江山，又夺去太子性命？！"

常太后摇头："她不会。"

拓跋云长袖由风轻摇，闭了闭眼睛，声已冷："可是天命会。"

冯善伊醒转时，倚在圈椅中含笑瞧着远处的小鼋子拉着一个小男孩耍宝。青竹递来花茶予她润口，冯善伊示意她一并看去。

高台一侧长青藤架下是拓跋濬特意命下人为小鼋子支起的秋千，拓跋濬本以为儿子会十分欢喜，只小鼋子见了扭扭捏捏道："耍秋千是小姑娘玩的。"

当时这一语噎得拓跋濬满面通红，当着儿子面，他只能强言回应，要小鼋子瞧着谁家姑娘好，便牵来台子上荡秋千。这之后，各宫小宫女们络绎不绝于正阳宫长春池高台之上，皆是被小鼋子瞧着好的。冯善伊倒也瞧了几回，青竹笑言说，他领回来的小宫女都是一个模子，长眉凤眼，鼻尖翘翘的，唇极小。绿荷顺着她话看过去，连连点头，又议论着这模样倒是熟悉。而后冯善伊静静插了一句话："都是像他姐姐，冯润。"这一言出，众人都闷声不再出气。冯润与云中的姐弟之情并非一般，而是比血缘更浓。云中时时想着阿姊，无日不提，无夜不念。而冯润，所做一切，更是只为了这个弟弟。由此才做好打算，这姐弟二人，只能有一人留在宫中，或者，一个不留。

如今小鼋子负手弯身，盯着那小男孩，说话似个小大人："青姑姑说你是来给我父皇做儿子的。那我也算是你哥哥了。"

188

小男孩眨着眼，乖顺点头："哥哥。"

"乖。"小霓子拍拍他头，"你喊我一声哥哥，我不会欺负你。你有名字不？"

小男孩刚要张口，忽又想起家中奶娘的嘱咐，入了宫，他再不是从前娘亲爹爹的儿子，而是皇子，名字也要由这些尊贵的人选赐。

"没有。"摇头那一瞬，自是将从前的自己一并掩埋。

"没有名字啊。"小霓子倒是觉得稀奇了，"你出生时天上没有下霓子？！"

小男孩继续摇头。

"那下个什么东西？！"小霓子别着手，在他面前来回走着，学他父亲的模样，手捏着下巴缓缓道，"我出生时，天上咣咣咣地落冰霓子。我娘亲可得意呢，就给我取名小霓子，说我不是凡人。"

小男孩不知如何答，只听说自己出生时风和日丽，天上干净得没有一丝云彩。

小霓子跺了跺脚，皱眉跑回冯善伊身侧，贴着她耍娇道："娘亲，这可不好办了。他的名字不好取。"

绿荷扑哧一笑，指着小霓子冲冯善伊言："瞧见没？你当年取的这好名字，可叫他得意呢。"

冯善伊抚着他额头，摇头直笑，揽着他又向远处那孩子挥了挥手。小男孩依着手势慢慢踱来，相距五步时，拘谨地再不敢靠近。

冯善伊一笑安抚他，轻缓着问："你从前的阿爹阿娘，他们如何喊你？"

小男孩吞了口水，仍然摇手。

这一摇，气得小霓子连连指着他跺脚："你干脆叫拓跋摇头得了。我见你只会摇头。"

小男孩立时下跪，念着家人教的规矩叩头谢恩："谢谢少主子赏名。"

冯善伊终于忍不住，笑得胸口直痛，喝了几口茶压住，才又嘱咐小霓子再别开口。

"你啊，真是老实人。"她向那小男孩探出一只手，将他拉至身前，摆弄着他衣领，柔声幽出，"你告诉我你爹娘如何喊你，我不会说给别人。"

小男孩仰首，父亲的女人也算不少了，家门中女眷极多，可如眼前笑得这般明艳温和的女子，他还是首次见到。如娘亲所言那一国之母，当朝皇后，全天下最最尊贵的女人，便是这个模样吗？他起先以为会如传闻中一般，是个凶神恶煞的样貌。只这一张脸，真实地摆在眼前时，他便有些糊涂了。

她周身一股子随和亲近的气息，竟让自己放下满心芥蒂，张了张口，弱声言

【第七卷】尘落篇

起："他们喊我阿乐。"

"那你喜欢他们这样叫吗？"她又问。

"喜欢。"

冯善伊拉起他的手，摊开他掌心，一指触上，边写边念："长乐。"

小男孩眸子一抖，吸了口气。

"你以后就叫拓跋长乐好不好？"她试探地问他。

小男孩重重点头，开口说好。

冯善伊似完成了一个任务，释怀笑了笑，命青竹将他送回太和殿，离开时又予那跟随而来的奶娘平静嘱咐："回去和你们李夫人说，长乐这孩子听话又老实，我很喜欢，定要悉心教好他。"

奶娘应了一声，牵过拓跋长乐跪送皇后离席。

冯善伊微微笑了，再看去西空云霞延绵，华影绯艳。她突然想，自己或许应该去探望那一人。刻意避开绿荷与青竹，她一人借着晚间散步的名义由正阳宫中出。

幽闭的后庭，落满青葱碎叶，柴门前年迈又枯老的身影，每日黄昏便这样站着，形如雕塑，直至影子越来越长，越来越淡，老嬷嬷将她请回去。

每一日，她痴痴地等，等远方叛逆的儿子归来。

她的好儿子曾经答应她，待尘埃落定，会接自己走，他们去天涯，去海角，要永远远离这一座死寂憋闷的魏宫，困了她一生的牢笼。

长风卷起落叶哗啦啦地飞摇飘舞，后庭更显凋敝清冷。苏夫人便扶着廊口的第一根柱子，遥遥地望着远方，眼中写满无尽牵挂思念。

冯善伊走到她身前，将挡风的长袍予她系紧，她答应过宗长义，无论他是生是死，无论世事将如何转换，她都会照顾好苏夫人。

霞光丝丝退散，暮色逼来，漫长的黑夜缓慢而入。

"苏姨，他今日不回来。我们屋里去好吗？"

身前的女人只转了转眸子，盯她盯得许久，似有所反应，痴痴道："云舒啊，你来看我了。"

她拖起苏姨的手附在自己温热的脸颊上，柔了声音："苏姨，我和那云舒就这么像？！"

苏姨笑弯了眼，见得她激动又兴奋，便忘记了要等自己的孩子归来。

她牵着冯善伊转入屋中，依着冷案坐下，她转身去寻杯子，哆哆嗦嗦地倒满水向她一推，以劝慰的口气说："云舒，你有了孩子，就不要这样不高兴。"

苏姨这是又糊涂了，冯善伊接过那碗水，心头发凉。

苏夫人又抬起一只手，抚弄着她的鬓，幽幽道："云舒，冯大人对你那么好。你有了孩子，他高兴得恨不得把月亮摘下来送给你。你不要再哭丧着脸了，为了肚子里的孩子，为了冯大人，也为了他……你好好活着，可以吗？"

"苏姨娘你告诉我，她在哪儿啊，在哪儿啊，我娘亲她在哪儿？！她怎么从不来看我？她也不喜欢我吗？"为什么从没见过她，甚至都不曾得知这世上还有这样一个人，是将自己生下来的女人。为什么，为什么她只活在苏姨的碎碎呓语中，却不曾来看过自己一眼。

"云舒她……"苏夫人的声音渐渐柔软，"她去了南边。"

"南边？！"冯善伊立时站起身来，匆忙走出几步，她思绪乱极了，只有一个意识，要传令李弈，让他不计代价一定要寻到她娘亲。南边……是魏之南国，还是刘宋的南朝。不管了，无论何处，将这天下翻个底朝天，她也要找到那一人。

"云舒……"苏夫人又在她身后唤起来，"你还是穿杏花暖黄的衣裳最美。"

冯善伊步子一怔，抬着头，眼睛一眨不眨地望着辽阔的天边，最后一缕暮色淡在她清冷如寒雪的眸中。风袭来，迷了眼，双目刺痛。

那个人……

是去了南边，去了有杏花黄雨的南国……

永远不会回来……

跌跌撞撞地跑出幽殿，每走一步，都要扶紧一旁廊柱，不然她一定会跌下去。

最后一根柱子，她抱紧它，缓缓滑落。压抑的哭声，自空阔的长廊间漫出。眼前尽是浓重的黑暗，不断的泪汹涌而出，哭得声音都哑了，连喘息都困难。

远处四处寻人的青竹牵着小鼋子匆匆奔来。小鼋子直冲到她身前，跪在地上拉起母亲的手，摇起她的袖子，又抬起手为她擦泪，却越擦越多。

"娘。"只一开口，小鼋子心疼得一并落下泪来，边哭边唤她，"娘，你怎么了，是不是小鼋子不好……你别哭了……不哭了好不好……"

意识不清，痛得心都要没了，颤抖的双臂将小鼋子一把揽入怀，只有紧紧贴着孩子，她才会感觉更坚强些，才能不那么痛……她蒙住他的眼，不让他看见难过的自己，也不再哭出声，她尽力克制着自己不要吓坏了小鼋子，最后的哽咽硬是生生憋在喉咙，滚烫的泪无声无息地滑落。

耳边如海浪般冲涌而来的声音将自己的情绪全然压没，记忆中的幻音一波又一波翻卷着将她推至远方，很远很远……

"傻姑，我的新衣服好看吗？"

【第七卷】尘落篇

"……不……不好……"

"傻姑，你为什么都只穿杏花黄的衣服？"

"穿着杏花衣，他便一眼识出我来。"

"傻姑，你怎么哭了，是善儿说错话了吗？不哭了好不好……"

傻姑，傻姑，那个癫狂痴傻，那个永远只穿杏花黄衣，等着她南边的情郎前来接自己离开的傻姑，一辈子活在梦中不愿醒来的傻姑，是母亲。是将她生下来，却承担着所有苦痛和无尽悲哀的母亲。

中宫的钟声遥遥散去，击鼓传号，城门缓缓关闭，黄昏时禁闭，五更开门，宫都平城实行严苛的宵禁，于是才有平城坊内六街鼓声行人绝的宁静，以及九衢茫茫空有月的苍寂。

太武帝灭佛，值拓跋濬当政随即复法，如今成效可见一斑。自民间到皇宫，皆有供奉高僧舍利子的佛堂净室。舍利坊的五级大寺，是拓跋族庆贺佛诞的皇家佛寺，老住持乃皇帝与常太后最敬重的昙曜法师。

昙曜少时于凉州修习禅业，曾受当时东宫拓跋晃赏识，及至太武帝大兴灭佛，逼得佛事断歇，沙门僧人尽是还俗，独昙曜持守佛心，毫无动摇。东宫怜惜，遂密藏他于落败的舍利坊中，重礼相待。东宫亡去，昙曜念及旧主恩情，尽忠于东宫世孙拓跋濬，尤其交好常太后。

结束了晚课，昙曜回至自己闭门诵经法的小佛室，见室外两侧有重兵把守不由得惊诧，进得堂内，一眼望见蒲团上跪立的黑袍身影。黑纱斗篷下，是常太后无比平和的冷目。

昙曜双手合十，持礼念道："太后娘娘是又遇到了难事吗？"

常氏最后一次入五级大寺，正是六年之前当今皇帝兴兵向自己的叔父拓跋余逼政之时。常氏前来求见昙曜，予他卜卦问成败。昙曜的卦，从未有失，对此常太后深信不疑，甚至成了依赖。每逢过不去的难事，都会命人来向昙曜求一卜。如今她趁夜亲自拜访，昙曜便知，如今是遇到了大事。

常太后立身而起，回了礼，缓道："求昙曜法师莫要怪罪。小士不久之前借着法师之名与皇上说了空话。"

"若非太后入至穷途困境，是不会说此空话的。"昙曜自念一声罪过，予她烧了一炷香，供奉于舍利子佛龛前。

"今日我带了一人的生辰八字，劳法师一配。"

"配与何人？！"

"皇上，同太子。"

昙曜点了点头，接过常太后递来的红簿，只打开一览，便锁紧额眉，再不出声。

"大法师看到了哪般？"常太后匆忙问。

"待，待老僧细细看一番。"昙曜背过身去，持簿缓缓走着，终落至佛祖前，将红簿由烛火烧尽，成烟散去。

"你，你烧它做什么？"

昙曜转着佛珠念过几句经文，咬牙摇头道："老僧实不能言。"

"法师！"常太后忙退半步，跪地与他一拜，"但求法师看在我孤儿寡母，看在旧东宫殿下的故情，予阿奴指明一条路吧。"

"太后，这条路，您不能走。走了，即是违逆天命啊。"

常太后摇头："为了魏室，为了皇上，为了储君，阿奴不畏身后入地狱受极刑。纵是违天道，逆人事，我也认了。"

"皇上与太子的命格属木，而这位无比尊贵的夫人是金命，六行又于太子最近。所谓金克木，恐怕，终有一日，魏宫将上演慈母弑孝子的悲剧。"一番话后，昙曜闭紧双目，连连叹气。

常太后似听呆了，扶着长案起身，只是双膝不听她使唤，又猛地跌落下去。鬓钗零落满地，她扶着额头，从未有此的狼狈。堂门顿开，拓跋云一步而来，紧张地扶起常太后，撑着她摇摇欲坠的身子步出去，交由堂外迎来的一位宫人，才又转过头，对着身后的昙曜抱了一拳："在此谢过。"

昙曜凝视着一路逶迤而出的黑色人影，冷风拂动他青纱寒袖，手间佛珠转得越来越快，他曾也企图诵念千万遍佛经为来日的灾难度劫，只可惜……天命无违……一颗佛珠裂开，百余檀珠接连脱出迸落了满地。

昙曜蹲下身，擒起那一颗裂碎的佛珠，喃喃出言："出家人不打诳语。王爷，老僧并非依言相助，而是……因果缘劫皆有天命。"

东西南北纵横各三条大街三三相交，平城内九衢一十六坊，暗夜静若沉潭。哒哒的马蹄声，匆乱的车马轳辘音，街衢洞达，常太后的马车在坊内一路驰骋。

车帘抖动，残漏的月色映出常太后那一张因过分惊恐惶然而惨白僵硬的脸。她如此惊讶又慌乱，以至于身侧拓跋云唤了又唤，她都全无反应。

"太后！"

"太后！"

不知唤了多少声，拓跋云叹了多少口气，常太后终于幽幽转眸，似有若无地盯着目光谨慎的拓跋云点了点头，愣愣发出哑音："你，你说下去。"

【第七卷】尘落篇

193

拓跋云扬起头,沉郁的目光中压抑着层层杀机:"有传皇后明日前去耳侯寺探访冯太妃。"

虽说拓跋濬在宫内为她撑起铜墙铁壁,如今朝廷危机四伏,皇帝亦不能兼顾所有。再也没有比现在更合适的时机了。皇后出宫访亲,则好上加好。皇后若无端死于宫中,以拓跋濬之心定会屠尽罪人祸连全宫,皇后要是死在宫外民间,皇帝总不能为了一个女人屠尽天下。机不可失,失不再来,他不想再错失一回。

"这一次,我不会再失手。"拓跋云重重言。

常太后心底抽痛,满目空洞,脑中尽浮动着昙曜的那番话。

金克木,母弑子……

不可以,不可以!

猛仰起头,冷泪逼出,簌簌直颤,常太后哭着开口:"杀了她,杀了她。"云舒,对不起。这一世我欠你那么多,便也不差这最后一件了!我死后,死后一定会向你赎罪,你等着我,等我……

当夜,城防营帐中风声极盛,夹着远方凄厉的狼嚎。拓跋濬看着折子有些昏昏欲睡,终是撑不住,伏案浅浅睡去。一侧研墨的崇之心疼地退步,掐灭几盏暖灯,想让他睡得更沉一些,最好这整夜都不醒,不再操劳。

风帐一掀,进来的是持着最新军况折子的高允。崇之一步将他挡出,拉下身后一面帘子,崇之作势噤声,小心翼翼向后一望,低声提醒:"小心着,皇上有五天没闭上眼了。这才刚要睡着。"

高允应下,忙退步一侧跪在帘前静等皇上醒来后传唤。等了半刻,崇之转身递给他一盏茶,他接过,因太烫只能边吹边喝,猛听得帘内赫然传来拓跋濬惊恐慌乱的一声"护驾"。滚烫的满盏茶洒入袍中,两侧侍卫闻声立时抽剑,刺裂长帘猛地冲了进去。

拓跋濬端坐于案前,长发随风而起,面色因极度惊恐显得惨白惶然。持朱笔的手在颤,他一动不动,眸也不眨,案前几卷奏折散入地间,任风吹乱了页笺。帐中除他之外,无一人,更不见刺杀痕迹。

崇之哭着滚入,哆哆嗦嗦跪于他脚边:"皇上您是怎么了?"

前胸后背都由汗浸湿,心跳得尤其快,气息也是乱的。猛然亮起的灯盏尤其刺眼,拓跋濬一手撑着额头,揉着双眼,缓缓舒了口气:"被噩梦镇住了。"

原是虚惊一场,崇之爬起来擦擦眼泪,命侍卫们撤下,回身掏出帕子给拓跋濬擦汗,边擦边心疼道:"想必是太累了,脑子里装得太多了。"

拓跋濬轻叹一息,梦里是他前所未有的恐惧,也不知是什么地方,他紧紧拥着她，她全身是血，一团一团的血色红莲染满了他两袖。可她仍在絮絮叨叨念着什么，直至再无声息。而后他便由那锥心的刺痛疼醒。

待意识清晰后，拓跋濬立时命崇之代自己再回宫探望一番，一定要亲眼见到她相安无事再回来禀告。崇之得令迅速离去，帘子一摇一落，映出高允半个身影。

拓跋濬努力压抑住余悸的惊痛，召来高允，重新持起笔。

高允将折子递上去，稍抬了几眼，见得皇帝仍是有些分神，看着折子便突然发起愣来，目光更不知落在何处。高允本打算撤出帐子，迈出去几步又折了回来，看着皇帝恭声劝慰："皇上，梦都是反的。"

拓跋濬由他一言激得回了神，抖起折子又看了几眼，心头却装满了他的话。都是反的，一定是反的。折子上细密的字眼，如何也不过心，他又揉了揉眼睛，撑起精神继续看下去。

高允进了半步，于案前跪了下，叩头道："臣有罪。"

拓跋濬未抬头，执笔落字间轻声言问："你又做了什么傻事？"

"臣错了。"

拓跋濬缓缓放笔，头依然不抬，只是压下声音："说说看。"

"臣错不该看轻了皇后娘娘在陛下心里的位置。臣实在想不到她对您是如此重要。"高允一脸诚恳道，可笑他也是活了五十年，风月什么的自也经历了，以为阅人无数，将诸事看在眼底心里，仍是错瞧了帝王君心。

"只是如此？"拓跋濬一笑，挑眉看向他。

高允立时皱眉，畏畏缩缩不敢将一些话如实言出。

"太后娘娘与你恳言一家家国社稷，而后你便真拿着滑胎的药物去见皇后。一番慷慨陈词，说得皇后心生犹豫。"拓跋濬翻着折子，口中不缓不慢地道出一切。纵是冯善伊一个字也不肯老实说，可他宫中的奴才可是眼睛耳朵齐全着，还有一张能及时报给自己实情的嘴。

高允满头大汗，忙俯下身子："皇上，老臣糊涂了。"

"你是糊涂了，糊涂得朕都不想说你。"拓跋濬向后一倚，合上奏本，只看着他，"皇后替你隐瞒了这件事，朕从前就当不知道，以后也装若不知。你……也忘了这事吧。"

高允感激涕零，已不能言。

拓跋濬看着高允离去的背影，突然叫住他："高允，你是不是也觉得朕不算个好皇帝？"

【第七卷】尘落篇

195

高允惊得跪地连连摇头道："臣不敢。"

"你起来。"拓跋濬叹了声，立起身走去窗前，掀起一角帘子看着沉夜郁郁，声音一轻，"你们以为身为帝王便要视一切女色为轻，江山才是最重。依你们看来，我并不能算是个好皇帝。"

"皇上。"高允轻呼一声，是想说，他从未怀疑过皇帝一心为江山社稷，更始终坚信他是魏开朝而来最仁智慧德的好皇帝。

"你听朕说完。"拓跋濬转过身来，眸中明色闪熠，"在遇见她前，朕一心一意只想做好这个皇帝足矣。然而遇到她之后，便不想仅仅做一个好皇帝了。"

惠裕曾言，世人信佛不过三种，一为此生看断无欲无求，二是自觉祸罪太多心绪难安以求佛祖度了自己，这第三种人是最稀有的，便如佛家所言，慧根难寻。第三种人是天性纯净，上一世受佛祖点化，这一世带着慧根而来。惠裕说，他自己是第一种，宫中信佛者包括皇帝都该是第二种，而这第三种人，他活了半辈子也没有见过几个。

只是冯善伊并不知道，自己属于哪一种。

自车马转入民坊，依稀可见耳侯寺门前香客不断。青竹率先跳下马车，撑起一把伞挡去烈阳，她扶冯善伊落车，面色不济："耳侯寺的住持如何当家的，明知道宫中微服寻访，竟也不散去香客。"

耳侯寺占地宽广，浮图台高阔。冯善伊以斗篷遮面，随着青竹进入寺中。来往香客皆是平民百姓，大抵面色和善，安然处世。青竹与小僧吩咐了几句，主仆二人便转去主殿后的小佛堂。

堂内没有佛像，仅一面冷桌，铺着白石玉八卦盘，黑白二色玉子旁置。她与青竹边等边胡乱对着棋路。窗外偶尔飘来大殿上高僧作法诵经的朗声。青竹四处转了转掩着笑，挤眉弄眼道："我如今明白了为何太妃娘娘不去尼姑庵，硬要休养于寺中。"

冯善伊正抿了口清水，玉指敲着轻薄透明的八卦盘面，暗暗打量这东西值多少钱，听了青竹的话，满不在意随口句："如何？"

青竹憋着笑转到她身前，压了枚黑子在棋盘正中，玄虚道："我方才转了一圈多看了几眼，您猜怎么着？那住持老头模样极好，一把年纪了却清朗神奕。这寺中出家人个个都面相不俗。太妃娘娘养在此处，多享福啊。"

"是啊。"冯善伊恰扬起头，琢磨着她的话，一点头，"这色老太太，真有她的。"

身后屋门猛一推开，冯太妃臭着一张脸，扯了扯素衫，大摇大摆而入，边走边睨了她二人憋声弄气："啧啧啧。眼前一色秃驴，老太太我一把年纪了还能色到哪儿去？"

来时听了这二人好一番议论，恰逮了正着，冯太妃入座时，恨恨盯过主仆二人，挑眉压低下巴，目光四处一瞥，换了眼色沉问："该带的没忘记吧？！"

冯善伊懒洋洋捏着后颈，勾了勾小拇指，青竹蹲身从玉台下翻出之前藏好的装备一件件摆出来。冯善伊将这些东西推了过去，嗆着笑。

"酒。"

"烧鸡。"

"胭脂粉。"

"姑姑，除了美男子，可是一样不缺了。"

冯太妃笑着一把揽过去，笑着笑着，突然止住，一仰头不大情愿道："你如何好心来看我了？！"

冯善伊上下打量着她，欣慰道："见着你气色不错，怎信里却把自己说得快要不行了？"

"我气色从来不错。"冯太后挑起酒盖，猛灌了口含在嘴中，细细品着，吞下半口，却又仰首看她，"还有，我没给你写信。"

暖融融的笑一丝丝僵冷，连身侧最没心眼的青竹都不再傻笑。

"不是姑姑信里托我来的吗？"她撑起勉强笑色，依然平静地垂首，与面前的姑姑添了一盏酒。琼碧清凉的酒汁流入玉盏，声音极静。

冯太后张了张口，端紧那杯盏，摇了摇头又放下："我没有写信。"

窗外帘幕抖了抖，一片红叶飞入，落在她裙间，冯善伊盯着随风摇曳的裙摆，只是点了点头，没有说话。再抬起头，她平静地将盘中烧鸡外层的荷叶轻轻剥开，朝姑姑推了过去："姑姑吃吧。"

太和殿中明光摇曳，太后常氏从未有过的早起骇得宫内诸人在晨间手忙脚乱，只有太后身边最亲近的那丫头才知道太后是一夜不曾睡。晨膳时，太后以胃口不好推了不用，直到拓跋云前来行礼问安，与太后幽声劝慰："娘娘如何要吃一些。"

太后摇了摇头，不想说话。

拓跋云咬牙："吃了，才有气力。"

"是有气力面对吗？"太后别过脸去，冷睫寒颤。

拓跋云缓缓立起身，一抬手命两侧宫人退散。他不出声地站了许久，再走至

桌前端了满满的整碗粥一口气吞下，个中味道尽不知，他用力地咀嚼细滑稠腻的粥，气息越来越弱。

"此事了结之后，哀家想去七峰山休养。魏宫诸事，王爷要处处护着皇上。"常太后似嘱咐后事一般交代。

拓跋云默声答应。

常太后幽幽挑起眉眼，看紧他："已是准备齐善？"

拓跋云点头。

"何时动手？"

"待她们姑侄叙旧之后，一旦出了耳侯寺，她的命就不是她的了。"

常太后冷笑，临死之前也要她与最亲的姑姑再相处一番，拓跋云总算是有心了。涂染血红葱长的指甲滑过冷案，枯冷的一双手颤颤端起一碗羹，她在逼迫自己喝下去。拓跋云说得对，已是坚持到最后了，她一定不能比那人先倒下。

"如若，她预先料知，不出耳侯寺呢？"残羹落在唇侧，她咬着唇。冯善伊也不是什么愚笨的女子。每每到最后，她总要输给她，这一回不能再输了。

"耳侯寺外已布好火箭禁军。待午时，她仍不出，就火烧耳侯寺趁乱杀入，大不了就是……"

常太后右眼一跳，忙看向他，气息虚无。

拓跋云皱紧眉心，逼出声音："大不了一个不留，杀尽。"

"佛门空净，你当真要开杀戒？！"常太后不满又犹豫，实在不安。

只拓跋云却似胸中成竹，古怪着声音反问："以太后对皇后的观察，她是会走，还是会留呢？"

这一声问得坦然，常太后想明白了，连连点头，容色蔓延苦涩笑意："你问得实在好。那女人宁死而出，也不会留守寺中坐等祸连无辜。"

拓跋云退出内殿，走在空冷的长殿中，两侧薄如蝉翼的长幔飞摇间恍惚映出一双堇色绣团花鞋。拓跋云握紧腰间长剑，猛抽了出，直指帐内，阴冷低唤："是谁？！"

帘子翻了翻，探出一张清秀惨白的小脸。

紫色衫衣腰身绣着碎荷，那女子一点点蹭出脚尖，哀哀地喊了一声："云哥哥，是涣儿。"

是乙弗涣！拓跋云惊得收剑回鞘，一拉手将她拉到身前，猛然间又觉失了身份，才又缓缓松开她，退了半步，垂下头黑着一张脸勉强言："乙夫人如何在此？"

乙弗涣垂下眸，因惊恐而起落的胸脯渐渐平复："本宫是来给太后娘娘行晨礼的。"

明明是爱在心尖的女子，如今却只得远远望着，说着万分疏离的言语，拓跋云憋闷得喘不过气，却不能显露半分真实情绪。故作平静地点了点头，他转身欲走："进去吧，太后等着呢。"

她任他由肩头擦过，他周身仍是散逸着她熟悉的气息，是真的不曾变过吗？静静挑起眸光看着他，她含了半口气又缓缓吐出："云哥哥，我方才全听到了。"

她从来是最胆怯的宫妃，这一句话言出已是尽了最大勇气。

乙弗涣步子一停，没有回身，如若是平常宫人，便是皇兄宠爱的妃子，他听得这番话，也能一剑了结她。只是……身后之人，是乙弗涣。偏偏是她！而他，又对她不能做出任何伤害，伤了她，即是伤自己。

乙弗涣向他走过去，掀起一角裙曳缓缓跪了下去："云哥哥，皇后是好人，是涣儿在魏宫所见过最好的人。我不想她死，求你，求你收手吧。"

为什么……连涣儿也说她好，她不好，一点也不好。

他痛苦地闭眼："嫂嫂何苦跪我？"

"云哥哥，只要你收手，我就去求皇上允我们离宫，告别这一切。"乙弗涣跪着靠过去，一双臂牢牢环住他两膝，呢喃着贴紧他，"你不是想要涣儿吗？涣儿再不会怕了，这一次一定同你走。"

他反手握着她两腕，挣扎着甩落，心头犹如被万箭刺穿戳烂，鲜血淋漓的疼痛。

乙弗涣摇了摇头，痴痴地望着他，眼中满是泪："如今，云哥哥是不想要我了？"

拓跋云强行步出，两膝如铅注，一手撑紧门框重重砸着拳掌，一下又一下，直至满手染了猩红，闷痛出声："我想要你！拓跋云想要乙弗涣想得都要发了疯！"可是比起想要她，他有更重要的事。

乙弗涣幽幽扬起头，清泪顺着下颌坠落襟翼，她凝视着他，心酸得一句话也说不出。

"阿涣，你忘了我吧。"他闭目说出最后的愿望，此事之后，他不晓得拓跋潆将如何治自己的罪，一怒而下，杀了他也未必不然。只他临死前，独希望她能忘了自己，忘了他，去过自己的人生。

乙弗涣哭着爬过去，一手紧紧揑住他的袍子，浑身都在颤抖："云哥哥，你不要我，也不要我们的孩子吗？"腹中六个月的身孕已是几分明显，他却从来不

【第七卷】尘落篇

知道……不知道她孩子的父亲不是他皇兄，而是他。

拓跋云怔怔回首，面色惨白，似听不懂她的话，更似不敢相信。

"你皇兄他从未碰过我分毫。"一连串泪珠溢出她眼眶，滚烫的泪砸落他手背。

他托起她双肩，握得尤其紧，黑漆漆的眸子里迸发出惊痛与丝缕兴奋："我们……我的……"六月前那一夜，他是喝醉了走错宫殿，而后……如今再想，那或许不是自己走错了，而是皇兄用他的轿子将自己送至她宫所。皇兄他，从来知道，刻意成全，却一个字也不曾说。

"皇上想着法成全你，为了你，他都不在乎了。如今他总算有了心爱的女人，云哥哥，我们也成全了他不好吗？难道因为他是帝王，就不能有幸福的资格吗？"

胸膛热血一丝丝涌上来，他定定点头："是，因他是帝王，所以没那个资格。"

"娘娘，娘娘也帮我，在魏宫中帮了我最多的也是她。云哥哥你想想，皇后娘娘明知道你处处与她敌对。只要她有心，大可以借我胁迫你。可她没有，或许她连一次这样的想法都没有。"她拉着他的袖子，轻轻摇着，声音越来越柔，只寄希望于诚心诚意地打动他。

拓跋云眼睛眨也不眨，他脑子里乱极，却又是从未有过的清醒。

那女人……明明是握了一张极妙的底牌，甚至有可能，这张底牌也是皇兄刻意赏给她的。皇兄将乙弗涣推给她，是要她恰当时用好乙弗涣来牵制自己。只是她没有，真的没有，她明明清楚一切，却装作不知情，她大大方方处理好宫内大小事务，她做得极得体，极圆满，她做这一切，不是为权为名，是为了皇上，为了新政，为了社稷！可是她又得到了什么，除了这满身臭名，还有数不清的反对声，如今几乎连命都要没了。

再也没有比这更痛苦的了，她愈显得大度，他便越发觉得自己小人。复杂又耻辱的痛楚如千万只蚂蚁撕咬吞噬在心头，痛痒难耐，苦苦折磨，直至将最后的意识消磨殆尽。

他一手撑起额头，手背猩红的血染了他半张脸，殷红的血珠由他长睫滚落眼中，混着一滴泪蜿蜒而出。

他另一只手将乙弗涣轻轻推开，踉跄退了几步，后脊重重撞在门框，只能说："阿涣，你不要喜欢我，不要喜欢！我不是好人，我不是！"

乙弗涣哭肿了双目，泣不成声，一个字一个字接起来，连成整句话："云哥哥，只要你回头，一切都来得及。"

胸口抽搐疼痛，一脸苍白，拓跋云缓缓摇头，喃喃着："来不及了，来不及了……"

　　箭在弦上，已是不得不发，她再好，再大度，再高风亮节，他还是要……杀了她……

　　拓跋云一手推开殿门，呆滞怔愣地走了出去，一如残破的玉盏，支离破碎。满手的猩红，就此也要洗不净了吧……

　　乙弗涣呆呆傻傻回至殿内，稍清醒时急忙令宦官去宫外传自己的哥哥乙弗浑来见自己。乙弗浑本是随拓跋瀿于城防营帐中驻兵行事，听得家奴来报，随即向皇帝告假，领着随身侍卫，马不停蹄赶至宫内。

　　乙弗浑将剑扔给殿外的随身侍卫，长摆一甩迈入沧澜殿，见到乙弗涣，连忙将跪坐在地间的妹妹拉起来，紧张地问："可是孩子没了？"如今他只操心着她肚子里未来的小皇子，甚至，他时而也会去想，那会是将来魏宫的主人。

　　乙弗涣连连摇头，将诸事言出，哽咽着求他。

　　"如今云哥哥封锁了宫中消息，我连传个信与皇上的机会都没有。求哥哥来，便是劳你回去一定要面禀皇上此事。只差半个时辰了，不能再拖了。"

　　乙弗浑面色一沉，脱开袖子，猛地笑开："妹子，你哭什么。这是好事啊。"

　　乙弗涣惊圆了一双眼，似盯着陌生人一般看着自己的哥哥。

　　乙弗浑倒是满心欢愉，平静坐落桌侧给自己倒了杯水润着口，浅笑着解释："阿妹，你想想。冯皇后要是死了。最得意的会是哪一边？！自然是我们乙家。皇上不会放过常太后，如此东宫的依靠便算失势了。将来你生下小皇儿，凭我乙家的势力，扶立东宫已非难事。"

　　乙弗涣听明白了，咬牙惨笑，勉强行了几步，至他面前，静静点头："哥哥说得不错。"

　　乙弗浑更添几分张狂，目中闪烁精光："阿妹啊。你就要做皇后，将来就是太后！"

　　乙弗涣扬起半盏水甩了乙弗浑一脸，狠狠掷下盏杯，气得双唇发白，一个字也不再想说，只怪她糊涂了二十年，没能看清这个好哥哥。

　　"噗。"乙弗浑拂下满面水珠，惊得跳起来，"你，你这是做什么！"

　　"送客！"乙弗涣冷冷看着他，踩过碎裂的盏杯，头也不回，"劳烦乙将军离开沧澜殿。本宫这里不留狼心狗肺忘恩负义之辈！"

　　"你！"莽撞如乙弗浑，气得猛跳脚，连连指着妹妹口口声声叱，"好好好！

你以后再出了事，也别来请我这个哥哥！"

匆忙走出几步，乙弗浑踹了几脚殿门，朝外喊去："李冲，我们走！"

殿外侍卫忙将佩剑递来，乙弗浑抱剑愤恨离开。殿内复又沉静，乙弗涣别过脸去，连哥哥离去的背影都不愿意看一眼，徐徐叹了口气。宫人前来清理一地狼藉，跪在地上轻劝："娘娘，如果皇上知道了，王爷必死无疑。乙将军不肯相助，也是怕将来最伤心的人是您呐。"

宫人实在说得有理，乙弗涣默然看她一眼："可我还能做些什么？"

"事到如今，您只能，诚心诚意求求佛祖他老人家。"

乙弗涣依言点头，她会用心地祈求佛祖，助皇后度过这一场精心设计的劫难。

接近午时，无风，太阳升得高高的，一地璀璨光艳。

耳侯寺络绎不绝的香客将大殿挤得人满为患，老住持连举三场法事，信徒迎向高殿之上的佛祖舍利金尊匍匐长跪。青竹遮起斗篷急匆匆地越过长廊，她身后是紧紧握剑的李弈，他二人躲在堂后暗墙处低声商议。

室中燃起了清净檀香，<u>丝丝缕缕绕去窗外</u>。

靠窗的冯善伊将面前膳点又推了推："姑姑的胃口如何小了？"

冯太妃一口酒缓缓入腹，不动声色嚼着金黄色的杏仁酥，却实在吃不出任何味道。

"姑姑，我这一生活得充实，如今倒也稀奇死后我还能怎样折腾。"她轻笑着，语气说得极坦诚，仿佛真的那样想。就是死，也没觉得不值。

"哐啷"一声，酒盏落地，滚入脚边，冯太妃突然抬起脸："你放屁！"

冯太妃是怒极至口不择言，待她静静垂首，吐出一言："如今耳侯寺是最安全的，既已派李弈前去营中求救于皇上。你只等在这里，等着就好。"

冯善伊一笑摇头，拓跋云绝不会给自己那么多的时间。

原本紧绷的身子稍稍放松，冯善伊站起身来，迎着冯太妃缓缓跪落，她持举双袖与她行大礼。想起从前与这好脾气的姑姑总是嘻嘻哈哈，玩笑度日，许是因为魏宫的日子实在太苦了，苦得不愿言苦，都不愿意正经活着了。所以，也从没有一次，一次这样的大礼。

冯太妃闭目别过脸去，一只手攥得发抖。

"死没良心的。"冯太妃咬紧了舌头，"你起来，地上凉。"

"倘若我死了。"缄默许久，她微微笑着出声，"我不想仍睡在魏宫的皇陵。请一定要将我一半的骨灰带离魏宫。我想去，想去……"

"你想去什么地方？"

她扬起头来，簌簌颤抖的朦胧视线中似乎冲出那漫天黄雨、落英纷飞的一幕幕。闭了闭眼睛，她又说："我想去那有杏花雨、黄花衣的地方。"

冯太妃皱紧的娥眉僵然冷蹙，她转眸，盯着她一动不动，她想，她这是……都知道了吧。

"我想去母亲魂归之处，我想她。"冯善伊又一点头，"她也该是想我的。"

冯太妃微微张开了嘴，却发不出声音。

冯善伊似乎攒足了气力，撑出那一问："是你们，冯家害死了她。对吗？"

"云舒她，她……"冯太妃愧疚的目光染尽悲凉。她从没见过任何一个女人凄惨如傅云舒。

"是的！"狠绝凄楚的声音自窗外而来，遥远又清晰，毗邻而模糊。

似长风一击，身后堂门重重推了开，逆光而立的身影，雍华而尊贵，鲜红的朱衣扬摆如红海。常太后涂着血唇，冷冷地看着堂内。挺立的身姿，倔犟的眼神，她咬牙步入，最后看一眼冯善伊，一声一声言得缓慢："你说得对。冯家害死了她，是你的父亲冯朗亲手送她至绝路。"

冯善伊缓缓站起身来，转身对着常太后微笑："您来，也是送我入绝路的吗？！"

常太后越过她，只走至冯太妃身前，一手推开身侧的冷窗，漫天的飞缨铺入室来，她以最悲悯的目光盯着眼前逐渐陷入慌乱与惶恐中的冯太妃，扬起眉来静静抖出笑色："冯素君，我要你当着青天白日告诉她，告诉她你们冯家一门的虚伪容面！"

冯太妃垂下脸，眼底一热，混浊的泪顺着脸颊淌落，缓缓出声："哥哥他，后来真的很爱你母亲。可是……可是……"

"可是比起复国，比起王权，她便可以一文不值！"常太后过分施妆的面容上挑起僵硬不自然的欢愉，歇斯底里的怒声，"傅云舒可以一文不值！常阿奴可以一文不值！或许……我们本就不值一文！"

冯太妃摇头，重重摇头："阿奴。"

"是。我卑鄙、无耻又下贱，可我至少不虚伪！不比你们！"常太后一手指向冯善伊，"你告诉她啊！她的母亲如何被人送来送去。他们是如何对她，逼她！"

冯善伊清冷的眸子转了转，昂起头看着眼前目光尽是互相指责的二人，用力咬唇："你们说啊，如何对她，如何逼她！"

忆起旧时，忆起那个人，常太后惨淡容颜之上溺出一丝平和："你的母亲傅云舒，是平城最有名的歌姬，十八般绝活，模仿几十种人声。偌大京城，只要她扬起自己一帐纱幔，便有千万才子青俊抛出命来接。这样的傅云舒，偏偏是你父亲歌姬百人中的一个。"

冯善伊轻若无声的一息惨笑："百中之一吗？"

常太后点头，是，百中之一，她自己竟也是啊。

"你父亲第一次记住你母亲是在那场宴事之上。他宴请的宾客中，有一人看中了你母亲。而那一人并非凡辈，他是宋武帝的儿子，乔装寻访北朝的刘义季。刘宋与你冯家曾经交好，你父亲晓得刘义季的真实身份无可厚非。"

"所以，"冯善伊怔了怔，而后言道，"父亲将母亲送给了刘宋的小王爷，刘义季随后将她带去了南国。"于是傻姑才口口念着杏花黄雨的杏花衣，那恐怕是她一生中最美的回忆，最满足的时刻。

"你父亲从来不会做亏本的买卖。"

"为了得到汉令符。"冯善伊点头，李敷从前那些话，如今总算有用了。想来李敷早是知道，知道汉令符流落北朝的所有秘密，只同那一个女人有关。

汉令符，是傅云舒奉冯朗之意由刘义季之处偷来的！

冯善伊轻轻微笑，她的父亲卧薪尝胆一心一意只求复国，得汉令符而立天下。如李敷所说，天下人翘首盼之，谁能不动心。他养得满府的歌姬，并非为了自己享受，而是以求愉悦南国的贵客，北朝的重臣。那一副奸佞卑微的嘴脸，难怪大魏的太武帝一辈子也瞧不起他。

她的父亲悲哀又可怜，一世无尊严地活着，只是为了复兴旧国。卑微地生存与骄傲地死去，有人选择前者，也有人走上后路，这便是自己的父族，同赫连先辈的不同。

奋起寒微，不阶尺土，讨灭桓玄，兴复晋室，取巴蜀、伐南燕、灭后秦，一生征伐无数，一世争雄，与北朝魏人兵戎相见的南朝宋武帝刘裕临终之时，将国玺传给储君，却将汉令符转交给最聪明的小儿子。以汉令符牵制皇权，督促新帝刘义隆勿要因极权伤及手足。

明哲保身，一心远离朝廷纷争的刘义季终年游走于五湖四海，结交英才，笑傲人生。直至那一年故友家宴盛席上，百人华舞，云袖千卷，他只一望瞧见的女子，茫然夺了他心。

身侧持壶与他添酒的冯朗正中心怀，一来二去，他颇为大方地将自己的姬妾赠予这位尊贵的宾客。

她于是由他的妾，成为那人的妻，甚至是他唯一的妻。

在此之前，刘义季无婚娶无家妓，是个干净得如一潭清澈流水的男人。

她奉命偷来他的心，只是为了偷他的令符。

然他只一番念想，便是娶她，娶这傅姓云舒的女子。

一去南国五年，她渐渐忘了行窃之事，因为，她似乎爱上了这个视自己为唯一的男人。他并非像其他王公贵胄一般奢华慵懒。他清心寡欲，待人宽和，对权力从未有过多的想法。为了给这个北朝的女子一个名正言顺，他不惜远离京城，放弃那一座金碧辉煌的王府，和她渡船江上，整整半年他们居无定所，以船为家，直至他终于依言为她建起平生第一个家。

挑水，做饭，洗衣，打扫，他事必亲躬，不要她动手一分。便是灯下缝补，他都抢了来不准她，不准她盯伤了眼。

日子淡如流水，流入心坎，却那样甜沁。

简陋的茅草屋，杏花黄雨时，屋顶漏雨延绵，他们便披着被子躲在墙角，对视相望，止不住地笑。他举起腰间两瓣对符，一支系了她腰间，他说这一对符未有多少值钱，却也能留给将来的一双儿女做念想。

她尚未偷，他便予了她，如何容易，如何不费心思。

他举着那佩，只是认认真真看着她，又小心翼翼地问她。

"你，可愿给我生个孩子，生一双？"

五年了，她也想为他生个孩子，却也时时避防怀上孩子。她是个没有自由的棋子，棋子的孩子仍是棋子。

她终于决定了，回北朝将这一半符令交给主人，换了自由后，她就要为她的丈夫生个孩子，生好多好多孩子，待老了也不会寂寞。

她说，她想回北朝探望姊妹、主公，不消几日便回来。他笑着应允，压抑着不舍，已是不舍得她离开自己半寸。

他送她至两国交境，他将她抱上车，软软的手揣在他怀中，他一路安慰她与姊妹多处些日子，却在心底恨不得她转日便飞回自己身侧。

他在宋国的城门口目送她出境，马车行了好远好远，她仍念念不忘地回首望向那枯等城楼单衣轻飞的身影。然而万念不到的是，那竟是最后一眼，最后的记忆。

"主公，主公，我将汉令符送回来了，你如何不肯放了我？"

她跪在那人身前，哭得百花凋零，一生的泪一夜流尽。

面前那人任她哭着，默然摩挲着怀中那一半令符。夜薄日出时，他牵起她一盏衣袖，清冷寒凉的声息阵阵穿透她。

"云舒，自你百人之中翩然起舞，我便一眼望见你了。"

她摇着头，身躯渐渐冰冷。

"不是你，百人之中一眼望见我的那人，是他。"

他似受伤的困兽，肆意将她拥入怀，无论她怎般挣扎。长飞的华帐，溢落她的泪，他不过是要自己做一个贼，如今她偷来了，他如何不守诺言，予她自由。咬裂的下唇渗着血，被他强欺身下的她战栗恐惧得发不出一丝声音，连哭泣都麻木了。

他最后扳过她的脸，痛苦地蹙眉，轻吐出那一句话。

"云舒，我会对你好。一生一世对你好。你留在我身边，好不好？"

"不……不好……"艰涩的声音滚出，她想那一刻，她是真的开始恨他了。

"云舒，我想了你五年，等了你五年，而今你终于回来了，却一眼也不肯看我吗？"

她轻轻闭上眼，寒泪滚出，声音已沙哑："主公，自我七岁那年你由娘娘庙前给云舒一口饭吃，云舒便喊你主公了，而后十三年。有那么久，我都在你身边，你却一眼也没有仔细打瞧过我。这五年的思念等待不虚伪吗？"她知道，这不是思念，也不是等待，不过是贪婪的主公如今拥有了半支汉令符，便想得到完整。半枚令符足以复国，整枚一对，便可以倾覆天下了。他要借自己，逼她的丈夫双手奉出另半枚。野心就是这么容易膨胀的东西，伴随贪欲永无止境，直至尽成泡影散去。

她想逃跑，用尽了一切办法。只是冯府的红墙似乎比宫墙还要高，府门比宫门还要紧。两个月后，她知道自己再也逃不走了，因为她的肚子里已经有了主公的孩子。

冯家的老奴才都说傻姑是在那一日疯的，在知悉自己有了身孕的同时，或许是预料到她这一生再难逃走。她曾经是那么想为自己最爱的人怀个孩子，却最终只能为自己最恨的那个人生下孩子，所以她疯了。

她的女儿，在寂静的雪夜中出世，婴儿恹恹低弱的哭声仿佛在宣告这个世界自己并非中意投胎于此。太子府的苏姬来看她，跪在她的床上哭诉着许多许多。她只睁着一双眼盯着床顶，声也不出，睫毛也不眨。接生的妈妈抹着泪说，即便是生产痛成那般，她也没有发出一丝声音，没有。

她更没有看过一眼新生的婴孩，似乎，那是个不需要被注目的生命。傅云舒

206

只活在自己痴痴傻傻的呓梦中，梦里她穿着杏花衣，簌簌黄雨中，和她心爱的男人永远地厮守。

"不……不好……"

"穿着杏花衣，他便一眼识出我来。"

疯疯癫癫地只晓得念两句话，三四年中，只念不到几十个字的两句话，反反复复地念，不知念过几千几万遍，念得她双目越来越倦，两眉愈发淡得失色。

三岁的冯善伊总是喜欢同她说话。小女孩也是寂寞的，偌大的冯府，没有人愿意同她说话，父亲不关注她，母亲不喜她，哥哥时而嫌她笨，唯一对她好的姐姐却长年随同姑母住在宫中。她只有来找傻姑，也只有傻姑不会嫌她烦，嫌她说得太吵太多太惹人厌。

冯春便常常一脸哀伤地躲在远处看着她们二人，待到冯善伊睡去，冯春便陪着已被唤作傻姑的她，一声一声地告诉她："那是你的女儿，你可还记得？苏夫人当年说好的名字。善伊，善伊，你的女儿。"

说得多了，她也有几分印象，呆呆傻傻地反应过来，女儿，女儿是什么？

月圆明亮的时候，她的脑子便能清醒几分，痴痴傻傻地走到前院，推门进入那不大的暖室，床榻中沉沉眠睡的稚子，阿春说是女儿。

女儿，女儿又是什么？

是……是肚子里的孩子吗……

你不能生下来，不能生！

一时这般想，她心底慌了。不能，她可不能生下那个人的孩子，否则就一辈子逃不出去了。她这样想着，意识全乱，抬起双手掐紧枕上的细柔颈脖，用力握紧。

憋醒的幼女发出闷闷的哭声，用力地挣扎，只是那力力比起癫疯的面前人差得太远。滚烫的泪水滑落，绕在对方的手腕间，像流珠一般散去。

"娘！你快来啊！"推门而入的少年惊见这一幕，猛奔上前。

身后的冯王氏匆忙而来，费尽全力拉扯开疯魔的她，这一番强呼猛唤，惊得满园子的人都醒了。

散尽全力的冯王氏一屁股坐在床前脚榻上，她想将床上的孩子抱入怀中细细查看，却累得抬不起臂。

冷泪散去，模糊不清的视线中看清了眼前的冯王氏，憋红的脸大口大口喘着气，三岁的冯善伊颤抖着声音哑声哭着："母亲，你为什么要杀我……"

满院子的奴仆冲入室来，听得这一言，惊得面面相觑。自那以后，冯王氏怒极杀女的谣言，传得冯府无人不知，无人不晓。冯王氏什么也没有说，依然是躲

在狭小密闭的佛堂，静静敲着木鱼，诵念经法，好像这一世，她也全无挂念。

那一夜之后疯了的是冯朗，他三年不入那疯子的陋室了，如今一步猛冲。他才是怒极了，一扯将浑浑噩噩的她推入榻上，恨恨地吼她："你是人吗？！那是你亲生的女儿！你连她也要杀吗！你再疯再傻，眼不能瞎，那是你生的孩子，你的！"

他吼了她，却也当着她面落泪了，而后松开她，自己走了出去。

她呆呆地坐在残破的帐子中，眨眨眼睛，竟是泪水落了下来。

似乎有些清醒了……垂眸探看这一双手……

险些要，杀了人吗？还是个孩子——自己的孩子。

她没抱过那孩子，没喂过她，没养过她，却是一出手，便差点要了她的命。

"你是人吗？！"

主公的这一声，荡在耳中，久久不散。

她摇头，又摇头。

不是，她不是人，连人都算不上了……

扯下素白裸花的帐帘，撕成一束束长绫，飘舞在清冷的风中。她又记起来一些，记得许多年前，凤凰台上她一展长袖，转身而起的舞步，漫飞的舞身，回身一眸的轻笑。那一眼，台下的他，便失了魂。也是那一眼，她看得失魂落魄的他，不由得微微笑，这世上还有这么傻呆呆的人。不想，她终是爱上了那个傻子。

绣鞋踩上桐木圆椅，那是她登台起舞的梯子，踮起脚，缓缓探头看过去……越发遥远模糊的城楼之上，一地苍凉，那是他负手遥望的背影，裹着昏色尘沙依稀淡去。她心爱的男人，仍伫立于两国交界的城楼之上，静静等待。

冯善伊推开一扇窗，任由残风扬起碎乱的额发。

室中但无一人出声。

她连着掐灭一盏又一盏灯，转过身，凝视着常太后："真是令人伤感的故事。"行向门前，她好整以暇，只想一步而出。

常太后疲惫的声息涌动无力的恐惧："前门有拓跋云所率的羽林郎军，是死路。后门……是你的生路。"

扶着门框的手一愣，冯善伊轻笑着摇头，直接问她："代价呢？"

常太后道："离宫，永远离开这一片王土。"

冯善伊冷笑着，难以置信地回问："你以为我会答应吗？"

常太后微微摇首："你不会。"这是她给她的选择，她可以答应，可以拒绝。

只是选择后，她便不会再欠云舒了。

常太后眼中忽然有了泪水，静静点头："你代云舒去那有杏花黄雨的南国，好吗？"

好，则离开。

不好，就是死。

冯善伊笑："我不是傅云舒。不是你们想留就留，想扔则扔的棋子。"

用力推开室门，清爽的风扬起袖摆，目光触及廊中那一对身影。烈阳如血，长草随风飘摇，正立廊口的赫连牵着小霭子，素袍裹身，惨白的容颜上面无表情，她只是哀哀地迎着她点头，似也在乞求着她妥协。檐上灯盏随风摇晃，一抹橘色的光晕挂在赫连半鬓。

冯善伊笑叹了口气，转去看常太后又道："识时务者为俊杰。我打算做俊杰了。只要，别为难我的人。"

耳侯寺后门向南开，靛青的软帛马车前，冯善伊将赫连推入车内，又将小霭子抱上了车，她自己远远站在车下，指着一大一小道："大包袱，小包袱，你们就不给我省心。"

赫连环紧小霭子，探出头来催她上车。

冯善伊最后瞪了她一眼："扶风公夫人，我对你卖友求荣，联合常太后将我赶出京都的做法出奇愤怒！"说着将袖子掳起来，拍了拍马头，与那赶马车的小厮吩咐着什么。

她摇着手目送马车渐渐远去，待靛青化做远处一抹墨色小点时，身后有人牵了骏马而来，蹄声越来越近。

冯善伊回头冲牵马的李敷一笑："方才听老狐狸说了几段旧事，时候耽误了。"

李敷皱着眉，看着她却瞧不出心思。她几天前突然来信娘娘庙只说有求于自己，定下今日这时候耳侯寺的后门牵马而来，而后便懒得多一个字也不想说。

李敷跃上马，握着冷缰俯身看着她在马下转了个来回也爬不上来，只好探出一只臂来。冯善伊呵呵笑着，抬臂握上他的，借力上马。

同握紧缰绳，腰身由他臂弯护住，她挪了挪身子，俨然有些别扭："手太紧了，我怕痒。"

李敷抿唇，闷闷吐了口气："摔了下去与我无关。"

冯善伊努了努嘴，往他怀中缩了缩，又道："那你可得抱紧我了，我怕疼。"

李敷摇了摇头，转过马头，声音一低："皇后娘娘这又是哪一出？！"

"别去前门，前面有拓跋云埋伏。"冯善伊忙唤他转了另一方。

李敷索性勒紧缰绳，不无慌乱地看紧她，声极怒："你这是拿命在开玩笑！"

冯善伊替他平复火气，扬着笑："安心。我把常老狐狸的性子摸得透透的。借她三个胆子，她也不会任由拓跋云乱来。她怕下地府。"自拓跋濬前去营帐后，李弈便像个影子，随同羽林郎禁卫军将她护得严密，她想脱身半刻都难，如今借拓跋云之力，一时逃脱，是天力人力皆助她。

只闷头闷脑的李敷仍瞧不透她，隐隐犹豫。

冯善伊抖了抖他袖子："我从前不是说，总要和你私奔一回吗？"

李敷愣愣点头，面上腾地通红。

冯善伊洋洋洒洒，一脸骄傲："别脸红了，快开道。至夜宵禁，就出不得京了。"

"皇……皇后娘娘，当真要与小民私奔？！"李敷紧张得结巴起来。

冯善伊探手拉了拉他衣领，以命令的语气道："不成功，便成仁！"

斜落的阳光璀璨明耀，只她的笑色更是明媚，刺得李敷一张脸红得发紫，忙一垂首，依着她手势的方向纵马而去。而后许多年，他总是恍恍惚惚忆起她这一日的笑色，忆起她的话，她提议我们私奔时的神情那么轻松坦然，他甚至会有瞬间的狂喜，更多的是分不清真假的恍惚。

耳侯寺外陈兵列队的禁卫军早已按捺不住，领首的拓跋云几次扬起长弓，又落寞垂下。直至寺门大开，缓然步下冷阶之人只有常太后。拓跋云大惊，掷下弓箭，一步跃上，目光越过她身后朝寺内望去。

"太后，您如何？"他惊愣一问。

常太后只一推鬓，幽幽看他一眼，淡道："收兵吧。"

"太后！您就这么——"拓跋云颓然看她，满目不能相信。

常太后扶了他被风吹歪的袍领，只一声："少动杀念，亦是积德。"既是不杀人又能解决的事端，又何苦脏了自己的手。她摇摇头，难怪旧东宫曾说这个小儿子性情浮躁，不能洞悉大局。

常太后走进步辇中坐稳，挺直了身子，总算消去了一件心头闷事，连风吹来都觉得更舒爽几分。她颇有几分满意自己的一番决断，既将冯善伊远远逐出宫中，且不会留下皇帝将来的怨恨。此事做得极善极妙，始在那一封假信言冯太妃唤侄女入寺，才有如今得手的机会。

于是挑起身侧一摆轻帘，常太后与帘外拓跋云一点头，笑道："论说起来，此封信，你办得极好，功不可没。"

拓跋云步子一愣，眼前轻帘缓缓覆落。他僵直着身子，怔愣于风中，摇摇头，皱紧了额眉，长剑于手间紧紧攥握，最后一声滚出喉咙，极低极轻——

"那封信，并非是我。"

……

耳侯寺大殿，钟声飘传。

殿前老住持缓缓放落手中长珠，与身后冯太妃一拜，吐出一言："老衲羞惭，说了诳语。那封送入魏宫的信，正是出自老衲之手。"

冯太妃一口茶呛住，瞪圆了眼睛。

老住持叹了口气："是皇后娘娘的意思。"

冯太妃连忙起身，将冷窗紧闭，转过头来，紧紧盯着住持："那小东西又出什么馊主意？她一肚子坏水，住持也跟着胡闹！险些是要出了人命。也吓得我半条命都没了。"

住持只隐隐皱眉，似回忆琢磨道："依皇后娘娘的意思，她是急着想出京，只是困守魏宫不得机会。"

冯太妃恍然明白过来，这小狐狸想出京，便换着法儿算计人，先是骗得那条老狐狸上钩以为机会来了，布下天罗地网赶她走。她心里巴不得能出去，有老狐狸的逼言在先，她连个离家出走的借口都不必挖空心思去琢磨了。

"住持陪着她胡闹就算了，又何必要着我玩，我算也一把年纪了，心都要跳出来。"

老住持忍不住笑了笑，平心静气地斟了碗茶，再推至她眼前："娘娘说，她身边有只老狐狸实在狡猾。戏演得不真不动情不能引人落泪，那老狐狸绝不会自己献身。娘娘并非有心想唬您。"

"哼。"一颗心缓缓落稳，冯太妃攥紧杯子摇头，"她这是嫌我日子过得太舒服，成心要我提心吊胆。"

老住持再笑："太妃不觉得今日的香客比往常少？"

冯太妃瞧向窗外，方才半刻是有些多得络绎不绝，如今却一时又稀少了。再看去老住持，点了点头："住持也是早有防备。倘若老狐狸没有引出洞，反是招来了拓跋云的杀机。"

"这也是皇后娘娘的意思。上上下下几番准备。若狐狸不至，狼至，这谁输谁赢尚也未知呢。"住持言笑之时，又一长叹，"太妃不妨承认我们这一辈是老了。"

"老了。也该放手了。"冯太妃摇头，随之一笑，紧锁的眉间缓缓舒展，是想

自此以后，都不用再操心那没心没肺的小东西了。这世上恐怕没人再能左右她。只是，她设下这么一盘棋，实在引人迷惑。

老住持勘破冯太妃最后一层疑虑，淡淡回忆言："娘娘说此去是要救一人，救了那一人，很多人便不会死。"

冯太妃默不做声地抬眸一视，迷蒙之中，幽幽扬起笑色："她这不是想骗老狐狸，也不是吓唬我。而是……憋着劲儿欲要瞒过皇上啊。"

老住持持笑不语，转过身去，予佛祖金像前燃起一炷高香。当今圣上亦非凡夫俗子，这一双明目又岂能是容易蒙混的。所以才需皇后如此绞尽脑汁费尽心思。

冯太妃摇头再一笑，缓缓出殿，徐步渐入后堂内室中。望向案台上陈放的灵位，如今她也是越发来得少了。将牌位揣在怀中抚了抚，平静之中升起欣慰的笑色。

"宗爱，如今小东西们都一个个翅膀齐全了，互相算计着。"

"你说得对。我们都老了。不必一路担心着他们。他们自会走得比我们还好。"

"我如今只悔……当年没有勇气与你一同离开。"

冷雨浇漓，城防营帐肆飞的黑龙旗帜摇摇摆摆。笼灯覆灭，绕转青丝于清冷的雨息中。纵马疾来的李弈于帐前跳下马，慌忙映出令牌，身前小将忙转身为他绕出过道来。冲入营帐时，刺鼻的草药味引他眉心浅皱。

檀色长帐垂地，帐前诸将卫低声窃语围绕于案前，案上沿展一幅羊皮地图长卷，自西而东，皆有朱笔标识。

李弈疾走半步，压低声音："皇上呢？"

殿前尚书眼一瞟帐内，同是低声："入了风热邪气，在用药。"

李弈咬牙，目不转睛地向内帐望去："来不及了。"暗中窃窃一声，连忙又推开身前两位公公，不顾阻拦地扬起声音："皇上！娘娘有难！"

帐中静了半晌，隐隐传来皇帝淡声的咳音。

幔帐由内缓缓扬起，李弈随众将忙俯首跪低。崇之端着金盂默声而出，临走时睨了李弈几眼暗暗提醒："皇上勉强才起身。"

"皇上。臣听命随皇后去了耳侯寺中，未料——"

一颗玛瑙珠子由榻上滚了下来，砰然着地。这是拓跋潏命他止声，李弈遂及时截住声息，扬起头来，看到薄纱影帐中隐隐映出拓跋潏撑着矮榻坐直身子。

拓跋濬命他站起来，一挥手又命帐中余人皆退下。他端起一盏青瓷白花的药碗，清苦的药汁无声无息地吞下，素色锦帕拭了唇。

李弈又看他一眼，这一眼看尽了他消瘦病色的苍颜，忙又垂首。

拓跋濬淡淡转移目光，看着李弈，声音哑弱："不急。你慢慢说，细细道。"

"任城王同常太后给娘娘设套，娘娘如今困在耳侯寺中，臣急来求援。"字字急促，虽被劝了不要急，只他一出言，又忍不住一口气脱口而出。

"如何知道是设套？"拓跋濬背过身去又咳了几声，回身握笔时手有颤抖。

李弈仰首时恰瞥到这一幕，心中大骇，早先知道皇帝的身骨底子不好，却未料如此严重。

"臣……在窗外听得冯太妃与皇后娘娘说她从未写过什么信。可是娘娘却是依信而来。臣当下便觉有诈，同青竹嘱咐了，便匆忙来向皇上禀告。"李弈又埋下头，心底莫来由一酸。

拓跋濬勉力执起笔，落下几个字静静望着，又合上奏本，淡色与李弈轻笑："你哥哥有一言倒是说得无误。他说自己这个弟弟人糊涂，心又善，不能用。"他撑着案子想起身，却周身瘫软无力。

李弈见状，忙探来一臂任他扶。

拓跋濬只盯了他一眼，推开他手，执意自己站起。

"皇上骂得好。"李弈吞下满心疑虑，只随着他说。

拓跋濬又一笑，摇头："你心里可不这么想。"

"臣，臣是时来脑子不清醒。只是此事，臣觉得是皇上掉以轻心。"

拓跋濬将长袍拉在肩上，撑案而起，一手扶着案前，正背身迎冲李弈。他将一卷绘满山河百川、地形要塞的地图展开，卷轴由他袖间一路滑下，延展至脚边、身后，直越入李弈目中。

"你是糊涂，好歹心还随着朕。不像你的傻哥哥，心思情绪全被那小狐狸夺了去。"拓跋濬含笑起言，虽字字贬意，面上却一派亲和，甚至夹有轻描淡写的几丝娇宠，说着渐渐敛笑，满满地自嘲，摇头笑，"朕……何尝也不是。"

李弈这一头雾水都要涌出来了，眉皱得且紧，连连向前一跪："皇上，臣如今是糊涂了。"

"你就没有清醒过一回。你被骗了。"

"我……"

"她要将你打发走，又需要一个极好的理由出京。如此而已。"拓跋濬再一回身，抬袖指去卷中做了明确标识的那一处西城门，"你那傻哥哥，如今这时候是

该同她出城了。"

"他们这是要私奔？"李弈慌不择言，脑中蹦出一个字眼，想也未想即脱口而出，也不顾皇帝的脸色。

"是去通风报信。"拓跋濬觉得口中清苦，端起清茶缓缓吞咽。

李弈忙拿来地图，一路瞧上去，恍然大悟，一掌拍去膝头："这是，去往幽州的方向。他们是去迎宗长义的叛军，要给乱党传信！"几番不能置信，又细细看了多眼，李弈无语，只攥紧地图两腕发抖，他实在不明白皇后此行为何，莫非她真如任城王谤言那般，是宗长义的奸细！再扬头看去帝王，如今更不明白的是，皇帝一脸的沉静，似是万般掌握于手心的稳妥。

拓跋濬淡淡笑着，将案头上首的奏折拣出来，打开时落目于那之中由朱笔圈画挑出的三个安好字眼，眉宇间笑色愈重："小狐狸，这一招漂亮。"

帐外帘子一抖，进来的是禁卫军首领，那人只一跪地不等宣召便连忙禀告。

"皇上，是打西城门出了。小的们——"

拓跋濬下巴一扬："跟着。"

"可他们，行的小路，骑马疾走。"

又一颗玛瑙珠子滚了下来，拓跋濬一拳落在案上，气得咳声连连："好，好大的胆子。肚子里还有朕的孩子，竟敢骑马。"

李弈猛地一惊，皇上恼怒的是这个。他吐出几口冷气，连忙表忠尽言强抢道："臣，臣愿前去擒追。"

拓跋濬倦意袭来，身子半倚案前，他瞥了眼面色沉稳的李弈，清淡一声："准了。"

李弈又愣站了半晌，见拓跋濬一手撑额，手下又展开数张奏本。不知进退间，又见拓跋濬向他挥了挥手，立即转身步了出去。

一轮半月挂在西天之上，江边篝火星燃。

李敷将简陋的帐篷搭了起来，转身将马牵到江边喝水吃草。冯善伊换下一身宫装，穿着白日里向老乡借来的粗衣，靠坐在江边大石头上，如今江水正寒，她不好脱鞋踩水，只手中掐着长草时不时地转起水波涟漪。

她扬头看着李敷侧影，一张口说："你真傻。"

李敷抚着马儿的鬃毛，寂静月色萦绕他一身单薄，显得几分清逸疏朗。他没有说话，也没有笑，只是望着江对面的幽深冷山，伫立无言。

"你问也不问，就被我拐骗出来了。"冯善伊站起身，拍了拍袖子，捏着一角裙尾顺着江边走过去，与他近了几步，眨眨眼笑，"你知道，同当朝皇后私奔是什么罪名吗？"

李敷无所谓地撇了唇角，冷声接道："杀一千次，够吗？"

冯善伊想了想，歪着脑袋："史无前例，这不好说。"

"我们如今算是叛臣了吧。"李敷看她一眼，继而又言，"在魏人眼中。"

冯善伊转过身，张开两臂迎着江面拂来的冷风微笑："我们是菩萨，救人命的菩萨。"她又笑了笑，由袖中掏出一纸密奏推到他眼前："你看看这个就明白了。"她撇下身后的他，朝着篝火走去，蹲坐一侧静静烤手。

李敷僵立在江边，将手中那仅仅有二十几个字的奏折仔细读了数遍。他猛地走过来，扬起手中的金色奏面，匆忙问了声："你如何拿到的？"

冯善伊由他手中抢回来，丢入火堆中，直至亲眼见着它化为烟灰灭去才出声："顺手牵羊来着。"说着又一抬头，不是有心偷，只是奏面之上的字出于兄长冯熙之手，她一眼瞧出，于是才好奇地翻开，翻开之后才恍然得知哥哥出征的真正意图。讨伐云中柔然叛军是假，那不过是给满朝文武做出的一个表象。先除内患再抵外攘，三万将士，仅五千人是遣派入云中，剩余四千人留守于平城近郊的边防营军中，只待宗长义的叛军逼近一举擒拿。拓跋濬要为新政开路，古往今来，借杀人以儆效尤不失为帝王整顿朝纲镇压臣心的手腕，所以乱党晚反不若早反，踩着这些如今成了乱党的旧臣老朽尸骨，是他步向汉化新政的第一级血阶。可宗长义一日不反，便全无名由拿他，于是他便要先助他反。

而宗长义以为拓跋濬将兵力尽数放之云中，如此大好形势，机不可失，失不再来，他是心急，才会就此上钩。拓跋濬前脚派兵出征，他后脚于幽州举事，时间拿捏得一丝不差。而压扣幽州郡守密奏的折子并非宫中内奸，正应该是拓跋濬自己。他一心一意织起这张细密无缺的大网，只等宗长义一个猛子扎进来。

宫中本无奸，这奸是皇帝自己捏出来的。拓跋濬曾经说，他会杀了宗长义，并非唬自己的戏言。依他的心思，还能看不透她与宗长义千丝万缕的牵连。他那般说只是提醒自己，勿要同宗长义再近一分。

"这是帝王心术。"李敷长叹一声，两袖负去身后，"你又何苦去破？"

"我不想宗长义死。"冯善伊淡淡目视着他，扬笑幽声道，"每次看着一人接一人地离开，我都好怕。父亲是，拓跋余是，赫连是，你也是。你不知道那么多令人恐惧，会发抖，会做噩梦，会莫名地浑身发冷，会傻傻地愣神愣一整天，最痛苦的是明明相信了却要装作一脸我不信的没心没肺。"

冷风欺来，他收紧袖口，僵硬地背过身去，有些不能面对。

她一直笑着："那些挥一挥手就潇洒离开的人，永远都不会知道替他们活下

【第七卷】尘落篇

的未亡人有多辛苦。"如果再有人离开,不能阻止地离开,她一定会逃得远远的,努力避开恐惧的一切。或许是因为脆弱,因为永远也不成熟,她就是不能接受死亡,死也不想面对。她更想不明白为什么自己如此用尽气力地活着,身边的人却总是无缘无故地死去。

李敷一时心酸,他们总是将她看得过于坚强,是啊,只魏宫的皇帝,她便亲手送走了两位,接连而发的惨祸,她无动于心甚至要麻木不仁地应对。他们都以为那是她的心硬了,凉了,看透万般一切。却不知道,她就像拾捡柴火的小女孩,每走一步,每离开一人,她便将他们背在肩上,撑起笑容努力走下去。所以她才总说自己活得那样用尽气力,她肩上的包袱一定很重。

"我肩上再也承受不住一丝一毫的重量了。"她很认真地看着他,用力点头,"不是所有离开的人都会像你一样努力回到我身边,回到我看得到摸得着的地方。所以,不要死最好。"

她转身要走,清冷的袍袖擦过他,他连忙握住她一角袖口,握紧时竟止不住地发抖。他一时紧张,紧张得舌头打结,说不出完整一句话。

"你……你若是累了……累得再走不动一步……"

她扬起头来,故作不解地看着他。

"到你走不动的那天,我就背你。"李敷猛然脱口而出。

冯善伊平静地微笑,眯起的双眼如夜空那一弯月牙。

他又重复了一声:"我就把你背在肩上。"

她笑着低头想了会儿,再扬头:"我很沉的。"

李敷傻傻道:"我背。"

"说你傻一点也不假。"冯善伊提着裙摆的手缓缓松落,搓着手有些自责,"其实我没那么好。我好几次都想杀了你,在去往云中的途中,我怕你告密,怕你伤害润儿,有几次我想在你茶里下毒来着,但没找着机会。"

李敷细细听着,微微皱眉看了她一眼:"我知道。"

"那你还知不知道,有一次你生了恶寒上吐下泻,那也是我。我把酸了的奶子掺进你行军的水囊里。"她牵起他一角袖口轻轻摇着。

李敷想了想,点头:"现在知道了。"

"我将你用来用去也不会给你甜枣吃。你就是背着我走来走去,待我腿脚方便了说不准还把你一脚踹开了。我从小就被姑姑骂良心被狗吃去了,我偷偷告诉你,不是被狗吃掉的,是我根本没良心。"

李敷果真犹豫了,咬牙思索,抬了眼看她:"这个,也早就看出来了。"

"我可能，一辈子都不能认真看你，哪怕一眼！"

因为她是皇后，大魏的皇后，而他只是她的臣子。

他微微笑，这一笑竟也不别扭，坦然道："我自没那个胆量多看娘娘一眼。"竟又想起曾经娘娘庙中与皇上君子信约，他既再不为臣，便再没必要见她。那时，他便知道，这女人，自己再没有资格多看一眼。

夜空星罗密布，月色格外皎洁，长风扫在细密的丛草中发出沙沙的声音，篝火旁，江水畔，依稀飘来女子的笑声越来越亮……

"李敷，你这样老实，是要被媳妇欺负的。"

"李敷，我回去同皇上为你选个女人吧。"

"李敷李敷，要不，你做我孩子的干哥哥吧。"

第八卷·遗世篇

『自你转瞬一瞬，我入浮尘一生。』

【遗世篇·第一章】

秋风瑟瑟，凉意逼涌。

江水退后，宗长义的叛军西渡滗水，万人军马扎营灵丘。三日之后，魏国平叛的大军亦由平城出，但不知有多少浩浩荡荡的铁马铜兵。

营帐中炉火正旺，宗长义歪在榻上端着热奶子盯着挂在眼前的狼皮地图，他看得认真，满满一碗奶子淌落衣袖竟也不知。身后冷帐掀飞，寒风逼入，谨慎的他仍是听到敏捷的脚步声，他连忙回身握剑，手刚落在剑鞘上，颈上一把匕首随即抵上。宗长义冷冷抬目，看到上方一双更寒的眸眼。虽是黑衣蒙面，只他无论如何也不会分不清李敷的冷息。

剑眉稍挑，宗长义勾了一笑："李大人。"

李敷没时间同他多做解释，凝住声息："退兵！"

"李大人这一言好不英雄！"宗长义瞪着他，强言，"不退。"

长帐又一抖，一身仆役装束的冯善伊钻了进来，拍着两袖连连道："李木头你傻愣愣做什么，把他扛起来逃命啊。"

宗长义看清来人，未免惊讶，咬牙低了声息："两军阵前，要不得女人来。"

若非李敷拦着自己，她倒真想冲上去赏他两巴掌，忍着火暴脾气，转到他身前，她道："我眼下没空与你解释那么多。我已命人将苏姨接到临郡，你现在就走，领着苏姨离开，去宋国，我都替你们打点好了。"

"你胡闹。"宗长义气得皱紧眉。

"我一巴掌拍晕你。"她扬起手来，却由李敷制住。

李敷暗中提醒着时间不多，魏军连夜行军不做歇息，只怕就在今明两日，第一批军马便要与宗长义之辈兵戎相见。

"把他卷马车里。"冯善伊拍了拍李敷肩头，站在长案前，转着宗长义的统领头盔。

宗长义勉力挣扎，身子不稳，重重栽倒于她身前："你别闹。大敌当前并非儿戏。"

冯善伊怡蹲在他身前，将自己的袍子给他裹上，一手黑炭擦去他脸上，又道："我不懂社稷，不谈家国，只知道宗长义不能死在明日沙场上。"

"我不会死。"

"是谁告诉你拓跋濬出兵北伐柔然？"

宗长义眸子一闪："玄英。"

"李婳妹死后，玄英即被拓跋濬软禁，你知不知？"

既是被禁，又如何能传出消息？

"此次拓跋濬出军，并非你认为的五千兵马，而是五万。"她又进一步，盯着他，扬言即道，"养兵千日才可用，你耐不住性子，自觉捡着机会就要攻入京都，就不想着是狼人虎口吗？你那么年轻，又不是快死的年纪，难道不知留下青山韬光养晦？！"

宗长义眸中泛红，用力地眨了几下，惨笑言："母亲、阿英，她们都被困在魏宫。我怎能不急？！"

这借口实在听得她满心想笑，也想哭，声音恍如叹息："为什么不来求我？还是我，已经不能被你相信了？"

宗长义摇头，笑中漾起丝丝暖意："任云回水转，世事浮幻，不变的，也只有你。"

"可是你都不问问我，是否还会想帮你？"

"我没那个脸。"宗长义猛地哽咽，声线发抖，"我都没脸见你，又怎么开口说一个求字。再况且，你如今只想做个好皇后。你为之努力了那么久，才得到一切。"

宗长义渐难说下去，一把掀开冷帐步出。帐营中唯剩李敷与她二人，冯善伊临着炉火坐下，眉毛拧成一团，李敷从架子上抽出一张长毯，披盖她身，示意她时候还早，可以歇息一会儿。她确实累得要散架了，若非一丝意念相撑，早就不能够坚持这么远的路。

只睡了半刻，梦中恍惚遇见许多人，皆是幼时在魏宫的那些事，那时候宗长义和拓跋余都在自己身边，他二人抢着同她共骑一匹马。甚至有一次，拓跋余要

【第八卷】遗世篇

起无赖还将宗长义推开,以他皇子天孙的尊贵,斥责宗长义是太监的义子,将来也只能做公公。她还记得那一天,东宫飘着冷雨,宗长义便坐在雨檐下哭,身上由雨水浇透了。她牵着他的手,一声声劝着,她安慰他说,宗伯绝不可能让他做公公的。其实,她是知道拓跋余嘴硬心软,他一直待宗长义不错,甚至他在自己的储位人选中,将宗长义破格放在首位,放在了拓跋濬的前面。或许便是因此,才让拓跋濬恨恼不平,不惜逼死自己的亲叔叔,也要夺回储君的位子。

清晨时细雨飘落,炉火已灭,冯善伊是被冻醒的,醒来时长毯裹在身上,依稀见身侧不远坐着宗长义,他正闷着黑脸查看地形图纸。她想凑上去,却又怕他发火冲出去,索性就眨着眼睛一动不动地看着他。

宗长义在图纸上画了几笔,随即抬眼看向她。

"做了什么好梦,都笑出声来了。"

冯善伊揉着眼睛:"梦见你和拓跋余干架。我在一旁瞧乐子。小时候我可金贵了,你们都抢着和我玩,还总为我吃醋。"

"是啊。"宗长义扬起轻笑,不无释然,"做叔叔的从来没个叔叔样,霸道得要命。"

她知道他虽是这样说,可是心底却是心疼这个叔叔的。即便他永远也不会说,她也知道,他拼了命同拓跋濬去争,也有拓跋余的缘由。拓跋余就那样不明不白地死了,放手江山一去,宗长义不甘,也替叔叔不值。

坐起身来,她靠在他身侧,扬起笑容,手停落在他袖摆上轻轻一摇:"你忘了拓跋余好不好?"

宗长义寂寂看着她,有些漠然。

冯善伊一点头告诉他:"拓跋濬没有杀拓跋余,是郁久闾氏。"

冷风残人宗长义眸中,他抖了抖睫毛,一双眉皱得很紧。

冯善伊想着此时能说什么,只一开口便道:"心甘情愿被深爱的女人所杀符合那浑蛋情圣的一贯作风。"下意识去摸心头,还好已不是那么痛了。

宗长义起身,重新燃起炉火,望着炉中熊熊火束,眸中盈满红光。他半天没有声息,闭了闭眼睛,似乎有些不能接受这般的事实。

她似做错事的孩子,只闷头不再言语,挑起紫纹的袖盏胡乱揉着,小动作多的时候,便是心乱。当着宗长义的面,她不是不愿意承认自己的隐瞒,而是,她从前以为,宗长义若是死在拓跋濬手下,名声倒也好听些。

"都说帝王死江山。为女人而死的是昏君。"艰难开口,低弱的声音如蚊子咬,"我想他生前就不是明君,死后还要被骂实在凄惨。我不想听他们说他是昏君。"

宗长义猛地别过头，一行冷泪滚落。

冯善伊摇着他的袖子求饶，都是她不好，一心图求拓跋余身后的名声，却不顾活着的人会有多么痛苦。

天还没亮，她想再睡一会儿，闭着眼睛意识模糊着，直到耳边传来叠叠步音，似拖着长甲铁衣而来，声音极重。她翻了个身子，朝毯子里闷头裹了裹，直到一个粗壮的声音扑入——

"大人，灵丘关失守了。"

冯善伊猛地张开眼，只以为梦中幻听，随后又听一声重复，才知不是梦。拉着帐子起身，披过长衣踮脚轻步靠近了宗长义议会将军们的中帐。她躲在帐间，静静站着，透着微暖的橘灯，看到宗长义一双厉眉从未有过的纠结。

马蹄声大作，似有前锋营的骑兵奔驰而来。大风扬起时，冷帐飞摇，帐外有一将领滚着满身沙尘扑入帐内，他满身伤口淋漓，头盔的碎片扎在额头，血流如注。宗长义一眼望见，忙推过眼前众人，一步将那兵将抱起，痛声询问。连日来他们隐蔽得很好，敌军始终没能发现他们的踪迹，却在一夜之间突击前锋营，实在不能不疑惑。

受伤的将领一张嘴即吐出口血，将宗长义银灰白的袖摆染了殷红。他勉力抬手，将拳中紧紧握着的一面旗帜交上，待宗长义稳稳握紧的刹那，一口血喷出，合闭了双目。

宗长义满脸是血，长睫上仍挂着血珠，顺着他脸颊滑下来，像泪一般。

冯善伊又步近了几寸，踮起脚想看清他手中那面旌旗。

宗长义怔怔抖开了，黑金旗面织绣着的龙纹赫然。是拓跋濬来了！

冯善伊瞬间看清，仓皇地低头，为什么那么快，莫非是自己一路都被拓跋濬的人马追踪着……

宗长义将手中染血的锦旗死死握紧，咬出一言："我们被包围了。"

一声落，再没有人说话。

宗长义站起身，衣袂飞展，他越过众人将挂在案前的那把斩虎刀抱在身前，以血染的袖手用力擦拭，银光熠熠的刀刃泛着血色。擦到最后，那把刀便似砍了很多人一样的血腥。握紧刀柄猛然出力砍断桌案一角，一滴血由他睫上滚了下来。

他说："不怕死的，随我杀出去。"

众将士抱剑应和，无有一人胆怯，转身出帐应战，只目光向帐后一扫，惊见

裹在帐中愣然不动的冯善伊。这些人终年驰骋杀场，历练于军营，不知帝后真颜，必也一时认不出她。

宗长义见势忙将众人散了出去。只一步而来，拉起麾衣正挡住她，垂落的目光发紧："我送你出去。"

"是我，害了你吗？"她扬起头，目中漾起水雾涟漪，她想了又想，若非拓跋濬一路跟着自己，宗长义的营地也不会被发现。

宗长义只将长麾解下，抖开罩在她身上，由头至脚将她裹起。他喊了一声李敷，见那身影自暗中走来，即将她推给他。

"天黑以前即能去到魏营。"宗长义顺手将一纸地形图扔了来。

李敷一手接过，将长麾下的女人横抱上肩头，转身出了营帐。冯善伊似失了魂般软绵绵地贴在李敷肩膀，头朝下血全涌入脑，昏晕目眩。第一次任冷泪滑过眉心，融入额顶的碎发。她轻轻闭上眼，更多的泪涌出，心底那个声音分明更清晰。

是自己连累了宗长义。

李敷满面淡然，无视周遭各种疑惑的目光，绕过了几处营帐，直迎去营口。仅差三步，营门突然合闭，由哨岗上跑下来的卫兵迎刀相对。身后脚步杂沓，一队人马正由三面围了过来。李敷冷冷看向周遭，一脸镇定地握紧腰间软剑，放下她，挡在她身前，剑光寒如冰霜。

一名小兵挡在身后诸将卫之前，一指扬向冯善伊："我在云中山陵看过她，她是冯熙的妹妹冯皇后。"

几名大将抱刀靠近几步，笑声彪悍："得冯娘娘为人质。老子们今夜是死不了了！"

李敷腕中一抖，飞剑刺穿这人喉咙，血四溅一地。那倒下的将领只睁大一双眼，恐惧地凝着夜空，唇半张，瞳光泛凉，喉处伤口喷涌出大股大股的鲜红。

他身后的小兵们连连抽出剑，持剑的手却分明都在抖。

"胆敢以娘娘为人质者，皆同此下场。"李敷扬首冷目瞥过周侧，长乱的发丝带着猩红缭绕于诡谲月夜中，握剑迎挡，拉开抵命厮杀一场的架势。

树枝被风刮过刷刷直颤，乌鸦嘶哑着哀鸣而过，长夜凄厉。

由后方而来的另几名将领，恨得两目溢出红光，一声令下，命众人生擒这二人。

刀剑激烈碰撞相抗，以一敌三十，场面揪心得厉害。冯善伊立由李敷只身护挡而起的一片安然中，她扬起头，扑面而来的血腥气弥漫在四周。

身手飞疾的领校尉正越过李敷右后方不能顾全之处，一臂而来，将冯善伊的

222

肩捏住。冯善伊只觉脚下一腾空，头未来及垂落，人即由那校尉拉至一侧。他捏她捏得那样紧那样痛，另一臂抬剑去逼惊怒回身的李敷。

"放下剑，李大人！"那校尉直接认出了他。

李敷果然不再动，身后暗箭射来猛贯穿右肩，他依然没动。

她冲他摇摇头，只开口："木头，别听他的。他们不敢拿我怎样。"

李敷丢下剑，几乎想也没想，她的话，他更未听去一分，便弃了剑。

他看向攥着她的校尉，声一冷："放了她。"

校尉偏过头，看着冯善伊，目中闪过几丝犹豫，终于垂首："娘娘得罪了。为了我们弟兄几个，我不能放了您。也请您转过身去。"说着，一剑已指向李敷，动手只在须臾之间。

冯善伊目不转睛地盯紧他，夜风扬起长麾，猎猎作响。

皎洁月光，落在她坚毅清透的眸中，仰起头，硬是将唇角咬出猩红："我不会求你！大魏的皇后可以死，却不可以向她的敌人求饶！"

染血的唇齿间，溢出从容的笑色，她继续说着："虽然不知道你的名字，可我会记住你的脸。你杀他，我就杀你！"猝然转首，愤怒的一双眼直直看向周侧，声声掷地——

"还有你们。所有人，我一个不饶！"

眉心剧烈一颤，凉意滑过校尉的目，最后一丝犹豫散去，他将指向李敷的手反抵去她喉前："那就先杀了你，再以你的尸首要挟皇上。"

冯善伊冷笑一声，气息平稳："你们的九族，皇上一个也不会放过。"

校尉下了狠心，决计要杀她。握剑的手一抖，剑锋陡转，迅速滑向她软颈。

她闭了眼，颈上薄凉的肌肤，只是一热，未来得及感受刹那封喉的痛意，却听身侧人凄惨一声长吼撕裂寂夜。

睁眼的刹那，冷冽的剑光一闪，血自扬空而洒。肆飞的血散做一朵朵凄艳绝丽的花束，血花散去，迎目而来的是宗长义当风持剑的身影，一连串的血由他剑尖漫下。

温软一物落在脚边，她一垂头，骇得连退半步。

那是一只臂，一只残臂，被砍断的残臂，掌中扔握紧那把剑。

宗长义砍下了领校尉的右臂。

血溅了他满袖，也溅了她满身。

宗长义出手时，周侧皆是一派静谧，众人心痛得连言语都不能发。

宗长义只哽了哽，看了倒在地上残臂热血喷涌的校尉，那人一眼痛楚而绝望

223

地盯着宗长义。是，他十二岁时便跟随宗统领了，而今整整十年，十年而终，他对自己的最后恩赏是一只残臂。

宗长义被他的目光刺痛了，容色满满哀沉，他唤了他："子夜。"

那人覆眼别过脸去，心底之疼，甚于体肤。这次，他绝望地不想应一声"主公"。

宗长义平静侧过身，背对众人提了一口气，猛然间起剑落向自己左臂。

血光四溅一瞬，满眼胀痛。

"主公！"将卫们猛然冲上，却来时已晚，只得齐齐跪在他脚边捶地恸哭。

失了左臂，宗长义一时重心不稳，步子向后撤了撤，他丢下剑，转头看着那校尉，目中流淌出一丝温暖，又唤一声："子夜啊。"

校尉血染的目中由泪盈满，不住地流落，他痛得蜷缩在地，泪渗进干枯的泥土，以头撞地："主公您这是何苦呢！"一声含含糊糊，由口中脱出。

宗长义站稳了身子，一手堵住左肩淋漓喷涌，看着他静然一笑："这只胳膊我还你。可这女人，让她走。"

冯善伊痴愣地由血水中蹚过，她想靠近他，只他身边围了那么多人，她不敢走过去。似有一把极锋利的刀狠狠划过心头，因痛楚而缩紧的双眸忍不住翻滚着酸涩，湿雾气蒙蒙。那只被自己攥了许多年的手就这么没了。

"你走吧。"宗长义幽幽的目光迎向她，只冲她一点头。

天边闪现夺目明光，闷雷轰然。

她又静静站了一会儿，凝着宗长义重重点头。落雨了，细密的雨丝滑过眼眸，落入眼中，有些痛，混着泪水一并流出来。她转过身，搀起虚弱的李敷，由身前的营道走出。

她走了几步，几乎跌倒，反由他撑住，才站稳。

李敷按住她发抖的手，极力想安慰她。

"你，你还在怪我吗？"

身后，宗长义的声音缓缓幽幽。

心底彻骨的冰冷疼痛，泪无可止歇地滴落，到最后，他还在在意这些。营门在身前由人漠然推开，她没有回头，只是说："我怪你，我怎能不怪呢？"

怪你为何不能好好活着……

城门一丝丝合闭，她依然没有回望，却知道宗长义仍在凝视着自己的背影。

扬首看穿眼前的雨幕，没能走出多久，便觉出脚下土地猛烈震动，风声一时转为凄厉的嘶吼，面前似有千军万马涌动奔来，一波推着一波，那是金戈铁骑浩浩荡荡。身侧李敷只将长剑握得更紧，放眼望去，西方银色铁甲一如移动的远山，层层逼入。铁骑沉沉，如潮水涌入，号角声夺人心魄。她朝前一步，李敷亦朝前一步，他誓必要与她同行。

她想，是拓跋濬来了。

心里这般想，却忘了要恐惧，唯一遗憾的是，连累李敷做了回奸臣。

鸣镝的箭由四面八方逼来，银甲盾衣连天翻飞。迎首冲来那嘶鸣的马，猝然勒紧，前蹄抬高，黑骏飞驰而前，重盔金衣俱是明晃，冷雨便沿着盔衣滑落。

号角呜咽，明月悬空之下，那一声，尤是清晰。

"善伊——！"

是哥哥的声音，黑骏上那人是冯熙。

她仰起头，雨纷纷落在眼中，视线越过哥哥，越过密密匝匝的箭网，迎去握栏立于朱漆战车中那一人，金色衮袍由风荡起，长缨摇摇摆摆，拓跋濬宁静的目光，似看破这尘世无尽沉浮，他毅立于权力的至高点，镇定沉着已至麻木。

雨越落越大，她挥去脸上的雨水，仰头去看居高临下的冯熙，开口说："哥哥，你同我一辈子也没默契了。我忠时，你奸；我奸，你又忠了。"

冯熙摇摇头，于马上俯低身子看着她："识时务者为俊杰。妹妹，皇上他不怪你。"

一只手探下将她拦腰抱起环在马上，纵马前去魏军的队伍，冯善伊将头埋在冯熙肩头，埋得深深地："哥哥，宗长义会死吗？"

冯熙没有答她，只拉紧她的长麾，将她紧紧拥起。

马上的她苍白又瘦弱，银灰长麾染尽了血红。冯熙将她抱下马，她似乎累得失尽气力，连两膝都立不直，依偎着冯熙缓缓挪步。

风中的拓跋濬肃然凝望着她，长袍抖了抖，握栏的手因攥得太紧而发白。踩下车梯，崇之递来一只手，由他猛地推开。沉重难行的拖病身体，因为连日来马不停蹄的追赶，更显得步履蹒跚艰难。崇之哭着追上去，一路替他撑起伞。没有人比自己更清楚，这一次病来如山倒，皇帝又吐血了，比从前更严重。

拓跋濬走至她面前，想也没想就握住她的手，苍白的指节死死握紧她。

她抬了一眼，幽幽地看着他，没有说话。

一骑软车缓缓驶过二人，车上的人掀起了帘子，四下打瞧，声声唤着。一声一声喊的是"我儿长义"这四个字。原来，苏姨也被这位神机妙算英明神武的皇帝接了来，她心底冷笑，以母挟子这一招自古而来屡试不爽。

225

吸了口冷气，将手自他手中脱出，无力地摇了摇头。

拓跋濬并不惊讶她的反应，他并不想对她解释，接苏夫人来，是为了她。他不信任宗长义，或是说，不敢以她的命信他。倘若这些贼人将她困住，他便以苏夫人同作要挟。这一切都是为了她的安然。

崇之哭丧的脸，冯善伊的满面漠然，还有苍茫滂沱的大雨，混入视线中，眩晕袭来，他勉力支持，眼中浮出痛色，别过脸去闷声咳着，一丝猩红滑过唇角，紧咬着吞下，闭上眼，他只说了两字："天下。"

一切都是为了她和他的天下。

太阳终于出来了。

灼目烈日泛出一圈圈白光，晒得人满目发昏。她与他齐齐站于魏军迎首的战车之上，已是整整一夜。她想这是身为一个皇后的职责。她从来称职，也不想被魏臣诟病。所以此刻，她沉静坦然地站在他身侧，不发一声。耳边尽传来震天杀声，以至于她分辨不清是梦是真。

一夜杀戮，一夜血光，一夜冷雨。

阳光越来越强时，杀声渐弱下。

大胜的号角响起，拓跋濬微微抿唇，深色沉眸动也不动，只静静凝着营门的哨楼。随着他的目光同望去，哨楼之上高高悬挂着一人，冯善伊仰头去望，绀青色的单衣飘飞在夺眶而出的模糊泪眼中。

营外万箭齐指，皆是对准悬挂那一人。

黑色长麾下露出一角明黄的袖盏，云纹暗绣，金龙吞珠。拓跋濬扬起手，是欲下摆发令。手未落，猛一袭痛意逼涌心口，他痛得颤了颤，豆大的汗珠顺着额发滚落，越发模糊的视线幽幽望去哨楼上倔犟地仰首冲自己嘲笑的宗长义，他嘲笑自己像个傻子一样苦苦执著，苦苦坚持。

一口血，喷出。

她低下头惊见指尖的猩红，猛力抬头，扶住他瘫软而落的身子，鲜红由他唇中直落她手腕。

涣散的视线，一切皆已不清，他勉力一笑，试图安慰："我没事。"他没事，至少不会在宗长义死前出事。

"天下，为了天下……"幽咽的呢喃溢出，他没能说下去，即无力地合上双眼。白晃晃的日光照得她满目混乱，虽然一个字也没有同他说，却也听见自己心底那声呜咽低泣越来越清晰。他又病了，也不要她知道，这样重的病为什么还亲

226

自追着她。紧绷的下颌，青紫的唇瓣，红肿的双目似滚着意欲夺出的热泪。她看清面前的这个人，拓跋潘，身为帝王的拓跋潘。凝视着他苍白如纸的容色，两唇似沉墨青紫，他这样瘦，她这样心疼。

军将皆在等拓跋潘发令放箭，他却在这个时候睡着了，睡前还将天下二字嘱咐于她。冯熙跪在车前，望了一眼车中场面并无惊讶，只道恐怕要由娘娘代传金令。

两行泪，兀然落下，她连睫毛都没有眨一下。

随后军曹尚书与诸位大将几乎将她围绕起，跪在地上，只求她一个令下。既是要杀他，杀就好了，为什么还要借自己的手？

她不记得自己是怎样撑起身子站了起来，摇曳的裙尾染了泥泞，再也飞舞不起来。手攥紧车栏，看着高高悬挂的宗长义，看着他一脸微笑地凝着自己，她只知道自己狼狈极了。

她咬紧牙，声音十分沙哑，哑到最后呜呜的一声声尽堵在喉咙口，憋足了气力才说出口："有鼓吗？"

周人皆是一愣，惶然不知如何答。只冯熙目中闪烁，立起身来，忙应了声："有。"

冯熙亲自架来一面战鼓，置在她身前，杖交于她两手中。

她走下战车，踩上脚梯，果然是硕大的一面鼓，他一定能听到。目光越向宗长义，他面容上笑色更浓，与她点头。

冯善伊言与众人："以鼓声为令，鼓声止，则发箭。"

两杖于手中攥紧。

"咚" —— "咚" —— "咚"

声声相连，击穿人心。

风声如泣如诉，鼓声哀怨悲鸣。她闭上眼，任思绪纷回，漫天漫地的梅花莺飞，云香缭绕，冷雨飘泼的东宫，坐在雨檐朱瓦下，宗长义擦干了眼泪渐渐向她扬起笑脸。儿时稚嫩的笑容，如水一般的见底清澈，全无而今的支离破碎。

"长义哥哥，你的愿望是什么？"

"给我一把剑，血洗山河。"

"这是什么？做大英雄吗？"

"算是吧。"

"好！那你出沙场的时候，我就为大英雄起鼓。"

一段童年天真美好的回忆，一场记忆深处最安然的邂逅，却预证了许多年之

【第八卷】遗世篇

后血雨腥风杀意逼现的苍凉。如若这一生都未曾遇见多好，记忆的碎片也散逝不去诚挚美好的初真年华。

宗长义，我没有忘，我为你起鼓，亲自送你出征，我的大英雄。

鼓声猛落，她掷下鼓杖，泫然回身，定定望着哨楼之上，与他四目相接时，仿若初年的笑充盈满目，启唇，冷声响彻九霄："放箭——"

百步穿杨顷刻即发的箭雨撕裂长空，那些箭矢自头顶划过，擦过雨声风声的刷刷声，细细密密，穿荡人心。

一发发冷箭将他穿刺得血肉模糊，容面由血红溅染，她渐渐看不清他的笑容。

扬袖时，止。

将卫攀上高梯，将悬挂哨台的粗绳用匕首割断，绀青色的人影由高处急速坠落，像断翅的蝴蝶一个猛子栽下来，弹地数下才落稳。数万将士连声嘘唏的音节盖过凄厉呼啸的风声，有几个胆小如鼠之辈甚至闭上眼不敢看。

冯善伊亲眼看着这一幕时，努力不合双眼。

于她耳畔，没有尖叫，没有雨声，静得什么都听不到。双腿如灌铅沉重，她步下战车，迎向那由风扬起沙尘血红一片。远远地，李敷几步奔来，挡在她身前，抬起的手遮住她的眼，将她埋在胸前，不准她看一眼。

很多年前，曾经相似的一幕幕，闪驰在脑海。那时候是父亲挡住了她的眼，许多年后，曾经立在城楼之上的李敷，如今奔来她身前，代替父亲又一次遮挡住她期望看清这个世界真面目的眼睛。

只是这一次，她反抗了，她扒下他的手，推开眼前遮挡的身躯。

宗长义体内数不清的冷箭，便有一支是她亲手插进去的，最深、最致命的那一击。她跪在他身前，血染凄艳的溪流徐徐流向裙裾，素白色的裙尾染成了丹茜红。她一根一根拔去插入他体内的箭身，有一些甚至穿刺入体内，她摸不到，也拔不出。十指涂尽鲜红，喷涌滚出的血水溅了她脸上、襟前、袖口。她俯下身，吃力地抱紧他，感受他若有若无的虚弱气息，她也不顾他身上痛不痛，就团团抱紧，紧得分不开。身上越来越黏，就连两臂间都能感觉血水在淌流。

长睫上挂了血珠子，鲜红的手掌覆在他心口，滚烫如烙铁。

她没有哭，悲伤的时候，她甚至会忘了哭。眼中闪烁星星点点的光芒，昨夜那个梦，她还以为是好梦，那其实是拓跋余来接他了，她却在梦中没心没肺地笑。

一丝微热滚出，浮动她的面上。那是他的泪泛起滚烫。她转眸一手捧起他的脸，他翕动的唇似乎想要发出声音，可是喉咙由血水堵噎，呼吸都困难。手探入他唇中清理，乌红的血水沿着她手腕滑落，黏稠满手。

　　他终于能由口中呼出一口灼热气息，缓缓出声，呜呜咽咽："谢……谢谢你。"

　　她心酸得想死，这家伙一辈子也没有对自己客气过，如今却客气起来了。

　　宗长义浮动的染血长睫毛，真想最后捏捏她的脸，勉力抬起的手腕最终仍是顺着她的肩头滑了下去。

　　"我听见你起鼓了。"他平静地说出最后一番话，团团猩红滚出，再发不出声音，只双唇一张一翕，略显惶急。

　　她知道他还有好多话想说，于是替他说了下去："你想说将苏姨托付给我了。我知道，我知道。"

　　宗长义点点头，却并非释然。

　　"你还有什么放不下的人吗？"

　　宗长义微闭了下眼睛，唇不再抖，只是愣愣地看着她。

　　空空如也的脑中拼力去想，她握着他的手又一紧："你想说玄英是不是？"

　　宗长义的面容出奇的平静，眼中最后一抹慌乱的急色若无声息地淡去。

　　"你有话想要留给她？"她勾着他的衣袖，脸贴他贴得那样近，只要他张口说一个字，便是发不出声音，她也会听得到，由心底听见。

　　宗长义颤了颤唇，明显是将想说的话吞入喉中，静静闭上眼等待生命瞬时终结的那一刻，似乎已经很近了。

　　"你想告诉她，你心底实则有她对吗？"她抚着他的额头，微笑看着即将宁静安睡的宗长义。

　　宗长义没有睁眼，只是湿润了长睫，她问过那一声的刹那，他眼角便迅速滑下一丝晶莹，很长很烫的一串泪，滚落她腕间。

　　他本就虚弱的心跳渐渐消逝，她紧张地又抱紧了他一圈。

　　东边的云际绽出的初霞，映在她鬓间甚是璀璨。眸中的光彩却一丝丝减弱，悲哀尽散，空洞得无声无息。

　　由远处而来车辘滚过的声音，似也碾在她心头，因为心底实在太静了，所有的声音都是那么清晰真切。一驾马车缓缓驶来，便停在他们身侧，由车中爬下来的苏夫人摇摇晃晃地走来。她将宗长义由冯善伊怀中抱过来，她以干净的袖子替他擦着狼狈的容面，宁静得无声无息，她轻轻吻他的额头，唱起送他入眠的儿歌，一声一声延绵幽远。

唱着唱着，眼中滚出血泪，苏夫人小心翼翼地抬手触他眼睫："你很小的时候睫毛就长，你父亲说这孩子脾气肯定不小。果然大了，就更不听劝。娘都说了，不要你争，不要。你到最后都还在说要娘看着你争。娘能说什么呢，说看到了，看到我们义儿真本事。"苏夫人笑了笑，又继续哼起歌来，一遍又一遍，以她宁静平和的歌声送她的儿子前去另一个世界。

冯善伊撑起身来，那一刻，她也分辨不清眼前的苏姨是痴傻，还是清醒。佛说，皆是虚妄，活着是痴，是傻，是清，是醒，一切都是虚。再明智的人，心也会混沌，再癫痴的人，也有清醒那一时。

歌声尽的时候，苏夫人悄悄举起他身侧一段断箭猛地插入自己腹中，张了张唇，似乎比想象中要痛，强忍着又插深了些，她插得这样深，毫无挽救的机会。

苏夫人拥着怀中的宗长义，抬手拭去他眼角那一丝湿润，轻轻合上他的眼，她笑了一笑，贴着他的脸，静静睡了过去……

苏姨清醒的笑容，是第一次见，也是最后一次。

【遗世篇·第二章】

抽调而出的五万兵马驻守于灵丘营地，兵不血刃即俘虏了失去领头羊的叛军五千人。起先叛党极是不服，而后见魏军待他们又实在不错，脾气才又慢慢软下来。后来军中开始另起谣言说皇后英明，晓之以情，动之以理劝退了宗长义，否则五千精兵都将阵亡，更不要说乱党祸事将会牵连死伤无数。于是无论魏军，还是叛党，对这位冯皇后都肃然起敬。便连一些鲜卑贵臣，也上书言表此次皇后与冯家确立了大功。只有闭门不出静养中的冯善伊知道，再英明，也英明不过这位魏帝。他欲要平叛，杀一人是杀，千人也是杀，他或许从不在乎。而如今以宗长义一死，为千人代罪，多少为魏帝添了仁和大度的赞誉。

灵丘驻守十日，对外只言是军中整和，对叛党一一审问，轻罪则当场释放，或充入军中，重罪即收押监禁，交予京都再议罪。内臣尚书们却心里明白，驻守不能前，是因为魏帝的病体一时不能承受车马劳顿，再有则是皇后精神不济，二人都对回京没有明确的一番指示。

冯善伊在营帐中睡了十天，她没有去向拓跋濬探病，而是装作一只蜗牛蜷缩在自己的壳中。白天睡，夜里醒，不怎么说话，也不会召见无关紧要的人。期间冯熙每日都来，可她也都在睡觉。太医一日三次请脉，从不肯多说什么，她的情况也多是报去另一处营帐中的那位皇帝。

第十一天晚上，她做了噩梦醒来。梦中依稀是那城楼下，她抱着满身是血的宗长义，后来她捧起他的脸，却猛地看清怀中人是拓跋濬。惊醒后，她便再没能睡着，将营帐中所有的蜡烛点燃，仍是觉得暗得可怕。

她终于下了决心，将长袍披上，持起一盏长灯走出十一日困步不出的营帐。

营外的女婢见了她，忙打发下人去传冯将军来，她们暗声传言说是皇后又要趁夜私奔了。于是一路上，她身后追随着不下二十人的队伍，实在冗长。

待她走至那高扬起金色龙幡长旗的营帐前，身后二十人释然微笑，忙退出五步。

冯善伊撇了撇嘴，将灯递给迎来的崇之，崇之面上由惊转为喜，又命帐中的其余奴才退出来。瞬间，崇之有一丝谨慎，喜色退去，满脸犹豫和紧张。冯善伊展开两臂，拍了拍袖子，与他道："要不要验身，没带凶器，毒药也没有。"

崇之忙谢罪，为她让出身前路。

冯善伊瞪一眼他，弯身入帐。

帐内昏影憧憧，拓跋濬静静躺在帐中，灯影映出他瘦削的脸庞，整张脸似乎已经凹进去了，这一次他真的病得不轻。在自己的帐中，心慌得难受，只入了他的帐，待自己熟悉的气息扑面而来时，她才有些心安。

熄灭了灯，她蹑手蹑脚地脱了鞋，坐在他榻上，抱膝静静看了会他沉静的睡颜，一只手小心翼翼探去他高挺的鼻翼，有些凉。盯着盯着就有些困了，想睡去，想和他睡在一处。心底万分纠结，觉得自己有些无耻。天人交战一番，终是豁出去，翻身入了他内侧，侧卧在他身旁，闭上眼时，睡得极是安心。十几日来，她都在睡，不间断地睡，却没有一刻如此时心底的宁静。

转过身，脸贴着他的，一手摩挲着他脸颊，轻轻出声："对不起。我太任性了。十几天来我每天都在想，害死宗长义错不在你。如果我是你，或许我会和你一样，甚至更为心狠。"

拓跋濬紧闭的眸眼宁静沉郁，双唇已不是那一日的青紫，而是苍白。

她微微有些心疼，继续道："对不起。我偷了你的令牌，偷看你的奏折，还将你母后兄弟和宫中禁卫军骗得团团转。我不知你病得这样重，也没想到你脑子转得比我快，竟暗中追来了。"

说罢一叹，又转回身去，满心坦然地想睡去，只闭上眼又难心安，老老实实地又转回他面前，盯着他，握了他的手，十指紧扣："对不起，其实我刚刚虽然

231

那样说，心底还是多少在怪你。我放不下宗长义，想起他我就难过，难过了我就不想来见你。我怕忍不住对你发火，我怕我发火了口不择言会伤了你，又怕你明明被我伤了却又什么也不说。你什么都不说的时候最可怕。"

帐中极是静谧，她想索性可耻到底，仰头贴去他唇间轻轻一吻，蹭着他鼻尖道："我们扯平了。可你还要答应我两件事，我才决定要不要原谅你。"

弯下身来，贴在他胸前静静闭眼睡过去，同衾同枕，与往日一般习惯自然，甚至不忘将他的手抬起放在自己腰上，就这样睡去，醒不来也是一种幸福。

三更时，遥远的更声飘入，回荡耳边，朦胧中睁开一只眼，她又眨了眨，确信无疑面前这张脸是拓跋濬。他已是醒了，也不知醒了几时，正不动声色地瞧着她，更不知瞧了几时。

"你醒了。"她闷哼一声，见他身上的被子又被自己夺了过来，果然是这样。她将被子分给他一半，有些自责道，"是我使你冻醒了吗？"

拓跋濬没有说话，只是摇了头。他睡眠从来很浅，容易惊醒，其实她进来时，他便惊醒了，却不知道该如何睁眼与她面对。

他一臂将她圈紧，长叹了一声："我以为你一时半会儿不会理我，也不会想见我。"

因为太久不说话，声音沙哑得厉害。

她扬起头来，很奇怪地看着他："小时候做了错事，无论错得多离谱，你娘亲不都最终原谅你了。"

拓跋濬愣了愣，接过话："她从没有理过我。"

她忽然意识到这个比喻不恰当，于是又说："如果有一天我做了一件事，无论对错，特别伤你的心，你会不会就此不理我了？"

拓跋濬想过，平静地摇头："我不会。"

她点头，与他道："所以，我也不会。"

轻不可闻的一声叹，拓跋濬淡淡微笑："冯善伊，你当真乃一朵奇葩。"

冯善伊连连点头："我是永远盛开不会凋零的那朵。"

"即便是永远盛开，心底也会痛吧。"

"自然。"

"那为什么还要硬撑？"

她很认真地望着他，打心眼里坦白："如果我纠结着放不下，就此不理你，不同你说话，不肯见你，将你视作空气。我不是会更痛吗？"

她的逻辑从来简单，所以拓跋余那般伤她，她也能一笑置之，仍将他看得那么重。拓跋濬今日才明白了冯善伊这朵奇葩，永远盛开不会凋零的那一朵。她说受创的人都是因心痛而死的，受伤在所难免，只要心不去痛，就能好好活着。看似简单的道理，他却不知她费尽多少努力才做到了。

她见他又在发愣，便在他眼前摇晃着手。

他拉下她手，攥在手心里，轻轻出声："我在想你决定原谅我的前提，是要我答应哪两件事？"

她一时脸红，原来他都听了去。

"你可以为难我。"他又道，柔软的目光细细绵绵地盯着她，"却不要太为难朕。"

她目中一抖，他如此说就好比杀宗长义的是魏帝，而非拓跋濬。这就是常人与皇帝的区别。凡人是有心无力，皇帝却是有力，但不可有心。

她应允，表示理解，扬头一言："我不敢为难皇上。"

"这第一呢？"

"如若一日皇上定要杀我亲近的人，请不要让我知道。"

拓跋濬的眸光瞬间一暗，只是这样吗？不是不杀，而是不要让她知道就好了，她的要求便是这样简单，简单得残忍又荒唐。

他点头："朕不会。"

"这第二呢……"她笑着笑着突然静下，只觉得有些苛刻。

他暗暗抬眸瞧着她，等着她说出更苛刻的条件，是不准杀冯家的人吧。他想至少他会答应她，自己在世时绝不会动冯门。

她吞下笑意，闪烁一丝担忧，轻道："答应我，再也不要生这样重的病了。"

拓跋濬一手滑过她脸颊，吻了吻她皎洁明润的额头，淡无声息地轻闭上眼睛。

她翻过身，抚弄着他襟领，将脸贴在他胸口："这就是我所有的条件。"

"……"

她抬起头，又推了推他，似觉得他睡着了，低声询问："还没答应我呢！"

"困了。"静了许久，他突然闷哼了哼，只是说自己困了。

她倚回他胸前，将眼闭紧，听着他平稳的心跳，心安理得道："好吧，那明日醒来，要记得答应我……"

白雾如烟，驻军起行的前一日，起了浓重的雾气。

身体好转后，拓跋濬又开始没日没夜地处理政事，昨夜和将军们商议北伐柔

233

然的军要，至四更才睡去。

陡飞的帘帐中隐约显出他正襟危坐案前的身影，拓跋瀿身侧立有一个紫袍男子，长袍曳地，背影尤是熟悉。那男人持着长剑正抵在拓跋瀿颈脖前，只拓跋瀿一动，立时血溅如飞。

窒息间，拓跋瀿平静无事地放落手边的一纸奏案，挑起眉来："四叔，您打算瞧热闹到什么时候？"

"瀿儿，我不是来瞧热闹。"说着转过身，将长剑收起，他不会杀他，宗长义已死，如若再杀了他，这朝局便要乱了，再没有人能独当一面。他将蒙面拉下，发眉须白，容颜苍老又憔悴。

他是，四皇叔拓跋建。

三分温和七分清凉的笑意，笑起来弯似品玉，一双黑靴满是泥泞，他终究是晚来一步，任那个孩子死了。当年长兄太子晃临死托孤，自己、拓跋余，还有宗爱三人跪于太子病榻前曾立誓，护那孩子一世周全。如今宗爱与拓跋余皆亡故，自己卖疯卖傻癫狂若痴了半辈子残存了性命，却已无力出手。

"叔叔，是我不如他吗？"拓跋瀿一声清冷。

老王爷淡笑摇头，"不，在我心底，你比他更适合做储君。"

"可是父王选择了他。"旧太子晃临死前曾与自己最亲近的弟弟托付，不日无论是四皇弟还是七皇弟登基大宝，都将立长义为储。至拓跋余登基，拓跋余尊兄长命，力排众议欲立宗长义，终为自己短暂的皇权画了一笔并不完美的终结。

是拓跋余的立储，激怒了拓跋瀿，所以逼宫，所以篡位，甚至不惜屠尽反抗的朝臣。第一个逃不脱的便是宗爱，宗爱死得那样惨，他死于忠烈，却要在死后背负上奸臣之名。

"老七、宗老头都不在了。这些年来我越发孤独，连个说话的人都没了。"老王爷看向他，幽幽地点头，"瀿儿，你同我说实话，若非我装疯卖傻就此做了远离朝堂混迹风月楼台的贪玩老头，你会不会也同样杀了我？"

拓跋瀿推案立身，一手触上这案文书，他认为自己绝不会比历任魏帝做得差，甚至这皇位他坐得更认真，更勤奋。纵是双手染尽鲜血，他亦不曾悔半分。他没有回答，只心底那个答案再清楚不过。四叔当真也要与自己的社稷江山为敌，他便不惜再做一回弑叔的凶手。

"你父亲曾说，如是宗长义为帝，长义能容下你；可是你，容不下他。"老王爷一针见血。而事实却也验证如此，这是兄长执意立长义为储的苦心，为人父的苦心，不在于江山帝位的归属，而是手足不能相残。拓跋晃至临终那刻方才后悔自己身为父亲的失职，他将全部的心血投放在苏姬的儿子身上，忽视了身为皇孙本当更受注目的拓跋濬，只当他后悔之时，覆水难收。

"这世上，我独容不下他。"拓跋濬转眼望着他，"可我杀他并非是为了自己。就像我无论多恨，也不会出手杀先帝。"他若想杀了这个先帝，总有千千万万手段，可他没有。拓跋余是死在了自己心爱的女子手中，虽然那女人是他的亲生母亲。

老王爷看着他，静静摇头："可你也没有出手救自己的亲叔父。"

拓跋濬语声转硬，毋庸置疑："七叔他命宗爱刺杀了皇爷爷。"

"不。你明明清楚不是他。你是自欺欺人。濬儿，你不能护她一辈子。"

拓跋濬淡淡地望着他，隔了许久，面容寂冷。

不是叔叔，他从来知道的，却刻意遗忘，刻意歪曲事实。是自己命撰写史书的官员将宗爱谋刺太武帝的一幕幕描写得细致又真实。可叔叔也曾说过，真实并非撰写而出的。

他的父王太子晃在知道郁久闾氏的私情之后便卧病难行，之后撑了不至两个月即病逝。太子晃死后，太武帝大为心痛悔恨，自此疏远郁久闾氏，甚至有意将其赐死殉了他可怜的太子。最善察言观色的郁久闾氏早先预料到太武帝的变心，那时，她便将生性优柔寡断又过分善良的拓跋余视为自己最后的救命稻草。那时的拓跋余才是十七八的少年，他第一次接触的女人也是郁久闾氏，自那之后他也再没有脱身，也终于死在她的手中。拓跋余本可以做一代明君，却深陷情欲的泥沼将一切尽丧。

太武帝死在亲自下命令将郁久闾氏殉葬的前夜，据说那是他最后一次召幸女人，太武帝便死在当夜，死在郁久闾氏的枕侧。那个女人自死去的太武帝身侧滚下，随即奔去临殿代政的拓跋余身旁，她伏在他怀中，自作真情实意的痛哭。她告诉拓跋余的第一句话，一定是"我们终于能在一起了"。而惊痛的拓跋余只能骇然接受这一切，接受由郁久闾氏亲手递来的国玺。而无辜的老宦臣宗爱，在转日清晨第一个撞见太武帝死状，又因为新帝下令不准查办，由此注定了他将留在历史中那面容模糊却饱受谩骂的颜面。

这世上没有人甘心承认自己母亲的罪孽，如同拓跋濬。

旧事如尘烟，自拓跋余死后，老王爷曾想告诫自己忘掉这一切。拓跋余以一死结束的一切，并没有真正结束。直至今天，又一个年轻人的热血挥洒在通向至高无上的皇权残忍而决然的道路之上，他无力阻止。

拓跋濬扶案起身，他看着老王爷，终于露出一脸孩童般祈求同情的无辜神情："叔叔，杀宗长义。我别无他法。"

"是，你别无他法。"拓跋建黯下眸光，"否则我也不会任由你伤及手足。以你的手杀他，总好过数年后，他一手倾覆你儿孙的江山。潘儿，你活得太累。你是想为自己身后铺好所有的路，为你的儿孙和女人留下万古的江山。"

这个侄子眼中比江山更重的还是江山！

拓跋潘闭上眼睛，如释重负般："我从未有这般轻松过。"

"如今你可以放下心来，做你的好皇帝了。"老王爷叹了一口气，"长义的遗愿，是求我带走她。带走你的皇后。"

拓跋潘猛地张开双眼，松落的拳猛攥，咬牙摇首坚持道："不可能。"那人活着的时候，便没有抢过自己，如今死了，依然不死心。

急火攻心，拓跋潘捂紧胸口，沿着冷案一点点坐落，撑手靠在案前，痛意袭来，冷汗一滴滴落在纸间，攥紧一张素笺，他摇了摇头："她是我的皇后。七叔不肯给她的所有，我都给了她。你们什么都没有给，没有。"

"是。你是能予则予。可是长义，长义比你心疼她！"

拓跋潘猛地扬起头来，目中流波轻转，似泪在抖："比我还要心疼吗？"

"他说，不能看着她做寡妇。"老王爷叹下一口气，声音微痛。

宗长义说，她已经足够辛苦了，不可以再让她成了寡妇。

自登基起，拓跋潘便被太医告知自己将不能是一位长命的君主，他能用的时间很短，所以他比历任每一位帝王都要勤奋。别人十年的政绩，他恨不得一年做完。除此之外，他还要为自己身后选位贤德的皇后。这位皇后不仅要御人，更要有爱天下万民之心。再没有人比她更清楚魏宫的生存方式，却又坚守着自己的初心不移，他亲手将她塑造成自己满意的皇后，便是在他身后，她也能代他完成未尽的心愿。

他最满意之处，便是她不会轻易爱上自己，纵是自己爱上她，她也不会爱他。因为不爱，所以最后离开的时候，定也不会看见她太多的苦痛。他当真极是自私。

"如若她爱上你了，你就没有丝毫想过她的痛苦吗？或者说，她已然爱上你，而你也已然知道了。"老王爷苦苦笑着，毫不留情地将拓跋潘一埋再埋的真心言出，即便那一颗心已是沾染淋漓鲜血。

他知道，再也没有比拓跋潘更心累的帝王了。然此时他只能背过脸，努力忍痛言着："你与她定下十年婚约之时，便是知道你自己活不过十年。"

如若他有再多一个十年，哪怕五年，他也不会亲手杀了宗长义，他会慢慢磨掉对方的锐气，拔去他的爪牙，甚至能有法子让他心甘情愿地臣服。可终究是因为时日不多了，欲留给身后一座盛世江山，所以这一任，小人暴君，皆由他一人来顶。

拓跋濬是这世上最成功的谋略家，他最擅长的便是先策划出整幅蓝图，图上有他的江山，有他的子孙，还有他的女人。他要预先想到，预先做到的那些事，一个十年又如何够呢。那女人曾笑他没日没夜地处理朝政，不珍惜自己的身体，其实他不过是在同时间赛跑。

他到底什么时候才会告诉她？

老王爷想问，却又不忍问，一句话哽咽在喉中。

拓跋濬将他的犹豫看得分明，为他答说："叔叔，我这一辈子也不会告诉她。"这一辈子还有多长，他便要瞒多久。

"你要用她用到什么时候？"老王爷摇摇头，眸中闪烁痛楚的怜色。

帐中冷烛由风压灭，长帘四起浮摇，拓跋濬平静地笑，握拳轻轻地咳。他坐回案中，若无其事地翻开手中的经卷，心乱的时候，他便翻出她亲手抄写的这些经卷，而后一整颗心就此安落。如果没有她的注目，他会恐惧，会慌乱，会就此茫然若失，他想那样一定很糟糕。于是他自私了一回。

"你总将她想得太坚强。"

拓跋濬打断了他的话："不，她一点也不坚强。"如果她知道了，一定比自己更惊恐，她会昼夜难安，会像失了根的浮萍，会日日盯着窗角发愣，甚至……会将自己蜷缩在角落中试图逃避甚至遗忘这一切。所以，他不会说一个字。

"叔叔，您知道吗？无论是七叔还是宗长义，都要她为他们流了太多的眼泪。"拓跋濬说着扬起头，目中斑驳的笑意如此宁静安然，"所以当我发觉自己爱上她的时候，我告诉自己，或许我能给她的没有太多，陪伴她也不能太久。我能为她做的，只是这一生，不能看着她面对自己流泪。"

"你，你是帝王，你却说爱。"老王爷一时难以置信，不若宗长义所言他只是在用她。可帝王却是不能言爱，不该用心去爱。太武帝钦选他为皇世孙就是因他像极了自己，君子之度，不在爱人。

"朕爱皇后。"拓跋濬无一丝犹豫，扬首即言，"而我，更爱她。"

如果他不是皇帝，或许会更爱她。他知道，她不喜欢魏宫，一生恨不得逃出的，也是魏宫。如果不是这座江山的主人，如果不是有处理不断的政事，他便真想带她走，去看看这延绵无尽的秀美河山，塞外边疆，云川壮阔。她一定会喜

欢。这是他如今的江山，也是她将来的江山，她若亲眼看见这如画河山有多辽阔多壮观，必定不会有遗憾。

他已经许久未见她着盛装，这一夜，回至她营帐中轻了步子，但由镜中望向她盛装华丽的风骨，一并回忆起曾经她傲然屹立于广德大殿之上，与自己求那个后位，那是她终于下定决心与他共立于家国天下之前，她那样的自信又勇气。便在她向自己请求可以成为他的皇后那时，自内心油然而发的那一丝欣然，让他清醒得知，面前这个女人，无论是身为帝王，还是仅仅一个男人，都是爱上了。

镜中恍惚映出身后的人影，镜前的她没有转首，只是望见身后的拓跋濬裰下玉色长袍，月白的单衣比风轻薄，是她最心疼的颜色。

她对镜启笑，戏谑出言："敢问先生，本宫美吗？"

拓跋濬的步子一僵，持笑立了她身后，一双手扶住她两肩，渐渐探下身去，唇即滑过她香鬓，隐忍的目光下暗波流涌，他笑着说："皇后娘娘很美。"

"不。我不美。"冯善伊将镜子推开，滚落裙角，她转过头，拉着他的手问，"先生觉得，是先帝爷的冯宫人美，还是当今皇上的皇后更美？"

拓跋濬失神地望着她，抬了一臂，揽住她，温和地笑，"她们，都没有你美。"说着摊开右手，掌心中正是一朵秋海棠妖娆绽放。帐外林中海棠开得极盛，告别四叔时，他心情烦闷，却又不想被她看出，于是一整个下午都晃荡在海棠林中。如今顺手牵来一朵，讨她欢心。

她捧着那朵海棠，笑容一丝丝绽放："其实我有自知之明，我不如姐姐好看。有一天我会老，会满面珠黄，眸眼也会失去光彩，如果我病了，一定会更难看。再好的胭脂，也遮不住丑色。我还会唠唠叨叨，疑心焦躁，会同你争吵不断。我整日围着孙儿们转，忘了要关心你体贴你的时候，我仍美吗？"

她说的每一刻将来的岁月，无不是自己满心期待想要看到却或许又不能见到的。他拥着她一步步走回榻上。

他累得静靠在床榻一头，淡无声息地盯着她，轻轻笑："你现在就很唠叨。"

"以后会更絮叨，像个老妈妈。"她点点头，替他脱下长靴，软衾盖在他腰下。她同样褪去长衣，翻身滚入他怀中，静静依偎，不知疲惫地问，"那你说，我仍美吗？"

他轻轻眨眼，大拇指绕着她指间，很轻很静的声音："到那时你再来问我吧。我反而期待着想见到那一日。"

她摇摇头，一袖圈紧他："不会太远，真的不会太远。"

他笑，眉眼中却蕴满了苦涩："那最好。"

她抬起手来，素凉的指尖滑过他眉梢，轻轻揉捏着："为什么，你连笑的时候都要皱眉呢？"

"是啊。为什么呢？"他由额前握住她的手，紧紧贴在自己胸前，困意袭来，他平静地合目，握着她的手缓缓睡去。

她便靠着他一同睡去，夜静得安好，再也没有比眼下更宁静美好的时刻，满心满意的幸福，丝丝缕缕荡漾在唇边的笑意中。长风击起冷帐四处飘摇，那朵秋海棠由衣袖间滚出，轻无声息。

那一日后，皇帝连睡了三日才启程回京。回至京都便像换了一个人，无论多繁忙，日里三餐必是按时享用，每日处理朝政不出三更，三更之前，他必会睡去。闲来他会去御花园赏景，同太后叨唠家常。自觉召太医的次数也多了，有一次甚至和太医院一谈数个时辰。只不变的是，帝后依然极是恩爱。

回宫不久，太后为充沛后宫诏令选秀，千名佳丽未有一个能入皇上的眼。皇后劝皇帝即使为了应付太后，也要有所表态，皇帝于是才在百份名册中随手拣出一人，只可惜那女子是家中塞了应选公公许多银两才借机充入宫中，容颜实在不堪。便连有心提携的太后见了真容后都连叹了几口气，晚膳都没了胃口。可宫人还是言那女子命好，命好在有一个中听的好名字——"云山依"。

当年年尾，乙夫人产子，赐名拓跋若，乙将军之势徒增，与京中冯门并驾齐驱为外戚权臣。东宫太子拓跋弘的地位愈发不稳。再一时间，所有人又将瞩目重新落回皇后的肚子上，只待皇后产子后，又将迎来一番风雨惊变。

冬去春来，皇后迟迟不生，皇帝实在焦虑。此间又传起谣言，说是常太后早先谋害皇后，已将致皇后不能顺产的药物预先流入正阳宫，所以皇后才迟迟不能顺利产子，更极有可能诞下死胎。皇帝听信谣言，大怒，几乎要与太后一党撕破脸皮，更命重兵看守太和殿，便等同于将太后软禁。

皇后迟迟未生之时，玄英宫女于长安殿率先诞下一女，虽然宫中盛传说玄宫人所生的孩子并非龙种，而是叛贼宗大人的遗腹子。拓跋潇仍向天下宣召了这门喜事，而后将玄宫人升至夫人位阶，只皇女出世后不久，玄夫人染重病，拒医治，悄然病逝于玄清宫。冯善伊知道玄英不过是以此殉了那一人。

玄英死后，皇帝依皇后之意封玄氏的女儿为武邑公主，这也是魏宫历代首个一出生便受赏册封的公主。消息传入太和殿闭室，多日被幽禁于佛堂的太后只得苦笑摇头。这天下，终有一日将不再是拓跋氏的天下，而当改姓冯。

【第八卷】遗世篇

雨，淅淅沥沥而落。

皇帝在垂询百官的此刻，宣政后殿一派寂静。冯善伊近来有些懒，懒得抬眼，懒得说话，懒得动脑子。也只有赫连入宫探望她，她才会稍有些精神地出帐，移去东殿阁，与赫连小说小话一阵。

"听说你做主为李敷操持了婚事。"赫连轻悠悠地出声，丹唇抿笑，"新娘子看着是个老实人。"

是，她终于做主将当年的石城女子，那个等了李敷半辈子的珠儿赐婚，成就一番于她眼中美满的姻缘，之后李敷携妻隐居，再不过问朝中事。只是李敷猛一离去，总有些空荡荡的不安心。

"皇上这一次真是狠下心应对太后一伙。"赫连未察觉她脸色，剥好一只生果轻递了过去。

冯善伊端着香茶怔愣片刻，眼再一覆，问她："听说你又有了？"

赫连两颊发红，垂首咳了咳，点点头。大儿子有近两岁，她正也忙得不可开交，又遇到了喜事，不知是喜是忧，只瞧着李昕傻乎乎地乐着，她便想那一定该是喜事了。

"这一回，生个女孩吧。"冯善伊又一点头，"我记得你喜欢丫头来着。"

"男女都好。"赫连低低的声音漫出。

冯善伊啧了一声，果然嫁了人连想法都不同。

"我是想说，生个女儿好许给我家霮子！"冯善伊丢过去一颗蜜枣，瞥了她眼。

赫连连忙接过，细细一品，幽声笑道："也好。"

"我倒是想生女儿。"冯善伊一手搭在自己腹间，似乎在感受着肚子里孩子的心跳，声音恹恹，"可连太医都说是个皇子。"

赫连自知她忧心所在，垂头言另一事："冯熙的战事如何？"

这一言，半是询问半是提醒。

冯善伊岂能不明白她的意思。只是摇头，已有日子不看奏折了，拓跋濬要她静养，再也不让她近笔墨奏本，朝中事她一时更疏远。冯熙转去云中北伐柔然，已有三四个月，之前听说屡屡恶战几胜几负，与柔然打得难解难分。可打仗，并非仅靠勇猛无敌，耗的是粮草弹药军马装备，持久战愈发辛苦，冯熙得胜便更难。

"你只说自己知道的便好。"她实在懒得与她九转十八弯地绕言，随即点明要赫连直言了当。

"听说冯熙向朝廷请求速运粮草，以及请援两千精兵。"赫连也是由自己男人口中得知后坐立难安，才急急请求入宫见她一面。

"朝廷没有动静吗？"素手轻落案上，一下下敲着。

"皇上的旨意是传下去了。只军中统领借着整顿之言拖拖拉拉，都是在看乙将军的脸色，当然也在等着你的肚子。"

这些人都是极其聪明的，墙头草两边倒，如今朝中冯家与乙家鼎立占权，二人由朝堂较量至军中，都是死咬着对方不会松力。无论是军中，还是朝廷，无人不在观望。东宫太子之位必是不稳，那么下一任储君出自冯氏还是乙氏血脉实在难以抉择。众人都在等，等着皇后一旦生下嫡子，皇帝必要立之为储。那么一举出兵前去相助，也是投向冯家之势，继而为之后的仕途铺好路。

可乙弗浑如今正也是蓄势待发，但凡皇后生下的并非皇子，他便欲借朝中党派之力为自己的外甥一争储君，如此乙夫人的儿子拓跋若也极有可能上位。宫中储君虽立，却势若弱羊，反有二权虎斗龙争。正逢如今拥立东宫弘的常太后一势弱败，众人心知肚明，新储君非冯即乙。

宫人拥入侧殿，言是扶风公退了朝议，如今正在殿外等求。

冯善伊自沉思中回神，一眼笑瞧赫连已是坐不住，归心似箭。索性袖手一挥，任她退宫，临别不忘戏谑她一言："真够腻人的。"

赫连红着脸瞪她一眼，暗暗道："你不也是？魏宫上下都知道，皇上但凡晏起，都是因为身侧有一位贤良淑德的皇后陪睡。"

冯善伊自笑一番，待赫连走后，命青竹扶自己起身，她想起自己有好些日子没有向那位常太后请安了，索性去太和殿见她一面。

经声飘摇不断，余香缭绕。

青竹将堂门轻轻推开，两帐齐展。层层香帐落于身后，一步接着一步，极浅。

冯善伊散去身后随侍诸人，一人前去。常太后便似未闻，身也不转，双膝跪在蒲团之上已是麻木。冯善伊取了一盏香供奉于佛龛前，她拜了拜，默默看了眼常太后，微笑道："这日子清静得都毫无生气了。太后消寂了许久，本宫连个斗的人都没有。"

常太后轻抬目，同是一笑："你，得意了。"

冯善伊摇头："你至少放过我一马。耳侯寺中若非你，我便由拓跋云杀了。"

常太后唇一牵："倒不如说我中了你的圈套，入了你的道。"

冯善伊转过身，一手划过长帐，俨然有些失望："可我，还是让他死了。"

"这都是命。"常太后静呼了一口气，"便如现在，这也是我的命。"

"你的命，是极好的。"

常太后冷笑："或许吧。"

"我知道宫中盛传那些你害我的谣言是假的。"冯善伊看她一眼，言得平和。

常太后猛地盯紧她："是你。你散发谣言害我？！"

冯善伊摇头，无论她信与不信，至少自己也不想费那脑筋害人。

"是谁？！"常太后痛问一声，但要自己出去，一定不饶那人。

冯善伊想安慰她不要过分激动，一手正落在她肩头轻捏着："我说是皇上，你信吗？"

常太后身子一僵，哭笑不得的整张脸近似扭曲，笑声清朗，尾音却有些抖，不住地摇头："果然。他和拓跋家的男人无区别，都为了个女人什么事也做得出！"

面前这个女人，虽是看着他一点一点长大成人，却实在不了解拓跋濬。还好。冯善伊自觉她尚能读懂他。眉心微微紧蹙，她一字一字言着："你如何还糊涂？他这么做并非是为了我，而是为你。"

常太后仰首，寂静无语，听着她声声逼问。

"若东宫之位不稳。太后你会善罢甘休吗？"

"……"

"若我生下皇子，你是会杀了他？"

"……"

"还是会杀了我？"

"……"

眨了眨眼睛，满目发昏发胀，朱红的唇咬紧，冯善伊最后一笑："他只不过是在阻止他的母亲做错事。他担心有一日错得离谱，他却都无力保全。所以他将她困守在一方宁静中，至少不会任朝廷中血雨腥风殃及你的性命。"

一片孝子之心，可感可叹。想必拓跋濬是怕了，他的生母已然错上再错，干尽了泯灭天良之事。所以他才不能任由权力再毁了一个母亲。

冯善伊欲离去，缓步而出，身后猛传来常太后一声唤音——

"皇后！"

她如此真诚急切的一声皇后，是让自己诚惶诚恐又诧异不解。冯善伊定了定步子，未回身。

常太后由蒲团上转过身来，是向着不远处的她跪着，那一声接近颤抖，哑哑道："我常阿奴求你，东宫不能废！"事已至今，她唯有将拓跋弘交付于她，也请她自此正视那孩子，那未来的储君，将日的帝王。

走出冷殿，风吹乱碎发，冯善伊扶去鬓边，清冷的声音转去身后："召集各宫嫔妃宫人与各尚书前去先安殿。便说当着世祖皇帝的灵位，本宫有些话要说。"言着她转首，冷冷凝望依然跪立不动的常太后，料想这老太婆活了一辈子，糊涂了一辈子，总算最终清醒着说了句有用的话。

东宫不能废！

拓跋云得了宣召，前来宣政前殿交旨。

殿上的拓跋濬正在服药，面色苍白，拓跋云隐隐担忧，一步并三，跪在案前。

崇之悉心伺候着皇帝用过汤药，依着眼色退身，出殿时将长门紧合，便连离殿打发外侧侍郎退避的声音都是极轻。

自拓跋濬将叛党一事压灭并随冯皇后回宫，拓跋云便气恼得避朝不见，纵是皇帝连番几旨召见，也都无动于衷，大有就此做个闲散王爷的反抗表态。今日进宫，也是几月来的头一次应旨。

拓跋云跪在殿下已是几炷香的工夫，殿上案前的拓跋濬装作未曾发觉一般，持笔一字字认真地写回文。

拓跋云自面上沉落冷汗，挪了挪发酸的膝盖，膝骨摩擦发出了"咯吱"声。

这一声，总算入了拓跋濬耳，他扬起头来，咳了咳，轻轻道："呦，来了。"说着又覆下眸子："好些日子不见嘛。"

拓跋云皱眉低首，一丝负疚蔓延："臣弟错了。"

"错在何处？"拓跋濬捏了捏发酸的肩膀，身子越发不济，只稍用心看会儿折子，便有些疲惫。

拓跋云前跪了一步，周身发抖，似乎在极力控制着自己的情绪："臣弟前去探访四叔，听他老人家说了。臣弟于是心疼皇兄，想着自己不该同皇兄犯脾气。以后，皇兄想喜欢哪个女人喜欢就是了，臣弟再不管！"说着眼圈发红，再一眼瞧去拓跋濬的病色，心口沉痛，闷闷的，实在难受。

拓跋濬握笔的手一怔，缓缓放落，看着拓跋云，半刻无言。他静了许久，恍如无事一般微微点了点头，似长叹了声："也不是多少女人。要你多少担待的，只她一个就够了。"

拓跋云走上来，一手伸向兄长肩头，替他揉捏道："皇兄，臣弟可能帮您什么？"

拓跋濬一手覆着他手，轻轻拍了余下，声极淡："尽心尽力辅佐她。"

"臣，只能对新皇效忠。"拓跋云仍有丝缕不甘，只求自己不与那女人唱反调便是极限了，竟然还要忠心辅佐，确是为难他。

拓跋濬看他一眼，许多话哽在喉中没能言出，只将他落在自己肩头的手推了开，另翻了一份奏折无声看去。

拓跋云面色难堪，忙去替他研墨。

拓跋濬看着他手中动作，略不悦地提醒了一声："方向错了。"

拓跋云忙又换了方向，小心试探问："如今朝中都在揣测东宫废立的事。皇兄你，真是想废弘儿？！"

拓跋濬平静道："顺其自然。"

这是什么回应，拓跋云实在摸不透，继而坦然直言："皇后生下嫡子，您会如何？"

还是直截了当，才习惯。

拓跋濬顿笔稍怔，一声低问轻轻溢出："依你以为，朕会如何？"

"皇上是想推立皇后的儿子承继大统。"

"确有此意。"

"皇兄，你宠一人，竟是要砸去自家山河。"

拓跋濬淡淡一笑："也是她的劝言打消了朕废立太子的主意。"

他也曾有私心，而这私心，却由她几句温言软语打消。废立一事，她自有她的顾虑。如她所言倘若立自己的儿子为储，势必阻挡不了冯熙的野心膨胀，至那时鲜卑贵族们的怨愤便不能遏制，又一番作乱党争便要升起。而他，面对新政，也已是腾不出手来平乱。

"阿云，若要这江山永固，没有汉臣的力量做不到。可若废了太子改立新储，便阻止不了汉臣夺权的野心。于朕身后，她是唯一能制衡胡汉，保我大魏之人。朕要你辅佐她，也是为我拓跋一族。"

"皇兄的意思是……"

"朕相信，无论是谁的儿子，她一定会尽心扶立，将那孩子辅佐为一代盛明君主，汉化新政一延三代，国富民强，这也是朕最想看到的盛景。"

拓跋云登时怔愣住，在自己仅仅想着未来十年的景况时，拓跋濬竟是想着几十年后的朝廷，两代之后的魏宫，所言依实依理，不得不信服。

"阿云，"拓跋濬最后看他一眼，淡淡道，"她只会做得更好，而不是逊于朕。"

　　拓跋云自知皇兄并非苦口婆心相劝的性格，然能如此细致解释，那便是他当真牵挂放心不下。颤抖的唇几乎发不出声音，眼圈红了又红，唯有重重地点头答应。

　　拓跋濬看着他欣慰一笑，眼前却又觉得眩晕，拓跋云连忙抬臂相扶。

　　拓跋云架着他一只手臂，依稀笑着，似抱怨，又似嘲弄："你知道吗？朕而今是想能撑几年就多撑几年，能不倒下就绝对不敢闭眼。"

　　拓跋云幽幽看向他，哽咽着笑言："太医不是说，皇兄的身子已较军中时好了许多吗？皇兄会越发康泰。"

　　是，他下了好大的决心，想要暂时将新政缓一缓，只求同老天再搏来些许岁月，与她与孩子们共度的岁月，她还太年轻，孩子们也太年幼，他实在舍不得。

　　重门由外推开，一抹烈阳射入，远远地，崇之跪入，周身上下掩不住的惊慌。

　　"皇上，皇后她——"犹犹豫豫，不敢言。

　　拓跋濬猛撑起身子而立，急声询问："是要生了？"

　　崇之忙摇头，是比生更麻烦……

　　"皇后她召集三殿六宫齐聚先安殿，说是要当着世祖皇帝说一番话。"

　　又是先安殿，又是一身庄重。

　　只这一次，她面对的并非先帝拓跋余的牌位，而是太武帝。面对这个北魏史上最英明神武的帝王，冯善伊才觉得自己有勇气说出这些话。

　　大殿之上，众人敛息屏声，立得稍远。世祖的画像，是驰骋于马上的戎装，怒发冲冠，目色坚毅沉稳。都言是太武帝神睿经纶，威豪杰立，廓定四表，混一戎华，遂使有魏之业，光耀百王。如今，他恰似仍端坐于先安殿上，冷冷注视着他的儿孙臣子。

　　冯善伊左手牵着太子弘一步一步迈上世祖像前，拓跋弘幽幽地扬起头来，看着画中之人，又皱眉看向母后，不吱一声。

　　冯善伊勉强俯低身子，拍着拓跋弘一肩柔道："弘儿，这是你世祖曾祖父。你将日当要以父皇与世祖为标榜，雄震天下，兴我祖业。"

　　拓跋弘此时仍不知母后所言为何，只是睁大眼睛恍惚听着，待母后冲自己一点头时，他也傻傻地应和着点头。然他之身后的众人，没有一个听不出皇后言中

【第八卷】遗世篇

的深意。

她转过身去，一一看过各张面孔，如今这里的每一位，她都将记得他们的名字，更会记得他们之后的誓言。

"本宫此举，是要你们齐立誓。当着世祖皇帝的面，本宫与你们立誓，此生忠于圣上，忠于东宫，若有异心，人神共诛之！"

共、诛、之！

一言激荡，众人忙跪下身垂首。

冯善伊静静抬眼，清冷言："你们跪的不该是我。"

众人才又慌乱去跪拓跋弘，连连叩首。她见他们只知磕头不懂出声，实在按捺不住，扬了袖盏，继而道："你们之中，便无一人与本宫齐同立誓吗？"

寂静之后，陆陆续续起了人声，有人颤颤抖抖言着誓死效忠于太子，也有人闷闷哼哼说不出一个字，更有人自始至终不肯发一言。冯善伊瞧着他们这般模样，挑笑点了点头，而后厉声直唤羽林郎统领何在。

自殿侧而出那一人抱剑应声。

冯善伊又一点头："将殿门紧闭，一个不能出。凡有不肯立誓者，即视为叛党逆心，只斩，无需报！"

宫中人皆知，皇后极少认真说话，但凡她认真开口，那必是有一无二的要事。当年宣政殿前，她是认真了一回，于是乐平王就此丢了性命。既有前车之鉴，俱是骇得连连发抖，争先恐后说出那个忠字。

只她仍未满意，看过大殿一眼，才又提声询问："乙夫人可曾立誓？！"

宫妃之中立时为身后那女人让出路来，乙弗涣平静地走上去，一脸温顺道："臣妾愿随皇后娘娘立誓，此生效忠于皇上，忠于太子弘。"

冯善伊定定看了她半刻，笑言："你与我的儿子，谁也不准染指太子之位。"

乙弗涣仰起头，毫不犹豫地直言："是。皇后娘娘同臣妾的儿子，再以后所有宫妃之子，皆无资格染指东宫首位。违者，或以异心，人神共诛之。"

她要的便也是这一句话。冯善伊忙转身，盯着跪了一地的人，再扬问："军曹尚书何在？！"

人群中忙滚出了一人，身如筛粒抖动不止，连连磕头道："臣，臣立誓了！"

"本宫不是问你这个。"冯善伊轻了一声，微停顿，"本宫与乙夫人的话，你可曾听清了？"

"是，臣等听清了。"

"是可以如实报与兵部？！"

"是，臣将如实转告言之。"

"但要如何做呢？"

"但要……"这老头眼一直，幽幽道，"臣在兵部贴个告示，写着娘娘的话。"

冯善伊连忙抽出身侧羽林郎腰间的长剑，逼了过去："少要滑头！端看势态的也是你等！"

"娘娘要臣如何做，臣就做。"吓得缩了缩身子，声亦是抖的。

"储君无废，你们也不需看脸色了。"

"是，不看脸色了。"

"云中战事。"

"是！云中之战。"军曹一边重复一边快速反应，终于眼眸大亮，呼声而道，"这就出兵相援。娘娘放心，此去休整毕，明日即派遣援军前去战地。"

冯善伊点头，再不用出声，手中长剑抖落在地上，背过身去长呼一口气。总算遇见的是个能听懂人话的。转身欲走，一阵紧的剧痛忽由下腹袭来，身子摇摇欲坠，绿荷一臂迎来，将她圈入怀中。

似有温热的血流顺着腿间蜿蜒而下，双膝瞬间发软，软绵绵地坐落冰冷的地上。

绿荷命众人将身子转过去，再急忙翻开她裙尾，只望了一眼，攥着她的手，手指冰凉发抖。另一手哆哆嗦嗦摸索着裙中血红，濡湿黏稠。

长门猛地推开，众人忙俯身下跪，山呼声铺天盖地。

冯善伊苍白的汗颜幽幽看向明光碎裂的殿门，拓跋澘匆乱的步子在视线中摇摇晃晃，他疾步而来，蹲身于她身前，冰凉的手裹住她的。

她只看他一眼，虚弱道："军曹尚书与我立了誓，但他仍拖拖拉拉不出援军，你就斩了他，以一儆百。"

他此刻有心想抱她起身，可是较她更虚弱的身子全无气力，他只得抬袖拭去她额上淋漓冷汗，将目中的惊慌尽力压抑，开口道："好。立斩不误。"

她倚向他怀中，欣慰一笑，声音低得只有他能听见："只要我生下儿子，你对外要称是个死胎，且一定要告知哥哥，是个死胎！"

如她所愿，他早已拟好诏告天下的旨意，他将对外称生下皇子的是曹充华，那个孩子一出生也将被送去云雀宫。只是，他这样难过。

她的哥哥冯熙，于沙场上或许是一匹狼，朝堂上却是只狐，欲望与野心会将他的胃口一点点撑大，至那时，他所想要的便不仅仅是兴复家门那般简单。在冯熙变身成狐之前，她希望他可以是一只永远懂得满足的狼。

【第八卷】遗世篇

眼前的景象，随他的脸逐渐模糊，握紧他的手，只说了四个字："东宫无废！"

拓跋濬点点头，将她环得更紧，温暖的泪，猝不及防而落。

他允她："不废东宫。"

她无力地闭上一双眼，他疾呼自己名字的声音越来越远……

她只是一个母亲，想要保全自己的孩子远离因权力而扭曲可怕的争夺，她也只是一个妻子，想要看到自己的丈夫不会因琐事纠结伤神皱眉。可她也是这个帝国的皇后，她之身后是万万黎民翘首以盼的目光。

这一梦有多长，长到她时而觉得自己一醒来，周遭已是物是人非，那些失去的人会若无其事地站在她面前，巧笑轻言道，这是一个梦……

在这场东风一入辗转多年的梦中，她成为家族中唯一被铭记的女子，成为史书上将留有一抹身影的旧迹。最重要的，她成为他身侧那个与他睥睨天下，峥嵘一世的女子。

和平元年，河西叛胡，拓跋濬遣派督河西诸军南趋石楼讨伐叛军，大胜而归。至此时，汉化之政按部就班，徐徐推进，上行下效，成绩斐然，朝中起先抵制汉化的胡臣亦相继加入，胡将汉臣一派和睦融融。

太后常氏于这一年染病不起，卧床数月，李夫人曾进书言欲入宫亲自侍奉病榻前，拓跋濬婉言谢绝，只道宫人一切操持得来，可准李夫人不时探望。

这日昏后，诸皇子由南书房，前往太和殿探视老祖母。云中携弟弟们与太后行了礼，便靠在一侧。

常太后幽幽抬眼，低问了声："你们父皇的头昏，好些了吗？"

云中忙应道："祛了些，只是仍不能盯着奏折太久。"

常太后叹了口气，正值壮年的男人，身子却比自己还要单薄，一年到头，吃用的药，都抵上她三个病入膏肓的老太婆。

将迎靠床前的四人一人瞧了一眼，常太后首先问云中："太子的课业师傅如何评价？"

云中咬唇，只幽幽道："说是进益。"

"真的？"常太后挑起一眉，冷冷笑着。

拓跋若忙由拓跋弘身侧立起，坦言答："是一塌糊涂才对。"

拓跋弘拉紧拓跋若的袖子瞪他一眼。

拓跋若扭了扭身子，浑身不自在，又吞吞吐吐道："太子哥哥念书不比云中哥哥。"

太后叹下一口气，将几个孙子散去，只留下拓跋云中。她合目在榻上躺了许久，似小睡了半刻，又抬起眼看着跪在身侧一动不动的拓跋云中。看着他的眸子，便立时能想起他母亲。

"你起来吧，地上凉。"

拓跋云中摇头："地上不凉，皇祖母这样看着我方便。"

太后心底一暖，这孩子确是极为懂事的，不知是因皇后教导有方，还是跟随在皇帝身边学了不少规矩，总是比同龄的孩子要得体大方。皇帝不止一次在人前言以此子为荣，而拓跋云中又是个心思灵敏的，勤学又聪慧，想是在各方面都要超出东宫许多。只他越优秀，她便越难安。

常太后探出一只手，攥向他，微弱的声音滚出："云中，皇祖母去后，便将灵位供奉在舍利寺中。哀家最放心不下的人，除了东宫，便是你。至那时，你可愿意剃度出家，去寺中陪我？！"

四年前，她便意欲将这孩子送出魏宫，只担心他将来会成为东宫的威胁，便如宗长义是拓跋濬不得不除去的亲手足。她实在不期望父辈的同一幕，于子辈再现。不论偏袒了谁，初心总是好的，希冀这家国稳如泰山，东宫无损，父子无仇，兄弟和睦。

拓跋云中垂首想了想，扬起头，宁静道："孙子答应皇祖母，会陪着您的。"

"你当真愿意出家？"

"若真能为父皇祈福，护佑我大朝，孙子愿意。"拓跋云中重重点头。

常太后欣然微笑，双手握紧他一只手，连声感慨："只你不怨我。只你……"渐也再难言下去，只剩余叹。

拓跋云中放落她的手，行了一礼，声音平静："皇祖母放心，孙子会向父皇请言，说是自己的意思。"

常太后看他一眼，想他极为懂事地连这一层都顾及到了，当真是七窍玲珑心。只可惜，他偏偏是生在云中，又是冯氏所生。若非如此，将大魏的中兴盛业交付于他这一代手中，她就是死也能对得起旧东宫了。

"母亲从来嘱咐孙儿，这一辈子都不能和弘儿相争。"他说下这一句，平静微笑，满目皆是淡然。

常太后闻此，眸子一抖，前尘旧事袭来戚戚焉。

"你母亲她当真如此说？"

拓跋云中又一点头，所言句句是真，如何能假。

"你母亲她不与哀家争了，所以哀家连个斗的人都没有，才会老得这样快。这一老，病也来了。"常太后自言自语着，缓缓合目，连连叹息着又是沉沉睡过去。

这一次拓跋云中没有再跪，他站起身来，替老太后盖紧被子，望着她一脸忧伤又平静的苍老睡颜，低了一声："母亲说，皇祖母是有心之人。"言罢转身，轻步出。

冷榻上一缕纱帐飘摇，榻上之人缓缓睁开眼，苍老布满细密皱眉的眼角湿润着，她抬手握紧一束纱帐，泪顺着深深细纹猝不及防地滑落。

消息传来正阳宫，冯善伊睡得有些迷糊，听着拓跋云中细细说着，她毫无反应。

一手环着拓跋略在怀中，这孩子一晃四岁了，却被曹秋妮养得极其金贵，来时在园子里磕绊了腿，便足足哭了一个时辰。

再一眼看向拓跋云中，樱桃核吐了出来，细长的手指揉着脑门："你真的想当和尚？"

拓跋云中一脸亲和地点头，乖巧地又递过去一盘糕点。

冯善伊捏着糕点喂了拓跋略一口，细帕擦着他的小嘴，又抬起眼眉："你要把你父皇气死了。他好容易养出个得意儿子，如今一心一意要去做和尚。这说得过去吗？"

拓跋云中只笑，摇摇头，不语。

冯善伊将拓跋略转给奶娘，又瞧几眼天色，吩咐奶娘将拓跋略送回曹充华宫中。

拓跋云中忙走上来，由奶娘手中抢过拓跋略的小手，扬起头求母亲道："儿子在宫中的时间也不长了，今儿就别送弟弟回去了，想和略儿多处会儿。"

冯善伊不近人情地挥手命奶妈先牵着拓跋略回去，见拓跋云中一脸的失落，她走上去，手正压在他肩上，轻道："霭子，我也和你多处会儿，只我们娘俩儿。"

她牵着他走到廊前，正对一池秋水昏景凝眸无言，握着云中的手紧得不想分开。

她神色前所未有的宁静，一挑眉，言语与往日的轻松戏谑不同："霭子，你只要知道，但凡你不想做的事，这世上没有人能逼你。"

"我知道。"云中点头，清冷的声音如流水徐徐而过，"我的父母是这天下最权贵之人，这世上没有人能逼他们的孩子做任何事，去任何地方。"

这句话，同是今日拓跋濬冷声告诫他。如今他说给自己的母亲，说得无悲无喜，说得一切低入尘埃。他的性情更似拓跋濬，甚至与他的父亲如同一个模子刻出，而他们都是不善于表明心迹的那种人。所以很多话，他压抑了许多年，不愿言，不敢言。

"母亲，您还记得生下略儿的那天吗？"他一仰头，看着她温和微笑。

冯善伊无动声色点头。那样的痛，撕心裂肺的痛，拓跋濬紧紧攥握的手，还有孩子由体内滑出，自己却一眼也不敢看的痛苦。

"那一日，儿子不明白为什么他要被送去云雀宫，成为另一个女人的孩子？我追着奶娘的步子偷偷跟去，看到曹夫人将他拥在怀里，我难过得想哭，为什么娘亲和我就不能先抱抱他。我悄悄注目着略儿长大，他第一声言语，第一次会爬，第一步站立，这些我都记得。可看着他依偎在曹夫人怀中时，我是难受，想他分明是我血脉相同的弟弟，为何要唤另一个人做娘亲。"

冯善伊笑着抚平他的额眉，他如他父亲一般喜欢皱紧的深眉。只待出了红尘，是不是便会满目宁静，自此不蹙眉。

拓跋云中勉力控制着眼中酸涩，眨眼微笑："其实我早先也同样不明白。为什么我不能再像在山宫那般唤你娘亲，为什么方妈一再嘱咐我不能乱说话，为什么我的父母总是一脸愧疚地面对我，便好像是有许许多多对不起我？"

冯善伊叹了一口气，声音越发地柔，柔若清水："你为什么，都不告诉我？"

"没关系了。"拓跋云中重重一点头，"而今儿子全明白了。便如母亲为了东宫送走略儿，我也不会成为东宫的阻碍。母亲确也是如此教我的。"

"如果你不是我的儿子，我一定会让你放手一搏。可是，"第一次她撑不起笑色，只是哀哀地看着他，"我有私心。我怕你输。"

"所以，我会离开。不要母亲为我挂心。"这一世，不争位，不为臣，他或许会活得无比安然自在。

"你还不会爬的时候。"眼中的泪，滴得厉害，黑幽幽的目光闪烁星点光芒，"我将你放在两膝上，我就盯着你，盯着你告诉自己说，五年，我只给自己五年。五年的时光，若我还不能活着走出山宫，若你的父亲真的不会回头关顾我们，若我们母子再无希望，我就放弃，放弃内心所有的执著，放弃追求的一切，而后只一心一意做好你的母亲就足够了。而后无论是眼中还是心底，都只放着你。"

没有天下，没有汉政，没有血雨腥风的争夺。

只有你！

眼中的酸涩冲涌而出，拓跋云中柔软的心底又一次被触动，他泛起笑容："我很欣慰，如今母亲并非只有儿子。"

是，她还有许多，有了身侧最重要的男人，给予自己一世尊荣的男子。她握有天下女子最骄傲的权贵，她还有许多许多。可是，回顾四年山宫的萧索岁月，那时候陪伴自己的只有他。而今，却不能有他。这实在令人不忍去想。

"我做这一切，不是为东宫，只是为您。"

拓跋云中最后仰起头来冲她一笑，那笑色模糊在凄冷的眼泪中，渐渐淡去，渐渐凉散。

云中离京的那一日，平城落了一场春雪，纷纷扬扬的雪花铺满他离去的长路。她是立在宫城之上，遥望他背影许久。那场雪落了连连三日，拓跋濬将自己关在宣政后殿恰也整整三日，他谁也不见，包括她。

三日之后，他推开殿门，虚弱疲惫的身影萦绕晨间第一束璀璨光芒，他望着殿下匍匐长跪的臣民，做出了一个决定。便是这个决定，将他的名字永远与这座都城连在一起，也因此为他在千百年后留下了更多被苍生百姓津津乐道的故事。

他诏告天下，于京都以西武周山南麓开凿石窟，依山而凿，东西延绵数百里，气势恢弘，一举成为当朝最雄伟的建筑。

佛境佛地乘建佛心成佛像，云山云岭带将云水绕云城。

他亲赐石窟名"云冈"，是千百年后仍于世傲立经久不衰的云冈石窟。

那一夜，他拥她在身侧，背着她默然落泪。他说自己想了许久，除了这天下还能给那孩子什么。所以他要建一座倾世的国宝，他要在石窟中奉立五代先主的佛像，包括他自己，这些佛像将陪伴云中度过一生的漫长岁月。待千百年后，大魏江山或可枯，只石窟不会毁。所以他留给云中的是一座万古不朽的江山。

【遗世篇·第四章】

柔然又一次进军，却与北魏无关，这次是攻高昌，由军中而来的消息迅速散播于朝廷。沮渠安周被杀了，高昌北凉由此灭亡。当拓跋濬与众朝臣会聚宣政殿，齐议这一场战乱，不知是该喜还是忧时，明阳宫陷入了一片恸哭声中。

冯善伊从来没有见过那样伤心的沮渠福君，她的家人死了，国家朝廷又一次覆灭。她又成了浮萍一般无依无靠的孤独女子。偌大的魏宫，承载不住她怀念家乡，为族人悲痛的忧伤。

冯善伊抚着她凌乱的碎发，说不出相劝的字眼。曾几何时，她自己的家人也面临同样的惨状，可是她已不记得他们是如何从悲伤中走出来。她只知道，好好活着，是对亡者的慰藉，也是对自己的鼓励。

沮渠福君扬起头来，妆容惨淡："这是报应吗？对我的报应？！"

冯善伊摇摇头："这报应实在大了些。"

一行泪纵下，福君哽咽，颤抖着道："你知道的。"

冯善伊梳理着她由泪水浸湿的长发，缓缓答："我知道。知道是你向皇帝告发姐妹同宗长义，甚至玄英之间的密谋。"

那一日，是她冤屈了曹秋妮。

曹秋妮不过是向太后举报了李姐妹离宫，却从不知道宗长义一行人的计策。能知道那么多，甚至能以言语打动拓跋濬之人，便只有宗长义由北凉借来的这位福君公主。可冯善伊在洞明一切后，依然沉默了，对曹秋妮的愧疚深藏于心，对沮渠福君，她只觉得可怜。

"为了兄长，为了家国。"沮渠福君无力地跪在地间，哭得颤抖。那种时刻，安周北凉举目无依靠，又受宗长义一党所牵制，困步难行。她只不过是借此时机，令拓跋濬与宗长义反目，从而削弱魏朝，就此为北凉的残喘歇息剥夺时间。只可惜……北凉飘摇浮沉的命运似乎是冥冥中注定，终不能逃。最终国虽未亡于北魏手中，却是断送在柔然的铁骑下。她何来不悲，何来不痛！

冯善伊叹了口气，没有多说什么，她从不想责怪她，将家国命运背负在心头，纵是要弄心机，暗中操纵的女人，也是可悲可叹的。她由明阳宫走出的时候，只嘱咐了宫人一句话，那便是谨防沮渠夫人自尽。

冯善伊在明阳宫外徘徊了许久，她想转去云雀宫瞧探曹秋妮，却又担心秋妮依然不肯见自己。在这之前，她早将自己的骨肉转送给曹秋妮，是有歉疚的意思。而后她又听说，曹秋妮对略儿是极好的，甚至做得比她这个亲生母亲还要周详。多少年来，她总渴望回到从前的岁月，留恋牵着秋妮的手行走在魏宫上下的那些日子。

不知不觉，她终于又一次走到了云雀宫前，长闭紧锁的宫中似乎从不肯给自己敞开心扉的机会，一次也没有。如若能早先与她道歉就好了，早在李银娣之事后，她便该说的抱歉，却吞吞吐吐始终没能言出。

叹气，怅然，转身欲走。

身后冷门忽然一开，茫然间相对，正是曹秋妮久经风霜的面容。

【第八卷】遗世篇

　　秋妮如此年轻，半鬓竟生华发，实在叫人看得心疼。听说她养育略儿养得极辛苦，有一次略儿夜里生热病，那样冷的天气，秋妮急得一个人跳入冰池子里再抱着略儿为他祛热，还有一次天落大雨，略儿在御花园走失了，都以为是失足落在池子，秋妮披散着长发似个疯子般徘徊于御花园痴魔地寻着，最终还是在假山洞里抱出贪玩睡过去的略儿。秋妮还做了许多，多得她不能一一道尽。

　　"娘娘，有事吗？"她哑哑地一声，写尽疲惫。

　　"我，"冯善伊蹉了一步，只是点头："我知不是你告发李嬷妹。"

　　曹秋妮凉凉的眸子扫了扫，只剩轻笑，摇了摇头："这不重要了。"

　　她转身欲离开，冯善伊连忙又出声："我说一声对不起，是不是太晚了。这一声对不住，自我以曹秋妮替换李银娣之时便该说出口的。"

　　曹秋妮看着她，又一摇头："我曾经等这一句等了太多年，等得自己都厌烦了。我之后也随着太后做了许多让皇后难办的事。想来我们之间，也没有谁对不住谁。"

　　"秋妮啊。"她唤她一声，尽是千言万语牵绕的情绪。

　　曹秋妮疾走几步，一手扶门怔了怔，而后很轻很静的声音飘上："我欠娘娘的那半只袖子而今补齐了。只不知娘娘还能穿得上吗？"

　　视线渐渐模糊，温热逼涌，恍恍惚惚地点头。

　　冯善伊对着那一扇再次合紧的长门幽幽点头，不住地点头，瞬间落下满目的泪。

　　渐渐地，由宫门之后迸发出秋妮隐忍不住的痛声哭泣，那一声恸哭，哭断了太多年闷压不能发的委屈与释然……

　　常太后的病，在这年初夏之期恶化至不愈。太医院最终放弃药石针灸，只静待太后在最后的岁月安逸离去。最后一夜，常太后从噩梦中惊醒，喘息着传召，要见皇后。太和殿上下皆惊。无人不知，太后自入病，最不愿见的人也是皇后。她说自己厌恶看到这女人一脸骄傲得意的笑，所以不见。只是在最后的时刻，她似乎想到了什么，匆忙宣召。

　　冯善伊入殿后，平静地跪在太后榻前，没有一丝笑颜。

　　太后无力地抬起眸眼，枯瘦的手颤抖着向她指去。

　　冯善伊抬起手，由那手恨恨地握紧自己。

　　"我要你发誓！"太后抖出一言，似尽了全力。

　　冯善伊合眼，没有应，又听太后虚弱苍白的声音断断续续滚出——

"我要你发誓……不会抛弃皇上和东宫……你发誓！"

"我发誓，您便能瞑目吗？"冯善伊蹙起眉，幽幽地看着她，"便能自此忘记对我的所有厌恶吗？"

常太后张了张惨白的唇，一滴泪由干涸的眼中溢出，如今她已什么都看不到了，唯有抬手感受对方的眉眼，这女人竟然不笑了，不会那样令人讨厌地笑着看自己，就仿佛自己当真极为龌龊。她不过是讨厌她看自己的目光罢了，那之中有太多的看不起，太多的不屑，那样犀利，那样透彻，那样痛。

"你发誓……无论皇上身前身后，无论他能陪你多久……你，你都不能先弃他而去，不准弃他……"她的声音越来越弱，似乎已撑不了几刻。

"我答应你，不会弃他。"冯善伊缓缓点头。

常太后握着她的手一紧，空洞的目中冷色闪烁："你，你替我做最后一件事。"

冯善伊静了静，从她手中挣出自己的手，叹了口气："是杀人吗？"

常太后窒息一痛，颤抖着双唇："我临死之前，要将皇上最后的污点带离人世。我要将那女人带走。她既是祸害了我大魏三位王主，两代江山，不能……不能再毁了皇上！"她猛地撑起身来，因这一番话，情绪激动着。

"你是说……"冯善伊咽了咽口水，似乎洞悉了她之后的话。

常太后点头："郁久间夫人。我要带她走。"

袖笼中的那只青瓷瓶滚了出，落入她掌中。她扶常太后躺好，将被子给常太后盖紧，那样温和地抚着常太后额头濡湿的乱发，一下下极是温柔，她最后一点头，答应常太后："我知道了，母后。"

这一辈子，常氏唯一一次从冯善伊口中听到母后这两个字，是在自己人生的最后时刻。

那样轻灵温和的声音，告别了从前所有痛楚的争斗，那样宁静而又自然。

常太后傻傻地乐着，应着，温热的泪滚出，一滴滴滑落枕边。

在冯善伊最后起身欲离开的那刻，常太后平静地牵起她的衣袖，遥远又空灵的声音似乎由心底缓缓流出。

"云舒心爱的那个男人，等了她足足三十年。"

这一声，尤是轻，却引转身的冯善伊驻足。

她愣了半刻，只言："于是？"

常太后摇摇头，疲惫的声息饱含痛意："最终死在了宋魏两国交界的城楼上。"挑起那抹凉色缓缓合闭双目。云舒，终于可以去见你们了……这一世，我等了太久太久……比你们等得还要辛苦……

【第八卷】遗世篇

　　走出太和殿，夜雨飘摇，品色淡月朦朦胧胧。

　　便是这样宁静的夜，让人满心疏然。第一次感受到生命的离去，并非沉重，而是解脱。冯善伊扬起头来，努力不让目中堆积的冷泪溢出，背过身去，幽幽的声音轻轻落在身后——"常太后薨了。"

　　回去正阳宫的一路，秋海棠落得满廊都是。她听见满殿凄厉的哭声于身后此起彼伏缭绕不断，步伐越来越轻，身子越来越软，若非前来的李弈将她一手撑住，她便只想睡过去。

　　颤抖着一只袖子，将冰冷的瓷瓶递入他的手中，她放低声音："你去一趟七峰山吧。"

　　"皇上那边呢？"李弈以袖掩住，悄悄接过，言语中有说不清的担忧。

　　"有我顶着。"冯善伊再一合眼，言得坚毅。

　　她推开他，朝前走着，长裙逶迤，宽袖垂地，凌乱的发丝飞摇于风中，素簪映着月色闪烁出清冷的光华。李弈只望向她的背影，缓缓跪了下去，第一次他如此诚心实意地跪她拜她，愿此生向她称臣为奴。

　　和平元年，夏四月戊戌，皇太后常氏崩于寿安宫太和殿。五月癸酉，葬昭太后于广宁鸣鸡山。七峰山上传来的噩耗是在下葬的转日，由云释庵的住持书信一封递交了宫中，信中只寥寥几句，言着一位夫人驾鹤西去，并无遗言留世。

　　那一日，拓跋濬坐在案前空愣了许久，终是没能落下一滴泪来。对他而言，于家国，于社稷，甚至关乎于他之龙威尊严，郁久闾氏都是不能不除掉的遗祸。只郁久闾氏一日活在人间，朝中皇族便可借此痛斥皇帝不遵古训，由此便会像宗长义那般借机兴乱。他想自己，已是疲于应对了。只是为人之子，岂有亲手弑母的不孝恶行。于情于私，他万万下不了手。还好常太后临去前为那女人铺好了最后的道路。

　　怔怔愣愣地起身，拖着步子前去几步，将那封信由烛火消烬，便好似郁久闾氏从未存在过一般，便好像他的生母，那个慈爱温顺的女子真的死在了十几年前那一场立子去母的悲剧之中。

　　"皇上。"身后一声轻唤，那是他的皇后正一步步而来。

　　她走在他身前，试图踮起脚来，够上他的眉眼轻轻抚开他纠结的深眉。

　　"皇上，您是想哭吗？"她凝着他红肿却干涩的眸眼，目中泛出心疼。

　　拓跋濬只是抬手覆上她的手，没有说话。对他们而言，此刻无需言语，只一个眼神，便将千言万语诉出，她听得懂，全懂。

　　"皇上，如若您想哭，就告诉臣妾，臣妾会转过身去的。"最后一声，她贴在他胸前，轻闭上眼，任湿润滚在双睫。她知道拓跋濬一定不会当着她的面，所以，她真的会转身不看他。

和平六年，琐事纷沓而来。

新政推行数年间，对内胡汉前所未有的融合，对外摒弃了旧朝大行征伐的杀戮，一举和平政策，息兵养民，并与南朝刘宋、北方各国友好往来，互通商贾。

夏四月，破洛那国献汗血马，普岚国献宝剑，诸国来朝，泱泱大国，临世而威。拓跋濬满是欣慰，举大朝，亲自接见来使，与群臣共计日后国之大政。而拓跋濬更是破了先例，命皇后随侍，与自己同坐于太华大殿之上，面迎来使百臣。

举大朝的前夜，拓跋濬心情极好，在宣政殿的后殿拥着她絮絮叨叨。她印象之中，拓跋濬并非爱说话的人，可是当夜，他真的说了好多。他领她前去书房案前，摊开案上陈列满满的奏折。他指着它们给她细细道来。

"这是三长制，这是均田制，还有班禄法、租调制。"拓跋濬看着它们，凝了浅浅笑意，拥着她挤坐在并不宽敞的团椅中，一臂绕她肩，声声叮嘱，"这些都需要主持建制。至于下一步，则是改官制、禁胡服、断北语、改汉姓、定族姓，再至迁都洛阳。"

她仰头看着他，怔怔道："这些都是我们以后要做的事。"

他面色凝重，似乎在挣扎，面贴上她鬓间，嗅着那股沁香，轻言："这些太久远了，我恐怕做不完。留着弘儿做吧。"

他闷闷的声音，引她心跳猛疾，她出言太快，几乎咬痛舌头："谁说的？我们慢慢做。明年、后年、大后年，我们齐力同心，总能将这些做完。"

"一口吃个胖子吗？"他笑她，忽又转色道，"如我所知，你那十年所剩并不多了，如何要陪我做完这些？"

"再，再续个十年吧。"她忐忑道，只等着他反应。

"准了。"他一点头，淡淡地笑。

她牵着他的手，十指紧紧缠绕，似安慰，也似期待着："会做完的。我们一定会携手把它们做完，不留遗憾。"说着俯下身，贴在他胸前，心跳声是那么沉稳又有力，让她无比安心。

他眸光闪烁，深深望着她，静静颔首。

案上的白纸由风散出，他由书阁中的一屉中取出一枚精致的符令推给了她。

他说："这么多年我不曾送你什么。如今这恰有是一份不错的礼物。"

她一把夺来，扬起那玉符，惊见雕镂的四字——"受命于天"，猛地愣住，

【第八卷】遗世篇

眼中似有什么迅速碎裂。受命于天，既寿永昌！从腰上取下自己的符令，既寿永昌四字熠熠华辉。与他之"受命于天"拼在一处，才是圆满。她恍惚笑了笑，看着合为一体的符令，终而完美。

他一时未顾及她满目雀跃喜色，只用手抚弄她的长发，瘦削的长指触弄细腻的青丝，缱绻缠绵之意浮动在空气中，他缓缓说着另外一事："待以后，你可不能再由着性子，动辄便以殿前斩臣以威胁。威胁多了，他们自不当一回事，若真动手了，总不能将诸曹尽诛。要恩威并重，刚柔济施。"

"我以后不做也不说，一切任由你决断。"她轻轻闭上眼睛，说得平静。

他牵了一笑，摇摇头："我不信。"

凝神看着她，想将她看入眼底，隔了许久才开口："冯熙在军中已历练了许多年，我觉得他如今已可以做你身后那一棵参天大树，撑持你，也撑着这座江山。"

"我身后的支撑，只有你。"轻柔的声音如流水般潺潺，她一动不动地望着他眼中的自己，唇齿张张合合，"真的，真的只有你。"

是他告诉她，自己生存的意义，他告诉她，她是那样珍贵，如何也不能被替代。

他给她拥有的一切，而这一切，也都是因为他。

无论他是虚弱，还是病痛；无论他是昏聩，还是英明。

只她一回头，看到他在身后便是足够了……

白蒙蒙的天空荡漾一层金色光芒，沐浴整座大魏宫城。金碧辉煌的太华高殿，钟鼓鸣散，身侧的他轻轻握起她的一只手，含笑平静地接受群臣跪拜。

前来太华殿时，他便是牵她步入，当着重臣颜面，这样亲昵实在引她别扭，只他却说早是说好的，今日牵着一刻也不能分开。于是一手扶紧握柄之上金螭白玉虎，另一手由他紧握。一边是权威贵绰的符征，一边是执手以握的缱绻。想来自己是何其幸福又幸运的女子，天下女子当真会想要羡慕自己。

"朕承洪绪，统御万国，垂拱南面，委政群司，欲缉熙治道，以致宁一。才至三代之隆。今选南部尚书，诸曹选补，宜各先尽劳旧才能。"拓跋濬清冷凝重的声音于寂静庄重的大殿之上飘落，激荡人心。

陶然微熏的光彩浮荡于她容颜之上，挑起笑眼，满是倾慕地看着他之侧影是这样的清晰又安宁。那一刻，她因他而荣幸，因他而幸福，因他而无悔一生。

长鼓声起，礼官扬起声音来报，当是新立封的南部尚书前来跪受官印。

他看她一眼，又瞧向殿下那一步一叩首前来的身影，目中竟有些期待。

冯善伊不明所以地看着他，才又转首，直至完全瞧清了来人，那一丝笑已僵硬。

"臣，李敷跪请圣安。"

一声清清朗朗，直冲九霄云上。

温热的眸泛起轻雾，她抿唇笑得清澈明媚。

李敷立在殿下，冷风跃过龙舞金腾的玉柱，贯满他墨青色的朝衣寒袖。他毅然无动地仰视上方权贵，不卑不亢的坦然，令满朝文武皆失了颜色。

那一刻，她由殿下的他，只想到一个词，那便是真正的砥柱中流。

"李敷。"拓跋濬扬了一声，满意地看着他，"朕用人不疑，疑人不用，你当有何话要说？"

李敷再次跪地，朗声迎上："臣为了皇上，愿死。"

最后一字咬得极重。便是沉静如拓跋濬都忍不住动容一时。

冯善伊微微笑，清朗的声音幽幽转了下殿："李爱卿为了皇上能死，那对着本宫，又有何话能说？"

执拗地问出这一句，执著地等待那殿下人的回应。便是身侧的拓跋濬都忍不住摇头轻笑她的刻意的为难。

李敷又一次扬起头，平静无波澜的面容之上静静地升起一丝笑颜，那笑色中是许多年前大雨滂沱的西城门下，他予她的所有坚持。而今日，他将自己所有的臣服捧手奉献于她，当着满朝文武，当着他之将日一切政敌和朋党，他无所畏惧地将自己一颗诚挚又坦然的臣服之心赤裸裸地显现人前。

"皇后，为了您，臣甘愿生。"

这世上，或许生比死更艰难。可他宁愿生，便是死后，也要重新站在她之面前，为了她薰裳织藻长袍下那一片社稷延绵，为了她之身后跌宕起伏的迤逦河山，他甘愿用尽气力地活下去。

满目热泪的她失了言语，这是她这辈子，所听到最美好的承诺。

拓跋濬的目光滑过她，又迎向他，微微点头。

殿下礼官提醒授印，所递之上的玉印，沉重又尊荣。

拓跋濬握上那玉印，欲起身，稍愣了愣，平静地放下玉印，目光转去身侧之人，温笑平和："便由皇后亲自授印吧。"

冯善伊不知所措地疑惑看他，却由他微笑示意着起身。

素手滑过冰凉的玉带，黑边滚紫，她双手捧着它一步一步，沉稳而下。

四目交对间，她对他一笑，就此信任一世。

"见到你回来，我很高兴。"轻不可闻的一声，幽幽而出。

李敷闻言平静地扬首，目中写满太多情愫，笑得坦然。

端坐龙位之上的拓跋濬含笑凝视着她转身，凝视着她提起裙摆平静地走上玉阶向着自己而来。自己为她实在做得不多，做不到为她生，也不能为她死。对她，他只是有多少，便予多少。

五月璀璨的阳光如风掠过轻鬓，弯眸清润，她艳丽的裙摆绽放若凄艳的大朵海棠，蓬勃新生，灼灼瑶华，徐徐迈上的步伐轻盈静谧。此刻她很美，似乎又回到了十年之前，她身着庄重的汉人朝衣，朝着自己款款而来，向他求一个后位。

一刹那，一华年。

几番沉浮，几番轮转，她仍是这一脸宁和安然的笑容，走向自己，走至他身侧。

这一生能有多长，还能再有多少相伴相守之十年。

他，如何看她也不够。

眉心因突然剧烈的痛楚微蹙，眼前虚虚浮浮，连同她的身影一同模糊，升起最后一笑缠绵如花叶，视线转入重重漆黑的刹那，浑然无觉地探出那只手，迎着她的方向。

说好的，今日牵着的手一刻也不能分开。

位下的她仰起头，温然静笑，距离几步之间，她抬袖迎去他伸来的手握上去，不复素日的温暖，指尖传来的刺骨冰冷，瞬间推她入一池寒水的底谷，彻骨凄冷。

怔了怔，努力不让自己容颜之上的笑色衰败。

十指相握的瞬间，他的头扑入她怀中，轻轻贴在她胸前，若有若无的一丝呼吸淡去，他静静闭上了一双眼，已是坚持了太久。

她一动不动，腾空的手略有颤抖地抬上，正落在他鬓间温柔地抚弄。大殿清明的日光将他的面孔映得如玉洁白，他平和的微笑牵在唇边，舒然轻松，没有一丝勉力。

所以她想，他只是……累得睡了过去。

他时常这样一不小心就睡过去，之前也有过一次，听着略儿背书他便不知不觉地睡过去，而后谁也不敢吵醒他，就此过了几个时辰，天都要黑了，他才缓缓醒来，看着略儿微微一笑，说了声："你方才背到省身不语那一段。"谁也不敢提醒他，不敢告诉他他睡了有多久，不敢说略儿早是彻头彻尾背了三遍，可他只记得临睡前的那一段。

垂下头，俯身贴着他的额头，由泪水漫涌的模糊视线中看着那丝殷红由他唇中溢出，沿过她衣摆，蜿蜒入金色的龙座。一滴一滴，坠落其间，坠在他这一生最宝贵的龙位之上，溅染出一朵潋滟的红梅。

心底最温软的一处横生出冷冰，寒凉凄楚。喉咙滚不出声音，胸口的阵痛不能抑止，她捧起他的脸，反手擦拭他唇畔的血色，却不想染红了他满眼，脏了他从来干净的苍白容面。其实自己少有工夫细细瞧探他，他总是太忙，忙得忘了吃饭，忘了睡觉，忘了他自己只是一个肉体凡胎的平常人。摇摇头，瞬间不能支撑，她猛然抱紧他，将他的脸深深地埋在自己怀中，半刻也不想分离。

提起的声音夹杂着一丝暗哑颤抖，是她竭尽全力发出的音节——"退朝！"

退朝！

殿下的崇之先行听到，也琢磨过来，忙转身将退朝之令传下。下殿群臣仍是跪立于地，此时翘首瞧探，只见崇之厉色逼袭，才又连连跪着退了出去。

大殿陆陆续续走空了，朱门紧闭。

冷风四荡的清寒中，只崇之跪在殿中央哭得颤抖。

卸去气力的她，步子一软，抱着他跌坐在龙位之下，她吻着他额头，像往日一般抚绕他肩头，声音恍惚又凄凉："我说过，你的软弱只我一人能见。"

凝视着他睡颜，依然文隽清雅，便如多年前那一眼相顾，数年不变。她不准他睡在这里，便是这位子耗空了他的生命，她最恨这座殿宇的金碧辉煌，最厌这高殿龙椅的巍峨，它们便那样好，那样美，生生地夺走了他所有的气力，一点也不留给自己。

北风由窗口漏入，长发飘摇，与他的缠绕一处。

忍泪含笑，盯着他许久，探下身，将他的鼻子眼睛眉毛尽数吻过一遍，才掰开他紧紧缠握的五指，一根一根地掰开，他握得极紧，她掰了很久，终于分开，空出手张臂将他环紧。这样独独拥有他的感觉真好，江山霸业再夺不走他，如今他只会睡在自己怀中，永远不会离开她的怀抱。

任湿冷浮荡满面，幽然合闭双睫，她记起那一年魏水风荷茂，忆起那一年素衣染尘霜。清冷的大殿中，她第一眼望见他，朗声那一言皇上万岁万万岁……

和平六年，五月癸卯，拓跋濬崩于太华殿，谥曰文成皇帝，庙号高宗。

冯后拥立十二岁的拓跋弘为帝，五年之后的皇兴五年八月，拓跋弘禅位予太子拓跋宏，《魏书》载记"上迫于太后，传位太子"。不及五岁的拓跋宏登基，成为历史上著名的孝文帝。

【第八卷】遗世篇

承明元年六月，太上皇拓跋弘由冯太后鸩杀于平城永安殿。事隔多年之后，重新走入北魏极权巅峰的太后冯氏被尊位太皇太后，自此开启太和改制的又一路征程。

【尾声】

文成帝皇后冯氏，史称文明太皇太后，由罪臣孤女，至魏宫宫婢，再至文成皇后，最终成为献文帝太后及孝文帝太皇太后，谱写了后宫女子跌宕起伏的历史画卷。

终其一生，掌权近二十年的冯氏，一度被誉为无冕之王，曾两度摄政，将北魏汉化推向巅峰，其后半生中谨遵文成高宗遗愿，辅佐两代魏皇，大力推行三长法、均田法、班禄法，革除政乱，厉行节俭，其政策影响深远。

身为史上最伟大的女性改革家，冯氏为北魏汉化付出了一生的心血。在太和改制普照后世的光芒下，这个由岁月长河埋没千年的千岁女子，终于又一次被后人铭记。

（终）

番外三　母仪垂则辉彤管，婺宿沉芒寂夜台

【皇后篇】

"你与她定下十年婚约之时，便是知道你自己活不过十年。"

一句话随风飘来，浮于帐外，轻如尘，却是五雷轰顶！

僵冷的袖子抖了抖，立于营帐外那女子竟是呆傻不动。耳廓内外，尽是此声，回声延绵不觉。那些声音入耳后，直钻入她的脑中，钻心的痛！再之后的声音，她全然听不见了。

一手握紧长帐才能立稳，丹茜的长甲生生截断扎入肉里，染血猩红。心如绷紧的弦猛然断裂，"嘎"的一声，裂碎。她低下头，愣愣地盯着自己的脚边，想着由心底掉出的碎片散落了何处，满地都是，满地！

怔愣地转过身，帐外清爽的空气足以将她激醒，呆愣的脚步，痴痴的目光扬去。侍女端的那碗粥已然凉了。她踉跄了几步，撞到那侍女，粥碗碎地，粥渍污了满袖，侍女跪地求饶。

她只望着她，双唇颤抖，眼底苍凉绝望，结结巴巴地嘱咐了一声："别，别说，我来过。"

回至营帐时，她似乎全然崩溃，猛地跌坐长榻，一低头，连串泪珠又急又密地砸落，她咬紧了手腕，哭声压抑，直至气若游丝。她想自己一定不能原谅他。

她真的不是一个坚强的人，好几次都想逃，拓跋余死的时候，她恨不得逃出魏宫，逃得远远的，忘了自己，也忘了他。她又想逃了，逃避生死。

黄昏时他将至的消息传来时，她满是惊慌。匆忙对镜梳洗，掩住红肿的双目，绯红的纱帐迎风飞舞，截断的长甲重新接上，涂上残忍的猩红色，对镜扑上厚厚的脂粉，两瓣毫无血色的唇抿紧朱红的胭脂，静无声息地描画眉眼，眸中已尽干涸。这是她这一辈子，最重的妆容，比那日册封帝后还要浓艳。

华装之下，是摇摇欲坠如浮萍，只靠那一丝残存的意念。

镜中恍惚映出身后的人影，褪下紫袍，月白的单衣比风轻薄，是她最心疼的颜色。

她和他戏谑，只是美不美而已，便绕得他七荤八素，连连说着怎样都美。他由帐外海棠林而归，赠予她一朵海棠别在衣袖间，饶是凄艳，却看得这样叫人心疼。

"其实我有自知之明，我不如姐姐好看。有一天我会老，会满面珠黄，眸眼也会失去光彩，如果我病了，一定会更难看。再好的胭脂，也遮不住丑色。我还会唠唠叨叨，疑心焦躁，会同你争吵不断。我整日围着孙儿们转，忘了要关心你体贴你的时候，我仍美吗？"

明明心底知道这些都是奢望了，却仍要装出一脸理所当然地自在言出，实是残忍。心底抽痛，面上却依然扬笑，若他稍一用心，便能看出她抽动的唇角如此僵硬别扭。好在他累得依靠床头，无暇顾及她做作的神色。

"我仍美吗？"又是一问，她也不知自己在坚持或是执拗什么。

她以为他会敷衍她一字美，便就此放过这个话题。可他没有，他只是说——

"到那时你再来问我吧。我反而期待着想见到那一日。"

傻瓜……明明知道自己见不到了……

仍要这般装作若无其事地骗她吗……

"不会太远，真的不会太远。"泪已凝在目中，不敢落下，不敢被他看见。

他又笑了，如此还能轻笑，可眸中那一丝苦涩终究将他出卖。

"那最好。"

只是三个字，一定说得极辛苦。

她又开始心疼他了，见他浮起倦色，便齐入卧榻，相握着一并睡去。夜静得安好，听到他平稳的呼吸，便知足了。

缓缓张开眼，无暇伤感，披衣至另一侧，代替他坐在案前，片刻不歇地将他满案的文书批完，模仿他的字体，她是越来越纯熟。

长裙滑过冷地，归来，帐中的人仍没有醒。静谧沉夜，那朵凋零的紫海棠飘

264

落裙间。她坐在榻上，静静端详着他熟睡的面容，如老王爷所言，某一日，他就将这么睡去永远不会醒来。

一年，两年，三年，还是五年。

他还有多少光景，她想不到最后一刻他竟不会告诉自己。

拓跋濬一定是这个世界上最成功的谋略家。他最擅长策划出整张蓝图，图上有他的江山，有他的子孙，还有他的女人。他要预先想到一切，预先估算所有的事，一个十年又如何能够呢？她曾经笑他没日没夜地处理朝政，是不珍惜自己的身体早衰的命，如今总算知道了，他不过是在同时间赛跑。

目中湿润，又有泪滚出。

她终究还是懦弱了，做不到，做不到每日每夜装得若无其事陪伴他度过最后的岁月。看着他一次又一次地发病，忍受他千疮百孔的身体被疾病吞噬残咬，看着他越来越虚弱，甚至要亲眼目睹他走至生命的最后一刻。她远没有那么坚强。

于是他浅浅醒来的时候，看见未睡的她满目湿润，瞬间暗沉了眸光。

他平静一笑，抬手滑过她眼中的泪，温声问："怎么了？"

"做了个噩梦。"她贴在他胸前，静静回答。

"怎样的噩梦？"他轻轻问她，淡淡的语气。

"梦见宗长义说要带我走。"

笑中苦涩竟是抹不开："你同他走了吗？"

她摇头，同是微笑。

"为什么？"他又问了一声，声音有些虚弱。

"因为后来我看见你了，梦里你说再也不杀人，求我不要走。说会一生一世陪着我，不离不弃。我想了想，有些感动。又想起你还没有答应我再也不能生那样重的病了，你若是答应了，我兴许会更感动。"连借口都编得这么别扭，自欺欺人吗？还是装作由他欺？

他闭上眼睛，微微叹息："这梦，真好笑。"

"好笑吗？我都哭了。"她叹了一口，微凉的指尖滑过他的眉梢，轻轻揉捏着，"你还没有答应我另一个条件呢……"

一声一声似乎飘去极远……

"拓跋濬，你什么时候答应我另一个条件？"

依然没有答复，她知道，他是又睡去了，勾着她的手睡去。

迎去窗前，推开一扇明窗，浅浅一轮弯月滚落地间。沉醉于冷夜的秋海棠在风中摇摇晃晃，勾映素白的月色落影斜立。任清冷浮荡满面，幽然合闭双睫。她

265

记起那一年魏水风荷茂，忆起那一年素衣染尘霜。清冷的大殿中，她第一眼望见他，朗声那一言皇上万岁万万岁。

明天，后天，大后天，以后的每一日，她都会等着他醒来。

明日醒来时，一定要答应，不然真的不会原谅你……

【太后篇】

为什么？

为什么不愿再做母亲的好儿子？

钟声散去，长风扫过宽绰的华袖，背影映着夕阳显得极弱。

冯善伊对着膝前那人说，我给你一把剑，要么你提剑杀了我，要么喝下我的酒。

殿下的年轻人拒绝了那把剑，跪在阶下倔犟微笑。五年之后，他没有再怯弱，没有再哭泣，再不会像个做错事的孩子哭着环抱她两膝翻摇她的衣摆。五年的时间，在她面前，他再不想仅仅是个懦弱无能的孩子。

他拒绝了她的剑，便要喝下她的酒。

她端坐在冰冷的冷桌前，持着那一樽酒凝视了许久，直到目中的温暖涣出微凉的酸涩，笑容微微一颤，半响，将满盏冷酒交递了过去。

跪倒在地的少年终于由她两膝前仰首，眸光一片闪烁。捧起这一樽琼汁玉酿，唇一丝一丝抿直。滚着金边的龙袖中，握杯的手亦颤亦抖。这是他送给她的春酿，满满一坛子剧毒的春酿，如今置在她推给自己的酒杯中。

他知道她一定想问为什么，这所有的一切，为何尽如梦魇。为什么诬陷忠臣，为什么要逼宫，为什么要毒杀她，为什么……会背叛自己的母亲。如果一切仅仅是个噩梦，一切便不会改变，他还是她的好儿子，无人能撕碎母子情深。

他只一笑，不肯言半句。

任酒汁滑过喉咙，苦涩的味道渗入心底，隔了许久，再仰首时，溢出的琉璃色添了一抹抹猩红。他撑起两膝站起身，退了一步又一步，后脊撞向冰冷的石柱，战栗的身躯艰难滑落。

而她是满眼清醒，此时却看不清他，那曾经深深烙印于心的清俊五官，一如他父亲的容颜，何以如此模糊？她猛然回身背向他，任凛风扬了半盏长袖，拂了华摆又落，终，干了冷泪。

拓跋弘轻了呼吸，似笑而非笑："宫人讹传，我不是您的儿子。而我之生母，是受您所用而亡。母后嗜权，也必要杀了我为李氏兄弟报血仇。"

"所以你要杀我？"实在是多么可笑的借口！

她扬了一声，迅速止息，再无声响。半刻俱静，只剩发白的指节在袖中颤抖。

许久，她立得双膝僵冷，终于静静转身，目中仍是一如既往宽和的笑意，风盖住了声息，断断续续，伤痛流于满目："是你心中的想法吗，弘儿？"

因这一声"弘儿"，他窒息。自登基后，再未听得她如此唤自己。

"母后从前说过，这魏宫又黑又冷，除了弘儿，您一无所有。"从那时起，他笃定以毕生守护母后，再无其他。目中泪下，他沉沉凝视她，眼中载尽痛色，"从今往后，母后您心中依然会是富有四海，还是空无一物？"

那时，她确是如此说过。

直到此时，他仍是她的所有。

其实从未改变过。

从来都是他以为，经年不复。

拓跋弘的额头重重砸向冰冷的玉砖，一下连着一下磕出血色，连着他口中的凄艳，绯红蔓延。

"是我对你不好吗？"她弯下身，抬手摸他的脸，努力探出一寸又一寸，她朝他点点头，却发不出声音，长睫轻抖，抖出一抹轻薄的白雾，似春日的素梨花。

声音那么轻，那么痛——

"你父皇驾崩时，你只有十二岁，乙弗浑贪权狂傲欺凌我们孤儿寡母，是我将你紧紧护在身后临朝称制诛伐乙党。我那时便只想与你同生共死，不余一丝苟存贪恋。你不记得了吗？

"你十四岁时初为人父，我顾及天威圣颜，不顾汉臣屡番阻拦，停止临朝，再不过问政事。你也不记得了吗？

"你捏造罪状诬陷朝臣，诛杀忠良，我可曾逼你认罪？！

"你雅薄时务，又心胸狭隘，不顾天下社稷，不知爱人，不怀怜悯苍生之心。我忍痛命你禅位，甚至还要逼迫史官只留一言'上迫于太后，传位太子'为你正名！

"弘儿！是你根本忘记了，还是不愿记住！"

抬颌一笑，漫长的隐忍终于在这一刻全然迸发，沉凝数载的苦痛缓缓化开，

冷泪滚落如雨，她问自己，倒是有多少年没有流泪了……

呜呜咽咽的泣鸣混着喉咙中滚出的鲜红流曳，他转了转眸子，夹着最后一抹留恋瞳光越发淡去，声息亦轻不可闻："自小到大，儿子唯一在意母后的目光。从继位，再至逊位，甚至今日，儿子所做的一切无非是要您看着我，看着我……母后，来生只愿是您的儿子，其余最好什么都不是……"

宽大的裙摆绕过石樽，她失了浑身气力，缓缓蹲下身来，颤抖着指尖为他拭去眼中最后的酸涩。她仍记得他有一双好看的眸，曾经是支撑自己的全部力量。托起他渐渐沉睡宁静的脸庞，轻落下一吻。如今，她送走的不仅仅是一位天子，更是她的儿子。

猛然推开殿门的拓跋云中风尘仆仆而来，他直奔入内扶起他可悲又可怜的皇弟。

抬眸间哀怨地看持袖离去的颓败身影，浮满衣襟袖摆的血色绣起一朵妖娆的红牡丹，却是支离破碎。那一眼，他所望见的是她满心的破碎。

魏书史载，承明元年六月，太上皇应召前来晋谒冯太后，被伏兵擒拿押禁，随后由冯太后鸩杀于平城永安殿。

【太皇太后篇】

孝文帝太和十四年。

枝叶葳蕤，青葱华盖延绵，平城宫都渐渐老去，东都洛阳兴建而起的新都凌云巍峨，据说有阴山广德宫的华绰端然，亦有平城古都的旖旎风姿。

年轻的魏帝下令迁都，为年迈的帝国迎接一场新生，自汉化改制后焕然一新的魏朝，将有一个新地点，载着东都新生的初日与天地齐寿。这恐怕是任一代魏国皇帝的希冀，尤其是汉化的始创者文成帝。或许是天意，规划以及推及新政的十年，太和改制的十年，人世浮沉百年之中如沧海一粟的二十年，却都与面前这个女人有关。

"皇祖母，风冷了。"拓跋宏走近身前的藤椅，将长袍铺在她两膝间，轻声提醒。朝堂之上，他是冷声喝言，无人能阻挡的魏帝，只于这个女人面前，他是言笑清和、乖顺听话的孙儿。

十几年来，寂冷空静的宫，他只有皇祖母，而皇祖母也只有自己。

"终于到最后的迁都了。"似听到遥处悠荡而来的轻唤声，她静静抬起不再清澈仿如三月桃花的明眸，如今眼中宁静如古水。当年文成帝与她说的每一项：三长制、均田制、班禄法、租调制、改官制、禁胡服、断北语、改汉姓、定族姓、迁都洛阳。掐指一算，恍然长笑，拓跋濬的一生倒是做了不少谋划，而自己这一生代他又做得这样多，多得恍如浮梦，她都要记不清了。

"昱文殿、宣政殿、正阳宫、寿安宫，凡是平城宫中与您有关的宫所，孙儿在新都洛阳宫建造了相同规格，一丝不差的仿宫。只待皇祖母迁去。"

予他宽和一笑，她摇摇头，起步回殿。这一座平城魏宫，有她熟悉的一切气息，有太多故人往来于虚无梦幻间的旧影，这些许年来，便是他们陪着她，才不会寂寞，才能坚持下来。

徐徐地走，慢慢地看，静静地听，这一座魏宫有许多的秘密不能勘破。是谁，困步于魏宫最深最静谧的角落，鹤发苍颜，持笔于纸间，可叹又是一年春入，却难落半字归书；入梦则是她韶颜碧朱，仍道荣华枯。那是被她圈禁了近十五年的任城王，那个有民间贤王之称的皇弟拓跋云，如今却只能对纸笔空叹。

他抬起头来，试图看清来人的面容，自受幽禁以来的十五年，他再未见过除了那三两个聋哑老宫人之外的任何人。模模糊糊的视野，苍凉茫然的记忆，他轻若浮尘地笑，双眉深陷的沟壑是被岁月洗尽的苍老。

"我不知而今年景如何，不知该唤你一声太后，抑或是太皇太后？还是暂且唤你嫂嫂吧。"拓跋云温和的笑容，已不复三十年前与她时处针锋相对的凌厉，那时候他甚至有好几次想杀了她。

她又怎么会不知道？将拓跋弘引入噩梦之人便是这个好叔叔。在拓跋弘亲政后，这个好叔叔对侄儿灌输了许多从前在母后那里学不到的东西。诸如他生母凄惨的故事，诸如他母后所依靠的冯门张牙利爪试图吞并大魏的昌盛，再比如那个荒唐却最终步入事实的预言，所谓金克木，母弑子的离奇预言。

拓跋弘退位后，她最紧要的一件事，便是囚禁拓跋云，永远地软禁于魏宫寂静的角落，成为甚至历代皇帝都不会知道的陈旧秘密。便如当年她幽禁郁久闾氏，每一朝都会有不能言的秘密。拓跋云的秘密便在于，他背弃了兄长的遗愿，反将他所有的聪明才智、文韬武略尽数倾之，却只为对付一个于朝廷于社稷无害的女人。

"弘儿，还好吗？"十五年对外界一无所知，这种感觉恐怕比死还要难过。这便是她赏赐自己的折磨。

她点点头，清然微笑。如今弘儿一定是好的，不知投胎何处，却该有个好归宿。

他释然一笑，轻松不少，却听她倦怠的幽声低诉而来——

"十年前，便是好了的。哀家杀他，大概也有十年了。"

十年前，而非十五年前，看来是那孩子又做了离谱的错事。

"为什么，不杀了我？"他侧眸看她，她也是老了，被暖风吹了片刻竟面生困乏。

她摇头，脉脉言："哀家舍不得你死。哀家要等自己赢了，再给你看。哀家要你亲眼看着自己输得一塌糊涂。"

"汉化大革看来是成功了。"拓跋云淡淡地笑。曾经也是自己，严辞喝令她不要左右皇兄的心意，他言之凿凿汉化必败。他那时也想，皇兄并非真正在意这女人，然而一次又一次的错料，堪负不起。

其实输赢都不重要了，她最后想来看看他，不过是想要他知道，他兄长当年的选择没有错。不论是拓跋濬选择了新政，还是他选择了她，他们都没有让他失望。

"这些些年来，他们唤我母后、皇祖母、千岁、太后、太皇太后。可也只有今日，你唤我一声嫂嫂时，我最高兴。早知便早些来看你了。"

冯善伊温静而笑，端然起身，轻柔的步子一步步转去来时的方向。来时只觉路途这般短暂，归去尤觉得这一路太长了，长得险些迷失。廊前玉窗那静静守候的女子，她望断秋水地望着对殿的这一头，自己走出的方向。冯善伊想起当年的乙弗涣，美如桃花，是清风淡云间那一支绯丽艳漱。

她走过去，扶过蹲身与自己行礼的乙弗涣，承受她半身的重量时，有些力难从心。

"你可知既然选择了，一辈子都不能再出这个地方半步。"不是威胁，她不过是与她坦言，她既是要和那人在一起，这就是代价，失去自由的代价。

乙弗涣仰首一笑，恍惚间，仍是许多年前的璀璨明艳。

"太皇太后，臣妾同他已是错过了太久的年华。再错过，这一辈子都要走完了。"乙弗涣坦然回应，满心满意的恳切真诚。

她再没有坚持，也没有劝退，只是点了点头。目送这个等了那男人一辈子的女人一步步走向幽闭冷宫的尽头。如她所说，再错，这一辈子都要没了。而多少人又是就此错了一辈子呢？

双鹊于窗前低飞而过，目中这座熟悉了几十年的华丽殿宇，如今也陌生了。

而今她也不再是娥眉青黛的女子，铅华尽洗，看过世事浮沉，终也只能看懂它的某一处角落。高殿之上，是赫连一身华章彩服持手相对，淡然微笑着等待自己。

她款款迈上玉阶，将手迎了过去，依旧是十指交握，年华似又回溯四十余年。

同是静钦殿，同是立于高高殿首的华色裙摆，同是由飘摇云飞的长帐前依稀回眸，向自己伸来的这双手。自九岁时便紧握而起的这一双手，自此纠缠一世的命运，便当真没有再分开过。

"赫连，都说聪明的女人，不会在历史中留下任何痕迹；而遗留一世骂名的女子，又多是自恃聪明。想来你是聪明，我是自恃聪明。"一缕笑意，几分自嘲，几分淡然。

九重宫阙忽起了风，霞色如云散去，天际顿时阴霾，快要落雨。大殿朱门"吱"的一声拉启，她与她执手立在云涌雾飞间。

"冯善伊，你是天下少有极聪明却要自恃聪明的女人。"

绵薄昏黄的落影铺了一地，殿下匍匐的臣民高呼着一声又一声千岁。惘然失笑，这一生如倾世浮梦，不留一丝痕迹地来去，浮沉于白驹过隙间。原来千岁当真是如斯寂寞一世。历史将不会记住这些被唤作千岁的女人们，于是千岁千岁千千岁，终不过是流入心底的所有寂寞。

番外四　隔花闻一笑，落日不知回（李敷篇）

　　太华殿门重重合紧的刹那，似乎听闻西天云雀一声长鸣，那般凄厉的哀声，婉转云绕。三两朝官集结于殿外，依然保持着虔诚跪立的姿态，之中包括我。跪在最前那人是任城王拓跋云，那一刻，我并不知道他眼中纠杂着怎样的彷徨与不安。

　　耳畔仍断不掉她猛扬而起的喝声——"退朝！"

　　那样的不合时宜，那样的暗哑急促，颤抖的音节中甚至能听出她刻意压抑的恐惧。

　　殿内安静得透不出一丝声响。

　　后来我才知道，那数个时辰，她拥着他，于冰凉的大殿之中坐了一日一夜。自辰时，入黄昏时，再至转日天明，那样的安静，俨然毫无气息。崇之说那日的她，茫然如木偶，失魂落魄的不记得说话，不记得喘息，连哭泣都没有。她只是抚怀中人那一脸毫无血色的苍白，任他在自己怀中永远地睡去。她说他太累了，累得所以醒不来，她也不舍得他醒来了。

　　夜深时，殿中依然没有亮起灯火，她便沉静在一片漆黑中。

　　最终还是拓跋云忍不住冲了进去，他一脚踢开太华大殿的朱门，而后他也是安静了。半刻之后，拓跋云踉跄而出，跌坐在门槛处，长袍滚落地间，东风席卷，漫天飞摇的尘土掩去他满面的哀伤。他似憋闷得发不出声音，只撕扯着自己的胸领，泪水簌簌落满衫袖。二十几岁的人却忽然像一个长不大的孩子般掩面痛哭。很久以后，拓跋云向我回忆说，那一夜殿中的场景，依然是格外清晰的痛楚。他说自己堂堂一个大男人，从手无缚鸡之力的弱女子怀中竟也抢不出他哥哥的尸身，她抱得那样紧，紧到二人几乎融为一体。

天明之时，哭断了心肠的崇之僵硬着一张脸由殿中跪出，他只跪在我身前，用力地叩头，用力地流泪，声声祈求："李大人，我们娘娘如今怕只能听您的了。"

崇之，你错了。

这女人尤其地狠，除了自己，她谁也不听。

可我还是站起身，麻木着一双沉膝蹒跚入殿。我实在不知该以怎样的神情面对她，而她也必定不会在意我那时任何的一丝表情。她空了，怀中虽揣得满满，眼中心底却是全空。

她怀中的那人是如此安逸，唇侧甚至还牵着那一笑。是，他那时凝视着她一路而上，望见她之飞扬神采，看着他此生最爱的女子步步而来，迎着自己的方向，他怎能不笑，怎么可以不欣慰？最后一刻，他是幸福的。

这一生，虽然不被赋予爱人的资格。可他还是努力去爱了这一人，不计付出，不计结果地爱。

张开口，却发不出声音，我第一次觉得言语实在无力，安慰的话都是空洞。

她没有看我，却依稀呢喃一声："我不为难你们。只待一会儿，再让我陪他待一小会儿。"

她清醒，比任何一人都要清醒。只是她的清醒，却让人看得如此痛。

她松开他的时候是如此小心翼翼。她将自己染了一袖猩红的长袍扯下来，披在他肩上。她起先是想将他搀去龙座之上，他爱了一辈子的皇位，为之奉献一生，甚至最后咽气的时候，他都没能离开的宝座。虽然她不想他睡在这里，却也希望他最后能安心。

太沉了，她浑然使不上力。

我抬手帮了她，她却将我一把推开，似乎不准他人碰她臂弯中的人。

她最终仍是做到了，她微笑着，颤抖着，将他靠在龙椅上，将他的脸擦干净。她跪在他脚边，拉了拉他的袖子，由下至上无限倾慕地望着他，幽幽道："起了，要上朝了。"

言声那样平静，便如每一个将枕边的他叫醒的清晨。

我背过身，双眼痛得睁不开。我忍了许久，终于压抑住流泪的冲动。

【番外四　隔花闻一笑，落日不知回（李敷篇）】

273

她喊了几声，直至再说不出话。她最后站起来，抬手整了整衣着，步去殿外。我跟在她身后，生怕她会做出什么出格的事，生怕她会伤害自己。

她只不过是迈出大殿，而后倔犟地合紧殿门，以身相挡。

双袖负在身后，力撑殿门，她不准殿外任何一人入殿打搅他。

已近早朝时，文武朝臣早已将殿外围得水泄不通，不明真相的众臣只目瞪口呆地望着她。眼神是冷的，面容是冷的，从头到脚，无不散发出寒意。我想，从前的冯善伊并不是这样。那个我第一眼望见即冲我嬉皮笑脸乖张另类的小宫婢，那个假言令色要挟威逼我的冯昭仪，甚至那个故作端庄持仪却比任何人都亲和的冯皇后，她们都不是如今她这副模样。

"皇上要休息。他被你们这些权臣贵胄折腾累了。"

声音散下殿，集结的朝臣呆愣之后瞬时醒悟，刹那的寂静后，顿起号啕大哭，哭得瑟瑟发抖的朝臣匍匐一地，冷冷的风吹起她皱褶的衣摆，我看见她垂下头，大颗晶莹的泪珠，涌了出来，滚在她花纹繁密的襟领之上，浸染紫色海棠的花蕊。那是我这辈子最后一次见她落泪。她不是一个爱哭的女子，而在成为这所巍峨宫殿的太后之后，她便是不能再哭泣的女子。

哀声哭悼断人心肠，伴着三日不绝的国丧钟音连成一片汪洋。帝王灵柩送去宫陵的一路，沿途百姓朝官，俱是伏地痛哭，泣声如海，淹没了整一座魏都平城。那之中有汉人，有胡人，倘若灵柩之中静静沉睡之人在天有灵看到这一幕，必会更是欣慰。他一生勉力推行的新政，终有人心所获。

三日后，依北魏旧制，焚烧大行皇帝生前的御衣器物，百官与后妃亲临哀吊。她平静地立于万人之首，熊熊大火燃起的一瞬，她自我身侧疾出，那飘飞的袖盏如风般扫过，直扑入火海中。那一刻，她是身不由己。我一冲而上，顾不得百官及宫人数百双眼睛的注目，将她死死环住。她在我怀中挣扎，咬紧双唇却不发出任何声息。

我只低声轻问她："娘娘，您忘了皇上的嘱托吗？"

她猛然再无挣扎，慢慢地睁开眼睛，动也不动地望着熊熊烈火，紧紧攥握那一支朱毫，凄然微笑。

那一夜，她枯坐于宣政后殿，便坐在他从前坐着的位置。

我跪在不远处，她坐了多久，我即跪等多久。

她抬手触摸他日复一日接触过的所有物件，试图感受与他相关的一切气息。案前高高摞起的奏折，如往日无不同。只她眼中无论如何再容不下这些，便是这些生生夺走了他的性命。她冷冷地笑，将满案奏案倾数掷地。

我向前跪了一步，她扔下多少，我便捡起放回多少。

"你住手！"

她抢上半步，挡在我身前，将那些奏折抱回案上一份份重新整理好，悲伤的双眼透着一丝坚毅。她将烛灯燃起端在案前，无声无息地研墨，颤抖着握起朱笔，如往常一般摊开奏折。她刻意使自己平静，全身心投入其中。那一支笔，于是一握二十年，那盏旧灯台，亦是伴同她走入人生的最后时刻。二十年，她伏在那座御台之前，将她一生的悲喜浮沉尽数落于笔下的铿锵字迹中。

许多年后，她才隐约含蓄地向我交代当年那一幕她的转变。她自袖笼中颤巍巍地拿出那一纸细笺，是当年拓跋濬夹在自己回批的最后一纸奏章中。他死后，它便压在摞起的奏折间，直到她愤怒时推开它们，才一眼望见那雪白的笺纸上赫然写着她的名字，以他的笔迹。

她将那纸笺递给我时，曾经的雪白已旧得发黄，甚至有些斑驳，想来二十年间，她一定摩挲了太多次，打开又合上，看一眼又贴在胸前。我能想象它从那一刻开始，便从未离开她袖间。

唯恐撕碎般小心翼翼摊开那笺纸，迎目的四字早已是泪迹斑驳。

我想自己一把年纪了不该如此脆弱，却在面对那四字的一瞬间猝不及防地落下泪来。

那是拓跋濬留给她的最后四个字——"与子成说。"

执子之手，却不能与子偕老。

但求，生死相依，与子成说。

那一刻，泪眼朦胧的我只看到她凝视着那四字静谧微笑。

文成帝驾崩后，她临朝执政十八个月即予十四岁的拓跋弘亲政。之后的她退居寿安宫太和殿，尊享于常太后从前清净的佛堂。

也是那一年，我将珠儿母女由石城偏居带回了京中。曾想起许多年前她为我主婚，将珠儿嫁给我。我惊讶于她甚至还记得珠儿，她那时只风轻云淡一笑，悠哉道，她如何能忘呢？许多年前便看出了珠儿对我有意思。于是我问她，许多年前可也看出了我对什么人有意思。她笑而不语。

我记得她曾经问过我这世上可还有放不下的人。从前没有，如今是有了。只牵挂放不下的那一人，却只能永世仰望倾慕。后来，我习惯了叫她那女人。

珠儿是很贤惠的妻，甚得我心，我对她亦是极好。虽然宫中那女人时而教我如何疼妻子，可我觉得我做得并不差，至少不会比她的丈夫差。而后听那女人细

细道来，我才有几分不敌的愧色。我从前并不知道那个冷静寡言，不曾沉溺于女色美酒的文成皇帝，私下里竟也有温柔出奇的一面。每当和我讲起这些旧事时，她面上总有掩饰不住的光泽。那瞬间泛起的华彩，仿佛让她重回了许久之前美好的岁月年景。

征讨柔然的战事，屡屡赢胜，拿下柔然这个北方小国就在一念之间时，那女人却做出了惊人的决定，议和！她说柔然五万首级不如和平无争来得重要。北魏于是需要一名倾国美丽的公主前去和亲。南安公主绿荷曾自荐要前去，只那女人笑她一把年纪了也不去照照镜子。柔然前来求亲的小王子只有十几岁，正是少年英气。魏宫之中并没有恰恰合适的公主，直到润儿自请入柔然成亲，而她唯一的要求便是希望能在云中山陵举办婚事，她希望当着生父之面完婚。

入云中那半年，冯润也算是我抱大的，心底早已将她视作半个女儿。于是在那女人拿不定主意时，我已是坐立难安，在她的太和殿一跪几个时辰，阻拦她拟旨。我那时想倘若，我自己有个年岁差不多的女儿一定会献出去，只润儿不能，那孩子实在太可怜了。那女人何尝不知道她的可怜？但她转过身去，连叹口气，仍是做出了决定，送润儿出嫁。

那一年，最盛大隆重的出宫排场是送冯润出嫁。我和她立在城楼之上看着盛装的冯润伴着华贵的仪仗，随行了一路逶迤绵长的队伍。

临别的那刻，她牵着润儿问："可是怪母亲？"

十五岁的冯润早已不是幼年的叛逆张扬，她笑得宛如成熟清雅的女子。

她说："您永远是我的母亲。"

远行的队伍直至化作尘烟尽头那一束黑烟，她仍没有转眸，她眼中的落寞无不流诉出一抹哀伤与牵挂。我问她既是那么伤心，如何要痛下决定，又是为了江山吗？

她摇头，一身权贵的朝衣乘风而起，猎猎飘摇。凝重的紫红色衬得她越发清瘦憔悴，我也是第一次发觉，她不再年轻，不再满面轻风的释然微笑，她之肩头，或许比这世间任何一个男人都承受得重许多。

"很多年前，我与拓跋余谈起琐碎，他曾经告诉我，他的储位不会留给子嗣。他的孩子们，他要亲手将他们送去与魏宫不同的远方遥处，任他们离开得越远越好。"

她不过是完成了他的一个心愿，仅此而已。

突然间，困扰我许多年的问题再难压抑，我问她，这一生最爱的到底是哪一位皇帝？

她有些怅然地垂下头，想了片刻，换了方式回答我："我与拓跋余在一起时，心是愉悦的，他死后，我恨不得将眼泪哭干。而同拓跋濬在一起的时光，心是满的，他不在了以后，心就此空了。"

　　我想这个问题或许也会困扰她一生，她自始至终也没有说出一句明确的答复，欲语还休的含糊，恐怕是她自己也是当局者迷了。

　　好在我是旁观者清，细细咀嚼了她的话，却没有告诉她，其实在她心中，拓跋濬的分量更沉更重。因她至今都不愿意以死这个字面对他，仅仅是承认他已是不在。

　　冯润的幸福，恐怕是那女人最大的慰藉。冯润嫁去一年即有孕的消息传至魏都，她命平城大小佛寺同诵福经，为她远方的女儿祈福作法。可她仍是极其想念那孩子，时常召云中入宫，几句话言起更是不离冯润。后来冯府的家妓与小妾为已过中年的冯熙又添两女，冯熙前来向太后求赐名时，因着思女心切，那女人第一个想到的名字即是冯润，另一个女婴则赐名冯清。只是谁也想不到，便是这一对姐妹花，在十几年后与北魏的皇帝又一次宿命般纠缠，谱写了冯氏女子另一段离奇跌宕的北魏宫事。

　　"瞻彼淇奥，绿竹如簧。有匪君子，如金如锡，如圭如璧。
　　宽兮绰兮，猗重较兮。善戏谑兮，不为虐兮。"

　　当兮音也开始幽声念着卫风的诗句时，我才发现我们是老了。兮音是我和珠儿的女儿，她是我们的第一个孩子。长辈之间纠缠不尽的缘分，到了下一代似乎豁然开朗。兮音与拓跋略自小青梅竹马的感情，在少年时便衍生为磐石无移的真挚情愫，这无疑让我和她又惊讶又感慨。我曾也问过兮音，宫中聪颖英俊的少年那么多，为何偏偏喜欢上那位小王爷，那时兮音一笑，并未说什么。直到兮音及笄的前夜，她悄悄附在我耳边告诉我她的小九九。

　　"母亲说，爹爹心底的女人是小王爷的母后，母亲还说，若我能和小王爷成就一世情缘，爹爹想必是最欣慰的。"

　　似东风袭来的旧梦，我又一次沉醉，又一次感怀，深深微笑。懂事的女儿，贤淑的妻子，还有我最敬重之人一世的信任与器重。想我这辈子都是极好的福气，好事皆占尽了。

　　有匪君子，如金如锡，如圭如璧……

　　那是兮音的声音飘荡在长春池畔的芦苇边，她脱下一双金履，赤足踩在水中，溅起连束雪白晶莹的水花。倚靠的冷石前，坐着的少年幽幽地望着她，将采

来的牡丹悉心插入她鬓间。兮音回眸一笑的璀璨，明若玄光，一声轻轻柔柔散出——

"略哥哥，你母后要是不同意我嫁给你呢？"

"母后她不会不准的。"

"可给皇兄的女人，她都是挑来拣去，好些不满意。"

"兮音，你放心。她若不准。我则领着你私奔。"

"……"

"兮音，你愿意同我私奔吗？"

少年少女无知无畏的声音不知不觉飘来，听得我暗笑连连，抬眼望向对岸，夕阳之下繁密的芦苇荡被风压没，渐渐映出那女人独立风中同是望着子女们的温柔笑颜。四目相对，绰然清笑……

番外五　尤是素日诗花开（文氏篇）

"李弈，我窗前的梅子似乎结了果，我怕它们冻坏了，你带人去摘下来吧。"

许多年之后，残烛寂冷青烟疏然，经筒再也转不动，我空对陋室冷窗，风拂来霜降后的落梅绯红，将我伏在窗棂的两袖染湿，黯深晦然的亮色，是我目中莹然的泪。我怔怔重复当年的这句话，似乎那个面对我时而傻笑呆愣的年轻人依然跪在窗下的冷阶前，依然将我说的每一个字念在心底牢牢不忘。

李弈，你知道吗？当年我窗外没有梅树，是因你要远去恒州，不知此一生可还能归来？我想送送你，哪怕是这辈子最后的告别。

拓跋余曾经说过，花开无人折，亦是一种悲哀。

花开无人折，在遇见李弈之前，我想我便是那无人折取即将凋败的冷枝。而今我有很久没有听到他清朗的笑音弥荡庭院，没有看到他得意地扬起英眉映出辉熠光芒的容颜。这样明艳清俊的李弈，他是我的，如此想，自心底而发的由衷欣慰如一溪流淌清泉徐徐流入我因岁月干涸麻木的那颗心，我之心底开花了。

自郁久闾氏被赐死，七峰山上便只有我和住持，还有一个十岁的小尼。云释庵的每一日静谧如沉池。很多年前，冯善伊前来取走郁久闾氏性命时，我见她立在佛祖前静静诉说，她求神灵护佑她的丈夫可以陪她再久一点，因为他要做的事实在太多。那一年先帝驾崩，做了太后的那女人满心空荡，她再次登上山来看

279

我，她将泪吞尽勉力微笑，跪在佛龛前，声音清定地祈求佛祖护庇他身后的社稷江山，他身后的黎民苍生。与我同坐蒲团上，凉凉地笑，倦意深沉道："文瑶，我好寂寞。"是，她很寂寞，连我都看出来了，寂寞无声无息间已将她残噬得一丝不剩。我记得那年她离开时曾是那样信誓旦旦地许诺我，来日接我下山允我成为李弈的妻。于是我静静等待，但她之后再没有来过，也没有放我下山的旨意。我想这个女人一定是高坐朝堂忙碌得忘了从前的约定。

后来我断了等待，却没有忘断思念。因为我老了，不再年华风茂，素白的清颜黯淡无光，我想我再也配不起山下的他，如今他正是在壮年，当娶面如桃花冰清玉洁的年轻女子，而非痴痴傻傻地依然等着容华衰败的自己。我再也不想下山了，再也不想见任何人，再也不想离开云释庵半步。一头青丝长发与其说是对尘世的留恋不如说是对他的思念，漫过青葱岁月浸染素年回忆，这缠绵的绵长，终于还是断掉了。落尽青丝也剪不断的思念，以此只能做一生的凭吊。

我继续念我的经，喝我的茶，淡看七峰山上昼夜不息云起日落。

又是许多年过去了，连小尼的额角都生出年华细密的痕印时，我才想起来自己在这七峰山上度过了近三十年与世无争的岁月。

山居三十年，令我似乎忘记了回到尘凡的礼节。重归魏宫，清冷寒凉的太和殿中，目光越过那一层随风摇摆淡如薄纱的云色轻帐，静静凝着床榻间病容消淡的那人，我忘了下跪，忘了行礼，甚而忘了发出一丝声音。

可她一眼认出了我，远远地唤我那声："文夫人。"探出手，迎着我的方向，素白的指尖如玉冰冷。

落于榻前，任她苍白的视线将我上上下下打量尽，到底还是轻轻道："太皇太后，很久不见了。"

她微笑，无力地接上："想来不算太久，不过是十年。哀家时而觉得十年真短，高宗皇帝予哀家的那十年实在短暂。"

"对小尼而言，十年太长了，等待的每一日都是煎熬。"我曾经便等在窗前，等他的身影，等她的诏书，一个十年，再一个十年，终是满眼的乱红飞雨。

"哀家骗了你，也骗了李弈。哀家从没有想过让你嫁给李弈，只要哀家活着，便不能看着你嫁给他。"冰凉的泪水从眼角滑落，终于，她终于将心底的实话坦然相告。

为什么？

最终，我想问的只有这三个字。

凝视着她的目光，我却已知道了所有答案。因我是拓跋濬的妻子，是他的原配发妻，是他人生中不能斩断的那一丝纠葛。而她是将拓跋濬的名声看得比自己性命更重的女子。她最终放弃了宗长义，毒杀郁久闾氏，甚而不允许我另嫁，都是为了他啊。这是为君帝后的职责吗？那她当真是尽职尽责。

"哀家骗了李弈，说只要他安心为政，便将你赏给他，所以他拼尽心力效劳于哀家。哀家也骗了你，哀家想你活得能有个念想。"

也许是我太老了，时而会感伤，她说这番话的时候，僵冷的心如水散开，我又落泪了，染湿了衣摆，一把年纪，我的泪水怎么仍是流不断啊！

她勉力勾起手，探着我的脸，想拭去那些泪湿。我接过她的手，缓缓放落。十年了，我其实早已不怪她了，只是不想再面对相对泪流的凄惨场面。

"润儿来信说她的小女儿今年五岁了，说是极像哀家。"她笑得那样轻，声音低喃，"怎么会是像哀家呢？那个傻孩子。"

窗外落满池边的秋菊，华光恍恍惚惚映落她鬓角，看着安然微笑的她，我突然想起一些旧事，太久之前的故事压在心头，终有一日会渐渐淡去。我想趁着我仍记得住，一定要告诉她。

"润儿那孩子是个意外。先帝……先帝那时候是把我当做了你。"我开了口，其实说出这一言并不难，却又如何埋了三十年呢。

"先帝？"她静静扬眉，沉静了声音，"哀家所知道的先帝太多了，他们每一位都是先帝。"

"最不成器的那一位，连个谥号都没有的他。"

放下她的手，我立起身，迟疑着步子走向帐外。闭上眼睛，一行冷泪纵下，如同我忘不掉李弈的清影神弈，我也忘不掉那个清冷的雨夜，拓跋余醉醺凝然的气息。撕裂的长帐，他醉了，也疯了，他压抑了太久，他克制自己不去碰心底最珍贵的那人，终于还是把自己逼至绝境。刺骨冰冷的床帐间，我能感觉到的泪从上方涔涔滴落我的眼眉，他一拥而上的决然，使我无心挣扎。我人生第一次也是唯一一次尝试的云雨之乐，那样短暂而清晰，直到我听见他喉咙中滚出的那一丝细弱微小的声音，他唤我——"善伊"。

我记得自己是哭着由他怀中挣出，自少女时怀揣起天真美好的暗恋，一夜间碎裂。他什么也不知道，醒来之后的他浑然忘了那个在他身下微弱哭泣的我，更忘了自己酒醉时难以压抑的情感。

我将那一夜当成自己人生中最糟糕的梦。梦醒，我依然是他最忠诚的奴婢，我为他走上花轿，嫁给另一个人。我会将他埋在心底，任他烂掉，却没办法阻止他的骨血在我腹中静静成长。我想我应该杀了这个孩子，她的父亲不需要知道

她，而我的丈夫也一定不高兴知道她。留下她的，不是我，而是拓跋濬。虽是他清冷疏凉的一句："既是条生命，便留下吧。"如此淡淡的一言，如此冷漠。

润儿周岁那年，常太后知道了她的存在，她要杀了润儿。与其要她动手，不如我自己亲自解决。那一间暗室，我扼着她的喉咙，冷泪灌入脖颈，她的哭声那样寒彻，憋红的脸满是泪。

我真心期待那一刻有人发现我，有人能冲进来阻止我。而后她来了，她夺过她，将她抱得那样紧。那时我便知道这孩子同她的缘分将是断不掉的。很多年后，我将润儿留下的鞋袜攥在胸前刻骨铭心地思念时，也会偶尔欣慰地想，这孩子本就该属于那女人。是他想给她，却始终不能给予的那一个孩子。

殿下花枝簌簌，乱红飞摇，蔓延满天的彩霞翩翩如云。

我扬起头，握住那一束软软的风，魏宫的风何以变得如此柔，再不会刮痛人的脸。微笑，朦胧的目光，红盖头映着满眼赤红，那是拓跋濬前来迎娶我的花轿，一脚踩入了轿子，只身后飘来的清冽声音夹杂在漫天铺地的唢呐声中——

"文姑娘。你别上花轿，不要嫁给他，明年阿爹便允许我成婚了，我想娶你。"

傻傻的人啊，我都不认识他，他却突然抢拦我的轿子，信誓旦旦说要娶我。我当真有些后悔了，若能早些知道你的名字就好了。

李弈，我敢说那是你这辈子对我说的第一句话。

番外六　有匪君子，如圭如璧（孝文帝拓跋宏篇）

有关皇祖母的故事，我能记得的已不多了。

印象最深亦是最难以忘怀的，并非是曾看到她亲手赐死了我的父皇，而是她背后所有的辛酸与落寞。

我的父皇献文帝拓跋弘，或许并不是一位让她满意的君王。我的父皇聪睿夙成，却生性喜好黄老浮屠之学，自父皇亲政而来，他们母子之间的隔阂越来越深。

"上迫于太后，传位太子。"

这是史书记载，可我的脑海中依稀的印象却与史载不同，我记忆中的那个无比凄冷萧索的深夜，皇祖母将四岁的我紧紧攥握。高绰荣焉的太华殿，她握着我的手在父亲的退位诏书中落下玉印，她清冷的手腕不能遏制地颤抖。那是我第一次见到皇祖母落泪，而最后一次则是在五年后赐死父皇的那场宫闱之变中。我的父皇拓跋弘十二岁登基，十四岁亲政，至十八岁退位，终于在他二十三岁的那年秋末死于永安殿上，结束了他为人子为人父为国之君的短暂一生。

大伯父拓跋云中是父皇唯一的知己，那一夜秋雨萧瑟，大伯父由皇家寺院而来，他陪伴父亲度过了人生的最后一刻，大慈大悲大彻大悟的佛经诵念之下，我的父皇走得格外沉静。云中伯父陪伴我经守父皇灵位许多日，他是我所遇到的最睿智最沉静的人，他的话不多，只一出言必是切要。他从不愿以过多的言语描述

283

皇祖母与父皇之间的复杂恩怨。他只说，父皇与她曾也是这世间最亲密的母子，他说他母后将我父皇放在那样高的位置，她一生的夙愿便是看着他成为一代明君，一生最痛也是亲手将他推下这皇位。

大伯父说皇祖母的后半辈子似乎将所有的目光投注于我，我出生那年，皇祖母将政权还给父皇，她自己退居寿安宫以全部心血教养我。

至今仍记得，皇祖母清明又温和的目光不动须臾地凝视我，倦淡的笑容浮在她的唇侧。大伯父说皇祖母是喜欢热闹的人，可她只有在望向我的时候才会那样沉静，静得仿若这世上唯有我和她。多年后赫连夫人含蓄一言，才将我百思不得其解的疑惑洞穿。赫连夫人说："皇上的眉眼是随了高宗皇帝。"

皇祖母她，看的不是我，而是试图由我眼眉中读出几分熟悉的味道，读出皇祖父。

皇祖母的这一生，目睹魏宫浮起沉落，看尽了九重宫阙，看断了盛世长歌。她说我是第五位帝王，她人生当中所遇见并面对的第五位魏宫的主人。她时而同我念起英明神武的太武帝，也会谈起父皇少时的聪睿机敏，她很少会同我讲皇祖父，偶尔谈起也要恍惚许久。崇之公公说那是太皇太后又在思念高宗皇帝，她会愣愣地发呆一整个下午，会落寞地起身一言不发地走到案前拾起那支由她握了一辈子的朱笔继而埋身于政事国务。我曾见过那支朱毫，斑驳残旧。据说当年皇祖父驾崩依祖制焚毁大行皇帝御衣器物，皇祖母不顾性命地冲入火海，只夺下了这一物，也是皇祖父唯一留存于世的遗物。

皇祖母在我年幼时悉心编纂《劝诫歌》三百余章以及《皇诰》十八篇，她亲笔落书，以身作则，向我灌输治理天下的为君之道。她说这世上并非有天生的帝王，君则在于帝治。建纲制，兴文治，举新政，行汉化，大兴理教，尊崇儒法，禁断卜筮、谶纬之学，皇祖母的一生做了恐怕帝王三代也完成不了的政事。我想她知道，她耳畔那震天山呼的千岁千千岁纵有江河之壮阔波澜，千岁至极盛一路之上，她已是迈上那高度，距离万岁只差一步，而她恰是止于那一步。太和改制，是她将我拥上留印史册的巅峰，而她却选择永远地驻足于历史尘埃的尽处。

"权倾天下的女子，总要受历史百般猜忌。无奈，还将饱受子孙后人的评判。"

皇祖母闻此一言时只淡淡微笑，不予评价。比起关怀史官，皇祖母更执著于体谅百姓民生。我想，她是已不在乎自己留给后人的容面。

迁都洛阳，是汉化所行最后一步。南迁定都洛阳，从来是皇祖母一心所求，据说也是皇祖父交代的最后一事。我命人在洛阳新都建造了比平城更巍峨更广阔的宫城，昱文殿、正阳宫，及至寿安宫、太和殿。但凡皇祖母一生居住的殿所，我都以原貌重建。皇祖母的一生都在为新政汉化奔波，终至太和改制的鼎盛繁华，我只求她能在最后的岁月于新都颐养天年，亲眼目睹着她为我创下的清平华世。我跪在太和殿前，求她与我同去洛阳，她却自始至终不允，平和的目光未有一丝动摇。

她说："皇祖母老了，走不去那么远的地方。"

那一夜，我跪于她床前，看着云中伯父握紧她清冷的软腕冲她隐忍笑言："母后并非老得走不动了，儿子知道，您是不好离了父皇。"

皇祖母空洞的眼瞬时浮起雾气，她抚弄着伯父的衣摆，望向夜雨飘泼遥远的殿外，绽起的笑颜似豆蔻少女般璀璨如华。她的目光清远而幽长，自喉中呢喃出最后一言："他来接我了……"

她薨时，含笑望着的太华殿，二十年前，皇祖父高宗文成帝驾崩于此。

太和十四年，也正是太和改制的最后一年，这世上我最敬最爱的皇祖母薨逝于平城魏宫的太和殿。皇祖母最后一诏谕旨是向天下发布均田令，最后予我一言是，她之一生费尽心血为民谋生存，死后亦要对得起家国黎民，丧事定从俭。临终之前，皇祖母亲自降遗旨，言她死后，逾月即行安葬。山陵之制，幽房棺椁，必行节俭。陵内明器不设。素帐、缦茵、瓷瓦一概之物，皆不置。

在皇祖母的灵前，我忘却了皇诰训诫，忘却了为人君的沉稳持度。我不记得自己有多悲伤，只知道那时宫人提醒了我。宫人跪倒在地哭言求我保重龙体。他说，自太皇太后薨后，我已是连着五日滴水不进。我终是违逆了皇祖母的遗旨，甚至不顾儒臣的反对，执念将皇祖母的坟陵拓宽六十步，而这，是君王才可享有的葬礼规格。于我心中，她确有这个资格。

皇祖母安眠的永固陵之东北处，即是我百年之后长埋之地。我将自己的寿宫移至祖母陵侧，唯愿死后一如生时，祖孙永伴。

很多年后，当我不再年轻，不再意气英发，尝尽人世悲喜辛酸后，我则越发想起我的皇祖母，想起她病重之前，曾陪她去过的阴山行宫。那是她人生中最后一次入云中。

她告诉我广德宫是我父皇出生的地方，她忆起父皇来到人间时那惊喜的一幕幕，目中仍是载着满满的欣慰安然。

浩然宽阔的广德殿，她命我走到上殿，我立于高阶之上，凝着殿下目光坚毅笑容明艳的皇祖母，并不懂她嘱咐的深意。煦风印染云霞光彩扬起她长衣袖摆，旋舞若飞，周身映在金色光芒之中，只那一刻，我独独惊诧于她眸中瞬间而过的清澈风华，她似乎又糊涂了，将我看做另一人，幽幽起声："古战国有奇女子钟

氏无艳自荐枕席，谒求为齐后，贱妾虽无钟氏之才，贸然跪问我大魏的君王。"

我扶紧抖飞的袍袖，定定地望着殿下迎着我的目光卿然微笑的皇祖母，俨如时光回溯二十年，她艳丽的衣裙，与云霞共持华彩，风华得妩媚动人。

"冯善伊可以成为您的皇后吗？"

目中翻涌而起的潮气模糊了她的身影。

"皇祖母，孙儿该说什么呢？"我情难自禁地随她陷落这个看似荒唐回忆往昔的模仿游戏。哪怕只有一瞬，让我代替皇祖父出现于她面前也好。

她于殿下看着我，默然点头，秋水宁静的声音一浮而上，是淡淡思念的味道——

"你该说……如若成为朕的帝后，你当为大魏做些什么？"

我含泪点头，压抑满腔戚然，开了口："如若成为朕的帝后，你当为大魏做些什么？"

皇祖母又一次笑了，春风沐然地微笑道："这一世清平，你看到了吗……"

改纲更制，胡汉不相争。

五族融合，无血战无纷乱。

真正的清平盛世。

猝不及防地落下泪来，面对着我年迈的老祖母，凝着她目中那坚持了一生的信仰和守候，我失去了为人君王所该持有的镇定坦然。崇之公公说，高宗皇帝是那样深爱着他的皇后。这并非虚言，她有承他一世恩泽、享他一生倾慕的资格。他们当真深爱，彼此相爱，又共爱山河，这世上再没有比携手与共、与子成说更坚定美好的诺言。

"皇祖母，在您眼中，皇祖父他是怎样的人？"由她牵去一只袖摆，环绕云水池畔，迎着和煦春风，拂动一树芳华，背靠广德殿的巍峨壮阔，我第一次有勇气向她问起我的皇祖父。

不是于天下万民的心底，也不是以一代君王的身份，仅在她眼中，他究竟是怎样的一个人？是否早已是面目模糊至不能识？

驻足许久，沉默许久。

微风缱绻拂过，一波连着一波，似乎将她的声音推向无边漫长的回忆之中……

她说："有匪君子，如圭如璧。"